Le secret du mari

À Adam, George et Anna.

Et à Amelia.

Le secret du mari

Petits secrets, grands mensonges

LIANE MORIARTY

Le secret du mari

———————————

Petits secrets,
grands mensonges

Traduit de l'anglais (Australie)
par Béatrice Taupeau

ÉDITIONS FRANCE LOISIRS

Édition du Club France Loisirs,
avec l'autorisation des Éditions Albin Michel

Éditions France Loisirs,
123, boulevard de Grenelle, Paris.
www.franceloisirs.com

ISBN : 978-2-298-13143-7

« L'erreur est humaine, le pardon divin. »

ALEXANDER POPE

Pauvre, pauvre Pandore. Zeus lui confie une mystérieuse jarre et l'envoie ici-bas pour épouser Épiméthée, un type passablement intelligent qu'elle n'a jamais vu de sa vie. Personne ne lui dit de ne pas ouvrir la jarre. Bien évidemment, elle l'ouvre. De toute façon, elle n'a rien d'autre à faire. Comment pouvait-elle savoir que les maux les plus vils s'en échapperaient pour tourmenter l'humanité à jamais, et que seul l'espoir y resterait enfermé ? Une étiquette de mise en garde, c'était trop demander ?

Ensuite, tout le monde y va de son petit commentaire : « Ah, Pandore ! N'as-tu donc aucune volonté ? Petite fouineuse, on t'avait bien dit de ne pas l'ouvrir, cette boîte. Typiquement féminin, cette curiosité dévorante. Regarde ce que tu as fait. » Alors *primo*, c'était une jarre, pas une boîte ; et *deuzio* – combien de fois va-t-il falloir qu'elle le répète ? –, personne ne lui avait dit de ne pas l'ouvrir !

LUNDI

1

Tout ça, c'était à cause du Mur de Berlin.

S'il n'avait pas été question du Mur de Berlin, Cecilia n'aurait jamais trouvé la lettre et ne serait pas là, assise à la table de sa cuisine, à tenter d'ignorer la petite voix qui lui disait de l'ouvrir.

L'enveloppe, recouverte d'une fine pellicule de poussière, tirait sur le gris. Dessus, quelques mots d'une écriture aussi familière que la sienne, griffonnés au stylo-bille bleu. Au dos, une bande de ruban adhésif jauni. Quand l'avait-il écrite ? Visiblement, des années plus tôt, mais comment s'en assurer ?

Elle ne l'ouvrirait pas. Elle ne devait pas l'ouvrir, c'était très clair. D'ailleurs, elle avait déjà décidé de ne pas l'ouvrir, et il n'y avait pas plus déterminé qu'elle, alors inutile de revenir là-dessus.

Quoique, honnêtement, si elle l'ouvrait, ce ne serait pas la fin du monde. N'importe quelle femme en ferait autant, sans l'ombre d'une hésitation. Comment réagiraient ses amies si elle les appelait, là maintenant, pour leur demander leur avis ?

Miriam Openheimer : Bien sûr ! Tu l'ouvres.

Erica Edgecliff : T'es sérieuse ? Tu l'ouvres direct.

Laura Mark : Oui. Tu l'ouvres et ensuite tu me la lis.

Sarah Sacks : Inutile de lui poser la question, Sarah était incapable de prendre la moindre

17

décision. Quand Cecilia lui demandait si elle voulait du thé ou du café, elle fronçait les sourcils, tergiversait pendant une bonne minute puis déclarait : « Du café ! Non, attends, du thé ! » Dans le cas présent, elle risquait une attaque cérébrale.

Mahalia Ramachandran : Sûrement pas ! Ce serait un véritable manque de respect envers ton mari. Tu ne dois pas l'ouvrir.

Avec ses grands yeux marron, Mahalia pouvait se montrer un chouïa trop catégorique et moralisatrice.

Laissant la lettre sur la table, Cecilia se dirigea vers le comptoir.

Au diable le Mur de Berlin, la guerre froide et le type qui, en 1940, euh, c'était-quand-déjà ?, après s'être longuement demandé quel avenir réserver à ces ingrats d'Allemands, avait claqué des doigts en s'écriant : « J'ai trouvé, sacré nom de Dieu ! On va leur flanquer un bon gros mur en plein milieu et empêcher ces salauds de passer ! »

Elle n'imaginait pas un sergent-major de l'armée britannique dans le rôle.

Esther saurait qui avait eu l'idée du Mur de Berlin. Elle saurait même sa date de naissance. Un homme, sûrement. Seul un homme pouvait proposer une solution si brutale : d'une bêtise absolue mais d'une efficacité redoutable.

Point de vue sexiste ?

Elle mit l'eau à chauffer et passa un essuie-tout sur l'évier pour le faire briller.

La semaine précédente, juste avant la réunion du Comité des fêtes de l'école, une maman de trois garçons, du même âge ou presque que ses trois filles, lui avait reproché une remarque « un tantinet sexiste ». Cecilia ne se rappelait pas ce qu'elle avait dit mais elle plaisantait, rien de plus. De toute façon, les femmes n'avaient-elles pas le droit d'être sexistes pour les deux mille ans à venir, histoire de rééquilibrer la balance ?

Sexiste, elle ? Peut-être.

La bouilloire siffla. Elle fit tourner son sachet d'Earl Grey dans sa tasse, les yeux rivés sur les volutes noires qui se répandaient dans l'eau comme de l'encre. Il y avait pire que d'être sexiste. Par exemple, être du genre à abuser de l'expression « un tantinet » et du geste qui va avec.

Elle soupira. Elle aurait volontiers bu un verre de vin mais avait décidé d'arrêter l'alcool pendant le carême. Plus que six jours. Dimanche, elle ouvrirait une coûteuse bouteille de syrah qu'elle avait gardée exprès. Elle en aurait bien besoin avec les trente-cinq adultes et vingt-trois enfants qu'elle attendait pour le déjeuner. Même si, bien sûr, elle n'en était pas à son premier repas de famille. C'était chez elle qu'on célébrait Pâques, la fête des Mères, la fête des Pères et Noël. John-Paul était l'aîné d'une fratrie de six garçons, tous mariés et pères de famille. Ça faisait du monde. Le secret ? Tout organiser. Dans les moindres détails.

Elle regagna la table avec sa tasse. Pourquoi avait- elle renoncé à l'alcool ? Polly, plus maligne, avait décidé de se passer de confiture de fraises – dont elle n'avait jamais raffolé. Évidemment, depuis peu, Cecilia la surprenait souvent postée devant le réfrigérateur à regarder le pot avec convoitise. Comme quoi, quand on se prive…

« Esther ! » appela Cecilia.

Dans la pièce voisine, Esther et ses sœurs regardaient *Qui perd gagne !* tout en partageant un énorme paquet de chips au vinaigre, reste du barbecue organisé pour la fête nationale quelques mois plus tôt. Pourquoi ses filles, toutes trois minces et élancées, adoraient-elles regarder des obèses suer, pleurer et crever de faim ? Si encore elles en tiraient de meilleures habitudes alimentaires. Il aurait fallu leur confisquer le sachet de chips mais, au dîner, elles avaient mangé du saumon et des brocolis à la vapeur sans râler. Inutile de provoquer un conflit. De toute façon, Cecilia n'en avait pas l'énergie.

Elle entendit une voix provenant de la télévision : « On n'a rien sans rien ! »

Voilà un principe auquel elle ne trouvait rien à redire. Elle en savait quelque chose, d'ailleurs ! Pourtant, elle n'aimait pas la légère expression de dégoût que ses filles prenaient en regardant ce programme. Elle qui, en leur présence, veillait toujours à éviter les commentaires négatifs sur l'apparence physique. Son amie Miriam Openheimer ne pouvait pas en dire autant. « Mon Dieu, j'ai un de ces ventres ! » s'était-elle écriée l'autre jour en attrapant son bourrelet comme s'il n'y avait rien de plus repoussant. La scène n'avait pas échappé à leurs filles, toutes plus impressionnables les unes que les autres. Bravo, Miriam. Comme si nos gamines n'étaient pas déjà inondées de messages qui les poussent à détester leur corps.

Cela dit, Miriam commençait à s'arrondir.

« Esther ! répéta Cecilia.

« — Quoi ? » demanda Esther d'une voix contrainte et patiente qui rappelait la sienne – sans doute le fruit d'un mimétisme inconscient.

« Sais-tu qui a eu l'idée de construire le Mur de Berlin ?

— Eh bien, on soupçonne Nikita Khrouchtchev », répondit-elle sans hésiter en imitant ce qu'elle croyait être un accent russe. « Il était, genre, Premier ministre, sauf qu'en Russie on dit premier secrétaire. On pense aussi que ça aurait pu être… »

Ses sœurs réagirent *illico* avec la délicatesse qui les caractérisait.

« Boucle-la, Esther !

— Esther, j'entends rien !

— Merci, ma chérie ! » fit Cecilia.

Puis, tout en sirotant son thé, elle s'imagina revenir dans le passé pour remettre ce Khrouchtchev à sa place.

Non, monsieur Khrouchtchev ! Hors de question de bâtir un mur. Ça ne prouvera pas que le communisme fonctionne. Ça n'arrangera rien. Le capitalisme n'est pas le but suprême, j'en conviens. Mon dernier relevé de carte de crédit en est la preuve. Je vous le montre si vous voulez. Mais il va quand même falloir trouver mieux. Allez ! Au boulot !

Voilà. Et cinquante ans plus tard, Cecilia ne serait pas tombée sur cette lettre qui lui donnait l'impression d'être… comment dire ?

À côté de ses pompes. C'était exactement ça.

Ce qu'elle aimait, c'était être à ce qu'elle faisait. Elle excellait en la matière, en retirait même une certaine fierté. Son quotidien se constituait d'un millier de petites tâches – « Acheter de la coriandre », « Emmener Isabel chez le coiffeur », « Trouver quelqu'un pour aller chercher Polly à la danse ce mardi pendant que j'emmène Esther chez l'orthophoniste » –, comme ces puzzles géants qui absorbaient Isabel pendant des heures. Si Cecilia n'avait aucune patience pour les puzzles, elle savait exactement où caser chacune des minuscules pièces qui composaient sa vie car toutes avaient une place précise.

L'existence qu'elle menait n'avait peut-être rien d'exceptionnel. Elle était déléguée des parents d'élèves et conseillère à temps partiel chez Tupperware – pas comédienne, ni même chercheuse ; encore moins poétesse dans le Vermont. (Cecilia avait récemment découvert que Liz Brogan, une copine de lycée, s'était installée dans le Vermont où elle écrivait des poèmes qui lui avaient valu un prix. Liz, celle-là même qui mangeait des sandwiches fromage-Vegemite et passait son temps à perdre sa carte de bus. Cecilia avait dû se faire violence pour ne pas céder à un certain dépit. Non qu'elle fût tentée par la carrière de poétesse. Mais tout de même. Si quelqu'un semblait taillé pour mener une vie ordinaire, c'était bien Liz Brogan.) Évidemment, Cecilia n'avait jamais aspiré à autre chose qu'à la normalité. *Moi ? Je suis mère de famille dans une banlieue tranquille*, se prenait-elle parfois à penser, comme pour se défendre de vouloir passer pour quelqu'un d'autre, quelqu'un de mieux.

Les autres mères se plaignaient d'être débordées, de ne pas savoir où donner de la tête. « Comment fais-tu pour y arriver, Cecilia ? » lui demandaient-elles. Elle ne savait jamais quoi leur répondre car, au fond, elle ne comprenait pas ce qu'elles trouvaient si difficile.

Mais aujourd'hui, bizarrement, son équilibre semblait menacé.

Cela n'avait peut-être rien à voir avec la lettre. Ses hormones lui joueraient-elles un tour ? Le Dr McArthur ne lui avait-il pas dit qu'elle présentait vraisemblablement les premiers signes de la ménopause ? (« Oh, mais pas du tout ! » avait-elle répondu machinalement comme s'il la taquinait.)

Il s'agissait peut-être d'un vague accès d'anxiété. Certaines femmes y étaient sujettes. Oui, mais *pas elle.* Cecilia avait toujours eu un faible pour les anxieux. Ces petits êtres fragiles qui s'inquiétaient de tout. Comme son amie Sarah Sacks. Elle n'avait qu'une envie : les réconforter.

Si elle ouvrait la lettre pour s'assurer que ce n'était rien, tout rentrerait dans l'ordre, non ? Elle avait mille choses à faire : deux paniers de linge propre à plier, trois coups de fil urgents à passer, des pâtisseries sans gluten – allergie oblige – à préparer pour la réunion du groupe de projet chargé du site Web de l'école qui devait avoir lieu le lendemain.

Mais la lettre n'était pas son seul sujet d'inquiétude.

Sa vie sexuelle, par exemple, ne la laissait jamais complètement en paix.

Elle passa les mains sur sa taille en grimaçant. Ses « obliques », disait son professeur de Pilates. Oh, et puis ce problème de sexe, ce n'était rien.

Ça ne la tracassait pas vraiment. Ça ne devait pas la tracasser. Ça n'avait aucune importance.

Il fallait bien reconnaître que depuis l'année précédente, depuis ce matin-là, un sentiment latent de fragilité l'habitait, comme si elle avait soudain compris qu'une vie ordinaire pouvait vous être retirée en un claquement de doigts – envolée, la banalité – et qu'il suffisait d'une fraction de seconde pour se retrouver dans la peau de cette mère agenouillée par terre, le visage levé vers le ciel, entourée de femmes qui volent à son secours et d'autres qui détournent les yeux en implorant Dieu de leur épargner un tel malheur.

Pour la énième fois, Cecilia revit la scène du petit Spiderman projeté dans les airs. Elle avait ouvert sa portière puis, sans hésiter, s'était précipitée tout en sachant que, quoi qu'elle fasse, cela ne changerait rien. Ce n'était pas son école, pas son quartier, pas sa paroisse. Ses filles n'avaient jamais joué avec le petit garçon. Elle n'avait jamais pris de café avec la femme à genoux sur la chaussée. Elle s'était simplement trouvée là, arrêtée au feu rouge de l'autre côté du carrefour au moment où c'était arrivé. Un petit garçon de cinq ou six ans, vêtu de la combinaison rouge et bleu de Spiderman, attendait sur le trottoir près de sa mère qui lui tenait la main. C'était la Semaine du Livre. D'où le déguisement. *Mmmm, Spiderman n'est pas à proprement parler un personnage littéraire*, songeait-elle en le regardant quand, sans raison apparente, l'enfant avait lâché la main de sa mère et fait un pas en avant. Cecilia avait poussé un cri puis, instinctivement, abattu son

24

poing sur le klaxon, détail dont elle se souviendrait après coup.

Si elle était passée quelques instants plus tard, elle n'aurait pas vu l'accident. Dix petites minutes et la mort du garçonnet n'aurait été pour elle qu'une banale déviation de la circulation. Au lieu de cela, cette scène resterait gravée dans sa mémoire et un jour, ses petits-enfants lui diraient : « Tu me serres la main trop fort, mamie. »

Il n'y avait bien sûr aucun lien entre la lettre et le petit Spiderman.

Simplement, il s'invitait dans son esprit à des moments étranges.

Cecilia envoya l'enveloppe à l'autre bout de la table d'une pichenette avant de prendre le livre qu'Esther avait emprunté à la bibliothèque : *Mur de Berlin, de la construction à la chute.*

Voyons ça, le Mur de Berlin. Passionnant.

C'était en prenant son petit déjeuner le matin même qu'elle avait compris que le Mur de Berlin allait bientôt tenir une place non négligeable dans sa vie.

Seules Cecilia et Esther se trouvaient dans la cuisine. John-Paul était à l'étranger – à Chicago – jusqu'à vendredi. Quant à Isabel et Polly, elles dormaient encore.

D'ordinaire, Cecilia prenait son petit déjeuner sur le comptoir tout en vaquant à ses occupations. Elle préparait le panier-repas des filles, vidait le lave-vaisselle, vérifiait ses commandes de Tupperware sur son iPad ou envoyait des textos à ses clientes concernant les réunions qu'elle organisait chez elles. Mais pour une fois qu'elle avait l'occasion de passer un moment seule avec sa cadette – aussi adorable qu'étrange –, elle s'installa à table avec son muesli tandis qu'Esther finissait son bol de riz soufflé. Puis elle attendit.

Voilà ce qu'être maman de trois filles lui avait appris. Ne pas parler. Ne pas poser de questions. Il suffisait de laisser le silence s'installer pour qu'elles lui racontent ce qui les préoccupait. Du silence et de la patience. Un peu comme à la pêche en somme. (Enfin, d'après ce qu'elle avait entendu dire, car plutôt mourir que d'aller à la pêche !)

Pour Cecilia, qui était une bavarde, cette stratégie relevait de la prouesse. « Sérieux, ça t'arrive de te taire de temps en temps ? » lui avait demandé un de ses petits amis lors de leur premier rendez-vous. Il la rendait tellement nerveuse qu'elle ne l'avait pas laissé placer un mot. (Cela dit, elle n'était pas moins prolixe quand elle était à l'aise.)

Ce matin, donc, elle n'avait pas décroché un mot. Elle s'était contentée de manger et, en effet, Esther avait fini par parler.

« Maman, avait-elle commencé de sa petite voix rauque, tu savais que des gens ont réussi à franchir le Mur de Berlin grâce à une montgolfière qu'ils avaient fabriquée eux-mêmes ?

— Non, je l'ignorais », avait-elle répondu.

Quoique, elle l'avait peut-être su.

Bye bye, le Titanic *! Place au Mur de Berlin.*

Elle aurait préféré qu'Esther lui fasse part de ce qu'elle vivait en ce moment, de ses éventuels problèmes à l'école, ou avec ses amies, de ses questions sur la sexualité, mais non, elle voulait discuter du Mur de Berlin.

Dès l'âge de trois ans, Esther avait développé des lubies ou, plus exactement, des obsessions. Au début, ç'avait été les dinosaures. Bien sûr, un tas d'enfants aiment les dinosaures, mais l'engouement d'Esther s'était révélé franchement épuisant, et pour tout dire, un peu bizarre. Elle n'en avait que pour les dinosaures : dessins, figurines, histoires du soir. Elle se déguisait même en tyrannosaure. « Moi pas Esther ! disait-elle. Moi T-Rex. » Heureusement, John-Paul y avait trouvé un certain intérêt. Il organisait des sorties au musée rien que pour elle, lui rapportait des livres, devisait avec elle pendant des heures sur les herbivores et les carnivores. Cecilia, pour sa part, s'ennuyait à mourir au bout de cinq minutes. (Ils avaient disparu, non ? Alors, fin de la discussion.)

Depuis, Esther avait eu diverses « lubies » : montagnes russes, crapauds-buffles, et plus récemment, le *Titanic*. Du haut de ses dix ans, elle faisait ses recherches elle-même, à la bibliothèque ou sur Internet. Elle recueillait une foule d'informations, Cecilia n'en revenait pas. Quelle autre gamine de dix ans s'allongeait sur son lit avec un livre d'histoire trop gros pour qu'elle puisse le soulever ?

« C'est quelque chose qu'il faut encourager ! » avaient conseillé ses instituteurs. Mais parfois Cecilia se faisait du souci. Se pouvait-il qu'Esther soit un peu autiste ? Qu'elle souffre d'un trouble du développement ? Sa mère avait bien ri quand Cecilia lui avait confié ses angoisses. « Mais tu étais exactement pareille ! » (N'importe quoi ! Veiller à ce que sa collection de poupées Barbie soit toujours bien rangée, ce n'était pas comparable.)

« Maintenant que j'y pense, j'ai un petit bout du Mur de Berlin », avait-elle annoncé à Esther ce matin-là. Quel plaisir de voir une étincelle s'allumer dans les yeux de sa fille ! « J'étais en Allemagne après la chute du Mur.

— Tu pourras me le montrer ?

— Je vais même te le donner, ma chérie. »

Des bijoux et des vêtements pour Isabel et Polly ; un petit bout du Mur de Berlin pour Esther.

En 1990, quelques mois après l'annonce du démantèlement du Mur, Cecilia avait parcouru l'Europe pendant six semaines avec son amie Sarah Sacks. (L'indécision chronique de Sarah couplée à la détermination légendaire de Cecilia faisait des deux jeunes femmes un tandem idéal pour voyager. Elles ne se fâchaient jamais.)

En arrivant à Berlin, elles avaient vu d'innombrables touristes le long du Mur qui essayaient d'en détacher un fragment à l'aide d'une clé, d'une pierre, bref, de ce qui leur tombait sous la main. On aurait dit des corbeaux autour de l'immense carcasse d'un dragon qui aurait jadis fait régner la terreur sur la ville.

Sans outils, Cecilia et Sarah avaient décidé d'acheter leur part du cadavre aux gens du coin qui en vendaient sur des tapis à même le sol. Il y en avait pour tous les goûts : du petit bout gris de la taille d'une bille au gros morceau décoré d'un graffiti. On assistait là au triomphe du capitalisme.

Cecilia ne se rappelait pas combien elle avait déboursé pour son minuscule fragment couleur pierre qui ressemblait à un vulgaire caillou. « Si ça se trouve, le type l'a trouvé dans son jardin ! »

avait dit Sarah dans le train le soir même. Elles s'étaient amusées de leur propre crédulité, mais au moins, elles avaient eu le sentiment de faire partie de l'Histoire. Cecilia avait rangé son morceau dans un sac en papier sur lequel elle avait écrit MON MORCEAU DU MUR DE BERLIN et, de retour en Australie, l'avait fourré dans une boîte avec tous les autres souvenirs qu'elle avait rapportés : dessous de verre, billets de train, menus, pièces de monnaie, clés d'hôtel.

Si seulement elle s'était un peu plus intéressée aux événements ! Elle aurait pris davantage de photos, écouté les anecdotes qui circulaient. Dire que le souvenir le plus vif de son séjour berlinois, c'était un baiser échangé dans une discothèque avec un bel Allemand aux cheveux châtains. Il avait passé la soirée à effleurer son décolleté avec des glaçons tirés de son verre, ce qui à l'époque lui avait semblé follement érotique. Avec le recul, elle trouvait ça poisseux et pas très hygiénique.

Si seulement elle avait été curieuse et politisée, le genre de fille à aborder les gens pour savoir comment c'était de vivre dans l'ombre du Mur. Au lieu de ça, les seules histoires qu'elle avait à raconter tournaient autour de baisers et de glaçons. Évidemment, Isabel et Polly auraient adoré les entendre. Polly, tout du moins. Isabel avait peut-être atteint l'âge où l'on préfère ne rien savoir sur la vie amoureuse de sa mère.

Cecilia ajouta *Chercher bout mur de Berlin pour E* à sa liste de tâches à accomplir, laquelle comptait pas moins de vingt-cinq éléments déjà enregistrés dans son iPhone. Aussi, à environ quatorze heures, elle monta au grenier.

« Grenier » était un bien grand mot pour désigner l'espace de rangement sous les combles. On y accédait par une échelle escamotable et, une fois en haut, mieux valait garder les genoux fléchis si l'on ne voulait pas se cogner la tête.

John-Paul, qui souffrait de claustrophobie aiguë, refusait tout net d'y grimper. De même, il évitait de prendre l'ascenseur, ce qui l'obligeait à monter chaque jour six étages à pied pour rejoindre son bureau. Le pauvre faisait un cauchemar récurrent dans lequel il était pris au piège dans une pièce dont les murs se refermaient sur lui. « Les murs ! » criait-il juste avant de se réveiller, hagard et en sueur. « On ne t'aurait pas enfermé dans un placard quand tu étais petit ? » lui avait demandé Cecilia – pas devant sa belle-mère, cela va sans dire – mais il avait répondu que non, il en était presque sûr. D'ailleurs, sa mère avait dit un jour que, petit, John-Paul ne faisait jamais de cauchemars. « Il était tellement mignon dans son sommeil. Vous servez peut-être des plats trop riches le soir, ma chère. » Cecilia s'était habituée aux cauchemars.

Dans la petite pièce pleine à craquer, tout était rangé et parfaitement organisé, bien entendu. Depuis quelques années, le mot « organisé » semblait définir Cecilia à la perfection. Sa notoriété – toute relative – se fondait entièrement sur sa capacité à tout organiser. Curieusement, ce qui lui avait d'abord valu commentaires et autres taquineries de sa famille et de ses amis était devenu

30

une seconde nature, au point qu'à présent sa vie était *incroyablement* organisée. Si être mère de famille était un sport, Cecilia serait championne olympique.

Voilà pourquoi le grenier de Cecilia – contrairement à ceux des autres où s'entassaient pêle-mêle des vieilleries poussiéreuses – était rempli de caisses de rangement en plastique blanc, toutes soigneusement étiquetées. Il y avait bien une pile de boîtes à chaussures dans un coin, mais c'était là l'œuvre de John-Paul qui conservait précieusement ses reçus de carte bancaire. Une habitude qu'il avait prise avant même de la rencontrer. Elle lui aurait volontiers suggéré d'utiliser un classeur – utilisation optimale de l'espace – mais il était tellement content de ranger sa nouvelle boîte chaque année qu'elle préférait tenir sa langue.

Grâce à son système d'étiquetage, elle trouva sans tarder la caisse qu'elle cherchait : *Cecilia : souvenirs de voyages, 1985-1990.* Dedans, le sac en papier désormais décoloré qui contenait son fragment du Mur de Berlin. Son petit bout d'Histoire. Dans le creux de sa main, la pierre – un éclat de ciment ? – lui sembla encore plus minuscule que dans ses souvenirs. Ce n'était rien d'impressionnant mais, avec un peu de chance, Esther se fendrait d'un petit sourire en coin, pour le plus grand bonheur de sa mère.

Puis, se laissant distraire (non, Cecilia n'était pas une machine ! Il lui arrivait de perdre quelques minutes), elle parcourut le contenu de la caisse. La photo d'elle avec son Allemand, également moins imposant que dans ses souvenirs, la fit sourire. La sonnerie du téléphone la ramena brusquement à la réalité. Elle se cogna violemment la tête en se relevant et laissa échapper un juron. Puis, cherchant à retrouver son équilibre, elle envoya valser trois ou quatre boîtes à chaussures d'un coup de coude malencontreux.

Le sol disparut sous une avalanche de papiers. Rangement inadapté. CQFD.

Cecilia se frotta la tête en maugréant et regarda les reçus de plus près : tous dataient des années quatre-vingt. Elle commença à les remettre en tas dans une des boîtes puis remarqua une enveloppe commerciale sur laquelle figurait son nom.

Elle la ramassa et reconnut l'écriture de John-Paul.

Pour ma femme, Cecilia Fitzpatrick,
À n'ouvrir qu'après ma mort.

Cecilia éclata de rire avant de comprendre avec un temps de retard qu'il ne s'agissait pas d'une plaisanterie.

Pour ma femme, Cecilia Fitzpatrick. Pendant un court instant, elle sentit le rouge lui monter aux joues. Pour qui était-elle gênée au juste ? Difficile à dire. Mais elle avait l'impression d'être tombée sur quelque chose qu'elle n'aurait pas dû voir. Comme Miriam Openheimer qui avait un jour surpris son mari en train de se masturber sous la douche. Pauvre Doug ! S'il savait que tout le monde était au courant. Malheureusement, au bout de deux coupes de champagne, Miriam n'avait plus de secrets pour personne, et une fois que les choses sont dites…

Qu'y avait-il dans cette lettre ? Cecilia fut tentée de l'ouvrir. Sur-le-champ. Sans réfléchir. Avant même que sa conscience ne le lui interdise. Comme elle avalait parfois le dernier biscuit ou le dernier chocolat.

Le téléphone sonna de nouveau. Quelle heure pouvait-il bien être ? Sans sa montre, Cecilia avait perdu toute notion du temps.

Elle finit de ramasser les papiers avant de redescendre avec son fragment du Mur de Berlin et la lettre.

Sitôt en bas, elle se laissa happer par le rythme trépidant de sa journée. Elle avait une livraison à faire, les filles à récupérer à l'école, le poisson à acheter pour le dîner (elles en mangeaient souvent lorsque John-Paul était en déplacement – il détestait ça), des gens à rappeler. Le père Joe, prêtre de la paroisse, lui avait laissé un message au sujet des obsèques de sœur Ursula qui auraient lieu le lendemain. Apparemment, il craignait qu'il n'y ait pas foule. Elle y assisterait, bien sûr. Elle posa la mystérieuse enveloppe sur le dessus du réfrigérateur. Juste avant de passer à table avec les filles, elle donna le fragment du Mur de Berlin à Esther.

« Merci, dit sa fille en manipulant la minuscule pierre avec révérence. Ça vient de quelle partie du Mur exactement ?

— Du côté de Checkpoint Charlie, il me semble », répondit Cecilia avec aplomb.

Elle n'en avait pourtant pas la moindre idée.

Tout ce qu'elle savait avec certitude, c'était que son Allemand portait un tee-shirt rouge, un jean blanc et qu'il lui avait dit « Très jolie ! » en faisant glisser sa queue-de-cheval entre ses doigts.

« Ça vaut des sous ? demanda Polly.

— Ça m'étonnerait, dit Isabel. Comment tu veux prouver que ça vient du Mur de Berlin ? On dirait un simple caillou.

— Avec un test ADM. »

Cette enfant regardait trop la télévision.

« ADN, Polly, pas ADM, rétorqua Esther. Et c'est sur les gens qu'on en fait.

— Je sais, d'abord ! »

Polly n'avait jamais supporté que ses sœurs aînées en sachent plus long qu'elle.

« Alors, pourquoi…

— Dites-moi, d'après vous, qui va être éliminé dans *Qui perd gagne !* ce soir ? » demanda Cecilia.

Eh oui, elle changeait de sujet. D'un épisode passionnant de l'Histoire à une émission de télé aussi abêtissante qu'inintéressante. Le prix à payer pour maintenir le calme et s'éviter un mal de tête. En présence de John-Paul, elle se serait probablement abstenue. Être une bonne mère, c'est plus facile quand on a un public.

Les filles avaient parlé de leur programme favori jusqu'à la fin du repas tandis que leur mère s'efforçait de donner le change. Elle n'avait pourtant qu'une idée en tête : la lettre, qu'elle s'empressa de récupérer au-dessus du frigo sitôt la table débarrassée et les petites devant la télévision.

Elle ne put s'empêcher de sourire d'elle-même lorsqu'elle porta l'enveloppe à la lumière. Il s'agissait visiblement d'une lettre écrite à la main sur du papier réglé, mais impossible de déchiffrer le moindre mot.

John-Paul avait-il voulu faire comme ces soldats qui préparaient des lettres pour leur famille au cas où ils ne reviendraient pas du front ? Un message d'outre-tombe en quelque sorte.

Ça ne lui ressemblait pourtant pas. Trop sentimental.

En même temps, c'était touchant. Il tenait à ce qu'elles sachent combien il les aimait.

… *après ma mort.* Pourquoi pensait-il à la mort ? Cachait-il une maladie ? Peu probable. Cette lettre ne datait pas d'hier et il était toujours en vie. Sans compter que, lors d'un récent bilan, le Dr Kruger lui avait dit qu'il jouissait d'une « santé de cheval ». Il avait d'ailleurs passé les jours suivants à galoper dans la maison avec Polly qui, juchée sur son dos, brandissait un torchon au-dessus de sa tête en guise de lasso.

Le souvenir de cette scène suffit à chasser l'anxiété de Cecilia. John-Paul, dans un accès de sentimentalisme peu commun, avait un jour écrit cette lettre. Inutile d'en faire tout un plat. Elle n'allait quand même pas l'ouvrir pour satisfaire sa curiosité.

Elle jeta un œil à la pendule. Bientôt vingt heures. Il ne tarderait pas à téléphoner, comme il le faisait chaque fois qu'il s'absentait.

La lettre. Quelle lettre ? Elle ne la mentionnerait même pas. Ça le mettrait mal à l'aise et on n'aborde pas ce genre de sujet au téléphone.

D'accord, mais… s'il était arrivé malheur à John-Paul, qui dit qu'elle l'aurait trouvée, cette lettre ?

Pourquoi ne l'avait-il pas confiée à leur notaire, Doug Openheimer ? Cecilia imagina le mari de Miriam sous la douche, comme chaque fois qu'elle pensait à lui. Cela ne changeait rien à ses talents d'homme de loi. En revanche, les talents de sa femme dans la chambre à coucher… (L'amitié qui liait Cecilia et Miriam n'interdisait pas une certaine rivalité.)

Cela dit, question sexe, Cecilia n'avait pas de quoi pavoiser depuis quelque temps. *Arrête ! Ne pense pas à ça !*

Bref. Comment John-Paul avait-il pu négliger de donner la lettre à Doug ? S'il était mort, Cecilia aurait sûrement jeté toutes ses boîtes sans même les ouvrir à la première crise de rangement. Quelle idée de la mettre dans une quelconque boîte à chaussures.

Sa place était dans le classeur qui contenait leurs testaments, leur assurance-vie et tout le reste.

John-Paul comptait parmi les gens les plus intelligents qu'elle connaissait, mais en matière de logistique, il n'avait aucun talent !

« Comment les hommes en sont-ils venus à dominer le monde ? » s'était-elle étonnée au téléphone avec sa sœur Bridget le matin même, à la suite d'un texto de John-Paul qui avait trouvé le moyen de perdre les clés de sa voiture de location à Chicago. Ça l'avait rendue dingue. Que pouvait-elle y faire ? Il n'avait rien demandé, mais quand même !

Ce genre de choses arrivait tout le temps à son mari. Lors de son dernier séjour à l'étranger, il avait oublié son ordinateur portable dans un taxi. Il perdait constamment ses effets personnels. Portefeuille, téléphone, clés, son alliance – autant d'objets qui semblaient se volatiliser, tout simplement.

« Ils sont balèzes en construction, avait répondu Bridget. Les ponts, les routes. Je veux dire, tu saurais construire une hutte, toi ? Une hutte toute bête, en terre ?

— Mais oui, sans problème.

— Pfff, tu en serais bien capable ! Cela dit, les hommes ne dominent pas le monde. Je te rappelle que notre Premier ministre est une femme. Et toi ! Tu régentes bien ton monde ! Ta famille, l'école. Tu règnes même sur l'empire Tupperware ! »

Non contente de présider la fédération des parents d'élèves de St Angela, Cecilia se classait parmi les meilleures vendeuses de Tupperware en Australie. Dans les deux cas, ça faisait beaucoup rire sa sœur.

« Je ne régente pas ma famille, protesta Cecilia.

— Non, bien sûr ! » s'esclaffa Bridget.

Il fallait bien l'admettre, si Cecilia venait à mourir, sa famille se… Rien que d'y penser, c'était insupportable. Pauvre John-Paul ! Une lettre d'outre-tombe ne ferait pas l'affaire ! Il lui faudrait tout un manuel. Et un plan de la maison avec des grosses flèches pour indiquer la machine à laver, le sèche-linge et la table à repasser.

La sonnerie du téléphone l'interrompit dans ses pensées.

« Je parie que les filles sont devant *Qui perd gagne !* », fit John-Paul. Elle avait toujours aimé sa voix au téléphone : profonde, chaleureuse, réconfortante. Alors, oui, son mari était impossible – toujours en train de chercher ses affaires,

jamais à l'heure –, mais c'était un homme attentif et responsable, qui jouait son rôle de chef de
famille « à l'ancienne ». Et, oui, Cecilia était aux
commandes mais elle avait toujours su qu'en cas
de crise – un tireur fou, une inondation, un incendie –, John-Paul les sortirait d'affaire. Il les pro-
tégerait de son corps quitte à se faire tuer, leur
construirait un radeau, les sauverait des flammes
et, une fois le danger écarté, il laisserait Cecilia
reprendre le contrôle pour se remettre en quête
de son portefeuille.

Le jour où le petit Spiderman était mort sous ses
yeux, c'était le numéro de son mari qu'elle avait
aussitôt composé d'une main tremblante.

« Je suis tombée sur cette lettre », commença-
t-elle en effleurant le devant de l'enveloppe. À la
seconde où elle avait décroché, elle avait su qu'elle
ne pourrait pas s'empêcher de lui en parler. Après
tout, en quinze ans de mariage, ils n'avaient jamais
eu de secrets l'un pour l'autre.

« Quelle lettre ?

— Une lettre de toi », répondit-elle d'un ton qui
se voulait enjoué, espérant que tout ceci resterait
anodin, que le contenu de la lettre, quel qu'il soit,
ne changerait rien. « Que je suis censée n'ouvrir
qu'après ta mort », poursuivit-elle d'une drôle de
voix.

Silence. Elle crut un instant qu'ils avaient été
coupés. Mais non. Elle entendait au loin des bruits
de conversations et de couverts. Il appelait vraisemblablement depuis un restaurant.

Son estomac se noua.

« John-Paul ? »

2

« Si c'est une blague, ça ne me fait pas rire du tout », répondit Tess. Tels deux serre-livres assortis, Will et Felicity posèrent chacun une main sur ses épaules, comme pour l'empêcher de défaillir.

« Nous sommes terriblement désolés, dit Felicity.

— Terriblement désolés », répéta Will en canon.

Tess venait de les rejoindre autour de l'imposante table en bois qu'ils utilisaient parfois pour recevoir leurs clients – plus souvent pour partager une pizza. D'un côté, Will, pâle comme la mort. Si pâle que, par contraste, elle discernait chaque poil de sa courte barbe noire, comme si elle examinait son visage à la loupe. De l'autre, Felicity, qui avait trois taches rouges sur le cou.

Tess ne pouvait les quitter des yeux, croyant peut-être y trouver l'explication qu'elle attendait. Trois taches rouges qui ressemblaient à des marques de doigts sur le cou désormais gracile de sa cousine. Puis, sortant de sa torpeur, elle se rendit compte que Felicity – avec ses magnifiques yeux verts en amande, ses yeux qui l'avaient toujours distinguée, au point qu'on l'avait longtemps appelée « la grosse aux beaux yeux » – était au bord des larmes.

« Si je comprends bien, commença Tess, vous avez pris conscience que tous les deux... » Elle déglutit.

« On veut que tu saches qu'il ne s'est rien passé, dit Felicity.

— On n'a pas... tu sais, insista Will.

« — Couché ensemble », termina Tess, devinant qu'ils en tiraient une grande fierté.

Encore un peu, et il faudrait les applaudir.

« Jamais, précisa Will.

— Mais vous en rêvez. » Grotesque. Tess avait presque envie d'en rire. « C'est bien ça que vous êtes en train de me dire, hein ? Vous rêvez de coucher ensemble. »

Ils s'étaient sûrement embrassés. Ce qui était encore pire. Il n'y a rien de plus excitant qu'un baiser volé, tout le monde le sait.

Les rougeurs sur le cou de Felicity gagnaient sa mâchoire. On aurait dit qu'elle avait attrapé une maladie infectieuse rare.

« On est tellement désolés, reprit Will. On a tout fait pour... pour que ça n'arrive pas.

— C'est vrai, renchérit Felicity. Ça fait des mois qu'on...

— Des mois ? Parce que ça fait des mois que ça dure ?

— Techniquement non, puisqu'il ne s'est rien passé, rectifia Will d'une voix solennelle.

— Un peu, qu'il s'est passé quelque chose ! Et ça n'a rien d'anodin ! »

Qui aurait cru Tess capable de tant de véhémence ? Chacun de ses mots résonnait comme un missile.

« Désolé, balbutia Will. Bien sûr, je voulais juste dire, tu sais. »

La tête entre les mains, Felicity se mit à pleurer. « Oh, Tess. »

Par réflexe, celle-ci esquissa un geste de réconfort. Elles étaient si proches. Comme des siamoises,

40

se plaisait-elle à répéter. Nées à six mois d'intervalle de mères sœurs jumelles, Tess et Felicity étaient restées filles uniques et avaient toujours tout fait ensemble.

Un jour, Tess avait envoyé un crochet du droit en pleine mâchoire à un garçon qui avait traité Felicity de grosse vache. Il faut dire qu'à l'époque, et jusqu'à récemment, elle était énorme. Ce qui n'enlevait rien à son joli minois. Elle buvait soda sur soda, ne faisait ni régime ni sport et semblait se moquer de son poids comme de sa première chemise. Mais, six mois plus tôt, elle avait décidé de suivre le programme Weight Watchers – adieu le Coca-Cola, gym obligatoire –, perdu quarante kilos et s'était métamorphosée. À présent, c'était une beauté. Une reine de beauté. Précisément le genre de candidate qu'on recherchait pour participer à *Qui perd gagne !* : une femme superbe enfermée dans un corps d'obèse.

Tess s'était réjouie pour elle. « Felicity va peut-être trouver quelqu'un de chouette, maintenant qu'elle a davantage confiance en elle », avait-elle dit à Will.

Voilà qui était fait. Et l'heureux élu était… Will. L'homme le plus chouette que Tess ait jamais rencontré. Il fallait en avoir de la confiance en soi, pour piquer le mari de sa cousine.

« Je m'en veux tellement ; je voudrais mourir », pleurnicha Felicity.

Tess retira sa main. La grosse Felicity, d'ordinaire brillante, piquante, voire carrément sarcastique, parlait comme une héroïne de série B.

La tête penchée en arrière, les mâchoires serrées, Will s'efforçait de retenir ses larmes. Tess ne l'avait pas vu pleurer depuis la naissance de Liam.

Ses yeux à elle demeuraient secs. Terrifiée, le cœur battant la chamade, elle sentait que sa vie menaçait de s'écrouler. Le téléphone sonna.

« Laisse, dit Will. À l'heure qu'il est. »

Elle l'ignora.

« Agence TWF, j'écoute.

— Tess, ma jolie, je sais qu'il est tard, mais il y a comme un petit problème. »

Dirk Freeman. Directeur marketing des Laboratoires Petra, leur plus gros client. Le boulot de Tess, c'était de flatter son ego et de lui laisser croire que, même si sa carrière s'essoufflait – à cinquante-six ans, plus personne ne gravit les échelons –, il restait le grand manitou et elle, son humble servante. Qu'il pouvait tout se permettre : donner des ordres, se montrer grognon, séducteur, intransigeant. Et quand bien même elle faisait mine de le rabrouer, au final, lorsque Monsieur demandait, la petite soubrette s'exécutait. Bref, de toute évidence, le dévouement que Dirk Freeman attendait d'elle frisait l'indécence.

« Je n'aime pas du tout la couleur du dragon sur l'emballage de Stoptoux. Trop violet. Beaucoup trop violet. C'est parti à l'impression ? »

Affirmatif. Cinquante mille boîtes en carton étaient sorties de la presse le jour même. Cinquante mille dragons, violet de chez violet, qui souriaient à pleines dents.

Que d'heures passées sur ces dragons ! Mails, coups de fil, discussions sans fin. Et pendant ce temps, Will et Felicity tombaient amoureux.

« Non », répondit Tess en observant son mari et sa cousine, toujours assis à la table de réunion qui trônait au milieu de la pièce. Têtes baissées, examinant leurs mains, ils avaient l'air de deux adolescents pris en faute. « C'est votre jour de chance, Dirk.

— Oh, je pensais que ce serait trop tard ! Eh bien, tant mieux ! » dit-il d'un ton faussement soulagé.

Lui qui s'était réjoui d'avance à l'idée d'entendre la panique dans sa voix !

Il se racla la gorge et reprit d'un ton abrupt et autoritaire, comme un général qui mène ses troupes au combat : « Vous arrêtez tout sur ce packaging, compris ?

— Compris. On arrête tout.

— Je vous recontacte. »

Il raccrocha. Évidemment, la couleur du dragon n'avait rien à voir là-dedans. Freeman rappellerait dans les vingt-quatre heures pour dire que tout allait bien. Il avait juste besoin de sentir qu'il avait le pouvoir. Un jeune cadre aux dents longues avait dû l'humilier publiquement dans la journée.

« On a mis les boîtes sous presse aujourd'hui, dit Felicity d'une voix inquiète en gigotant sur sa chaise.

— Ça va aller.

— Mais s'il décide de changer…, commença Will.

— Ça va aller, je vous dis. »

Elle n'était pas en colère. Pas encore. Pas vraiment. Mais au fond d'elle-même couvait une rage sourde, une rage extraordinaire, susceptible d'exploser et de détruire tout ce qui se trouvait alentour.

Elle resta plantée là, puis se tourna vers le tableau blanc sur lequel ils listaient les dossiers en cours.

Emballage Stoptoux !

Campagne de pub papier pour Décoplume !!

Site Internet de Literie & Co. :-)

Quelle humiliation de voir dans ces mots et ces points d'exclamation griffonnés à la va-vite l'expression de son insouciance et de sa désinvolture ! Sans parler de ce smiley qu'elle avait elle-même ajouté à côté de Literie & Co. en apprenant la veille qu'ils avaient décroché le contrat. Elle ignorait alors le secret de Will et Felicity. Avaient-ils échangé un regard contrit en la voyant se réjouir ? *Il y a peu de chances qu'elle garde le sourire quand on lui aura révélé notre petit secret.*

Le téléphone sonna de nouveau.

Cette fois, Tess ne répondit pas.

Agence TWF. Leurs initiales réunies pour former le nom de la petite entreprise qu'ils avaient un jour imaginée au détour d'une conversation. À ceci près que le rêve était devenu réalité.

Voilà presque deux ans, en vacances à Sydney pour les fêtes de fin d'année, ils avaient passé le réveillon de Noël chez les parents de Felicity, tante Mary et oncle Phil. À l'époque, la jolie cousine, qui avait toujours ses rondeurs, transpirait allègrement dans une robe taille 50. Ils avaient mangé des saucisses grillées, de la salade de pâtes crémeuse et la traditionnelle tarte meringuée aux fruits. Felicity et Will n'avaient pas arrêté de se plaindre de leur travail. Direction incompétente, collègues insupportables, bureau plein de courants d'air, etc.

« Ma foi ! Vous m'avez l'air bien malheureux ! s'était exclamé oncle Phil qui n'avait plus de sujet de récrimination maintenant qu'il était à la retraite.

— Pourquoi vous ne montez pas votre propre boîte ? Tous les trois ? » avait suggéré la mère de Tess.

Après tout, ils travaillaient dans des domaines similaires. Tess dirigeait le service marketing et communication d'une maison d'édition d'ouvrages juridiques plan-plan. Will chapeautait l'équipe créative d'une prestigieuse agence de publicité où tout le monde s'autocongratulait. (C'était comme ça qu'ils s'étaient rencontrés : Tess avait été cliente de Will.) Felicity, quant à elle, exerçait ses talents de graphiste pour le compte d'un tyran.

Une fois la discussion lancée, les idées avaient fusé. À peine finissaient-ils le dessert que tout était arrangé : Will s'occuperait de la création (qui d'autre ?), Felicity de la direction artistique (parfait !) et Tess de la partie commerciale – ce qui, pour le coup, n'allait pas vraiment de soi. Elle n'avait pas l'âme d'une vendeuse et se considérait comme une grande timide.

À vrai dire, quelques semaines plus tôt, tandis qu'elle attendait son tour chez le médecin, elle avait fait un test dans le *Reader's Digest*. « Souffrez-vous d'anxiété sociale ? » Elle avait coché la réponse « C » à toutes les questions et obtenu un résultat

45

sans appel : vous êtes atteint de phobie sociale. Elle devait se faire soigner ou rejoindre un groupe de soutien. Pfff. Évidemment ! Ce test était fait pour les timides. Les autres, trop occupés à bavarder avec la réceptionniste, ne prenaient même pas la peine de le faire !

Consulter ? Hors de question. En parler ? Surtout pas. Le problème deviendrait palpable, indéniable. S'ils avaient le moindre soupçon, Will et Felicity se mettraient à l'observer dès qu'elle serait confrontée au regard des autres et, face à la preuve accablante de sa timidité, la traiteraient comme une pauvre petite chose. Mieux valait ne rien laisser paraître. Un jour, alors qu'elle n'était qu'une enfant, sa mère lui avait dit que la timidité tenait de l'égoïsme. « Tu sais, ma chérie, quand tu baisses la tête comme ça, les gens s'imaginent que tu ne les aimes pas ! » Ce n'était pas tombé dans l'oreille d'une sourde. En grandissant, Tess avait travaillé sur elle, s'obligeant à faire la conversation malgré ses crises de tachycardie, s'efforçant de soutenir le regard des autres quand tout son être lui dictait de détourner les yeux, prétextant un rhume quand sa voix s'étranglait. Elle avait appris à vivre avec, comme d'autres apprennent à gérer une intolérance au lactose ou une hypersensibilité de la peau.

Cela dit, Tess ne s'était pas inquiétée outre mesure lors de ce fameux réveillon de Noël. Ce n'étaient que des paroles en l'air, dites sous l'effet du punch de tante Mary. Ils n'allaient pas *vraiment* monter une boîte ensemble ; elle ne serait jamais directrice de comptes clients.

Pourtant, de retour à Melbourne pour le nouvel an, Will et Felicity avaient évoqué le projet à maintes reprises. Pourquoi ne pas installer leurs bureaux chez Will et Tess ? Une partie de leur vaste rez-de-chaussée ne restait-elle pas à ce jour inoccupée ? Sans compter qu'il y avait une entrée séparée. (Les précédents propriétaires en avaient fait une sorte de « tanière » pour leurs ados.) Leur start-up ne leur coûterait pas grand-chose. Will et Tess avaient remboursé leur emprunt. Felicity vivait en colocation. Qu'avaient-ils à perdre ? S'ils échouaient, ils pourraient toujours faire marche arrière et chercher du travail.

Tess s'était laissé emporter par leur enthousiasme et avait démissionné sans états d'âme. Ce qui ne l'avait pas empêchée d'être au bord de l'évanouissement la première fois qu'elle avait frappé à la porte d'un client potentiel. Aujourd'hui encore, dix-huit mois plus tard, la tête lui tournait et le trac la paralysait chaque fois qu'elle avait affaire à quelqu'un de nouveau. Bizarrement, elle s'en sortait très bien. « Vous n'êtes pas comme les autres, lui avait confié un client en lui serrant la main à la fin de leur première entrevue. Les commerciaux ont tendance à beaucoup parler. Vous, vous écoutez. »

Heureusement, sa peur n'était rien comparée à l'incroyable sentiment d'euphorie qui l'envahissait lorsqu'elle décrochait un contrat. Elle avait l'impression de flotter dans les airs. Elle était montée sur le ring et avait envoyé son démon intérieur au tapis. Cerise sur le gâteau : personne ne se doutait de rien. Les clients affluaient. Leur affaire prospérait. Une de leurs campagnes de lancement pour une entreprise de cosmétiques avait même failli gagner un prix.

En tant que directrice commerciale, Tess s'absentait souvent du bureau où Will et Felicity passaient de longues heures seuls. Si ça l'inquiétait ? « Pfff ! Ils sont comme frère et sœur ! »

Les jambes en coton, elle alla s'asseoir à l'autre bout de la table. Loin d'eux. Elle s'efforça de faire le point.

Il était six heures, un lundi soir. Elle était au mitan de sa vie.

Quand, un peu plus tôt, Will l'avait rejointe à l'étage en disant qu'il fallait qu'ils parlent – tous les trois –, Tess avait mille choses en tête. Sa mère venait de lui annoncer au téléphone qu'elle s'était cassé la cheville en jouant au tennis. Elle marcherait avec des béquilles pendant huit semaines et ne se voyait pas voyager dans son état. Était-il possible de fêter Pâques à Sydney cette année ?

Depuis qu'elle avait quitté la région de Sydney avec sa cousine quinze ans auparavant, Tess ne s'était jamais sentie coupable de vivre si loin de sa mère. Aujourd'hui, le remords l'avait envahie.

« On prendra le premier avion pour Sydney jeudi après l'école, avait-elle répondu. Tu vas pouvoir te débrouiller d'ici là ?

— Oh, ça ira. Mary va m'aider. Et puis, il y a les voisins. »

En réalité, tante Mary ne conduisait pas et oncle Phil n'allait pas s'amuser à l'amener chez sa sœur tous les jours. D'autant qu'ils commençaient tous les deux à prendre de l'âge. Quant aux voisins, difficile de compter sur eux : Lucy était entourée de très vieilles dames ou de jeunes couples avec enfants qui prenaient à peine le temps de dire bonjour quand ils partaient au volant de leur grosse voiture. Qui donc lui apporterait de bons petits plats mijotés ?

Inquiète, Tess avait envisagé de réserver un vol pour Sydney dès le lendemain. Elle trouverait une aide à domicile pour sa mère une fois sur place. Lucy serait furieuse d'avoir à supporter la présence d'une inconnue chez elle. Mais comment faire autrement ? Elle ne pouvait ni se laver ni se faire à manger.

Quel dilemme ! Ils croulaient sous le travail et elle détestait laisser Liam. D'autant qu'il n'était pas dans son état normal ces temps-ci. Il y avait ce garçon dans sa classe, un dénommé Marcus, qui lui menait la vie dure. Oh, il ne le persécutait pas vraiment – ce qui, soit dit en passant, aurait été plus simple : l'école aurait appliqué le règlement et, en matière de harcèlement, ils ne faisaient pas de cadeaux. Dans le cas présent, les choses étaient plus compliquées : Marcus était un petit psychopathe tout ce qu'il y avait de plus charmant.

Aujourd'hui, il avait encore fait des siennes, Tess en était convaincue. Elle l'avait compris en faisant manger Liam tandis que Will et Felicity bossaient au rez-de-chaussée. La plupart du temps, ils arrivaient à dîner en famille, mais le lancement du site qu'ils préparaient pour Literie & Co. était prévu pour vendredi : ils travaillaient sans relâche.

Liam s'était montré plus taciturne qu'à son habitude. Certes, ce n'était pas un bavard. Il était même plutôt rêveur et discret, mais ce soir-là, il avait l'air si triste et si sérieux en trempant ses morceaux de saucisse dans la sauce tomate que Tess avait cherché à lui tirer les vers du nez.

« Tu as joué avec Marcus aujourd'hui ? avait-elle demandé.

— Non, avait répondu Liam. Aujourd'hui, c'est lundi.

— Ah. Et qu'est-ce que ça change ? »

Plus un mot. Liam s'était refermé comme une huître, laissant sa mère en proie à une rage contenue. Elle irait de nouveau voir sa maîtresse. Dans son for intérieur, elle savait que Marcus imposait une relation malsaine à son fils, mais personne ne s'en rendait compte. La dure loi des cours de récréation.

Voilà ce qui préoccupait Tess lorsque Will lui avait demandé de descendre : sa mère et son fils.

Will et Felicity l'attendaient, assis à la table de réunion. Avant de se joindre à eux, Tess avait ramassé tous les mugs qui traînaient. Sa cousine avait le chic pour en prendre un nouveau chaque fois qu'elle se servait un café. Le pire, c'était qu'elle ne les finissait jamais. Tess avait aligné les tasses sur la table en disant : « Nouveau record, Felicity. Cinq cafés non terminés. »

Felicity n'avait rien dit. Bizarrement, elle regardait Tess d'un air coupable, comme si cette histoire de tasses importait vraiment. Puis Will avait lâché la nouvelle. Comme une bombe.

« Tess, je ne sais pas comment te le dire, mais Felicity et moi, on s'aime.

50

— Très drôle. » Tess avait regroupé les mugs en souriant. « Hilarant. »

Mais, visiblement, ce n'était pas une plaisanterie.

Elle avait alors posé les mains sur la table en pin massif couleur miel. Ses mains noueuses aux veines saillantes dont un ex-petit ami, elle ne savait plus lequel, avait dit être tombé amoureux. Will avait eu toutes les peines du monde à lui passer la bague au doigt le jour de leur mariage, ce qui avait beaucoup amusé leurs invités. Une fois l'anneau en place, il avait poussé un grand soupir de soulagement – histoire de donner le change – tout en lui caressant discrètement la main.

Levant les yeux, Tess surprit Will et Felicity échangeant des regards inquiets.

« Alors, c'est l'amour fou ? L'amour avec un grand A ? »

Will était parcouru de tics nerveux tandis que Felicity se triturait les cheveux.

Oui. L'amour fou ; l'amour avec un grand A, pensaient-ils tous les deux. *Nous sommes des âmes sœurs.*

« Depuis quand exactement ? Depuis quand vous êtes "amoureux" ?

— Ça n'a aucune importance, répondit Will aussitôt.

— Ça en a pour *moi* ! s'écria Tess.

— Je ne sais pas… depuis six mois peut-être ? marmonna Felicity en évitant le regard de Tess.

— Quand tu as commencé à perdre du poids, c'est ça ? »

Felicity haussa les épaules.

51

Puis, à Will : « Elle t'attirait moins quand elle était grosse ; plutôt drôle, non ? »

Le goût amer de la méchanceté la submergea. Elle n'avait pas été aussi mauvaise depuis l'adolescence.

Jamais elle n'avait traité Felicity de grosse. Jamais elle ne s'était permis de critiquer son poids.

« Tess, je t'en prie, intervint Will d'une voix où ne perçait pas le moindre reproche.

Laisse, c'est mérité », dit Felicity en se redressant pour affronter le regard de sa cousine avec l'humilité d'une coupable.

C'était donc ça, leur plan ? Laisser Tess donner coups de pied et coups de griffes jusqu'à épuisement ? Encaisser sans rien dire jusqu'à ce que l'orage passe ? Will et Felicity appartenaient à la catégorie des gentils, des *vrais* gentils, elle le savait bien. Ils se montreraient bienveillants et compréhensifs ; ils accepteraient sa fureur, et à la fin, la méchante, la *vraie*, ce serait elle. Ils n'avaient pas couché ensemble, ils ne l'avaient pas trahie. Ils étaient tombés amoureux ! Il ne s'agissait pas d'une aventure banale et sordide. C'était le destin. On n'y pouvait rien. Personne ne les condamnerait.

Leur stratégie tenait du génie !

Tess se tourna vers Will. « Pourquoi tu ne me l'as pas annoncé en tête à tête ? » lui demanda-t-elle en le fixant, comme si ferrer son regard pouvait suffire à le ramener à elle. Ses yeux. D'étranges billes couleur cuivre bordées d'épais cils noirs dont Liam avait hérité, si bien que Tess les considérait comme siens, des joyaux pour lesquels elle acceptait les compliments avec grâce : « Votre fils a des yeux magnifiques. » « Il les tient de mon mari. Je n'y suis pour rien ! » Mais Tess, malgré ses yeux bleu clair tout à fait quelconques, n'en pensait pas un mot. Ces yeux lui appartenaient. D'habitude, Will avait un regard rieur ; il était toujours prêt à plaisanter et, la plupart du temps, il trouvait la vie plutôt drôle. Sa légèreté. Voilà ce qu'elle adorait chez lui, entre autres. Mais à cet instant précis, il la regardait d'un air implorant, comme Liam lorsqu'il réclamait quelque chose au supermarché.

S'il te plaît, maman, je peux avoir ce paquet de gâteaux – oui, tout est fait pour que l'emballage attire les petits et oui, ils sont bourrés de conservateurs – et je sais que j'avais promis de rien demander mais, maman, *s'il te plaît*.

S'il te plaît, Tess. Je peux avoir ta délicieuse cousine ? Je sais que j'ai promis de t'être fidèle, dans la joie et dans la douleur, dans la santé et dans la maladie, mais *s'il te plaît*.

Non. Tu ne l'auras pas. J'ai dit non.

« Il n'y avait ni bon moment ni bon endroit, commença Will. Et nous voulions te le dire ensemble. On ne pouvait pas s'y résoudre, et ensuite, on s'est dit que ça ne pouvait plus durer… alors on s'est dit… » Il s'enlisait. « Nous savions que ce ne serait jamais le bon moment. »

Nous. Il y avait un « nous ». Ils avaient discuté de tout ça. Sans elle. Évidemment qu'ils avaient discuté de tout ça sans elle. Ils étaient même « tombés amoureux » sans elle.

« J'ai pensé qu'il fallait que je sois là aussi, déclara Felicity.

— Tu m'en diras tant ! » Tess ne pouvait pas la regarder. « Et maintenant, il se passe quoi ? »

Le simple fait de poser la question lui donna la nausée. C'était du délire. Rien, voyons ! Il ne se passerait rien. Rien du tout. Felicity filerait à son nouveau cours de gym, Will monterait pour parler à Liam tout en lui donnant le bain – peut-être parviendrait-il à crever l'abcès à propos de Marcus ? –, tandis que Tess préparerait un wok pour le dîner. Elle avait tout ce qu'il fallait. Comme c'était étrange de penser à ces aiguillettes de poulet qui l'attendaient bien sagement sous cellophane dans le réfrigérateur. Quand Will la rejoindrait, ils boiraient un verre de vin – il fallait bien finir la bouteille – tout en échafaudant mille scénarios de rencontre pour la charmante Felicity. Le banquier italien ? Le grand gaillard taciturne qui tenait l'épicerie fine du coin ? Jusqu'à présent, Will n'avait jamais coupé court en disant : « Mais oui, bien sûr ! Pourquoi je n'y avais pas pensé ? *Moi !* C'est moi qu'il lui faut ! »

C'était une plaisanterie. Tout ça n'était qu'une plaisanterie, se répétait-elle.

« Rien ne peut rendre les choses plus faciles, ou plus acceptables, nous en avons bien conscience, dit Will. Mais nous ferons ce que tu souhaites, ce que tu penses être le mieux pour toi et pour Liam.

— Pour Liam », répéta Tess, abasourdie.

Bizarrement, il ne lui était pas venu à l'esprit qu'il faudrait en parler à Liam, qu'on ne pourrait pas le laisser en dehors de tout ça. Liam qui, à l'étage, regardait la télévision allongé sur le ventre, obnubilé par ce Marcus qui l'embêtait. Il n'avait que six ans, bon sang !

Non, pensa-t-elle. *Non, non et non. Hors de question.*

Elle revit sa mère apparaître dans l'encadrement de sa porte. « Papa et moi voudrions te parler de quelque chose. »

Liam ne vivrait pas ce qu'elle avait vécu. Plutôt mourir. Son adorable petit garçon à la mine souvent grave ne connaîtrait pas le sentiment de vide et de confusion qu'elle avait éprouvé cet été-là. Il ne ferait pas son sac un vendredi sur deux. Il n'aurait pas à consulter un calendrier sur le réfrigérateur pour savoir avec qui il passerait le week-end. Il n'apprendrait pas à réfléchir à deux fois avant de répondre à une question apparemment anodine d'un de ses parents concernant l'autre.

Les pensées se bousculaient dans sa tête.

Le plus important, c'était Liam. Ses sentiments à elle ne rentraient pas en ligne de compte. Comment le préserver ? Comment arrêter ce cauchemar ?

« Tout ça nous est tombé dessus sans prévenir, dit Will le plus sincèrement du monde. On veut faire les choses bien. Le mieux possible pour tout le monde. On a même envisagé… »

Felicity lui fit un petit signe de tête qui ne passa pas inaperçu.

« Envisagé quoi ? » demanda Tess. Une preuve de plus. Ils en avaient bel et bien discuté. Elle les imaginait en tête à tête, vibrant d'émotion, les yeux mouillés à l'idée de la faire souffrir – eux qui ne feraient pas de mal à une mouche ! –, mais que pouvaient-ils faire d'autre ? Ignorer leur amour ?

« Il est bien trop tôt pour parler de ce que nous allons faire », répondit Felicity d'une voix plus ferme. Tess serra les poings. Quel culot ! Comment osait-elle prendre ce ton, comme s'il s'agissait là d'un problème lambda qui appelait une solution lambda.

« J'écoute. Vous avez même envisagé… », dit Tess en regardant Will.

Oublie-la. Tu n'as pas le temps d'être en colère. Réfléchis, Tess, réfléchis.

« Eh bien, commença Will en rougissant, on s'est dit que, peut-être, nous pourrions vivre tous ensemble. Ici. Pour Liam. Ce n'est pas une séparation comme les autres. Nous formons une… famille. Du coup, on s'est dit, enfin, c'est peut-être complètement dingue, mais on s'est dit, finalement, pourquoi pas ? »

Tess éclata d'un rire âpre, presque animal. Avaient-ils perdu la tête ? « Attends, si je comprends bien, je lui laisse ma place dans notre chambre ? Et puis Liam, on lui dit "T'inquiète pas, chéri, papa dort avec Felicity maintenant, et maman, elle dort dans la chambre d'amis". »

— Bien sûr que non, répondit Felicity, confuse.

— C'est vrai que dit comme ça…, commença Will.

— Et comment tu veux qu'on le dise ? »

Will se pencha en avant et se racla la gorge. « Écoute, on n'est pas obligés de décider quoi que ce soit aujourd'hui », dit-il de cette voix posée et autoritaire qu'il prenait parfois au bureau lorsqu'il tenait à ce que les choses soient faites à sa manière.

Felicity et Tess le remettaient à sa place sans ménagement.

Il ne manquait pas d'audace.

Tess abattit ses poings de toutes ses forces sur la table qui en trembla. Elle n'avait jamais rien fait de semblable – un geste grotesque, absurde, mais grisant. Elle jubilait de voir Will et Felicity dans leurs petits souliers.

« Je vais vous dire, moi, ce qu'on va faire », déclara-t-elle.

Tout à coup, les choses lui semblèrent évidentes. Simples comme bonjour.

Qu'ils la vivent, leur liaison ! Le plus tôt serait le mieux ! Pour l'instant, ils se tournaient autour, tels les amants maudits qui se jettent des regards éperdus au-dessus du dragon violet de Stoptoux. Pour l'instant, c'était agréable et excitant, mais avec un peu de chance, leur doux remake de *Roméo et Juliette* ne survivrait pas longtemps aux étreintes suantes et moites et tomberait dans l'écueil de la banalité et de la médiocrité. Will aimait son fils ; une fois les limbes du désir charnel dissipés, il prendrait conscience de son erreur, terrible mais rattrapable.

Tout pouvait encore s'arranger.

La seule chose à faire, c'était de s'en aller. Tout de suite. « J'emmène Liam à Sydney, déclara Tess. Chez ma mère. Je viens de l'avoir au téléphone ; elle s'est cassé la cheville. Elle a besoin de quelqu'un.

— Oh, non ! Comment c'est arrivé ? Elle va bien ? » demanda Felicity.

Tess l'ignora. Le numéro de la nièce attention-
née, merci bien. À présent, Felicity était l'Autre.
Tess, en tant qu'épouse, allait devoir se battre.
Pour son fils. Se battre et gagner la partie.

« On y restera jusqu'à ce qu'elle récupère.

— Mais, Tess, tu ne peux pas emmener Liam
à *Sydney* », répondit Will qui avait perdu de son
éloquence.

Il avait grandi à Melbourne. Pour lui, vivre ailleurs n'avait jamais été une option.

La mine déconfite, il lui rappelait Liam lorsqu'il se faisait gronder injustement. Puis son visage
s'éclaircit. « Et l'école ? Il ne peut pas rater l'école.

— Je l'inscrirai à St Angela pour le trimestre. Ça
l'éloignera de Marcus. Ce changement de décor lui
fera le plus grand bien. Il pourra y aller à pied,
comme moi quand j'étais petite.

— Il n'est pas catholique ! protesta Will dans
tous ses états. Ils ne l'accepteront jamais.

— Qui a dit qu'il n'était pas catholique ? On l'a
fait baptiser, je te rappelle. »

Felicity voulut intervenir mais se ravisa.

« Ils le prendront », poursuivit Tess, espérant
qu'elle ne se trompait pas. « Maman a des contacts
à la paroisse. »

La simple évocation de St Angela, la petite école
catholique où elle et Felicity avaient passé leur
enfance, lui rappela mille souvenirs. Les jeux de
marelle à l'ombre des flèches de l'église. Le son
des cloches. L'odeur sucrée des bananes oubliées
au fond des cartables. À cinq minutes à pied de
la maison de Lucy, l'école s'élevait au bout d'une
impasse bordée d'arbres qui, à la belle saison,

formaient une voûte aussi majestueuse que celle d'une cathédrale. Malgré l'arrivée de l'automne, il ferait encore assez doux pour se baigner à Sydney. Les liquidambars prendraient leur teinte verte ou dorée. Leurs feuilles, une fois tombées, tapisseraient les sentiers cahoteux sur lesquels Liam se promènerait.

Parmi les anciens instituteurs de Tess, certains enseignaient toujours à St Angela. Nombre de ses camarades de classe, devenus parents, y envoyaient leurs propres enfants. Parfois, au détour d'une conversation, sa mère citait des noms familiers, et Tess n'en revenait pas : ils étaient encore là ? Les Fitzpatrick par exemple. Une fratrie de six garçons, tous coulés dans le même moule – blonds, mâchoire carrée et tellement beaux que Tess avait le rouge aux joues chaque fois qu'elle en croisait un. Ils avaient tous été enfants de chœur et leurs parents les avaient inscrits dans cette école réservée aux garçons de bonne famille près du port dès le CM1. Riches et beaux. D'après ce qu'elle avait compris, l'aîné avait trois filles toutes scolarisées à St Angela.

Était-ce bien raisonnable ? Emmener Liam à Sydney, l'envoyer dans son ancienne école primaire ? Expédier son fils dans sa propre enfance ? Impossible. L'espace d'un instant, la tête lui tourna de nouveau. Non, tout cela n'était qu'une farce. Retirer Liam de l'école ? Quelle idée ! Il devait rendre son dossier sur les animaux marins vendredi. Participer aux Olympiades des P'tits Loups samedi. De son côté, elle avait une lessive à étendre et un client potentiel à rencontrer à la première heure le lendemain.

Tess surprit un regard entre Will et Felicity. Il n'en fallut pas davantage pour qu'elle se décide. Elle jeta un œil à sa montre. Dix-huit heures trente. Le jingle de *Qui perd gagne !*, cette émission débile, lui parvenait depuis l'étage. Liam, qu'elle avait laissé devant un DVD, avait basculé sur la télévision. Il ne lui faudrait pas longtemps pour trouver un programme avec des armes à feu.

Une voix sonore se fit entendre : « On n'a rien sans rien ! »

Tess détestait ces formules toutes faites censées motiver les troupes.

« On prend l'avion dès ce soir, annonça-t-elle.

— Ce soir ? répéta Will. Tu ne peux pas embarquer Liam ce soir.

— Je vais me gêner. Il doit y avoir un vol à vingt et une heures. Ça fera l'affaire.

— Tess, intervint Felicity, tu t'emballes. Inutile de…

— Tu seras débarrassée de nous. Tu vas pouvoir coucher avec Will. Enfin. Prends mon lit, va, j'ai changé les draps ce matin. »

D'autres horreurs lui vinrent à l'esprit.

« Il aime bien être en dessous ; heureusement que t'as perdu du poids ! »

« Et toi, ne regarde pas de trop près ; elle a plein de vergetures. »

Mais non, elle ne s'abaisserait pas à leur niveau. À eux de se sentir minables. Elle se leva et lissa le devant de sa jupe.

« Sur ce, tâchez de faire tourner la boîte sans moi. Vous n'aurez qu'à raconter aux clients qu'on a un problème familial. »

Un problème familial. C'était le moins qu'on puisse dire.

Elle fit le tour de la table pour ramasser les tasses que Felicity avait laissées derrière elle. Et puis non, se ravisa-t-elle *in petto* tandis que Will et Felicity l'observaient, l'air hébété, grave et désolé. Elle se pencha au-dessus des mugs, en choisit deux – les plus pleins – et, visant aussi soigneusement qu'un joueur de netball, leur envoya le reste de café en pleine figure.

3

Rachel s'attendait à ce qu'ils lui annoncent l'arrivée d'un deuxième bébé. Pas étonnant que la nouvelle lui ait fait l'effet d'une bombe. À l'instant où ils avaient passé le pas de sa porte, elle avait compris, à leur mine empruntée et suffisante, qu'ils avaient des choses importantes à lui dire, que d'un instant à l'autre, ils allaient l'obliger à écouter attentivement.

Rob s'était montré plus bavard qu'à son habitude. Lauren, moins. Seul Jacob était resté fidèle à lui-même, courant dans tous les sens, ouvrant placards et tiroirs à la recherche des petits trésors que sa grand-mère y laissait pour lui.

Rachel s'était bien gardée de leur demander s'ils avaient quelque chose de particulier à lui faire savoir. Elle n'était pas ce genre de grand-mère. Pas elle. Lorsqu'elle les recevait, elle veillait toujours à se comporter en belle-mère exemplaire : prévenante sans être mielleuse, attentive mais jamais indiscrète. Elle ne se permettait aucune critique, ni même aucune suggestion concernant l'éducation de Jacob, y compris en l'absence de Lauren, car elle savait qu'il n'y a rien de pire pour une femme que d'entendre son époux dire : « Ma mère trouve que… » Pourtant, ce n'était pas facile de tenir sa langue. Mille conseils lui venaient à l'esprit en un flot ininterrompu, comme les informations qui défilent en bas de l'écran sur CNN.

Pour commencer, qu'attendaient-ils pour l'amener chez les coiffeur ? Jacob passait son temps à enlever ses cheveux de ses yeux ; il fallait être aveugle pour ne pas le voir. Sans parler de cet affreux tee-shirt Flash McQueen : le tissu était bien trop rêche. S'il le portait quand elle le gardait, elle s'empressait de le changer. Le soir, en voyant ses parents remonter l'allée, elle le rhabillait en deux temps trois mouvements. Ni vu ni connu.

Mais à quoi bon jouer les belles-mères parfaites ? Vu le résultat, elle aurait aussi bien pu se comporter en marâtre. Parce que maintenant, ils partaient à l'autre bout du monde et emmenaient Jacob avec eux. Comme s'ils en avaient le droit. Oui, bon, d'accord, techniquement, ils en avaient le droit.

Un deuxième bébé ? Pas du tout. En réalité, Lauren s'était vu proposer un nouveau job. Un poste génial. À New York. Pour deux ans. À les voir se réjouir, on aurait dit qu'elle avait décroché un boulot au paradis.

Ils lui avaient annoncé la nouvelle au dessert (chaussons aux pommes industriels et boules de glace), tandis qu'elle tenait Jacob sur ses genoux, son petit corps solide et anguleux s'abandonnant tout contre elle avec la délicieuse indolence d'un bambin épuisé. Les lèvres posées au creux de sa nuque, elle respirait le parfum de ses cheveux.

La première fois qu'elle l'avait pris dans les bras pour embrasser son front délicat et fragile, qu'elle avait humé son odeur de nouveau-né, elle avait eu le sentiment de revenir à la vie, comme une plante desséchée que l'on arrose enfin. D'être libérée d'un poids trop lourd qu'elle avait dû porter pendant des années. Ses poumons s'étaient emplis d'oxygène. Sa colonne vertébrale s'était redressée. Le monde s'était recolorisé sous ses yeux à l'instant où elle avait quitté la maternité.

« Il faudra venir nous voir », avait dit Lauren.

Lauren avait toujours donné la priorité à sa carrière. Elle occupait un poste haut placé et stressant à la Commonwealth Bank. Elle gagnait beaucoup d'argent. Plus que Rob – ce n'était un secret pour personne. À vrai dire, Rob semblait en tirer fierté, évoquant le sujet un peu trop souvent au goût de Rachel. Si Ed avait entendu son fils se vanter du salaire de sa femme, il aurait fait une attaque. Heureusement, ce bon vieux Ed n'était plus de ce monde.

Avant son mariage, Rachel avait elle aussi travaillé à la Commonwealth Bank, mais bizarrement, la coïncidence n'était jamais venue sur le tapis.

Elle s'était souvent demandé si son fils avait oublié ce détail de sa vie, s'il l'ignorait ou si, tout simplement, il s'en moquait. Évidemment, Rachel savait bien que son job de guichetière (qu'elle avait quitté sitôt la bague au doigt) n'avait rien à voir avec la brillante carrière de sa bru. Pourtant, elle n'avait pas la moindre idée de ce que Lauren fabriquait à longueur de journée. Chef de projet. Vous parlez d'un métier !

En tout cas, Madame était incapable de préparer le sac de Jacob correctement quand il passait la nuit chez elle ! Il fallait toujours qu'elle oublie quelque chose.

Mais Jacob ne viendrait plus dormir à la maison. Terminé, le bain. Itou, l'histoire du soir. Adieu, les moments passés au salon à danser sur son disque préféré. C'était comme s'il mourait. Tout juste si elle n'avait pas besoin d'un mémento pour se rappeler qu'il était encore en vie, là, sur ses genoux.

« Oui, il faudra que tu viennes à New York, maman ! » reprit Rob. D'où sortait cet accent américain ? Et ce sourire Ultra Bright ? Pas de doute, avec ses grandes dents parfaitement alignées – qui, soit dit en passant, avaient coûté une petite fortune à ses parents –, il serait comme chez lui, aux États-Unis.

« Fais-toi faire un passeport, maman. Toi qui n'as jamais quitté l'Australie ! Tu pourrais en profiter pour voir du pays ! Voyager en car ou, tiens, pourquoi pas une croisière en Alaska ? »

Parfois, elle se demandait quel genre d'adulte Rob serait devenu si leurs vies n'avaient pas basculé, comme balayées par un raz-de-marée, le

6 avril 1984. Qu'en aurait-il été de son optimisme à toute épreuve ? De son petit côté agent immobilier ? Enfin, c'était son métier, alors il ne fallait pas s'étonner de le voir se comporter comme tel.

« Une croisière en Alaska ! s'exclama Lauren en posant la main sur celle de Rob. J'en ai toujours rêvé ! Un beau projet pour nos vieux jours ! »

Elle se mit à tousser, consciente de sa maladresse à l'égard de sa belle-mère qui n'était plus toute jeune.

« Une région digne d'intérêt, sans aucun doute », répondit Rachel. Elle but une gorgée de thé avant d'ajouter : « Quoique légèrement froide. »

Quelle idée ! Rachel n'avait aucune envie d'aller se geler au pôle Nord ! Ce qu'elle voulait, elle, c'était s'asseoir au soleil dans son jardin, jouer à faire des bulles avec Jacob, le regarder rire aux éclats. Le voir grandir, semaine après semaine.

Et ce deuxième bébé, alors ? Il fallait se dépêcher. Lauren avait trente-neuf ans ! La semaine précédente, Rachel avait dit à Marla qu'il n'y avait pas d'urgence, que les femmes, aujourd'hui, faisaient des enfants jusque tard. Soit. Mais, à ce moment-là, elle espérait secrètement qu'ils allaient lui annoncer la bonne nouvelle incessamment ! À vrai dire, elle s'était *préparée* à cette naissance, comme toutes les belles-mères intrusives. Pour commencer, elle prendrait sa retraite. Elle aimait beaucoup son travail à St Angela mais dans deux ans, elle soufflerait ses soixante-dix bougies. Soixante-dix ! Elle se fatiguait plus vite qu'avant. Garder ses petits-enfants deux jours par semaine lui suffirait amplement. C'était comme cela qu'elle voyait sa vieillesse.

D'ailleurs, elle le sentait presque dans ses bras, ce nourrisson !

Pourquoi sa détestable bru ne voulait-elle pas de deuxième enfant ? Un petit frère ou une petite sœur pour Jacob ? Sans compter que ça ne risquait pas de mettre sa carrière en danger, d'avoir un bébé. Après la naissance de Jacob, elle avait repris le chemin du bureau au bout de trois mois à peine. Et qu'y avait-il de si extraordinaire à New York ? Des chauffeurs qui klaxonnent en veux-tu en voilà, de la vapeur qui s'échappe des bouches d'égout ?

Ce matin encore, Rachel pensait être heureuse. Si on le lui avait demandé, elle aurait dit qu'elle menait une vie bien remplie. Elle s'occupait de Jacob le lundi et le vendredi. Le reste du temps, il allait à la garderie pendant que Lauren sévissait en ville dans ses habits de chef de projet. Rachel, quant à elle, travaillait comme secrétaire à St Angela. Entre son boulot, son jardin, son amie Marla, ses lectures et deux jours complets avec son adorable petit-fils, elle ne voyait pas les semaines passer. Sans parler des week-ends où Rob et Lauren lui laissaient Jacob. Car ils aimaient sortir, ces deux-là. Et ils ne se refusaient rien : restaurants chic, théâtre, *opéra* ! Excusez du peu ! aurait dit Ed en se tenant les côtes.

Bref, Rachel était aussi heureuse qu'on peut l'être.

Qui eût cru que sa vie, tel un château de cartes, pouvait s'écrouler en un claquement de doigts ? Qu'un lundi soir, Rob et Lauren pouvaient débarquer chez elle et retirer LA carte qui maintenait la structure en place sans sourciller ? Jacob, son mur de soutien. Sans lui, elle allait s'effondrer.

Les yeux emplis de larmes, Rachel embrassa Jacob sur la tête.

Injuste. Terriblement injuste.

« Ce n'est que pour deux ans, dit Lauren en regardant Rachel. Ça va passer vite.

— Comme ça », ajouta Rob en claquant des doigts.

Parlez pour vous, songea Rachel.

« Si ça se trouve, on n'y restera même pas jusqu'au bout, fit Lauren.

— Si ça se trouve, vous y resterez toute votre vie ! » rétorqua Rachel avec un grand sourire, histoire de leur faire savoir qu'elle n'était pas née de la dernière pluie.

Ce genre de choses, ça finissait toujours pareil.

Lucy et Mary, les jumelles Russell, par exemple. Quand leurs filles étaient parties s'installer à Melbourne, Lucy lui avait dit tristement en sortant de l'église un dimanche : « Elles ne reviendront peut-être jamais. » Ça ne datait pas d'hier, mais Rachel n'avait pas oublié car Lucy ne s'était pas trompée. Aux dernières nouvelles, les cousines – la fille de Lucy la petite timide, et celle de Mary, la grassouillette aux beaux yeux – vivaient toujours à Melbourne sans la moindre intention de rentrer au bercail.

Cela dit, Melbourne était tout près ! On pouvait y faire un saut en avion pour la journée. Ce dont Lucy et Mary ne se privaient pas. New York, en revanche, était à l'autre bout de la planète.

Et puis, il y avait les gens comme Virginia Fitzpatrick, la femme qui partageait – si l'on peut dire – le poste de secrétaire de l'école avec Rachel.

Elle avait six garçons et quatorze petits-enfants, dont la majorité vivait à moins de vingt minutes de chez elle, au nord du port. Si l'un de ses fils venait à s'exiler avec femme et enfants à l'autre bout de la planète, elle ne s'en rendrait même pas compte, tellement ils étaient nombreux !

Rachel se disait parfois qu'elle aurait dû avoir plus d'enfants. Six au moins, comme toute bonne catholique qui se respecte. Mais elle en avait décidé autrement, par pure vanité, car secrètement, Rachel s'était crue spéciale, différente des autres femmes. Dieu seul savait en quoi elle se sentait si spéciale car, en réalité, elle n'aspirait à rien de particulier. Contrairement aux femmes d'aujourd'hui qui rêvaient de faire carrière, de parcourir le monde et que sais-je encore.

Jacob descendit de ses genoux avant de filer au salon comme une flèche. Un instant plus tard, elle entendit le son de la télévision. Le petit futé savait se servir de la télécommande !

« Quand partez-vous ? demanda-t-elle.

— Pas avant le mois d'août, répondit Lauren. On a pas mal de choses à régler, à commencer par nos visas. Et puis, il faut qu'on trouve un appartement, une nounou pour Jacob. »

Une nounou pour Jacob.

« Un boulot, en ce qui me concerne, ajouta Rob, l'air un peu inquiet.

— Oh, bien sûr, chéri », fit Rachel qui s'efforçait de s'intéresser au problème. « Tu vas devoir chercher du travail. Dans l'immobilier, tu penses ?

— Pas sûr. On verra. Je vais peut-être me transformer en homme au foyer.

— Si j'avais su, je lui aurais appris à cuisiner »,
ironisa Rachel en se tournant vers Lauren.

À vrai dire, elle n'avait jamais été un cordon-
bleu ; faire à manger n'était qu'une corvée de
plus, au même titre que la lessive ou le ménage.
L'engouement récent pour la cuisine lui échappait
totalement.

« Ce n'est pas grave, répondit Lauren en souriant jusqu'aux oreilles. À mon avis, on dînera
souvent dehors à New York. Vous savez ce qu'on
dit : la ville qui ne dort jamais !

— Cela dit, Jacob aura besoin de dormir, lui.
Ou peut-être comptez-vous sur la nounou pour
le faire manger pendant que vous courrez les
restaurants ? »

Lauren perdit son sourire et se tourna vers Rob
qui, bien sûr, semblait ailleurs.

Le volume de la télévision augmenta tout d'un
coup. Une voix d'homme retentit dans toute la
maison : « On n'a rien sans rien ! »

Rachel reconnut la voix d'un des coachs de *Qui
perd gagne !*. Elle aimait bien ce programme. Ça
la rassurait de voir des gens enfermés dans une
bulle artificielle et colorée où seules les calories
engrangées et les calories brûlées comptaient, où
les souffrances endurées se résumaient à quelques
séries de pompes – rien de tragique – et où on
pleurait de joie à chaque kilo perdu. Ils maigrirent
et vécurent heureux jusqu'à la fin des temps !

« Tu joues encore avec la télécommande, Jake ? »
demanda Rob en se levant de table pour rejoindre
son fils au salon.

69

C'était toujours lui qui réagissait en premier. Dès le début, il avait changé les couches. Dire que Ed ne savait même pas à quoi ça ressemblait ! Bien sûr, aujourd'hui, tous les papas mettaient la main à la pâte. Ça ne leur faisait probablement pas de mal. Mais Rachel trouvait ça un peu gênant, inapproprié en quelque sorte. Trop... féminin ? Elle n'oserait jamais avouer une chose pareille en présence de jeunes femmes !

« Rachel », dit Lauren.

Rachel vit que sa bru la regardait nerveusement, comme si elle avait un énorme service à lui demander. *Oui, Lauren, je veux bien m'occuper de Jacob pendant que vous serez à New York avec Rob. Deux ans ? Pas de problème. Partez tranquilles. Amusez-vous bien.*

« Vendredi prochain, poursuivit Lauren, c'est Vendredi saint. Je sais que c'est... euh, l'anniversaire... »

Rachel se figea. « Oui, répondit-elle froidement. En effet. » Elle n'avait aucune envie de parler de vendredi. Encore moins avec Lauren. Depuis plusieurs semaines déjà, son corps lui rappelait à chaque instant que ce triste anniversaire arrivait. C'était comme ça tous les ans, à la fin de l'été, lorsque les premières fraîcheurs se faisaient sentir. Ses muscles se raidissaient, un sentiment d'horreur l'envahissait, et tout à coup, elle se souvenait. *Eh oui. Un nouvel automne qui commence.* Quel dommage. Avant, elle adorait l'automne.

« J'ai cru comprendre que vous alliez au parc, dit Lauren comme s'il s'agissait d'un lieu de rendez-vous mondain. Voilà, je me demandais si... »

Rachel ne pouvait pas le supporter.

« J'aimerais autant ne pas en parler, si ça ne vous dérange pas. Pas maintenant. Une autre fois ?

— Bien sûr », fit Lauren en rougissant.

Rachel regretta aussitôt d'avoir joué cette carte. Les rares fois où elle l'avait fait, elle s'était sentie minable.

« Je vais préparer le thé », dit-elle.

Puis elle commença à débarrasser.

« Je vais vous aider, proposa Lauren en se levant.

— Laissez, ordonna Rachel.

— Comme vous voudrez. »

Lauren coinça une mèche de cheveux derrière son oreille. C'était une jolie fille – blonde avec de beaux reflets roux. La première fois que Rob l'avait amenée chez Rachel pour faire les présentations, il rayonnait de fierté. Comme lorsque tout petit et joufflu, il rapportait sa dernière œuvre de l'école.

La tragédie qui avait frappé leur famille en 1984 aurait dû décupler l'amour de Rachel pour son fils, mais il n'en avait pas été ainsi. Comme si elle avait perdu sa capacité à aimer – jusqu'à la naissance de Jacob. À cette époque-là, elle entretenait des rapports parfaitement cordiaux avec Rob, mais c'était un peu comme une friandise à base de caroube : il suffisait d'y goûter pour savoir que ce n'était qu'une pâle copie du chocolat. Rob lui enlevait Jacob ? Bien fait pour elle. Elle n'avait qu'à mieux l'aimer. Pour votre pénitence, vous direz deux cents *Je vous salue Marie* et serez privée de votre petit-fils pendant deux ans. Il y avait toujours un prix à payer et Rachel n'avait jamais été épargnée. Pas de rabais. En 1984, son erreur lui avait coûté cher. Très cher.

Dans la pièce voisine, Jacob gloussait de plaisir. Son père devait le pendre par les pieds ou jouer à la bagarre, tout comme Ed l'avait fait avec lui.

« C'est le monstre Chatouille qui arrive ! » s'écria Rob.

Chaque éclat de rire flottait jusqu'au salon comme des milliers de bulles, emplissant Rachel et Lauren d'une gaieté contagieuse. C'était irrésistible, comme si le monstre les chatouillait elles. Leurs regards se croisèrent et le rire de Rachel se transforma en sanglots.

« Oh, Rachel », fit Lauren en esquissant un geste de réconfort, d'une main parfaitement manucurée. (Toutes les trois semaines, Madame passait son samedi à se faire bichonner – manucure, pédicure, massage et cetera. C'était « du temps pour elle », comme elle disait. Rob en profitait pour rendre visite à Rachel avec Jacob. Ils pique-niquaient dans le parc à côté de chez elle tous les trois.) « Je suis navrée, poursuivit-elle. Je sais à quel point Jacob va vous manquer, mais… »

Rachel reprit sa respiration et rassembla toutes ses forces pour se ressaisir, comme une alpiniste suspendue au bord d'une falaise qui fait un effort surhumain pour se hisser sur la terre ferme.

« Ne soyez pas ridicule, répondit-elle d'un ton si brusque que Lauren resta figée sur place. Je survivrai. C'est une occasion en or pour vous. »

Elle vida les restes peu ragoûtants de dessert dans une assiette et empila les autres.

« Pendant que j'y pense, qu'est-ce que vous attendez pour emmener Jacob chez le coiffeur ? »

Puis elle tourna les talons.

4

« John-Paul ? Tu es là ? » demanda Cecilia, le téléphone collé à l'oreille.

« Tu l'as ouverte ? » dit-il après un long silence d'une voix faible et aiguë, comme un petit vieux acariâtre sorti tout droit d'une maison de retraite.

« Non. Tu n'es pas mort, alors je me suis dit : pas la peine ! » répondit-elle sur un ton teinté de reproche malgré ses efforts pour paraître détachée.

De nouveau, un blanc. Puis une voix avec un fort accent américain : « Monsieur, par ici, s'il vous plaît. »

« Allô ? »

— Est-ce que tu peux ne pas l'ouvrir, s'il te plaît ? Je l'ai écrite il y a des années, quand Isabel était bébé, si je me souviens bien. C'est plutôt embarrassant. Je croyais l'avoir égarée à vrai dire. Où l'as-tu trouvée ? »

Il semblait gêné, comme s'il parlait devant des gens qu'il ne connaissait pas bien.

« Tu n'es pas seul ?

— Si. Je suis au restaurant de l'hôtel ; je prends mon petit déjeuner.

— Je suis tombée dessus par hasard dans le grenier. Je cherchais mon petit bout du Mur de… Peu importe. J'ai renversé une de tes boîtes à chaussures et elle était là.

— J'ai dû l'écrire au moment où je préparais ma déclaration de revenus. Quel imbécile je fais. Je me souviens de l'avoir cherchée comme un fou. Je n'en revenais pas de l'avoir perdue... » Il s'interrompit. « Bon. »

Sa voix semblait si contrite, empreinte de tant de remords.

« Eh bien, ce n'est pas grave, dit-elle doucement, comme si elle s'adressait à une de ses filles. Mais, qu'est-ce qui t'a poussé à l'écrire ?

— Un coup de tête, rien de plus. J'étais très ému, je crois, avec l'arrivée de notre premier bébé. J'ai beaucoup repensé à mon père à ce moment-là, à tout ce qu'il n'a jamais dit avant de mourir. Les clichés habituels. Pour être honnête, je ne me rappelle pas vraiment ce qu'il y a dedans. Juste des choses un peu mièvres, sur mon amour pour toi.

— Dans ce cas, chéri, je peux bien la lire. Inutile d'en faire tout un plat, dit Cecilia, un rien honteuse de chercher à amadouer son mari.

— Je n'en fais pas tout un plat, mais, Cecilia, s'il te plaît, je te le demande le plus sérieusement du monde, n'ouvre pas cette lettre. »

Mon Dieu ! Quelle histoire ! Les hommes pouvaient se montrer tellement immatures sur le plan émotionnel.

« Okay, je ne l'ouvrirai pas. Espérons d'ailleurs que je n'aurai pas à le faire avant une bonne cinquantaine d'années !

— Tu mourras peut-être avant moi.

— Impossible ! Tu manges beaucoup trop de viande rouge. Ma main au feu que ton assiette déborde de bacon !

— Et moi, je parie que ce soir, tu as encore servi du poisson à ces pauvres gamines ! »

John-Paul avait beau plaisanter, il restait tendu.

« C'est papa ? fit Polly en entrant en trombe dans la cuisine. Il faut que je lui parle ! C'est urgent !

— Voilà Polly, dit Cecilia en essayant de garder le combiné. Polly, arrête. Attends une minute. Bon, on se parle demain. Je t'aime.

— Moi aussi », répondit John-Paul tandis que sa benjamine s'emparait du téléphone.

« Papa, dit Polly en quittant la pièce. Tu m'écoutes ? J'ai quelque chose à te dire ; même que c'est un secret. »

Sacrée Polly ! Il fallait toujours qu'elle fasse des secrets ! Et ce, depuis qu'elle avait appris à parler.

« Tu n'oublieras pas de le passer à tes sœurs ! » lui recommanda Cecilia.

Elle prit sa tasse de thé et mit l'enveloppe de côté, au bout de la table. La voilà renseignée. Rien de grave. À présent, elle allait ranger cette lettre et ne plus y penser.

John-Paul avait semblé gêné. Pas de quoi fouetter un chat. Au contraire, c'était mignon.

Bien sûr, maintenant qu'elle avait promis de ne pas l'ouvrir, elle ne pouvait plus se le permettre. Elle aurait mieux fait de se taire. Elle n'avait plus qu'une chose à faire : finir son thé et s'atteler à ses pâtisseries sans gluten.

Elle tira l'énorme livre d'Esther à propos du Mur de Berlin jusqu'à elle et commença à le feuilleter. La photo d'un jeune homme au visage angélique et grave à la fois lui rappela un peu John-Paul à l'époque où elle était tombée amoureuse de lui. Il disciplinait sa tignasse avec une grande quantité de gel et arborait toujours un air merveilleusement sérieux (même lorsqu'il était ivre, à savoir, très régulièrement). En comparaison, Cecilia se faisait parfois l'effet d'une petite écervelée. John-Paul avait mis un temps fou à se montrer sous un jour plus enjoué.

Le garçon sur la photo répondait au nom de Peter Fechter, maçon de dix-huit ans qui fut parmi les premiers à tomber sous les balles au cours d'une tentative d'évasion. Atteint au niveau du bassin, il se vida de son sang sur la « piste de la mort », côté Est, et ne succomba à ses blessures qu'au terme d'une longue agonie, sous les yeux de centaines de témoins de part et d'autre du Mur. Certains lui lancèrent de quoi panser ses plaies mais personne ne s'approcha pour lui porter secours.

« Pour l'amour du ciel », fit Cecilia en repoussant le livre d'un geste brusque. Esther n'était-elle pas trop jeune pour apprendre que de telles horreurs avaient eu lieu ?

Cecilia aurait aidé le pauvre Peter. Elle aurait foncé vers lui sans la moindre hésitation, appelé une ambulance, hurlé : « Qu'est-ce qui ne va pas chez vous ? »

Mais comment savoir ce qu'elle aurait fait, en réalité ? Probablement rien. Elle n'aurait pas couru le risque de se faire tirer dessus. Elle était mère de famille. Une mère se doit de rester en vie. D'ailleurs, les pistes de la mort ne faisaient pas partie de son vocabulaire. Pistes forestières, pistes cyclables, pistes de ski, d'accord, mais pistes de la mort ? Elle n'avait jamais été confrontée à une situation pareille. Pourvu que ça dure.

« Polly ! cria Isabel. Ça fait trois plombes que tu parles à papa ; tu le barbes ! »

Pourquoi fallait-il toujours qu'elles crient ? John-Paul manquait cruellement aux filles quand il s'absentait. Plus patient que Cecilia, il s'impliquait volontiers dans leurs jeux et leurs histoires de petites filles, et ce depuis leur plus jeune âge. Il pouvait passer des heures à jouer à la dînette avec Polly, allant jusqu'à boire son thé le petit doigt levé. Quand Isabel lui racontait en long, en large et en travers sa dernière brouille avec ses copines, il l'écoutait religieusement. Leur mère ne se donnait pas tant de peine. Aussi, le retour de John-Paul à la maison s'avérait un soulagement pour tout le monde. « Si tu les emmenais quelque part ? » suggérait Cecilia. Et ils partaient tous les quatre à l'aventure pour revenir tout crottés en fin de journée.

« Je le barbe pas, d'abord ! répondit Polly, outragée.

— Donne le téléphone à tes sœurs, Polly ! Et que ça saute ! »

Des bruits de bagarre dans le couloir. Puis Polly apparut dans l'encadrement de la porte de la cuisine. La mine boudeuse, elle vint s'asseoir près de sa mère.

Cecilia glissa la lettre de John-Paul dans le livre d'Esther et regarda l'adorable frimousse en forme de cœur de sa petite dernière. Du haut de ses six ans, Polly était d'une beauté déconcertante. Soit, John-Paul était très séduisant (ce qui lui avait longtemps valu le surnom de « bel étalon ») et Cecilia plutôt pas mal. Mais sans trop savoir comment – les mystères de la génétique –, ils avaient donné naissance à une enfant belle à couper le souffle. Les cheveux noirs, les yeux d'un bleu étincelant, les lèvres couleur vermeil, Polly ressemblait à Blanche-Neige. Ses deux sœurs, avec leurs cheveux blond cendré et leurs taches de rousseur, étaient aussi très jolies. Mais personne ne se retournait sur leur passage. Polly, elle, attirait tous les regards. « Son joli minois la perdra ! » avait déclaré la mère de John-Paul la semaine précédente. Cecilia n'avait pas apprécié, même si elle comprenait ce qu'elle voulait dire. Difficile de rester soi-même quand on a ce que toutes les autres femmes rêvent d'avoir, non ? L'attention permanente dont les jolies filles faisaient l'objet ne les poussait-elle pas à adopter un port différent, une démarche plus chaloupée que la moyenne ? Cecilia détestait l'idée que Polly se mette à tortiller des fesses. Qu'elle coure, qu'elle saute, qu'elle trépigne, si ça lui chantait !

« Tu veux que je te dise le secret que j'ai dit à papa ? » demanda Polly à sa mère en battant des cils.

Aucun doute : Polly saurait user de ses charmes.

« Rien ne t'oblige à m'en parler.

— J'ai décidé d'inviter Mr Whitby à ma fête de pirates. »

Polly soufflerait ses sept bougies une semaine après Pâques. Depuis un bon mois, elle ne parlait plus que de sa fête de pirates.

« Polly, je t'ai déjà dit ce que j'en pensais. »

Polly en pinçait pour Mr Whitby, le professeur de sport de St Angela. Cecilia ne savait pas trop s'il fallait ou non s'inquiéter pour l'avenir sentimental de sa fille. N'aurait-elle pas dû craquer pour une pop star de quinze ou seize ans, plutôt que pour un homme au crâne rasé de l'âge de son père ? Il fallait bien reconnaître que Mr Whitby avait certains... attributs. Large d'épaules, le torse bien dessiné, il roulait à moto et avait une façon bien à lui de vous regarder quand il vous écoutait. Passait encore que les mères succombent à ses charmes – rares étaient celles qui y restaient insensibles –, mais de là à faire fondre ses élèves de six ans !

« Il n'est pas question d'inviter Mr Whitby. Ça le mettrait dans une position délicate. Ensuite, il se sentirait obligé d'accepter toutes les invitations.

— Il se sentirait pas obligé, pour ma fête.

— J'ai dit non.

— On en reparlera, dit Polly d'un ton désinvolte tout en sautant de sa chaise.

— Certainement pas ! » répondit Cecilia, mais Polly n'écoutait déjà plus.

Bon, songea-t-elle en soupirant. Elle avait beaucoup à faire. Elle se leva et récupéra l'enveloppe dans le livre d'Esther. D'abord, ranger cette maudite lettre.

Qu'avait-il dit, déjà ? Qu'il l'avait écrite juste après la naissance d'Isabel et qu'il ne se souvenait pas vraiment de ce qu'elle contenait. Soit. Isabel avait douze ans, et John-Paul était un homme distrait. Cecilia lui rappelait toujours mille choses.

Mais dans son for intérieur, elle savait qu'il avait menti.

5

« On n'a qu'à enfoncer la porte, maman », suggéra Liam d'une voix aiguë dans le silence de la nuit. « Ou casser une vitre avec un caillou. Attends... là, regarde, j'en ai trouvé un ! Regarde, maman, regarde, t'as vu...

— Chut ! Tais-toi un peu », fit Tess en tambourinant à la porte d'entrée.

Toujours pas de réponse.

Vingt-trois heures. Tess venait de se faire déposer devant chez sa mère avec Liam. La maison semblait déserte : les stores étaient baissés, aucune lumière ne filtrait de l'intérieur. À l'angle de la rue, un unique réverbère éclairait la nuit sans étoiles et sans lune. Seuls le chant plaintif d'une cigale qui résistait au début de l'automne et le lointain ronron de la circulation rompaient le calme sinistre du voisinage. Personne ne veille donc devant le dernier journal télévisé ? se demanda Tess, envahie par le doux parfum des gardénias de Lucy. Si la batterie de son téléphone n'était pas à plat, elle aurait pu appeler quelqu'un – un taxi au moins, histoire de se réfugier à l'hôtel. Ils n'allaient quand même pas entrer par effraction. D'autant que depuis quelques années, la mère de Tess ne plaisantait pas avec la sécurité. Elle avait dû faire installer une alarme. La sirène réveillerait tout le quartier.

J'y crois pas ; comment une chose pareille peut m'arriver, là, maintenant ?

Elle n'avait pas envisagé une seule seconde de se retrouver à la porte. Évidemment, elle aurait dû appeler sa mère pour l'informer de leur arrivée. Mais quelle soirée ! Il avait fallu réserver les billets, glisser quelques vêtements dans une valise, courir à l'aéroport, trouver la porte d'embarquement avec Liam qui trottinait à ses côtés en disant tout ce qui lui passait par la tête. Il était tellement excité ! Pendant le vol, impossible de le faire taire et, à présent, la fatigue le rendait presque délirant.

Dire qu'il croyait être en mission commandée pour sauver sa grand-mère !

« Mamie s'est cassé la cheville, lui avait annoncé Tess. On va passer quelque temps chez elle pour l'aider.

— Et l'école ?

— Tu peux bien manquer quelques jours. »

Le visage de Liam s'était illuminé, comme un sapin de Noël. Tess s'était bien entendu gardée de lui parler de St Angela.

Après le départ de Felicity, Tess était montée emballer quelques affaires avec Liam, laissant Will, livide, déambuler dans la maison en reniflant.

Il avait profité d'un moment où elle était seule pour essayer de lui parler. Elle s'était tournée vers lui et, tel un cobra qui se dresse pour attaquer, avait sifflé entre ses dents : « Laisse-moi tranquille.

Je suis désolé, avait-il répondu en reculant. Si tu savais à quel point je suis désolé. »

Désolé ! Il n'avait que ce mot à la bouche. Entre lui et Felicity, elle avait dû l'entendre une bonne centaine de fois à présent.

« Au cas où tu aurais le moindre doute, avait-il ajouté à voix basse, je te jure, tu m'entends, je te jure que nous n'avons jamais couché ensemble.

— Tu l'as déjà dit, Will. Je ne comprends pas pourquoi tu t'imagines que ça rend les choses plus acceptables. C'est encore pire, en fait. Comme si j'avais pensé deux secondes que mon mari et ma cousine allaient s'envoyer en l'air ! Tu voudrais que je vous remercie, peut-être ? Pour l'amour du ciel, fit-elle d'une voix tremblante, arrête un peu.

— Je suis désolé », répéta-t-il en s'essuyant le nez avec la main.

Devant Liam, Will s'était comporté tout à fait normalement. Il l'avait aidé à trouver sa casquette de base-ball préférée puis, au moment de monter dans le taxi, lui avait fait une prise de judo avant de le serrer dans ses bras, comme le font les pères avec leurs petits garçons. Pas étonnant que Will ait pu cacher sa pseudo-liaison avec Felicity si longtemps, s'était dit Tess en l'observant. La vie de famille, même avec un seul enfant, est réglée au millimètre, si bien qu'on peut parfaitement passer en mode automatique et faire illusion, même quand on a la tête ailleurs.

Et voilà qu'à présent elle se retrouvait coincée au beau milieu de la banlieue résidentielle de Sydney avec un garçon de six ans totalement incontrôlable.

« Bon, fit-elle doucement. Je crois que la seule chose à faire, c'est... »

Quoi, au juste ? Réveiller un voisin ? Prendre le risque de déclencher l'alarme ?

« Attends ! » l'interrompit Liam en posant le doigt sur ses lèvres. Ses grands yeux foncés brillaient comme des billes. « J'entends du bruit à l'intérieur. »

Liam colla l'oreille à la porte, bientôt imité par sa mère.

« Tu entends ? »

Tess percevait en effet un drôle de bruit sourd et régulier venant de l'étage.

« C'est sûrement les béquilles de mamie », dit-elle.

Sa pauvre maman. L'obliger à s'extraire de son lit, dans son état. Sans compter que sa chambre se situait à l'autre bout de la maison. Tout ça, c'était leur faute, à ces deux salauds.

Ça remontait à quand exactement, leur histoire ? Y avait-il eu un moment où tout avait basculé ? Comment avait-elle pu passer à côté alors qu'elle les voyait ensemble jour après jour ? La dernière fois que Felicity était restée dîner, le vendredi précédent, Will s'était montré moins bavard que d'habitude. Tess avait mis ça sur le compte de ses douleurs de dos. Et de la fatigue. Ils avaient tous bossé comme des fous. Felicity, elle, avait l'air en très grande forme. Rayonnante, même. Tess s'était surprise à la dévisager à plusieurs reprises. Tout en elle irradiait : son rire, sa voix.

Pourtant, Tess ne s'était pas méfiée. Naïvement, elle avait pensé que son mari l'aimait. Qu'elle pouvait se permettre de porter son vieux jean et le tee-shirt noir qui, selon Will, lui donnait des airs de motarde. De le taquiner sur sa mauvaise humeur. Après tout, il lui avait fouetté les fesses avec le torchon tandis qu'ils remettaient de l'ordre dans la cuisine ce soir-là.

Ils n'avaient pas vu Felicity jusqu'au lundi matin, ce qui était inhabituel. Pas eu le temps, avait-elle dit. Le froid et la pluie les avaient dissuadés de sortir. Ils avaient passé le week-end à la maison avec Liam, à regarder la télévision, jouer à la bataille et faire des pancakes. Un moment agréable en somme. À moins que...

Voilà pourquoi Felicity rayonnait vendredi : elle était amoureuse.

La porte d'entrée s'ouvrit pour laisser apparaître Lucy dans une robe de chambre bleue matelassée. « Ma parole ! » fit-elle, les yeux plissés, le visage déformé par la douleur et l'épuisement, en s'appuyant de tout son poids sur ses béquilles.

Voyant la cheville bandée de sa mère, Tess l'imagina se traîner hors du lit et partir clopin-clopant à la recherche de sa robe de chambre et de ses cannes.

« Oh, maman, dit-elle, je suis désolée.

— De quoi ? Qu'est-ce que vous fabriquez là ?

— On est venus... »

Sa gorge se noua.

« Pour t'aider, mamie s'écria Liam. À cause de ta cheville ! Même qu'on a pris l'avion dans le noir !

— Eh bien, c'est très gentil de votre part, mon chéri. Entrez, entrez, fit Lucy en se poussant pour les laisser passer. Désolée de vous avoir fait attendre. Je ne me débrouille pas très bien, avec ces satanées béquilles. Elles me font affreusement mal aux aisselles. Moi qui croyais pouvoir sauter comme un cabri. Liam, va allumer la lumière dans la cuisine. On va se faire un bon lait chaud et des toasts à la cannelle.

— Super ! » Liam se faufila entre sa mère et sa grand-mère et, sans raison apparente, se mit à marcher d'un pas saccadé, comme un robot. « Reçu – cinq – sur – cinq. Déclenchement – opération – toasts – cannelle. »

Tess rentra leurs bagages.

« Je suis désolée, reprit-elle en regardant sa mère. J'aurais dû te prévenir. Cette cheville, c'est très douloureux ?

— Que s'est-il passé ?

— Rien.

— À d'autres.

— Will.

— Ma petite fille chérie. »

Esquissant un geste de tendresse, Lucy pencha dangereusement en avant.

« Une cheville, ça suffit », dit Tess en l'aidant à reprendre son équilibre. Le parfum familier de sa mère – ce mélange musqué de dentifrice, de savon et de crème – envahit ses narines. Derrière elle, Tess aperçut une photographie encadrée de deux fillettes en communiantes. Affublées d'un voile et de la traditionnelle robe blanche en dentelle, Tess et Felicity, alors âgées de sept ans, joignaient pieusement les mains devant leur poitrine. Tante Mary avait accroché le même portrait dans son entrée. Aujourd'hui, Felicity se disait athée et Tess non pratiquante.

« Allez, ma chérie, raconte-moi tout.

— Will, dit Tess. Will et, et…

— Felicity ? C'est bien ça ? Je vois », dit-elle en donnant un grand coup de béquille sur le sol qui fit trembler le cadre. « La petite salope. »

1961. La guerre froide est à son apogée. Des milliers d'Allemands de l'Est fuient vers l'Ouest. « Personne n'a l'intention de construire un mur », annonce Walter Ulbricht, président du Conseil d'État de la RDA. Interloqués, les gens échangent des regards inquiets. Quoi ? Un mur ? Qui parle d'un mur ? Des milliers d'autres font leurs valises.

Sydney, Australie. Assise sur le haut mur qui surplombe la plage de Manly, la jeune Rachel Fisher balance distraitement ses longues jambes bronzées tandis qu'à ses côtés, son petit ami, Ed Crowley, feuillette le Sydney Morning Herald. *Il ne s'arrête pas sur l'article rapportant les derniers développements en Europe. C'est si loin, l'Europe.*

Enfin, il rompt le silence : « Hé, Rachel, ça te dirait quelque chose dans le genre ? » demande-t-il en lui mettant le journal sous les yeux.

Rachel baisse la tête et découvre une publicité en pleine page pour la joaillerie Angus & Coote. Au milieu, une bague de fiançailles. Elle manque tomber à la renverse.

Ils étaient partis. Rachel était au lit, le téléviseur allumé, un magazine féminin sur les genoux, une tasse de thé Earl Grey et la boîte de macarons que Lauren avait apportée sur la table de chevet. Elle aurait dû en proposer à la fin du repas, mais elle n'y avait pas pensé. Quoique. C'était peut-être un oubli délibéré. Rachel n'aurait su dire à quel point sa bru lui déplaisait. Peut-être la détestait-elle carrément.

Vas-y en solo, à New York ! Toi qui adores avoir du temps pour toi, deux ans, ça devrait te faire plaisir, non ?
Rachel prit la boîte sur sa table de chevet et inspecta les six gâteaux colorés. Qu'avaient-ils de

si extraordinaire ? Apparemment, il n'y avait pas plus tendance comme gourmandise. Enfin, pour quelqu'un qui s'intéresse aux tendances. Ceux-là provenaient d'une boutique du centre-ville où les gens n'hésitaient pas à faire la queue pendant des heures. Les imbéciles ! À croire qu'ils n'avaient rien d'autre à faire. Cela dit, ce n'était pas le genre de Lauren, d'attendre sur le trottoir. Madame avait un agenda de ministre ! Maintenant qu'elle y pensait, Rachel se rappelait vaguement avoir entendu Lauren lui raconter comment elle s'était procuré ces macarons. Mais elle n'écoutait sa bru que d'une oreille, sauf quand elle lui parlait de Jacob.

Elle en prit un rouge et y goûta du bout des dents.

« Mmm, divin », grommela-t-elle. Et, pour la première fois depuis une éternité, un plaisir charnel l'envahit. Elle prit une autre bouchée. Plus grosse, cette fois. « Jouissif ! » fit-elle en riant. Voilà qui expliquait les files d'attente interminables devant la boutique. La crème fondante au goût de framboise était comme une délicieuse caresse sur sa peau ; la meringue, légère et délicate, fondait dans la bouche, comme un nuage. Exquis.

Une minute. Qui avait dit ça ?

« C'est comme manger un nuage, maman ! » Et ce visage extasié…

Janie. Elle avait quoi… dans les quatre ans ? Sa première barbe à papa. Au Luna Park ? À la fête de la paroisse ? Difficile à dire ; l'arrière-plan de ce souvenir restait flou. Rachel ne voyait que la frimousse rayonnante de Janie qui s'exclamait : « C'est comme manger un nuage, maman ! »

Le macaron lui échappa et Rachel plongea en avant, comme pour esquiver un coup. Trop tard. Un choc brutal, comme elle n'en avait pas connu depuis longtemps. Une déferlante de souffrance, aussi vive, aussi atroce qu'au lendemain du drame. La première année, lorsqu'elle se réveillait, elle avait tout oublié. Mais le répit ne durait qu'un instant. À peine posait-elle le pied à terre que la réalité la frappait de plein fouet : Janie n'était pas dans sa chambre au bout du couloir à s'asperger de déodorant et à se tartiner de fond de teint orange en se dandinant sur un disque de Madonna.

Un sentiment d'injustice intolérable, effroyable, lui déchira le cœur. *Ma fille ne goûtera jamais ces stupides gâteaux ; elle ne fera jamais carrière, n'ira jamais à New York.*

Un étau d'acier se resserra autour de sa poitrine, l'empêchant de respirer. Mais malgré la peur panique qui l'étreignait, la voix de l'expérience, lasse mais calme, se fit entendre : *Tu es déjà passée par là. Tu n'en mourras pas. Tu as l'impression de suffoquer, mais en réalité, tu respires. Tu as le sentiment que tu ne cesseras jamais de pleurer mais un jour, tes larmes ne couleront plus.*

Peu à peu, l'étau se desserra. Juste assez pour que Rachel reprenne son souffle. Cette sensation d'étouffement ne disparaissait jamais complètement, réalité qu'elle avait acceptée depuis longtemps. Son chagrin l'asphyxierait jusqu'au jour de sa mort. Elle ne souhaitait pas qu'il en soit autrement. Son supplice était la preuve que Janie avait bel et bien existé.

Elle repensa aux cartes de vœux qu'ils avaient reçues la première année. *Un joyeux Noël et une bonne année à tous les trois.*

Comme si le vide laissé par Janie pouvait être colmaté comme une vulgaire fissure ! *Joyeux Noël !* À quoi pensaient-ils, bon sang ? Elle avait déchiré chacune de ces cartes en mille morceaux tout en proférant d'horribles injures.

« Maman, laisse tomber, ils ne savent pas quoi dire d'autre, c'est tout », avait répété Rob avec lassitude. La tristesse lui tirait les traits, si bien qu'à tout juste quinze ans et malgré ses boutons d'acné, il en paraissait cinquante.

Rachel balaya les miettes qui jonchaient ses draps d'un revers de la main. « Des miettes ! Pour l'amour du ciel, regarde ces miettes ! » aurait pesté son mari qui trouvait immoral que l'on puisse manger au lit. S'il savait que Rachel y regardait aussi la télévision, il se retournerait dans sa tombe. « Faiblesse ! Dépravation ! » s'écrierait-il. Pour Ed, la chambre servait à trois choses : le recueillement – à genoux, le front baissé, il débitait ses prières à toute vitesse, histoire de ne pas Lui faire perdre trop de temps –, l'accouplement – de préférence tous les soirs – et le sommeil. Dans cet ordre, évidemment.

Elle alluma le poste.

Un documentaire sur le Mur de Berlin.

Trop triste.

Un de ces sordides magazines de faits divers.

Plutôt mourir.

Une sitcom tous publics.

Pourquoi pas ? Mais bientôt, une vive scène de ménage éclata ; mari et femme hurlaient, leurs voix aiguës lui cassaient les oreilles. Rachel zappa de nouveau. Une émission culinaire. Elle baissa le son. Depuis qu'elle vivait seule, elle ne s'endormait jamais sans la télévision. La banalité réconfortante des voix qui murmuraient et le tressautement des images éloignaient le sentiment de terreur absolue qui la saisissait parfois.

Elle s'allongea sur le côté et ferma les yeux. Elle dormait les lumières allumées. Après la mort de Janie, elle n'avait plus supporté le noir. Ed non plus. Impossible pour eux d'aller se coucher comme tout le monde. Ils devaient faire comme si c'était « pour de faux », comme s'ils n'allaient pas vraiment dormir.

Derrière ses paupières closes, elle imagina Jacob accroupi dans une rue de New York, vêtu de sa salopette en jean, ses petites mains dodues sur les genoux à observer la vapeur s'échapper d'une bouche d'égout. Risquait-il de se brûler ?

Ce soir au dîner, qui avait-elle pleuré ? Janie ou Jacob ? Tout ce qu'elle savait, c'était qu'une fois privée de son petit-fils, son existence redeviendrait invivable, à ceci près que – et c'était là le pire – elle n'en mourrait pas ; elle verrait, jour après jour, le soleil se lever puis se coucher sans que sa fille puisse assister à ce magnifique spectacle.

As-tu demandé après moi, Janie ?

L'idée que sa fille l'avait réclamée dans son dernier soupir la torturait comme la pointe d'un couteau qui transperce les entrailles.

Elle avait lu quelque part qu'avant de mourir sur le champ de bataille, les soldats blessés suppliaient qu'on leur donne de la morphine et qu'on fasse venir leur mère. Les Italiens criaient plus fort que les autres : « *Mamma mia !* »

Oubliant ses douleurs de dos, Rachel se redressa brusquement et sauta du lit, vêtue, comme toujours depuis qu'elle était veuve, d'un pyjama qui avait appartenu à Ed. Il ne sentait plus vraiment son odeur, mais avec un effort, elle parvenait encore à se persuader du contraire.

Elle s'agenouilla devant la commode pour en sortir un vieil album de photos dont la couverture en plastique souple, d'un vert passé, trahissait l'âge.

Elle se remit au lit et commença à le feuilleter lentement. Janie qui rit aux éclats. Janie qui danse. Janie qui se lèche les doigts. Janie qui boude. Janie et ses amis.

Dont lui. Ce garçon plein de taches de rousseur qui la regardait comme si elle venait de faire un bon mot. Qu'avait-elle dit ? Rachel ne pouvait pas s'empêcher de se poser la question. Que lui as-tu dit, Janie ?

Elle posa un doigt noueux sur le visage souriant du jeune homme puis referma lentement sa main marquée par la vieillesse en un poing vengeur.

6 avril 1984

Par ce frais matin d'avril, Janie Crowley sauta du lit pour bloquer la porte de sa chambre en calant le dossier de sa chaise sous la poignée. Inutile de courir le risque que ses parents entrent sans prévenir.

Puis, à genoux près de son lit, elle récupéra une boîte bleu clair sous son matelas et en sortit un minuscule comprimé jaune qu'elle observa tranquillement au bout de son doigt avant de le poser religieusement sur sa langue, telle une fidèle qui communie. Elle remit la boîte dans sa cachette, replongea dans son lit tout chaud et alluma son radio-réveil qui diffusait une version grésillante de *Like a Virgin.*

La petite pilule avait un goût artificiellement sucré, un goût délicieusement coupable.

« Tu dois concevoir ta virginité comme un don. Ne l'offre pas à n'importe qui », lui avait dit Rachel au cours d'une de ces conversations où elle jouait à la mère cool. Comme si sa fille pouvait coucher avant le mariage sans que ça pose le moindre problème ! Son père prierait à genoux pendant neuf jours rien qu'à l'idée qu'un homme puisse toucher sa petite fille pure et chaste.

Mais Janie n'avait aucunement l'intention de se faire déflorer par n'importe qui. Bien au contraire. Les candidats en lice avaient fait l'objet d'une étude de cas rigoureuse et aujourd'hui, elle devait aviser l'heureux élu de son choix.

Le bulletin d'informations commença. C'était d'un ennui ! Rien qui mérite qu'on s'y attarde, sauf peut-être la naissance du premier bébé-éprouvette canadien. L'Australie avait déjà réussi cette prouesse ! Et toc ! (Janie avait des cousins canadiens plus âgés qui lui donnaient toujours un sentiment d'infériorité avec leurs manières délicates et sophistiquées et leur accent pas tout à fait américain.) Elle se redressa, attrapa son agenda et y dessina un bébé à l'étroit dans un long tube à essai. Les mains contre la paroi en verre, la bouche grande ouverte, il s'écriait : *Laissez-moi sortir, laissez-moi sortir !* Ça ferait bien rire les filles au lycée, songea-t-elle en refermant son agenda. L'idée d'un bébé-éprouvette avait quelque chose de répugnant. Elle repensa au jour où le professeur de biologie, en plein cours sur la reproduction, avait parlé d'« œufs ». Beurk ! Le pire dans tout ça ? Le prof en question était un HOMME. Un homme qui parlait d'ovules en disant « œufs ». Totalement dé-pla-cé. Janie et ses copines étaient furieuses. Sans compter qu'il rêvait probablement de laisser son regard s'attarder sur leurs décolletés. Elles ne l'avaient jamais pris en flagrant délit, mais elles sentaient son désir lubrique peser sur elles.

Dire que Janie allait mourir dans tout juste huit heures. C'était d'autant plus triste que, depuis quelque temps, elle se montrait particulièrement désagréable. Elle qui avait toujours été si mignonne, timide et douce. Et puis, en mai dernier, autour de ses dix-sept ans, elle s'était changée en garce. Elle en avait d'ailleurs vaguement conscience, mais c'était plus fort qu'elle. Tout la terrifiait – l'université, le permis de conduire, un simple coup de fil pour prendre rendez-vous chez le coiffeur. Ses hormones la rendaient dingue et tant de garçons, un rien trop agressifs, lui tournaient autour. C'était à la fois plaisant – se pouvait-il qu'ils la trouvent jolie ? – et déroutant, car son miroir lui renvoyait l'image d'un visage quelconque, voire carrément ingrat, et d'une silhouette maigre et dégingandée. Une fille du lycée lui avait dit qu'elle ressemblait à une mante religieuse. Et c'était vrai : ses membres étaient démesurément longs. Ses bras, surtout.

Et puis, sa mère se comportait bizarrement en ce moment. Elle s'était toujours entièrement consacrée à Janie – ce qui était très agaçant –, mais depuis peu, elle semblait avoir la tête ailleurs. Franchement, à quarante ans, que pouvait-il se passer de si intéressant dans sa vie ? Janie supportait mal de ne plus être le centre d'attention de sa mère. Elle était même blessée, sans en avoir nécessairement conscience. En tout cas, elle ne l'aurait jamais admis.

Si seulement elle n'était pas morte ! Rachel serait redevenue cette mère aimante et dévouée, et Janie, deux ou trois ans plus tard, une charmante jeune fille. Elles auraient été très proches et Janie aurait enterré sa mère. Pas l'inverse.

Si elle n'était pas morte, elle aurait goûté aux drogues douces, frayé avec les mauvais garçons, essayé l'aquagym, le jardinage, les injections de Botox, le sexe tantrique. Au cours de sa vie, elle aurait eu trois accidents de voiture sans gravité, trente-quatre vilains rhumes et deux opérations lourdes. Elle aurait fait une bonne graphiste – sans plus –, une plongeuse téméraire, une campeuse geignarde, une adepte de la randonnée dans le bush, une pionnière des produits Apple. Elle aurait divorcé de son premier mari, donné naissance à des jumeaux-éprouvette avec le second. Elle aurait posté une photo d'eux sur Facebook pour ses cousins canadiens tout en souriant au souvenir que lui évoquaient les mots « bébé-éprouvette ». Elle se serait fait appeler Jane à vingt ans et de nouveau Janie à trente.

Elle aurait voyagé, suivi régime sur régime, dansé, cuisiné, ri, pleuré, regardé la télé. Fait de son mieux.

Mais rien de tout cela n'arriverait, car elle vivait son dernier jour. Voir ses amies se donner en spectacle, le visage strié de larmes noires de mascara au pied de sa tombe, dans une démonstration orgiaque de chagrin, lui aurait certes fait plaisir, mais elle aurait vraiment préféré avoir la chance de découvrir ce que la vie lui réservait.

MARDI

6

Cecilia écouta la messe d'adieu à sœur Ursula d'une oreille distraite, incapable d'ignorer les pensées érotiques qui l'assaillaient.

Oh, rien d'obscène. Des pratiques tout ce qu'il y a de plus sages, prescrites par le mariage, approuvées par le pape. Mais quand même.

Cela n'aurait probablement pas été du goût de la défunte.

Les mains posées sur le pupitre, l'air grave, le père Joe observait les quelques fidèles regroupés dans l'église – même si, honnêtement, on pouvait se demander qui pleurait vraiment la religieuse. « Sœur Ursula était entièrement dévouée aux enfants de St Angela », dit-il en cherchant le regard approbateur de Cecilia qui lui adressa un petit sourire rassurant.

Difficile de comprendre ce qui avait poussé un bel homme de trente ans comme le père Joe à entrer dans les ordres. À faire vœu de célibat.

Oups ! Décidément, tout la ramenait au sexe.

Cecilia s'était rendu compte que quelque chose allait de travers dans leur vie sexuelle au Noël précédent. Étrangement, John-Paul et elle n'arrivaient jamais à se coucher au même moment. Soit il veillait tard, accaparé par son travail ou Internet, et elle s'endormait avant qu'il la rejoigne, soit il annonçait de but en blanc qu'il était épuisé, à vingt et une heures, et allait au lit sans plus de cérémonie. Les semaines passant, Cecilia se disait de temps à autre « Eh bien ! Ça fait un petit moment, maintenant ! » mais elle n'y pensait jamais longtemps.

Et puis, il y avait eu ce fameux soir de février. En rentrant d'un dîner bien arrosé avec d'autres mamans d'élèves de CM1 – elle n'avait pas conduit, cela va sans dire –, Cecilia s'était allongée tout contre lui et avait pris les choses en main. John-Paul l'avait repoussée en marmonnant : « Mort de fatigue. Laisse-moi, tu es ivre. » Ça l'avait fait rire et elle s'était endormie sans se formaliser. La prochaine fois qu'il aurait envie de lui faire l'amour, elle lui ferait une petite remarque taquine, du genre : « Ah, ce soir, tu ne dis pas non ! » Enfin, c'était ce qu'elle avait prévu, car il ne lui en avait jamais donné l'occasion. Depuis, elle comptait les jours en se demandant ce qui se passait.

Cela devait bien faire six mois à présent. Plus le temps passait, plus elle se sentait perdue. Pourtant, lorsqu'elle essayait de lui en parler, quelque chose l'en empêchait. Contrairement à beaucoup d'autres couples, ils ne s'étaient jamais disputés à cause du sexe. Cecilia n'en faisait ni une arme ni une monnaie d'échange. Entre eux, c'était simple, harmonieux, évident. Elle ne voulait pas gâcher ça.

Peut-être craignait-elle ses explications.

Ou, pire, son silence. Comme l'année précédente, lorsque John-Paul s'était mis à l'aviron. Il adorait ça. Tous les dimanches, il rentrait à la maison absolument ravi. Et puis, subitement, sans raison, il avait quitté l'équipe. « Je ne veux pas en parler, avait-il dit quand elle avait cherché à comprendre. Inutile d'insister. »

Il était si étrange parfois.

Mais Cecilia ne s'était pas appesantie sur le sujet. Les hommes n'étaient-ils pas tous étranges à certains moments ?

Et puis, six mois, ce n'était pas si long que ça. Pour un couple de quadragénaires mariés, s'entend. Penny Maroni, qui l'avait ramenée chez elle ce fameux soir de février, lui avait confié qu'elle et son mari faisaient l'amour une fois par an, et encore.

Pourtant, ces derniers temps, Cecilia s'était sentie comme un garçon de quinze ans en proie à ses hormones : obnubilée par le sexe. Elle visualisait des scènes érotiques en permanence. En payant la note au restaurant, par exemple. Quelques jours plus tôt, tandis qu'elle parlait avec d'autres parents de la prochaine sortie scolaire à Canberra, elle s'était rappelé la fois où, dans un hôtel de la capitale, John-Paul l'avait attachée au cadre du lit avec la bande en plastique bleue destinée à la rééducation de sa cheville.

Ils avaient oublié ladite bande dans la chambre.

Aujourd'hui encore, la cheville de Cecilia claquait dans certaines positions.

Le cas du père Joe restait un mystère pour elle qui, malgré la menace de la ménopause et une vie de famille harassante, ne rêvait que d'une chose : faire l'amour ! Comment cet homme, qui semblait dans une forme olympique et dormait tout son soûl, faisait-il pour supporter l'abstinence ?

101

La masturbation ? Pas sûr que les prêtres aient le droit de s'adonner à cette pratique, probablement jugée contraire à leur vœu de célibat par l'Église.

D'ailleurs, l'Église ne considérait-elle pas la masturbation comme un péché, qu'on soit prêtre ou pas ? Voilà une question à laquelle Cecilia devrait savoir répondre. Du moins, d'après ses amis non catholiques qui voyaient en elle une Bible ambulante.

Pour être honnête, Cecilia n'était plus très sûre de sa ferveur religieuse – en admettant qu'elle prenne le temps de s'interroger sur ce point. Le Créateur n'assurait plus vraiment depuis un bon moment. Il n'y avait qu'à voir les horreurs qui pouvaient arriver aux enfants, jour après jour, aux quatre coins du monde. Impardonnable.

Le petit Spiderman, par exemple.

Elle ferma les yeux pour chasser cette image de son esprit.

Et qu'on ne lui sorte plus le couplet sur le libre arbitre et les voies soi-disant impénétrables du Seigneur ! Voilà belle lurette qu'elle Lui aurait adressé une lettre de réclamation bien sentie s'Il disposait d'un service après-vente ! *Ne comptez pas sur moi pour Vous faire de la pub.*

Elle regarda le père Joe, dont le visage glabre respirait l'humilité. Selon lui, s'interroger sur ses croyances était une démarche passionnante. Pourtant, Cecilia trouvait que ses doutes manquaient singulièrement de pertinence. Après tout, rien ne pouvait ébranler sa foi en son monde à elle : St Angela, l'école, la paroisse, la communauté tout entière. « Aimez-vous les uns les autres » n'était-il pas un joli précepte selon lequel mener sa vie ? Sans parler du charme intemporel des cérémonies religieuses. Elle avait toujours défendu les couleurs de l'Église catholique. De là à dire que de là-haut, le patron – ou la patronne, pour ce qu'elle en savait – faisait du bon boulot, c'était une autre histoire.

Pourtant, de l'avis de tous, Cecilia était catholique jusqu'au bout des ongles.

Quelques jours plus tôt, tandis qu'ils dînaient en famille, Cecilia avait évoqué en passant la première communion de Polly, prévue pour l'année suivante. Bridget lui avait dit : « C'est fou que tu sois devenue si catho ! » Venant de sa sœur qui, à l'école, courait au catéchisme comme d'autres courent au manège, c'était un peu fort de café !

Cecilia lui aurait donné un rein sans hésiter, mais parfois, elle mourait d'envie de la coincer sur un lit et de lui coller un oreiller sur la tête – une méthode largement éprouvée dans leur enfance. À l'époque, Bridget se tenait tranquille ! Hélas, à l'âge adulte, on doit refréner ses désirs.

Bridget lui ferait aussi don d'un rein si nécessaire. Mais elle passerait sa convalescence à se plaindre, exigerait que Cecilia paie toutes ses dépenses et lui rappellerait sa dette envers elle à la moindre occasion.

Le père Joe venait de conclure. Les fidèles dispersés dans l'église se levèrent pour le chant final. On entendit quelques soupirs discrets et des raclements de gorge contenus accompagnés de craquements de genoux. Cecilia croisa le regard de Melissa McNulty de l'autre côté de l'allée centrale.

Celle-ci leva les sourcils, l'air de dire : Avec les vies qu'on mène, on est des saintes d'être venues à l'enterrement de cette affreuse bonne sœur, non ?

Cecilia lui répondit d'un léger haussement d'épaules désabusé qui signifiait : A-t-on vraiment le choix ?

Elle avait laissé la commande de Tupperware de Melissa dans sa voiture. Elle devait penser à la lui remettre à la sortie de l'église. Elle en profiterait pour lui rappeler de s'occuper de Polly à la danse cet après-midi. Elle-même devait emmener Esther chez l'orthophoniste et Isabel chez le coiffeur. À ce propos, Melissa serait bien inspirée d'y faire un saut. Ces racines noires, quelle horreur ! Cecilia, d'ordinaire plus charitable, n'aurait probablement rien remarqué si, le mois précédent, alors qu'elles donnaient de leur temps à la cantine, son amie ne s'était pas plainte de son mari qui voulait faire l'amour tous les deux jours. Régulier comme un coucou, avait-elle dit.

Tout en fredonnant l'hymne, Cecilia repensa à la réflexion de sa sœur pendant le dîner et comprit pourquoi ça l'avait chagrinée.

La faute à cette histoire de sexe. Car si elle ne faisait plus l'amour, Cecilia n'était plus qu'une mère pas cool habillée comme une mémé. Oh, et puis d'abord, elle ne s'habillait pas comme une mémé ! La veille encore, un camionneur l'avait sifflée tandis qu'elle traversait en courant au feu rouge.

Si, si. Le sifflement lui était bien destiné. Elle avait regardé aux alentours et n'avait trouvé ni plus jeune ni plus jolie qu'elle ! Il faut dire que la semaine précédente, Cecilia avait fait une expérience on ne peut plus déconcertante : tandis qu'elle se promenait avec ses trois filles au centre commercial, elle avait entendu quelqu'un siffler et vu Isabel rougir malgré ses efforts pour regarder droit devant elle. Isabel avait poussé d'un coup. Déjà aussi grande que Cecilia, elle commençait à avoir des formes : sa taille était marquée, ses hanches et ses seins s'arrondissaient. Depuis quelque temps, elle se faisait une queue-de-cheval haute et portait une frange épaisse qui lui tombait sur les yeux. Une vraie jeune fille, en somme. Ce qui n'échappait ni à sa mère ni à la gent masculine.

Ça commence, s'était dit Cecilia tristement. Elle aurait voulu lui donner un bouclier – comme ceux de la police antiémeute – pour la protéger de l'attention des hommes, lui épargner les regards insistants qui donnent l'impression d'être évaluée en permanence dans la rue et les commentaires dégradants lancés par les automobilistes. Une discussion mère-fille s'imposait, mais elle qui, aujourd'hui encore, était partagée sur la question ne savait pas quel discours tenir. Ce n'est pas grave ? Ou au contraire, c'est inadmissible ? Ils n'ont aucun droit de te traiter comme ça ? Ou, ignore-les, un jour, tu auras quarante ans, tu te rendras compte que tu ne sens plus ces regards sur toi, tu te sentiras soulagée, libérée, mais quelque part, ça te manquera, et quand un camionneur te sifflera dans la rue, tu te demanderas : *C'est pour moi ? Vraiment ?*

Quand même, il lui avait semblé sincère et avenant, ce sifflement.

Cela dit, ce n'était guère reluisant de passer tout ce temps à le décortiquer.

105

Bon, en tout cas, elle n'était pas inquiète quant à la fidélité de John-Paul. Pas inquiète du tout. Il ne la trompait pas. Aucun risque. Même infime. Il n'aurait pas le temps ! Ce n'était pas si facile de caser une maîtresse.

Quoique, il lui arrivait de voyager. Se pouvait-il qu'il voie quelqu'un d'autre lors de ses déplacements ?

Le cercueil de sœur Ursula remonta l'allée centrale, porté par quatre jeunes hommes impassibles en costume-cravate. Larges d'épaules, les cheveux en bataille, ces beaux garçons qu'on disait être les neveux de la religieuse – difficile d'imaginer qu'ils partageaient le même ADN – avaient probablement passé la messe à rêver de sexe eux aussi. Libido oblige. Le plus grand, avec ses yeux noirs brillants, était particulièrement craquant...

Au secours ! La voilà qui s'imaginait en train de coucher avec le porteur de cercueil ! Un gamin, à le voir. Probablement encore au lycée. Ses pensées, inappropriées et immorales, n'étaient-elles pas en plus illégales ? (Était-il interdit de penser ? De désirer le neveu de son ancienne institutrice de CM2 ?)

John-Paul rentrerait de Chicago vendredi ; ils feraient l'amour tous les soirs. Objectif : se redécouvrir. Ce serait génial. Comme avant. Cecilia était toujours partie du principe que, question sexe, ils surpassaient tous les autres couples. Ce qui la mettait de bonne humeur lors des événements organisés par l'école.

John-Paul ne trouverait pas de meilleure amante. (Cecilia avait lu de nombreux livres. Elle s'informait sur les dernières pratiques en vogue comme

d'autres actualisaient leurs compétences profession-
nelles.) Il n'avait nul besoin d'aller voir ailleurs.
Sans compter qu'il n'était pas du genre à braver
les interdits – il ne traverserait au rouge pour rien
au monde, par exemple ! L'adultère n'avait pas
sa place dans son monde. Il ne ferait jamais une
chose pareille.

Cette lettre n'avait rien à voir avec une éventuelle
aventure. Elle n'y pensait même plus. Inquiète,
elle ? Pas le moins du monde. Ce court instant,
la veille, pendant lequel elle s'était dit qu'il mentait, n'avait existé que dans sa tête. L'embarras de
John-Paul au téléphone tenait à la distance qui les
séparait. C'était un peu bizarre de se parler d'un
bout à l'autre de la planète, l'un prêt à attaquer
sa journée, l'autre à se coucher.

Découvrirait-elle un terrible secret si elle lisait la
lettre ? L'existence d'une autre famille cachée, par
exemple ? Impossible ! Il fallait être super-organisé
pour mener une double vie. John-Paul aurait
commis un faux pas depuis longtemps. Mélangé
les prénoms, débarqué ou laissé ses affaires à la
mauvaise adresse.

À moins bien sûr que ses oublis permanents ne
fassent partie d'une odieuse stratégie de couverture.

Ou alors il préférait les hommes. Ce qui expliquerait son désintérêt pour elle. Si c'était le cas, il
fallait reconnaître que, pendant toutes ces années,
il avait parfaitement fait illusion dans le rôle de
l'hétéro ! Au début de leur relation, ils faisaient
l'amour jusqu'à trois ou quatre fois par jour,
se remémora Cecilia. Qui pourrait simuler à ce
point-là ? Non, le sens du devoir avait ses limites !

Oui mais, il aimait beaucoup les comédies musicales. *Cats*, notamment. Et il était plus doué qu'elle pour coiffer les filles. Quand Polly avait un spectacle de danse, elle insistait toujours pour que son père lui fasse son chignon. Il pouvait parler tutu avec Polly, football avec Isabel et avait toujours su s'adapter aux lubies d'Esther. Il adorait sa mère. Les homos n'entretenaient-ils pas des rapports privilégiés avec leur mère ? Ou n'était-ce qu'une légende ?

Il avait un polo abricot qu'il repassait lui-même. Voilà, il devait être gay.

La dernière note de l'hymne retentit. Le cercueil de sœur Ursula quitta l'église tandis que les fidèles ramassaient sacs et manteaux en se félicitant intérieurement d'avoir fait une bonne action. Ils pouvaient à présent retourner à leur vie.

Cecilia laissa son livre de cantiques sur le banc. Pour l'amour du ciel, son mari n'était pas homosexuel. Elle le revit au bord du terrain de football en train d'encourager Isabel lors de son dernier match, portant sur ses joues mal rasées deux autocollants violets représentant une danseuse (l'œuvre de Polly). Ce souvenir, telle une vague d'amour, lui réchauffa le cœur. John-Paul n'avait rien d'efféminé. Bien dans sa peau, il n'avait rien à prouver.

La lettre n'avait rien à voir avec cette pause dans leur vie sexuelle, ni avec quoi que ce soit d'autre. Elle était rangée en lieu sûr, dans l'enveloppe rouge qui contenait la copie de leurs testaments.

Elle avait promis de ne pas l'ouvrir. Elle ne pouvait plus se permettre de le faire. Elle ne le ferait pas.

7

« Sais-tu qui est mort ? demanda Tess.

— Quoi ? »

Sa mère, les yeux fermés, profitait du soleil radieux qui inondait la cour de récréation de St Angela.

En dépit des craintes de Tess, Lucy semblait tout à fait à son aise dans le fauteuil roulant qu'elles avaient loué à la pharmacie du coin. La cheville calée sur le repose-pieds, elle se tenait parfaitement droite, comme à un dîner mondain.

Liam, quant à lui, explorait les lieux. Ils avaient quelques minutes devant eux avant d'aller au secrétariat pour procéder à son inscription.

La mère de Tess avait tout arrangé dans la matinée. De son propre chef. Aucun problème, avait-elle annoncé fièrement à sa fille. Elles pouvaient venir le jour même si elles le souhaitaient ! « Il n'y a pas d'urgence, avait répondu Tess. Laissons passer Pâques. » N'avait-elle pas le droit de ne rien faire, sinon rester interdite, pendant au moins vingt-quatre heures ? Lucy, en prenant les choses en main, donnait à la situation un caractère bien trop réel, irrévocable, comme si cette épouvantable plaisanterie n'en était pas une.

« Je peux annuler le rendez-vous si tu veux, avait-elle dit en prenant des airs de martyr.

— Tu as pris rendez-vous ? Sans même me consulter ?

— J'ai pensé que c'était la meilleure chose à faire.

— Bon, avait dit Tess dans un soupir. Puisque tu le dis. »

Évidemment, Lucy avait tenu à l'accompagner. Elle répondrait probablement aux questions à sa place, comme au temps où sa fille était paralysée par la timidité dès qu'un étranger l'approchait. Elle n'avait jamais vraiment perdu cette habitude, ce qui pour Tess était à la fois gênant et reposant, comme le service d'étage dans un hôtel cinq étoiles. Après tout, rien ne lui interdisait de se détendre et de laisser quelqu'un d'autre faire le boulot à sa place.

« Sais-tu qui est mort ? répéta Tess d'une voix éraillée.

— Mort ?

— Les obsèques, maman. »

Depuis la cour de l'école qui jouxtait les jardins de l'église, Tess apercevait quatre jeunes gens porter un cercueil jusqu'à un corbillard.

Une vie venait de s'achever. Celle d'un homme, d'une femme, qui ne profiterait jamais plus du soleil du matin. Tess essaya de mettre sa propre souffrance en perspective, mais cela ne lui apporta aucun réconfort. Elle ne put s'empêcher de se demander si Will et Felicity étaient en train de faire l'amour dans son lit. Il était dix heures et demie. Ils n'avaient pas d'autre endroit où aller. Ce qu'elle voyait en les imaginant n'était rien moins qu'un inceste. Sale et dégradant. Elle en frissonna. Un goût amer coulait dans sa gorge, comme après une nuit passée à boire du vin bon marché. Ses paupières étaient lourdes.

Le beau temps ne l'aidait pas. Cette journée, radieuse, semblait se moquer de sa douleur. Devant l'école, les érables du Japon flamboyaient, les camélias en fleur rougeoyaient ; à l'entrée de chaque classe, des bégonias en pots resplendissaient de couleurs plus vives les unes que les autres. La haute silhouette de l'église en pierre de grès se détachait nettement sur le ciel cobalt au-dessus de Sydney. Regarde autour de toi, Tess, murmurait la ville, enveloppée dans une brume dorée. C'est si beau. Oublie tes problèmes.

Elle s'éclaircit la voix. « Tu ne sais pas qui on enterre ? »

Non pas que ça l'intéressait réellement. Tout ce qu'elle voulait, c'était qu'on lui parle ; peu importait le sujet, pourvu que les mots chassent la vision des mains de Will sur Felicity, son corps fin à la peau de porcelaine. Tess, plus mate de peau, avait hérité son hâle de la grand-mère de son père, une Libanaise qu'elle n'avait pas connue.

Will l'avait appelée sur son portable ce matin. Elle n'aurait pas dû répondre mais, en voyant son nom s'afficher sur l'écran, une lueur d'espoir l'avait envahie : il s'apprêtait sûrement à lui dire que tout cela n'était qu'une grossière erreur. Oui, sans aucun doute.

Pourtant, dès qu'elle avait entendu sa voix, si grave, si solennelle, si peu familière, elle avait perdu toute confiance. « Est-ce que tu vas bien ? Et Liam ? » avait-il demandé, comme s'il était étranger au drame qui venait de bouleverser leurs vies.

Elle n'avait qu'une idée en tête : raconter au Will qu'elle avait toujours connu ce que le nouveau

Will, cet intrus dénué d'humour, avait osé lui faire. Comment il lui avait brisé le cœur. Celui qu'elle aimait chercherait à arranger les choses. Il décrocherait son téléphone sur-le-champ pour se plaindre de la façon dont sa femme avait été traitée et exiger réparation ; il lui préparerait une tasse de thé, lui ferait couler un bain et l'aiderait à voir ce que les événements pouvaient avoir de drôle.

À ceci près que, cette fois, il n'y avait rien de drôle.

Lucy ouvrit les yeux et regarda sa fille du coin de l'œil. « Je crois que c'est cette horrible bonne sœur, celle qui était toute petite. »

Tess fronça les sourcils, quelque peu outrée par les propos de sa mère qui, contente d'elle-même, se fendit d'un large sourire. Bien décidée à dérider sa fille, Lucy jouait à l'amuseur de cabaret qui débite sketch sur sketch dans l'espoir de garder l'attention de son public. Quelques heures plus tôt, alors qu'elle se battait avec le couvercle du pot de Vegemite, elle avait dit « putain de merde » en détachant chaque syllabe, comme on répète un mot nouveau à un enfant.

Ces mots, les plus grossiers de son répertoire, étaient sortis de sa bouche car ce qui arrivait à sa fille la faisait bouillir de rage. C'était aussi surprenant que de voir un citoyen modèle et doux comme un agneau se transformer en milicien surarmé. Cela expliquait qu'elle ait téléphoné à l'école si rapidement : elle avait besoin d'agir, de faire quelque chose, n'importe quoi, pour sa fille. Et Tess le comprenait.

« Horrible et toute petite ? Comme s'il n'y en avait qu'une !

— Où est Liam ? demanda sa mère en se contorsionnant dans son fauteuil roulant.

— Juste là », répondit-elle en montrant son fils qui passait en revue les jeux de la cour de récréation d'un œil expert et critique.

Il s'agenouilla devant un énorme toboggan jaune en forme d'entonnoir et y passa la tête comme pour vérifier les normes de sécurité.

« Je l'avais perdu de vue.

— Ne te crois pas obligée d'avoir un œil sur lui en permanence, fit remarquer Tess gentiment. C'est comme qui dirait mon boulot.

— Et tu t'en acquittes parfaitement ! »

Au petit déjeuner, chacune avait essayé de prendre soin de l'autre. Tess avait eu le temps de mettre l'eau à chauffer et de faire griller les tartines avant même que Lucy ne récupère ses béquilles.

Sous le regard attentif de sa mère, Liam alla jusqu'au coin de la cour où, à l'ombre du grand figuier, Felicity et Tess déjeunaient autrefois en compagnie d'Eloise Bungonia. Eloise leur avait fait découvrir les cannellonis. Rien que d'y penser, Tess retrouva le goût divin des pâtes de Mrs Bungonia qui en mettait toujours assez pour trois. Une grave erreur quand on pense au métabolisme de Felicity, mais en ce temps-là, personne ne se souciait de l'obésité infantile.

Immobile, Liam regardait dans le vide, comme fasciné par la vision de sa mère en train de déguster des cannellonis pour la première fois de sa vie.

Quelle troublante expérience que de se retrouver dans la cour de son ancienne école avec la sensation que différentes époques, tels les plis d'une étoffe, se chevauchaient.

Les cannellonis de Mrs Bungonia ! Voilà un souvenir gourmand qu'elle pourrait évoquer avec Felicity !

Non. Elle n'en ferait rien.

Tout à coup, Liam tourna sur lui-même et donna un grand coup de pied dans la poubelle métallique.

« Liam, intervint Tess d'une voix trop faible pour qu'il l'entende.

— Liam ! Doucement ! » reprit Lucy plus fort en faisant un signe en direction de l'église.

Un petit groupe de gens s'attardaient près de l'entrée. Probablement soulagés, ils échangeaient quelques mots avec la réserve de circonstance.

Liam, obéissant, s'éloigna de la poubelle sans protester. Il ramassa un bâton qu'il brandit à deux mains, comme un fusil-mitrailleur, et fit mine de tirer aux quatre coins de la cour tandis que d'une classe de maternelle s'élevait un chœur de petites voix fredonnant « Une puce, un pou ». Oh, mon Dieu, pensa Tess en voyant son fils. Où avait-il appris ça ? Elle manquait probablement de vigilance avec tous ces jeux vidéo. Cela dit, elle ne put s'empêcher d'admirer la façon dont Liam plissait les yeux pour viser. Un vrai petit soldat ! Ça ferait bien rire son père quand elle lui raconterait la scène !

Non, non et non. Elle ne lui raconterait rien.

Décidément, son cerveau avait bien du mal à enregistrer la nouvelle. La preuve : la nuit précédente, voulant se rapprocher de Will dans son sommeil, elle n'avait cessé de se heurter au vide laissé par son absence ; chaque fois, elle s'était réveillée en sursaut. Ils dormaient si bien ensemble. Ni coups ni ronflements. Ils ne se disputaient même pas la couette. « Je dors mal quand je suis tout seul maintenant », s'était plaint Will quelques mois à peine après le début de leur relation. « Il va falloir que je t'emmène partout où je vais, comme un môme avec son doudou. »

« Alors ? Tu penses à quelle bonne sœur ? » insista Tess, les yeux rivés sur le corbillard. Inutile de déterrer ce genre de souvenirs en pareil moment.

« Elles n'étaient pas toutes horribles, fit remarquer sa mère. La plupart se montraient charmantes. Tu ne te rappelles pas sœur Margaret Ann ? Celle qui était venue à ta fête d'anniversaire en CM1. Une jolie femme. Ton père la trouvait à son goût, si je me souviens bien.

— Sérieux ?

— Peut-être même pas », répondit Lucy en haussant les épaules, comme si rester indifférent à une religieuse belle à croquer n'était qu'un manquement de plus à mettre à l'actif de son ex-mari. « Enfin bref. Il s'agit sûrement des obsèques de sœur Ursula. J'ai lu dans le dernier hebdo de la paroisse qu'elle était morte. Tu ne l'as jamais eue, je crois. On dit que pour donner des coups avec le manche de son plumeau, elle n'avait pas son pareil. Plus personne n'utilise de plumeau

115

aujourd'hui, non ? Le monde est-il pour autant plus poussiéreux ? Va savoir...

— Sœur Ursula... je crois que je vois. Rougeaude, les sourcils broussailleux. On se cachait quand elle surveillait la récréation.

— Pour autant que je sache, les sœurs ne font plus la classe aujourd'hui. Elles se contentent d'attendre que le bon Dieu les rappelle à Lui.

— Voilà qui est fort à propos, maman. »

Lucy ne put réprimer un gloussement cynique. « Oh, Tess, loin de moi l'idée de... » Elle s'interrompit, visiblement refroidie par ce qu'elle voyait près de l'église. « Prépare-toi, ma douce, on est repérées. La dame patronnesse fonce droit sur nous.

— Quoi ? » bredouilla Tess, complètement paniquée.

À croire que sa mère venait de lui annoncer l'arrivée imminente d'un forcené armé jusqu'aux dents.

Une blonde toute menue approchait d'un pas vif en faisant coucou de la main.

« Cecilia Fitzpatrick, dit Lucy. Bell, de son nom de jeune fille. Elle a épousé John-Paul, l'aîné de la fratrie Fitzpatrick. Le plus beau, si tu veux mon avis, même s'ils se ressemblent tous. Cecilia avait une petite sœur, du même âge que toi, je crois. Comment s'appelait-elle déjà ? Bridget Bell, ça te dit quelque chose ? »

Tel un reflet sur l'eau, un lointain souvenir des filles Bell commençait à émerger dans l'esprit de Tess. Leurs visages restaient flous, mais elle voyait nettement leurs longues nattes blondes volant derrière elles tandis qu'elles couraient partout dans l'école, vaquant à mille occupations comme tous ces enfants vénérés par les autres.

« Cecilia vend des Tupperware, précisa Lucy. Et ses affaires marchent fort, très fort.

— Mais, rassure-moi, elle ne nous connaît pas ? » demanda Tess en jetant un coup d'œil derrière elle dans l'espoir d'y trouver quelqu'un qui répondait au salut de Cecilia.

Personne. Venait-elle leur servir son argumentaire de vente ?

« Elle connaît tout le monde.

— Et si on se sauvait ?

— C'est trop tard maintenant, répondit Lucy entre ses dents tout en affichant son plus beau sourire mondain.

— Lucy ! » s'écria Cecilia qui avait traversé la cour aussi vite que l'éclair. « Que vous est-il arrivé ? » demanda-t-elle après l'avoir embrassée.

Lucy ? Mais pour qui se prend-elle ? pensa Tess qui avait puérilement pris Cecilia en grippe à la seconde où elle avait ouvert la bouche. *Merci de vous en tenir à Mrs O'Leary.* Maintenant qu'elle l'avait sous les yeux, son visage lui était parfaitement familier. Impeccablement coiffée – un carré savamment arrangé avait remplacé ses tresses enfantines –, Cecilia avait un regard enthousiaste et franc, de grandes dents et deux énormes fossettes. Un minois de furet, en somme.

Dire qu'elle avait trouvé le moyen d'épouser un Fitzpatrick.

« Je vous ai vue en sortant de l'église. On a enterré sœur Ursula ce matin ; saviez-vous qu'elle

117

était morte ? Bref, je vous ai aperçue et je me suis dit : Tiens, Lucy O'Leary en fauteuil roulant ! Que lui arrive-t-il ? Curieuse comme je suis, je n'ai pas pu m'empêcher de venir vous trouver ! Dites-moi, c'est le top du fauteuil roulant que vous avez là ! Où l'avez-vous loué ? Chez le pharmacien ? Mais que s'est-il passé, Lucy ? C'est votre cheville, n'est-ce pas ? »

Au secours. Tess se sentait totalement vampirisée. Ces gens débordants d'énergie, intarissables, lui faisaient toujours cet effet.

« Rien de bien grave, merci, Cecilia. Une simple fracture.

— Rien de bien grave ? Mais c'est atroce, vous voulez dire ! Comme je vous plains ! Comment vous vous débrouillez ? Ne serait-ce que pour vous déplacer ? Je vais vous préparer des lasagnes. Mais si ! J'insiste ! Vous n'êtes pas végétarienne, au moins ? Mais ceci explique votre présence, n'est-ce pas ? » Subitement, Cecilia se tourna vers Tess qui, prise au dépourvu, fit un pas en arrière. Elle n'avait pas tout suivi. « Vous êtes venue pour vous occuper de votre mère ? Cecilia. Vous ne vous souvenez pas de moi ?

— Cecilia, voici ma fille…

— Je sais ! Tess, n'est-ce pas ? » fit Cecilia en lui tendant la main à la manière d'un VRP.

Tess l'avait imaginée sortie d'un autre temps, le genre dévote et vieux jeu qui utilise des mots tels que « s'éteindre » au lieu de mourir et reste en retrait en souriant pendant que les hommes échangent des poignées de main musclées. Elle avait une petite main, mais une sacrée poigne.

118

« Votre fils, je suppose ? » fit Cecilia. « Liam ? »

Incroyable ! Elle connaissait le prénom de son fils. Comment faisait-elle ? Tess ne savait même pas si elle avait des enfants. Elle avait oublié jusqu'à son existence avant qu'elle ne vienne les débusquer dans la cour.

Jetant un œil dans leur direction, Liam visa Cecilia avec sa mitraillette imaginaire et appuya sur la détente.

« Liam ! » intervint Tess. Au même moment, Cecilia poussa un gémissement et fit mine de s'écrouler, les mains sur la poitrine. Elle était si crédible que, pendant un horrible instant, Tess se demanda si elle n'était pas en train de faire une attaque.

Liam leva son arme et souffla sur le canon, ravi.

« Combien de temps pensez-vous rester à Sydney ? » demanda Cecilia en regardant Tess droit dans les yeux. Elle était de ceux qui vous fixent un rien trop longtemps. Tout le contraire de Tess. « Jusqu'à ce que Lucy soit rétablie ? Vous avez monté une affaire à Melbourne, il me semble ? Difficile de s'absenter trop longtemps ! Sans compter que Liam a école. »

Tess, mal à l'aise, ne sut quoi répondre.

« Si vous voulez tout savoir, Tess va inscrire Liam à St Angela pour quelque temps, dit Lucy.

— Oh, quelle bonne nouvelle ! » s'écria Cecilia, le regard toujours rivé sur Tess. Cette femme ne clignait-elle jamais des yeux ? « Voyons voir, quel âge a-t-il ?

— Six ans, articula Tess en se tournant vers son fils, incapable de soutenir le regard de Cecilia plus longtemps.

— Eh bien, il sera dans la classe de Polly. Il reste une place suite au départ d'une petite fille au premier trimestre. On va pouvoir le prendre avec nous. Chez Mrs Jeffers. Mary Jeffers. Elle est fantas-tique ! Et très sociable, ce qui ne gâche rien !

— Génial, répondit Tess. Fabuleux.

— Liam ! Tu m'as eue ! Maintenant, tu peux venir me dire bonjour ! Mon petit doigt m'a dit qu'on allait t'inscrire à St Angela ! » s'exclama Cecilia en lui faisant signe d'approcher. Traînant son bâton derrière lui, il la rejoignit d'un pas nonchalant.

Cecilia se baissa et poursuivit : « Tu vas être dans la même classe que ma fille. Elle s'appelle Polly. Elle va avoir sept ans et elle fait une grande fête le week-end après Pâques. Ça te ferait plaisir de venir ? » Liam resta sans réaction, comme souvent lorsqu'il était confronté à des inconnus. Tess craignait toujours qu'on le prenne pour un attardé.

« Ce sera une fête de pirates. » Cecilia se redressa pour s'adresser à Tess : « J'espère que vous pourrez venir. Ce sera l'occasion pour vous de rencontrer les autres mamans. On boira quelques coupes de champagne dans un coin tranquille pendant que les petits pirates se défouleront. »

Tess se sentit blêmir. Inutile de chercher plus longtemps d'où Liam tenait son air catatonique. Rencontrer un nouveau groupe de mères ? C'était au-dessus de ses forces. L'exercice lui avait sem-blé suffisamment compliqué quand tout allait bien dans sa vie. Et bla-bla-bla, et ah ah ah ! Et toutes ces attentions (la plupart des mamans étaient adorables) qui cachaient mal les inévitables vacheries et autres jalousies. Elle avait joué le jeu à Melbourne où elle s'était fait quelques amies parmi les femmes qui, comme elle, se tenaient un peu à l'écart. Mais elle ne se voyait pas recommencer. Pas maintenant. Autant lui demander de courir un marathon à peine sortie d'une grippe carabinée.

« Super. » Elle trouverait bien une excuse pour se défiler d'ici là.

« Je vais fabriquer un costume de corsaire pour Liam, annonça Lucy. Un bandeau, un haut à rayures rouges et blanches et… une épée ! Ce serait chouette, une épée, hein, Liam ? » fit-elle en se retournant. Mais Liam s'était sauvé au fond de la cour où il faisait mine de percer la clôture avec son arme.

« Vous êtes évidemment la bienvenue, Lucy », ajouta Cecilia. Elle était très agaçante, mais elle maîtrisait les règles du savoir-vivre à la perfection. Tess était aussi admirative que devant le plus virtuose des violonistes.

« Oh, eh bien, merci, Cecilia ! » répondit Lucy, ravie. Elle adorait les fêtes. Surtout les amuse-bouches qu'on y servait. « Alors, un haut à rayures rouges et blanches… Dis-moi, Tess, aurait-il ça dans sa besace, notre petit corsaire ? »

Lucy, qui n'était pourtant pas du genre à faire des chichis, se donnait du mal pour se mettre au diapason.

« Mais je ne voudrais pas vous retenir. Rachel doit vous attendre pour l'inscription de Liam, n'est-ce pas ?

— Euh, nous avons rendez-vous avec la secrétaire, dit Tess.

121

— C'est bien ça : Rachel Crowley. Hyper-efficace. Elle fait tourner l'école comme une boîte à musique. Elle partage son poste avec ma belle-mère, mais entre nous, c'est Rachel qui fait tout le boulot. Virginia bavarde toute la sainte journée. Remarquez, j'ai beau jeu de parler, moi ! C'est l'hôpital qui se moque de la charité, comme dirait l'autre !

— Comment va Rachel, ces temps-ci ? » demanda Lucy, d'un ton plein de sous-entendus.

Le visage de Cecilia s'assombrit brusquement. « Je ne la connais pas très bien, mais je sais qu'elle a un adorable petit-fils. Jacob. Il vient d'avoir deux ans.

— Ah », fit Lucy, visiblement soulagée. À croire que ledit petit-fils pouvait tout effacer. « Je suis heureuse de l'apprendre. Jacob.

— Eh bien, c'était un plaisir de vous rencontrer, Tess, dit Cecilia en la fixant de nouveau. Il faut que je file. J'ai mon cours de zumba – la salle est à deux pas, c'est génial, vous devriez venir un de ces quatre, on rigole beaucoup. Et ensuite, je fonce au magasin de jouets à Strathfield, c'est un peu loin mais ils sont imbattables sur les prix, sérieusement, ils vendent un kit de cent ballons à gonfler à l'hélium pour moins de cinquante dollars, et j'ai tellement de réceptions à organiser dans les prochains mois – ne serait-ce que la fête d'anniversaire de Polly et le cocktail des parents d'élèves de CP – dont vous êtes, cela va sans dire. Et puis, j'ai plusieurs commandes à livrer – je suis conseillère Tupperware, Tess, donc si vous avez besoin de quoi que ce soit – avant de revenir ici

122

pour récupérer les filles ! La course, quoi ! Mais vous savez ce que c'est ! »

Quelle avalanche de détails, songea Tess, désormais au fait de la logistique bien huilée du quotidien de Cecilia. Non pas que ce soit ennuyeux. Si, ça l'était. Ennuyeux et assourdissant. Un tel débit ! Et sans le moindre effort, avec ça !

Zut, elle s'est arrêtée, se dit Tess, comprenant avec un temps de retard que c'était son tour de parler.

« Vous n'avez pas le temps de vous ennuyer, finit-elle par articuler en se forçant à sourire.

— On se voit à la fête de pirates ! » lança Cecilia en direction de Liam qui la regarda avec cette drôle d'expression qu'il prenait parfois – impénétrable et déjà hyper-virile.

Le portrait craché de son père, pensa Tess tristement.

« Oh ! Hisse ! Matelot ! » s'exclama Cecilia en imitant un pirate boiteux.

En voyant Liam éclater de rire, comme malgré lui, Tess décida qu'elle l'emmènerait à cette fête, quoi qu'il lui en coûte.

« Quelle pipelette ! soupira Lucy une fois Cecilia hors de portée de voix. Exactement comme sa mère ! Adorable mais épuisante. Quand je la croise, il me faut une tasse de thé et une bonne heure de repos pour m'en remettre.

— Bon, et cette Rachel Crowley, c'est quoi, son histoire ? » demanda Tess tout en poussant le fauteuil de sa mère avec l'aide de Liam.

Lucy grimaça. « Janie Crowley. Ça te dit quelque chose ?

— Ce ne serait pas l'ado qu'on a retrouvée avec le chapelet...

— Si. C'était la fille de Rachel. »

Tandis qu'elles remplissaient ensemble le dossier de Liam, Rachel sentait bien que Lucy O'Leary et sa fille ne pouvaient pas s'empêcher de penser à Janie. Pour des femmes qui semblaient d'un naturel plutôt discret, elles parlaient un peu trop. Tess évitait son regard ; quant à Lucy, elle la fixait, tête penchée, d'un air compatissant, comme tant d'autres mères d'un certain âge. Rachel se disait qu'on ne l'aurait pas traitée différemment si elle avait été grabataire.

Lorsque Lucy lui demanda s'il s'agissait bien d'une photo de son petit-fils sur son bureau, elle et Tess se répandirent en compliments. C'était un beau portrait de Jacob, certes, mais même un âne bâté aurait su lire dans leurs pensées. *Votre fille a été assassinée il y a bien longtemps, nous le savons ; mais ce petit garçon ne compense-t-il pas votre perte ? Faites que ce soit le cas, qu'on cesse enfin de se sentir si mal à l'aise avec vous !*

« Je le garde deux jours par semaine », leur raconta Rachel tandis que, les yeux rivés sur son écran, elle imprimait des documents pour Tess. « Plus pour très longtemps, hélas. J'ai appris hier soir que ses parents l'emmènent à New York pour deux ans », poursuivit-elle sans parvenir à dissimuler son émotion. Agacée de s'être trahie ainsi, elle s'éclaircit aussitôt la voix.

Les O'Leary allaient-elles lui servir le même refrain que tous les autres ? « Une expérience passionnante pour eux ! » « Une opportunité en or ! » « Vous allez leur rendre visite ? »

« Alors ça, c'est le bouquet ! » explosa Lucy en frappant du poing sur l'accoudoir de son fauteuil tel un bambin capricieux.

Levant le nez des papiers qui l'occupaient, Rachel fronça les sourcils. Elle était de ces femmes quelconques – cheveux coupés à la garçonne, traits prononcés et austères – qui peuvent tout à coup vous paraître d'une beauté aussi crue qu'inattendue. Son petit-fils qui, en dehors de ses étranges yeux dorés, lui ressemblait beaucoup se tourna également vers sa grand-mère.

Lucy se frotta le coude avant de s'expliquer : « Bien sûr, ce doit être très excitant pour votre fils et votre belle-fille. Mais après tout ce que vous avez subi, le décès de Janie, dans les circonstances que l'on sait, puis celui de votre mari, je suis navrée, je ne me souviens pas de son nom mais je sais qu'il est mort lui aussi, eh bien, je trouve que ce n'est pas juste. »

Rachel comprit en voyant ses joues s'empourprer que Lucy était horrifiée par ses propres paroles. Les gens craignaient toujours de lui rappeler sans le vouloir la mort cruelle de sa fille. Comme si elle pouvait l'oublier, ne serait-ce qu'une seconde.

« Pardonnez-moi, Rachel, je n'aurais jamais dû… », bredouilla la pauvre Lucy, au comble du désarroi.

Rachel l'interrompit d'un geste de la main. « Ne vous excusez pas. Merci de votre franchise. C'est, en effet, le bouquet. Jacob va affreusement me manquer.

— Voyons voir, qui avons-nous là ? »

La directrice de l'école, Trudy Applebee, entra d'un pas léger dans la pièce, affublée, comme à son habitude, d'un châle au crochet qui glissait de ses épaules anguleuses. Quelques mèches de cheveux gris et crépus s'échappaient de sa coiffure ; sur sa joue gauche, une tache de peinture rouge. Elle avait probablement passé le début de la matinée par terre à peindre avec les maternelles. Fidèle à elle-même, Trudy s'approcha du garçonnet sans même accorder un regard à Lucy et Tess O'Leary. Les adultes ne l'intéressaient pas le moins du monde, ce qui l'amènerait un jour à sa propre perte. Depuis qu'elle travaillait à St Angela, Rachel avait vu défiler pas moins de trois chefs d'établissement, expérience qui lui avait appris qu'on ne dirigeait pas une école sans se soucier des parents. La mission revêtait un caractère politique.

De plus, Trudy n'était pas la fervente catholique qu'on aurait pu attendre à son poste. Non pas qu'on puisse l'accuser de désobéir aux dix commandements à longueur de journée mais, pendant la messe, son regard étincelait de manière fort inappropriée. Avant de mourir, sœur Ursula – dont Rachel venait de boycotter les obsèques (elle ne lui avait jamais pardonné d'avoir donné un coup de plumeau à Janie) – avait probablement écrit au Vatican pour dénoncer son manque de piété.

« Voici le garçon dont je vous ai parlé ce matin, annonça Rachel. Liam Curtis. Inscrit en CP.

— Je vois, je vois. Bienvenu à St Angela, Liam ! Tout à l'heure, en montant l'escalier, je me disais justement qu'aujourd'hui j'allais rencontrer quelqu'un dont le prénom commençait par un L. C'est une de mes lettres préférées. Alors, Liam, parmi ces trois créatures, laquelle choisirais-tu ? Le dinosaure, l'extra-terrestre ou le super-héros ? »

Liam réfléchit à la question gravement.

« Il aime bien les dino…, commença Lucy avant que sa fille ne l'interrompe d'un geste de la main.

— L'extraterrestre, répondit enfin Liam.

— L'extraterrestre ! Bien, je m'en souviendrai, Liam Curtis. Et cette dame doit être ta maman, et celle-ci ta grand-mère, n'est-ce pas ?

— En effet, je suis Lu…

— Ravie de vous rencontrer », fit Trudy en souriant d'un air distrait sans vraiment les regarder. Puis, à Liam : « Quand fais-tu ta rentrée avec nous, Liam ? Demain ?

— Non ! s'écria Tess. Il commencera après Pâques.

— Oh ! Pourquoi attendre ? Il faut profiter ! Se jeter à l'eau ! Tu aimes les œufs de Pâques, Liam ?

— Oui, répondit-il catégoriquement.

— Ça tombe bien ! On a prévu une immense chasse aux œufs demain !

— Je suis super-fort à la chasse aux œufs !

— Ah oui ? Tant mieux ! Mais il va peut-être falloir mieux les cacher alors ! » Puis Trudy se tourna vers Rachel. « Tout est en ordre, question paperasse ? » demanda-t-elle en esquissant un geste coupable en direction du dossier d'inscription auquel elle n'avait pas jeté un œil.

« Tout est en ordre », répondit Rachel qui, ne voyant aucun mal à ce que les élèves aient une directrice tout droit sortie du royaume des fées, faisait son possible pour que Trudy conserve son poste.

« Parfait ! Parfait ! Je vous laisse vous en charger ! » conclut Trudy en retournant d'un pas nonchalant dans son bureau.

Puis elle referma la porte derrière elle, sans doute pour répandre un peu de poudre magique sur son clavier, ce qui, soit dit en passant, devait être la seule chose qu'elle faisait avec son ordinateur.

« Eh bien ! s'exclama Lucy à voix basse. Moi qui ai connu sœur Veronica Mary, je peux vous dire que c'est le jour et la nuit ! »

Rachel émit un petit rire approbateur. Elle se souvenait on ne peut mieux de sœur Veronica Mary qui avait dirigé St Angela de 1965 à 1980.

Quelqu'un frappa à la porte. Derrière le panneau de verre dépoli de la porte du secrétariat apparut l'imposante silhouette d'un homme qui entrouvrit la porte sans attendre.

Lui ! tressaillit Rachel comme si une énorme araignée velue venait d'entrer dans son champ de vision. Dire que la majorité des femmes se pâmait devant ce type. Grotesque.

« Excusez-moi, hum, Mrs Crowley. »

Ayant connu Rachel au temps où il était luimême écolier à St Angela, il lui était très difficile de l'appeler par son prénom comme le faisaient ses collègues. Leurs regards se croisèrent et, comme d'habitude, il détourna les yeux le premier pour les fixer juste au-dessus de sa tête.

Ses yeux mentent, songea Rachel – ce qu'elle faisait presque chaque fois qu'elle le voyait, un peu comme une incantation ou une prière. *Ses yeux mentent.*

« Désolé de vous interrompre, dit Connor Whitby. Je voulais simplement récupérer les fiches d'inscription au stage de tennis. »

« Le petit Whitby nous cache quelque chose », avait déclaré l'inspecteur Rodney Bellach à l'époque où il avait toujours ses incroyables boucles noires. « Ses yeux mentent. »

Aujourd'hui à la retraite, Bellach était chauve comme un œuf. Chaque année, il appelait Rachel le jour de l'anniversaire de Janie et se répandait en plaintes sur sa santé. Encore quelqu'un à qui il était donné de vieillir alors que Janie aurait éternellement dix-sept ans.

Connor prit les documents que Rachel lui tendait et son regard tomba sur Tess.

« Tess O'Leary ! » s'écria-t-il, le visage complètement métamorphosé. L'espace d'un instant, il redevint le jeune homme de l'album photo de Janie.

Tess leva le nez et marqua un temps d'arrêt. Elle ne semblait pas le reconnaître.

« Connor ! fit-il en posant la main sur son large torse. Connor Whitby !

— Oh, Connor, bien sûr. Quel plaisir de… »

Tess commença à se lever mais se retrouva bloquée par le fauteuil de sa mère.

« Reste assise, je t'en prie ! » Il se baissa pour lui faire la bise au moment où elle retombait sur sa chaise si bien qu'il lui embrassa le lobe de l'oreille.

« Que fais-tu ici ? demanda Tess qui ne semblait pas particulièrement heureuse de le voir.

— Je bosse.

— Comme comptable ?

— Non, non, je me suis reconverti il y a quelques années. Tu as devant toi le professeur de sport.

— Vraiment ? Eh bien, c'est... chouette. »

Connor se racla la gorge. « Bon, ça m'a fait plaisir de te voir. » Il jeta un coup d'œil vers Liam, ouvrit la bouche mais se ravisa. « Merci, Mrs Crowley, dit-il en prenant la liasse de fiches d'inscription.

— Je vous en prie », répondit Rachel froidement.

À peine Connor avait-il tourné les talons que Lucy demanda à sa fille : « Peut-on savoir qui est ce monsieur ?

— Une vieille connaissance.

— Je ne crois pas me souvenir de lui. Tu es sortie avec lui ?

— Maman..., dit Tess en montrant Rachel et le dossier qu'elle n'avait pas terminé de remplir.

— Désolée ! » murmura Lucy d'un air coupable tandis que Liam, les yeux rivés au plafond, étirait ses jambes en bâillant.

Rachel remarqua que la grand-mère, la mère et le fils avaient la même lèvre supérieure, pleine et bien dessinée. Comme un trompe-l'œil qui les faisait paraître plus beaux qu'ils ne l'étaient vraiment.

Tout à coup, une colère inexplicable s'empara d'elle. Qu'ils aillent au diable, tous les trois.

« Bien. Si vous pouviez signer la rubrique "allergies et traitements", qu'on en finisse, lança-t-elle en mettant le doigt sur le document. Non, pas là. Ici. »

Tess venait tout juste de boucler sa ceinture de sécurité lorsque son téléphone portable sonna.

130

Elle le récupéra sur le tableau de bord et, découvrant qui l'appelait, se tourna vers sa mère d'un air accusateur.

Après un bref coup d'œil sur l'écran, Lucy se carra dans son siège en haussant les épaules. « Il fallait bien que je le lui dise. Je lui ai promis de toujours le tenir au courant de ce qui se passe dans ta vie.

— J'avais dix ans quand tu lui as fait cette promesse ! s'exclama Tess, hésitant à répondre.

— C'est papa ? demanda Liam qui s'agitait sur la banquette arrière.

— *Mon* papa. » Il faudrait bien qu'elle lui parle à un moment ou à un autre. Autant en finir tout de suite. Elle respira un grand coup et décrocha. « Salut, papa. »

Silence. Comme toujours.

« Bonjour, ma grande.

— Comment vas-tu ? » demanda Tess sur le ton enthousiaste qu'elle lui réservait.

À quand remontait leur dernière conversation ? À Noël, probablement.

« Très bien », fit-il d'une voix triste.

De nouveau, un blanc.

« En fait, je suis dans la voiture avec…, commença Tess.

— « Ta mère m'a raconté… », dit son père en même temps.

Tous deux s'interrompirent. C'était toujours un supplice. Quoi qu'elle fasse, Tess ne parvenait jamais à communiquer normalement avec son père. Même en face à face. Leur relation aurait-elle été

plus naturelle si ses parents n'avaient pas divorcé ?
Elle s'était toujours posé la question.

Son père s'éclaircit la voix : « Ta mère m'a dit
que tu avais comme qui dirait un léger souci. »

Une pause.

« Tu m'en vois navré », reprit-il au moment où
Tess bredouillait un « Merci, papa ».

Voyant sa mère lever les yeux au ciel, elle préféra
se tourner vers la vitre, comme pour protéger son
pauvre père du mépris de son ex-femme.

« Si je peux faire quoi que ce soit… tu sais que,
enfin, n'hésite pas à m'appeler.

— Bien sûr. »

Un blanc.

« Bon, il faut que j'y aille, dit-elle.

— Je l'aimais bien, ajouta son père.

— Dis-lui que je lui ai envoyé un mail avec le
lien du cours d'œnologie dont je lui ai parlé l'autre
jour, fit Lucy.

— Maman, gronda Tess en lui faisant signe de
se taire. Qu'est-ce que tu as dit, papa ?

— Will. Je trouvais que c'était un chouette type.
Mais bon, je ne t'aide pas là, hein ?

— Il ne le fera jamais, de toute façon, maugréa
Lucy en examinant ses ongles. Je me demande
pourquoi je me donne tant de peine. Il refuse
d'être heureux. Il n'y a qu'à voir où il est allé
s'enterrer. »

Cinq ans plus tôt, son ex-mari avait mystérieuse-
ment élu domicile dans une petite bourgade aride
de l'ouest du pays.

« Merci d'avoir appelé, papa.

— Comment va ton petit bonhomme ? demanda-t-il en même temps.

— Liam va très bien. Il est juste à côté. Tu veux lui…

— Je vais te laisser, ma grande. Prends soin de toi. »

Bip. Il avait le chic pour mettre fin à leurs appels sans même laisser à Tess le temps de dire au revoir. Un individu sur écoute ne s'y serait pas pris autrement pour éviter d'être localisé par la police.

« Je parie que Monsieur t'a donné un tas de conseils très utiles ? demanda Lucy.

— Il a fait de son mieux, maman.

— Oh, je n'en doute pas ! » répondit Lucy d'un air satisfait.

8

« Ils ont monté le Mur un dimanche. On l'a appelé le "dimanche des barbelés". Vous voulez savoir pourquoi ? » demanda Esther depuis la banquette arrière de la voiture. Question purement rhétorique : qui ne voudrait pas savoir ? « Parce que ce jour-là, quand les gens se sont réveillés, il y avait cette longue clôture de barbelés qui coupait la ville en deux.

— Ben quoi ? fit Polly. Une clôture de barbelés, ça existe.

— Sauf que là, ils n'avaient pas le droit de la traverser ! Ils étaient coincés ! Tu vois l'autoroute du Pacifique ? Nous, on vit ici et mamie, de l'autre côté, pas vrai ?

— Euh... ouais, répondit Polly, pour qui tout cela n'était pas très clair.

— Alors, imagine ! Tout le long de l'autoroute, il y aurait une grande clôture, et nous, on n'aurait plus le droit d'aller voir mamie.

— Ce serait vraiment dommage », murmura Cecilia en jetant un œil dans l'angle mort avant de changer de voie.

Ce matin, après son cours de zumba, elle avait rendu visite à sa mère et perdu vingt minutes – un temps précieux – à regarder, page après page, le « portfolio » de son neveu Sam. Sa sœur Bridget l'avait inscrit dans une école maternelle élitiste si chère que c'en était indécent. Ne sachant pas trop si elle devait s'en réjouir ou s'en indigner, la grand-mère versait dans l'hystérie.

« Je parie que tu n'as pas eu ce genre de portfolio dans la charmante petite école où tes filles sont allées ! » avait-elle dit tandis que Cecilia essayait d'accélérer le mouvement. Elle devait commencer les courses pour dimanche avant de récupérer les enfants à l'école.

« À vrai dire, je crois que toutes les maternelles font ce genre de choses aujourd'hui », avait-elle répondu. Mais sa mère, bien trop occupée à s'extasier sur l'autoportrait que Sam avait peint avec les doigts, ne l'avait pas écoutée.

« Tu te rends compte, maman, dit Esther. Si tu nous avais envoyées toutes les trois passer le week-end chez mamie quand ils ont construit le Mur, on aurait été séparées de vous. Papa et

134

toi, à l'est, nous à l'ouest. Tu nous aurais interdit de revenir. "Restez chez mamie, les filles ! Là-bas, vous serez libres !" Voilà ce que tu nous aurais dit.

— Quelle horreur, commenta Cecilia.

— Moi, je rejoindrais quand même maman, dit Polly. Mamie, elle m'oblige à manger des petits pois.

— C'est l'histoire de Berlin, maman, poursuivit Esther. Ça s'est vraiment passé. Tout le monde a été séparé. Ils s'en moquaient. Regarde ! Eux, là, ils soulèvent leurs bébés pour les montrer à leur famille de l'autre côté du Mur.

— Je conduis, soupira Cecilia. Je ne peux pas regarder. »

Grâce à Esther, Cecilia venait de passer six mois à s'imaginer en train de sauver des enfants des eaux glaciales de l'Atlantique tandis que le *Titanic* sombrait dans ses profondeurs. Désormais, elle vivrait à Berlin-Est privée de ses filles à cause du Mur.

« Quand est-ce que papa rentre de Chicago ? demanda Polly.

— Vendredi matin ! » répondit Cecilia, en la regardant dans le rétroviseur. Ravie de changer de sujet, elle reprit en chantonnant : « Vendredi matin / l'empereur, sa femme et le petit prince / sont venus chez moi / pour me serrer la pince / mais... »

Un silence désapprobateur s'installa derrière elle. Pas question pour les filles de cautionner les propos ringards de leur mère.

Comme tous les jours après l'école, c'était la course. Cecilia venait juste de déposer Isabel chez le coiffeur et amenait à présent Polly à la danse et Esther à sa séance d'orthophonie. (Dans ce monde où les problèmes d'élocution sont montrés du doigt, seule Cecilia trouvait son léger zézaiement adorable.) Ensuite, elle devrait préparer le dîner, vérifier les devoirs – y compris la lecture – et filer à une réunion Tupperware une fois sa mère à la maison pour surveiller les filles.

« J'ai encore un secret à lui dire, poursuivit Polly. Quand il rentrera.

— Il y a même un monsieur qui a essayé de descendre la façade de son immeuble en rappel ; les pompiers de Berlin-Ouest ont voulu le rattraper avec un filet, mais ils l'ont manqué et il est mort.

— Mon secret, c'est que j'ai plus envie de faire une fête de pirates.

— Il avait trente ans. C'est jeune mais il avait déjà sûrement eu une vie bien remplie.

— Quoi ? fit Cecilia.

— Il avait trente ans. Le monsieur qui est mort.

— Pas toi. Polly ! »

Le feu passa à l'orange. Cecilia freina brusquement. Comparé au destin tragique de ce pauvre homme qui, à trente ans à peine, s'était écrasé au sol au nom de la liberté, le « secret » de Polly ne revêtait pas la moindre importance. Mais à ce moment précis, elle n'avait pas le temps d'honorer sa mémoire car un changement de thème de fête d'anniversaire, à la dernière minute de surcroît, lui sembla plus difficile à avaler que la mort d'un innocent. Voilà ce qui arrive quand on tient la liberté pour acquise : on perd le sens de la mesure.

« Polly, dit Cecilia en s'efforçant de rester calme et posée, nous avons envoyé les invitations. Tu as voulu une fête de pirates. Tu auras une fête de pirates. »

D'autant que pour son numéro de danse, Penelope, le Pirate qui danse et chante, avait exigé un acompte – une « rançon », pour être plus juste – non remboursable.

« C'est un secret rien que pour papa. Pas pour toi.

— Très bien, mais je ne change rien à ce qui est prévu. »

Elle voulait que tout soit parfait. Elle tenait notamment à faire forte impression sur cette nouvelle maman, Tess O'Leary. Étrangement, les femmes comme Tess, élégantes et énigmatiques, avaient toujours attiré Cecilia. Ses amies, toutes plus bavardes les unes que les autres, brûlaient d'une telle impatience à raconter leurs petites histoires qu'elles s'écoutaient à peine. « J'ai toujours détesté les légumes... en dehors des brocolis, mon fils refuse de manger le moindre légume... le mien adore les carottes crues... j'adore les carottes crues ! » Il fallait jouer des coudes pour pouvoir en placer une ! D'autres, comme Tess, n'avaient visiblement pas ce besoin viscéral de partager leur quotidien, ce qui suscitait chez Cecilia une irrésistible envie de les connaître. Et de se demander : *Il aime ça, les brocolis, son gamin ?* Ce matin encore, lorsqu'elle s'était approchée pour saluer Tess et sa mère après les obsèques de sœur Ursula, elle n'avait cessé de bavasser. *Un véritable moulin à*

137

paroles. Parfois, elle s'entendait. Mais c'était plus fort qu'elle.

Cecilia prêta l'oreille : des voix métalliques, provenant de la vidéo qu'Esther regardait sur YouTube, criaient des messages passionnés en allemand.

C'était quand même fabuleux de pouvoir revivre un épisode tumultueux de l'Histoire, un mardi après-midi sur la route de Hornsby. Pourtant, un vague sentiment d'insatisfaction l'envahit. Vivre un instant capital – voilà ce à quoi elle rêvait. Sa vie lui semblait parfois si vaine. Si vide.

Mais avait-elle besoin d'un événement malheureux – un deuxième Mur de la honte, au beau milieu de Sydney ? – pour apprécier la banalité de son existence ? Que voulait-elle ? Devenir une héroïne tragique, comme Rachel Crowley ? La mort atroce de sa fille l'avait presque défigurée, si bien que Cecilia devait parfois se faire violence pour ne pas détourner le regard lorsqu'elle la croisait, comme si cette femme charmante, aux pommettes saillantes et toujours bien coiffée s'était transformée en grande brûlée.

C'est ça que tu veux, Cecilia ? Une bonne grosse tragédie ?

Bien sûr que non.

Les voix allemandes qui sortaient de l'iPad d'Esther commençaient à lui porter sur les nerfs.

« Tu peux éteindre ta vidéo, s'il te plaît ? lui demanda-t-elle. Ça me déconcentre.

— Attends, c'est…

— Éteins ça ! Ce serait trop vous demander d'obéir du premier coup ? Sans négocier ? Pour une fois ? »

Le son s'arrêta net.

Dans le rétroviseur, Cecilia vit Polly adresser un regard interrogateur à sa sœur qui haussa les épaules, paumes ouvertes. *Qu'est-ce qu'elle a ? Aucune idée.* Le genre de conversations silencieuses qu'elle avait autrefois avec Bridget lorsque leur mère était au volant.

« Pardon, dit Cecilia, penaude. Je vous demande pardon, les filles. C'est juste que... »

Je m'inquiète à propos de votre père qui me cache quelque chose ? Je n'ai pas fait l'amour depuis des mois ? Je m'en veux d'avoir été trop bavarde ce matin quand j'ai rencontré Tess O'Leary dans la cour de récréation ? Mes hormones me jouent des tours ?

« ... votre père me manque. J'ai hâte qu'il rentre à la maison, pas vous ? Il sera tellement content de vous retrouver !

— Ouais », fit Polly dans un soupir. Puis elle ajouta : « Isabel aussi.

— Bien sûr, répondit Cecilia. Isabel aussi.

— Papa la regarde d'une drôle de façon », poursuivit Polly sur le ton de la conversation.

Une remarque des plus saugrenues, comme Polly en faisait parfois.

« Que veux-tu dire ? demanda Cecilia.

— Tout le temps. Il la regarde bizarrement.

— N'importe quoi, dit Esther.

— Si, il la regarde comme si ça lui faisait mal aux yeux. Comme s'il était fâché et triste en même temps. Surtout quand elle porte sa nouvelle jupe.

— Eh bien, c'est idiot de dire une chose pareille », gronda Cecilia.

139

Mais enfin, qu'insinuait cette enfant ? Que John-Paul posait sur Isabel un regard charnel ? Heureusement, Cecilia avait suffisamment de bon sens pour ne pas prêter foi à une telle idée.

« Peut-être qu'il est fâché contre Isabel. Ou peut-être qu'il est triste d'être son papa. Maman, tu sais pourquoi il est fâché contre Isabel ? Elle a fait une bêtise ? »

Cecilia sentit une boule lui monter à la gorge.

« Si ça se trouve, elle l'a empêché de regarder le cricket à la télé, ou quelque chose comme ça », dit Polly.

Ces derniers temps, Isabel s'était montrée grognon – refus de répondre, claquements de porte –, mais quoi de plus normal pour une gamine de douze ans ?

Cecilia ne put s'empêcher de penser à ces histoires d'enfants victimes d'abus sexuels qu'elle avait lues dans la presse. Ces témoignages parus dans le *Daily Telegraph,* dans lesquels les mères affirmaient tout ignorer. Et Cecilia de se demander : *Comment une mère pouvait-elle ne rien voir ?* Elle refermait toujours le journal avec un agréable sentiment de supériorité : *Une chose pareille ne pourrait pas se passer sous mon toit.*

John-Paul pouvait être d'humeur exécrable. Dans ces moments-là, il se fermait comme une huître. Rien ne pouvait le dérider. Typiquement masculin, non ? se disait Cecilia pour se rassurer. Elle se souvenait très bien du temps où sa mère, sa sœur et elle marchaient sur des œufs quand son père était mal luné. Cela n'arrivait plus. Les

140

années l'avaient adouci. Cecilia espérait que son mari aussi changerait. Le plus tôt serait le mieux.

De là à imaginer qu'il pourrait s'en prendre à ses filles ! Ridicule. Digne du plus mauvais talk-show. Que l'idée lui traverse l'esprit, ne serait-ce qu'une seconde, c'était déjà le trahir. John-Paul n'abuserait jamais d'une de leurs filles – Cecilia en mettrait sa tête à couper.

Mais risquerait-elle la vie de ses filles ?

Non. S'il y avait le plus petit doute…

Dieu du ciel, que faire ? Interroger Isabel ? *Est-ce que papa t'a déjà touchée ?* Et si elle mentait ? C'était classique chez les victimes d'abus sexuels. Cecilia lisait toujours les faits divers – sordides de préférence. Elle se plaisait à verser une petite larme cathartique avant de s'en retourner à ses occupations, non sans avoir pris la peine de recycler le journal. John-Paul, lui, refusait tout net de lire ces horreurs. Fallait-il y voir un signe de sa culpabilité ?

« Maman ! » appela Polly.

Comment aborder le sujet avec John-Paul, les yeux dans les yeux ? « As-tu eu un geste déplacé envers l'une de nos filles ? » À sa place, elle serait furax. Une question impardonnable. La fin de leur mariage. « Non, je ne me suis jamais livré au moindre attouchement sur nos filles. Peux-tu me passer le beurre de cacahuètes, s'il te plaît ? »

« Maman ! » répéta Polly.

« C'est fou que tu aies besoin de poser la question, lui dirait-il. Si tu ne connais pas la réponse, c'est que tu ne me connais pas. »

Mais si, elle connaissait la réponse. Évidemment !

Oui, mais les autres mères aussi semblaient certaines. Les imbéciles.

Sans compter que John-Paul avait réagi de manière plus qu'étrange lorsqu'elle l'avait interrogé à propos de cette lettre. Il avait menti. Elle en était convaincue.

Et puis, n'y avait-il pas ce problème de sexe entre eux ? Avait-il perdu tout intérêt pour elle parce qu'il désirait Isabel qui devenait une jeune fille ? C'était risible. Révoltant. À vomir.

« MAMAN !

— Hein ?

— Regarde ! Tu as dépassé la rue ! On va être en retard !

— Bon sang ! Désolée. »

Vite ! Demi-tour ! Elle pila. Aussitôt, un furieux coup de klaxon retentit. Oh, mon Dieu ! Un énorme camion approchait dangereusement dans son rétroviseur.

« Merde, dit-elle en faisant un signe de la main pour s'excuser. Désolée ! Oui, oui, je sais ! »

Visiblement rancunier, le chauffeur continuait de klaxonner.

« Pardon, pardon ! » s'exclama-t-elle en terminant sa manœuvre. Puis elle adressa un nouveau geste d'excuse au chauffeur, soucieuse de ne pas ternir la réputation de Tupperware dont le logo figurait sur un côté de sa voiture. Le visage déformé par la colère, il brandit un poing vindicatif dans sa direction.

« Oh, pour l'amour du ciel ! marmonna-t-elle.

— Je crois que tu l'as énervé, le monsieur, commenta Polly.

142

— Il est *très* vilain, le monsieur », répondit-elle sèchement. Le cœur battant, elle roula tout doucement jusqu'au studio de danse, jetant en permanence des coups d'œil nerveux dans son rétroviseur.

Polly ouvrit la portière et courut jusqu'à la salle, son jupon de tulle rose flottant autour d'elle, les fines bretelles de son justaucorps révélant ses délicates épaules qui semblaient battre comme des ailes.

Melissa McNulty apparut sur le seuil. D'un geste de la main, elle confirma à Cecilia qu'elle s'occupait de Polly. Rassurée, Cecilia reprit la route.

« Imagine qu'on soit à Berlin : si le cabinet de Caroline était de l'autre côté du Mur, je ne pourrais pas aller à ma séance, déclara Esther.

— Tout à fait.

— On pourrait l'aider à s'échapper ! La cacher dans le coffre de la voiture. Elle n'est pas très grande. Je pense qu'elle passerait. Sauf si elle est claustrophobe, comme papa.

— Quelque chose me dit que Caroline n'aurait besoin de personne pour organiser son évasion », répondit Cecilia.

Elle nous a coûté assez cher comme ça ! On ne va pas en plus l'aider à fuir Berlin-Est ! Avec ses voyelles parfaites, l'orthophoniste d'Esther lui donnait des complexes, si bien que Cecilia se prenait à détacher toutes ses syllabes bien dis-tinc-te-ment chaque fois qu'elle s'adressait à elle. Elle se faisait l'effet d'une gamine qui passe un test !

« Moi, je ne trouve pas que papa regarde Isabel bizarrement.

143

— Ah non ? » demanda Cecilia d'un ton qui trahissait un réel soulagement.

Bon sang ! Quelle affreuse tendance au mélodrame ! se reprocha-t-elle intérieurement. Une simple remarque de Polly et là voilà qui se mettait à imaginer les pires horreurs ! Des attouchements sexuels ! Et puis quoi encore ? Elle regardait trop d'émissions à la noix.

« Mais je l'ai vu pleurer l'autre jour, avant qu'il parte à Chicago.

— Quoi ?

— Sous la douche. Je suis allée dans votre salle de bains pour prendre les ciseaux à ongles et j'ai entendu papa pleurer.

— Et alors, ma puce, tu as cherché à savoir pourquoi il pleurait ? demanda Cecilia d'un air faussement détaché.

— Non, répondit-elle du tac au tac. Quand je pleure, j'aime pas qu'on me dérange. »

Raté ! Polly, elle, aurait tiré le rideau de douche en moins de deux et aurait exigé une explication sur-le-champ.

« Je voulais te demander à toi, précisa Esther, mais ensuite, j'ai oublié. J'avais plein de choses en tête.

— Je ne pense pas que papa pleurait, tu sais. Peut-être qu'il… reniflait, ou je ne sais pas. »

L'idée que John-Paul pleure sous la douche lui paraissait si étrange, si éloignée de son mari. À la naissance des filles, elle l'avait surpris les yeux mouillés, certes. Et quand il avait appris la mort subite de son père au téléphone, il avait émis un bruit curieux, à peine audible, comme si quelque

144

chose de duveteux lui chatouillait la gorge. Mais en dehors de ça, elle ne l'avait jamais vu verser une larme.

« Il ne reniflait pas, affirma Esther.

— Il avait peut-être une de ses affreuses migraines », suggéra Cecilia tout en sachant pertinemment qu'en pareil cas la dernière chose dont il avait besoin, c'était de prendre une douche. Il se couchait, seul, dans le noir. Au calme.

« Euh... papa ne prend pas de douche quand il a la migraine, maman. »

Une dépression ? Par les temps qui couraient, cela semblait être un mal fréquent. Récemment, lors d'un dîner, la moitié des invités avait avoué être sous Prozac. Après tout, John-Paul avait toujours eu des « mauvaises passes ». Le plus souvent, suite à ces fameuses migraines. Pendant environ une semaine, il semblait vivre en mode automatique, arborant un air totalement absent tout en s'acquittant parfaitement de ses devoirs. Comme si le vrai John-Paul avait pris le large et envoyé son clone à sa place. « Est-ce que ça va ? » lui demandait Cecilia. Après un moment de flottement, il répondait invariablement : « Oui, bien sûr. Ça va. »

Ensuite, il redevenait lui-même — ce mari et ce père hyper-présent, toujours à l'écoute. Cecilia se persuadait alors qu'elle avait tout imaginé, que ses phases « végétatives » n'étaient probablement rien d'autre que le contrecoup de ses migraines.

Mais, pleurer sous la douche ? Pour quelle raison aurait-il pleuré ? Tout allait bien, en ce moment.

John-Paul a fait une tentative de suicide.

145

Cette réalité, si abominable fut-elle, refit peu à peu surface dans son esprit. D'ordinaire, elle évitait soigneusement de trop y penser.

Pendant sa première année d'université – avant leur rencontre –, John-Paul avait visiblement perdu les pédales. Une nuit, il avait avalé tout un flacon de somnifères. Son colocataire, censé passer le week-end chez ses parents, était rentré à l'improviste et avait pu appeler les secours. « À quoi pensais-tu ? » avait demandé Cecilia lorsqu'elle l'avait appris. « Tout semblait si difficile, avait-il répondu. À ce moment-là, dormir pour l'éternité m'a paru plus simple. »

Au cours de leur mariage, Cecilia avait souvent cherché à en savoir davantage sur cette période de sa vie. « Mais *pourquoi* les choses te semblaient si dures ? Qu'est-ce qui te travaillait à ce point ? » Mais, visiblement incapable d'expliquer son geste, John-Paul demeurait vague : « Je crois que j'étais pétri d'angoisse, comme un tas de jeunes », répondait-il. Cecilia, qui avait eu une adolescence parfaitement sereine, ne comprenait pas. Puis elle avait laissé tomber pour finalement considérer la tentative de suicide de John-Paul comme un épisode singulier et atypique. « J'avais besoin de faire une belle rencontre », avait-il ajouté. Car avant Cecilia, on ne lui avait connu aucune histoire sérieuse. Un de ses frères lui avait dit un jour : « Je commençais à me demander s'il n'était pas homo ! »

De nouveau la question de sa sexualité.

Mais son frère plaisantait, non ?

146

Une tentative de suicide inexplicable à dix-huit ans, et maintenant, une crise de larmes sous la douche.

« Parfois, les adultes se font du souci », expliqua Cecilia à Esther. Ne devait-elle pas avant tout rassurer sa fille ? « Je suis certaine que papa ne...

— Hé, maman, j'aimerais bien avoir ce livre sur le Mur de Berlin pour Noël. Je peux le commander tout de suite sur Amazon ? Les critiques sont super-bonnes.

— Non, tu l'emprunteras à la bibliothèque. »

Avec un peu de chance, ils auraient quitté Berlin d'ici Noël.

Elle s'engagea dans le parking situé au sous-sol de l'immeuble de l'orthophoniste et baissa la vitre avant d'appuyer sur l'interphone.

« Oui ?

— Nous avons rendez-vous avec Caroline Otto », dit Cecilia. Même lorsqu'elle parlait au gardien, elle arrondissait ses voyelles.

En se garant, elle fit le point.

John-Paul regardait Isabel bizarrement. Comme s'il était « triste et fâché ».

Il avait pleuré sous la douche.

Il ne la désirait plus.

Il lui cachait quelque chose.

Une situation pour le moins bizarre et inquiétante qui suscita en elle une certaine satisfaction, voire une impatience grandissante.

Elle serra le frein à main et défit sa ceinture.

« Allons-y », dit-elle à Esther, consciente du plaisir inapproprié qui l'envahissait peu à peu. Elle venait de prendre une décision. Quelque chose ne tournait pas rond. Elle avait une obligation morale d'agir de manière immorale. Entre deux maux, mieux vaut choisir le moindre, n'est-ce pas ? Si. C'était tout à fait justifié.

Une fois les filles au lit, elle ferait ce qu'elle brûlait de faire depuis le début. Elle ouvrirait cette satanée lettre.

9

Quelqu'un frappa à la porte.

« N'y va pas », décréta Lucy sans même lever le nez de son livre.

Dans le petit salon qui donnait côté rue, Liam, Tess et sa mère lisaient chacun dans son fauteuil tout en grignotant des raisins secs enrobés de chocolat. Bouquiner avec Lucy en mangeant des confiseries était un rituel auquel Tess s'adonnait quotidiennement étant enfant. Elles enchaînaient toujours sur cinq minutes d'aérobic pour compenser.

« C'est peut-être papa », dit Liam en cornant sa page. À la grande surprise de Tess, il avait accepté de s'asseoir avec un livre sans négocier. Sûrement grâce aux raisins chocolatés. À la maison, elle n'arrivait jamais à le convaincre de lire les quelques pages données en devoir.

Dire qu'il faisait sa rentrée dans une nouvelle école. Comme ça, du jour au lendemain. Il avait suffi à cette drôle de femme de lui promettre une chasse aux œufs géante pour qu'il accepte de commencer tout de suite.

« Papa t'a appelé de Melbourne il y a tout juste quelques heures », répondit Tess sur un ton neutre. Liam avait parlé avec son père pendant vingt bonnes minutes pour ensuite tendre le combiné à sa mère. « Je discuterai avec lui plus tard », avait-elle dit. *Primo*, elle l'avait déjà eu au téléphone dans la matinée. La situation demeurait inchangée. *Deuzio*, elle n'avait aucune envie de réentendre cette voix affreusement sérieuse qu'elle ne lui connaissait pas jusqu'alors. *Tertio*, que pouvait-elle lui dire ? Qu'elle était tombée sur un ex-petit ami à l'école dans l'espoir d'attiser sa jalousie ?

Connor Whitby. Elle n'avait pas dû le voir depuis plus de quinze ans. Ils s'étaient fréquentés pendant une dizaine de mois. Elle ne l'avait même pas reconnu lorsqu'il était entré dans le bureau. Il avait perdu tous ses cheveux et semblait être une version beaucoup plus baraquée de l'homme dont elle se souvenait. Elle s'était sentie tellement mal à l'aise. Comme si se retrouver nez à nez avec une femme dont la fille avait été assassinée ne suffisait pas.

« Papa a peut-être pris l'avion pour nous faire la surprise ! » s'exclama Liam.

Un coup sec à la fenêtre située derrière Tess se fit entendre. « Je sais que vous êtes là !

— Incroyable », fit Lucy en fermant son livre d'un geste brusque.

Tess se retourna et aperçut sa tante qui essayait de voir à travers le rideau, le nez collé à la vitre.

« Mary ! Je t'ai dit cent fois de ne pas venir ! » cria Lucy d'une voix beaucoup plus aiguë que d'ordinaire. Elle semblait toujours rajeunir de plusieurs décennies lorsqu'elle s'adressait à sa jumelle.

« Ouvrez-moi ! fit tante Mary en tapant de nouveau contre le carreau. Je dois parler à Tess !

— Elle ne veut pas, elle ! répondit Lucy en brandissant sa béquille en direction de sa sœur.

— Maman, intervint Tess.

— C'est ma nièce ! J'ai des droits ! insista Mary en essayant d'ouvrir la fenêtre à guillotine.

— Des *droits* ! s'étrangla Lucy. On croit rê…

— Pourquoi elle peut pas entrer ? » demanda Liam en fronçant les sourcils.

Tess et sa mère, qui, jusque-là, avaient fait très attention à ce qu'elles disaient devant lui, se regardèrent.

« Mais si, elle peut entrer, dit Tess en abandonnant son livre. Mamie plaisantait.

— Oui, Liam, renchérit Lucy. C'est juste un jeu idiot entre Mary et moi !

— Lucy ! Ouvre-moi ! Je vais faire un malaise ! Je te jure que c'est vrai ! Je ne voudrais pas m'effondrer sur tes précieux gardénias.

— Un jeu tellement rigolo ! » répéta Lucy en s'esclaffant.

En la voyant, Tess repensa au temps où sa mère se déguisait en père Noël, espérant perpétuer le mythe. Quelle piètre comédienne !

« Cours lui ouvrir, Liam ! » dit Tess. Puis, se tournant vers sa tante, elle désigna la porte d'entrée et lança : « On arrive ! »

150

Tante Mary traversa le jardin, écrasant au passage quelques fleurs. « Oups !

— Je vais t'en mettre des oups, moi », marmonna Lucy.

Tess se sentit en proie à un terrible sentiment de solitude à l'idée qu'elle ne pourrait pas raconter le spectacle auquel les jumelles venaient de se livrer à sa cousine. Comme si la vraie Felicity avait disparu en même temps que ses kilos de graisse. Désintégrée, Felicity. D'ailleurs, avait-elle jamais existé ?

« *Ma chérie*, dit Mary lorsque Tess apparut à la porte. Et voilà Liam ! Comme tu as grandi ! Tu ne t'arrêtes donc jamais ?

— Bonjour, oncle Phil », dit Tess en s'avançant pour lui faire la bise.

Celui-ci l'attira subitement à lui et la serra maladroitement dans ses bras. « Ma fille me fait honte, tu sais », lui glissa-t-il à l'oreille. Puis, se redressant : « Je vais tenir compagnie à Liam pendant que vous discutez entre femmes. »

Liam et oncle Phil se réfugièrent devant la télévision tandis que de leur côté, Mary, Lucy et Tess s'installaient dans la cuisine pour boire une tasse de thé.

« Il me semblait t'avoir dit clairement de ne pas venir », commença Lucy qui n'en voulait pas suffisamment à sa sœur pour renoncer aux délicieux brownies au chocolat qu'elle avait apportés.

Mary leva les yeux au ciel et, les coudes sur la table, ferma ses petites mains chaudes sur le bras de Tess. « Ma douce, je suis désolée de ce qui t'arrive.

— Ce qui lui *arrive* ? Comme si c'était la faute à pas de chance ! explosa Lucy.

— Eh bien, justement, je crois que Felicity n'a pas vraiment eu le choix, expliqua Mary.

— Oh ! Je n'y étais pas ! Pauvre Felicity ! On lui a mis le couteau sous la gorge, sans doute ! » ironisa Lucy en faisant mine qu'on l'égorgeait.

Tess se demanda si sa mère avait récemment fait vérifier sa tension.

Mary ignora superbement sa sœur et s'adressa directement à sa nièce : « Ma belle, tu sais bien que Felicity n'a pas *voulu* que ça arrive. C'est une torture pour elle. Une véritable torture.

— C'est une plaisanterie ? fit Lucy en attaquant sauvagement une deuxième part de brownie. Tu n'espères tout de même pas que Tess va la plaindre !

— J'espère simplement que tu trouveras la force de lui pardonner, poursuivit Mary en regardant Tess droit dans les yeux.

— Bon, ça suffit comme ça, reprit Lucy. Je ne veux plus entendre un mot sortir de ta bouche.

— Lucy ! Parfois, l'amour vous tombe dessus sans crier gare ! Ce sont des choses qui arrivent ! Ça ne s'explique pas ! »

Songeuse, Tess tourna lentement la cuillère dans son thé. Sans crier gare, vraiment ? Et si cet amour avait toujours été là, juste sous ses yeux ? Felicity et Will s'étaient entendus à merveille dès le début. « C'est une rigolote, ta cousine ! » lui avait dit Will à la suite de leur premier dîner à trois. Considérant Felicity comme un prolongement d'elle-même, Tess l'avait pris comme un compliment. La pétillante

Felicity ne faisait-elle pas partie de ce que Tess avait à offrir ? Le fait que Will l'apprécie vraiment – ce qui n'avait pas été le cas de tous ses ex, loin s'en faut – avait nettement joué en sa faveur.

De même, Felicity s'était prise d'amitié pour Will dès le début. « Celui-là, tu peux l'épouser ! avait-elle déclaré le lendemain. C'est le bon. Voilà qui est dit ! »

Felicity avait-elle déjà le béguin pour Will à ce moment-là ? Ce qui arrivait aujourd'hui était-il prévisible ? Inéluctable ?

Tess se souvenait du sentiment d'euphorie qui l'avait envahie le jour où elle les avait présentés. Comme si elle avait réalisé son vœu le plus cher. « Il est parfait, hein ? avait-elle dit à Felicity. Il nous comprend. Il nous comprend tellement mieux que les autres. »

Nous. Elle avait dit *nous.*

Sa mère et sa tante continuaient de parler, faisant peu de cas du silence de Tess.

« Mais enfin, Mary, on ne parle pas d'une fabuleuse histoire de prince charmant, là ! » dit Lucy, outrée. Elle regardait sa sœur avec dégoût, comme si c'était la pire des criminelles. « Qu'est-ce qui te prend ? Sérieusement, qu'est-ce qui te prend ? Tess et Will sont mariés, bon sang. Et au cas où tu l'aurais oublié, ils ont un enfant. Mon petit-fils, en l'occurrence.

— Oui, mais ils voudraient tellement trouver un moyen d'arranger les choses. Ils t'aiment énormément, dit Mary à Tess. L'un comme l'autre.

— Super », fit Tess.

Au cours des dix années qui venaient de s'écouler, Will ne s'était jamais plaint de la présence quasi permanente de Felicity. C'était peut-être un signe. Un signe que Tess ne lui suffisait pas. Quel autre mari aurait accepté que la cousine de sa femme – obèse, de surcroît – s'incruste à toutes les vacances d'été ? Il l'aimait, forcément. Quelle idiote de ne pas l'avoir vu ! Dire qu'elle s'était plu à les regarder se chambrer et se chamailler à longueur de temps. Elle ne s'était jamais sentie exclue. Avec Felicity, la vie était plus amusante, plus intense. Tess avait le sentiment d'être davantage elle-même en sa présence, car sa cousine, qui la connaissait mieux que quiconque, agissait comme un exhausteur de saveur : elle rehaussait les contours de sa personnalité, révélant aux yeux de Will une Tess pétillante.

Sans parler du fait qu'avec sa chère cousine à ses côtés, Tess se sentait plus jolie.

C'était l'ignoble vérité, songea Tess en posant ses doigts gelés sur ses joues brûlantes. L'obésité de Felicity ne lui avait jamais inspiré le moindre dégoût. Bien au contraire. À côté d'elle, elle s'était sentie particulièrement mince et gracieuse.

Et pourtant, lorsque Felicity avait perdu tous ses kilos, rien n'avait changé dans l'esprit de Tess. L'idée que Will puisse désirer sa cousine ne l'avait pas même effleurée. Sa place allait tellement de soi dans cette étrange figure à trois : Tess était le sommet du triangle. Celle que Will aimait le plus. Celle que Felicity aimait le plus. Comment avait-elle pu être aussi égocentrique ?

« Tess ? » dit Mary.

Tess posa la main sur le bras de sa tante. « Parlons d'autre chose, tu veux bien ? »

Deux grosses larmes laissèrent des traînées brillantes sur les joues fardées de Mary. Elle se tamponna le visage avec un mouchoir en papier tout chiffonné. « Phil ne voulait pas que je vienne. Il avait peur que je fasse plus de mal que de bien. Mais je me disais que je trouverais un moyen d'arranger les choses. J'ai passé toute la matinée à regarder de vieilles photos de toi et Felicity. Comme vous avez pu vous amuser toutes les deux ! C'est ça, le pire. Je ne supporte pas l'idée que vous vous éloigniez l'une de l'autre. »

Les yeux secs, le cœur serré, Tess tapota le bras de sa tante.

« Je crois qu'il va falloir que tu t'y fasses », dit-elle sans ciller.

10

« Tu ne crois pas sérieusement que je vais venir à une réunion Tupperware ! » avait répondu Rachel lorsque Marla le lui avait demandé quelques semaines plus tôt, autour d'une tasse de café.

« Tu es ma meilleure amie, oui ou non ? » avait rétorqué Marla en remuant son cappuccino au lait de soja.

« Ma fille a été assassinée – ce qui me dispense de toute contrainte mondaine jusqu'à la fin de mes jours, comme un joker en quelque sorte. »

Marla lui avait décoché un de ses regards lourds de sens.

Et pour cause : le jour où ces deux policiers étaient venus frapper à la porte de Rachel, c'était elle qui l'avait accompagnée à la morgue. Ed, lui, se trouvait à Adélaïde pour le travail – comme souvent, soit dit en passant. Lorsqu'ils avaient soulevé l'habituel drap blanc qui couvrait le visage de Janie, Rachel s'était effondrée mais Marla, qui se tenait tout près, l'avait retenue sans hésiter, posant une main experte sous son coude, l'autre sur son bras. En tant que sage-femme, elle en avait rattrapé, des maris baraqués, avant qu'ils ne touchent le sol.

« Pardon, bredouilla Rachel.

— Janie, elle, serait venue à ma soirée, répondit Marla, les larmes aux yeux. Par affection pour moi, elle serait venue. »

Et c'était vrai. Janie adorait Marla. Elle répétait sans cesse à sa mère que, question vêtements, elle ferait mieux de prendre exemple sur sa copine. Évidemment, la seule fois où Rachel avait porté une robe choisie avec Marla, voyez comment ça s'était terminé.

« Je me demande si Janie aurait aimé les réunions Tupperware », dit Rachel en regardant une femme d'une quarantaine d'années gronder son enfant de sept ou huit ans à la table voisine. Comme d'habitude, elle essaya, en vain, d'imaginer Janie au même âge. Il lui arrivait parfois de croiser les anciens amis de sa fille dans les magasins. Quel choc pour elle de voir surgir derrière leurs visages gonflés par l'âge les traits des adolescents qu'elle avait connus. Au point d'ailleurs qu'elle devait se mordre la langue pour ne pas lâcher : « Mon Dieu, comme tu as *vieilli* ! »

« Je me souviens d'une jeune fille très ordonnée, répondit Marla. Elle aimait que chaque chose soit à sa place. Elle aurait adoré les Tupperware. »

Voilà pourquoi Rachel voyait en Marla une amie précieuse : elle comprenait son besoin inépuisable de parler de l'adulte que Janie serait devenue. Combien d'enfants aurait-elle eus ? Quel genre d'homme aurait-elle épousé ? Se livrer à ces conjectures aidait Rachel à se sentir en vie, au moins quelques instants. Ed avait toujours détesté ces conversations. L'attitude de sa femme, qui s'obstinait à échafauder des hypothèses au lieu d'accepter qu'il n'y aurait jamais plus d'avenir pour Janie, lui échappait totalement. Aussi, il tournait les talons, s'attirant les foudres de Rachel qui s'écriait : « Excuse-moi. Si je ne peux plus parler, maintenant ! »

« Je t'en prie, viens à ma réunion Tupperware, insista Marla.

— D'accord, répondit Rachel. Mais autant te prévenir, je n'achèterai rien. »

Ainsi, ce mardi-là, Rachel se retrouva dans le salon de Marla, entourée de femmes qui sirotaient des cocktails tout en bavardant bruyamment. Elle s'installa entre Eve et Arianna, les brus de son amie, qui attendaient leur premier enfant et n'avaient aucune intention de s'exiler à New York.

« La douleur, c'est pas mon truc, disait Eve à Arianna. J'en ai parlé à mon obstétricien. Je lui ai dit : "Écoutez, moi et la douleur, ça fait deux. Je ne veux même pas en entendre parler."

— Euh, je crois que personne n'aime souffrir, non ? répondit Arianna, peu sûre d'elle. En dehors des masochistes, peut-être ?

— C'est inadmissible, renchérit la première. Au vingt et unième siècle ? Moi, je dis non. Non à la souffrance. Merci bien. »

Ah, c'était donc ça, mon erreur, pensa Rachel. *J'aurais dû dire non à la souffrance. Merci bien.*

« Regardez qui voilà, mesdames ! » s'écria Marla qui, tenant un plateau de friands, entra dans la pièce accompagnée de Cecilia Fitzpatrick. Celle-ci, impeccablement mise, traînait derrière elle une valise noire à roulettes.

Apparemment, Cecilia était tellement demandée que s'assurer ses services pour une réunion Tupperware à domicile relevait de l'exploit. Selon sa belle-mère, elle n'avait pas moins de six conseillères sous ses ordres et on l'envoyait souvent à l'étranger.

« Bien, Cecilia, désirez-vous un verre ? » proposa Marla qui, au comble de l'excitation, ne se rendait pas compte que les friands menaçaient de tomber.

Cecilia lâcha sa valise et rattrapa le plateau *in extremis.*

« Un verre d'eau, Marla, ce sera parfait, répondit-elle. Laissez-moi me charger du service si vous voulez ; j'en profiterai pour me présenter, même s'il y a beaucoup de visages familiers bien sûr. Bonsoir. Cecilia. Vous êtes Arianna, n'est-ce pas ? Un feuilleté ? » Ébahie, Arianna prit un friand. « Ma fille Polly fait de la danse classique ; elle suit les cours de votre sœur cadette. J'ai tout à fait ce qu'il vous faut pour congeler les purées de votre bébé ! Je vous montrerai tout à l'heure. Et voilà Rachel ! Quel plaisir de vous voir. Comment va votre petit Jacob ?

— Il part à New York pour deux ans », répondit Rachel en grimaçant.

Cecilia s'arrêta net. « Mince », fit-elle avec sollicitude. Puis, fidèle à elle-même : « Mais attendez, vous pourrez y aller ! Quelqu'un me parlait l'autre jour de ce site génial pour trouver des appartements pas chers à New York ! Je vous enverrai le lien, promis ! » Elle poursuivit : « Bonjour, bonjour. Je suis Cecilia. Un friand ? »

Elle servit petits-fours et compliments à la ronde, prenant soin d'adresser à chacune des invitées ce regard perçant dont elle seule avait le secret, si bien qu'au moment où elle fut prête à commencer sa démonstration, toutes se tournèrent docilement vers elle, disposées à écouter et à se laisser persuader d'acheter des Tupperware, telle une bande de collégiennes turbulentes qui acceptent de se soumettre à un professeur strict mais juste.

À sa grande surprise, Rachel s'amusa comme une petite folle. Si les délicieux cocktails de Marla n'y furent pas étrangers, Cecilia contribua largement à son plaisir en proposant, en plus de sa présentation – vivante et digne du plus fervent prêcheur – un jeu-concours. Chaque bonne réponse rapportait une pièce en chocolat. À la fin de la soirée, la meilleure joueuse se verrait attribuer un prix.

Rachel ne put répondre aux questions portant sur les Tupperware : elle ne savait pas, et n'avait pas spécialement envie de savoir, qu'une réunion Tupperware débutait toutes les 2,7 secondes à travers le monde (« Un, deux – et voilà une autre réunion qui commence ! » dit Cecilia gaiement) ni qu'un dénommé Earl Tupper avait inventé la fameuse fermeture hermétique. Mais, dotée d'une bonne culture générale, elle s'était prise au jeu et jubilait en comptant les pièces dorées qui s'amoncelaient devant elle.

Une bataille acharnée avait opposé Rachel à Jenny Cruise, une ex-collègue de Marla. Rachel avait carrément levé le poing en l'air, remportant la victoire d'une courte avance – une malheureuse pièce, gagnée grâce à la question : « Qui jouait Kelly Capwell dans *Santa Barbara* ? »

Robin Wright ! Elle le savait grâce à Janie qui, à l'adolescence, ne ratait jamais un épisode de cette série à l'eau de rose. Merci, Janie ! avait-elle pensé.

Elle avait oublié à quel point elle aimait gagner.

En fait, elle se sentait si euphorique qu'elle finit par commander pour plus de trois cents dollars de Tupperware – lesquels, lui assura Cecilia, allaient lui changer la vie, en plus de métamorphoser son garde-manger.

Au moment de partir, Rachel était un peu éméchée.

À vrai dire, elles l'étaient toutes, à l'exception des brus de Marla qui étaient parties de bonne heure et de Cecilia, qui vivait vraisemblablement de Tupperware et d'eau fraîche.

On téléphona aux maris, on organisa le retour de chacune, tout cela dans une grande allégresse. Pendant ce temps, assise sur le canapé, Rachel venait tranquillement à bout de sa pile de pièces en chocolat.

« Et vous, Rachel, vous savez comment vous rentrez ? » demanda Cecilia tandis que, sur le pas de la porte, Marla saluait ses copines du club de tennis à grands cris. Cecilia avait remballé ses produits de démonstration dans son sac noir et était toujours aussi impeccable qu'en début de soirée, en dépit de deux taches rouges sur ses joues.

« Moi ? fit Rachel en s'apercevant qu'elle était la dernière. Tout va bien. Je vais conduire. »

Étrangement, il ne lui était pas venu à l'esprit qu'elle aussi devait trouver un moyen de rentrer chez elle – énième illustration de son sentiment permanent d'être à part, comme si, vaccinée contre la banalité de la vie, elle était à mille lieues des préoccupations des autres.

« Ne sois pas ridicule, lança Marla en revenant dans le salon, visiblement ravie du succès de la soirée. Conduire dans ton état ? Tu es folle ! Si on te fait souffler dans le ballon, tu seras largement au-dessus du seuil. Mac va te ramener. On ne l'a pas vu de la soirée. Il peut au moins faire ça.

— C'est bon. Je vais appeler un taxi. »

Rachel se leva et dut bien admettre que la tête lui tournait. Mais elle n'avait aucune envie de se faire raccompagner par Mac. C'était un bon bougre – Ed et lui s'entendaient à merveille – mais il était affreusement mal à l'aise avec les femmes.

Surtout en tête à tête. Ce serait un supplice de rentrer seule avec lui.

« Vous habitez bien du côté des courts de tennis sur Wycombe Road, Rachel ? demanda Cecilia. Je vais vous ramener chez vous. C'est sur mon chemin. »

Quelques minutes plus tard, Rachel montait dans le confortable Ford Territory blanc de Cecilia. Une odeur agréable flottait dans l'habitacle à la propreté irréprochable. Au volant, Cecilia se révéla être comme dans tout ce qu'elle faisait : habile et vive. Rachel se laissa aller contre le repose-tête, prête à entendre le monologue apaisant de son chauffeur : tombolas, carnavals, bulletins d'informations et toute autre affaire relative à St Angela.

Pourtant, Cecilia n'ouvrit pas la bouche. Les yeux plissés, elle se mordillait la lèvre inférieure, visiblement peinée.

Crise conjugale ? Soucis avec les filles ? Rachel se souvenait d'avoir consacré d'innombrables heures à tourner et retourner ses problèmes : vie sexuelle, enfants terribles, malentendus, électroménager en panne, budget.

Plus aujourd'hui. Non qu'elle ait la sagesse de prendre du recul. Pas du tout. Elle ne demanderait pas mieux que d'avoir ce genre de préoccupations, d'être aux prises avec les difficultés de la vie de mère et d'épouse. Elle adorerait se retrouver dans la peau de Cecilia Fitzpatrick : rentrer à la maison où elle retrouverait ses filles après une réunion Tupperware particulièrement réussie, tout en ressassant ses petits problèmes.

Rachel finit par rompre le silence. « Je me suis bien amusée, ce soir. Vous avez été parfaite. Pas étonnant que vos affaires marchent si bien. »

Cecilia esquissa un haussement d'épaules. « Merci. J'aime ce que je fais. Même si ça m'attire les moqueries de ma sœur, ajouta-t-elle en souriant.

— Elle est jalouse ! »

Cecilia ne put réprimer un bâillement. Elle semblait si différente de la femme en perpétuelle représentation qu'elle donnait à voir à St Angela.

« Je serais curieuse de voir votre cellier, dit Rachel d'un ton songeur. Je parie que tout est à sa place, parfaitement étiqueté. Vous verriez le mien ! Une zone sinistrée !

— Je suis assez fière de mon garde-manger en effet ! John-Paul dit qu'on se croirait aux archives nationales ! Je ne suis pas commode avec les filles quand elles rangent mal.

— Comment vont-elles, à propos ?

— Très bien. » Une ombre passa sur son visage. « Elles poussent. Et me donnent du fil à retordre.

— Votre grande, Isabel. Je l'ai aperçue l'autre jour pendant l'appel. Elle me rappelle un peu ma fille. Janie. »

Pas de réaction.

Qu'est-ce qui m'a pris de lui dire ça ? pensa Rachel. *Ça doit être l'alcool.* Quelle femme a envie d'entendre que sa fille ressemble à une ado qu'on a retrouvée étranglée ?

Au bout d'un moment, sans quitter la route des yeux, Cecilia lâcha : « Je n'ai qu'un seul souvenir de votre fille. »

163

11

« Je n'ai qu'un seul souvenir de votre fille. »

Pas sûr que ce soit la meilleure chose à faire. Et si Rachel se mettait à pleurer ? Elle qui se réjouissait d'avoir gagné le set VentilOfrais.

Cecilia n'avait jamais été à l'aise en présence de Rachel. Elle se sentait futile. Le monde ne semblait-il pas forcément futile à une femme qui avait perdu un enfant dans de telles circonstances ? Aussi, Cecilia cherchait toujours à lui montrer, d'une manière ou d'une autre, qu'elle avait pleinement conscience de la vacuité de son existence. Quelques années plus tôt, elle avait vu des parents en deuil témoigner dans un talk-show. Face à l'impossibilité de créer de nouveaux souvenirs, ils bénissaient les gens qui leur racontaient des anecdotes sur leurs enfants. Depuis, chaque fois qu'elle croisait Rachel, Cecilia pensait à son unique souvenir de Janie – un tout petit souvenir de rien du tout – et se demandait comment le partager avec elle. L'occasion ne s'était jamais présentée : pas facile d'évoquer Janie au secrétariat de l'école entre deux conversations sur la boutique d'uniformes et les créneaux horaires du netball.

C'était le moment ou jamais. Le moment parfait. D'autant que Rachel avait elle-même parlé de Janie.

« Évidemment, je ne la connaissais pas du tout. Elle avait quatre ans de plus que moi. Mais je me souviens d'une scène en particulier. »

Elle hésita.

« Continuez, l'encouragea Rachel en se redressant sur son siège. J'adore qu'on me parle de Janie.

— Ce n'est vraiment pas grand-chose », prévint Cecilia, terrifiée à l'idée que son anecdote ait un goût de trop peu. Devait-elle enjoliver son récit ? « J'étais en CE1, Janie déjà au collège. Je savais comment elle s'appelait parce qu'elle était préfète de la maison Rouge.

— Ah, oui, fit Rachel en souriant. Il fallait tout teindre en rouge. Une fois, une chemise blanche de son père en a fait les frais. C'est drôle comme on oublie ce genre de choses.

— Donc, c'était le jour du carnaval de l'école. Vous vous souvenez comment on défilait à l'époque ? Chaque maison devait faire le tour des terrains. Je répète tout le temps à Connor Whitby qu'on devrait faire revivre cette tradition, mais il se moque de moi. »

Le sourire de Rachel s'estompa un peu. Cecilia se remit à douter. Était-ce trop pénible ? Pas spécialement intéressant ?

« J'étais le genre de gamine à prendre le défilé *très* au sérieux. Je voulais absolument que la maison Rouge l'emporte, mais j'ai trébuché, je me suis retrouvée par terre et tous les enfants me sont tombés dessus. Sœur Ursula a crié comme une damnée. C'était fichu pour les Rouges. Je pleurais tout ce que je savais, je me disais que c'était le drame absolu, et Janie Crowley, votre Janie, s'est approchée, elle m'a aidée à me relever, a lissé mon uniforme et m'a glissé à l'oreille : "On s'en fiche. C'est débile, ce défilé, de toute façon." »

Rachel garda le silence.

« C'est tout, fit Cecilia humblement. Ce n'était pas grand-chose, mais j'ai toujours…

— Merci, c'est adorable », dit Rachel sur ce ton si spécial que prennent les adultes lorsqu'un enfant leur offre un cadeau fait de ses mains. Rachel frôla l'épaule de Cecilia avant de laisser retomber sa main sur ses genoux. « C'est tellement Janie. "C'est débile, ce défilé." Vous savez quoi ? Je crois que je m'en souviens. Cette ribambelle de gamins au sol. Marla et moi étions mortes de rire. »

Elle s'interrompit. Cecilia eut un haut-le-cœur. Allait-elle fondre en larmes ?

« Mince ! Vous savez, je suis un peu ivre, dit Rachel. Moi qui envisageais de conduire. J'aurais pu tuer quelqu'un sur la route.

— Ne dites pas de sottises.

— J'ai vraiment passé une bonne soirée », reprit Rachel en regardant au-dehors. Elle appuya sa tête contre la vitre – un geste qu'une toute jeune femme aurait pu faire après une nuit bien arrosée. « Je devrais faire l'effort de sortir plus souvent.

— Bien ! » s'exclama Cecilia, de nouveau dans son élément. Voilà un problème qu'elle pouvait régler. « Dans ce cas, venez à la fête d'anniversaire de Polly ! C'est le week-end après Pâques. Samedi, quatorze heures. Déguisement de pirate obligatoire !

— C'est très gentil de votre part, mais Polly n'a pas besoin qu'une vieille dame s'incruste à sa fête.

— Taratata ! Vous devez venir ! Vous connaîtrez plein de monde. La mère de John-Paul. La mienne. Lucy O'Leary, qui vient avec Tess et le petit Liam. » Tout à coup, Cecilia voulait à tout prix que Rachel

166

soit de la fête. « Pourquoi ne pas amener votre petit-fils ! Mais oui, venez avec Jacob ! Les filles adoreraient avoir un tout-petit à bichonner ! »

Le visage de Rachel s'illumina. « J'ai effectivement promis de garder Jacob samedi après-midi. Rob et Lauren doivent voir plusieurs agents immobiliers pour organiser la location de leur maison durant leur séjour à New York. Oh, nous y sommes, juste là. »

Cecilia s'arrêta devant un petit pavillon en brique rouge où toutes les lumières étaient restées allumées.

« Merci de m'avoir ramenée, merci beaucoup. » Rachel descendit de la voiture en glissant tout doucement de son siège. Exactement comme la mère de Cecilia. Celle-ci avait remarqué que, avant d'être voûtés ou d'avoir les mains qui tremblent, les gens passaient par une phase où ils ne faisaient plus confiance à leur corps.

« Je vous enverrai une invitation à l'école ! » dit Cecilia tout en se demandant si elle devrait proposer à Rachel de la raccompagner jusqu'à sa porte. Sa mère s'en offusquerait à coup sûr. Sa belle-mère, au contraire, s'offusquerait qu'elle ne le fasse pas.

« Parfait », répondit Rachel avant de s'éloigner d'un pas vif. À croire qu'elle avait lu dans les pensées de Cecilia et tenait à lui prouver qu'elle n'était pas encore une vieillarde, merci bien.

Le temps que Cecilia fasse demi-tour dans le cul-de-sac, Rachel avait fermé la porte derrière elle.

Cecilia jeta un œil aux fenêtres dans l'espoir d'apercevoir sa silhouette. En vain. Que faisait-elle à présent ? Comment se sentait-elle, dans cette maison, avec pour seule compagnie les fantômes de sa fille et de son mari ?

Eh bien ! se dit-elle *in petto*, comme si elle avait eu le privilège de ramener quelqu'un d'important. Sans compter qu'elle lui avait parlé de Janie ! Ça s'était plutôt bien passé. Elle lui avait offert un souvenir. Exactement comme elle l'avait vu dans ce talk-show. Voilà une bonne chose de faite. Après tout ce temps. Mais son sentiment de satisfaction la fit bientôt rougir de honte : comment tirer fierté d'avoir bien agi envers une femme qui avait vécu une telle tragédie ?

S'arrêtant à un feu rouge, elle repensa au chauffeur de camion qui lui avait hurlé dessus dans l'après-midi. Il n'en fallut pas davantage pour faire resurgir tous ses soucis. Tandis qu'elle ramenait Rachel chez elle, Cecilia avait tout oublié. Les propos étranges de Polly et d'Esther sur John-Paul. Sa décision d'ouvrir la lettre sitôt rentrée.

Se sentait-elle toujours dans son bon droit ?

Après la séance d'orthophonie, la journée avait suivi son cours normalement. Pas d'autres révélations abracadabrantes des cadettes. Isabel, quant à elle, s'était montrée plus gaie qu'à son habitude en sortant de chez le coiffeur. À sa façon de se tenir, on devinait qu'avec sa nouvelle coupe à la garçonne, elle se sentait hyper-sophistiquée, alors qu'elle paraissait plus jeune et plus douce.

Les filles avaient reçu une carte postale de leur père. C'était un rituel : lorsqu'il partait en déplacement, il leur envoyait la carte la plus ridicule possible. Celle d'aujourd'hui représentait un de

168

ces chiens pleins de plis, affublé d'un diadème et d'une parure de perles. Idiot mais en plein dans le mille, s'était dit Cecilia en voyant les filles rire aux éclats et aimanter la carte sur le réfrigérateur.

« Oh, c'est pas vrai », marmonna-t-elle au moment où un chauffard déboulait devant elle sans clignotant. Elle leva la main pour klaxonner avant de se dire que cela ne valait pas la peine.

Voyez, inutile d'aboyer comme un dingue, pensa-t-elle, comme si le camionneur psychotique pouvait l'entendre. La voiture devant elle, un taxi, n'arrêtait pas de freiner, accélérer, freiner, accélérer.

Super. Le taxi descendit sa rue puis, toujours sans clignotant, s'arrêta pile devant sa maison.

Le chauffeur alluma les loupiotes. Cecilia aperçut le client, assis à l'avant. Un des fils Kingston, songea-t-elle. Les voisins d'en face avaient trois garçons de plus de vingt ans qui vivaient encore chez papa-maman, histoire de poursuivre leurs études – ils prenaient leur temps, soit dit en passant – tout en fréquentant assidûment les bars du centre-ville. « Si je vois l'un d'entre eux s'approcher de nos filles, disait souvent John-Paul, ça se réglera à coups de fusil. »

Elle s'engagea dans l'allée et ouvrit la porte du garage à l'aide de la télécommande tout en jetant un coup d'œil dans son rétroviseur. Le chauffeur venait d'ouvrir le coffre et un homme, bien bâti et vêtu d'un costume, sortait ses bagages du coffre.

Un des fils Kingston ! Certainement pas.

C'était John-Paul. Il lui semblait si différent lorsqu'il arrivait à l'improviste dans ses vêtements de travail. Méconnaissable. Comme si elle le découvrait

169

vieilli et grisonnant tandis qu'elle était restée la jeune femme de vingt-trois ans qu'il avait épousée.

Son mari. De retour avec trois jours d'avance.

Elle était partagée entre la joie et l'exaspération.

Trop tard. Elle ne pouvait plus ouvrir la lettre à présent. Elle coupa le moteur, défit sa ceinture et courut à sa rencontre.

12

« Oui, allô ? » dit Tess avec méfiance en regardant sa montre.

Vingt et une heures. Ça ne pouvait pas être un énième démarcheur.

« C'est moi. »

Felicity. Tess sentit son estomac se contracter. Sa cousine avait essayé de la joindre toute la journée, laissant message sur message, texto sur texto. Tess n'avait pas pris la peine de les consulter – ce qui lui avait semblé très étrange, comme si ignorer Felicity était contre nature.

« Je ne veux pas te parler.

— Il ne s'est rien passé. On n'a toujours pas couché ensemble.

— Pour l'amour du ciel », répondit Tess. Puis, à sa grande surprise, elle se mit à rire. Sans amertume aucune. D'un rire sincère. C'était ridicule. « Qu'est-ce qui vous retient ? »

Puis, croisant son propre regard dans le miroir accroché au-dessus de la table de la salle à manger, elle vit son sourire se figer, comme si elle comprenait soudain qu'il s'agissait d'une cruelle plaisanterie.

« On n'arrête pas de penser à toi. Et à Liam. Le site Web de Literie & Co. a planté – mais bon, je ne t'ai pas appelée pour ça. Je suis chez moi, Will chez vous. Il est anéanti.

— Vous êtes pathétiques, dit Tess en se détournant de son reflet. L'un comme l'autre.

— Je sais », répondit Felicity d'une voix si basse que Tess peinait à l'entendre. « Je suis une salope. Je suis cette femme que nous détestons.

— Parle plus fort, bon sang !

— J'ai dit : je suis une salope.

— C'est pas moi qui irai te contredire.

— Je me doute, je me doute. »

Silence.

« Vous voudriez que j'approuve. » Tess les connaissait par cœur. « Que j'arrange tout ça, hein ? »

C'était son rôle. Dans leur relation à trois, ç'avait toujours été son rôle. Will et Felicity, eux, étaient du genre à s'emporter, à taper du poing sur le volant en criant « Tu te fous de moi ? », à se laisser atteindre par les clients et les étrangers en général. Tess, elle, devait les apaiser, les consoler, leur montrer le bon côté des choses, leur dire que tout finirait par s'arranger. Comment pouvaient-ils avoir une liaison sans son aide ? Ils avaient besoin d'entendre « Ce n'est pas votre faute ! » et qui d'autre que Tess le leur dirait ?

« Pas du tout, répondit Felicity. Je n'attends rien de toi. Est-ce que ça va ? Et Liam ?

171

— On va bien », dit Tess, submergée par la fatigue et un sentiment de détachement presque doux. Ces pics d'émotion l'épuisaient. Elle tira une chaise et s'assit. « Liam fait sa rentrée à St Angela demain matin. »

Tu vois, la vie continue.

« *Demain* ? Pourquoi si vite ?

— Il y a une chasse aux œufs géante.

— Ah, le chocolat ! La kryptonite de Liam ! Rassure-moi, il n'est pas dans la classe d'une de ces bonnes sœurs complètement maboules qu'on a eues ? »

Comment oses-tu bavarder avec moi comme si de rien n'était ? songea Tess. Pourtant, elle poursuivit la conversation. Elle était si lasse. Sans compter qu'elle avait discuté avec Felicity chaque jour de sa vie – c'était ancré dans son psychisme. Sa cousine était sa meilleure amie. Sa seule amie.

« Elles sont toutes mortes. Mais on connaît le prof de sport, Connor Whitby. Tu te souviens de lui ?

— Connor Whitby. Ce type triste et sinistre avec qui tu sortais avant qu'on parte à Melbourne. Je croyais qu'il était comptable.

— Il s'est reconverti. Il n'était pas sinistre, si ? »

Ne s'était-il pas montré charmant ? Le gars qui adorait ses mains, c'était lui. Ça lui revenait à présent. Étrange. Elle avait pensé à lui pas plus tard que la veille au soir, et voilà qu'il réapparaissait dans sa vie.

« Carrément sinistre. Et franchement vieux, aussi.

— Il avait dix ans de plus que moi.

172

— En tout cas, il avait quelque chose de flippant. Je parie que ça ne s'est pas arrangé. Prof de sport, tu dis ? Je le vois d'ici avec son survêtement, son sifflet et son écritoire à pince. Quelle horreur ! »

Tess se raidit. Felicity dans toute sa splendeur : arrogante, convaincue de toujours tout savoir, de mieux cerner les autres, d'être plus subtile qu'elle.

« J'en conclus que tu n'étais pas amoureuse de lui, alors, dit Tess d'un ton sarcastique. Will est le premier sur lequel tu craques ?

— Tess…

— Inutile d'en rajouter », l'interrompit Tess, la gorge nouée, en proie à une autre vague d'émotion où se mêlaient rage et tristesse. Elle déglutit. *Comment était-ce possible ?* Elle les aimait. Tous les deux. Elle les aimait tellement. « Autre chose ?

— J'imagine que tu ne me laisserais pas dire bonne nuit à Liam, dit Felicity d'un ton docile qui ne lui allait pas.

— En effet. De toute façon, il dort. »

Ce qui n'était pas vrai. Quelques minutes plus tôt, elle avait jeté un coup d'œil dans sa chambre – l'ancien bureau de son père – et l'avait vu allongé sur le lit en train de jouer à la Nintendo DS.

« Fais-lui une bise de ma part, s'il te plaît », reprit Felicity, des trémolos dans la voix, telle une veuve qui tâche de rester digne.

Liam adorait Felicity. Une grande complicité les unissait, au point que le petit garçon riait d'une façon toute particulière avec elle.

La rage refit surface.

« Compte sur moi, je lui ferai la bise. Et en même temps, je lui dirai que tu cherches à détruire sa famille, hein ? C'est vrai, pourquoi ne pas le lui dire ?

— Oh, Tess, je suis tellement…

— Stop. Ne t'avise pas de répéter que tu es désolée. Ce qui arrive, tu l'as *choisi*. Tu as laissé faire. Tu l'as fait. À moi. Et à *Liam*. »

Elle pleurait à gros sanglots à présent, comme un enfant, en se balançant d'avant en arrière.

« Tess ? Où es-tu ? » appela Lucy de l'autre bout de la maison.

Se redressant aussitôt, Tess s'essuya le visage dans un effort désespéré pour sécher ses larmes. Elle ne supporterait pas de voir sa propre tristesse se refléter dans les yeux de sa mère.

« Je dois y aller, dit-elle en se levant.

— Je…

— Je me fiche que tu couches avec Will ou pas. À vrai dire, je pense que tu devrais le faire. Faut que tu évacues. Mais je ne laisserai pas Liam grandir avec des parents divorcés. Tu étais là quand papa et maman se sont séparés. Tu sais très bien comment je l'ai vécu. D'ailleurs, j'en reviens pas que… »

Une douleur fulgurante lui comprima la poitrine. Elle posa sa main sur son cœur. Felicity ne prononça pas un mot.

« Qu'est-ce que tu crois ? Que vous allez passer le reste de votre vie ensemble ? Tu rêves ! Et moi, je suis prête à attendre. J'attendrai que tu en aies fini avec lui. » Elle inspira à fond, réprimant

174

un sanglot. « Vis-la ton histoire dégoûtante et rends-moi mon mari. »

7 octobre 1977 : Trois adolescents trouvent la mort au cours d'une échauffourée entre la police est-allemande et des manifestants qui scandent « À bas le Mur ! ». Lucy O'Leary, enceinte de son premier enfant, pleure pendant des heures quand elle apprend la nouvelle à la télévision. Mary, sa sœur jumelle, également enceinte de son premier enfant, lui téléphone le lendemain pour lui demander si elle aussi est bouleversée par les événements. Toutes deux évoquent un moment les tragédies qui frappent le monde pour ensuite se concentrer sur ce qui les intéresse vraiment : leurs bébés.

« Je crois qu'on va avoir des petits gars, dit Mary. Et ils seront comme les deux doigts de la main.

— À mon avis, ils auront envie de s'étriper », répond Lucy.

13

Prise de vertiges, Rachel se cramponnait aux bords de la baignoire. Quelle idée stupide de prendre un bain fumant quand on est pompette ! Avec la chance qu'elle avait, elle glisserait en se levant et se casserait la hanche.

Mais, voilà qui pourrait faire son affaire ! Rob et Lauren feraient une croix sur New York. Ils resteraient à Sydney pour s'occuper d'elle. Tess O'Leary n'avait-elle pas débarqué de Melbourne à la minute où elle avait appris que sa mère s'était cassé la cheville ? Elle avait même changé son fils d'école – ce qui, à bien y réfléchir, était un peu excessif.

De fil en aiguille, Rachel repensa à Connor Whitby et à la façon dont il avait regardé Tess dans son bureau. Devrait-elle prévenir Lucy ? « Pour info, il se pourrait bien que Connor Whitby soit un assassin. »

Ou pas. Il n'était peut-être qu'un charmant professeur de sport.

Certains jours, lorsque Rachel l'apercevait sur les terrains ensoleillés au milieu des enfants, son sifflet autour du cou, une pomme rouge à la main, elle se disait qu'un homme aussi sympathique n'avait pas pu faire de mal à Janie. Mais quand elle le voyait marcher seul dans la grisaille et le froid, l'air impassible, elle se convainquait sans mal qu'un type d'une telle carrure pouvait tuer. *Tu sais ce qui est arrivé à ma fille.*

Elle s'allongea dans la baignoire, ferma les yeux et se remémora le jour où elle avait appris son existence. L'inspecteur Bellach l'avait informée que la dernière personne à avoir vu Janie vivante était un certain Connor Whitby du lycée public du quartier. *Comment est-ce possible ?* s'était-elle dit. *Je n'ai jamais entendu parler de lui.* Elle qui connaissait tous les amis de Janie. Et leurs mères.

Ed avait formellement interdit à Janie d'avoir une relation sérieuse avant la fin du lycée. Priorité aux examens. Il avait lourdement insisté. Janie n'ayant même pas contesté, Rachel s'était empressée d'en conclure que les garçons ne devaient pas beaucoup l'intéresser pour l'instant.

Les Crowley avaient rencontré Connor à l'enterrement de leur fille. Il avait serré la main d'Ed et embrassé Rachel sur la joue. Il faisait partie du cauchemar qu'ils vivaient, irréel et malvenu, à l'image du cercueil. Des mois plus tard, Rachel avait trouvé cette unique photo de Janie et lui à une fête. Il riait. Visiblement de ce que Janie venait de raconter.

Et puis un jour, bien des années plus tard, il avait été embauché à St Angela. Elle ne l'avait remis qu'après avoir lu son nom sur sa fiche de candidature.

« Je ne sais pas si vous vous souvenez de moi, Mrs Crowley, lui avait-il dit alors qu'ils étaient seuls dans son bureau, peu de temps après son arrivée.

— Comme si c'était hier, avait-elle répondu sur un ton glacial.

— Je pense toujours à Janie. Souvent. »

Elle n'avait pas su quoi répondre. *Ah oui ? Et pourquoi pensez-vous à elle ? Parce que vous l'avez tuée ?*

Dans son regard perçait indéniablement une pointe de culpabilité. Ce n'était pas le fruit de son imagination. Elle bossait comme secrétaire dans une école depuis quinze ans. Connor avait la tête d'un gamin convoqué chez le directeur. Mais de quoi se sentait-il fautif ? De meurtre ou d'autre chose ?

« J'espère que ça ne vous ennuie pas, que je travaille ici, avait-il dit.

— Pas le moins du monde », avait-elle répondu sèchement.

Il n'en avait plus jamais été question.

177

Elle avait songé à démissionner. Janie avait passé son enfance à St Angela. Y venir jour après jour avait toujours eu un goût doux-amer. Rachel la revoyait dans chaque écolière aux gambettes maigrelettes qui courait sous ses fenêtres. L'été, lorsque les mamans venaient récupérer leurs enfants, elle repensait au temps lointain où elle emmenait Janie et Rob manger une glace après l'école, leurs petits visages empourprés par la chaleur. Janie fréquentait le lycée lorsqu'elle avait été assassinée. Les souvenirs que Rachel gardait de ses années à St Angela n'étaient pas ternis par sa mort. Du moins, jusqu'à ce que Connor Whitby et son abominable moto ne viennent troubler la douce quiétude des images couleur sépia qu'elle gardait en mémoire.

En fin de compte, elle était restée. Par pure obstination. Après tout, elle aimait son boulot. Ce n'était pas à elle de partir. Et puis, quelque part, elle avait le sentiment qu'il était de son devoir envers Janie de ne pas s'enfuir, d'affronter cet homme, quoi qu'il ait pu faire.

S'il l'avait tuée, aurait-il accepté de travailler au même endroit que sa mère ? Aurait-il dit qu'il pensait toujours à elle ?

Rachel ouvrit les paupières et sentit la boule de rage au fond de sa gorge qui la faisait suffoquer sans relâche depuis des années. Ne pas savoir. Le pire, putain de merde, c'était de ne pas savoir.

Elle ouvrit le robinet d'eau froide. Son bain était beaucoup trop chaud.

« Ne pas savoir », avait dit une femme fluette et distinguée du groupe de soutien auquel Rachel et Ed avaient participé quatre ou cinq fois. Une

178

salle municipale glaciale quelque part à Chatswood, quelques chaises pliantes, du café soluble servi dans des tasses en polystyrène, voilà ce qui attendait les familles des victimes de meurtre. Cette femme avait perdu son fils. Assassiné en rentrant de son entraînement de cricket. Personne n'avait rien vu, rien entendu. « Le pire, putain de merde, c'est de ne pas savoir », avait-elle dit d'une voix cristalline.

Il y avait eu dans l'assistance quelques battements de cils indulgents. Comme si la reine avait juré.

« Désolé de vous dire ça, ma petite dame, mais savoir n'est pas d'un grand réconfort », avait dit un homme trapu et rougeaud qui avait vu le meurtrier de sa fille condamné à la prison à perpétuité.

Rachel et Ed avaient tous deux pris ce type en horreur et cessé d'aller au groupe d'entraide.

Dire que les gens s'imaginent qu'après une tragédie on devient plus sage, plus spirituel. Foutaises. C'était tout le contraire. Une tragédie, ça rend mesquin et malveillant. On n'en sort ni plus lucide ni plus avisé. Pour Rachel, la vie n'avait aucun sens ; elle la trouvait cruelle et injuste. Pourquoi certains pouvaient tuer en toute impunité quand d'autres payaient le prix fort pour une toute petite erreur, une peccadille ?

Elle passa un gant de toilette sous l'eau froide puis l'appliqua sur son front.

Sept minutes. Son erreur tenait à quelques minutes.

Ed n'en avait jamais rien su. Seule son amie Marla était dans la confidence.

Janie se plaignait depuis un moment d'être tout le temps fatiguée. « Fais plus de sport », lui répétait Rachel. « Ne te couche pas si tard. Mange davantage. » Elle était si maigre, si grande. Puis elle avait eu cette vague douleur dans le bas du dos. « Maman, je commence sérieusement à me dire que j'ai la mononucléose. » Rachel avait pris rendez-vous avec le Dr Buckley, histoire que Janie entende de sa bouche qu'elle n'avait rien, qu'elle devait simplement obéir à sa mère.

D'ordinaire, après les cours, Janie rentrait en bus. L'arrêt sur Wycombe Road se trouvait à quelques minutes à pied de la maison. Ce jour-là, Rachel devait la récupérer au carrefour près du lycée pour l'emmener directement au cabinet du Dr Buckley à Gordon. Elle le lui avait rappelé le matin même.

Mais lorsque Rachel était arrivée au lieu de rendez-vous – avec sept minutes de retard – Janie ne l'y attendait pas. Elle a dû oublier, pensa Rachel en pianotant sur le volant. Ou alors, elle en a eu marre de poireauter. Dans son impatience, elle avait probablement considéré que si sa mère n'était pas passée à l'heure, comme le bus, c'était qu'elle l'avait ratée. À l'époque, les téléphones portables n'existaient pas. Aussi, Rachel n'avait guère eu d'autre choix que de patienter dans la voiture une dizaine de minutes (la patience n'était pas non plus son fort) avant de rentrer à la maison et de passer un coup de fil à la secrétaire du médecin pour annuler.

Elle ne s'était pas inquiétée. À vrai dire, elle était plutôt agacée. Rachel savait pertinemment que Janie n'avait rien de grave. Une fois de plus, elle s'était enquiquinée à prendre rendez-vous pour elle et mademoiselle n'avait pas daigné se déplacer. Ce ne fut que bien plus tard, lorsque Rob avait demandé en mangeant son sandwich « Où est Janie ? », que Rachel avait regardé l'heure dans la cuisine et ressenti cette première vague de peur panique.

Personne n'avait vu Janie attendre au carrefour. Ou du moins, personne ne s'était présenté à la police pour témoigner du contraire. Rachel n'avait jamais su si ces sept satanées minutes avaient fait la moindre différence.

L'enquête de la police révéla en revanche que Janie avait frappé à la porte de Connor Whitby aux environs de quinze heures trente et que les deux adolescents avaient regardé un film (*Comment se débarrasser de son patron ?* avec Dolly Parton). Janie avait ensuite annoncé qu'elle avait quelque chose à faire à Chatswood et Connor l'avait accompagnée à la gare. Personne d'autre ne se rappela l'avoir vue en vie après ça. Ni dans le train. Ni à Chatswood.

Son corps fut retrouvé le lendemain matin par deux garçons de neuf ans qui faisaient du BMX dans le Wattle Valley Park. Ils s'arrêtèrent à l'aire de jeux et la découvrirent allongée au pied du toboggan. Quelqu'un avait placé le blazer de son uniforme sur sa poitrine, comme pour lui tenir chaud, et un chapelet entre ses mains. Elle avait été étranglée. Cause de la mort : « asphyxie traumatique ». Aucune trace de lutte. Rien à prélever sous ses ongles. Ni empreintes exploitables ni poils.

Pas d'ADN. Pas de suspects. Rachel en avait reparlé avec la police lorsqu'elle avait lu dix ans plus tard que les empreintes ADN permettaient de résoudre des crimes.

« Mais où allait-elle ? » lui demandait Ed en permanence, espérant en vain que la réponse finirait par lui revenir. « Pourquoi traversait-elle ce parc ? »

Parfois, emporté par la rage et la frustration, il éclatait en sanglots. Rachel ne pouvait pas le supporter. Qu'il aille au diable avec son chagrin. Elle avait assez du sien.

Aujourd'hui, elle se demandait pourquoi ils n'avaient pas réussi à se tourner l'un vers l'autre pour partager leur peine. Ils s'étaient aimés, sans aucun doute, mais à la mort de Janie, aucun d'eux n'avait su regarder l'autre pleurer. Incapables de tendresse l'un envers l'autre, ils s'étaient contentés d'une tape gênée sur l'épaule, comme deux étrangers après une catastrophe naturelle. Et ce pauvre Rob, au milieu de tout ça : un ado maladroit qui essayait d'arranger les choses, avec ses sourires forcés et ses mensonges enjoués. Pas étonnant qu'il soit devenu agent immobilier.

L'eau était trop froide à présent.

Rachel se mit à trembler de tout son corps. Elle posa les mains sur les bords de la baignoire et tenta de se lever.

En vain. Elle était coincée là pour la nuit. Ses bras, pâles et décharnés comme la mort, ne pouvaient pas la soulever. Comment son corps, autrefois ferme et fort, avait pu devenir si fragile, et sa peau bronzée si veinée ?

« Joli bronzage pour un mois d'avril », lui avait dit Toby Murphy ce jour-là. « On aime lézarder au soleil, Rachel ? »

Voilà pourquoi elle avait sept minutes de retard. Elle flirtait avec Toby Murphy, le mari de sa copine Jackie. Plombier à son compte, il cherchait quelqu'un pour s'occuper de la paperasse. Rachel était venue passer un entretien, vêtue de la petite robe qu'elle avait choisie avec Marla. Elle était restée plus d'une heure dans son bureau, à se laisser draguer par cet incorrigible séducteur qui n'avait pas quitté ses jambes des yeux. Il adorait sa femme, et Rachel n'aurait jamais trompé Ed – pas de réelle menace sur leurs vœux de mariage respectifs. N'empêche, il regardait ses jambes et elle aimait ça.

Ed n'aurait pas du tout apprécié que Rachel décroche ce boulot. Elle s'était d'ailleurs bien gardée de lui parler de l'entretien, consciente du sentiment de rivalité qu'il nourrissait à l'égard de Toby. *Primo*, Ed avait un boulot moins viril – il était commercial dans l'industrie pharmaceutique –, *deuzio*, il perdait presque tous les matchs de tennis qu'il disputait contre Toby. Il avait beau dire qu'il s'en moquait, Rachel voyait bien que ça lui restait en travers de la gorge.

Ce n'était donc pas très chic de sa part d'être flattée par l'attitude de Toby.

Vanité, complaisance et petites trahisons. Tels furent ses péchés le jour de la mort de sa fille. Extraordinairement banals et pourtant affreux. L'assassin de Janie était probablement un malade, un déséquilibré, alors que Rachel, saine de corps

183

et d'esprit, avait agi en toute conscience. Elle savait très bien ce qu'elle faisait en laissant sa robe remonter au-dessus de ses genoux.

La lotion qu'elle avait versée dans son bain flottait à la surface comme des gouttes d'huile. Rachel essaya de nouveau de se lever. Sans succès.

Ce serait peut-être plus facile si elle vidait la baignoire d'abord.

Elle retira la bonde avec ses doigts de pieds et l'eau commença à s'écouler dans un rugissement assourdissant. Enfant, Rob était terrorisé par le bruit de cette canalisation. Janie en rajoutait en imitant le cri du dragon, toutes griffes dehors. Une fois l'eau évacuée, Rachel se mit à quatre pattes. Ses rotules la torturaient.

Elle se leva à moitié, s'agrippa aux bords et sortit prudemment de la baignoire. Une jambe, puis l'autre. Ouf. Son cœur retrouva un rythme normal. Merci, mon Dieu. Rien de cassé.

Elle n'était pas près de reprendre un bain.

Elle s'essuya et enfila son peignoir en tissu éponge d'une douceur incroyable. Un cadeau soigneusement choisi par Lauren. La maison de Rachel regorgeait de cadeaux soigneusement choisis par Lauren. Comme cette bougie d'ambiance, senteur vanille, dans un bocal en verre posé sur son meuble de salle de bains.

« La bougie qui empeste », aurait dit Ed.

Rachel pensait à son mari à des moments incongrus. Leurs disputes lui manquaient. Leurs câlins aussi. À leur grande surprise, ils avaient continué à faire l'amour après la mort de Janie. L'idée que leur libido reste intacte leur répugnait, mais ils continuaient.

Elle les pleurait tous : sa mère, son père, son mari, sa fille. Quatre absents et autant de plaies ouvertes. Tous étaient morts de manière injuste. Cause naturelle ? Balivernes. Le meurtrier de Janie les avait tous tués.

T'as pas intérêt, fut sa première pensée en voyant Ed s'écrouler au sol dans l'entrée par un magnifique matin de février. *T'as pas intérêt de me laisser ici, à gérer cette souffrance toute seule.* Elle comprit sur-le-champ qu'il était mort. Attaque foudroyante, avaient dit les médecins. Mais Rachel n'était pas dupe : c'était son chagrin qui lui avait brisé le cœur. Littéralement. Même chose pour ses parents. Seul le cœur de Rachel avait obstinément refusé de cesser de battre. Elle en avait honte, comme elle avait eu honte de son désir. Elle continuait de respirer, de manger, de baiser, de vivre, pendant que Janie pourrissait six pieds sous terre.

Elle passa la paume de sa main sur le miroir embué et contempla son reflet troublé par les gouttes d'eau. Elle pensa à la façon dont Jacob l'embrassait, ses petites mains dodues posées sur ses joues ridées, ses grands yeux bleus plantés dans les siens, et chaque fois, cette même gratitude, teintée d'incrédulité, à l'idée que son visage puisse inspirer un tel amour.

Elle poussa doucement la bougie odorante du coude et la regarda se briser sur le sol. Que pouvait-elle faire d'autre ?

14

Cecilia s'envoyait en l'air avec son mari. Et c'était bon. Très bon. Divinement bon. Ils faisaient de nouveau l'amour. YES !

« Oh, mon Dieu ! » dit John-Paul qui allait et venait en elle, les yeux fermés.

« Oh, mon Dieu ! » fit Cecilia.

C'était comme s'il n'y avait jamais eu de problème. En se couchant ce soir-là, ils s'étaient tournés l'un vers l'autre aussi naturellement qu'au début de leur relation, à l'époque où s'endormir l'un près de l'autre sans avoir fait l'amour leur paraissait inconcevable.

« Doux Jésus ! » Parcouru d'un frisson de plaisir, John-Paul bascula la tête en arrière.

Cecilia gémit, histoire de lui faire savoir qu'elle aussi prenait son pied.

Le-pied-to-tal. Le-pied-to-tal, s'extasiait-elle *in petto* en décrochant chaque syllabe au rythme des mouvements de leurs corps.

Qu'est-ce que c'était ? Elle tendit l'oreille. Une des filles qui l'appelait ? Non. Rien. Et merde ! C'était fichu. Il suffisait d'une seconde et c'était fichu. Il fallait tout reprendre à zéro. « Le sexe tantrique, il n'y a que ça de vrai », disait Miriam. Et voilà qu'elle pensait à Miriam. C'était vraiment la fin…

« Oh, je viens, je viens ! » John-Paul ne semblait pas avoir de mal à rester concentré.

Homosexuel ! N'importe quoi !

À l'heure qu'il était, les filles auraient dû dormir à poings fermés, mais elles venaient à peine de se mettre au lit (question horaires, la mère de Cecilia n'en faisait qu'à sa tête). Elles s'étaient fait une joie de voir leur père rentrer plus tôt que prévu. Elles lui avaient littéralement sauté dessus et s'étaient mises à lui raconter leurs histoires toutes en même temps – le dernier épisode de *Qui perd gagne !*, le Mur de Berlin, le truc complètement débile qu'Harriet avait dit au cours de danse l'autre jour, les tonnes de poisson que maman les avait obligées à manger, etc.

Cecilia n'avait pas manqué d'observer Jonh-Paul lorsqu'il avait demandé à Isabel de se tourner pour admirer sa nouvelle coupe de cheveux. Elle n'avait rien trouvé d'étrange dans son regard. Il avait les yeux cernés après son voyage interminable (il était resté coincé à Auckland presque toute la journée après avoir réussi à prendre un vol qui transitait par la Nouvelle-Zélande), mais semblait ravi de leur avoir réservé cette surprise. Il n'avait rien d'un homme qui pleure sous la douche en secret. Cerise sur le gâteau : ils faisaient l'amour ! Tout allait pour le mieux dans le meilleur des mondes. Il n'y avait aucune inquiétude à avoir. Il n'avait même pas évoqué la lettre. Ça ne devait pas être très important.

« Sen-sass. »

John-Paul frémit et s'affala sur elle.

« Tu as bien dit *sensass* ? Ringard !

— Oui, madame ! Façon d'exprimer que je suis pleinement satisfait ! Mais, j'ai l'impression que toi…

187

— Pas du tout ; c'était sensass, mec ! »

Elle jouirait la prochaine fois.

John-Paul s'allongea près d'elle en riant et l'enveloppa dans ses bras pour l'embrasser dans le cou.

« Ça faisait longtemps, dit Cecilia sur un ton qui se voulait neutre.

— C'est vrai. Bizarre, non ? C'est pour ça que je suis rentré plus tôt. J'ai eu une incroyable envie de faire l'amour tout à coup.

— Moi, je n'ai pensé qu'à ça pendant les obsèques de sœur Ursula.

— Bravo, fit John-Paul en bâillant.

— Je me suis fait siffler par un chauffeur de camion l'autre jour. Je n'ai pas perdu mon sex-appeal, au cas où tu en douterais.

— Je n'ai pas besoin d'un chauffeur de camion pour m'en rendre compte. Je parie que tu portais ton petit short de gym.

— Exact. » Puis, après une pause : « À propos, Isabel s'est fait siffler par un garçon au centre commercial l'autre jour.

— P'tit salaud, dit John-Paul plus mollement que Cecilia ne l'aurait cru. Elle fait beaucoup plus jeune avec sa nouvelle coupe de cheveux.

— Je sais. Ne lui dis pas.

— Je ne suis pas idiot », fit-il sur le point de s'endormir.

Tout allait bien. Cecilia sentit sa respiration ralentir. Elle ferma les yeux.

« Le Mur de Berlin, hein ? dit John-Paul.

— Ouais.

— J'en pouvais plus du *Titanic*.

188

— Pareil. »

Retour à la normale. Tout est parfait. Grosse journée demain, songeait Cecilia qui se laissait gagner par le sommeil.

« Qu'est-ce que tu as fait de cette lettre ? »

Elle rouvrit les yeux et fixa le plafond dans l'obscurité.

« Je l'ai remise dans une boîte à chaussures. Dans le grenier. »

Faux. Archifaux. Ce vilain mensonge lui était sorti de la bouche aussi facilement que les demi-vérités qu'on dit pour rassurer l'autre – « J'adore ton cadeau », « C'était sensass, mec ! ». La lettre attendait sagement dans un des compartiments du secrétaire dans la pièce au bout du couloir.

« Tu l'as ouverte ? »

Il y avait quelque chose de pas naturel dans sa voix. Il feignait la désinvolture et la fatigue alors qu'en réalité il était aussi éveillé qu'on peut l'être. Une tension palpable, comme un courant électrique, émanait de tout son corps.

« Non, répondit-elle d'une voix endormie. Tu m'as dit de ne pas le faire, alors... je ne l'ai pas fait. »

Son étreinte se fit plus douce.

« Merci. Ça m'aurait gêné.

— Ne sois pas bête. »

Soulagé, sa respiration se fit plus lente. Cecilia ralentit la sienne aussi.

Elle avait menti car elle voulait garder une chance de lire la lettre. Un vrai mensonge les séparait à présent. Merde. Tout ce qu'elle voulait, c'était l'oublier, cette satanée lettre.

Elle se sentait si lasse. Elle y réfléchirait le lendemain.

Combien de temps avait-elle dormi ? se demanda Cecilia en se réveillant seule dans son lit. Elle jeta un coup d'œil au réveil à affichage numérique. Impossible de déchiffrer l'écran sans ses lunettes.

« John-Paul ? » dit-elle en se dressant sur ses coudes. Dans la salle de bains attenante à la chambre, pas un bruit. D'ordinaire, il dormait comme une souche après un vol long-courrier.

Elle entendit quelque chose au-dessus de sa tête.

Elle s'assit, les sens en éveil, le cœur battant. Elle comprit aussitôt. Il était au grenier. *Il n'y mettait jamais les pieds !* Elle avait vu la sueur lui perler à la moustache lorsqu'il faisait une crise de claustro-phobie. Il devait la vouloir coûte que coûte, cette lettre, pour s'aventurer là-haut.

N'avait-il pas dit un jour : « Il faudrait que ce soit une question de vie ou de mort pour que je grimpe au grenier » ?

C'était ça, cette lettre ? Une question de vie ou de mort ?

Cecilia n'hésita pas une seconde. Elle se leva et se dirigea droit sur le bureau. Elle alluma la petite lampe, ouvrit le tiroir supérieur du secrétaire pour en sortir le dossier rouge intitulé *Testaments*.

Assise sur la chaise en cuir, elle en retira l'enveloppe.

Pour ma femme, Cecilia Fitzpatrick,
À n'ouvrir qu'après ma mort.

Elle prit le coupe-papier.

Au-dessus, des pas dans tous les sens. Un bruit sourd. Il devenait fou. Elle pensa tout à coup que pour être en Australie à l'heure qu'il était, il avait dû retourner à l'aéroport juste après leur coup de fil.

Pour l'amour du ciel, John-Paul, que se passe-t-il ?

Elle décacheta l'enveloppe d'un geste brutal et en sortit une lettre manuscrite. Pendant un instant, elle eut du mal à accommoder. Les mots dansaient sous ses yeux.

notre petite Isabel

désolé de te laisser un tel fardeau

donné plus de bonheur que je n'en ai jamais mérité

Elle se força à la lire correctement. De gauche à droite. Phrase par phrase.

15

Tess se réveilla subitement, sans espoir de se rendormir. Elle regarda la pendulette à côté de son lit, et ne put réprimer un grognement. Il n'était que vingt-trois heures trente. Elle alluma la lampe de chevet d'un coup sec et se mit à fixer le plafond.

Presque plus rien n'évoquait son enfance dans cette chambre où elle avait grandi. À peine avait-elle quitté le nid que sa mère l'avait transformée en une élégante chambre d'amis, meublée d'un lit deux places confortable et de deux tables de nuit surmontées de lampes assorties. Tante Mary, au contraire, avait mis un point d'honneur à garder la chambre de Felicity telle qu'elle l'avait laissée.

Jusqu'aux posters qui, aujourd'hui encore, couvraient les quatre murs. Un site archéologique parfaitement conservé, en somme.

Dans la chambre de Tess, seul le plafond restait intact. Elle balaya du regard la bordure irrégulière des moulures blanches, comme elle le faisait autrefois le dimanche matin tandis qu'elle se posait mille questions sur la fête de la veille. Qu'avait-elle dit ? À qui ? Sur quel ton ? Les fêtes l'avaient toujours paralysée – l'absence de cadre, la familiarité, le fait d'être plantée là sans savoir où s'asseoir. Si elle y allait, c'était pour Felicity. Celle-ci adorait se mettre dans un coin et lui chuchoter des horreurs sur les invités pour la faire rire.

Felicity, sa sauveuse.

Inutile de le nier.

Quelques heures plus tôt, tandis qu'elle buvait un verre de brandy tout en se gavant de chocolats avec sa mère (« C'est grâce à ça que je m'en suis sortie quand ton père est parti, avait expliqué Lucy. Le chocolat, c'est thérapeutique. »), Tess lui avait parlé du coup de fil de Felicity. « L'autre soir, tu as tout de suite compris pour Will et Felicity. Comment as-tu deviné ? avait-elle demandé.

— C'est bien simple, avec ta cousine, tu n'as jamais pu avoir quoi que ce soit rien qu'à toi.

— Ah bon ? avait-elle dit, perplexe. Mais, ce n'est pas vrai.

— Tu as voulu jouer du piano. Felicity s'est mise au piano. Tu t'es inscrite au netball. Felicity s'est inscrite au netball. Tu es devenue plus forte qu'elle et tout à coup, tu as voulu arrêter. Tu te

192

lances dans la pub. Et, surprise ! Felicity se lance dans la pub.

— Oh, maman. Je ne sais pas. Tu présentes les choses comme si tout avait été calculé. On aimait les mêmes choses, c'est tout. Et puis, Felicity est graphiste. Rien à voir avec mon boulot. »

Pas convaincue, Lucy avait fait la moue avant de terminer son verre de brandy d'un trait. « Écoute, je ne dis pas qu'elle l'a fait exprès. Mais tu ne pouvais pas respirer ! Quand tu es née, j'ai remercié le ciel que tu n'aies pas de jumelle. Je me disais que tu pourrais vivre ta vie à toi, sans toute cette rivalité, toutes ces comparaisons. Et puis, au final, toi et Felicity êtes exactement comme Mary et moi. Des jumelles ! Pires que des jumelles, en fait ! Je t'ai regardée grandir en me demandant quel genre de femme tu serais devenue si tu ne l'avais pas eue sur le dos en permanence, quel genre d'amis tu aurais eus…

— Quel genre d'amis ? Je n'aurais pas eu d'amis, maman ! J'étais d'une timidité maladive ! Socialement inadaptée ! Je suis toujours un peu martienne de ce point de vue-là, avait lancé Tess, sans prendre la peine de livrer ses conclusions sur son état psychique à sa mère.

— Tu ne risquais pas de sortir de ta coquille avec elle. Ça l'arrangeait bien, va ! Tu n'étais pas si timide que tu le crois. »

À présent, Tess repensait à cette conversation tout en cherchant une position confortable sur son oreiller trop dur. Sa mère disait-elle vrai ? Venait-elle de passer la moitié de sa vie dans une relation dysfonctionnelle avec sa cousine ?

Elle se remémora cet horrible été où ses parents avaient divorcé. C'était comme se rappeler une longue maladie. Elle n'avait rien vu venir. Bien sûr, ses parents se disputaient. Ils étaient si différents. Mais c'étaient son papa et sa maman. Dans son entourage, certes restreint, cent pour cent catholique et très comme il faut, tout le monde vivait avec son papa et sa maman. Elle connaissait le sens du mot « divorce », mais ça restait très éloigné de sa réalité. Pourtant, dans les cinq minutes qui avaient suivi l'annonce, aussi inattendue que solennelle, son père était parti s'installer dans un meublé vieillot qui sentait le renfermé, emportant avec lui la totalité de ses vêtements dans la valise qu'ils utilisaient lorsqu'ils partaient tous les trois en vacances. Sa mère avait passé huit jours dans la même robe informe à faire les cent pas dans la maison en répétant sur tous les tons : « Bon débarras, mon pote. » Tess avait dix ans. Sans Felicity, elle n'aurait pas survécu à cet étrange été. Car qui l'avait emmenée à la piscine voisine pour rester allongée près d'elle pendant des heures sur le sol en béton en plein soleil ? Soit dit en passant, Felicity, avec sa délicate peau blanche, détestait s'exposer. Qui avait dépensé son argent de poche pour acheter une compilation de tubes, juste pour qu'elle se sente mieux ? Qui lui avait apporté un bol de glace nappée de chocolat chaque fois qu'elle s'était effondrée en larmes sur le canapé ?

Felicity avait toujours été là. Quand Tess avait perdu sa virginité. Le jour où elle s'était fait licencier. La première fois qu'elle s'était fait larguer. Le jour où Will lui avait dit : « Je t'aime. » Quand elle avait eu sa première vraie dispute avec lui. Quand il l'avait demandée en mariage. Quand elle avait perdu les eaux. Quand Liam avait fait ses premiers pas.

Elles avaient tout partagé. Tout au long de leurs vies. Les jouets. Les vélos. Leur première maison de poupée (qui restait chez leur grand-mère). Leur première voiture. Leurs premiers appartements. Leurs premières vacances à l'étranger. Le mari de Tess.

Tess avait bel et bien abandonné une part de Will à Felicity. Tout comme elle l'avait laissée jouer le rôle d'une mère auprès de Liam. Elle avait partagé sa vie avec elle. Toute sa vie. Parce que, de toute évidence, ses kilos en trop l'empêchaient de se trouver un mari, de vivre sa propre vie. Était-ce là ce que Tess se disait, inconsciemment ? Ou pire, que Felicity était trop grosse pour même *vouloir* une vie bien à elle ?

Et puis Felicity était devenue trop gourmande. À présent, elle voulait Will rien que pour elle.

S'il s'agissait d'une autre femme, n'importe quelle autre femme, Tess n'aurait jamais dit : « Vis-la ton histoire et rends-moi mon mari. » Ç'aurait été inconcevable. Mais c'était Felicity. Du coup, c'était... acceptable ? Pardonnable ? Était-ce bien là le sens de cette phrase ? Après tout, elle laisserait Felicity utiliser sa brosse à dents sans la moindre hésitation. Cela signifiait-il qu'elle pouvait faire pareil avec son mari ? En même temps, la trahison n'en était que plus cruelle. Mille fois plus cruelle.

Elle se mit sur le ventre et enfonça la tête dans l'oreiller. Ce qu'elle ressentait par rapport à

Felicity n'avait aucune importance. La seule chose qui comptait, c'était Liam. (« Et moi, alors ? » s'était-elle répété du haut de ses dix ans lorsque ses parents s'étaient séparés. « Je n'ai pas mon mot à dire ? » Elle qui croyait être au centre de leur vie ! Elle avait découvert qu'elle n'avait pas voix au chapitre. Pas le moindre pouvoir.)

Pour les enfants, un divorce réussi, ça n'existe pas. Elle l'avait lu quelque part récemment, avant toute cette histoire. Les mômes en pâtissaient, même lorsque la séparation se faisait parfaitement à l'amiable, même lorsque les deux parents faisaient de gros efforts.

Pire que des jumelles, avait dit Lucy. Peut-être avait-elle raison.

Tess repoussa les couvertures et se leva. Il fallait qu'elle bouge. Qu'elle quitte cette maison, qu'elle échappe à ses pensées. *Will. Felicity. Liam. Will. Felicity. Liam.*

Elle irait faire un tour avec la Honda de sa mère. Elle considéra sa tenue : pantalon de pyjama à rayures, tee-shirt. Elle devrait peut-être se changer. Elle n'avait rien à se mettre de toute façon. Elle n'avait pas emporté assez de vêtements. Aucune importance. Elle resterait dans la voiture. Elle enfila des chaussures plates et sortit de la chambre à pas de loup. Elle s'arrêta un instant dans le couloir, le temps que ses yeux s'adaptent à l'obscurité. Tout était calme. Une fois dans la salle à manger, elle alluma une lampe et laissa un mot à sa mère. Juste au cas où.

Elle attrapa son portefeuille, récupéra les clés de la voiture suspendues dans l'entrée et, se glissant

196

dans la douceur de la nuit, prit une longue inspiration.

Elle emprunta l'autoroute du Pacifique, vitres ouvertes, sans musique. Le nord de la ville était paisible, désert. Un homme avec une serviette, probablement arrivé en train après une longue journée de travail, pressait le pas sur le chemin.

Une femme ne prendrait sûrement pas le risque de rentrer seule à pied depuis la gare à cette heure avancée de la nuit. Tess repensa au jour où Will lui avait confié détester marcher derrière une femme la nuit, craignant d'être pris pour un tueur fou. « Chaque fois que ça arrive, je me retiens de dire : "Ne vous inquiétez pas ! Je ne suis pas un assassin !" » « Je me sauverais en courant si un mec me disait un truc pareil ! » avait répondu Tess. « Tu vois, quoi qu'on fasse… ! » avait-il conclu.

Quand un événement malheureux frappait cette partie de la ville, les journaux insistaient sur sa luxuriance, si bien que ledit événement n'en paraissait que plus horrible.

Tess s'arrêta à un feu rouge. Sur le tableau de bord, elle vit que la jauge d'essence était dans le rouge.

« Et merde. »

Au carrefour suivant, une station-service ouverte vingt-quatre heures sur vingt-quatre. Elle y ferait le plein. Elle roula jusqu'à une pompe. Descendant de la voiture, elle aperçut, de l'autre côté de la station, un motard qui rajustait son casque. Il n'y avait personne d'autre.

Elle ouvrit le réservoir et tendit la main vers la pompe à essence.

197

« Bonsoir », fit une voix masculine.

Elle sursauta et se retourna. L'homme avait poussé sa moto à hauteur de la Honda. Il était tout près. Il retira son casque, mais Tess avait les lumières de la station dans les yeux. Incapable de distinguer ses traits, sa vision se résumait à un visage pâle et inquiétant.

Elle regarda en direction du comptoir à l'intérieur de la station. Personne. Mais où était le pompiste, bon sang ? Dans un geste d'autoprotection, Tess croisa les bras au niveau de sa poitrine. Elle repensa à un épisode d'*Oprah* qu'elle avait vu avec Felicity où l'invité, un policier, expliquait quoi faire lorsqu'on se faisait accoster. Il fallait être très agressive et crier. « Non ! Allez-vous-en ! Je ne veux pas d'ennuis. Allez-vous-en ! » Tess et Felicity avaient pris un malin plaisir à s'entraîner sur Will chaque fois qu'il entrait dans une pièce.

Tess s'éclaircit la voix et serra les poings comme elle l'avait appris à son cours de self-défense. Elle se sentirait tellement moins vulnérable si elle portait un soutien-gorge.

« Tess, dit l'homme. Ce n'est que moi. Connor. Connor Whitby. »

16

Rachel se réveilla sans parvenir à se souvenir de son rêve. Seules de vagues impressions s'attardèrent dans son esprit. Un sentiment de panique.

La présence de l'eau. L'image de Janie enfant. Ou bien était-ce Jacob ?

Elle se redressa dans son lit et regarda l'heure. Une heure trente. Une odeur écœurante de vanille emplissait la maison.

Elle avait la bouche sèche d'avoir bu trop d'alcool chez Marla. La soirée lui semblait si lointaine. Elle se leva. À quoi bon essayer de se rendormir ? Elle savait pertinemment qu'elle resterait éveillée jusqu'à ce que la lumière grisâtre de l'aube envahisse la pièce.

Quelques instants plus tard, elle se tenait derrière la planche à repasser, la télécommande du téléviseur à la main. Elle commença à zapper sans rien trouver d'intéressant.

Elle s'approcha du tiroir où elle rangeait ses vidéocassettes. Elle avait gardé son vieux magnétoscope pour pouvoir regarder sa collection de classiques. « Maman, tous ces films existent en DVD maintenant », lui répétait Rob d'un air inquiet, comme si utiliser un VCR pouvait lui attirer des ennuis. Elle passa le doigt sur la tranche des cassettes, pas franchement tentée par Grace Kelly, Audrey Hepburn ni même Cary Grant.

Elle en sortit plusieurs au hasard et tomba sur celle qui servait à enregistrer leurs programmes préférés. Sur la jaquette, couverte de titres griffonnés puis rayés à la main, elle reconnut son écriture et celles d'Ed, de Janie et de Rob. Les jeunes d'aujourd'hui, habitués au téléchargement, considéreraient sûrement cette cassette comme la relique d'un autre temps. Elle s'apprêtait à la remettre de côté quand elle se laissa distraire par les noms des séries qu'ils regardaient dans les années quatre-vingt. *Les Sullivan, À cœur ouvert, Santa Barbara.* Janie avait visiblement été la dernière à l'utiliser.

Drôle de coïncidence. C'était grâce à *Santa Barbara* que Rachel avait gagné le jeu quelques heures plus tôt. Elle revoyait Janie allongée par terre dans le salon, à chanter le générique gnangnan comme si rien d'autre n'existait. Comment ça faisait déjà ? Rachel entendait presque l'air résonner dans sa tête.

Sans réfléchir, elle enfonça la cassette dans le magnétoscope et appuya sur « Lecture ».

Elle s'accroupit et regarda la fin d'une publicité pour de la margarine, amusée par le côté totalement démodé des images et du son. Puis *Santa Barbara* commença. Rachel se surprit à voir resurgir de son inconscient la totalité des paroles. Robin Wright apparut à l'écran, plus jeune et plus belle que dans son souvenir, suivie du visage torturé de l'acteur principal. À présent, il jouait dans une série policière. La vie continuait. Y compris celle des stars de *Santa Barbara*. Seule Janie restait coincée à jamais en 1984.

Elle allait éteindre quand elle entendit la voix de Janie dire : « Ça marche ? »

Son cœur s'arrêta de battre. Sa main se figea devant elle.

Le visage de Janie apparut en gros plan, face caméra, l'air joyeux et espiègle. Elle portait un trait d'eye-liner vert et des tonnes de mascara. Sur l'aile de son nez, un petit bouton. Rachel croyait connaître le visage de sa fille par cœur,

200

mais sans s'en rendre compte, elle avait oublié certains détails. L'alignement exact de ses dents, la courbe de son nez. Oh, sa dentition et son nez n'avaient rien d'extraordinaire, sauf que, précisément, c'étaient les siens, et voilà que Rachel les avait de nouveau sous les yeux. Sa canine côté gauche était légèrement en dedans, son nez un chouïa trop long. Malgré ces imperfections, ou peut-être grâce à elles, Janie était magnifique, plus encore que dans sa mémoire.

Ils n'avaient jamais eu de caméra. Ed trouvait que c'était trop cher pour ce que c'était. Les seules images qu'ils avaient de Janie remontaient à la fois où elle avait porté la traîne au mariage d'une amie.

« Janie », dit Rachel en posant la main sur l'écran.

« Tu es trop près de la caméra », dit une voix masculine.

Rachel laissa retomber sa main.

Janie recula. Elle portait un jean bleu taille haute avec une ceinture argentée et un haut violet à manches longues froncées.

Elle était vraiment jolie, comme un oiseau fragile, un héron peut-être, mais au nom du ciel, sa fille avait-elle été si maigre ? Ses bras et ses jambes étaient si fins. Était-elle malade ? Anorexique ? Comment Rachel avait-elle pu passer à côté ?

Janie s'assit au bord d'un lit simple dans une chambre que Rachel n'avait jamais vue. La housse de couette était rouge et bleu à rayures, les murs couverts de lambris foncé. Janie baissa le menton, leva les yeux vers la caméra d'un air faussement

201

sérieux et prit un crayon à papier qu'elle plaça à hauteur de sa bouche en guise de micro.

Rachel joignit les mains et ne put réprimer un rire. Comment avait-elle pu oublier cette manie que Janie avait de jouer les reporters aux moments les plus incongrus ? Elle déboulait dans la cuisine, attrapait une carotte et lançait : « Dites-moi, Mrs Crowley, comment s'est passée votre journée ? Rien d'inhabituel à signaler ? » Puis elle approchait son micro improvisé de Rachel qui se penchait en avant et répondait : « Rien d'inhabituel. »

Qu'aurait-elle pu dire d'autre ? Les jours se succédaient, si semblables les uns aux autres.

« Bonsoir, ici Janie Crowley en direct de Turramurra où j'interviewe un jeune homme reclus du nom de Connor Whitby. »

Rachel retint son souffle. Elle tourna la tête et faillit appeler Ed – *Ed, viens. Il faut que tu voies ça* –, réflexe qu'elle n'avait pas eu depuis des années.

Janie reprit : « Si vous voulez bien approcher, Mr Whitby, que les téléspectateurs vous voient.

— Janie.

— *Connor* », fit-elle en imitant le ton de sa voix.

Un garçon brun, large d'épaules, vêtu d'un short et d'un maillot de rugby à rayures jaunes et bleues glissa jusqu'à elle sur le lit. Il fit face à la caméra puis, mal à l'aise, détourna le regard, comme s'il savait que, trente ans plus tard, la mère de Janie les observerait.

Malgré sa carrure d'homme, Connor avait gardé son visage de gamin : sur son front, quelques boutons, et cet air affamé, effarouché et revêche qu'ont la plupart des adolescents. On aurait dit deux parties d'un même être qui ne demandaient qu'à abattre le mur qui les séparait. Lui qui semblait si à l'aise avec son corps aujourd'hui ne savait visiblement pas quoi faire de ses membres. Ses jambes traînaient devant lui et il tapotait sa paume droite de son poing gauche.

Rachel s'entendait respirer de manière irrégulière. Elle n'avait qu'une envie : plonger dans le téléviseur et ramener Janie de force.

Que fabriquait-elle dans cette chambre ? Celle de Connor vraisemblablement. En aucun cas elle n'avait l'autorisation de rester seule dans la chambre d'un garçon. Ed allait piquer une crise.

Dis donc, jeune fille, tu rentres à la maison immédiatement.

« Pourquoi tu veux me filmer, en fait ? demanda Connor en regardant brièvement la caméra. Je ne peux pas rester hors-champ ?

— Quand tu interviewes quelqu'un, tu le laisses pas hors-champ. Je pourrais avoir besoin de cette cassette si je passe un entretien pour bosser à *60 Minutes* », expliqua Janie en souriant.

Il ne put s'empêcher de lui rendre son sourire. Un sourire fou d'amour.

Fou d'amour, il n'y avait pas d'autres mots. Ce garçon était raide dingue de sa fille. « On était juste copains, avait-il dit à la police. On ne sortait pas ensemble. » « Mais je connais tous ses amis. Et leurs mères », avait protesté Rachel, consciente que les policiers n'osaient pas la contredire. Des années plus tard, lorsqu'elle s'était enfin décidée à se débarrasser du lit une place de Janie, elle avait trouvé une plaquette de pilules cachée sous son matelas. Elle qui croyait connaître sa fille.

« Alors, Connor, parlez-moi un peu de vous, fit Janie en lui tendant le crayon à papier.

— Que voulez-vous savoir ?

— Eh bien, par exemple, avez-vous une petite amie ?

— Je ne sais pas. » Il regarda Janie très attentivement, paraissant soudain plus âgé. « À toi de me le dire.

— Ça dépend », répondit-elle en tortillant sa queue-de-cheval autour de son doigt. « Qu'avez-vous à offrir ? Quels sont vos atouts ? Vos faiblesses ? Allez, essayez de vous vendre un peu ! »

Elle faisait l'imbécile à présent, avec sa voix stridente et capricieuse. Rachel grimaça. *Oh, Janie, chérie, arrête ! Parle-lui gentiment. Tu ne peux pas lui parler sur ce ton.* Dans les films, les adolescents flirtaient avec une telle sensualité. Dans la vraie vie, ils pataugeaient ; c'était insoutenable.

« Putain, Janie, si tu ne peux toujours pas me donner une réponse claire, je veux dire, merde ! »

Connor se leva, poursuivi par un petit rire méprisant de Janie. Rachel vit pourtant le visage de sa fille se décomposer comme celui d'un enfant. Mais Connor, lui, n'entendit que son rire. Il fonça droit sur la caméra, sa main remplissant le champ.

Rachel esquissa un geste pour l'arrêter. *Non, ne l'éteins pas. Ne me l'enlève pas.*

L'écran se brouilla. Rachel rejeta la tête en arrière comme si elle venait de prendre une claque.

Salaud. Assassin.

Exaltée, Rachel vibrait de haine. Eh bien ! N'était-ce pas une *preuve* ? Un élément nouveau après toutes ces années ?

« N'hésitez pas, Mrs Crowley, si vous pensez à quoi que ce soit, appelez-moi. À n'importe quelle heure du jour ou de la nuit. » Bellach l'avait tellement répété que c'en était devenu lassant.

Elle ne l'avait jamais fait. À présent, elle avait quelque chose à lui montrer. Ils l'attraperaient. Un jour, dans une salle d'audience, elle entendrait un juge déclarer Connor Whitby coupable.

Ne tenant plus en place, elle composa le numéro de l'inspecteur Bellach, revoyant le visage décomposé de Janie.

17

« Connor, dit Tess. Je fais juste le plein.

— Sans blague ! » répondit-il.

Tess marqua un temps d'arrêt. « Tu m'as fait peur », avoua-t-elle avec une pointe de mauvaise humeur qui trahissait sa gêne. « Je t'ai pris pour un tueur fou. »

Elle empoigna la pompe tandis que Connor, immobile, le casque sous le bras, semblait attendre quelque chose. Bon, ben, assez bavardé, hein ? Enfourche ta moto et file. Connor Whitby appartenait à son passé ; il n'avait rien à faire dans sa vie. Cela valait pour ses ex, ses copains d'école, ses anciens collègues. Sérieusement, à quoi bon renouer avec ces gens ? Se souvenir d'eux, oui ; avec eux, non. Tess commença à remplir le réservoir, un sourire méfiant sur les lèvres. Comment ça s'était fini avec Connor ? se demanda-t-elle. Quand elle avait quitté Melbourne avec Felicity ? Il n'était qu'un petit ami parmi tant d'autres. En général, c'était elle qui les laissait tomber – la plupart du temps à la suite d'une remarque moqueuse de sa chère cousine. Un autre garçon prenait aussitôt la place. N'avait-elle pas juste ce qu'il fallait de charme pour plaire aux hommes sans les intimider ? Elle acceptait toutes les invitations à sortir. Refuser ne lui serait d'ailleurs jamais venu à l'esprit.

Dans ses souvenirs, Connor était plus amoureux qu'elle ne l'était. Du haut de ses dix-neuf ans – elle était en première année de fac –, elle le jugeait trop vieux et trop sérieux. Le vif intérêt que lui portait cet homme plus âgé et un rien taciturne l'avait laissée perplexe.

À bien y réfléchir, elle avait peut-être été dure avec lui. Elle manquait cruellement de confiance en elle à l'époque, obnubilée par ce qu'on pouvait penser d'elle. Elle craignait tellement qu'on la fasse souffrir qu'elle faisait peu de cas des sentiments des autres.

« J'ai pas mal pensé à toi, en fait, commença Connor. Depuis qu'on s'est croisés à l'école ce matin. Je me demandais si tu voudrais bien prendre un café par exemple ? Histoire de se raconter un peu nos vies.

— Oh ! »

Un café avec Connor Whitby. Aussi ridicule que déplacé. Comme lorsque Liam lui proposait de faire un puzzle alors qu'elle était en train de gérer une urgence, genre un bug informatique ou un problème de tuyauterie. Sa vie venait d'imploser, bon sang ! Elle n'allait quand même pas prendre un café avec ce type, gentil mais franchement ennuyeux, sous prétexte qu'ils s'étaient bécotés sur les bancs de l'université !

Sans compter qu'elle était mariée ! Il devait le savoir, non ? Elle tourna les mains sur la pompe à essence de sorte que son alliance soit bien visible. Elle n'avait pas encore enterré son mariage.

Apparemment, rentrer à Melbourne, c'était comme ouvrir un compte Facebook à quarante ans : en moins de vingt-quatre heures, une ribambelle d'ex-petits amis montraient le bout de leur nez et vous invitaient à boire un verre histoire de voir s'ils avaient une ouverture. Et lui, il était marié ? Elle essaya de voir s'il portait un anneau à la main gauche.

« Je ne pensais pas à un rancard, si c'est ce qui te fait hésiter, dit Connor.

— Non, ce n'est pas ça.

— Je sais que tu es mariée, ne t'inquiète pas. Tu te souviens du fils de ma sœur, Benjamin ? Il vient de finir la fac et il veut se lancer dans la pub. C'est ton créneau, pas vrai ? Si tu veux tout savoir, j'espérais profiter de toi pour glaner quelques infos. » Il se mordilla l'intérieur de la joue. « Profiter n'est peut-être pas le mot approprié.

— Benjamin vient de finir la fac ? Mais, il était à la maternelle ! »

Une foule de souvenirs refit surface. Une minute plus tôt, elle avait oublié jusqu'à l'existence du neveu de Connor. À présent, elle revoyait très nettement le vert pâle des murs de sa chambre.

« C'était il y a seize ans ! Maintenant, il mesure un mètre quatre-vingt-dix, il est tout poilu et il a un code-barres tatoué sur le cou. Je ne plaisante pas. Un code-barres.

— On l'avait amené au zoo ! s'exclama Tess.

— Ça se peut.

— Ta sœur était malade ; elle dormait. » Tess avait gardé l'image d'une femme brune pelotonnée sur un canapé. N'était-elle pas mère célibataire ? Non que Tess en ait fait grand cas à l'époque ; elle aurait dû proposer de lui faire ses courses. « Comment va-t-elle, à propos ?

— Oh, eh bien, en fait, elle est décédée il y a quelques années, dit-il d'un air contrit. Crise cardiaque. Elle avait à peine cinquante ans. En pleine forme, pas de problème de santé. Ç'a été un choc. Je suis le tuteur de Benjamin.

— Mince, je suis désolée, Connor », fit Tess, bouleversée par cette nouvelle inattendue.

Décidément, le monde était bien triste. N'était-il pas particulièrement proche de sa sœur ? Comment s'appelait-elle déjà ? Lisa ? Oui, c'était ça.

« Un café, ce serait super, dit-elle soudain, sans réfléchir. Je te donnerai toutes les infos que tu veux. Pour ce que ça vaut ! » Elle n'était pas la seule à souffrir. Certains perdaient ceux qu'ils aimaient. D'autres perdaient l'amour de leur mari. Et puis, prendre un café avec quelqu'un d'étranger à sa vie d'aujourd'hui ne serait-il pas un bon moyen de se distraire ? Connor Whitby n'avait rien de sinistre.

« Super », dit-il en souriant.

Craquant, le sourire, songea Tess.

« Je t'appelle, poursuivit-il. Ou je t'envoie un mail.

— D'accord. Je te donne mon... » La pompe fit un clic – réservoir plein – et Tess la remit à sa place.

« Je te trouverai dans le registre de St Angela.

— Ah, bien. »

Le registre de St Angela. Tess se sentit étrangement vulnérable. Elle se tourna vers lui, les clés de la voiture et son portefeuille dans la main.

« Au fait, sympa, ton pyjama, fit Connor en la regardant de haut en bas, tout sourire.

— Merci. Sympa, ta moto. Je ne crois pas t'avoir vu avec ce genre d'engin à l'époque. »

Il conduisait une berline affreusement ordinaire, non ?

« La crise de la quarantaine !

— Je crois que mon mari est en plein dedans, lui aussi.

— J'espère que ce n'est pas trop pénible. »

Tess haussa les épaules. Ha ha ! Elle regarda de nouveau la moto. « Quand j'avais dix-sept ans, ma mère m'a fait promettre de ne jamais monter à l'arrière d'une moto avec un garçon en échange de cinq cents dollars.

— Tu as tenu ta promesse ?

— Jusqu'ici, oui.

— J'ai quarante-cinq ans. Ça ne compte pas. »

Leurs regards se croisèrent. Voilà qu'ils se mettaient à flirter. Tess se rappela s'être réveillée près de lui dans une chambre aux murs blancs dont la fenêtre donnait sur une nationale bruyante. Et il avait un matelas à eau, non ? Felicity et elle s'en étaient tenu les côtes. Il portait une médaille de St Christophe qui se balançait au-dessus de son visage lorsqu'ils faisaient l'amour. Tout à coup, Tess se sentit nauséeuse. Minable. Tout ça était une grossière erreur.

Connor sembla percevoir ce brusque changement d'humeur.

« Allez, Tess, je te passe un petit coup de fil un de ces quatre. » Il mit son casque, ajusta ses gants noirs, fit vrombir son moteur et partit en lui faisant un signe de la main.

Tess le regarda s'éloigner et se souvint tout à coup qu'elle avait eu son premier orgasme sur ce satané matelas à eau. Maintenant qu'elle y repensait, elle avait vécu plusieurs premières fois dans ce lit au bruit si caractéristique. Floc-floc. Pour la bonne petite catholique qu'elle était, s'essayer au sexe lui avait semblé cru et obscène.

En entrant dans la station pour payer son plein, elle tomba sur son reflet dans un miroir de surveillance. Difficile de ne pas voir qu'elle avait le rouge aux joues.

18

« Tu l'as lue alors », dit John-Paul.

Cecilia le regarda comme si elle le voyait pour la première fois. Un homme qui, plus jeune, avait dû être très beau et qui portait la quarantaine comme un gant. John-Paul était de ces gens qui inspiraient confiance au premier regard. Le genre de type auquel on achèterait une voiture d'occasion les yeux fermés. Ça devait venir de sa mâchoire. La fameuse mâchoire des Fitzpatrick. Sa chevelure, grisonnante, restait bien fournie, ce dont il n'était pas peu fier. Malgré les moqueries continuelles de ses frères, il se faisait toujours des brushings. Vêtu de son boxer rayé bleu et blanc et d'un tee-shirt rouge, il se tenait debout dans l'encadrement de la porte du bureau, le visage pâle et moite de sueur comme quelqu'un qui souffre d'intoxication alimentaire.

Elle ne l'avait pas entendu descendre du grenier. Elle ne savait pas depuis combien de temps il l'observait, assise devant le secrétaire, le regard dans le vide, les mains jointes sur les genoux comme une petite fille pieusement installée sur un banc d'église.

« Je l'ai lue. »

Elle prit la lettre qu'elle avait laissée sur le bureau et la relut lentement, dans l'espoir insensé d'y trouver un message différent, à présent que John-Paul était là.

Il l'avait écrite au stylo-bille bleu sur du papier ligné creusé de points et de sillons, signe qu'il avait fortement appuyé sur la pointe, comme pour graver à jamais chacun de ses mots. Il n'y avait ni paragraphes ni espaces.

Cecilia mon amour,

Si tu lis cette lettre, c'est que je suis mort. Ces mots sonnent terriblement mélo mais tout le monde doit mourir un jour, n'est-ce pas ? À l'heure où je t'écris, tu es à la maternité avec notre petite Isabel, née tôt ce matin. Elle est si belle, si minuscule et si fragile. Ce que j'ai ressenti en la prenant pour la première fois dans mes bras est indescriptible et tellement nouveau. Je suis déjà terrorisé à l'idée qu'on lui fasse du mal. Ce qui m'amène à écrire cette lettre. S'il m'arrive quelque chose, au moins, je l'aurai fait. Au moins, j'aurai essayé de réparer les choses. J'ai bu quelques bières. Ce que j'écris n'a peut-être aucun sens. Je déchirerai probablement cette lettre de toute façon. Cecilia, je dois te le dire. Quand j'avais dix-sept ans, j'ai tué Janie Crowley. Si ses parents sont toujours en vie, s'il te plaît, dis-leur que je suis désolé et que c'était un accident. Ce n'était pas prémédité. J'ai perdu mon sang-froid. J'avais dix-sept ans. J'étais un petit con. J'ai toujours du mal à croire que j'ai pu faire ça. On dirait un cauchemar. Comme si j'avais été sous l'empire de la drogue ou de l'alcool. Sauf que non. J'étais parfaitement sobre. J'ai juste pété un plomb. Un énorme pétage de plomb, comme ils disent sur les terrains de rugby. J'ai l'air de chercher à me justifier mais je n'ai aucune excuse. J'ai fait ce truc inimaginable et je suis incapable de l'expliquer. Je sais ce que tu penses, toi pour qui tout est noir ou blanc. Tu te dis, pourquoi n'a-t-il pas avoué ? Mais qui peut comprendre mieux que toi pourquoi je ne pouvais pas aller en prison ? Tu sais que je n'aurais pas pu rester enfermé. Je suis un lâche, j'en conviens. C'est pour ça que j'ai fait une tentative de suicide à dix-huit ans mais je n'ai pas eu le cran d'aller jusqu'au bout. Je t'en prie, dis à Ed et Rachel Crowley que pas un jour n'est passé sans que je pense à leur fille. Dis-leur que tout est allé très vite. À peine quelques secondes plus tôt, Janie riait. Elle a été heureuse jusqu'à la fin. Peut-être que c'est horrible à dire. Oui, c'est horrible à dire. Ne leur dis pas ça. C'était un accident, Cecilia. Janie m'a dit qu'elle était amoureuse d'un autre garçon et elle s'est moquée de moi. C'est tout. J'ai perdu la tête. S'il te plaît, dis aux Crowley que je m'en veux ; je m'en veux terriblement. Dis à Ed Crowley que maintenant que je suis père, je prends la pleine mesure de ce que j'ai fait. La culpabilité est comme un cancer qui me ronge de l'intérieur et elle n'a jamais été si aiguë. Je suis désolé de te laisser un tel fardeau, Cecilia, mais je sais que tu es assez forte pour le supporter. Je vous aime tellement, toi et notre petite fille. Tu m'as donné plus de bonheur que je n'en ai jamais mérité. Ce bonheur, je n'en étais pas digne. Je suis désolé.

Avec tout mon amour,

John-Paul

Cecilia pensait savoir ce qu'était la colère – ne lui arrivait-il pas de s'emporter ? –, mais à ce moment précis, elle comprit qu'en réalité, elle n'en avait jamais fait l'expérience. C'était un sentiment insensé, formidable, absolu, d'une ardeur incomparable. Un sentiment qui lui donnait l'impression de pouvoir voler. Voler à travers la pièce comme un démon et lacérer le visage de John-Paul de ses serres.

« C'est vrai ? » demanda-t-elle d'une voix qui laissait mal deviner la rage qui l'habitait.

« C'est vrai ? » reprit-elle, plus fort.

Aucun doute n'était permis, mais un besoin impérieux de ne pas y croire la poussait à poser la question. Faites que ce ne soit pas vrai, brûlait-elle de supplier.

« Je suis désolé », répondit John-Paul, les yeux injectés de sang, incapable de la fixer.

— Mais tu ne ferais jamais… Toi ? Mais comment ? Comment as-tu pu ?

— Je ne peux pas l'expliquer.

— Tu ne connaissais même pas Janie Crowley. Non. En fait, je ne savais même pas que tu la connaissais. Tu n'as jamais parlé d'elle. »

En entendant le nom de Janie, John-Paul commença à trembler. Il se cramponna au chambranle de la porte. Le voir dans cet état était encore plus choquant que lire les mots qu'il avait écrits.

« Si tu étais mort, si tu étais mort et que j'avais trouvé cette lettre… »

Elle s'interrompit, submergée par la colère.

« Comment as-tu pu laisser ça pour moi ? Envisager de me laisser faire ça à ta place ? Espérer que j'allais sonner chez Rachel Crowley pour lui dire… cette… chose ? » Elle se leva et commença à tourner en rond, le visage enfoui dans les mains. Elle remarqua sans y porter grand intérêt qu'elle était nue. Elle n'avait pas pris la peine de chercher son tee-shirt échoué au fond du lit après leur câlin. « J'ai ramené Rachel chez elle ce soir ! Je l'ai

214

ramenée chez elle ! Je lui ai parlé de Janie ! J'étais tellement contente d'avoir pu lui raconter cette anecdote dont je me souvenais sur sa fille alors que pendant tout ce temps, cette fichue lettre était chez nous. » Elle le regarda. « Et si elle était tombée entre les mains d'une de nos filles ? » L'idée, insoutenable, venait juste de lui traverser l'esprit. *« Et si elle était tombée entre les mains d'une de nos filles ?*

— Je sais », dit-il tout doucement. Il fit un pas dans le bureau et resta debout devant le mur comme s'il faisait face à un peloton d'exécution. « Je suis désolé. »

Les jambes flageolantes, il se laissa glisser sur le sol.

« Pourquoi l'écrire ? » demanda-t-elle en prenant la lettre par un coin avant de la laisser retomber sur le bureau. « Comment as-tu pu mettre un truc pareil par écrit ?

— J'avais trop bu. Le lendemain, je l'ai cherchée partout ; je voulais la déchirer, expliqua-t-il les larmes aux yeux. Mais impossible de mettre la main dessus. J'ai cru devenir fou. Je préparais sûrement ma déclaration d'impôts. La lettre a dû glisser entre mes papiers. J'étais sûr d'avoir regardé...

— Arrête ! » cria-t-elle.

Comment osait-il parler sur ce ton mi-étonné mi-désespéré qu'il prenait chaque fois qu'il égarait quelque chose ? Il ne s'agissait pas d'une vulgaire facture impayée.

John-Paul mit le doigt sur ses lèvres. « Tu vas réveiller les filles », fit-il d'une voix tremblante.

Sa nervosité la dégoûtait. Elle avait envie de hurler : *Sois un homme. Fais disparaître cette horreur. Loin de moi.* C'était à *lui* de détruire cette chose immonde, de la débarrasser de ce poids écrasant. Mais Monsieur ne bougeait pas le petit doigt.

Une petite voix se fit entendre à l'autre bout du couloir : « Papa ! »

Polly. Contrairement à ses sœurs, elle se réveillait souvent la nuit. Elle réclamait toujours son père. Lui seul parvenait à faire fuir les monstres qui peuplaient ses cauchemars. Cet homme qui avait tué une fille de dix-sept ans puis gardé cet indicible secret pendant toutes ces années. Cet homme qui était lui-même un monstre. Tout à coup, Cecilia sembla saisir la situation dans son ensemble.

Elle en eut le souffle coupé et s'écroula sur la chaise en cuir noir.

« Papa !

— J'arrive, Polly ! »

John-Paul se leva lentement en s'appuyant sur le mur. Il regarda Cecilia d'un air désespéré avant de rejoindre Polly dans sa chambre.

Cecilia se concentra sur sa respiration. Inspiration. Le visage de Janie Crowley dans la cour de l'école surgit dans son esprit. « C'est débile, ce défilé. » Expiration. Janie à dix-sept ans, une longue queue-de-cheval blonde qui lui retombe sur l'épaule – le portrait en noir et blanc publié dans tous les journaux au moment du drame. Les victimes de meurtre se ressemblent toutes : jolies, innocentes, vouées au malheur. Comme si c'était écrit. Inspiration. Rachel Crowley, la tête appuyée contre la vitre de sa voiture. Expiration. Que faire,

Cecilia ? Que faire ? Comment réparer ? Comment arranger les choses ? C'était sa partie, après tout. La plupart du temps, il suffisait de passer un coup de fil, de se connecter à Internet, de remplir le bon formulaire, de parler à la bonne personne, d'échanger, de rembourser.

Mais là, rien ne ramènerait jamais Janie. Cecilia ne cessait de penser à cette atroce vérité ; c'était un fait, immuable, qui se dressait comme un mur infranchissable.

Elle se mit à déchirer la lettre en petits morceaux.

Se dénoncer. John-Paul devrait se dénoncer. C'était l'évidence même. Passer aux aveux. Laver sa conscience. Expier. Suivre les règles. La loi. Aller en prison. Être puni. Condamné. Écroué. Mais on ne pouvait pas l'enfermer. Il deviendrait fou. Bon, un traitement médical, alors. Une thérapie. Elle parlerait aux gens. Ferait les recherches nécessaires. Il ne serait pas le premier détenu à souffrir de claustrophobie. Sans compter que les cellules n'étaient pas si petites que ça. Et puis, il y avait des cours pour faire du sport, non ?

La claustrophobie, ça ne tue pas vraiment. Ça vous donne juste *l'impression* que vous ne pouvez pas respirer.

Alors que deux mains qui se resserrent sur votre gorge, ça peut vous être fatal.

Il avait étranglé Janie Crowley. Il avait mis les mains autour de son cou gracile puis serré. Pour de vrai. Cela ne faisait-il pas de lui un monstre ? Si. Sans aucun doute. John-Paul était un monstre.

Elle continuait de déchiqueter la lettre ou ce qu'il en restait.

Un monstre. Sa place était donc derrière les barreaux. Cecilia deviendrait la femme d'un prisonnier. Existait-il une association pour les femmes de détenus ? Dans le cas contraire, elle en créerait une, songea-t-elle, saisie d'un rire convulsif. Bien sûr ! Elle en créerait une ! On est organisatrice ou on ne l'est pas ! Présidente de l'Association des femmes de détenus. Elle collecterait des fonds pour faire installer la climatisation dans les cellules de leurs chers et tendres. Les maisons d'arrêt en étaient peut-être équipées, contrairement aux écoles primaires. Elle s'imagina en grande conversation avec les autres épouses en attendant son tour pour passer sous le détecteur de métaux. « Qu'est-ce qu'il a fait, le vôtre ? Oh, braquage de banque ? Vraiment ? Le mien est tombé pour meurtre. Oui, il a étranglé une fille. Vous êtes en tenue de sport. Vous enchaînez avec la gym ? »

« Elle s'est rendormie », annonça John-Paul. Il venait de rentrer dans le bureau et se massait les tempes comme lorsqu'il était épuisé.

Il n'avait pas l'air d'un monstre. L'homme qui se tenait devant elle ressemblait bien à son mari. Mal rasé. Les cheveux en bataille. Des cernes sous les yeux. Son mari. Le père de ses enfants.

S'il avait déjà tué quelqu'un, comment être sûre qu'il ne recommencerait pas ? Elle l'avait laissé aller dans la chambre de Polly. Elle venait juste de laisser un assassin entrer dans la chambre de sa fille.

Mais c'était *John-Paul*. Son père. Papa.

Comment dire à leurs filles ce que John-Paul avait fait ?

Papa va en prison.

Pendant un instant, ce fut le trou noir. Le vide total.

Ils ne le leur diraient jamais.

« Je suis tellement désolé », dit John-Paul en ouvrant les bras sans s'approcher, conscient peut-être que l'espace qui les séparait était infranchissable. « Mon amour, je suis tellement désolé. »

Frissonnante, Cecilia serra les bras contre son corps nu et se mit à claquer des dents. *Je craque,* se dit-elle, soulagée. *Je deviens folle et c'est tant mieux, parce que je ne vois pas de solution. Il n'y a tout simplement pas de solution.*

19

« Là ! Vous voyez ? »

Rachel appuya sur « Pause ». Le visage furieux de Connor Whitby se figea à l'écran. Ses yeux formaient deux trous noirs maléfiques, ses lèvres un rictus cruel – le visage d'un monstre. Rachel, qui visionnait la séquence pour la quatrième fois, en était à présent convaincue. Voilà des images on ne peut plus parlantes, songeait-elle. N'importe quel jury rendrait un verdict de culpabilité.

Elle se tourna vers Rodney Bellach, ancien inspecteur de police qui, assis sur son canapé les coudes sur les genoux, s'efforçait de réprimer son envie de bâiller.

À sa décharge, Bellach – qui ne cessait de lui dire : « Appelez-moi Rodney, maintenant » – dormait à poings fermés lorsque Rachel avait appelé à son domicile au beau milieu de la nuit. Sa femme avait dû le secouer : « Rodney ! Rodney ! C'est pour toi ! » Il avait ensuite écouté les explications de Rachel pour finalement bafouiller d'une voix pâteuse : « Je serai là dans dix minutes, Mrs Crowley. – Où ça, Rodney ? Où dois-tu aller ? Ça ne peut pas attendre demain matin ? » avait protesté Mrs Bellach.

Le genre d'épouse à faire des reproches incessants.

Ç'aurait probablement pu attendre demain matin, se dit Rachel en voyant les yeux voilés de l'ex-inspecteur qui luttait vaillamment contre le sommeil. Au moins, il aurait été plus vif. Il avait confié à Rachel qu'on lui avait récemment diagnostiqué un diabète de type 2. Il avait dû changer ses habitudes alimentaires de manière radicale (« Je n'ai plus droit au sucre. Terminé, les glaces », avait-il dit d'un air penaud), et, en effet, il n'avait pas l'air dans son assiette.

« Mrs Crowley. Vous vous dites que cette vidéo prouve que Connor avait un mobile, quel qu'il soit, et je le comprends. Mais autant être honnête, ça me paraît un peu léger pour que les gars rouvrent le dossier.

— Il était amoureux d'elle ! s'écria Rachel. Amoureux d'elle ! Et elle ne voulait pas de lui.

— Votre fille était très jolie. Des tas de garçons devaient être amoureux d'elle. »

Rachel n'en revenait pas. Bellach ne comprenait rien. Comment cela lui avait-il échappé ? À croire que le diabète l'avait rendu stupide. Que son régime sans glace lui avait ravagé les méninges.

« Mais Connor est le dernier à l'avoir vue en vie, répondit-elle lentement, pour donner du poids à ses propos.

— Il avait un alibi.

— Fourni par sa mère. Vous parlez d'un alibi ! Elle a menti, c'est évident.

— Le petit ami de la mère a confirmé. Et, plus important, un voisin a vu Connor sortir les poubelles à dix-sept heures. Souvenez-vous : l'avocat, père de trois enfants. Un témoin parfaitement fiable. Je me rappelle parfaitement le dossier de Janie, Mrs Crowley. Je vous assure, si je pensais qu'on avait la *moindre* piste…

— Ses yeux mentent ! l'interrompit Rachel. Le petit Whitby nous cache quelque chose ! Vous l'avez dit vous-même ! Et vous aviez raison ! Vous aviez complètement raison !

— Mais tout ce que ça prouve, c'est qu'ils ont eu une prise de bec.

— Une prise de bec ? Regardez le visage de ce garçon ! Il l'a tuée ! Je *sais* qu'il l'a tuée. Je le sais, dans mon cœur et dans ma… »

Dans ma chair, faillit-elle lâcher. Mais elle se tut, de peur de passer pour une folle. C'était pourtant vrai : Connor avait assassiné Janie, elle le sentait dans sa chair. Tout son être se consumait de cette certitude.

« Bon, vous savez quoi ? Je vais voir ce que je peux faire. Attention, Mrs Crowley, je ne peux pas vous garantir que ça mènera quelque part. Mais je vous promets que cette vidéo tombera entre les mains de la bonne personne.

— Merci. C'est tout ce que je vous demande. »

Rachel n'en pensait pas un mot. Elle voulait bien plus. Une voiture de police toutes sirènes hurlantes devant chez Connor Whitby dans la minute, pour commencer. Le voir menotté pendant qu'un grand costaud à l'air sévère lui lirait ses droits. Oh, et pas question de lui protéger gentiment le crâne au moment où il monterait à l'arrière de la voiture, hein ! Qu'on lui éclate la tête, encore et encore, jusqu'à ce qu'il en crève.

« Comment va votre petit-fils ? Il pousse ? » demanda Rodney en prenant une photographie de Jacob sur la cheminée tandis que Rachel sortait la cassette du magnétoscope.

« Il va vivre à New York, répondit-elle en la lui tendant.

— Vraiment ? » Rodney replaça le cadre avec précaution. « L'aînée de mes petits-enfants part aussi pour New York. Emily. Elle a dix-huit ans maintenant. Elle a décroché une bourse dans je ne sais quelle université hyper-sélective. La Grosse Pomme, ils l'appellent, je crois. Vous savez pourquoi ? »

Rachel esquissa un sourire tout en le poussant vers la sortie. « Je n'en ai pas la moindre idée, Rodney. »

6 avril 1984

Ce matin-là – ce serait pour elle le dernier –, Janie Crowley se tenait assise à côté de Connor Whitby dans le bus.

Bizarrement, elle avait du mal à respirer. Elle essayait de se calmer en inspirant profondément. En vain.

Détends-toi, se répétait-elle.

« J'ai quelque chose à te dire », commença-t-elle.

Il attendit sans un mot. Il n'est pas du genre bavard, pensa Janie en le regardant. Il fixait ses mains posées sur ses genoux. Il avait de très grandes mains, remarqua-t-elle, parcourue d'un frisson. Un frisson qui trahissait sa peur. Ou son excitation. Peut-être les deux. Ses mains à elle étaient gelées. Comme toujours. Elle les glissa sous son pull-over pour les réchauffer.

« J'ai pris ma décision », annonça-t-elle.

Il se tourna vers elle brusquement. Le bus les secoua en prenant un virage. Il glissa plus près d'elle. Si près que leurs cils se touchaient presque.

Elle respirait tellement vite qu'elle se demanda si elle n'avait pas un problème.

« Je t'écoute », dit Connor.

MERCREDI

20

Le réveil tira violemment Cecilia du sommeil à
six heures trente pétantes. Allongée sur le côté,
face à John-Paul, elle ouvrit les yeux au même instant que lui. Ils étaient si près l'un de l'autre que
leurs nez se touchaient presque.

Elle regarda le blanc de ses yeux, strié de petites
veines rouges, les pores dilatés sur les ailes de son
nez, le gris de sa barbe qui repoussait sur son large
menton.

Qui était cet homme ?

La veille, ils étaient restés allongés côte à côte,
dans l'obscurité, les yeux rivés au plafond pendant
que John-Paul racontait. Et quel récit ! Elle n'avait
pas eu à l'encourager. Pas posé la moindre question. Il avait besoin de parler, de tout lui révéler. Sa
voix, basse et profonde, sans modulation – presque
monotone – était devenue de plus en plus rauque.
Écouter ce chuchotement râpeux et sans fin avait
été un supplice. Elle avait dû se mordre les lèvres
pour ne pas hurler *Ferme-la, ferme-la, ferme-la.*

Il aimait Janie Crowley. D'un amour fou.
Obsessionnel. Il l'avait aimée comme on croit
aimer quand on a dix-sept ans. Ils s'étaient rencontrés au McDonald's de Hornsby où chacun
remplissait un formulaire dans l'espoir de décrocher un job à temps partiel. Janie l'avait tout

de suite reconnu. Ils avaient fréquenté la même école primaire jusqu'à ce qu'il aille dans un établissement élitiste réservé aux garçons. Ils étaient du même âge mais n'avaient jamais été dans la même classe à St Angela. Il ne se souvenait pas d'elle mais son nom lui disait vaguement quelque chose. Finalement, on n'avait pas voulu d'eux chez McDonald's – Janie avait ensuite bossé chez un teinturier et John-Paul au milk-bar voisin –, mais ils avaient eu cette conversation passionnée sur Dieu sait quoi et elle lui avait laissé son numéro de téléphone. Le lendemain, il l'avait appelée.

Il la considérait comme sa petite amie. Il espérait faire l'amour avec elle. Ce serait la première fois. Leur histoire devait rester secrète car le père de Janie, fervent catholique, lui avait interdit d'avoir un copain avant l'âge de dix-huit ans. Ils se voyaient en cachette. Leur relation n'en était que plus excitante. Lorsqu'il appelait chez elle, si quelqu'un d'autre que Janie répondait, il devait raccrocher. C'était la règle. Ils ne se donnaient jamais la main en public. Personne n'était au courant, pas même leurs amis. Janie avait beaucoup insisté là-dessus. Un jour, au cinéma, ils avaient profité de l'obscurité pour se tenir la main ; un autre, ils s'étaient embrassés dans le compartiment vide d'un train. La plupart du temps, ils s'installaient sous la rotonde du Wattle Valley Park, toujours déserte, pour fumer des cigarettes et parler du voyage en Europe qu'ils rêvaient de faire avant la fac. Il n'y avait pas grand-chose d'autre à dire. Si ce n'était qu'il pensait à elle jour et nuit. Et qu'il lui écrivait des poèmes qu'il n'osait pas lui donner.

Il ne m'a jamais écrit de poème, à moi, songea Cecilia malgré elle.

Ce soir-là, Janie lui avait donné rendez-vous au Wattle Valley Park où ils pourraient s'embrasser, assis sous la rotonde. Elle voulait lui parler de quelque chose. Probablement de sa visite au planning familial où elle avait dû se procurer la pilule – ils en avaient déjà parlé. Mais non. Elle lui avait dit qu'elle était désolée, qu'elle en aimait un autre. John-Paul n'en revenait pas. Il y avait un autre garçon dans la course ? « Mais je croyais qu'on sortait ensemble ! » s'était-il écrié. Et elle avait ri. Elle semblait si heureuse, si heureuse de ne pas être sa petite copine, et lui s'était senti anéanti, humilié, pris d'une rage folle. Quel coup pour son amour-propre. Il s'était fait l'effet d'un imbécile. Ça lui avait donné *envie de la tuer.*

John-Paul avait été d'une sincérité sans complaisance. Hors de question de justifier son acte, de la minimiser ou de laisser penser qu'il s'agissait d'un accident. Cecilia devait le savoir : l'espace d'un instant, il avait eu envie de la tuer. Ni plus ni moins.

Il ne se souvenait pas d'avoir décidé de passer ses mains autour de son cou gracile. En revanche, il revoyait parfaitement le moment où il avait pris conscience qu'il l'étranglait. Il n'était pas en train de chahuter avec un de ses frères. Il faisait du *mal* à une *fille. Putain, qu'est-ce que je suis en train de faire ?* s'était-il dit en desserrant son étreinte aussitôt. Et il s'était senti soulagé, convaincu d'avoir réagi à temps, d'avoir évité le pire. Mais le corps de Janie restait tout mou et ses yeux regardaient au-dessus de son épaule et il s'était dit, non, ce n'est pas possible. Sa rage l'avait aveuglé une seconde, peut-être deux ; pas assez pour la tuer.

Il n'arrivait pas à y croire. Aujourd'hui encore. Après toutes ces années. Il demeurait abasourdi et horrifié par son geste.

Le corps de Janie était encore chaud mais il savait, sans l'ombre d'un doute, qu'elle était morte.

Pourtant, après coup, il s'était demandé s'il n'avait pas pu se tromper. Pourquoi n'avait-il même pas essayé de la ranimer ? Il s'était posé la question des milliers de fois. Mais sur le moment, il en était sûr et certain. Elle était partie. Il le sentait.

Il l'avait alors allongée au pied du toboggan puis, sentant la fraîcheur du soir tomber, l'avait couverte de son blazer. Il avait sorti le chapelet de sa mère de sa poche – un porte-bonheur qu'il prenait les jours où il avait un examen – et l'avait soigneusement placé entre les mains de Janie. Sa façon à lui de demander pardon, à Janie, et à Dieu. Puis il s'était mis à courir. Courir jusqu'à en perdre haleine.

Il allait se faire prendre. Comment pouvait-il en être autrement ? Il s'attendait à tout moment à ce qu'un policier vienne poser la main sur son épaule.

Mais on ne l'avait même pas interrogé. Janie et lui ne fréquentaient ni le même lycée ni le même groupe de jeunes. Personne ne savait qu'ils se voyaient, ni leurs parents ni leurs amis. Apparemment, on ne les avait jamais aperçus ensemble. C'était comme s'il ne s'était jamais rien passé.

Si la police l'avait soumis à un interrogatoire, il aurait avoué sur-le-champ. Si quelqu'un d'autre avait été accusé du meurtre, il se serait rendu. Il n'aurait pas laissé un innocent tomber pour son crime. Il n'était pas mauvais à ce point.

Mais comme personne ne lui avait jamais posé la question, il n'avait jamais eu à répondre. Voilà tout.

Au cours des années quatre-vingt-dix, il avait commencé à entendre parler d'affaires résolues grâce aux analyses ADN. Il s'était demandé s'il avait laissé un infime fragment de lui-même sur les lieux. Un cheveu par exemple. Mais quand bien même, leur histoire avait été si brève et si bien cachée. On ne lui demanderait jamais un échantillon d'ADN : personne ne savait qu'il connaissait Janie. Il arrivait presque à se convaincre qu'il ne l'avait pas connue, que tout ça n'avait jamais eu lieu.

Et puis le temps avait passé. Le souvenir de ce qu'il avait fait s'estompait un peu plus chaque année. Parfois, il se sentait presque normal pendant plusieurs mois d'affilée. D'autres fois, il ne pouvait penser à rien d'autre qu'à ce geste épouvantable et il avait l'impression qu'il allait devenir fou.

« C'est comme un monstre pris au piège dans ma tête, avait-il expliqué d'une voix rauque. Quelquefois, il arrive à se libérer et il se déchaîne jusqu'à ce que je reprenne le contrôle et que je l'attache. Tu vois ce que je veux dire ? »

Non, pensa Cecilia. *Non, en fait, pas du tout.*

« Et puis ensuite, je t'ai rencontrée, poursuivit-il. Et j'ai senti quelque chose chez toi. Une profonde bonté. Je suis tombé amoureux de ta bonté. Comme on tombe amoureux d'un paysage. J'avais le sentiment que grâce à toi, quelque part, j'étais moins sale. »

Cecilia était consternée. *Ma bonté ? Je croyais que tu étais tombé amoureux de ma silhouette, de ma conversation brillante, de mon sens de l'humour, pas de ma bonté, bon sang !*

Il continuait de parler comme s'il fallait qu'elle sache tout, dans les moindres détails.

À la naissance d'Isabel, il avait pris la pleine mesure de ce qu'il avait fait à Rachel et Ed Crowley.

« Quand on habitait sur Bell Avenue, je croisais tout le temps le père de Janie qui sortait son chien en allant au travail. Et son visage... il avait l'air... je ne sais pas comment dire. Il souffrait tellement qu'on aurait pu s'attendre à le voir se traîner par terre. Mais non, il était debout, à promener son chien. Et je me disais, cet air sur son visage, c'est ta faute. Cette souffrance, c'est toi qui l'as créée. J'ai essayé de changer d'horaire et d'itinéraire, mais je continuais à tomber sur lui. »

John-Paul et Cecilia vivaient dans la maison de Bell Avenue à la naissance d'Isabel. Ses souvenirs à elle sentaient bon le shampooing pour bébé, la crème anti-érythème fessier et la compote poire-banane. Les jeunes parents étaient complètement gagas de leur fille. Parfois, John-Paul se mettait en retard pour rester plus longtemps avec Isabel qui gazouillait dans son Babygro. Mais tout cela n'était que mensonge. Il essayait simplement d'éviter le père de la fille qu'il avait assassinée.

« Je voyais Ed Crowley et je me disais : *Ça suffit, je dois avouer.* Mais ensuite, je pensais à toi et à notre bébé. Je ne pouvais pas te faire ça. Je ne pouvais pas t'en parler, ni te laisser élever notre fille toute seule. J'ai pensé qu'on pourrait quitter Sydney, mais je savais que tu ne voudrais pas t'éloigner de tes parents, et de toute façon, ça ne me semblait pas bien. Ç'aurait été comme fuir. Je devais rester ici et supporter de croiser les parents de Janie à tout moment pour me rappeler ce que j'avais fait. Je devais subir. C'est là que j'ai eu l'idée de trouver d'autres moyens de me punir. De souffrir sans faire souffrir les autres. De faire pénitence. »

S'il trouvait trop de plaisir à telle ou telle activité qu'il pratiquait en solo, il laissait tomber. L'aviron, par exemple. Il adorait ça ; mais Janie, elle, n'aurait jamais l'occasion d'essayer, alors il lui fallait arrêter. Pareillement, il avait vendu son Alfa Romeo parce que Janie ne conduirait jamais.

Il s'impliquait dans la vie de quartier comme s'il avait été condamné à des heures de travaux d'intérêt général.

Cecilia pensait qu'il nourrissait, comme elle, un vrai sentiment de communauté. En réalité, le John-Paul qu'elle croyait connaître n'existait même pas. C'était une invention, un personnage de sa composition. Sa vie entière n'était qu'une comédie destinée à amadouer le Très-Haut.

Participer à la vie locale s'était avéré délicat car ce n'était pas forcément une corvée. Être pompier volontaire, entre autres, lui plaisait beaucoup. L'esprit de camaraderie, les plaisanteries, l'adrénaline… tout cela prenait-il le pas sur sa contribution à la communauté ? Il était toujours en train de calculer, de se demander ce que Dieu pourrait attendre de lui – jusqu'où il devrait payer. Bien sûr, il savait que cela ne suffirait pas. Quoi qu'il fasse, il finirait probablement par rôtir en enfer. *Il est sérieux*, se dit Cecilia. *Il pense vraiment qu'il va aller en enfer, comme s'il s'agissait d'un lieu matériel et non d'une idée abstraite.* Il évoquait Dieu comme une entité réelle ; cela faisait froid dans le dos. C'était tellement éloigné de leurs croyances. Ils étaient catholiques, certes. Ils allaient à l'église, mais ils n'étaient pas religieux, bon sang ! Dieu ne faisait pas partie de leurs conversations de tous les jours.

Mais il fallait bien reconnaître qu'il ne s'agissait pas d'une conversation comme les autres.

Il continuait de parler. Encore et encore. Cecilia ne put s'empêcher de penser à cette fable moderne qu'elle avait entendue un jour : l'histoire d'un ver exotique capable de s'installer à demeure dans votre ventre jusqu'à ce que vous décidiez de l'en déloger. Pour cela, un seul moyen : vous affamer, l'allécher en plaçant un mets fumant sous votre nez et attendre. Attendre que le ver, attiré par l'odeur, se déroule lentement, remonte votre œsophage et sorte de votre bouche. La voix de John-Paul lui faisait le même effet que ce ver : des mètres et des mètres d'horreurs qui glissaient entre ses lèvres.

À mesure que les filles grandissaient, poursuivit-il, la culpabilité et le remords devenaient presque intolérables. Ses cauchemars, ses migraines, ses périodes de déprime qu'il essayait à tout prix de dissimuler n'avaient d'autre cause que son geste.

234

« Il y a quelques mois, Isabel a commencé à me rappeler Janie. Un je-ne-sais-quoi dans sa façon de se coiffer. J'étais comme hypnotisé. C'était horrible. Je n'arrêtais pas de l'imaginer aux mains d'un tueur, comme moi... Janie. Une petite fille innocente. J'ai cherché à ressentir la douleur que j'ai infligée à ses parents. J'ai pleuré. À chaudes larmes. Sous la douche. Dans ma voiture.

— Polly t'a surpris en train de pleurer avant que tu partes à Chicago. Sous la douche.

— Ah bon ? »

Un silence magistral s'installa entre eux. John-Paul enregistrait l'information.

Ouf, songea Cecilia, *ça y est. Il se tait.* Dieu merci. Elle éprouvait une fatigue physique et psychique qu'elle n'avait pas ressentie depuis son dernier accouchement.

« J'ai renoncé au sexe », dit John-Paul.

Pour l'amour du ciel.

Il voulait qu'elle sache qu'au mois de novembre, alors qu'il cherchait d'autres moyens de se punir, il avait décidé de ne pas faire l'amour pendant six mois. Il avait même eu honte de ne pas y avoir pensé plus tôt. Le sexe n'était-il pas un de ses plus grands plaisirs ? Ça l'avait presque tué. D'autant qu'elle s'imaginerait peut-être qu'il la trompait. Il ne pouvait décemment pas lui avouer la vraie raison de son soi-disant désintérêt.

« Oh, John-Paul », soupira Cecilia dans l'obscurité de la chambre.

Tout cela dans l'espoir d'obtenir la rédemption. Des années durant. Une quête aussi puérile qu'inutile. Et tellement peu *méthodique.*

« J'ai invité Rachel Crowley à l'anniversaire de Polly », annonça Cecilia de but en blanc, sidérée par l'absolue naïveté qui était la sienne quelques heures plus tôt. « Je l'ai raccompagnée chez elle ce soir. Je lui ai parlé de Janie. Moi qui me félicitais de… »

Sa voix se brisa.

John-Paul respira bruyamment à ses côtés.

« Je suis tellement désolé, dit-il. Je n'arrête pas de le répéter. Mais je sais que ça ne sert à rien.

— Ce n'est pas grave », répondit Cecilia en réprimant un rire nerveux. Pas grave. Tu parles.

À ce moment-là, tous deux sombrèrent probablement dans un profond sommeil car c'était la dernière chose dont elle se souvenait.

« Ça va ? » demandait John-Paul à présent. « Est-ce que tu te sens bien ? »

Cecilia sentit son haleine du matin. Elle-même avait la bouche sèche et la tête lourde, comme après une cuite. Elle ne se serait pas sentie plus minable s'ils avaient passé une nuit de débauche.

Elle se massa le front et ferma les yeux, incapable de soutenir son regard plus longtemps. Sa nuque lui faisait mal. Elle avait dû dormir dans une mauvaise position.

« Tu crois que… » Il se racla la gorge, plus par manie qu'autre chose et reprit à voix basse : « Tu crois que tu peux encore rester avec moi ? »

Elle lut une peur primale dans son regard.

Un seul et unique acte vous définissait-il à jamais ? Aussi impardonnable soit-elle, une erreur de jeunesse pesait-elle plus lourd que vingt ans de mariage ? Un mariage heureux, qui plus est.

John-Paul n'avait-il pas été un mari aimant et un père affectueux ? Ôte une vie, et te voilà dans la catégorie des tueurs. C'est comme ça que ça marche. Pour les autres. Pour les étrangers. Pour ceux dont on lit les histoires dans les journaux. Cecilia n'était pas à convaincre. Mais dans le cas de John-Paul, les règles n'étaient-elles pas différentes ? Et si oui, pourquoi ?

Des pas se firent entendre dans le couloir et, tout à coup, un petit corps tout chaud atterrit sur leur lit.

« Coucou, maman », dit Polly en se glissant gaiement entre ses parents. Elle cala sa tête sur l'oreiller de Cecilia, si près que ses mèches d'un noir presque bleu lui chatouillèrent les narines. « Bonjour, papa. »

Cecilia détailla leur petite dernière comme si elle la voyait pour la première fois : sa peau parfaite, la longue courbure de ses cils, l'éclat dc ses yeux bleus. Elle était d'une beauté virginale.

Cecilia croisa le regard de John-Paul et eut une révélation. Voilà pourquoi.

« Bonjour, Polly », dirent-ils à l'unisson.

21

Devant le portail de St Angela, Liam murmura quelques mots indistincts et lâcha la main de sa mère avant de s'arrêter net, obligeant un flot ininterrompu de parents et d'élèves à dévier de leur cap pour entrer dans l'école. Tess se baissa et reçut un coup de coude sur la tête.

« Qu'y a-t-il ? » demanda-t-elle en se frottant le crâne. Elle se sentait terriblement nerveuse, acculée. Ici ou à Melbourne, déposer son gamin à l'école s'avérait un cauchemar – sa version à elle de l'enfer. Ça grouillait de monde. Partout.

« Je veux rentrer à la maison, répondit Liam en regardant ses pieds. Je veux papa.

— Que dis-tu ? » Faisant mine de ne pas avoir entendu, Tess essaya de le prendre par la main. « Attends, ne restons pas dans le passage. »

Il fallait s'y attendre. Tout s'était passé un peu trop simplement jusque-là. Étrangement, Liam avait accueilli ce changement d'établissement aussi soudain qu'imprévu avec optimisme. « Il s'adapte tellement facilement ! » s'était extasiée sa grand-mère, mais Tess savait que son fils, loin d'être enthousiaste à l'idée d'entrer à St Angela, se réjouissait surtout d'en avoir fini avec Marcus.

Liam tira sur son bras, la forçant à se baisser de nouveau.

« Pourquoi toi et papa et Felicity, vous arrêtez pas de vous fâcher ? » lui demanda-t-il dans le creux de l'oreille. Son souffle chaud sentait le dentifrice. « Vous avez qu'à vous dire pardon. Et que vous le pensiez pas. Comme ça, nous, on peut rentrer à la maison. »

Tess se figea.

Idiote. Triple idiote. Comment avait-elle pu s'imaginer que Liam n'y avait vu que du feu ? Lui qui l'avait toujours ébahie par son sens de l'observation.

« Mamie peut venir s'installer chez nous. On s'occupera d'elle jusqu'à ce que sa cheville aille mieux. »

Intéressant. L'idée n'avait même pas effleuré Tess. À croire que, dans son esprit, sa vie à Melbourne et la vie de sa mère à Sydney ne se déroulaient pas sur la même planète.

« Ils ont des fauteuils roulants à l'aéroport », ajouta Liam d'un ton grave au moment où une petite fille qui passait tout près lui érafla le coin de l'œil avec son cartable. Il se décomposa et ses magnifiques yeux dorés se remplirent de larmes.

« Mon chéri », dit Tess, impuissante, à deux doigts de pleurer aussi. « Écoute, tu n'es pas du tout obligé d'aller à l'école. C'était une idée insensée…

— Eh bien, bonjour, Liam. Je me demandais si tu étais arrivé ! » l'interrompit l'extravagante directrice en s'accroupissant aussi aisément qu'un enfant à ses côtés.

Elle doit faire du yoga, se dit Tess. Un garçon de l'âge de Liam passa près d'elle en lui tapotant affectueusement la tête comme s'il s'agissait de la mascotte de l'école. « Bonjour, Miss Applebee !

— Bonjour, Harrison ! » répondit-elle en levant la main, si bien que son châle glissa de ses épaules.

« Je suis navrée, commença Tess. On crée un véritable embouteillage… »

Trudy Applebee se contenta d'un petit sourire avant de remettre son châle et de se concentrer sur Liam. « Sais-tu ce que ta maîtresse, Mrs Jeffers, et moi-même avons fait hier après-midi ? »

Liam haussa les épaules et sécha ses larmes d'un geste brusque.

« Nous avons transformé ta classe en galaxie, lui confia-t-elle, les yeux pétillants. Notre chasse aux œufs va se dérouler dans l'espace. »

L'air sceptique, il renifla. « Comment ? C'est même pas possible.

— Viens voir par toi-même. » Elle se redressa puis, prenant Liam par la main : « Dis au revoir à ta maman. Tu n'oublieras pas de compter tes œufs pour tout lui raconter quand elle viendra te chercher. »

Tess embrassa Liam sur la tête. « Bon. Passe une bonne journée, mon chéri, et rappelle-toi, je…

— Il y a un vaisseau spatial, tu t'en doutes. Devine à qui on a pensé pour être notre pilote ! » poursuivit Trudy en l'emmenant.

Tess eut tout juste le temps de le voir lever des yeux pleins d'espoir vers la directrice avant qu'il ne disparaisse dans une foule d'enfants en uniformes à carreaux bleus et blancs.

Elle s'éloigna, soudain envahie par cet étrange sentiment de liberté qu'elle éprouvait lorsqu'elle confiait Liam à quelqu'un d'autre. Comme si la pesanteur n'avait plus d'effet sur elle. Qu'allait-elle faire d'elle-même à présent ? Et que lui dirait-elle après l'école ? Que tout allait pour le mieux dans le meilleur des mondes ? Non, elle ne pouvait pas lui mentir. Cela dit, elle se voyait mal lui révéler la vérité. *Papa et Felicity sont amoureux. Papa est censé me préférer. Alors, je suis très en colère contre eux. Je suis profondément blessée.*

Il paraît qu'à choisir, il vaut mieux dire la vérité.

Elle avait quitté Melbourne sur un coup de tête. Dans sa précipitation, elle s'était persuadée qu'elle agissait dans l'intérêt de Liam, mais en réalité, elle avait arraché son fils à son foyer, à son école et à sa vie parce que tout ce qu'elle voulait, *elle*, c'était être le plus loin possible de Will et de Felicity. Résultat, le bonheur de Liam reposait entièrement sur Trudy Applebee, une femme excentrique dotée d'une invraisemblable chevelure.

Elle devrait peut-être lui faire cours elle-même. Au moins jusqu'à ce que les choses se tassent. Elle se débrouillerait dans la plupart des matières. L'anglais, la géographie… Ça pourrait être amusant ! Le hic, c'étaient les maths. Sa bête noire. À l'école, Tess se faisait aider par Felicity. Aujourd'hui, c'était elle qui suivait Liam. Quelques jours plus tôt, elle s'était déclarée impatiente de redécouvrir les équations du second degré lorsque Liam entrerait au lycée. Tess et Will s'étaient regardés d'un air complice avant d'éclater de rire. En y repensant, Will et Felicity avaient drôlement bien caché leur jeu. Pendant tout ce temps. Agrippés à leur petit secret.

Laissant derrière elle la haute silhouette de St Angela, Tess entendit quelqu'un appeler.

« Bonjour, Tess. »

Sortie de nulle part, Cecilia Fitzpatrick apparut à ses côtés, un gros trousseau de clés de voiture cliquetant dans la main. Sa démarche avait quelque chose d'étrange. On aurait dit qu'elle boitait.

Tess inspira à fond pour se donner du courage. « Bonjour !

— Vous venez de déposer Liam pour son premier jour ? » demanda Cecilia d'une voix enrouée. Ses lunettes de soleil dissimulaient son regard perçant, au grand soulagement de Tess. « Ça s'est bien passé ? C'est toujours un peu délicat.

— Oh, eh bien, pas terrible, mais Trudy... » Tess s'interrompit, distraite par les chaussures de Cecilia. D'un côté, elle portait une ballerine noire, de l'autre, une sandale dorée à talon. Ceci expliquait cela. Elle détourna le regard et se força à poursuivre : « ... mais Trudy a été parfaite.

— Oh, oui, Trudy est une perle ; ça ne m'étonne pas. Bon, je suis garée juste là. » Son 4 × 4 blanc étincelant portait le logo Tupperware. « Polly a gym aujourd'hui ; ça m'est complètement sorti de la tête. D'habitude, je ne... Enfin bref, on a oublié. Du coup, je dois filer à la maison pour récupérer ses baskets. Polly est raide dingue de son prof de sport, si je suis en retard, elle ne me le pardonnera jamais.

— Son prof de sport, c'est Connor, Connor Whitby ? fit Tess en le revoyant à la station-service avec son casque sous le bras.

— Oui, c'est ça. Les gamines sont toutes folles de lui. En fait, la moitié des mamans aussi !

— Vraiment. »

Floc-floc. Le matelas à eau.

« Bonjour, Tess. Coucou, Cecilia. » La secrétaire de l'école, Rachel Crowley, arrivait en sens inverse chaussée de tennis de course blancs malgré sa jupe de tailleur et son chemisier en soie. Tess se demanda si quiconque arrivait à la regarder sans penser à la mort brutale de sa fille, Janie, dans le parc. L'idée qu'un jour Rachel avait été une femme comme les autres que rien ne semblait destiner à la tragédie qui l'attendait était inconcevable.

Rachel s'arrêta à leur niveau. Parler. Parler encore. Ça ne s'arrêtait donc jamais ? Tess la trouva fatiguée et pâle. Son brushing, impeccable la veille, semblait négligé. « Merci encore de m'avoir ramenée à la maison hier soir », dit-elle à Cecilia. Puis, se tournant vers Tess : « J'étais à une réunion Tupperware organisée par Cecilia et j'ai trop bu. Voilà pourquoi aujourd'hui je suis à pied, expliqua-t-elle en montrant ses chaussures. Pas très glorieux, n'est-ce pas ? »

Un silence gêné s'ensuivit. Tess espérait secrètement que Cecilia embrayerait sur Dieu sait quel sujet. Hélas, elle regardait au loin, visiblement distraite, étrangement muette.

« Vous vous êtes bien amusée apparemment ! » dit Tess d'une voix trop forte et trop enjouée. Pourquoi n'était-elle pas capable de parler normalement ?

« En effet », répondit Rachel en regardant Cecilia d'un air perplexe – elle n'avait toujours pas desserré les lèvres – avant de poursuivre : « La rentrée de Liam s'est bien passée ?

— Miss Applebee l'a pris sous son aile.

— Tant mieux. Ça ira, ne vous en faites pas. Trudy accueille les petits nouveaux avec le plus grand soin. Je ferais bien d'aller travailler. Et d'enlever ses abominables godasses ; j'ai l'air ridicule. Je vous salue, mesdames !

— Bonne... », commença Cecilia d'une voix rauque. « Bonne journée, Rachel, reprit-elle après s'être raclé la gorge.

243

— À vous aussi, lança Rachel en se dirigeant vers l'école.

— Bien, fit Tess.

— Oh là là, dit Cecilia en portant la main à sa bouche. Je crois que je vais… » Elle regarda autour d'elle nerveusement. « Merde. »

La seconde suivante, elle vomissait tout ce qu'elle pouvait dans le caniveau.

Oh non, songea Tess tandis que Cecilia continuait de se vider avec des bruits peu ragoûtants. Quel spectacle, de bon matin. Que lui arrivait-il ? Gueule de bois ? Intoxication alimentaire ? Que faire ? S'accroupir près d'elle et lui tenir les cheveux en arrière comme le font les copines dans les toilettes des boîtes de nuit quand elles ont sifflé trop de tequilas ? Comme elle le faisait autrefois avec Felicity ? Lui frotter doucement le dos comme avec Liam lorsqu'il était malade ? Émettre quelques sons compatissants et rassurants, histoire de montrer qu'elle n'était pas totalement indifférente ? Elle ne pouvait quand même pas se contenter de détourner les yeux en grimaçant. Quoique. Après tout, elle la connaissait à peine.

Pendant sa grossesse, Tess avait vomi à peu près partout où elle allait. Les nausées du matin duraient, hélas, toute la sainte journée. Et franchement, elle n'avait qu'une envie : qu'on lui fiche la paix. Elle devrait peut-être s'éclipser. Pourtant, quelque chose la retenait d'abandonner Cecilia à son triste sort. Elle regarda autour d'elle dans l'espoir de trouver une autre maman, de préférence une de ces femmes épatantes toujours prêtes à aider ou une amie de Cecilia – elle devait en avoir des dizaines. Malheureusement, il n'y avait plus un chat dans la rue.

Puis une idée brillante lui vint à l'esprit. Des mouchoirs en papier ! Voilà ce qu'il lui fallait ! songea Tess, bêtement ravie d'avoir trouvé quoi faire. Elle fouilla dans son sac à main et y trouva un paquet de Kleenex compact neuf et une bouteille d'eau.

« Un vrai boy-scout », avait plaisanté Will lorsqu'elle avait sorti une lampe de poche de son sac après qu'il avait fait tomber ses clés de voiture dans une allée mal éclairée. C'était après une séance de cinéma au tout début de leur relation. « On pourrait se débrouiller même sur une île déserte, avec Tess ! Il y a de tout dans son sac ! » avait commenté Felicity – car bien sûr, elle était là ce fameux soir. À se demander s'il y avait eu des moments SANS Felicity.

« Oh, mon Dieu », dit Cecilia en se redressant. Puis, se laissant tomber sur le trottoir, elle s'essuya la bouche du revers de la main. « La honte.

— Tenez, dit Tess en lui tendant les mouchoirs. Ça va mieux ? Vous avez mangé quelque chose qui ne vous a pas réussi ?

— Je ne sais pas », répondit-elle, les mains tremblantes, le teint terreux. Elle se moucha et regarda Tess. Ses yeux larmoyants étaient cernés de croissants violets ; sur ses cils, des petits paquets de mascara. Elle avait une mine affreuse. « Je suis vraiment navrée de vous imposer ça. Sans compter que vous devez avoir mille choses à faire. Filez.

— À vrai dire, je n'ai rien à faire. Rien de rien. »
Elle ouvrit la bouteille. « Un peu d'eau ?

— Merci. »

Cecilia but une gorgée et essaya de se lever mais ses jambes se dérobèrent. Tess lui attrapa le bras *in extremis.*

« Désolée, vraiment désolée, fit Cecilia, au bord des larmes.

— Il n'y a pas de mal. Tout va bien. Je crois que je vais vous ramener chez vous.

— Oh non, non, c'est adorable, mais je vais bien, je vous assure.

— Sottise. Je vous ramène, je vous mets au lit et je me charge des tennis de votre fille.

— Les tennis de Polly ! Merde ! Je n'y pensais plus ! »

Cecilia n'aurait pas eu l'air plus consternée si elle avait mis les jours de sa fille en danger.

« Allez », dit Tess en lui prenant les clés avant d'ouvrir la voiture à distance. Pour une fois, elle avait le sentiment de faire ce qu'il fallait au moment où il fallait.

« Merci, je suis très touchée. » Cecilia monta côté passager en s'appuyant lourdement sur Tess.

« Pas de problème », répondit-elle d'une voix brusque très éloignée de sa façon habituelle de parler. Elle ferma la portière et s'installa derrière le volant.

Quelle générosité ! Quel civisme ! entendit Tess dans la bouche de sa cousine. *Fais gaffe ! Tu vas finir par rejoindre l'association des parents d'élèves !*

Va te faire foutre, Felicity, rétorqua-t-elle *in petto* en mettant le contact d'un coup sec.

22

Qu'est-ce qui clochait, ce matin, chez Cecilia ? En tout cas, elle n'était pas dans son état normal, songea Rachel en traversant la cour de l'école, consciente que ses baskets lui donnaient une démarche plus rebondie que ses habituelles chaussures à talons. Malgré ses aisselles et son front humides, marcher depuis chez elle l'avait revigorée. L'espace d'un instant, elle avait envisagé d'appeler un taxi pour se rendre au travail tant elle se sentait épuisée. Incapable de trouver le sommeil après le départ de Rodney Bellach, elle s'était repassé la vidéo cent fois dans sa tête. Plus elle revoyait le visage de Connor, plus elle le trouvait malveillant. Rodney péchait par excès de prudence : il ne voulait pas qu'elle se fasse trop d'espoirs. Sans compter que l'âge l'avait rendu plan-plan. Mais dès qu'un jeune policier intelligent et plein d'entrain aurait visionné la cassette, il – ou elle – tirerait les conséquences qui s'imposaient et passerait à l'action.

Quelle attitude adopter aujourd'hui si elle croisait Connor Whitby à l'école ? L'affronter ? L'accuser, carrément ? Rien que d'y penser, elle en avait la tête qui tournait. Voilà qui la laisserait probablement en proie à des émotions incontrôlables : chagrin, fureur, haine.

Elle prit une profonde inspiration. Non, non, hors de question de l'affronter. Mieux valait faire les choses dans les règles. Inutile de le prévenir ou de dire quoi que ce soit qui pourrait compromettre le verdict qu'elle attendait. S'il était acquitté sur un point de procédure, tout ça parce qu'elle n'avait pas pu tenir sa langue, elle ne se le pardonnerait jamais. Un sentiment aussi inattendu qu'indéfinissable l'envahit. Ce n'était pas vraiment du bonheur, mais... pas loin. De l'espoir ? De la satisfaction ? Oui, elle éprouvait de la satisfaction car elle avait enfin l'occasion de faire quelque chose pour Janie. Rachel en avait rêvé si souvent ces dernières années. Bichonner sa fille. Se glisser dans sa chambre par une nuit froide pour couvrir ses épaules anguleuses (Janie était particulièrement sensible au froid), lui préparer son sandwich préféré – fromage et pickles, avec des tonnes de beurre (quelques kilos de plus ne lui feraient pas de mal), laver ses vêtements délicats à la main, lui donner dix dollars sans raison particulière. Bref, lui prodiguer ces petites attentions qui font de vous une maman. Et voilà qu'aujourd'hui, elle pouvait reprendre du service. *Je vais le coincer, ma chérie. Il n'en a plus pour longtemps.*

Son téléphone portable sonna. Vite ! songea-t-elle en fouillant dans son sac à main. Ce satané répondeur ne tarderait pas à se déclencher. C'était sûrement Rodney ! Qui d'autre appellerait si tôt ? Des nouvelles ? Déjà ? Non, quelques heures à peine s'étaient écoulées depuis qu'elle lui avait montré la vidéo. Ça ne pouvait pas être lui.

« Allô ? »

En effet, c'était Rob. Elle avait vu son nom sur l'écran juste avant de décrocher. Une lueur d'espoir l'avait envahie en lisant les premières lettres : Ro, Rodney... mais non.

« Maman ? Tout va bien ?

— Parfaitement, mon chéri, répondit Rachel en essayant de ne pas en vouloir à son fils. J'arrive juste au travail. Et toi ? »

Rob se lança dans une histoire interminable que sa mère écouta d'une oreille distraite tout en se dirigeant vers le secrétariat de l'école. Elle passa devant une classe de CP d'où s'échappaient des rires d'enfants. Elle y jeta un œil et aperçut sa patronne, Trudy Applebee, qui courait un bras levé à la manière de Superman tandis que la maîtresse pleurait de rire. Des rayons de lumière blanche éclairaient la salle. Elles avaient installé un strobo-scope ? Eh bien, le petit garçon de Tess O'Leary ne risquait pas de s'ennuyer pour son premier jour à St Angela ! Dire que Trudy était censée bosser sur un rapport destiné au ministère... Si, à dix heures, elle n'était toujours pas dans son bureau pour s'y atteler, Rachel l'y traînerait de force.

« Est-ce que ça te convient ? demanda Rob. Tu viendras chez les parents de Lauren dimanche ?

— Pardon ? »

Rachel entra dans son bureau puis posa son sac à main.

« Tu pourrais peut-être apporter une tarte aux fruits meringuée, qu'en dis-tu ?

— Où ça ? Quand ? »

Mais de quoi parlait-il ? se demanda-t-elle en l'entendant souffler.

« Dimanche prochain, pour le déjeuner pascal, chez les parents de Lauren. Je sais qu'on avait prévu de faire ça chez toi, mais on n'arrive pas à tout caser. On est débordés avec les préparatifs pour New York. On a pensé que si tu venais chez eux, on pourrait vous voir tous en même temps. Faire d'une pierre deux coups en quelque sorte. »

Les parents de Lauren. Comme d'habitude, sa mère aurait vu un spectacle *tout simplement fabuleux* la veille – Madame enchaînait pièces de théâtre, ballets et opéras. Son père, avocat à la retraite, échangerait quelques badineries avec Rachel avant de tourner brusquement les talons, arborant un air confus, comme s'il ne la remettait pas. Il y aurait forcément un inconnu à leur table – exotique à souhait et divinement beau, cela va sans dire. La conversation tournerait autour de lui et de son récent voyage fascinant en Inde ou en Iran, et tout le monde – à l'exception de Rachel (et Jacob) – serait subjugué. Des amis hauts en couleur, ils en avaient probablement tout un stock car Rachel n'avait jamais vu deux fois le même. À moins qu'en réalité, ils n'embauchent des étrangers pour pimenter les dîners qu'ils donnaient.

« Bien », dit Rachel d'un air résigné. Elle irait jouer dans le jardin avec Jacob. Elle pouvait tout supporter si elle avait son petit-fils avec elle. « Faisons comme ça. Tu peux compter sur moi pour le dessert. »

Ce cher Rob. Il adorait tellement sa fameuse tarte qu'il ne se rendait même pas compte qu'elle jurait totalement avec les mets chic et raffinés que sa belle-mère servait.

« Au fait, Lauren voulait savoir si tu aimerais qu'elle te reprenne des biscuits, tu sais ces petits machins qu'on t'a apportés l'autre soir.

— C'est gentil de sa part mais, pour être honnête, je les ai trouvés un peu trop sucrés.

— Elle demande aussi si tu t'es bien amusée à ta réunion Tupperware hier soir. »

Lauren avait dû remarquer l'invitation de Marla sur le réfrigérateur quand elle était venue récupérer Jacob lundi. Elle se faisait mousser sur son dos ! *Voyez comme je m'intéresse à la petite vie de mémé de ma belle-mère !*

« C'était très bien », répondit Rachel tout en se demandant si elle devait lui parler de la vidéo. Serait-il bouleversé ? Content ? Il avait le droit de savoir, après tout. Rachel rougissait parfois à l'idée d'être restée totalement indifférente au chagrin de Rob. Tout ce qu'elle voulait à l'époque, c'était qu'il lui fiche la paix. Mais si elle l'envoyait au lit ou le laissait devant la télévision, c'était pour pleurer seule dans son coin.

« Tu t'es ennuyée, non ?

— Pas du tout. À vrai dire, en rentrant à la maison, je…

— Au fait ! J'ai emmené Jacob chez le photographe hier avant d'aller au travail. Tu sais, pour son passeport. Il faut que tu voies ça ! Il est trop mignon ! »

Janie n'avait jamais eu de passeport. Jacob, à tout juste deux ans, pouvait désormais quitter le pays du jour au lendemain.

« J'ai hâte », répondit Rachel. Elle ne lui dirait rien. Monsieur était bien trop occupé pour se soucier d'une éventuelle enquête sur le meurtre de sa sœur.

Il y eut un silence. Rob était loin d'être idiot.

251

« On n'a pas oublié l'anniversaire, commença-t-il. Je sais que cette période de l'année est toujours difficile pour toi. D'ailleurs, pour vendredi… »

Il semblait attendre qu'elle dise quelque chose. Était-ce la vraie raison de son appel ?

« Je t'écoute, dit-elle impatiemment. Vendredi ?

— Lauren a essayé de t'en parler l'autre soir. C'est son idée. Euh, en fait, non. Pas du tout. C'est mon idée. Sauf que je l'ai eue à cause de quelque chose qu'elle a dit. Enfin bref, je sais que tu vas au parc chaque année. Je veux dire, le parc où… et que tu y vas seule d'habitude. Mais je me demandais si je… si je pouvais t'accompagner. Avec Lauren et Jacob, si tu n'y vois pas d'inconvénient.

— Je n'ai pas besoin…

— Je sais que tu n'as pas *besoin* de nous, l'interrompit Rob d'un ton brusque qu'elle ne lui connaissait pas. Mais *moi*, j'ai *envie* d'être là. Pour Janie. Pour qu'elle sache… » Sa voix l'abandonna. Il se racla la gorge et reprit d'un ton plus grave : « Ensuite, nous pourrions aller dans le café près de la gare. Lauren dit qu'il sera ouvert vendredi. On y prendrait le petit déjeuner tous ensemble. » Il toussa avant d'ajouter : « Ou un thé au moins. »

Rachel imagina Lauren au parc, solennelle et élégante dans son trench couleur crème ajusté à la taille. Elle porterait une queue-de-cheval basse, de sorte qu'elle reste en place, un rouge à lèvres discret et dirait les mots justes au bon moment, faisant de l'anniversaire du meurtre de la sœur de son mari un énième rendez-vous mondain rondement mené.

« Je crois que je préférerais vraiment… » Elle s'interrompit, repensant à l'émotion de Rob. Tout cela était à coup sûr une mise en scène orchestrée par sa bru, mais peut-être que son fils avait vraiment besoin d'être présent. Tant pis pour son besoin à elle d'être seule.

« D'accord, finit-elle par dire. Faisons comme ça. J'y vais de très bonne heure, d'habitude. Vers six heures. Mais Jacob se lève aux aurores ces temps-ci, non ?

— Oui ! En effet ! Bon. On y sera. Merci. Ça me touche énorm…

— J'ai beaucoup à faire aujourd'hui, alors, si ça ne t'ennuie pas… »

Assez parlé. Elle voulait libérer la ligne au cas où Rodney l'appellerait. Il avait peut-être déjà essayé.

« Au revoir, maman », dit Rob tristement.

23

Baignée de lumière grâce à d'immenses fenêtres qui donnaient sur un jardin avec piscine remarquablement entretenu, la maison de Cecilia était magnifique – un intérieur reluisant de propreté et parfaitement rangé, qui n'en restait pas moins vivant et accueillant. Sur les murs, des photos de famille rigolotes et quelques dessins d'enfants encadrés. Des canapés confortables ; des étagères remplies de livres et de curiosités. Partout, des objets épars trahissaient la présence de ses filles

– chaussons de danse et autres équipements de sport, un violoncelle –, mais tout semblait être parfaitement à sa place. « La maison idéale pour couple avec enfants », dirait n'importe quel agent immobilier.

« J'aime beaucoup votre maison », déclara Tess tandis que Cecilia la précédait dans le couloir qui menait à la cuisine.

« Merci, c'est… oh ! » Cecilia s'arrêta net sur le pas de la porte. « Quel bazar ! Je suis désolée !

— Vous plaisantez, n'est-ce pas ? » fit Tess en entrant.

En dehors d'une pile de bols restés sur l'îlot central, d'un verre de jus de pomme abandonné sur le micro-ondes et d'une boîte de Kellogg's qui traînait sur la table à côté de quelques livres, la pièce était nickel.

En quelques secondes, Cecilia fit disparaître les bols dans le lave-vaisselle et rangea les céréales dans un immense garde-manger avant de se mettre à briquer l'évier avec un essuie-tout, sous le regard perplexe de Tess.

« On était en retard comme rarement ce matin, expliqua-t-elle tout en continuant de frotter comme si sa vie en dépendait. D'habitude, je ne quitte pas la maison avant que tout soit parfait. Je sais que c'est ridicule. Pathologique, d'après ma sœur. Elle dit que j'ai… Comment ça s'appelle déjà ? Un trouble obsessionnel compulsif. C'est ça. Un TOC. »

Pas totalement aberrant comme analyse, songea Tess.

« Vous devriez vous reposer, dit-elle.

— Asseyez-vous. Je peux vous offrir un thé ? Un café ? J'ai des muffins, des biscuits... » Elle s'interrompit et, portant la main à son front, ferma les yeux un instant. « Mon Dieu. C'est, ah, qu'est-ce que je disais ?

— Laissez-moi faire. Thé ?

— Je crois qu'en fait je vais avoir besoin de... »

Cecilia tira une chaise et, voyant ses chaussures, resta clouée sur place.

« Mes chaussures ! fit-elle, stupéfaite. Elles sont dépareillées !

— Personne n'aura remarqué », répondit Tess en remplissant une bouilloire rutilante.

Cecilia s'assit et posa les coudes sur la table. Levant des yeux contrits vers Tess, elle lui adressa un petit sourire. « Voilà qui fait mentir la réputation qu'on m'a faite à St Angela.

— Ma foi, avec moi, votre secret sera bien gardé. »

Puis, craignant d'avoir été maladroite – Cecilia prendrait-elle sa réponse pour une critique déguisée ? –, elle s'empressa de changer de sujet : « L'une de vos filles a un devoir à faire sur le Mur de Berlin ? » demanda-t-elle en montrant la pile de livres posés sur la table.

« Rien à voir avec l'école. Esther, ma cadette, s'est mis en tête de tout savoir sur la question. Elle a des lubies, comme ça. Quel que soit le sujet, on finit tous par être super-calés. Ça peut devenir épuisant. Enfin bref. » Elle respira à fond et pivota pour faire face à Tess, visiblement décidée à être plus attentive à son invitée. « Et vous, Tess ? Connaissez-vous Berlin ? »

Quelque chose clochait dans le ton de sa voix. Avait-elle encore envie de vomir ? Était-elle sous l'influence d'une drogue quelconque ? À moins qu'elle soit complètement déséquilibrée ?

« À vrai dire, non », répondit Tess en ouvrant le garde-manger pour y prendre du thé. La batterie de Tupperware qu'elle y découvrit – des petits, des grands, des ronds, des carrés, tous soigneusement étiquetés – la laissa pantoise. On ne voyait ça que dans les magazines, non ? « Je suis allée en Europe plusieurs fois, mais ma cousine Felicity... » Elle s'interrompit, à deux doigts d'admettre qu'elle n'avait jamais mis les pieds en Allemagne parce que Felicity n'avait aucune envie d'y aller. Pour la première fois de sa vie, Tess fut frappée par l'incongruité d'un tel discours, comme si son avis à elle ne comptait pas. Mais d'ailleurs, c'était quoi son avis sur l'Allemagne ? Elle trouva le thé. Des rangées et des rangées de sachets de thé disposés sur un plateau. « Waouh ! Il y a autant de choix qu'au supermarché ! Qu'est-ce que vous voulez ?

— Oh, de l'Earl Grey, sans lait ni sucre. Vraiment, je ne devrais pas vous laisser faire ! s'exclama Cecilia en se levant.

— Restez assise », répondit Tess d'un ton presque autoritaire.

Cecilia n'était pas la seule à se comporter bizarrement : parler ainsi à une femme qu'elle connaissait à peine...

« Polly a-t-elle besoin de ses chaussures de sport tout de suite ? demanda Tess. Je ferais peut-être mieux de retourner à l'école maintenant.

— Zut ! J'ai *encore* oublié cette histoire de tennis. Mais où ai-je la tête ? »

Tess ne put réprimer un sourire en voyant la mine consternée de Cecilia. À croire qu'elle n'oubliait jamais rien !

« Le cours de sport ne commence pas avant dix heures, dit Cecilia.

— Dans ce cas, je reste pour boire un thé. » Tess prit un paquet non entamé de biscuits de luxe au chocolat dans le cellier, quelque peu grisée par sa propre témérité. Quitte à vivre audacieusement ! se dit-elle. « Un biscuit ? »

24

Tess prit sa tasse de thé (un mug que la maîtresse de maison réservait d'ordinaire aux membres de la famille) en souriant, à mille lieues d'imaginer l'effroyable monologue que Cecilia débitait en silence dans sa tête.

Vous ne devinerez jamais ce que j'ai découvert hier soir, Tess. Mon mari a assassiné Janie Crowley. Je ne vous le fais pas dire ! Incroyable, hein ? Oui, c'est ça : la fille de Rachel Crowley, la gentille dame aux cheveux blancs qui a toujours un regard triste, celle qu'on a vue ce matin devant l'école, qui m'a regardée droit dans les yeux en me souriant. Et après ? Eh bien, comme dirait ma mère, me voilà dans de beaux draps. Ah non, vraiment.

Comment savoir ce que son invitée dirait si elle lui déballait ses pensées tout haut ? Cecilia, qui avait vu en Tess une femme mystérieuse et pleine d'assurance, une de celles qui n'ont nul besoin de combler les silences, songea tout à coup qu'elle dissimulait peut-être sa timidité. Sa façon de soutenir son regard, de se tenir bien droite sur sa chaise à la manière d'un enfant qui ne serait pas chez lui demandait visiblement une certaine forme de courage.

En tous les cas, elle avait fait preuve d'une grande gentillesse à son égard en la ramenant chez elle après cet épisode ô combien humiliant devant l'école. Pourvu que Cecilia ne se mette pas à vomir chaque fois qu'elle croiserait Rachel Crowley ! Ça deviendrait compliqué.

« J'adore lire les histoires de tentatives d'évasion, dit Tess en désignant la pile de livres consacrés au Mur de Belin.

— Moi aussi, répondit Cecilia. Enfin… celles qui ont réussi. » Elle ouvrit un des volumes à la section Photographies située au milieu. « Vous voyez cette famille ? » dit-elle en montrant un cliché en noir et blanc sur lequel posaient un jeune couple et leurs quatre enfants dépenaillés. « Le père, chauffeur de train, a détourné une locomotive. Il a foncé droit sur les barrières à toute vitesse avec le chef de train à côté qui lui demandait s'il n'était pas complètement fou. Ça lui a valu le surnom de Harry le boulet de canon. Tout le monde a dû se réfugier sous les sièges pour éviter les balles. Vous vous imaginez à la place de la mère ? Je n'arrête pas d'y penser. Quatre enfants tapis sur le sol dans un train. Des balles qui fusent dans tous les sens au-dessus de leurs têtes. Pour la première fois de sa vie, elle a inventé une histoire pour qu'ils pensent à autre chose. Je n'invente jamais d'histoires pour mes filles. Je n'ai aucune imagination. Je parie que vos enfants ont plus de chance ! Je me trompe ?

— Ça n'arrive pas souvent », fit Tess en se rongeant l'ongle du pouce.

Je parle trop, se reprocha Cecilia *in petto*. Puis elle se rendit compte qu'elle avait dit « vos enfants » alors que Tess n'en avait qu'un. Que faire ? Se corriger ? Ne serait-ce pas maladroit si Tess rêvait d'agrandir sa famille sans pouvoir le faire.

Tess tourna le livre pour regarder la photo. « Cette histoire illustre bien ce qu'on est capable de faire pour être libre. Ça va tellement de soi pour nous.

— Mais je crois qu'à la place de la mère, j'aurais dit non », répondit Cecilia, dans tous ses états. À croire qu'un tel choix s'imposait réellement à elle. « J'aurais manqué de courage », reprit-elle en essayant de parler d'une voix plus calme. J'aurais dit : « Le jeu n'en vaut pas la chandelle. Qu'est-ce que ça peut faire d'être coincés de ce côté du Mur ; au moins, on est en vie. Nos enfants sont en vie. Mourir au nom de la liberté ? C'est trop cher payer. »

Et pour la liberté de John-Paul, que fallait-il sacrifier ? Rachel Crowley ? Sa tranquillité d'esprit ? Ne serait-ce pas une consolation pour elle de comprendre enfin ce qui était arrivé à sa fille ? De savoir que le coupable croupissait en prison ? Cecilia, elle, bouillait toujours de rage contre l'institutrice qui avait fait pleurer Isabel à la maternelle. Sa gamine ne s'en souvenait même pas, bon sang !

Alors *quid* de ce qu'éprouvait Rachel ? Cecilia sentit son estomac se nouer. Elle reposa sa tasse de thé.

« Vous êtes d'une pâleur à faire peur, dit Tess.

— J'ai dû attraper un virus », répondit Cecilia. *Mon mari m'a refilé un virus. Un sale virus.* « Ha, ha ! » Elle se rendit compte avec horreur qu'elle venait de rire tout haut. « Ou je ne sais quoi. En tout cas, ça ne va pas fort. »

25

En retournant à l'école au volant de la voiture de Cecilia, Tess songea que si Polly avait sport aujourd'hui, ce serait également le cas de Liam. Bien évidemment, il ne portait pas de tennis. Pourquoi personne ne l'avait informée que les CP avaient gym le mardi ? À moins qu'elle ait oublié. Peut-être devrait-elle en profiter pour récupérer les baskets de son fils chez sa mère ? Ou pas. Elle hésitait. Pour quelqu'un qui s'était toujours targué de ne pas être du genre à tergiverser ! Du moins, avant d'avoir Liam, car on ne l'avait pas prévenue qu'être mère exigeait de prendre mille et une décisions à tout bout de champ !

Bon, il était plus de dix heures. Mieux valait aller directement à l'école. Sinon, Polly n'aurait pas ses chaussures à temps. Ça semblait tellement important pour Cecilia. Tess s'en serait voulu de manquer à la mission qu'elle lui avait confiée, d'autant qu'elle n'avait vraiment pas l'air dans son assiette.

Cecilia lui avait suggéré de déposer les baskets dans la salle de classe ou de les apporter directement au professeur de sport. « Vous apercevrez sûrement Connor Whitby sur les terrains. C'est peut-être le plus simple.

— Je connais bien Connor, s'était-elle surprise à répondre. Je suis sortie avec lui un moment. Il y a des années de ça. C'est de l'histoire ancienne, bien sûr. »

Tess frémit à ce souvenir. « De l'histoire ancienne. » Pourquoi dire un truc aussi inutile et ringard ?

L'information n'avait pas laissé Cecilia indifférente. « Eh bien, sachez qu'à l'heure actuelle, Connor est le célibataire le plus en vue de St Angela. Je me garderai bien de répéter à Polly que vous l'avez fréquenté ! Elle vous ferait la peau ! »

Puis elle avait de nouveau laissé échapper un petit rire aigu des plus déconcertants avant de s'excuser, déclarant qu'il fallait vraiment qu'elle s'allonge.

Tess trouva Connor en train de disposer des ballons de basket sur un immense parachute multicolore qu'il avait déplié sur la pelouse. Vêtu d'un tee-shirt blanc et d'un pantalon de survêtement noir, il avait l'air moins intimidant que la veille au soir à la station-service. La lumière du soleil accentuait les rides autour de ses yeux.

« Bonjour », fit-il tout sourire en prenant les tennis que Tess lui tendait. Pour Liam, je suppose. »

La première fois que tu m'as embrassée, c'était... sur une plage, se remémora Tess.

261

« Non, c'est pour Polly Fitzpatrick. Cecilia est malade, je lui ai proposé de revenir à sa place. Liam n'est pas en tenue de sport. Tu ne vas pas le coller, rassure-moi ? »

De nouveau, cette pointe de séduction dans la voix. Pourquoi s'amusait-elle à flirter avec lui ? Parce qu'elle venait de se souvenir de leur premier baiser ? Parce que Felicity ne l'avait jamais aimé ? Parce que son mariage venait de s'écrouler et qu'elle avait un besoin urgent de se sentir désirable ? Parce qu'elle bouillait de colère ? Mourait de chagrin ? Parce que, après tout, pourquoi pas ?

« Je tâcherai d'y aller mollo avec lui, répondit-il en posant les chaussures de Polly à l'extérieur du parachute. Il aime le sport ?

— Il aime surtout courir. Courir pour courir. »

Tess pensa à Will qui ne jurait que par le football. À la naissance de Liam, il s'était réjoui à l'idée qu'un jour, ils iraient voir les matchs ensemble, mais jusqu'à présent, Liam n'avait pas montré le moindre intérêt pour le ballon rond. Malgré sa déception, Will avait pris le parti d'en rire. Une fois, tandis qu'ils regardaient un match à la télévision, Liam avait dit : « Allez, papa, tu viens dehors ? On va courir ! » Son père, qui détestait la course, avait soupiré d'un air résigné à mourir de rire avant d'éteindre le poste pour rejoindre Liam dans le jardin.

Elle ne laisserait pas Felicity gâcher cette relation père-fils. Hors de question que Liam se retrouve un jour sans savoir trop quoi dire au téléphone à un père qui ne le connaîtrait pas vraiment.

« Il est content de changer d'école ? demanda Connor.

— C'est ce que je croyais, répondit Tess en jouant avec les clés de la voiture de Cecilia. Mais il n'était pas bien ce matin. Son père lui manque. On est en pleine… enfin bref. J'ai bêtement pensé que Liam ne se rendait pas compte de ce qui se passait.

— Les enfants sont parfois surprenants de perspicacité. » Connor sortit deux ballons de plus du sac en toile et les garda contre son torse. « Le plus déroutant, c'est que, l'instant d'après, ils peuvent se comporter comme des imbéciles. Mais si ça peut te rassurer, St Angela est une chouette école. Je n'ai jamais travaillé dans une école aussi attentive au bien-être des enfants. C'est grâce à la directrice. Elle est folle à lier mais sa priorité, c'est les gamins.

— Ça doit te changer du monde de la comptabilité, dit Tess en observant la bâche colorée qui ondulait sous la brise.

— Ha, ha ! Tu m'as connu au temps où j'étais comptable », s'exclama Connor avec un sourire plein de tendresse – une marque d'affection incongrue et excessive au regard de l'éternité qui s'était écoulée depuis leur dernière rencontre. « Bizarrement, j'avais oublié ce détail. »

Clontarf Beach, se rappela Tess subitement. *C'est là, précisément, que tu m'as donné ce premier baiser. Un baiser délicieux.*

« Tout cela remonte à tellement loin », dit-elle, consciente que les battements de son cœur s'accéléraient. « Je n'ai que de vagues souvenirs.

— Vraiment ? » s'étonna Connor. Il s'accroupit et posa un ballon sur le triangle rouge de la bâche. « Moi, je me rappelle un tas de choses. »

De quoi parlait-il ? De leur liaison ou des années quatre-vingt-dix ?

« Je ferais mieux d'y aller », dit Tess en détournant les yeux, comme si son attitude était on ne peut plus déplacée. « Tu as du boulot.

— Okay, fit Connor en faisant rebondir le ballon entre ses mains. Toujours partante pour ce café ?

— Bien sûr, répondit Tess en souriant sans le regarder. Vous allez vous amuser comme des petits fous avec ce parachute, on dirait !

— J'y compte bien. Et promis, je garderai un œil sur Liam. »

Elle tourna les talons en songeant tout à coup que Felicity adorait regarder le football avec Will. Un intérêt qu'ils partageaient. Tess lisait tranquillement un bouquin pendant qu'ils s'excitaient tous les deux devant l'écran. « Pourquoi ne pas boire un verre, plutôt ? » lança-t-elle en faisant volte-face. « Je veux dire, plutôt qu'un café », précisa-t-elle. Cette fois, elle le regarda droit dans les yeux, un regard aussi physique qu'une caresse.

Connor déplaça un ballon du plat du pied. « Tu es libre ce soir ? »

26

Assise à même le sol de son cellier, les bras autour des genoux, Cecilia pleurait à gros sanglots. Elle attrapa le rouleau de papier essuie-tout sur l'étagère du bas, déchira une feuille et se moucha bruyamment.

Elle ne se souvenait pas pourquoi elle était venue dans le cagibi. Peut-être espérait-elle simplement retrouver une forme de paix à la vue de ses innombrables Tupperware dont les formes géométriques s'emboîtaient parfaitement et les couvercles hermétiques bleus conservaient fraîcheur et croquant à tout ce qu'elle y rangeait. Un refuge où les secrets en putréfaction n'avaient pas leur place.

Une odeur d'huile de sésame parvint à ses narines. Elle prenait pourtant soin de bien essuyer la bouteille avant de la ranger. Elle devrait peut-être s'en débarrasser. Non, John-Paul raffolait de son poulet au sésame.

Et alors ? Qui se souciait de son avis ? L'équilibre au sein de leur couple était rompu à jamais. Dorénavant, elle aurait le dessus. Il n'aurait plus voix au chapitre.

Cecilia entendit sonner à la porte. *Mon Dieu, les flics*, se dit-elle.

Mais il n'y avait aucune raison pour que la police débarque maintenant, après toutes ces années, juste parce qu'elle était au courant. *Je te hais de m'imposer ça, John-Paul Fitzpatrick*, pensa-t-elle en se levant. Elle avait mal à la nuque. Elle prit la bouteille d'huile de sésame et la jeta à la poubelle avant d'aller ouvrir.

Tiens, la mère de John-Paul. Désorientée, Cecilia cligna des yeux.

« Vous étiez au petit coin ? demanda Virginia. Je commençais à me dire que j'allais devoir m'asseoir sur le perron. Pauvre de moi ! J'ai les jambes en coton. »

Typique de sa belle-mère. Elle trouvait toujours quelque chose pour vous faire culpabiliser. Toutes ses brus avaient, à un moment ou un autre, fini en larmes – de rage ou de frustration – à cause d'elle, à l'exception de Cecilia, qui avait une confiance inébranlable en ses talents d'épouse, de mère et de ménagère. *Tu peux toujours courir !* se disait-elle parfois tandis que Virginia, à l'affût d'un faux pli sur la chemise impeccable de John-Paul ou d'un grain de poussière sur les plinthes immaculées, scrutait la maison du sol au plafond.

Virginia « faisait un saut » chez Cecilia tous les mercredis après son cours de taï-chi pour prendre un thé et déguster une part de gâteau fait maison. « Comment fais-tu pour supporter ça ? » soupiraient les belles-sœurs de Cecilia. Mais ça ne la dérangeait pas vraiment. Elle voyait ce rendez-vous hebdomadaire comme un match de ping-pong : il suffisait de renvoyer la balle, et à ce jeu-là, elle perdait rarement.

Pourtant, aujourd'hui, l'énergie nécessaire lui faisait défaut.

« Je sens quelque chose. Qu'est-ce que c'est ? » demanda Virginia en s'avançant pour embrasser Cecilia. « De l'huile de sésame ? »

— Oui, fit-elle en reniflant ses mains. Venez vous asseoir. Je vais mettre de l'eau à chauffer.

— Je n'aime pas du tout l'odeur du sésame. On s'en sert beaucoup dans la cuisine asiatique, non ? » Elle s'installa à la table de la cuisine et commença son tour d'inspection visuelle. « Ça allait, John-Paul, hier soir ? Il m'a appelée ce matin. Quelle bonne idée il a eu de rentrer plus tôt ! Les filles doivent être ravies. Elles l'adorent tellement ! Mais je n'en revenais pas quand il m'a dit qu'il devait retourner au bureau dès ce matin. Il doit être épuisé avec le décalage horaire. Le pauvre. »

John-Paul avait proposé de rester à la maison aujourd'hui. « Je ne veux pas te laisser seule avec ce poids, avait-il dit. Je ne vais pas au boulot. On pourra parler. »

Parler. Cecilia en frémissait rien que d'y penser. Elle avait donc insisté pour qu'il aille travailler, allant presque jusqu'à le pousser dehors. Elle avait besoin de mettre de la distance entre eux deux, besoin de réfléchir. Cela dit, John-Paul avait passé la matinée à lui laisser des messages désespérés. Peut-être s'inquiétait-il à l'idée qu'elle prévienne la police.

« John-Paul est très professionnel », répondit-elle tout en préparant le thé. *Si vous saviez ce que votre fils adoré a fait. Si vous saviez...*

Elle sentit peser sur elle le regard perspicace de sa belle-mère. Elle était loin d'être bête, cette chère Virginia. C'était d'ailleurs l'erreur des belles-sœurs de Cecilia : elles sous-estimaient l'ennemi.

« Vous n'avez pas l'air dans votre assiette. Vous êtes blanche comme un linge. Vous devez être épuisée. Vous faites trop de choses. Il paraît que vous avez organisé une réunion Tupperware hier soir. D'après Marla Evans, que j'ai vue au cours de taï-chi, c'était très réussi. Tout le monde a fini pompette si j'ai bien compris. Vous avez dû ramener Rachel Crowley chez elle.

— Rachel est adorable », dit Cecilia en posant une tasse de thé et un assortiment de douceurs tout juste sorties du four devant Virginia. (La gourmandise était son point faible, ce qui donnait un net avantage à Cecilia.) Parviendrait-elle à parler de Rachel sans avoir de haut-le-cœur ? « Je l'ai d'ailleurs invitée à la fête d'anniversaire de Polly. »

Quelle idée.

« Ah bon ? » Puis, après une pause : « John-Paul est au courant ?

— Oui. Je le lui ai dit. »

Étrange, cette question. Virginia savait pertinemment que John-Paul ne se mêlait jamais des invitations et autres préparatifs. Elle remit le lait au réfrigérateur puis se tourna vers sa belle-mère.

« Pourquoi me demandez-vous ça ? »

Virginia prit une tranche de gâteau citron-noix de coco. « Ça ne l'a pas dérangé ? insista-t-elle.

— Pourquoi ça le dérangerait ? » demanda Cecilia en tirant une chaise sans faire de bruit.

Elle avait l'impression qu'on lui enfonçait un doigt en plein milieu du front, comme si son crâne était une boule de pâte. Elle regarda Virginia dans les yeux. Les mêmes que John-Paul. Jadis une très belle femme, celle-ci n'avait jamais pardonné à une de ses malheureuses brus de ne pas l'avoir reconnue sur une photographie de famille accrochée au mur du salon.

Virginia ne put soutenir son regard. « Je me disais juste qu'il n'avait peut-être pas envie d'avoir trop de monde à l'anniversaire de sa fille. » Sa voix sonnait faux. Elle prit une bouchée de gâteau et la mâcha longuement, comme pour gagner du temps.

Elle sait, songea Cecilia. L'idée lui vint à l'esprit d'un coup.

John-Paul lui avait pourtant dit que personne n'était au courant. Il avait été catégorique.

Un long silence s'installa. Le réfrigérateur s'emballa. Au même instant, Cecilia sentit les battements de son cœur s'accélérer et sa gorge se serrer. Virginia, au courant ? Impossible. Au secours, de l'air.

« J'ai eu l'occasion de parler de Janie avec Rachel quand je l'ai ramenée, dit Cecilia d'une voix étranglée. Vous savez, sa fille. » Elle respira profondément dans l'espoir de se calmer. Virginia, qui avait mis son gâteau de côté, farfouillait dans son sac à main. « Vous vous souvenez bien de… quand c'est arrivé ?

— Je m'en souviens très bien. » Virginia sortit un mouchoir de son sac et se moucha. « Les journaux se sont régalés. Ils ont publié des tas de photos. Y compris du… » Elle garda le mouchoir en boule dans la main et se racla la gorge. « Du chapelet. Le crucifix était en nacre. »

Le chapelet. John-Paul avait en effet évoqué ce détail : ce jour-là, il avait un examen. Sa mère lui avait donc prêté son chapelet. Nul doute qu'elle l'avait reconnu dans la presse. Elle n'avait jamais posé la moindre question à ce sujet, si bien qu'elle n'avait jamais eu à entendre la réponse. Mais elle savait. Incontestablement, elle savait. Cecilia sentit un frisson lui parcourir le corps.

« Mais c'était il y a tellement longtemps, ajouta Virginia.

— Oui. Cela dit, ça doit être une vraie souffrance pour Rachel. De ne pas savoir. De ne pas savoir ce qui est arrivé. »

De nouveau, leurs yeux se croisèrent. Cette fois, Virginia ne détourna pas le regard. Au creux des rides que l'âge avait dessinées autour de sa bouche, Cecilia distinguait de minuscules particules de poudre de riz orangée. Du dehors lui parvenait la douce musique qui s'élevait du voisinage en semaine : le caquètement des cacatoès, le gazouillis des moineaux, le vrombissement lointain d'un souffleur de feuilles, le claquement d'une portière.

« Pour autant, cela ne changerait rien, vous en conviendrez, répondit Virginia en lui tapotant le bras. Rien ne peut ramener Janie. Vous avez assez à penser, je crois. Inutile de vous inquiéter à ce sujet. Votre famille passe avant tout. Votre mari et vos trois filles. C'est tout ce qui compte.

— Oui, bien sûr », conclut Cecilia.

Reçu cinq sur cinq. Le message était on ne peut plus clair. Le péché se répandait dans sa maison comme l'huile de sésame dans son cellier.

Virginia lui sourit gentiment en reprenant sa part de gâteau citron-noix de coco. « Mais je n'ai pas besoin de vous le dire, n'est-ce pas ? Vous êtes mère. Vous feriez n'importe quoi pour vos enfants. Tout comme moi. »

27

La journée d'école touchait à sa fin. Dans son bureau, Rachel tapait le bulletin d'informations, pianotant sur son clavier à toute vitesse. *La cafétéria propose désormais des sushis. Aussi sains que délicieux ! La bibliothèque a besoin de petites mains pour son opération « Un livre, une couverture ». N'oubliez pas la grande parade du bonnet de Pâques qui a lieu demain ! Connor Whitby est inculpé du meurtre de la fille de Rachel Crowley. Enfin ! Nos meilleures pensées vont vers Rachel. Le poste de professeur de sport est ouvert à la candidature.*

Elle appuya frénétiquement sur la touche « Supprimer » avec son petit doigt.

Son téléphone portable, posé à côté de son ordinateur, se mit à vibrer. Elle décrocha aussitôt.

« Mrs Crowley, Rodney Bellach à l'appareil.

— Rodney. Vous avez de bonnes nouvelles pour moi ?

— Eh bien, pas… C'est-à-dire… je tenais simplement à vous prévenir que j'ai confié la cassette à un bon copain de l'équipe des affaires non résolues. » On devinait à son ton guindé qu'il avait soigneusement préparé ses mots avant de prendre son téléphone. « Elle est entre les bonnes mains.

— C'est bien. Enfin, c'est un bon début ! Ils vont rouvrir l'affaire !

— Vous savez, Mrs Crowley, l'affaire n'est pas classée. Lorsque le coroner ne se prononce pas, comme dans le cas de Janie, l'enquête reste ouverte. Ce qui signifie que les gars jetteront un œil à la cassette. Ils la visionneront sûrement.

— Et ils interrogeront de nouveau Connor ? demanda Rachel en collant le combiné à son oreille.

— Possible, oui. Mais, n'y comptez pas trop, Mrs Crowley. Je vous en prie, n'y comptez pas trop. »

Rachel prit cet avertissement comme un échec personnel, comme si elle avait raté un examen. Elle n'était pas à la hauteur. Elle n'avait pas pu aider sa fille. Elle avait encore manqué à ses devoirs envers elle.

« Mais vous savez, ce n'est que mon avis. Les gars de l'équipe sont plus jeunes et plus malins que moi. L'un d'entre eux vous appellera dans la semaine pour vous dire ce qu'ils en pensent. »

Rachel raccrocha et se tourna vers son écran, les yeux baignés de larmes. Elle se rendait compte à présent qu'elle avait passé la journée plongée dans une attente fébrile, convaincue que le simple fait d'avoir trouvé la cassette relancerait la machine, qu'un dénouement inespéré était permis. Comme si cette maudite bande pouvait faire revenir Janie. Quelque part, une partie de son cerveau refusait encore d'accepter que Janie avait été assassinée ; la petite fille en elle continuait de croire qu'un jour, une figure d'autorité respectable prendrait la situation en main pour redresser le tort qu'on lui avait fait. Mais qui se cachait derrière cette entité raisonnable censée intervenir ? Dieu ? Comment avait-elle pu se bercer de tant d'illusions ? Même inconsciemment ?

Dieu S'en moquait. Comme de Sa première chemise. Qui, sinon Dieu, avait doté Connor Whitby du libre arbitre, lequel l'avait exercé en étranglant Janie ?

Rachel éloigna sa chaise de son bureau et se tourna vers la fenêtre, embrassant la cour de récréation du regard. Quelques parents y étaient dispersés çà et là en attendant la sonnerie. Des petits groupes de mamans en grande conversation ; des pères, moins nombreux, qui restaient en retrait et vérifiaient leurs mails sur leur téléphone. Rachel aperçut l'un d'entre eux se décaler pour laisser passer quelqu'un en fauteuil roulant. Lucy O'Leary, poussée par sa fille. Depuis son poste d'observation, Rachel vit Tess tendre l'oreille vers sa mère puis se redresser en riant. Un duo gentiment subversif, songea-t-elle avec envie.

Car cette complicité mère-fille, cette relation qui semblait impossible à créer avec un fils, Rachel ne la connaîtrait jamais. Voilà ce dont Connor l'avait privée : le lien qu'elle aurait eu avec Janie une fois adulte.

Je ne suis pas la première femme qui perd un enfant, se répétait Rachel en boucle dans les mois qui avaient suivi le drame. *Je ne suis pas la première. Je ne serai pas la dernière.*

Ça ne l'aidait pas, évidemment.

La sonnerie retentit, signalant la sortie des classes. Quelques secondes plus tard, les enfants envahirent la cour dans un brouhaha de rires et de cris propre aux fins de journées. Rachel aperçut le petit Liam s'élancer vers sa mère et sa grand-mère, gêné dans sa course par une énorme

construction en carton couverte de papier alumi-
nium qu'il tenait à bout de bras. Une fois près
d'elles, il leur montra fièrement son engin – un
vaisseau spatial ? Trudy Applebee était passée par
là. Au diable le programme ! Aujourd'hui, c'est
atelier bricolage pour les CP ! avait-elle dû décréter. Lauren et Rob ne reviendraient jamais de New
York. Jacob prendrait l'accent américain. Il mangerait des pancakes au petit déjeuner. Rachel ne
le verrait jamais sortir de l'école en courant avec
une navette spatiale. La police n'exploiterait pas la
cassette vidéo. Ils la mettraient aux archives. Si ça
se trouve ils n'avaient même pas de magnétoscope
pour la visionner.

Rachel retourna à son écran et posa mollement
les mains sur son clavier. Elle venait de passer les
vingt-huit dernières années à attendre quelque
chose qui n'arriverait jamais.

28

Un verre plutôt qu'un café ? Que lui était-il
passé par la tête ? Non, vraiment, sa proposition
se révélait être une très mauvaise idée. Tess ne
pouvait détacher les yeux de la foule de jeunes
gens, tous aussi beaux qu'alcoolisés, qui se pressaient dans le bar. Des lycéens, tout au plus ! Que
faisaient-ils dehors en semaine, à boire et à crier ?
Leur place était à la maison à faire leurs devoirs !
Heureusement, Connor avait réussi à leur trouver

une table. Cela dit, elle se trouvait juste à côté d'une rangée de machines à sous franchement bruyantes. Il avait beau essayer de se concentrer, Tess devinait à sa mine paniquée qu'il avait toutes les peines du monde à l'entendre. Le vin, passable, commençait à lui donner mal à la tête et, pour couronner le tout, ses jambes la faisaient souffrir après sa longue marche tout en côte depuis chez Cecilia. En dehors du cours de self-défense auquel elle assistait le mardi soir avec Felicity, elle n'arrivait pas à faire de sport. Où trouver le temps ? Entre son boulot et les allers-retours incessants entre l'école et les diverses activités de Liam ! Zut ! Le cours d'arts martiaux de Liam ! Il était censé commencer aujourd'hui. Ça lui avait quand même coûté cent quatre-vingt-dix dollars !

Et puis, cet endroit, quelle horreur ! Les bars de Sydney ne valaient pas ceux de Melbourne. Bizarrement, elle l'avait oublié. Pas étonnant que les plus de trente ans n'y mettent pas les pieds. Le mieux pour boire un coup quand on habitait au nord de la ville, c'était encore de rester chez soi. À vingt-deux heures, on était prêt pour aller se coucher !

Melbourne lui manquait. Will lui manquait. Felicity lui manquait. Sa vie lui manquait.

Connor se pencha vers elle. « Liam a une bonne coordination œil-main pour son âge. » Au secours ! Ce moment allait-il tourner au rendez-vous parent-professeur ?

À la sortie de l'école cet après-midi, Liam semblait ravi. Il n'avait pas dit un mot concernant Will et Felicity. En revanche, il avait été intarissable sur sa journée : il avait trouvé des tonnes d'œufs, les avait partagés avec Polly Fitzpatrick qui avait invité toute la classe à sa super-fête de pirates ; il avait joué à un jeu trop marrant avec un parachute en cours de gym, et le lendemain, pour la parade des bonnets de Pâques, sa maîtresse allait se déguiser en œuf géant. Tess ne savait pas trop si elle devait mettre son hilarité sur le compte de la nouveauté ou de la dose de chocolat qu'il avait ingurgitée ; en tout état de cause, Liam ne regrettait pas son ancienne vie. Pour l'instant.

« Marcus t'a manqué ? avait-elle demandé.

— Pas vraiment, avait-il répondu. Marcus était plutôt méchant. »

Liam avait tenu à fabriquer son bonnet de Pâques tout seul. Résultat : une création à la fois étrange et merveilleuse, confectionnée à partir d'un vieux chapeau de paille – un prêt de sa grand-mère – agrémenté de fleurs en plastique et d'un lapin en peluche. Il avait ensuite dîné sans rechigner, pris son bain en chantant et, à dix-neuf heures trente, il s'était écroulé dans son lit. Quelle que soit la suite des événements, il ne retournerait pas dans son école à Melbourne.

« Une bonne coordination ? Il tient ça de son père », soupira Tess. Will ne l'emmènerait jamais dans un endroit pareil, se dit-elle en buvant une longue gorgée de vin. Il connaissait tous les meilleurs bars de Melbourne, des endroits chic et intimes où ils pouvaient s'asseoir l'un en face de l'autre et papoter à la lueur des lampes tamisées. La conversation ne s'essoufflait jamais. Ils continuaient de se faire rire. Ils sortaient en amoureux régulièrement. Tous les deux mois environ. Ils allaient voir un spectacle ou dînaient dans un bon restaurant. N'était-ce pas ce que tous les couples mariés sont censés faire ? S'octroyer des moments en tête à tête pour « entretenir la flamme » ? (Elle détestait cette expression.)

Ces sorties étaient toujours l'occasion pour Felicity de s'occuper de Liam. À leur retour, ils lui racontaient leur rendez-vous autour d'un dernier verre. S'ils rentraient très tard, elle dormait chez eux et ils prenaient un bon petit déjeuner tous ensemble le lendemain.

Eh oui, Felicity partageait même leurs tête-à-tête.

Se couchait-elle dans la chambre d'amis en rêvant d'être à la place de sa cousine ? Que dire de l'attitude de Tess ? Était-ce de la cruauté ? Involontaire mais redoutable ?

« Qu'est-ce que tu as dit ? demanda Connor en s'approchant.

— Qu'il tient ça…

— YES ! »

Une explosion de joie s'éleva du côté des machines à sous.

« Putain ! Le bol que t'as ! » s'écria une fille plutôt jolie – vulgaire, aurait dit Felicity – en gratifiant son ami d'une tape dans le dos tandis qu'une avalanche de pièces tombait de la machine.

« YES ! YES ! YES ! » s'excita un grand gaillard qui, se frappant le torse tel un gorille, manqua de bousculer Tess.

« Fais attention, mec ! intervint Connor.

— Désolé, mon pote ! C'est qu'on vient juste de… » Le jeune homme se retourna et se fendit d'un immense sourire. « Mr *Whitby* ! Hé, les gars, c'est mon prof de sport de primaire ! Il était top ! Genre, le meilleur ! » annonça-t-il en tendant la main. Connor se leva et le salua en jetant un regard contrit à Tess.

« Trop cool ! Comment ça va, Mr Whitby ? » Le garçon fourra les mains dans ses poches et regarda Connor avec de grands yeux, pris d'une émotion toute paternelle.

« Je vais bien, Daniel. Et toi ?

— Hé ! Vous savez quoi ? Je vais vous payer un verre, Mr Whitby. Ça me ferait trop plaisir, putain ! Sérieux. Je parle mal, désolé. C'est l'alcool. Alors, vous buvez quoi ?

— C'est gentil, Daniel, mais on s'apprêtait à partir. »

Connor tendit la main à Tess qui, machinalement, ramassa son sac, se leva et lui donna la sienne. Un vrai petit couple.

« *Mrs* Whitby ? » s'extasia Daniel en regardant Tess de haut en bas. Il se tourna vers Connor et lui adressa un clin d'œil complice, le pouce levé. Puis, à Tess : « Mrs Whitby. Votre mari, c'est une légende ! Un truc de dingue ! Il m'a tout appris ! Genre, le saut en longueur, le hockey, le cricket, et euh, putain, mais tous les sports de la terre, et voyez, j'ai plutôt l'air baraqué, hein, je sais, enfin, je suis baraqué, mais le truc, c'est que j'ai pas une super bonne coordination, mais Mr Whitby, eh ben, il…

— On doit y aller, Dan, l'interrompit Connor en lui donnant une tape sur l'épaule. Content de t'avoir vu.

— Oh, moi aussi, m'sieur, moi aussi. »

Connor précéda Tess vers la sortie et tous deux se retrouvèrent bientôt dans la douceur paisible de la nuit.

« Désolé. Je ne m'entendais plus penser là-dedans. Je crois que je deviens sourd. Et puis, un ancien élève qui veut me payer un verre… ça me fait un coup. Dis donc, on dirait que tu me tiens toujours la main !

— On dirait bien, oui. »

Tess O'Leary, à quoi tu joues ? se dit-elle sans pour autant le lâcher. Si Will et Felicity pouvaient tomber amoureux l'un de l'autre, elle pouvait bien donner la main à un ex-petit copain quelques instants, non ? Après tout, ça ne mangeait pas de pain.

« Je me souviens que j'aimais beaucoup tes mains », dit Connor. Il s'éclaircit la voix, puis : « Voilà qui frise l'indécence, non ?

— Pas grave. »

Il caressa ses doigts avec son pouce. De manière presque imperceptible.

Le cœur battant, Tess se laissa envahir par des sensations qu'elle n'avait pas connues depuis long-temps. Comme après un long sommeil, tout lui revint à l'esprit : les frissons du désir, les papillons dans le ventre – autant d'émotions qui ne résistent pas à dix ans de mariage. Mais tout le monde le sait, n'est-ce pas ? Ça fait partie du contrat. Tess ne s'en était jamais plainte. Elle ne s'était même pas rendu compte que ça lui manquait. Si d'aventure l'idée lui traversait l'esprit, elle se faisait l'effet d'une gamine doublée d'une idiote – ne va pas chercher d'histoires, se disait-elle. Tu as un enfant à charge, une boîte à faire tourner. Mais, ouah, elle avait oublié cette intensité ! Le sentiment que rien d'autre n'importait. Dire que c'était cela que Will avait ressenti avec Felicity pendant qu'elle se laissait accaparer par le quotidien.

Connor appuya un peu plus son geste, décuplant le désir de Tess.

Elle n'avait jamais trompé Will, certes, mais peut-être uniquement parce qu'elle n'en avait jamais eu l'occasion. À vrai dire, elle n'avait jamais trompé personne. En ce qui concernait sa vie sexuelle, Tess pouvait se vanter d'être irréprochable. Elle n'avait jamais eu de liaison sans lendemain avec un garçon mal choisi, n'avait jamais embrassé le petit copain d'une autre sous l'effet de l'alcool, n'avait jamais eu à se réveiller un matin en se reprochant son attitude. Elle n'avait jamais dérapé. Mais à quoi bon, hein ?

Comme hypnotisée, Tess continua de regarder la main de Connor qui effleurait ses doigts si doucement.

Juin 1987, Berlin. Lors de son discours à Berlin-Ouest, le président américain Ronald Reagan déclare : « Mr Gorbatchev, si vous cherchez la paix, si vous cherchez la prospérité pour l'Union soviétique et l'Europe de l'Est, si vous cherchez la libéralisation, venez jusqu'ici ! Mr Gorbatchev, ouvrez cette porte ! Mr Gorbatchev, abattez ce mur ! »

Juin 1987, Sydney : Andrew et Lucy O'Leary parlent à voix basse assis l'un en face de l'autre dans leur cuisine tandis que leur fillette de dix ans dort profondément à l'étage. « Ce n'est pas que je ne peux pas te pardonner, dit Andrew. C'est que je m'en fiche. Je m'en fiche complètement.

— Si j'ai fait ça, c'était uniquement pour que tu t'intéresses à moi », répond Lucy.

Mais Andrew regarde déjà en direction de la porte.

29

« Pourquoi on ne mange pas de l'agneau ? Tu nous fais toujours un gigot d'agneau quand papa rentre de voyage », dit Polly d'un air boudeur en donnant des coups de fourchette dans son morceau de poisson trop cuit.

« Pourquoi tu as cuisiné du poisson ? renchérit Isabel. Papa a horreur de ça.

— Je n'en ai pas horreur, dit John-Paul.

— Si, tu détestes ça, fit Esther.

— Bon, d'accord, ce n'est pas mon plat préféré, mais là, c'est très bon.

— Pfff, même pas vrai. »

Polly posa sa fourchette et souffla.

« En voilà des manières, mademoiselle, se fâcha John-Paul. Ta mère s'est donné la peine de nous préparer ce…

— Stop », intervint Cecilia d'un geste de la main.

Autour de la table, plus un bruit. Tous attendaient qu'elle poursuive. Elle posa ses couverts et but une longue gorgée de vin.

« Je croyais que tu arrêtais le vin pendant le carême, commenta Isabel.

— J'ai changé d'avis.

— T'as pas le droit ! s'exclama Polly, scandalisée.

— Tout le monde a passé une bonne journée ? s'enquit John-Paul.

— Ça sent l'huile de sésame dans cette maison, dit Esther en reniflant.

— Carrément, fit Isabel. J'ai même cru que tu nous avais fait ton poulet au sésame.

— Le poisson, c'est bon pour le cerveau, dit John-Paul. Ça rend intelligent.

— Si c'était vrai, les Eskimos seraient les plus intelligents du monde, d'abord, rétorqua Esther.

— C'est peut-être le cas, répondit son père.

— Ce poisson est vraiment dé-goû-tant, reprit Polly.

— Tu peux me citer un Eskimo qui a eu le prix Nobel ?

— C'est vrai qu'il a un goût bizarre, maman », dit Isabel.

Cecilia se leva et commença à débarrasser leurs assiettes restées intactes sous le regard stupéfait de ses filles. « Je vais vous faire des toasts.

— Inutile », protesta John-Paul en retenant son assiette du bout des doigts. « Je trouve ça plutôt bon. »

Cecilia lui retira son assiette. « À d'autres », fit-elle sans daigner le regarder. Hors de question de faire comme si de rien n'était. Laisser la vie reprendre son cours sans broncher ? Ça reviendrait à pardonner son acte, à l'accepter, à trahir la fille de Rachel Crowley, non ?

Mais, n'était-ce pas précisément ce qu'elle avait décidé de faire ? Franchement, à quoi bon jouer la carte de la froideur avec John-Paul ? Croyait-elle vraiment que ça changeait quelque chose ?

Ne vous inquiétez pas, Rachel, je me charge d'être *horrible* avec le meurtrier de votre fille. Voyez, ce soir, il est privé de gigot. Non mais !

Son verre de vin était de nouveau vide. Eh bien, ça descendait vite. Elle prit la bouteille dans le réfrigérateur et se resservit à ras bord.

Allongés sur le dos, Tess et Connor reprenaient leur souffle.

« Eh bien ! fit Connor au bout d'un moment.

— Comme tu dis, répondit Tess.

— J'ai l'impression que nous sommes dans l'entrée.

— En effet.

— J'ai pourtant essayé de pousser jusqu'au salon !

— Elle m'a l'air très bien ton entrée, pour ce que j'en vois ! »

Plongé dans l'obscurité, l'appartement de Connor sentait bon l'ail et la lessive. Étendue sur un petit tapis à côté de lui, Tess sentait les lattes du parquet sous son dos.

Elle l'avait suivi jusque chez lui dans la voiture de sa mère. À peine s'étaient-ils retrouvés devant la porte à code de son immeuble qu'il l'avait embrassée. Il avait recommencé dans la cage d'escalier, puis plus longuement sur le palier. Ensuite, ils s'étaient jetés l'un sur l'autre, arrachant leurs vêtements et se cognant contre les murs avec la fougue que les vieux couples ne connaissent plus. Trop théâtral et pas franchement nécessaire, surtout s'il y a un bon film à la télévision.

« Je vais chercher un préservatif, avait chuchoté Connor à un moment crucial des opérations.

— Je prends la pilule, avait répondu Tess. Tu sembles en parfaite santé, alors, laisse tomber, s'il te plaît. Oh, mon Dieu, je t'en supplie, viens.

— Okay. »

Il s'était exécuté sans tergiverser.

À présent, Tess réajustait ses vêtements tout en guettant le sentiment de honte qui l'envahirait bientôt. Non seulement elle était mariée, mais en plus elle n'était pas amoureuse de cet homme. La seule raison qui l'avait poussée dans ses bras, c'était que son mari s'était entiché d'une autre. En début de semaine, un tel scénario lui aurait paru ridicule, inconcevable. Et voilà qu'au lieu de se sentir sale, minable, coupable, elle éprouvait en fait... de la joie. Oui, de la joie. Une joie presque absurde. Elle repensa à Will et Felicity, à leur mine triste et grave juste avant qu'elle ne leur envoie le café à la figure. Sa chère cousine portait son nouveau chemisier en soie blanche. La tache ne partirait jamais.

S'habituant peu à peu à l'obscurité, Tess devinait derrière la silhouette encore indistincte de Connor un corps massif et fort. Will, lui, était court, trapu et poilu. Elle connaissait et chérissait chaque recoin de son anatomie, ce qui n'avait en rien étiolé son désir pour lui. Elle n'avait pas imaginé une seule seconde coucher avec un autre homme. Will serait désormais son seul et unique amant, avait-elle pensé le lendemain de leurs fiançailles. Et quel soulagement elle avait ressenti à l'idée de ne plus avoir à se familiariser avec le corps d'un autre, ni à évoquer le sujet délicat de la contraception ! Will. Juste Will. Il était tout ce dont elle avait besoin, tout ce qu'elle désirait.

Comment avait-elle échoué chez un ex ? À même le sol de son appartement, de surcroît ?

« La vie nous réserve bien des surprises », répétait souvent sa grand-mère, même quand elle parlait de choses tout à fait banales.

« Tu te rappelles pourquoi on a rompu ? demanda Tess.

— Toi et Felicity avez décidé de vous installer à Melbourne. Tu n'as jamais cherché à savoir si je voulais suivre ; j'en ai conclu que je venais de me faire larguer.

— J'ai été moche avec toi ? fit-elle en grimaçant. À t'entendre, on dirait que oui.

— Tu m'as brisé le cœur, répondit-il d'un ton pitoyable.

— Tu es sérieux ?

— Possible. C'est soit toi, soit cette autre nana que j'ai fréquentée à peu près à la même période. Teresa, elle s'appelait. Je vous ai toujours confondues, toutes les deux. »

Tess lui envoya un coup de coude dans les côtes.

« Je n'ai gardé que de bons souvenirs de notre histoire, dit-il. Sans rire. J'étais très content de te revoir l'autre jour.

— Moi aussi. Ça m'a fait plaisir.

— Menteuse. Tu as fait une de ces têtes !

285

— J'étais surprise. » Puis, changeant de sujet :
« Tu dors toujours sur un matelas à eau ?

— Hélas, il n'a pas survécu. Je crois que je m'en
suis débarrassé à cause de Teresa. Ça lui donnait
le mal de mer.

— Arrête de parler de Teresa.

— Okay. On migre au salon ou dans ma
chambre ? Ce sera plus confortable.

— Non, ça va. »

Ils restèrent allongés dans un silence complice
pendant un moment. Puis Tess demanda : « Euh,
qu'est-ce que tu fais, là ?

— Je m'assure juste que le mode d'emploi n'a
pas changé.

— Dis donc, ce serait pas un rien macho, ça ?
Mmm. Qu'importe.

— Alors ? Tu aimes ça, Teresa ? Zut, comment
tu t'appelles déjà ?

— Tais-toi ! »

30

Assises sur le canapé, Cecilia et Esther regardaient des vidéos YouTube de cette froide nuit de
novembre 1989 où le Mur de Berlin était tombé.
La mère devenait aussi obsédée que la fille. Après
le départ de Virginia, elle était restée dans la cuisine à lire un des livres d'Esther jusqu'à l'heure
de la sortie de l'école. Elle avait pourtant mille
choses à faire : livrer des commandes, commencer

les préparatifs pour le déjeuner de Pâques, peaufiner l'organisation de la fête d'anniversaire de Polly. Mais, grâce au Mur de Berlin, elle pouvait faire mine de ne pas penser à ce qui l'obnubilait vraiment.

Esther buvait du lait chaud. Cecilia descendait son troisième ou quatrième verre de sauvignon blanc. John-Paul écoutait Polly faire sa lecture. Isabel téléchargeait de la musique sur son iPod. La douce lumière des lampes faisait de leur maison un parfait cocon familial. Cecilia renifla. Un cocon qui empestait l'huile de sésame.

« Regarde, maman, fit Esther en lui donnant un coup de coude.

— Je regarde. »

Les séquences diffusées aux informations en 1989 lui avaient laissé un souvenir plus tumultueux des événements. Elle revoyait une multitude de gens danser sur le Mur, des poings levés dans les airs en signe de victoire. David Hasselhoff n'avait-il pas chanté au milieu de la foule à un moment ou à un autre ? Mais un silence étrange, presque inquiétant, régnait dans les clips qu'Esther avait trouvés. Ceux qui laissaient Berlin-Est derrière eux semblaient abasourdis, euphoriques mais calmes et disciplinés. (Des Allemands, en somme. Des gens comme Cecilia.) Des hommes et des femmes aux coupes de cheveux typiques des années quatre-vingt buvaient du champagne au goulot et souriaient aux photographes. Ils sifflaient, s'enlaçaient, pleuraient, klaxonnaient, mais tout cela dans une grande retenue. Même ceux qui défonçaient le Mur à coups de masse semblaient mus par un sentiment de jubilation contenue plutôt que par la haine et la colère. Cecilia remarqua une femme de son âge qui dansait en cercles avec un barbu en blouson de cuir.

« Pourquoi tu pleures, maman ? demanda Esther.

— Parce qu'ils ont l'air si heureux », répondit-elle.

Parce qu'ils ont supporté l'intolérable. Parce que cette femme, comme tant d'autres, s'était probablement dit que le Mur tomberait tôt ou tard, mais sûrement pas de son vivant, qu'elle ne verrait jamais ce jour, et pourtant si, alors maintenant, elle dansait.

« C'est bizarre, tu pleures toujours de joie.

— Je sais. »

Les dénouements heureux lui arrachaient systématiquement des larmes. C'était le soulagement.

« Tu veux une tasse de thé ? » proposa John-Paul en se levant tandis que Polly rangeait son livre. Il chercha timidement son regard comme il l'avait fait toute la soirée. Sa sollicitude la rendait dingue.

« Non », répondit-elle brusquement sous le regard perplexe de ses filles. « Je ne veux pas de tasse de thé. »

31

« Je me souviens bien de Felicity, dit Connor. Elle était drôle. Incisive. Limite effrayante. »

Ils avaient finalement rejoint la chambre de Connor où ils s'étaient glissés entre des draps blancs unis en coton égyptien – voilà un détail que Tess avait oublié : il adorait le linge de lit de bonne qualité, comme dans les hôtels. Connor avait ensuite réchauffé un reste de pâtes cuisinées la veille qu'ils mangeaient au lit.

« Nous pourrions manger à table, avait-il suggéré. Ce serait plus convenable. Je pourrais mettre des sets, faire une salade.

— J'aime autant rester ici, avait répondu Tess. Je ne voudrais pas me sentir mal à l'aise tout à coup.

— Tu as raison. »

Tenaillée par la faim, comme à l'époque où elle ne dormait pas de la nuit pour donner le sein à Liam, Tess dévora les pâtes qu'elle trouva délicieuses.

Évidemment, la comparaison s'arrêtait là, car ce n'était pas l'allaitement qui lui avait creusé l'appétit, loin s'en faut. Elle venait de prendre son pied – deux fois, s'il vous plaît – avec un autre homme que celui à qui elle avait juré fidélité. Le genre de situation qui devrait plutôt vous faire perdre l'appétit !

« Donc, elle couche avec ton mari, dit Connor.

— Non, répondit-elle. Ils sont juste tombés amoureux. Ils vivent une idylle pure et romantique.

— C'est horrible.

— M'en parle pas. J'ai appris ça lundi, et me voilà ici... »

D'un geste de sa fourchette, Tess résuma la situation : elle, en petite tenue – Connor lui avait tendu un tee-shirt sans faire le moindre commentaire avant d'aller dans la cuisine –, dans cette chambre avec lui.

« En train de manger des pâtes, termina Connor.

— En train de manger des pâtes succulentes, renchérit Tess.

— Mais, Felicity n'était pas un peu… » Connor essaya de trouver le mot juste. « Comment dire sans être… ? Elle n'était pas un peu… robuste ?

— Carrément obèse, oui ! Ce qui a son importance, puisque cette année, elle a perdu quarante kilos et maintenant, elle est super-belle.

— Ah. » Puis, après une pause : « Et que va-t-il se passer, selon toi ?

— Aucune idée. Pas plus tard que la semaine dernière, je croyais que mon mariage marchait comme sur des roulettes. Enfin, comme un mariage, quoi. Et puis ils m'ont annoncé la chose. Ça m'a fait un choc. Je n'en reviens toujours pas. Mais bon, regarde-moi, au bout de trois jours. Non, en fait, deux jours, je… mange des pâtes avec un ex.

— Les hasards de la vie… Ne te prends pas la tête avec ça. »

Tess termina son plat, passa son doigt sur le bord du bol puis : « Comment se fait-il que tu sois célibataire ? Tu cuisines bien et, dans d'autres domaines, fit-elle avec un clin d'œil, tu te défends plus que bien.

— Je ne me suis jamais remis de notre rupture, dit-il d'un air impassible.

— N'importe quoi ! » Tess fronça les sourcils. « Tu plaisantes, hein ? »

Connor posa leurs bols sur la table de chevet puis se rallongea.

« Pour être honnête, ton départ m'a mis un coup. »

Tess se rembrunit. « Je suis désolée, je ne savais pas que…

290

— Tess, l'interrompit Connor. Du calme. C'était il y a une éternité et, en réalité, on n'est pas sortis ensemble très longtemps. Notre différence d'âge n'a probablement pas aidé. J'étais un petit comptable ennuyeux et toi une jeune femme audacieuse. Cela dit, il m'est arrivé de me demander ce que ça aurait pu donner. »

Tess, elle, ne s'était jamais posé la question. C'était tout juste si elle avait pensé à lui.

« Donc, tu ne t'es jamais marié ? demanda-t-elle.

— J'ai vécu en couple pendant un bon moment. Avec une avocate. On était bien partis pour s'associer. Se marier, même. Mais ma sœur est morte et tout a changé. J'avais Ben à charge. Je me suis lassé de la compta et Antonia de moi. Après ça, j'ai décidé de reprendre la fac pour devenir prof de sport.

— D'accord, mais quand même. Il y a un père célibataire à l'école de Liam à Melbourne et les femmes lui tournent autour comme les abeilles autour du miel. J'en suis gênée pour lui.

— Je n'ai jamais dit que je ne plaisais pas.

— Si je comprends bien, ça fait un certain temps que tu papillonnes ?

— Si on veut. »

Il ouvrit la bouche mais se ravisa.

« Quoi ?

— Non, rien.

— Vas-y, je t'écoute.

— J'allais te faire une confidence.

— Un truc croustillant ? Ne t'en fais pas, je suis hyper-ouverte depuis que mon mari a suggéré qu'on fasse ménage à trois. »

Connor lui sourit gentiment. « Pas vraiment, non. Le fait est que… je vois un psy depuis l'année dernière. Je cherche à – c'est quoi le terme ? – "assumer" deux ou trois choses.

— Oh, fit Tess avec circonspection.

— Voilà que tu ressors ton regard méfiant ! Je ne suis pas fou. J'ai juste ressenti le besoin de régler un certain nombre de problèmes.

— Graves, les problèmes ? » demanda Tess, pas sûre d'avoir envie de savoir.

Pourquoi risquer d'assombrir cette parenthèse, ce petit moment de folie loin de ses soucis, cette bouffée d'oxygène ? (Tess n'était pas dupe : elle essayait déjà de définir ce moment, de l'emballer dans du papier de soie pour le rendre plus acceptable. Le sentiment de honte qu'elle redoutait n'allait peut-être pas tarder à s'abattre sur elle.)

« Quand on sortait ensemble, je t'ai dit que j'étais la dernière personne à avoir vu Janie Crowley vivante ? La fille de Rachel Crowley ?

— Je sais qui c'est. Non, je suis presque sûre que tu ne m'en as jamais parlé.

— Exact. Et pour cause : je n'en ai jamais parlé. À personne. Sauf à la police. Seule la mère de Janie est au courant. Parfois, j'ai l'impression que Rachel pense que c'est moi qui l'ai tuée. À la façon dont elle me regarde. »

Tess sentit un frisson la parcourir. Il avait tué Janie Crowley, et maintenant il allait la tuer, et tout le monde saurait qu'elle avait profité de l'impasse affective dans laquelle se trouvait son mari pour se jeter dans les bras d'un ex.

« Est-ce qu'elle a vu juste ? »

Connor reçut la question comme une claque. « Tess ! Non ! Bien sûr que non !

— Désolée. »

Tess reposa la tête sur l'oreiller. Bien sûr que non.

« Putain, j'en reviens pas. Tu imagines deux secondes que...

— Désolée, je suis désolée. Et Janie, c'était une amie ? Ta petite copine ?

— Moi, je voulais une vraie histoire. J'étais plutôt accro. Elle venait chez moi après le lycée, on se pelotait sur mon lit et ensuite, je me braquais : "Bon, ça veut dire qu'on est ensemble, hein ?" J'avais besoin que ce soit clair, officiel. Ma première petite amie. Seulement, elle hésitait. Tout ce qu'elle disait, c'était : "Je sais pas, j'ai pas encore décidé." Ça me rendait dingue. Et puis un matin, le jour où elle est morte, elle m'a dit qu'elle avait pris sa décision. Elle était d'accord. J'étais fou de joie. J'avais l'impression d'avoir décroché le pompon.

— Connor, c'est affreux.

— Cet après-midi-là, elle est venue à la maison, on a mangé un *fish and chips* dans ma chambre, on a passé des heures à s'embrasser et puis je l'ai raccompagnée à la gare. Le lendemain matin, j'ai entendu à la radio qu'on avait retrouvé une fille étranglée au Wattle Valley Park.

— Mon Dieu », fit Tess.

Un commentaire bien inutile. Elle se sentait complètement déboussolée, comme l'autre jour, lorsqu'elle remplissait le dossier d'inscription de Liam assise en face de Rachel Crowley tout en se répétant *Sa fille a été assassinée*. Rien dans sa vie n'approchait, de près comme de loin, ce qu'avait vécu Connor. Elle ne semblait pas en mesure de communiquer avec lui normalement.

« C'est fou que tu ne m'aies jamais parlé de tout ça quand on était ensemble », finit-elle par dire.

Quoique, franchement, pourquoi l'aurait-il fait ? Leur histoire n'avait duré que six mois. Même les couples mariés ne se disent pas tout. Tess, par exemple, s'était bien gardée de révéler à Will qu'elle était convaincue de souffrir de phobie sociale. Elle rougissait de honte rien qu'à l'idée qu'il soit au courant.

« Je vivais avec Antonia depuis des années quand je lui ai finalement raconté tout ça. Elle en a été profondément blessée. On a d'ailleurs passé plus de temps à parler de ça que de ce qui était arrivé. C'est probablement ce qui nous a séparés au final. Mon incapacité à *partager*.

— Ah, les filles. Elles adorent tout savoir.

— Je n'ai pourtant pas tout dit à Antonia. J'ai gardé une partie de l'histoire pour moi, jusqu'à ce que j'arrive à cracher le morceau à ma psy. »

Il marqua une pause.

« Tu n'es pas obligé de me le dire, fit Tess, magnanime.

— Bien, changeons de sujet. »

Tess lui donna un petit coup de coude.

« Ma mère a menti pour moi, reprit Connor.

— C'est-à-dire ?

— Tu n'as jamais eu le plaisir de rencontrer ma mère, n'est-ce pas ? Elle est morte avant qu'on se rencontre. »

De nouveau, un détail de leur histoire resurgit dans la mémoire de Tess. Lorsqu'elle l'avait interrogé sur ses parents, Connor s'était montré pour le moins laconique : « Mon père est parti quand j'étais bébé. Ma mère est morte quand j'avais vingt et un ans. C'était une alcoolique. Je n'ai rien d'autre à dire sur elle. » « Des trucs pas réglés avec sa mère ? À ta place, je prendrais mes jambes à mon cou », avait déclaré Felicity lorsque Tess lui avait rapporté la conversation.

« Ma mère et son petit ami ont raconté à la police que j'étais rentré à dix-sept heures et que j'avais passé toute la soirée avec eux à la maison. C'est faux. J'étais tout seul. Ils se soûlaient quelque part en ville. Je ne leur ai jamais demandé de mentir pour moi. Ma mère l'a fait, comme ça. Sans réfléchir. Et elle a *adoré* ça. Mentir à la police. Quand elle les a raccompagnés à la porte, elle m'a fait un clin d'œil. Un clin d'œil ! Comme si on était de mèche. Elle m'a fait me sentir coupable. Comme si l'assassin, c'était moi. Mais qu'est-ce que je pouvais faire ? Leur dire que ma mère avait menti ? Ils en auraient tout de suite conclu que même elle était convaincue que j'avais quelque chose à cacher.

— Mais elle ne pensait pas vraiment que c'était toi ?

— À peine les policiers partis, elle a levé la main comme pour dire stop de manière hyper-théâtrale et m'a dit : "Connor, mon grand, je ne veux rien savoir." Et je lui ai dit : "Maman, *ce n'est pas moi.*" Et là, elle a dit : "Sers-moi un verre, chéri." Par la suite, chaque fois qu'elle avait l'alcool mauvais, elle sifflait : "Tu as une dette envers moi, sale petit ingrat." J'ai porté ça comme un fardeau pendant des années, dit-il en frissonnant. Bref. J'ai grandi.

295

Ma mère est morte. J'ai soigneusement évité de parler de Janie. Ou même de penser à elle. Ensuite, c'est ma sœur qui est morte, j'ai pris Ben avec moi et on m'a proposé le poste à St Angela dès que j'ai eu mon diplôme. Je ne savais pas que la mère de Janie y bossait jusqu'à ce que je tombe sur elle au bout de deux jours.

— Ça ne doit pas être évident.

— On ne se croise pas si souvent que ça. J'ai essayé de lui parler de Janie au tout début, mais elle m'a clairement fait comprendre qu'elle n'avait aucune envie de discuter avec moi. Je n'ai pas insisté. Si je raconte tout ça, c'est parce que tu m'as demandé pourquoi j'étais célibataire. Ma chère thérapeute, qui, soit dit en passant, me coûte un bras, pense qu'inconsciemment je sabote toutes mes histoires parce que je ne m'estime pas digne d'être heureux, tout ça à cause de ce sentiment de culpabilité à propos d'un crime que je n'ai même pas commis. » Il sourit d'un air penaud. « Voilà ce qui se cache derrière le petit comptable devenu prof de sport. Un type profondément *atteint*. »

Tess lui prit la main et passa ses doigts entre les siens. Elle marqua un temps d'arrêt, prenant soudain conscience du caractère profondément intime de son geste. Plus intime encore que les ébats auxquels ils s'étaient livrés quelques instants plus tôt.

« Je suis désolée, dit-elle enfin.

— Désolée ? Pourquoi ?

— Je suis désolée pour Janie. Désolée pour ta sœur. » Puis, après un silence : « Et je suis désolée de t'avoir quitté comme je l'ai fait. »

Connor fit le signe de la croix au-dessus de sa tête. « Je t'absous de tes péchés, mon enfant. C'est comme ça qu'ils disent ? Je ne me suis pas confessé depuis une éternité.

— Pareil. Je crois qu'il fallait d'abord me donner une pénitence.

— Ah ah, j'ai ma petite idée sur la question, ma belle. »

Tess pouffa de rire tout en retirant sa main. « Je ferais mieux d'y aller.

— Je t'ai fait fuir avec tous mes "problèmes" ?

— Non, pas du tout. C'est juste que je ne voudrais pas que ma mère s'inquiète. Elle ne se couchera pas avant que je sois rentrée et il est déjà tard. » La raison première de leur rendez-vous lui revint subitement à l'esprit. « Hé, on n'a même pas parlé de ton neveu. Tu ne voulais pas que je te donne quelques tuyaux pour sa carrière ? »

Connor ne put s'empêcher de sourire. « Ben a déjà un boulot. C'était juste un prétexte pour t'inviter à boire un verre.

— Sérieux ? » fit Tess, ravie.

Quoi de mieux que de se sentir désirée ? N'était-ce pas l'essentiel ?

« Affirmatif. »

Ils se regardèrent un moment.

« Connor…, commença Tess.

— Ne t'inquiète pas. Je n'attends rien de toi. Je sais exactement ce qui se passe entre nous.

— Développe, je t'en prie ! »

Il réfléchit un instant. « Je ne suis pas sûr. J'en parle à mon psy et je te tiens au courant. »

Tess rit de nouveau. Puis : « Il faut vraiment que j'y aille maintenant. »

Elle ne se rhabilla que trente bonnes minutes plus tard.

32

Cecilia rejoignit John-Paul dans la salle de bains attenante à leur chambre. Comme lui, elle commença à se brosser les dents en évitant de croiser son regard dans le miroir.

Puis elle suspendit son geste.

« Ta mère est au courant », déclara-t-elle.

John-Paul se pencha au-dessus du lavabo pour cracher. « Qu'est-ce que tu veux dire ? » demanda-t-il en se redressant. Il s'essuya la bouche et reposa l'essuie-mains sur le porte-serviettes n'importe comment. À croire qu'il le faisait exprès.

« Elle sait. »

Il se tourna vers elle. « Tu lui as *dit* ?

— Non, je...

— Mais qu'est-ce qui t'a pris ? »

Le visage blême, il semblait plus ébahi qu'en colère.

« John-Paul, je ne lui ai rien dit du tout. Quand elle a appris que Rachel venait à la fête d'anniversaire de Polly, elle m'a demandé comment tu le vivais. J'ai compris qu'elle savait. »

John-Paul se détendit. « Tu as l'imagination fertile. »

Difficile d'être plus catégorique. Lorsqu'ils n'étaient pas d'accord sur une chose ou une autre, il se montrait toujours affreusement sûr de lui. Il n'envisageait pas une seule seconde qu'il puisse se tromper, ce qui la rendait complètement dingue. Une irrésistible envie de lui mettre une paire de claques la submergea.

Et c'était bien là le problème. Les défauts de John-Paul prenaient désormais des proportions considérables. Qu'un gentil petit mari respectueux des lois ait quelques petits travers, passait encore. Tout bien considéré, sa rigidité, qui se manifestait aux plus mauvais moments, ses passages à vide, rares mais éprouvants, son intransigeance lorsqu'ils se disputaient, son côté désordonné ou encore sa manie de toujours tout perdre se révélaient jusque-là anodins, voire même insignifiants. Mais ces « travers », qui étaient à présent ceux d'un assassin, devenaient des failles incommensurables ; pire, des caractéristiques qui le définissaient. Ses qualités ? Quelles qualités ? Probablement le fruit de l'imposture. Pourrait-elle un jour le regarder comme avant ? Pouvait-elle encore l'aimer ? Un étranger, voilà ce qu'il était. Toutes ces années d'amour n'étaient en réalité qu'un mirage. Pauvre Janie. Qu'avait-elle vu, terrifiée, à quelques secondes de la mort, dans ces yeux bleus qui s'étaient faits si tendres, passionnés et rieurs au cours de sa vie conjugale avec Cecilia ? Et ces mains puissantes qui s'étaient resserrées sur son cou, comment croire que c'étaient celles qui avaient bercé trois bébés fragiles et sans défense ?

« Ta mère est au courant. Elle a reconnu son chapelet sur les photos publiées dans la presse. En gros, elle m'a dit que, comme toutes les mères, elle ferait n'importe quoi pour ses enfants, que je devrais en prendre de la graine et faire comme si de rien n'était. J'en avais la chair de poule. *Ta mère me donne la chair de poule.* »

Une limite venait d'être franchie. John-Paul n'appréciait pas du tout que Cecilia critique sa mère. D'ordinaire, elle s'en abstenait, même si ça lui coûtait.

John-Paul s'affaissa sur la paroi de la baignoire. L'essuie-mains glissa au sol. « Tu crois vraiment qu'elle sait ?

— Oui. Comme ça, c'est clair. Le fifils à sa maman peut tout se permettre, même un meurtre ! »

Estomaqué, John-Paul cligna des yeux. L'espace d'un instant, Cecilia songea à lui demander pardon, mais elle se ravisa. Il ne s'agissait pas d'une prise de bec ordinaire concernant le rangement du lave-vaisselle. Les règles du jeu avaient changé. Elle pouvait taper là où ça faisait mal.

Elle reprit sa brosse à dents et se mit à frotter d'un geste rapide et brusque. Son dentiste l'avait pourtant mise en garde la semaine précédente : elle y allait trop fort, c'était mauvais pour l'émail. « Tenez votre brosse du bout des doigts, comme un archet », lui avait-il conseillé en joignant le geste à la parole. Sa brosse à dents électrique était-elle en cause ? Fallait-il qu'elle en change ? Il préconisait plutôt les brosses manuelles, sauf pour les personnes âgées et les patients atteints d'arthrite, mais Cecilia avait insisté : elle n'avait pas la même sensation de propreté avec une brosse classique. Dieu que cette conversation lui avait paru importante – sa santé bucco-dentaire – seulement quelques jours auparavant.

Elle se rinça la bouche et posa sa brosse à dents avant de ramasser la serviette que John-Paul avait fait tomber.

Elle le regarda du coin de l'œil. John-Paul tressaillit.

« La façon dont tu me regardes maintenant, dit-il. C'est... » Il se tut et inspira de manière fébrile.

« Qu'est-ce que tu espères ? demanda Cecilia, abasourdie.

— Je suis tellement désolé, désolé de te faire vivre une chose pareille. Je ne voulais pas t'impliquer dans tout ça. Quel *imbécile* d'avoir écrit cette lettre. Mais je suis toujours le même, Cecilia. Je te promets. Je ne suis pas un monstre, tu le sais, n'est-ce pas ? J'avais dix-sept ans, Cecilia. C'était une erreur, une terrible erreur.

— Une erreur pour laquelle tu n'as jamais payé.

— Je sais. » Il la regarda sans broncher. « Je le sais. »

Puis, plus rien.

« *Merde !* s'exclama Cecilia tout à coup en ouvrant de grands yeux. Putain de merde !

— Quoi ? Qu'est-ce qui se passe ? » demanda John-Paul avec un mouvement de recul.

Sa femme ne jurait jamais. Lorsqu'un gros mot lui venait, elle s'autocensurait et le rangeait soigneusement dans un Tupperware réservé à cet effet quelque part dans sa tête. À présent, elle avait ouvert le couvercle et savourait la fraîcheur et le croquant des mots emmagasinés pendant toutes ces années.

301

« Les bonnets de Pâques. Je n'ai pas fait les putains de bonnets de Pâques d'Esther et de Polly pour cette putain de parade. »

6 avril 1984

Janie faillit bien changer d'avis lorsque, regardant par la fenêtre du wagon, elle aperçut John-Paul qui l'attendait sur le quai en lisant un bouquin, ses longues jambes étendues devant lui. À l'approche du train, il se leva d'un bond, fourra son livre dans la poche arrière de son pantalon et lissa ses cheveux d'un geste furtif. Il était à *tomber par terre.*

Elle se dirigea vers les portières, le sac à l'épaule.

La façon dont il s'était recoiffé trahissait une anxiété surprenante pour un garçon comme John-Paul. Comme s'il avait tellement envie de lui plaire que ça le rendait nerveux.

« Asquith, deux minutes d'arrêt. Le train desservira toutes les gares jusqu'à Berowra, son terminus. »

Le train s'arrêta bruyamment.

Le moment fatidique était arrivé. Elle allait lui annoncer qu'elle ne le verrait plus. Elle aurait pu lui faire faux bond, le laisser poireauter comme un idiot, mais elle n'était pas ce genre de fille. Elle aurait pu se contenter d'un coup de fil, mais ça ne semblait pas correct. D'autant qu'ils ne s'appelaient jamais de peur que leurs mères ne les espionnent.

(Si seulement elle avait pu lui envoyer un texto ou un mail, les choses se seraient passées autrement. Hélas, ni les téléphones portables ni Internet n'existaient à l'époque.)

Elle se doutait que ce serait un moment délicat, que peut-être John-Paul serait blessé dans son amour-propre, qu'il lui jetterait au visage des propos revanchards, du genre : « Je t'ai jamais vraiment aimée de toute façon. » Mais jusqu'à ce qu'elle le surprenne en train de remettre ses cheveux en place alors qu'il ne se savait pas observé, elle n'avait pas imaginé un seul instant qu'elle lui ferait vraiment du mal. Rien que d'y penser, elle en était malade.

Lorsqu'elle descendit du train, John-Paul, tout sourire, lui fit un signe de la main. Elle l'imita et, tandis qu'elle se dirigeait vers lui, elle eut une révélation, quelque peu amère, sur son choix. Non, elle ne préférait pas Connor. En réalité, elle aimait beaucoup trop John-Paul. Sortir avec un garçon si beau, intelligent et drôle serait épuisant. Elle admirait John-Paul. Connor l'admirait *elle*. À ce jeu-là, autant être l'objet de l'admiration. N'était-ce pas le rôle des filles ?

L'intérêt que lui portait John-Paul lui faisait l'effet d'une farce. D'une supercherie. Parce qu'il avait dû se rendre compte qu'elle n'était pas assez bien pour lui. Elle s'attendait à tout moment à voir apparaître une bande de filles moqueuses qui la montreraient du doigt en disant : « Tu n'as quand même pas cru que tu lui plaisais vraiment ! » Voilà pourquoi elle n'avait rien dit à ses copines. Elles savaient pour Connor, mais elles ignoraient jusqu'à l'existence de John-Paul Fitzpatrick. Qui comprendrait qu'un garçon comme lui puisse s'intéresser à une fille comme elle ? Même elle n'y croyait pas.

Elle repensa au sourire complètement niais qui s'était dessiné sur le visage de Connor lorsqu'elle lui avait annoncé qu'il était désormais son petit ami en titre. Elle l'aimait bien. Perdre sa virginité dans ses bras serait doux, amusant, tendre. Elle ne pourrait jamais se déshabiller devant John-Paul. Rien que d'y penser, elle en frémissait. Il méritait une fille aussi bien faite que lui. Il pourrait se mettre à rire en découvrant son étrange corps maigre et pâle, ses bras trop longs, ses seins minuscules.

« Salut, lança-t-elle.

— Salut », répondit-il.

Et elle dut retenir son souffle car, au moment où leurs regards se croisèrent, elle se sentit de nouveau envahie par cette sensation, cette impression qu'entre eux, il y avait quelque chose de fort, d'indéfinissable – quelque chose qu'elle aurait appelé « passion » à vingt ans et, de manière plus cynique, « simple réaction chimique » à trente. Une toute petite part de la femme qu'elle aurait pu devenir songea : *Allez, Janie, cesse de te défiler. C'est lui que tu préfères. C'est lui que tu dois choisir. Ça pourrait être énorme. Ça pourrait être l'amour.*

Mais son cœur battait si fort qu'elle en avait mal. Paniquée, elle pouvait à peine respirer. Une douleur écrasante, logée en plein milieu de sa poitrine, lui donnait l'impression qu'on essayait de la broyer. Tout ce qu'elle voulait, c'était que ça s'arrête.

« Il faut que je te parle », commença-t-elle d'une voix glaciale et dure, sans savoir qu'elle s'apprêtait à sceller son sort à jamais.

JEUDI

33

« Cecilia ! Tu as eu mes messages ? J'ai essayé de te joindre je ne sais pas combien de fois !

— Cecilia, vous aviez raison à propos de ces billets de tombola.

— Cecilia ! Tu as raté le cours de pilates hier !

— Cecilia ! Ma belle-sœur veut que tu animes une réunion Tupperware chez elle.

— Cecilia, dis-moi, à tout hasard, tu pourrais garder Harriette une petite heure après le cours de danse la semaine prochaine ?

— Cecilia !

— *Cecilia !*

— Cecilia ! »

À l'occasion de la parade des bonnets, les mères de St Angela s'étaient mises sur leur trente et un – jolis foulards soyeux autour du cou, jeans moulants et bottes à talons aiguilles – pour fêter Pâques bien sûr, mais aussi la première vraie journée d'automne. L'été, chaud et pluvieux, avait laissé place à un vent frais qui, ajouté à la perspective d'un week-end de quatre jours où chacun pourrait déguster de délicieux chocolats, avait mis ces dames d'excellente humeur. Elles avaient pris place sur des chaises pliantes bleues disposées en double cercle dans la cour de l'école.

On avait autorisé les élèves du collège, qui ne participaient pas au défilé, à quitter leurs classes pour regarder les plus jeunes depuis les balcons qui surplombaient la cour. Les bras ballants, ils affichaient une mine indulgente, comme pour signifier que s'ils étaient évidemment trop vieux pour s'adonner à de tels enfantillages, les petits n'en étaient pas moins adorables.

Cecilia aperçut Isabel entre ses deux grandes copines, Marie et Laura, au milieu des élèves de sixième. Les trois gamines se tenaient bras dessus bras dessous – preuve que leurs rapports étaient pour l'heure au beau fixe. Une chance que l'école soit fermée jusqu'au lundi suivant car aux périodes fastes du trio infernal succédaient invariablement des crises où l'une se retrouvait rejetée par les deux autres. S'ensuivaient alors moult larmes et autres récits de trahisons absolument épuisants.

Une maman fit discrètement passer un panier de chocolats belges, lesquels suscitèrent des gémissements de plaisir à la ronde.

Je suis la femme d'un assassin, pensa Cecilia tandis que le chocolat fondait délicieusement dans sa bouche. *Je suis complice d'un meurtre,* se répétait-elle tout en arrêtant des rendez-vous de jeu pour ses filles et des dates pour ses réunions Tupperware. *Je suis Cecilia Fitzpatrick et mon mari est un assassin. À me voir papoter, plaisanter et câliner mes enfants, personne ne s'en douterait, n'est-ce pas ?*

Voilà comment il fallait s'y prendre. Voilà comment on vivait avec un secret. Il suffisait de se lancer. De faire comme si tout allait bien. D'ignorer le nœud qui vous tordait l'estomac. De vous anesthésier de sorte que vos émotions restent égales. La veille, elle avait vomi dans le caniveau et pleuré à chaudes larmes dans son cagibi, mais aujourd'hui, elle s'était levée à six heures du matin, avait préparé deux plats de lasagnes qu'elle décongèlerait dimanche, repassé une panière entière de linge, envoyé un mail à trois clubs de tennis dans l'éventualité d'y inscrire Polly, répondu à quatorze requêtes concernant l'école, enregistré sa commande de Tupperware suite à la soirée chez Marla et étendu une machine – tout ça avant même que John-Paul et les filles ne se lèvent. Elle s'était remise en selle, sautant les obstacles qui jonchaient le parcours de sa vie avec habileté et grâce.

« Dieu du ciel ! Quel accoutrement ! » s'exclama une mère d'élève lorsque la directrice de l'école fit son apparition. Affublée de longues oreilles de lapin et d'une queue duveteuse épinglée sur le derrière, Trudy Applebee ressemblait à une hôtesse *Playboy*, version soft.

Les mains repliées au niveau de la poitrine, Trudy sautilla jusqu'au micro situé au milieu de la cour, déclenchant l'hilarité des mamans et les acclamations des collégiens sur les balcons.

« Chers parents, chers élèves ! » commença-t-elle en remettant ses oreilles en place. « Bienvenus à la parade des bonnets de Pâques de St Angela !

— Elle est géniale, dit Mahalia, assise à la droite de Cecilia, mais quand je pense qu'elle dirige une école !

— Je t'arrête, intervint Laura Marks installée de l'autre côté. Trudy ne dirige pas l'école. C'est

309

Rachel Crowley qui fait tout le boulot. Avec l'aide de notre charmante voisine. »

Laura se pencha vers Mahalia en montrant Cecilia du doigt.

« Taratata ! Vous savez bien que ce n'est pas vrai », fit Cecilia avec un sourire malicieux.

Une petite voix en elle s'éleva : *À quoi tu joues ? On dirait un clown, une caricature de toi-même.* Pourtant, personne ne semblait s'en rendre compte.

La sono – un système dernier cri acheté l'année précédente grâce à l'argent d'une tombola brillamment orchestrée par Cecilia lors de l'exposition des œuvres des enfants – se mit en marche à plein volume.

Autour d'elle, la conversation se poursuivit :

« Qui a choisi la playlist ? C'est plutôt sympa.

— Carrément. Ça me donne envie de danser.

— Oui, mais personne n'écoute les paroles ! Tu sais de quoi ça parle ?

— Vaut mieux pas !

— Je demanderai à mes enfants ! Ils les connaissent par cœur. »

Les tout-petits ouvrirent le cortège, emmenés par leur institutrice, la ravissante brune à forte poitrine qui répondait au nom de Miss Parker. Vêtue d'une robe de princesse beaucoup trop petite – elle savait comment mettre ses atouts en valeur –, elle se dandinait au rythme de la musique de manière un rien olé olé. Derrière elle, les enfants souriaient fièrement tout en dodelinant sagement du chapeau.

Les mères échangèrent quelques compliments sur les couvre-chefs de leurs bambins.

« Ouah ! *Sandra*, hyper-original !

310

« — Merci Internet ! Ça m'a pris dix minutes !

— À d'autres.

— Mais si, je te jure !

— Vous avez vu l'instit ? Elle est habillée comme pour aller en boîte !

— Son décolleté ne fait pas franchement princesse.

— Sans compter qu'un diadème, ce n'est pas réglementaire.

— Je crois qu'elle essaie d'attirer l'attention de Mr Whitby. La pauvre ! Il ne la regarde même pas ! »

D'ordinaire, Cecilia se réjouissait de ces moments de fête où régnaient douceur, simplicité et convivialité. En résumé, tout ce qui faisait le sel de sa vie. Mais aujourd'hui, la parade lui paraissait dénuée de sens, les enfants insupportables et les mères mauvaises langues. Elle étouffa un bâillement derrière sa main, toujours imprégnée de l'odeur d'huile de sésame. Voilà ce qu'il y avait de plus prégnant dans sa vie à présent. Elle bâilla de nouveau – la faute à ces satanés chapeaux qu'elle et John-Paul avaient confectionnés jusque tard dans la soirée, dans un silence pesant.

La classe de Polly entra en piste, l'adorable Mrs Jeffers en tête. Elle s'était donné un mal fou à se déguiser en œuf de Pâques rose géant.

Juste derrière elle, Polly se pavanait, portant son chapeau de travers pour se donner un air désinvolte. John-Paul lui avait fabriqué un nid d'oiseau avec des tuteurs pour plantes et l'avait rempli d'œufs, dont l'un, tout juste éclos, laissait apparaître un poussin en peluche.

« *Grands dieux !* Cecilia, tu nous épateras toujours ! » s'écria Erica Edgecliff en se retournant.
« Le chapeau de Polly est fabuleux.

— C'est John-Paul qui l'a fait, répondit Cecilia
en faisant un petit signe à sa fille.

— Sans blague ? Il a tout pour plaire, ton
homme !

— N'est-ce pas ! » fit Cecilia en montant bizarrement dans les aigus, ce qui ne sembla pas échapper
à Mahalia.

Erica poursuivit : « Moi, comme d'habitude, j'ai
complètement oublié cette histoire de parade. Du
coup, ce matin, pendant qu'Emily prenait son petit
déjeuner, je lui ai collé une vieille boîte d'œufs sur
la tête et je lui ai dit : "Faudra bien que ça aille,
ma grande !" » Erica n'était pas du genre mère
poule et elle en tirait une grande fierté. « La voilà !
Emily ! Coucou ! » fit-elle avec force gestes tout en
se levant. Elle retomba aussitôt sur sa chaise. « Vous
avez vu le regard noir qu'elle m'a lancé ? Son chapeau est nul, elle n'est pas dupe. Vite, un chocolat
avant que je me tire une balle !

— Tout va comme tu veux, Cecilia ? » demanda
Mahalia en s'approchant d'elle.

Cecilia respira le parfum musqué que son amie
portait depuis toujours et lui jeta un bref coup
d'œil.

*Oh, non, Mahalia, pas de ça, je t'en supplie. C'est
déjà assez compliqué de te voir avec ton teint de pêche et
tes yeux reposés sans qu'en plus tu joues les super-copines.*
En se regardant dans le miroir ce matin, Cecilia
avait découvert de minuscules taches de sang
dans le blanc de ses yeux. Les vaisseaux sanguins

312

qui éclatent, ce n'était pas ce qui arrive quand quelqu'un essaie de vous étrangler ? Comment savait-elle une chose pareille ? Elle frissonna.

« Mais tu as froid ! s'exclama Mahalia. Remarque, ce petit air est glacial.

— Ça va », répondit Cecilia qui brûlait d'envie de déballer tout ce qu'elle savait. Elle s'éclaircit la gorge : « Je crois que je suis en train d'attraper un rhume.

— Tiens, mets ça », dit Mahalia en enlevant un magnifique foulard qu'elle posa sur les épaules de Cecilia.

« Non, non », fit-elle dans une vaine tentative de résister.

Elle savait exactement comment Mahalia réagirait si elle lui confiait la terrible vérité. *C'est très simple, Cecilia. Dis à ton mari qu'il a vingt-quatre heures pour se livrer à la police, sinon, c'est toi qui t'en charges. Oui, tu aimes ton mari, et oui, tes enfants en subiront les conséquences, mais ce n'est pas la question. C'est très simple.* Simple. Le mot préféré de Mahalia.

« Raifort et ail, dit Mahalia. Comme remède, il n'y a pas plus simple !

— Quoi ? Ah, pour mon rhume, oui, absolument ; j'en ai à la maison. »

Cecilia aperçut Tess O'Leary de l'autre côté de la cour en compagnie de sa mère, installée au bout de la rangée de chaises dans son fauteuil roulant. Elle devait absolument remercier Tess pour son aide la veille. Et s'excuser, car elle ne lui avait même pas proposé d'appeler un taxi. La pauvre. Ça avait dû lui faire une trotte de remonter à pied chez sa mère. Ah, et puis, elle avait promis ces fameuses lasagnes à Lucy. Mais comment avait-elle pu oublier ? Peut-être se surestimait-elle. Les multiples petites erreurs qu'elle commettait finiraient par lui coûter cher.

Dire que deux jours plus tôt, tandis qu'elle emmenait Polly à la danse, Cecilia rêvait de connaître un raz-de-marée émotionnel ! Quelle sotte ! Elle se serait parfaitement contentée d'être émue aux larmes devant une scène de film que la bande-son aurait rendue encore plus intense. Elle n'avait pas demandé à souffrir.

« Oh là là ! Elle va tomber ! » s'écria Erica. Dans l'autre classe de CP, un petit garçon portait une vraie cage à oiseaux sur la tête. S'efforçant de maintenir ladite cage droite, Luke Lehaney (fils de Mary Lehaney, qui dépassait souvent la mesure. Une année, elle avait osé se présenter contre Cecilia à la présidence de l'association de parents – grave erreur) penchait d'un côté, comme la tour de Pise. Ce qui devait arriver arriva : tout à coup, la cage glissa, se fracassa par terre, faisant trébucher Bonnie Emmerson qui perdit son chapeau. Bonnie se décomposa tandis que Luke regardait, hébété d'horreur, sa cage froissée.

Moi aussi, j'aimerais que ma maman soit là, songea Cecilia en voyant celles de Luke et de Bonnie venir à leur secours. *Je voudrais qu'elle me réconforte, qu'elle me dise que tout va s'arranger, qu'il ne faut pas pleurer.*

En temps ordinaire, sa mère aurait été à ses côtés, à prendre des photos floues et mal cadrées de ses petites-filles avec son appareil photo jetable. Mais cette année, elle assistait au défilé de Sam dans sa fameuse école cinq étoiles où l'on servirait du champagne aux adultes. « Du champagne à la parade des bonnets de Pâques ! s'était-elle exclamée. Je n'ai jamais rien entendu d'aussi bête ! Voilà où passent les frais d'inscription ! » La mère de Cecilia adorait le champagne. À l'heure qu'il était, elle frayait probablement avec une clique de grands-mères toutes plus distinguées les unes que les autres en savourant sa chance, car l'argent la fascinait, contrairement à ce qu'elle avait toujours cherché à faire croire.

Que dirait sa mère si Cecilia lui révélait le secret de John-Paul ? Depuis quelques années, lorsqu'on lui annonçait une mauvaise nouvelle ou qu'on lui expliquait quelque chose d'un peu compliqué, les traits de son visage s'affaissaient complètement, comme si elle faisait une attaque cérébrale. L'espace d'un instant, on avait l'impression que son cerveau fermait boutique.

« John-Paul a commis un crime, commencerait-elle.

— Oh, ma chérie, tu dois faire erreur. »

Et son père, que dirait-il ? Lui qui faisait de l'hypertension, ça pourrait le tuer. Elle l'imaginait parfaitement. Un sentiment d'effroi fulgurant se lirait sur son doux visage ridé puis, la seconde suivante, il froncerait furieusement les sourcils, luttant pour se reprendre et ranger l'information dans la bonne case de son cerveau. « Qu'est-ce qu'il en dit, John-Paul ? » lancerait-il machinalement, car plus ils vieillissaient, plus ses parents semblaient s'en remettre à l'opinion de son mari.

Ses parents seraient incapables de se débrouiller sans leur gendre, incapables de vivre en sachant ce qu'il avait fait, d'affronter le déshonneur au sein de la micro-société dans laquelle ils évoluaient.

Il fallait limiter la casse. La vie n'était ni noire ni blanche. Avouer ne ferait pas revenir Janie. Ça n'apporterait rien. Les filles de Cecilia en pâtiraient. Ses parents en pâtiraient. John-Paul en pâtirait. Pour une erreur (elle le savait, ce n'était pas le mot juste pour parler de ce que John-Paul avait fait, il devait sûrement exister un mot plus fort, inutile de s'y arrêter) qu'il avait commise à l'âge de dix-sept ans.

« Voilà Esther ! » La voix de Mahalia la fit revenir à la réalité dans un sursaut. Cecilia leva le nez juste à temps pour voir Esther lui adresser un signe de tête peu amène. Les mains enfouies dans les manches de son pull-over, elle portait son chapeau bien droit et bas sur l'arrière. Cecilia avait recyclé un de ses vieux chapeaux de paille en y ajoutant des fausses fleurs et des petits œufs en chocolat un peu partout. Ce n'était pas un chef-d'œuvre mais peu importait, car Esther estimait avoir mieux à faire que participer à la parade des bonnets. « On n'apprend rien à cette parade », avait-elle déclaré dans la voiture le matin même.

« Rien sur le Mur de Berlin ! » s'était moquée Isabel.

Cecilia avait fait mine de ne pas remarquer qu'elle portait du mascara ce matin. Seule une minuscule touche de noir au-dessous de son sourcil trahissait son manque d'expérience en matière de maquillage.

Sur le balcon des sixièmes, Isabel et ses copines dansaient gaiement.

316

Si un gentil garçon l'assassinait sans être inquiété, si ce garçon, rongé par le remords, devenait un membre respecté de la communauté, un
bon père et un gendre sans pareil, Cecilia voudrait
quand même qu'il croupisse en prison. Qu'il soit
condamné à mort. Non. Elle voudrait le tuer de
ses propres mains.

Tout à coup, plus rien.

Puis la voix lointaine de Mahalia : « Cecilia ? »

34

Tess bougea sur sa chaise et constata, non sans
un certain plaisir, que l'intérieur de ses cuisses restait sensible. *Comment peux-tu être aussi superficielle ?*
Tu n'es pas censée avoir le cœur brisé ? Quoi ? Tu te
sépares de ton mari et il te faut à peine trois jours pour
t'en remettre ? Elle assistait à la parade des bonnets
de Pâques de St Angela, distraite par l'un des trois
juges et le souvenir de leurs ébats sexuels. De
l'autre côté de la cour, affublé d'un bonnet pour
bébé rose noué sous le menton, Connor dansait
la danse des canards avec un groupe de garçons
de sixième.

« Ce n'est pas formidable ? dit sa mère qui
se tenait près d'elle. Quel bonheur ! Ce serait
chouette si... » Elle s'interrompit.

« Si quoi ? » demanda Tess en l'observant.

L'air coupable, Lucy reprit : « Je me suis surprise à souhaiter que les circonstances soient plus

heureuses – que toi et Will ayez décidé de vous installer à Sydney, que Liam soit inscrit à St Angela pour de bon. Ce serait un tel plaisir de pouvoir assister à son défilé tous les ans ! Je suis désolée.

— Ne le sois pas. C'est vrai que ce serait chouette. »

Vraiment ?

Elle regarda de nouveau en direction de Connor. Autour de lui, les garçons riaient aux éclats, probablement à une blague lourdingue qu'il venait de faire.

« Comment s'est passée ta soirée ? demanda Lucy. J'ai oublié de te poser la question. À vrai dire, je ne t'ai même pas entendue rentrer.

— Comme des retrouvailles. C'était sympa. » Tout à coup, elle revit Connor la retourner et lui chuchoter à l'oreille : « Je crois me souvenir que c'était plutôt pas mal comme ça ! »

Connor n'avait pas attendu d'avoir une grosse moto et le corps de rêve qui va avec pour être un bon amant. C'était déjà le cas à l'époque où il avait une coupe de cheveux ringarde, comme tous les petits comptables ennuyeux. Tess était trop jeune pour s'en rendre compte. Elle s'imaginait que le sexe serait toujours aussi bon. Elle bougea de nouveau sur sa chaise. Elle pouvait s'attendre à une bonne cystite. Bien fait pour elle. Sa dernière crise remontait au tout début de son histoire avec Will, au temps révolu où eux aussi faisaient l'amour trois fois d'affilée. CQFD.

Penser à Will et à leurs premiers mois ensemble aurait dû être douloureux, mais non. Pas là, en tout cas. L'assouvissement de son désir charnel lui avait donné des ailes. Ça et... le délicieux senti-ment de vengeance qui l'habitait. Dire que Will et Felicity l'imaginaient en train de pleurnicher dans les jupes de sa mère alors qu'elle grimpait aux rideaux avec un ex-petit ami ! Au diable le mariage et ses câlins plan-plan ! Dans les dents, Will !

« Tess, chérie ?

— Mmmmm ? »

Lucy baissa la voix. « Il s'est passé quelque chose hier soir avec Connor ?

— Bien sûr que non. »

Qu'avait-elle dit à Connor la troisième fois ? « J'en peux plus ! » « Je parie que si ! » avait-il répondu et dans un murmure, elle avait répété : « J'en peux plus ! J'en peux plus ! J'en peux plus ! » jusqu'à ce que le contraire soit établi.

« Tess *O'Leary* ! » s'exclama Lucy. Au même moment, un garçon de la classe de CP sema la cage à oiseaux qui lui servait de chapeau. Tess croisa le regard de sa mère et se mit à rire.

« Oh, chérie », dit Lucy en prenant le bras de sa fille. « Tant mieux pour toi. Il est à croquer ! »

35

« Connor Whitby a l'air gai comme un pinson aujourd'hui, déclara Samantha Green. Si ça se trouve, il s'est enfin trouvé une chérie ! »

Samantha Green, dont l'aînée était en sixième, s'occupait de la comptabilité de l'école à temps partiel. Elle était payée à l'heure, ce qui, selon Rachel, ne l'empêcherait pas de facturer à St Angela le temps qu'elle passait dehors à regarder le défilé à ses côtés. Voilà pourquoi embaucher des mamans ne présentait pas que des avantages. Rachel se voyait mal lui demander des comptes. Tout de même, elle ne venait que pour trois heures. Ce n'était pas franchement nécessaire de faire une pause pour assister à la parade, n'est-ce pas ? D'autant que sa fille n'y participait même pas. Évidemment, Rachel n'avait pas davantage de raison de le faire, et pourtant, elle avait quitté son bureau. Elle soupira, consciente d'être peau de vache.

Rachel jeta un œil en direction de Connor, assis à la table des juges, un bonnet pour bébé de couleur rose enfoncé sur la tête. Il y avait quelque chose de pervers à voir un adulte déguisé en nourrisson. Il avait beau faire rire le groupe de garçons qui l'entouraient, Rachel ne put s'empêcher de repenser à son visage malveillant sur la vidéo. À son regard meurtrier. Oui, meurtrier. La police devrait confier la cassette à un psychologue. Ou à un genre de spécialiste de l'expression faciale. Après tout, on trouvait des experts dans tous les domaines.

« Les gamins l'adorent, reprit Samantha, qui aimait faire le tour d'un sujet avant d'en changer. Et il est toujours très courtois avec les parents. Pourtant, j'ai toujours senti un truc *pas franchement net* chez ce type. Vous voyez ce que je veux dire ?

Oh ! Regardez la petite fille de Cecilia Fitzpatrick ! Elle est magnifique, vous ne trouvez pas ? Je me demande de qui elle tient ça. Où j'en étais ? Ah oui ! Ma copine Janet Tyler est sortie plusieurs fois avec Connor après son divorce. D'après elle, c'est un dépressif qui s'ignore. Cela dit, c'est lui qui l'a plaquée, au final.

— Hmmm, fit Rachel.

— Ma mère m'a parlé de Mrs Whitby, la mère de Connor, poursuivit Samantha. C'était une alcoolique. Elle ne s'occupait pas de ses gosses. Le père est parti quand Connor n'était qu'un bébé. Oh là là ! Qui est ce pauvre gamin avec la cage à oiseaux sur la tête ? Elle va tomber ! »

Rachel se rappelait vaguement avoir vu Trish Whitby à l'église. Ses enfants étaient sales. Lorsqu'elle les grondait pendant l'office, tout le monde se retournait tellement elle parlait fort.

« Je veux dire, une enfance de ce genre a forcément un impact sur la personnalité, non ? Je parle de Connor.

— C'est évident », répondit Rachel d'un ton si catégorique que Samantha en fut légèrement décontenancée.

« Mais aujourd'hui, reprit-elle, il est de bonne humeur. Je l'ai croisé sur le parking ce matin et quand je lui ai demandé comment il se portait, il m'a dit : "Comme un charme !" Ma main au feu qu'il est amoureux. Ou du moins, qu'il n'a pas passé la nuit tout seul ! Il faut que je le dise à Janet. Quoique, je ferais peut-être mieux de m'abstenir. Je crois qu'elle l'aimait bien, même si elle le trouvait bizarre. Aïe ! La cage ! Je le savais ! »

Comme un charme.

Demain, c'était l'anniversaire de la mort de Janie et Connor Whitby se portait comme un charme.

36

Cecilia décida de s'éclipser avant la fin de la parade. Il fallait qu'elle bouge, sinon elle se mettrait à cogiter. Au secours. Polly et Esther l'avaient vue et Cecilia ne manquerait que les résultats du concours. Ses filles ne risquaient pas de gagner puisque la semaine précédente – c'était dans une autre vie, non ? –, elle avait expressément demandé aux trois juges de ne pas voter pour elles. Inutile d'attiser le ressentiment des autres mères qui flairaient le favoritisme si les petites Fitzpatrick remportaient trop de prix. L'école avait déjà bien du mal à s'assurer leur participation à ses activités.

Elle ne se représenterait pas à la présidence de l'association des parents d'élèves. Elle en acquit l'absolue certitude en ramassant son sac à main par terre. Quel soulagement d'être sûre d'au moins une chose quant à l'avenir ! Quelle que soit la suite des événements, elle ne serait pas candidate. C'était tout bonnement impossible. La femme qu'elle était aujourd'hui n'avait rien à voir avec Cecilia Fitzpatrick. Elle avait cessé d'exister à la minute où elle avait lu cette lettre.

« J'y vais, annonça-t-elle à Mahalia.

— Oui, va te reposer, répondit-elle. J'ai cru pendant un instant que tu allais t'évanouir. Tu peux garder le foulard. Il te va à ravir. »

En traversant la cour, Cecilia aperçut Rachel Crowley sur le balcon du secrétariat en compagnie de Samantha Green. Toutes deux regardaient dans la direction opposée. Si elle se dépêchait, elle arriverait peut-être à leur échapper.

« Cecilia ! s'écria Samantha.

— Bonjour ! » répondit-elle en proférant un torrent d'injures intérieurement.

Elle se dirigea vers elles, ses clés de voiture en évidence, histoire de leur faire comprendre qu'elle n'avait pas que ça à faire.

« Vous tombez bien, je voulais vous voir ! » dit Samantha, obligée de se pencher par-dessus le balcon pour réduire la distance que Cecilia avait volontairement laissée entre elles. « Vous m'aviez promis ma commande de Tupperware avant Pâques ! Comme nous allons pique-niquer dimanche – si le temps se maintient –, je me demandais...

— Bien sûr », l'interrompit Cecilia en s'approchant un peu. Se tiendrait-elle à cette distance, d'ordinaire ? Les livraisons de la veille lui étaient complètement sorties de la tête. « Je suis désolée. La semaine a été... difficile. Je passerai cet après-midi une fois que j'aurai récupéré les filles.

— Parfait ! Vous m'avez si bien vendu ce set pique-nique que je suis impatiente de l'avoir ! Cecilia est une démonstratrice hors pair ! Elle vendrait de la glace à un Eskimo ! Avez-vous eu l'occasion de participer à une de ses réunions, Rachel ?

— À vrai dire, j'ai eu cette chance pas plus tard qu'avant-hier, répondit Rachel en souriant à Cecilia. J'ignorais à quel point j'avais besoin de Tupperware !

— Je peux déposer votre commande en même temps, si vous le souhaitez, Rachel.

— Ah bon ? Déjà ? Vous ne rentrez pas les pièces en fonction des commandes ?

— J'ai un peu de stock d'avance, au cas où. »

À quoi jouait-elle ?

« Livraison express spécial VIP, à ce que je vois ! » commenta Samantha, qui ne manquerait pas de s'en souvenir.

« Pas de souci », fit Cecilia.

Malgré la distance qui les séparait, elle se sentit incapable de regarder Rachel dans les yeux. C'était une femme si adorable. Les choses seraient-elles plus acceptables si ce n'était pas le cas ? Cecilia replaça le foulard de Mahalia sur ses épaules pour se donner une contenance.

« Si ça ne vous dérange pas, ce serait parfait pour moi, dit Rachel. Je dois apporter une tarte aux fruits meringuée chez les beaux-parents de mon fils dimanche ; ce serait bien pratique d'avoir une de vos boîtes magiques ! »

Rien dans la commande de Rachel ne conviendrait pour transbahuter un dessert aussi gros, songea Cecilia. Il faudrait y remédier. Gratuitement. *Tout va bien, John-Paul, j'ai offert un Tupperware à la mère de la fille que tu as assassinée, vous êtes quittes maintenant.*

« À cet après-midi, alors ! » Elle les salua d'un geste forcé, laissant tomber ses clés.

« Oups ! » fit Samantha.

37

Liam remporta le second prix du concours de chapeaux.

« Voilà ce qui arrive quand on couche avec un juge ! chuchota Lucy à l'oreille de sa fille.

— Maman, chut ! » siffla Tess en regardant par-dessus son épaule.

On n'est jamais à l'abri des oreilles indiscrètes. Et puis, elle se refusait à associer Liam à Connor. Cela compliquait tout. Son fils et son amant appartenaient à deux univers distincts et diamétralement opposés.

Elle observa son petit garçon traverser la cour en traînant les pieds pour recevoir son trophée doré rempli d'œufs miniatures. Il la chercha du regard, un sourire ravi et gêné sur les lèvres.

Quand elle raconterait ça à Will en rentrant à la maison !

Une minute. Ils ne rentraient pas à la maison.

Bon. Ils lui passeraient un coup de fil. Tess lui parlerait de cette voix enjouée et pourtant glaciale que les femmes réservent à leur ex-mari en présence des enfants. Le ton de sa mère résonnait encore dans sa tête. « Liam a une super-nouvelle à t'annoncer ! » dirait-elle à Will avant de passer le combiné à son fils. « Raconte à ton père ce que tu as fait aujourd'hui ! » C'en était fini de l'appeler papa. Désormais, ce serait « ton père ». Et elle savait à quel point ça faisait mal. Oh oui, elle savait.

Sauver leur mariage pour Liam ? C'était sans espoir. Quelle idée ridicule, illusoire, de s'imaginer qu'il suffisait d'être stratégique ! À partir de maintenant, elle agirait avec dignité. Comme si c'était une séparation ordinaire, une séparation à l'amiable, une séparation qui couvait depuis des années. C'était peut-être le cas, d'ailleurs.

Car sinon, comment expliquer ce qu'elle avait fait la nuit précédente ? Comment expliquer que Will soit tombé amoureux de Felicity ? Il y avait *forcément* des problèmes dans leur mariage. Des problèmes dont elle n'avait absolument pas eu conscience, des problèmes qu'elle serait bien en peine de définir, mais des problèmes malgré tout.

Leur dernière dispute, par exemple. C'était à quel propos ? Il serait bien utile de se pencher sur les aspects les plus négatifs de sa vie maritale à présent. Tess s'efforça de se souvenir. C'était à propos de Liam. L'histoire avec Marcus. « On devrait peut-être envisager de le changer d'école », avait suggéré Will, à la suite d'un incident dans la cour de récréation qui avait beaucoup chagriné Liam. « Pfff ! C'est totalement disproportionné », avait-elle rétorqué. Une discussion houleuse s'en était suivie tandis qu'ils rangeaient la cuisine après le dîner. Tess avait fait claquer deux ou trois tiroirs, Will était passé derrière elle pour repositionner une poêle dans le lave-vaisselle. Elle avait fini par lui dire un truc idiot, du genre : « Qu'est-ce que tu insinues ?

Que je ne me soucie pas de Liam autant que toi ? »
et Will avait hurlé : « Ne sois pas stupide ! »

Mais il avait suffi de quelques heures pour qu'ils
se rabibochent. Tous deux s'étaient excusés. Sans
rancune. Will n'était pas du genre à faire la tête.
C'était le roi du compromis et de l'autodérision.
« Tu as vu comment j'ai replacé la poêle dans la
machine ! avait-il plaisanté. Pas mal, hein ? Ça t'a
calmée, ça ! »

Pendant un instant, Tess sentit le petit nuage
sur lequel elle flottait se dérober sous ses pieds.
Comme si le moindre souvenir douloureux pouvait
la déséquilibrer et la précipiter dans un océan de
tristesse.

Ne pense pas à Will. Pense à Connor. Pense
au sexe. Reste primaire, pragmatique, orgasmique.
Rappelle-toi l'incendie qui t'a parcouru le corps
hier soir. Vide-toi la tête.

Liam rejoignit son groupe et se glissa à côté de
Polly Fitzpatrick, la seule enfant que Tess connaissait. Elle était d'une beauté renversante et son fils,
en comparaison, faisait gringalet. La gamine lui
tapa dans la main ; Liam rayonnait de bonheur.

Merde. Will avait raison. Il fallait le changer
d'école.

Les larmes aux yeux, Tess se sentit submergée
par la honte.

La honte. Pourquoi ? se demanda-t-elle en prenant un mouchoir dans son sac à main. Elle se
moucha.

Parce que son mari était tombé amoureux d'une
autre ? Parce qu'elle manquait de prévenance, de
sex-appeal ou quelque chose dans ce genre-là ?

Parce qu'elle était incapable de satisfaire le père de son enfant ?

À moins que ce soit à cause de la nuit précédente. Parce qu'elle avait trouvé un moyen égoïste de faire taire sa douleur. Parce qu'à cet instant précis, elle n'avait qu'une idée en tête : revoir Connor, ou plus exactement, coucher avec lui, pour que sa langue, son corps, ses mains effacent le souvenir de ce moment atroce où Will et Felicity lui avaient révélé leur dégoûtant secret. Ses pensées revinrent à ce fameux couloir, aux lattes du parquet que sa colonne vertébrale avait épousées tandis que Connor la baisait. Au fond, c'était eux qu'il baisait.

À côté d'elle, les autres mères, toutes aussi jolies et bavardes les unes que les autres, éclatèrent de rire. Des mères qui faisaient sagement l'amour au lit avec leur mari, des mères qui n'avaient pas le mot « baiser » à l'esprit en regardant leurs enfants défiler. Tess aurait dû ne penser qu'à son fils. Voilà pourquoi elle avait honte.

À moins que ce soit parce qu'en réalité, au plus profond d'elle-même, elle ne ressentait pas la moindre culpabilité.

« Merci mille fois, chers parents, chers grands-parents, d'être venus si nombreux aujourd'hui ! Ainsi s'achève notre parade des bonnets de Pâques ! » déclara la directrice dans le micro. Elle pencha la tête sur le côté et fit mine de croquer dans une carotte imaginaire comme Bugs Bunny avant d'ajouter gaiement : « *That's all, folks !* »

« Qu'est-ce que tu as envie de faire cet après-midi ? demanda Lucy tandis que tout le monde applaudissait en riant.

— J'ai quelques courses à faire. »

Tess se leva et s'étira, consciente que Connor, posté à l'autre bout de la cour, l'observait.

Elle avait toujours vécu le divorce de ses parents comme une profonde injustice. Gamine, elle avait passé des heures à imaginer la vie qu'elle aurait eue – bien meilleure, évidemment – s'ils étaient restés ensemble. Des liens plus forts avec son père. Des vacances beaucoup plus drôles. Une timidité moins prononcée (elle n'aurait su dire comment elle en était arrivée à cette conclusion). *Tout* aurait été globalement mieux. Mais la vérité, c'était que ses parents avaient divorcé en bonne intelligence et qu'ils avaient par la suite entretenu des rapports courtois. Bien sûr, c'était un peu bizarre de rendre visite à son père un week-end sur deux, mais bon ! Les mariages s'écroulaient. Les enfants n'en mouraient pas. Tess avait survécu. Le « traumatisme » n'était que dans sa tête.

Elle fit coucou à Connor.

Des dessous chic et sexy, voilà les emplettes qu'elle allait faire. Des dessous dont son mari ne verrait jamais la couleur.

38

Sitôt à la salle de gym, Cecilia régla l'inclinaison et la vitesse du tapis de course au maximum et se mit à courir comme une perdue. Le cœur battant, la vue brouillée par la transpiration qui lui coulait jusque dans la bouche, elle éprouva un immense soulagement à ne plus penser à rien. Elle aurait pu galoper ainsi encore longtemps si un moniteur ne s'était pas brusquement posté devant sa machine en lui disant : « Hé, ça va ? Vous m'inquiétez, là. »

Furieuse d'être rappelée à la réalité si brutalement, Cecilia s'apprêtait à le rabrouer mais aucun son ne sortit de sa bouche. À bout de souffle, les jambes en coton, elle chancela, obligeant le coach à la ceinturer tout en éteignant le tapis d'un coup violent.

« Il faut vous ménager, Mrs Fitzpatrick », grondat-il en l'aidant à descendre du tapis. Dane donnait un cours de renforcement musculaire qui attirait nombre de mères de St Angela. Cecilia y assistait souvent le vendredi matin avant de faire les commissions pour la semaine. Dane avait la peau jeune et rosée. Il devait avoir à peu près le même âge que John-Paul lorsqu'il avait assassiné Janie Crowley. « Vous êtes sûrement à votre fréquence cardiaque maximale, poursuivit-il le plus sérieusement du monde. Si vous voulez, je peux vous dresser un programme d'entraînement qui...

— Inutile, l'interrompit Cecilia d'une voix haletante. Mais merci. Je, euh, j'allais justement partir. »

Les jambes flageolantes, dégoulinante de sueur, elle s'éclipsa sans écouter les conseils pressants de Dane : *Vous devriez vous étirer, vous rafraîchir, boire de l'eau au moins, Mrs Fitzpatrick, il faut vous réhydrater !*

En rentrant chez elle, Cecilia décida qu'elle ne pouvait pas vivre une minute de plus avec ce poids, c'était impossible. John-Paul irait se livrer à la police – elle ne lui laisserait pas le choix. Il avait fait d'elle une criminelle. C'était absurde. Sous la douche, elle se ravisa : des aveux ne feraient pas revenir Janie. En revanche, les filles perdraient leur père, ce qui n'avait aucun sens. Il n'empêche – leur mariage était mort. L'idée de se réveiller à ses côtés tous les matins lui était insupportable. Voilà.

En s'habillant, elle trancha : John-Paul se rendrait après le week-end de Pâques. Rachel Crowley avait le droit de savoir. Les filles verraient leur père en prison, elles n'en mourraient pas.

Tandis qu'elle se séchait les cheveux, la réponse à son dilemme s'imposa à elle comme une évidence : ses filles comptaient plus que tout au monde, elle aimait toujours John-Paul à qui elle avait juré fidélité, pour le meilleur et pour le pire. La vie suivrait son cours. Il avait commis une terrible erreur à l'âge de dix-sept ans. Inutile d'en parler. Ne rien faire. Ne rien changer.

Elle éteignit le sèche-cheveux. Le téléphone sonnait. C'était John-Paul.

« J'appelle juste pour savoir comment tu vas », dit-il gentiment. Il ne l'aurait pas formulé autrement si elle était malade. Non. En réalité, il faisait comme si elle souffrait d'un malaise psychique typiquement féminin, d'un trouble qui la rendait fragile et insensée.

« Bien, répondit-elle. Je vais merveilleusement bien. Merci de t'en inquiéter. »

39

« Joyeuses Pâques, Rachel ! » dit Trudy à la fin de la journée. « Tenez ! Un petit quelque chose pour vous !

— Oh ! » fit Rachel, aussi touchée qu'embarrassée. L'idée d'acheter une bricole pour sa chef ne l'avait pas effleurée. À sa décharge, l'ancienne directrice ne brillait pas par son amabilité, alors pour ce qui était des cadeaux !

Trudy lui tendit un joli petit panier garni d'œufs fort appétissants. Exactement le genre de choses que lui offrirait sa bru : cher, élégant, tellement parfait.

« Merci beaucoup, Trudy, je n'ai pas... » Elle fit un geste pour s'excuser de n'avoir rien pour elle.

« Taratata ! » répondit Trudy, toujours affublée de son déguisement de lapin, totalement ridicule aux yeux de Rachel. « Je tenais à vous dire combien j'apprécie votre travail, Rachel. Vous faites tourner la boutique à vous seule, et vous me laissez faire... ce que je fais le mieux. » Elle écarta une de ses oreilles de lapin et regarda Rachel droit dans les yeux. « Certaines de mes secrétaires trouvaient mon approche quelque peu inhabituelle. »

Tu m'étonnes, pensa Rachel.

« Vous vous concentrez sur les enfants. C'est pour eux que nous sommes là.

— Eh bien, passez de bonnes fêtes et profitez de votre adorable petit-fils !

— Comptez sur moi. Et vous... des projets ? »

Trudy, célibataire et sans enfants, ne vivait apparemment que pour l'école. Elle ne recevait jamais de coups de fil personnels au bureau. Difficile de savoir à quoi elle occuperait ce week-end prolongé.

« Oui ! Me tourner les pouces ! Je lis beaucoup. J'adore les polars. Je trouve toujours le meurtrier avant la fin… Oh ! »

Son visage se décomposa.

« Moi, je préfère les romans historiques, enchaîna Rachel en rassemblant ses affaires.

— Ah. »

Incapable de se ressaisir, Trudy avait les larmes aux yeux.

La pauvre. À tout juste cinquante ans – à peine plus âgée que Janie, si elle n'était pas morte –, elle ressemblait à une gamine vieillie prématurément avec sa chevelure fine et clairsemée.

« Tout va bien, Trudy. Il n'y a pas de mal. Je vous assure. »

40

« Salut ! » lança Tess en répondant au téléphone. Tout son être réagit instantanément au son de la voix de Connor, comme un chien à la vue d'un os.

« Qu'est-ce que tu fais de beau ? demanda-t-il.

— J'achète des brioches de Pâques. »

Tess avait tenu à faire un petit plaisir à Liam à la sortie de l'école. Contrairement à la veille, elle l'avait récupéré de mauvaise humeur. Il n'avait pas décroché un mot, même lorsqu'elle avait évoqué son prix au concours de chapeaux. Tess avait aussi toute une liste de courses à faire pour sa mère qui, s'étant subitement souvenue que les magasins seraient fermés le lendemain – toute la journée ! –, s'était mise dans tous ses états à la vue de son garde-manger.

« Des brioches de Pâques ? J'adore ça, dit Connor.

— Moi aussi.

— C'est vrai ? Encore un point commun ! »

Tess se mit à rire, sous le regard interrogateur de Liam. Le rouge aux joues, elle tourna légèrement la tête.

« Bon. J'appelais juste comme ça. Enfin... pour te dire que hier soir, j'ai trouvé ça très... chouette. » Il toussota. « Et le mot est faible. »

Oh mon Dieu ! pensa Tess.

« Je sais que ta vie n'est pas simple en ce moment, poursuivit Connor. Je n'attends rien de, euh, de spécial, je te le promets. Je ne veux pas te rendre les choses plus compliquées. Mais voilà, je voulais juste que tu saches que j'aimerais beaucoup qu'on se revoie. Quand tu veux.

— Maman ? dit Liam en tirant sur son gilet. C'est papa ? »

Tess fit non de la tête.

« C'est qui ? » demanda-t-il avec de grands yeux inquiets.

Sa mère éloigna le téléphone de son oreille et lui fit signe de se taire. « Un client. » Il n'en fallut pas davantage pour que Liam s'intéresse à autre chose.

Tess s'écarta de la file d'attente de la boulangerie.

« Ce n'est pas grave, fit Connor. Comme je disais, je n'attends...

— Tu es libre ce soir ?

— Plutôt deux fois qu'une !

— Je viendrai une fois que Liam sera au lit. » Puis, à voix basse, elle ajouta : « Avec des brioches. »

Rachel se dirigeait vers sa voiture lorsqu'elle l'aperçut.

Le meurtrier de sa fille.

La lumière éclatante du soleil sur ses lunettes noires, son casque de moto à la main, il parlait au téléphone. Tout à coup, il se fendit d'un immense sourire, visiblement ravi de ce qu'il venait d'entendre. Puis il raccrocha.

Les images de la cassette en tête, Rachel revit l'expression de son visage au moment où il s'était tourné vers Janie. Aussi clairement qu'elle le voyait à présent. Lubricité, malveillance, cruauté – le visage d'un monstre.

Et regardez-le ! En vie, et heureux avec ça ! D'ailleurs, pourquoi ne le serait-il pas ? Après tout, il avait tué quelqu'un sans même être inquiété. Si la police ne faisait pas son boulot, ce qui semblait probable, il ne paierait jamais.

Tandis qu'elle approchait, Connor aperçut Rachel. Son sourire disparut aussi vite qu'une ampoule qui claque.

Coupable, songea-t-elle. *Coupable, coupable, coupable.*

« Tiens, un colis pour toi », annonça Lucy tandis que Tess rangeait les courses dans la cuisine. « Livré par coursier. On dirait que ça vient de ton père. Je ne l'aurais pas cru capable de faire appel à un coursier. Il m'étonnera toujours ! »

Intriguée, Tess s'assit à côté de sa mère pour ouvrir le petit paquet emballé dans du papier bulle. À l'intérieur, un écrin carré et plat.

« Ne me dis pas que c'est un bijou ! fit Lucy en louchant sur la boîte.

— Non. Un compas », répondit Tess, les yeux rivés sur un magnifique instrument en bois. « Un compas de marine, comme on en voit dans les films de pirates.

— Étrange, comme cadeau », commenta Lucy en grimaçant.

Tess le sortit de son coffret. Au fond, un post-it jaune.

Ma chère Tess. C'est probablement un cadeau idiot pour une fille. Je dois avouer que je n'ai jamais vraiment su quoi t'offrir. L'idée, c'était de t'aider à retrouver ton chemin lorsque tu te sens perdue. J'ai bien connu ce sentiment. Affreux. Mais tu étais là, dans ma vie. Ton père qui t'aime.

Tess sentit son cœur se serrer.

« Plutôt pas mal », dit Lucy en manipulant le compas.

Tess imagina son vieux père en pleine expédition shopping, à la recherche du cadeau parfait pour sa grande fille. Son air mi-affolé mi-renfrogné et son regard fuyant chaque fois qu'un vendeur avait voulu l'aider l'avaient à coup sûr fait passer pour un ours mal léché.

« Pourquoi vous vous êtes séparés, papa et toi ? » avait-elle demandé à sa mère des milliers de fois. Et Lucy de lui répondre, d'un air désinvolte : « Oh, chérie, nous étions tellement *différents*, ton père et moi. » Façon de dire que *lui* était différent. Quand Tess posait la question à son père, il haussait les épaules et disait d'une voix enrouée : « Pour ça, faut que tu demandes à ta mère, ma grande. »

Tess se dit que son père souffrait peut-être aussi de phobie sociale.

Avant de divorcer, il mettait Lucy hors d'elle lorsqu'il refusait d'aller à telle ou telle soirée. « Mais tu ne m'emmènes jamais nulle part », protestait-elle pleine d'amertume.

Toute son enfance, Tess avait entendu sa mère dire aux gens à mi-voix : « Ma fille est un peu timide. Elle tient ça de son père, j'en ai bien peur. » Son ton badin cachait mal son mépris. Aussi, Tess en avait conclu que la timidité – toute forme de timidité – était un vilain défaut. *Comment ? Tu ne veux pas sortir ? Voir du monde ? Mais qu'est-ce qui cloche chez toi ?*

Pas étonnant qu'elle associe son manque d'assurance à une pathologie honteuse et inavouable.

Elle regarda sa mère.

« Pourquoi tu n'y allais pas toute seule ?

— Quoi ? fit Lucy en levant le nez du compas. Aller où ?

— Laisse tomber. Rends-moi mon compas, dit Tess en tendant la main. Je le trouve très chouette. »

En se garant devant la maison de Rachel Crowley, Cecilia se demanda pourquoi elle s'imposait une chose pareille. Elle aurait pu se contenter de lui déposer sa commande de Tupperware au secrétariat de l'école après le week-end de Pâques, délai convenu avec les invitées de Marla. Elle avait, semble-t-il, autant besoin de voir Rachel que de la fuir.

Peut-être voulait-elle la voir car si quelqu'un avait toute légitimité pour s'exprimer sur le dilemme qui l'occupait, c'était bien Rachel. Évidemment, « dilemme » était un mot trop faible. Un mot trop égoïste. Un mot qui suggérait que les sentiments de Cecilia entraient en ligne de compte.

Elle prit les Tupperware sur le siège passager et descendit de sa voiture. Peut-être qu'en réalité, elle était là car elle savait que Rachel avait toutes les raisons de la détester. Or l'idée qu'on ne l'aime pas lui était insupportable. *Je ne suis qu'une enfant,* songea-t-elle en frappant à la porte. *Une enfant de quarante ans en pleine préménopause.*

Cecilia n'avait pas repris contenance lorsque la porte s'ouvrit.

« Oh, fit Rachel visiblement dépitée. Cecilia.

— Je suis navrée. » *Si vous saviez à quel point.* « Vous attendiez quelqu'un ?

— Pas vraiment. Comment allez-vous ? demanda Rachel, soucieuse de faire bonne figure. Mes Tupperware ! Super ! Merci mille fois. Je vous propose quelque chose ? Où sont vos filles ?

— Chez ma mère. Elle a manqué leur défilé ce matin. Du coup, elle a tenu à les prendre pour le goûter, histoire de se rattraper. Bref. C'est sans importance ! Je ne veux pas m'imposer, je ne faisais que…

— Vous êtes sûre ? Je viens de mettre de l'eau à bouillir. »

Cecilia ne se sentit pas le courage de refuser. Ses jambes la portaient à peine. Si Rachel lui ordonnait de tout avouer, elle s'exécuterait. Elle en rêvait presque.

Le cœur battant, comme sous l'effet d'une menace physique, elle franchit le seuil de la porte pour découvrir une maison du même genre que la sienne.

« Allons dans la cuisine, proposa Rachel. J'y ai mis le chauffage. Ça se rafraîchit l'après-midi, je trouve.

— On avait le même lino avant ! s'écria Cecilia en entrant dans la pièce.

— Le revêtement de sol dernier cri il y a de ça quelques… décennies, non ? fit Rachel en prenant des tasses. La maison aurait besoin d'un bon petit coup de neuf, comme vous pouvez le constater, mais je n'ai pas la fibre déco ! Carrelage, moquette, peinture… tout ça ne m'intéresse pas le moins du monde ! Tenez. Lait ? Sucre ? Servez-vous.

— C'est Janie sur cette photo, non ? » demanda Cecilia, postée devant le réfrigérateur. « Avec Rob ? » Quel soulagement de dire « Janie » à haute voix ! Elle était si présente à son esprit que Cecilia craignait que son nom lui échappe à un moment incongru.

Le cliché, mal cadré et délavé, était fixé à l'aide d'un simple magnet publicitaire (*Pete, le plombier de toutes vos urgences*). Dessus, Janie et son frère cadet, debout près d'un barbecue, une canette de Coca-Cola à la main. Le visage face à la caméra, la mâchoire pendante, tous deux arboraient un air interdit, comme pris sur le vif. Un portrait plus vrai que nature qui rendait la mort de Janie d'autant plus invraisemblable.

« Oui, c'est elle. Cette photo se trouvait là quand elle est morte. Je ne l'ai jamais retirée. C'est idiot, vraiment. J'en ai de bien plus jolies. Asseyez-vous. J'ai des macarons, ces petits biscuits qui viennent de France. Vous devez déjà connaître. C'est très raffiné. Pas vraiment mon genre, soit dit en passant, mais il faut reconnaître qu'ils sont vraiment délicieux. Prenez-en un.

— Merci », dit Cecilia en s'asseyant.

Puis elle prit un macaron. Insipide et poudreux. Elle s'empressa de boire du thé et se brûla la langue.

« Merci pour les Tupperware. Je suis impatiente de m'en servir. Dès demain – pour l'anniversaire de la mort de Janie. Ça fera vingt-huit ans. »

Ne saisissant pas le lien entre les Tupperware et ce triste anniversaire, Cecilia se demanda si elle avait bien entendu.

« Je suis désolée », dit-elle. Consciente des tremblements qui agitaient sa main, elle reposa sa tasse sur sa soucoupe.

« Non, c'est moi qui suis désolée. Je n'aurais pas dû vous dire ça. C'est juste que j'ai beaucoup pensé à elle aujourd'hui. Plus encore que d'habitude. Parfois, je m'interroge : aurais-je autant pensé à ma fille si elle n'était pas morte ? Je ne pense pas si souvent à ce pauvre Rob. Je ne suis pas tout le temps en train de me faire du souci pour lui. On pourrait croire qu'après avoir perdu un de mes

340

enfants, j'aurais peur qu'il arrive quelque chose à l'autre, mais non. C'est affreux, n'est-ce pas ? Cela dit, je m'inquiète toujours pour mon petit-fils. Jacob.

— Je pense que c'est normal », dit Cecilia.

Soudain, sa propre audace la sidéra. Un lot de Tupperware et deux ou trois platitudes pour la mère de la fille assassinée par son mari ! Dans sa cuisine, en plus !

« J'aime mon fils, vous savez », murmura Rachel, le nez dans son thé. Elle regarda Cecilia d'un air penaud puis : « Je ne voudrais pas vous donner l'impression que je ne me suis pas occupée de lui.

— Loin de moi cette idée ! »

Cecilia remarqua avec effroi une miette de maca-ron sur la lèvre inférieure de Rachel – détail qui faisait basculer cette femme d'ordinaire très digne dans la sénilité.

« J'ai simplement le sentiment qu'il est davan-tage l'époux de Lauren que mon fils à présent. C'est quoi, ce vieux dicton, déjà ? Ton fils reste ton fils jusqu'au jour de ses noces, mais ta fille reste ta fille jusqu'au seuil de ta fosse.

— Je l'ai déjà entendu, en effet. Je ne saurais dire si c'est vrai. »

Cecilia était à l'agonie. Elle ne pouvait quand même pas prévenir Rachel qu'elle avait un bout de gâteau bleu collé sur la bouche alors qu'elle parlait de Janie.

Rachel prit une gorgée de thé. Voilà qui devrait régler le problème. Elle posa sa tasse. Non. La miette logeait à présent à la commissure de ses

341

lèvres. Cecilia ne voyait plus que ça. Elle ne pouvait plus se taire.

« Oh là là, s'exclama Rachel. Je radote, c'est affreux. Vous devez vous dire que je perds la boule ! La vérité, c'est que je ne suis plus tout à fait moi-même depuis le soir où vous m'avez ramenée. En rentrant, j'ai fait une découverte. »

Elle passa la langue sur ses lèvres. La miette disparut, au grand soulagement de Cecilia.

« Une découverte ? » Elle but une longue gorgée de thé. Plus vite elle le boirait, plus vite elle pourrait filer. C'était très chaud, comme chez sa mère.

« Une découverte qui désigne clairement le meurtrier de Janie. Une nouvelle preuve. Je l'ai donnée à la police – Oh ! Oh, mon Dieu, Cecilia, est-ce que ça va ? Vite ! Il faut vous passer la main sous l'eau froide ! »

41

À l'arrière de la moto, Tess resserrait son étreinte autour de la taille de Connor à chaque virage. Les lumières des réverbères et des devantures formaient une traînée indistincte alentour ; le vent sifflait dans ses oreilles ; son cœur palpitait à chaque accélération.

« N'aie pas peur, avait dit Connor en l'aidant à serrer la sangle de son casque. Je suis un motard prudent, voire carrément plan-plan. Je roule toujours en dessous des limitations de vitesse. Surtout quand je tiens à mon passager... » Puis il s'était approché, laissant leurs casques s'entrechoquer doucement. Bien qu'émue par son geste et sa remarque, Tess s'était sentie un peu bête. Elle était trop vieille pour se laisser séduire par ce genre de gestes et de remarques. Elle était trop mariée.

Quoique.

Elle essaya de se rappeler ce qu'elle avait fait le jeudi soir précédent, au temps où elle vivait à Melbourne, au temps où elle était toujours la femme de Will et la cousine de Felicity. Ah oui ! Elle avait préparé des muffins à la pomme. Le péché mignon de Liam pour la collation du matin à l'école. Puis elle avait rejoint Will au salon où chacun avait travaillé sur son ordinateur portable – elle, à éditer des factures, lui, à peaufiner la campagne Stoptoux – un œil sur la télévision. Ils s'étaient couchés ensemble après avoir bouquiné. Et... Non. Euh... si, si, ils avaient fait l'amour. Un petit coup rapide. Réconfortant et très agréable, comme un muffin. Aux antipodes de la torride partie de jambes en l'air qui avait eu lieu dans le couloir chez Connor. Mais c'était ça, le mariage. Comme un muffin à la pomme tout juste sorti du four.

Il avait probablement pensé à Felicity pendant qu'ils faisaient l'amour.

Cette éventualité lui fit l'effet d'une gifle.

En y repensant, il s'était montré plus tendre qu'à son habitude ce soir-là. Tess s'était sentie tout particulièrement aimée, alors qu'en réalité tout ce qu'il éprouvait pour elle, c'était de la *pitié*.

Peut-être même qu'il se demandait s'ils vivaient là leur dernière nuit câline.

Une vague de chagrin l'envahit subitement. Elle se blottit contre Connor, comme si leurs corps pouvaient ne faire qu'un. Au feu suivant, il lui caressa la cuisse, provoquant chez elle de délicieuses convulsions de plaisir. Tess prit conscience que sa peine décuplait toutes ses sensations. La virée en moto, la caresse sur sa cuisse, tout était plus agréable que la normale. La semaine précédente, elle vivait dans un cocon de douceur à l'abri de la souffrance. Ce soir, elle replongeait dans l'adolescence : une plongée délicieusement douloureuse, belle et brutale à la fois.

Ça avait beau lui faire mal, elle n'avait aucune envie d'être chez elle à Melbourne. Au diable la pâtisserie, les séries télé et la facturation ! Ce qu'elle voulait, c'était filer à toute vitesse sur cette moto, ici et maintenant, le cœur battant, en vie.

À vingt et une heures passées, Cecilia et John-Paul discutaient dans le cabanon de la piscine au fond de leur jardin, à l'abri des oreilles indiscrètes – leurs filles avaient le don pour entendre ce qu'elles n'étaient pas censées savoir. Assise face à la maison, Cecilia discernait leurs visages illuminés par la télévision à travers les portes-fenêtres. Ce soir, comme à chaque début de vacances, elles avaient le droit de regarder des films en mangeant du pop-corn jusqu'à tomber de sommeil.

Cecilia regarda le bassin en forme de haricot puissamment éclairé par des spots effleurant la surface de l'eau miroitante, parfait symbole d'une vie heureuse en banlieue chic que seul le bruit discontinu du filtre de la piscine venait troubler. Voilà plusieurs semaines qu'elle avait demandé à John-Paul de s'en occuper. Il n'en avait pas trouvé le temps mais, si elle avait fait appel à un professionnel, il aurait fait un scandale. Monsieur l'aurait pris comme un affront à ses talents de bricoleur. Évidemment, le jour où il finirait par se pencher sur la question, il ne parviendrait pas à le réparer et Cecilia devrait quand même faire venir quelqu'un. Prodigieusement agaçant, n'est-ce pas ? *Faire ce que ma femme me demande tout de suite, histoire qu'elle n'ait pas l'affreuse impression d'être une casse-pieds.* Voilà le genre de choses que John-Paul aurait dû inclure dans son maudit programme de rédemption.

Elle aurait donné n'importe quoi pour être au beau milieu d'une banale dispute conjugale concernant ce satané filtre. Même une vilaine dispute dont personne ne sort indemne aurait mieux valu que l'angoisse permanente qui la tenaillait. Elle s'insinuait partout – dans son ventre, dans sa poitrine, jusque dans sa bouche. Quelles conséquences tout ça aurait-il sur sa santé ?

Elle se racla la gorge. « J'ai quelque chose à te dire. » Comment réagirait-il en apprenant que Rachel Crowley avait découvert une nouvelle preuve ? Aurait-il peur ? Prendrait-il ses jambes à son cou ? Commencerait-il une vie de fugitif ?

Rachel ne lui avait pas révélé la nature exacte de sa découverte car l'incident avec le thé (Cecilia en avait renversé partout) l'avait distraite. Cela dit, Cecilia était dans une telle panique qu'elle n'avait même pas songé à l'interroger. Elle aurait dû. Elle s'en rendait compte à présent. Ça aurait pu être utile d'en savoir plus. Eh bien ! Elle avait des progrès à faire dans son nouveau rôle d'épouse de criminel !

Si ladite preuve incriminait quelqu'un, Rachel ne savait certainement pas de qui il s'agissait, sinon, elle n'en aurait pas parlé à Cecilia, n'est-ce pas ? Elle n'arrivait pas à réfléchir.

« Je t'écoute », dit John-Paul d'une voix étrange qui lui rappela le ton faussement léger sur lequel il répondait aux filles lorsqu'il sentait une migraine arriver. Assis sur le banc en bois en face d'elle, il portait une paire de jeans et le chandail rayé à manches longues que les filles lui avaient offert pour la fête des Pères l'année précédente. Il se pencha en avant, les mains entre les jambes.

« Tu as un début de migraine ? demanda-t-elle.

— Ça va.

— Bon. Alors voilà : aujourd'hui, à la parade de Pâques, j'ai croisé…

— Et *toi*, Cecilia, est-ce que ça va ?

— Très bien, fit-elle avec impatience.

— On ne dirait pas. Tu as l'air vraiment malade. C'est moi qui te rends malade, poursuivit-il d'une voix tremblante. Tout ce que j'ai toujours voulu, c'était vous rendre heureuses, toi et les petites. Et maintenant, je t'ai mise dans une position insupportable.

— Insupportable », reprit-elle en glissant les doigts entre les lattes du banc. Elle regarda ses filles qui riaient aux éclats. « C'est le mot.

346

— Au bureau, aujourd'hui, je n'ai pas arrêté de me demander comment je pouvais arranger les choses, pour toi notamment. » Il vint s'asseoir près d'elle. « Évidemment, je ne peux pas. Pas vraiment. Mais sache que si tu veux que je me livre à la police, je le ferai. Je ne vais pas te demander de porter ce poids si c'est trop lourd pour toi. »

Il lui prit la main. « Quoi que tu exiges, Cecilia, je le ferai. Avouer – à la police, à Rachel Crowley ; partir, si tu ne peux plus supporter de vivre avec moi. Je dirai aux filles qu'on se sépare parce que… je ne sais pas encore mais en tout cas, je dirai que c'est ma faute. »

Les mains moites, John-Paul tremblait de tout son corps.

« Alors tu es prêt à aller en prison ? Et ta claustrophobie ?

— Il faudra bien que je fasse avec. De toute façon, c'est dans ma tête. »

Dans un élan de dégoût, elle lui lâcha la main et se leva.

« Que tu fasses avec ? Dans ce cas, pourquoi tu ne t'es pas rendu plus tôt ? Avant même qu'on se rencontre ? »

Les paumes tournées vers le ciel, le visage défait, il la regarda d'un air implorant. « Je ne peux pas répondre à cette question, Cecilia. J'ai essayé de t'expliquer. Je suis désolé…

— Et maintenant, c'est à moi de décider ? Ça n'est plus de ton ressort ! Ça dépend de *moi* que Rachel apprenne ou non la vérité ! »

Revoyant la miette bleue sur la lèvre de Rachel, elle frissonna.

« Uniquement si c'est ce que tu souhaites, répondit John-Paul au bord des larmes. Je voulais juste te rendre les choses plus faciles.

— Ah oui ? En en faisant *mon* problème ? » cria Cecilia.

Mais sa colère laissait déjà place à un immense désespoir. La proposition de John-Paul ne changeait rien. Ou pas grand-chose. C'était bel et bien son problème. Depuis l'instant où elle avait ouvert cette lettre, c'était son problème.

Elle se laissa retomber sur le banc à l'autre bout du cabanon.

« J'ai vu Rachel Crowley aujourd'hui. Je lui ai déposé sa commande. Elle m'a confié qu'un nouvel élément permettait d'identifier le meurtrier de Janie. »

John-Paul releva brusquement la tête. « Impossible. Il n'y a rien. Pas la moindre preuve.

— Je ne fais que rapporter ce qu'elle m'a dit.

— Bon. » Il ferma les yeux un instant, comme pris de vertiges. Puis : « Nous n'aurons peut-être pas à décider alors. Je veux dire, *je* n'aurai pas à décider. »

Quels avaient été les mots exacts de Rachel ? « Une découverte qui désigne clairement le meurtrier de Janie. » Quelque chose comme ça.

« Et si cette preuve impliquait *quelqu'un d'autre* ? dit soudain Cecilia.

— Dans ce cas, il faudrait que je me rende, répondit John-Paul. C'est évident.

— Évident.

— Ça semble tellement peu probable, dit-il d'une voix lasse. Tu ne crois pas ? Après toutes ces années.

— C'est vrai », admit Cecilia.

Ils se turent. John-Paul se tourna vers la maison pour regarder les filles. Le filtre de la piscine se fit entendre de plus belle, tel le râle d'un ogre rôdeur tout droit sorti d'un cauchemar d'enfant.

«Je jetterai un œil à ce filtre demain », dit John-Paul.

Cecilia ne dit pas un mot. Elle se mit à respirer au rythme de l'ogre.

42

« C'est un peu le deuxième rendez-vous dont on rêve toutes ! » dit Tess.

Assis côte à côte sur un muret en brique face à la mer, Tess et Connor buvaient du chocolat chaud dans des gobelets jetables. Le clair de lune se reflétait sur les chromes de la moto garée derrière eux. Emmitouflée dans le blouson en cuir que Connor lui avait prêté, Tess respirait le parfum de son après-rasage.

« Oui, répondit Connor. Le charme opère à tous les coups.

— J'étais déjà sous le charme après notre premier rancard ! Pas la peine de me faire le grand jeu ! »

Sa voix sonnait faux à ses propres oreilles, comme si elle essayait d'être quelqu'un d'autre, une de ces filles impertinentes, exubérantes. En fait, on aurait dit une pâle imitation de Felicity.

Tout ce qu'elle avait ressenti sur la moto, la magie, l'intensité, semblait s'être estompé ; à présent elle était gênée. Le clair de lune, la virée en moto, le parfum entêtant sur le blouson, le chocolat chaud, c'était trop. Affreusement sentimental. Les grands moments romantiques, ça n'avait jamais été sa tasse de thé, au contraire, ça la faisait gentiment ricaner.

Connor se tourna vers elle, arborant une mine on ne peut plus sérieuse. « Ce qui s'est passé l'autre soir, c'était donc un premier rendez-vous ? » Dans ses yeux gris perçait une gravité aux antipodes de la gaieté qui caractérisait ceux de Will. Il n'était d'ailleurs pas homme à rire, ce qui rendait ses rares manifestations de joie d'autant plus précieuses. Tu vois, Will, ce qui compte, c'est la *qualité*, pas la *quantité.*

« Oh, eh bien… » S'imaginait-il qu'ils sortaient vraiment ensemble ? « Je ne sais pas. Ce que je veux dire…

— Relax ! fit-il en posant la main sur son bras. Je plaisantais. Je te l'ai dit. Je suis simplement ravi de passer du temps avec toi. »

Elle but une gorgée puis changea de sujet. « Qu'est-ce que tu as fait de beau cet après-midi ? Après le boulot ? »

Connor hésita un instant puis, haussant les épaules : « Je suis allé courir, j'ai pris un café avec Ben et sa petite copine, et euh, j'ai vu ma psy. À dix-huit heures. Ensuite, j'ai mangé un curry à l'indien d'à côté. Mon rituel du jeudi : séance de psy suivie d'un délicieux curry d'agneau. C'est fou, j'en reviens toujours à ma thérapie.

— Tu lui as parlé de moi, à ta psy ?

— Bien sûr que non, répondit-il en souriant.

— Menteur ! fit-elle en lui poussant doucement la jambe.

— Okay, j'avoue. Désolé. Mais quand il y a du nouveau, je la mets dans la confidence. Sinon, elle s'ennuierait !

— Et qu'a-t-elle dit ? demanda Tess en posant son gobelet sur le muret.

— Tu n'es pas une habituée du divan, toi ! Ils ne décrochent pas un mot. Ou alors, ça se résume à : "Et qu'avez-vous ressenti à ce moment-là ?" ou : "Comment expliquez-vous votre geste ?" – ce genre de choses.

— Je parie qu'elle désapprouve. »

Tess se voyait sans mal avec les yeux de la thérapeute : une ex-petite amie qui lui avait jadis brisé le cœur et qui réapparaissait subitement dans sa vie en pleine crise conjugale. *C'est un grand garçon et je ne lui donne pas de faux espoirs*, songea Tess sur la défensive. *Et qui sait ? Ça nous mènera peut-être quelque part. Ce n'est pas parce que je n'ai jamais pensé à lui après notre rupture que je ne peux pas tomber amoureuse de lui. Si ça se trouve, je suis déjà en train de tomber amoureuse de lui. Je sais que le meurtre de sa première petite amie l'a traumatisé. Je ne vais pas lui briser le cœur. Je suis quelqu'un de bien.*

À moins que... Elle prit vaguement conscience qu'il y avait quelque chose de presque honteux dans la façon dont elle avait traversé la vie jusque-là. N'y avait-il pas une forme de mesquinerie, de méchanceté même, à se couper des autres, à se réfugier derrière le rempart de sa timidité ? Ah, qu'elle était commode, sa « phobie sociale » ! Lorsque quelqu'un s'aventurait à chercher son amitié, elle tardait systématiquement à répondre aux coups de fil ou aux mails, décourageant, à son immense soulagement, toute velléité d'intimité. Elle aurait pu être une meilleure mère pour Liam si elle l'avait aidé à se faire d'autres copains que Marcus. Mais non. Elle s'était contentée de passer son temps avec Felicity, à boire des verres sur le canapé tout en se moquant du monde entier. Personne ne trouvait grâce à leurs yeux : les gens étaient toujours trop intellos, trop sportifs, trop riches, trop maigres... Les pires ? Ceux qui avaient un coach à domicile ou un petit chien, ceux qui changeaient leur statut Facebook tous les quatre matins – sans parler de leurs commentaires truffés de fautes d'orthographe –, ceux qui s'investissaient toujours à fond. Les gens comme Cecilia Fitzpatrick.

Tess et Felicity passaient leur vie sur la ligne de touche d'où elles regardaient, sans jamais se départir de leur petit sourire narquois, ceux qui voulaient bien jouer.

Si Tess avait pris la peine de développer son réseau social, Will ne serait peut-être pas tombé amoureux de Felicity. Du moins, il aurait eu tout un éventail de maîtresses potentielles à sa disposition.

À l'heure où sa vie s'écroulait, Tess n'avait personne vers qui se tourner. Pas un ami. D'où son attitude avec Connor. Elle avait besoin d'un *ami*.

« Je rentre dans le schéma, n'est-ce pas ? dit Tess tout à coup. Tu choisis toujours des femmes qui ne te conviennent pas et j'en suis une.

— Mouais. Le pire, c'est que tu n'as même pas apporté les brioches que tu m'avais promises. »

Il termina son chocolat, posa son gobelet sur le rebord du muret et s'approcha d'elle.

«Je me sers de toi, dit-elle. Je suis horrible. »

Passant sa main chaude sur la nuque de Tess, il l'attira vers lui, si près qu'elle sentait son haleine chocolatée. Puis il lui prit son gobelet des mains sans qu'elle oppose la moindre résistance.

«Je me sers de toi pour ne pas penser à mon mari. » Elle tenait à ce que ce soit clair.

« Tess, ma belle, tu crois que je ne le sais pas ? » Puis il l'embrassa.

Un baiser si profond, si absolu qu'elle eut l'impression de tomber dans le vide, de flotter, de tournoyer, telle Alice au Pays des merveilles.

6 avril 1984

Janie n'aurait jamais imaginé qu'un garçon puisse rougir. Elle avait déjà vu son frère Rob piquer un fard, mais ça ne comptait pas vraiment. Non, ce qui l'étonnait, c'était qu'un garçon comme John-Paul Fitzpatrick – beau, élégant, éduqué dans le privé – puisse rougir. Pourtant, en cette fin d'après-midi, malgré la lumière changeante qui rendait tout indistinct et confus, elle ne put ignorer l'émoi qui empourprait le visage de John-Paul. Même ses oreilles, remarqua-t-elle, s'étaient teintées d'un rose translucide.

Elle lui avait simplement sorti son petit discours : depuis quelque temps, elle en voyait « un autre », il voulait devenir « son, euh…, petit ami », pour de vrai, rendre les choses « comme qui dirait, euh, officielles », du coup, ils ne pouvaient plus vraiment se fréquenter.

Elle s'était vaguement dit qu'il valait mieux faire porter le chapeau à Connor, prétendre qu'il la forçait à rompre avec John-Paul, mais maintenant qu'elle le voyait rougir, elle se demandait s'il n'aurait pas été plus judicieux de carrément taire l'existence d'un autre garçon. Elle aurait pu se servir de son père. Dire qu'elle avait la trouille de sa réaction s'il découvrait qu'elle avait un amoureux.

Mais une partie d'elle-même avait tenu à ce que John-Paul sache qu'elle était très demandée.

« Janie, dit-il d'une voix aiguë, presque geignarde, je croyais que c'était *moi*, ton petit ami. »

Janie fut horrifiée. Son visage vira au rouge sous l'effet de la pitié. Elle détourna le regard en direction des balançoires et laissa échapper un petit rire. Un rire étrange et haut perché. C'était une mauvaise habitude, un tic nerveux qui la prenait toujours lorsque les choses ne prêtaient absolument pas à rire. Comme le jour où le principal du collège, d'un naturel enjoué, était venu dans sa classe pour annoncer d'un air triste que leur professeur de géographie venait de perdre son mari. La nouvelle l'avait bouleversée. Pourtant, du haut de ses treize ans, Janie s'était mise à rire. Elle ne pouvait pas l'expliquer. Ce jour-là, ses camarades s'étaient tous tournés vers elle d'un air désapprobateur. Elle aurait donné n'importe quoi pour disparaître sous terre.

Tout à coup, John-Paul se jeta sur elle. L'espace d'un instant, elle songea qu'il allait l'embrasser. Une stratégie de génie. Étrange, certes, mais flatteuse et excitante. Il ne la laisserait pas rompre. Il ne le tolérerait pas !

Mais ensuite, elle sentit ses mains serrer son *cou*. « John-Paul, tu me fais mal », essaya-t-elle de dire, mais pas un mot ne sortit de sa bouche. Elle n'avait plus qu'une idée en tête : éclaircir ce terrible malentendu, lui expliquer qu'en réalité, c'était *lui* qu'elle aimait, pas Connor, elle n'avait jamais voulu lui faire de la peine, oui, elle serait sa petite amie. Elle plongea son regard dans ses yeux magnifiques, essaya de lui faire comprendre, et pendant une seconde, il lui sembla y percevoir un changement, un sentiment d'horreur, une soudaine prise de conscience. Il desserra son étreinte mais il se passait autre chose : son corps était la proie d'un autre mal, un mal inconnu qui lui rappela qu'aujourd'hui, sa mère devait venir la chercher au lycée pour l'amener chez le docteur. Elle avait oublié et rendu visite à Connor à la place. Sa mère allait être furieuse.

Sa dernière pensée cohérente se résuma à deux mots : *Oh, merde.*

Ensuite, une peur panique absolue s'empara d'elle.

VENDREDI SAINT

43

« Du jus ! réclama Jacob.

— Qu'est-ce que tu veux, chéri ? » demanda Lauren à voix basse.

Du jus, répéta Rachel *in petto. Il veut du jus. Vous êtes sourde ou quoi ?*

Le jour venait à peine de se lever sur le Wattle Valley Park. Grelottants de froid, Rachel, Rob et Lauren battaient la semelle en se frottant les mains tandis que Jacob, engoncé dans une parka qui lui donnait des airs de robot, allait et venait entre leurs jambes.

Comme en toutes circonstances, Lauren portait son trench-coat, mais elle avait les traits tirés et plusieurs mèches de cheveux s'échappaient de sa queue-de-cheval d'ordinaire impeccable. Dans sa main, une rose rouge – choix idiot aux yeux de Rachel. On ne fêtait pas la Saint-Valentin, bon sang.

Elle-même tenait un petit bouquet de pois de senteur de son jardin entouré d'un ruban de velours vert identique à ceux que Janie portait lorsqu'elle n'était qu'une petite fille.

« Tu déposes les fleurs à l'endroit où Janie a été retrouvée, lui avait un jour demandé Marla. Au pied du toboggan ?

— Bien sûr, Marla, pour que des tas de gosses les piétinent, avait-elle répondu du tac au tac.

— Ah, oui, pas bête ! » avait concédé son amie. Il lui en fallait davantage pour se vexer.

De toute façon, ce n'était plus le même toboggan. Les anciennes installations en métal avaient laissé place à une aire de jeux futuriste dont le sol, un revêtement en caoutchouc, donnait aux enfants une drôle de démarche d'astronaute.

« Du jus ! répéta Jacob.

— Je ne comprends pas, chéri, dit Lauren en ramenant sa queue-de-cheval sur son épaule. Tu veux que j'ouvre un peu ton blouson ? »

Pour l'amour du ciel. Rachel soupira. Non qu'elle ressentait vraiment la présence de Janie lorsqu'elle était ici d'habitude. À vrai dire, Rachel ne pouvait pas l'imaginer dans ce parc. L'idée même qu'elle y soit venue dépassait l'entendement. Aucun de ses amis n'avait su qu'elle le fréquentait. Évidemment, seul un garçon avait pu l'entraîner jusqu'ici. Un garçon du nom de Connor Whitby. Il avait sûrement voulu coucher avec elle et Janie avait refusé. Elle n'aurait pas dû. Tout ça, c'était la faute de Rachel. Combien de fois lui avait-elle fait la leçon ? Comme si sa virginité appartenait au sacré ! Sa vie était tellement plus précieuse. « Couche avec qui tu veux, Janie. Tâche de rester en vie, c'est tout. » Voilà ce qu'elle aurait dû lui dire.

Ed n'était jamais venu se recueillir au parc. « À quoi bon ? disait-il. Tu ne vois pas que c'est trop tard pour y aller ? Satané parc. »

Sacrément vrai, Ed.

Mais Rachel avait le sentiment qu'elle avait une dette envers Janie, qu'elle lui devait de venir ici chaque année, un bouquet de fleurs à la main.

Lui demander pardon car elle n'avait pas été là au bon moment. Être là maintenant, imaginer ses derniers instants de vie, honorer ce lieu, témoin de son dernier souffle. Elle aurait donné n'importe quoi pour voir les derniers instants de Janie, ces précieuses minutes, s'imprégner du spectacle de ses bras trop longs, de ses jambes trop fines, de son visage trop anguleux. C'était idiot, n'est-ce pas ? Car si Rachel s'était trouvée là, elle n'aurait pas eu le loisir de la contempler, trop occupée à essayer de la sauver. Mais quand bien même elle n'aurait pas réussi à changer le cours des choses, elle aurait voulu être là.

Ed avait probablement raison. Ce pèlerinage n'avait pas de sens, réalité d'autant plus prégnante cette année que Rob, Lauren et Jacob semblaient plantés là, à attendre qu'il se passe quelque chose, que le rideau se lève.

« Du jus !

— Désolée, mon chéri, je ne comprends pas ce que tu veux.

— Il veut du jus », intervint Rob d'un ton si bourru que Rachel faillit prendre Lauren en pitié. Rob ressemblait tellement à son père quand il était de mauvaise humeur. « On n'en a pas, mon grand. Tiens, ta bouteille d'eau. Bois.

— Tu sais bien qu'on ne boit pas de jus de fruits, Jacob. C'est mauvais pour les dents », déclara Lauren.

La tête en arrière, Jacob but avidement tout en regardant sa grand-mère, l'air de dire : *Je bois tout le temps du jus chez toi mais c'est un secret.*

Lauren resserra la ceinture de son trench puis, se tournant vers Rachel : « Vous dites quelques mots, d'habitude ? Ou, euh…

— Non, je pense à elle, c'est tout », répondit Rachel d'un ton cassant. *Qu'elle se taise, au nom du ciel !* Pas question de se laisser déborder par ses émotions devant Lauren. « On ne va pas tarder. Il fait frisquet. Jacob pourrait attraper froid. »

Quelle idée de venir ici avec Jacob. Aujourd'hui. Dans ce parc. À l'avenir, peut-être rendrait-elle hommage à Janie d'une autre façon. Elle irait sur sa tombe, comme le jour de son anniversaire.

Faites que cette journée interminable passe, qu'on n'en parle plus. Jusqu'à l'année prochaine. Foutues minutes qui traînaient en longueur. Allez ! Circulez ! Que les cloches sonnent minuit au plus vite !

« Rob, tu veux dire quelques mots ? » demanda Lauren.

Rachel faillit répondre à sa place : « Bien sûr que non. » Mais elle s'arrêta à temps et se tourna vers lui. Le cou tendu, la mâchoire serrée, il regardait le ciel et se tenait le ventre comme quelqu'un qui fait une attaque.

C'est la première fois qu'il vient ici, songea Rachel. *La première fois, depuis la mort de Janie.* Elle s'avança vers lui. Trop tard. Lauren, plus rapide, lui avait pris la main.

« Ça va aller, murmura-t-elle. Tout va bien. Respire, mon amour, respire. »

Rachel observa, impuissante, cette jeune femme qu'elle connaissait si mal réconforter son propre fils qu'elle connaissait probablement tout aussi mal. Elle ne savait rien ou pas grand-chose de son chagrin, songea-t-elle en le voyant se pencher vers sa femme. Elle avait préféré l'ignorer. Faisait-il des cauchemars ? Réveillait-il Lauren haletant et en sueur ? Lui parlait-il de sa sœur dans la pénombre de leur chambre ?

Sentant une pression sur son genou, Rachel baissa les yeux.

« Mamie, dit Jacob en lui faisant signe de se baisser.

— Qu'y a-t-il, mon grand ?

— Du jus, chuchota-t-il au creux de son oreille. S'il te plaît. »

Chez les Fitzpatrick, toute la maisonnée fit la grasse matinée. Première réveillée, Cecilia attrapa son iPhone sur la table de chevet. Neuf heures trente. La lumière délavée du matin inondait la chambre de gris.

Comme chaque année à l'occasion du Vendredi saint, ils n'avaient strictement rien prévu, un luxe qu'en dehors du matin de Noël ils ne s'accordaient jamais. Le lendemain, elle n'aurait pas une minute à elle avec la préparation du déjeuner pascal, mais aujourd'hui, il n'y aurait ni invités, ni devoirs, ni même de commissions à faire. Aucune raison de courir. L'air était frais, le lit chaud et douillet.

John-Paul a assassiné la fille de Rachel Crowley, se rappela-t-elle, oppressée. Jamais plus elle ne connaîtrait le sentiment de paix qui l'habitait d'ordinaire le Vendredi saint à l'idée de n'avoir aucune obligation car, pour le restant de sa vie, la conscience d'avoir failli la tarauderait.

Allongée sur le côté, elle sentait le poids du bras de John-Paul sur sa taille et la chaleur de son corps derrière elle. Son mari. Son mari, le meurtrier. Aurait-elle dû savoir ? Deviner ? Les cauchemars, les migraines, les moments où il se montrait si entêté, si étrange. Ça n'aurait pas changé quoi que ce soit, mais quelque part, elle avait le sentiment d'avoir été négligente. « Il est comme ça », se disait-elle. À présent qu'elle savait, elle ne pouvait s'empêcher de voir certains moments de leur vie de couple sous un jour nouveau. Son refus d'agrandir la famille, par exemple. « Si on essayait de faire un garçon ! » avait-elle dit à l'époque où Polly commençait juste à marcher. Soit dit en passant, elle pensait qu'une quatrième petite fille aurait été un immense bonheur pour lui comme pour elle. Mais à sa grande surprise, John-Paul lui avait opposé un veto catégorique. Sans aucun doute, un autre moyen pour lui de se punir. Il devait rêver d'avoir un fils.

Penser à autre chose. Pourquoi ne pas se lever et commencer à cuisiner pour dimanche ? Comment s'en sortirait-elle avec tous ces invités, ces conversations, cette bonne humeur ? Drapée dans sa droiture, la mère de John-Paul trônerait dans son fauteuil préféré entourée de sa cour, au fait du secret. « C'était il y a tellement longtemps », avait-elle dit. Mais pour Rachel, ce devait être hier.

Cecilia se rappela avec un haut-le-cœur ce que Rachel lui avait dit : aujourd'hui, c'était l'anniversaire de la mort de Janie. John-Paul en avait-il seulement conscience ? Probablement pas. Il n'avait pas la mémoire des dates. Il oubliait son propre anniversaire de mariage ; il n'y avait aucune raison qu'il se souvienne de la date à laquelle il avait commis un meurtre.

« Au nom du ciel », dit-elle doucement alors qu'elle sentait revenir les symptômes physiques de sa nouvelle maladie. Nausée. Mal de tête. Il fallait qu'elle sorte de ce lit. Qu'elle échappe, d'une manière comme d'une autre, à ce mal. Au moment où elle allait rabattre les couvertures, elle sentit John-Paul resserrer son étreinte.

« Je me lève, fit-elle sans se retourner.

— Comment on ferait financièrement ? » demanda-t-il au creux de sa nuque. Sa voix était rauque, comme lorsqu'il avait un mauvais rhume. « Si je vais en... sans mon salaire ? Il faudrait vendre la maison, non ?

— On survivrait », répondit-elle sèchement.

C'était elle qui gérait le budget. Depuis toujours. John-Paul se réjouissait de ne pas avoir à se préoccuper des factures et des crédits.

« Tu es sûre ? On s'en sortirait ? » fit-il, pas convaincu. Issu d'une famille relativement aisée, John-Paul avait compris dès l'enfance qu'il pouvait s'attendre à gagner plus d'argent que la plupart des gens. Aussi, supposait-il tout naturellement que le ménage vivait grâce à lui. Sans vouloir l'induire en erreur quant aux sommes qu'elle avait gagnées ces dernières années, Cecilia n'avait pas pris le temps de lui en parler.

« Je me disais qu'en mon absence, poursuivit-il, on pourrait demander à Pete de nous envoyer un de ses garçons pour t'aider à entretenir la maison. Je pense aux gouttières, par exemple. C'est très important. Il ne faudra pas négliger les

365

gouttières, Cecilia. Surtout pendant la saison des feux de brousse. Je vais te faire une liste. J'y réfléchis encore. »

Immobile, Cecilia entendait les battements de son cœur dans ses oreilles. Comment en étaient-ils arrivés là ? C'était absurde. Impossible. Étaient-ils réellement en train d'évoquer le séjour de John-Paul en prison ?

« Je voulais vraiment apprendre aux filles à conduire, dit-il, la voix chevrotante. Leur montrer comment freiner quand la chaussée est mouillée. Ce n'est pas ton fort.

— N'importe quoi », protesta Cecilia en se tournant vers lui.

Le visage déformé par les sanglots, John-Paul plongea la tête dans son oreiller, comme pour cacher ses larmes. « Je sais que je n'ai pas le droit. Pas le droit de pleurer. C'est juste que l'idée de ne pas les voir tous les matins m'est insupportable. »

Rachel Crowley ne verra plus jamais sa fille, elle.

Mais elle ne put se résoudre à être si dure. Car elle l'aimait avant tout parce qu'il aimait ses filles. Leurs enfants avaient cimenté leur union, ce qui, elle le savait, n'était pas vrai pour tous les couples. Parler d'elles, rire de leurs faits et gestes, imaginer leur avenir, tout cela les remplissait de bonheur. N'avait-elle pas épousé John-Paul parce qu'elle savait quel genre de père il ferait ?

« Que vont-elles penser de moi ? » dit-il, le visage enfoui dans les mains. « Elles vont me détester.

— Tout va bien », chuchota Cecilia, à bout. « Ça va aller. Il ne va rien nous arriver. La vie va continuer comme avant.

366

— Mais, je ne sais pas, maintenant que je l'ai dit à voix haute, maintenant que tu es au courant, après toutes ces années, j'ai l'impression que c'est tellement vrai, plus vrai que jamais. C'est aujourd'hui, tu sais. » Il s'essuya le nez d'un revers de la main et la regarda. « La date anniversaire, c'est aujourd'hui. J'y pense tous les ans. Je déteste l'automne. Mais cette année, ça me semble encore plus horrible que d'habitude. Comment j'ai pu faire ça ? Moi ? Faire ça à la fille d'un autre ? Et maintenant, ce sont mes filles... mes filles qui doivent payer. »

Le remords, telle une douleur intolérable qui se propage dans tout le corps, le torturait. Guidée par son instinct qui lui dictait de le soulager, de le sauver, de mettre fin à cette souffrance, Cecilia le serra tout contre elle, comme un enfant, puis lui chuchota des mots apaisants à l'oreille : « Là, là, calme-toi. Ça va aller. Cette histoire de preuve, c'est impossible, après toutes ces années. Rachel doit se tromper. Allez. Respire. »

John-Paul enfouit son visage au creux de son épaule, inondant sa chemise de nuit de larmes.

« Ça va aller. » Elle savait que ce n'était pas vrai mais, en caressant la nuque dégagée de son mari, elle comprit finalement quelque chose. Quelque chose sur elle-même.

Elle ne lui demanderait jamais d'avouer.

Elle avait vomi dans le caniveau, sangloté par terre dans son cagibi, mais tout ça, visiblement, c'était pour l'effet. Car tant que personne d'autre ne serait accusé, elle garderait son secret. Cecilia Fitzpatrick, bénévole zélée qui ne rechignait jamais à s'acquitter de ses devoirs, à sacrifier son temps, à vous apporter un ragoût, et qui savait faire la différence entre le bien et le mal, était prête à fermer les yeux. Une autre mère en souffrirait? Qu'il en soit ainsi.

Sa bonté avait des limites. Elle aurait pu passer le reste de sa vie sans savoir où elles se trouvaient, mais à présent, elle le savait. Elle le savait parfaitement.

44

« Dis donc, toi, pourquoi tu me pleures le beurre? » s'exclama Lucy, vêtue de sa robe de chambre matelassée rose. « Les brioches de Pâques, ça se mange avec une tonne de beurre. À se demander si c'est bien moi qui t'ai élevée !

— À se demander si tu as déjà entendu parler du cholestérol ! » répliqua sa fille tout en la resservant.

Assis au soleil dans le jardin, Tess, Lucy et Liam dégustaient des brioches grillées avec leur thé.

Une brise vivifiante avait chassé la grisaille matinale propre au Vendredi saint et la journée s'était finalement parée de ses magnifiques couleurs d'automne. Les rayons du soleil perçaient l'épais feuillage du flamboyant de Lucy.

« Maman ? fit Liam, la bouche pleine.

— Mmm ? »

Les yeux fermés, la tête en arrière, Tess se sentait détendue malgré le manque de sommeil. Après la plage, la soirée de la veille s'était terminée chez Connor, où ils avaient de nouveau fait l'amour. Leurs étreintes avaient été spectaculaires, encore mieux que la nuit précédente. Il fallait reconnaître que Connor était un amant assez… exceptionnel. Il devait avoir un manuel. Un manuel qu'il avait lu de A à Z et que Will, lui, n'avait pas même ouvert. Dire que la semaine précédente, Tess voyait le sexe comme un passe-temps agréable auquel elle s'adonnait de temps en temps pour aussitôt passer à autre chose ! Aujourd'hui, elle était dévorée par le désir, comme si, dans la vie, seul le sexe comptait, comme si, entre deux rencontres torrides avec Connor, ce n'était pas vraiment vivre.

Elle avait le sentiment de ne plus pouvoir se passer de Connor, de la courbe si particulière de sa lèvre supérieure, de ses larges épaules, de son…

« Maman !

— Quoi ?

— Quand est-ce que…

— Finis ce que tu as dans la bouche.

— Quand est-ce que papa et Felicity arrivent ? Dimanche ? »

Tess rouvrit les yeux et regarda sa mère qui haussa les sourcils.

« Je ne sais pas, répondit-elle à Liam. Il faut qu'on en discute. Il y a des chances qu'ils aient du travail.

— Pour Pâques ? Mais moi, je veux voir papa décapiter mon lapin en chocolat. »

Chaque dimanche de Pâques, Liam et son père commençaient la journée par l'exécution en bonne et due forme d'un lapin en chocolat, rituel quelque peu violent mais ô combien amusant.

« Eh bien », commença Tess qui se demandait ce qu'elle était censée faire. Fallait-il, pour Liam, réunir la famille et faire semblant d'être heureux tous ensemble ? Non, ils faisaient de bien piètres acteurs ; son fils ne serait pas dupe un seul instant. Personne n'attendait cela d'elle, si ?

À moins qu'elle n'invite Connor ? Elle s'assiérait sur ses genoux comme une lycéenne, histoire de prouver à son ex qu'elle n'avait eu aucun mal à le remplacer – par le beau gosse de service, qui plus est. Il débarquerait sur sa grosse moto, décapiterait le lapin de Liam et, cerise sur le gâteau, infligerait une bonne correction à ce cher Will.

« On appellera papa tout à l'heure », finit-elle par dire. Le sentiment de paix qui l'habitait quelques instants plus tôt l'avait désertée.

« Non, maintenant ! décréta Liam en courant à l'intérieur.

— J'ai dit tout à l'heure, répondit Tess.

— Dieu du ciel, soupira Lucy en posant sa brioche.

— Je ne sais pas quoi faire », commença Tess, mais Liam réapparut, son portable à la main. Un bip se fit entendre tandis qu'il le lui tendait.

« C'est un message de papa ? »

Paniquée, Tess s'empara du téléphone. « Non. Je ne sais pas. Laisse-moi voir. »

Je pense à toi, Bises. Signé : Connor. Un petit sourire se dessina sur ses lèvres. Aussitôt, un deuxième bip.

« Là, ça doit être papa ! » s'exclama Liam, excité comme une puce.

De nouveau, Connor. *C'est une journée idéale pour faire du cerf-volant. Si tu es partante pour une petite sortie, rejoins-moi sur le terrain de l'école avec Liam. J'ai tout le matériel. (Si mauvaise idée, comprendrai.)*

« C'est Mr Whitby, Liam. Tu sais, ton nouveau prof de sport. »

Liam regarda sa mère d'un air ébahi. Sa grand-mère se racla la gorge.

« Mr Whitby, reprit Tess. Tu l'as eu en…

— Pourquoi il t'envoie des textos ?

— Tu ne finis pas ta brioche, mon grand ? demanda Lucy.

— En fait, Mr Whitby est un vieil ami. Tu te souviens, quand on s'est croisés au secrétariat de l'école ? On s'est connus il y a très longtemps. Avant ta naissance.

— Tess », intervint sa mère, comme pour la mettre en garde.

« Quoi ? » Connor était un vieil ami. Qu'y avait-il de mal à le dire à Liam ?

« Papa le connaît aussi ? » demanda-t-il.

Ah, les enfants ! On s'imagine qu'ils n'ont pas la moindre idée de ce qui se passe entre les adultes et tout à coup, ils font une remarque qui montre que, quelque part, ils comprennent tout.

« Non. C'était avant que je rencontre ton père. Bref, Mr Whitby m'a envoyé un message pour savoir si ça te disait de faire du cerf-volant.

— C'est ça ! » fit Liam d'un air renfrogné.

À croire qu'elle venait de lui demander de ranger sa chambre.

« Chérie, tu crois vraiment que c'est... enfin... »
Lucy mit ses mains en cornet autour de sa bouche
et termina sa phrase sans un son : « Approprié ? »

Tess ne releva pas. Personne n'arriverait à la faire
culpabiliser. Pourquoi diable elle et Liam devraient
rester enfermés à ne rien faire de la journée alors
que Will et Felicity étaient ensemble à faire Dieu
sait quoi ? Sans compter qu'elle tenait à ce que
cette thérapeute, cette ombre omniprésente dans
la vie de Connor, sache que Tess O'Leary n'était
pas qu'une folle névrosée assoiffée de sexe. C'était
une femme bien. Une femme *gentille*.

« Apparemment, il a un chouette cerf-volant,
reprit-elle. Il s'est simplement dit que ça te plairait de le faire voler. » Elle regarda sa mère. « Il se
montre *sympathique* parce que nous sommes nouveaux à l'école. » Puis, s'adressant à Liam : « Tu
as envie d'y aller ? Une petite demi-heure ?

— D'accord, répondit Liam à contrecœur. Mais
avant, j'appelle papa.

— Va t'habiller d'abord. Tu mets ton jean et ton
polo de rugby. Il fait plus frais que je ne pensais.

— D'accord. »

Il s'éloigna en traînant les pieds.

Tess pianota sur son clavier : *Rendez-vous sur le
terrain dans une demi-heure. Bises.*

Relisant son texto, elle effaça le dernier mot. La
psy pourrait l'accuser de donner de faux espoirs à
Connor. Elle repensa alors à tous les baisers lan-
goureux qu'ils avaient échangés la veille. Pour de
vrai. Quelle idiote ! *Grosses bises*, écrivit-elle. C'était
pas un peu *too much* ? Allez, *bise*. Une seule ? Un
peu frileux, non ? « Pfff ! » fit-elle en ajoutant un

-s avant d'envoyer le message. Elle leva les yeux. De nouveau, le regard scrutateur de sa mère pesait sur elle.

« Quoi ? dit Tess.

— Sois prudente, répondit Lucy.

— Qu'est-ce que je suis censée comprendre ? »

Dans sa voix, une pointe d'agressivité tout droit sortie de son adolescence.

« Simplement que tu n'as aucun intérêt à t'engager dans une voie sans retour. »

Tess vérifia que Liam n'était pas à portée de voix. « Un retour vers quoi ? Tu ne vois pas que c'est fini ! Notre mariage devait sacrément battre de l'aile pour qu'on...

— Foutaises ! l'interrompit Lucy avec véhémence. Il n'y a que dans les magazines féminins qu'on lit ce genre de conneries ! Mais ce qui t'arrive, c'est la vie. Les gens merdent, un point c'est tout. On est faits pour séduire et être séduits. Ça ne veut pas dire que ton mariage battait de l'aile. Je vous ai vus ensemble, toi et Will. Je sais à quel point vous vous aimez.

— Mais, maman, Will est tombé amoureux de Felicity. Amoureux, tu entends ? On ne parle pas d'un flirt un soir de fête au bureau. Ils s'aiment. » Elle regarda ses ongles en grimaçant avant de reprendre, plus doucement : « Et il se pourrait bien que je sois en train de tomber amoureuse de Connor.

— Et alors ? On a tous des élans amoureux ! Il n'empêche que neuf fois sur dix, ça retombe comme un soufflé ! Moi, la semaine dernière, j'ai littéralement craqué sur le gendre de Beryl !

Mais c'était la semaine dernière ! Tu craques pour Connor, soit. Mais ne me dis pas que c'est parce que ça allait mal dans ton couple. » Elle croqua dans sa brioche avant d'ajouter, la bouche pleine : « Évidemment, maintenant, ça ne va pas très fort. »

Impuissante, Tess laissa échapper un rire amer. « Et voilà ! C'est foutu.

— Pas si vous mettez votre amour-propre de côté.

— Comme si ce n'était qu'une question d'amour-propre ! » rétorqua Tess.

C'était agaçant ! Sa mère disait n'importe quoi. *Le gendre de Beryl !* Non mais, au secours !

« Oh, Tess, crois-moi, à ton âge, tout n'est que question d'ego.

— Qu'est-ce que tu suggères, alors ? Je m'assois dessus et je *supplie* Will de revenir ?

— Mais non, fit Lucy en levant les yeux au ciel. Tout ce que je te dis, c'est que tu ne dois pas prendre de décision irréversible. N'oublie pas Liam. Il…

— Mais j'y pense, figure-toi. » Puis, après un silence : « Et toi, et papa, vous avez pensé à moi quand vous vous êtes séparés ? »

Sa mère lui adressa un petit sourire plein d'humilité. « Probablement pas assez. » Elle prit sa tasse de thé avant de la reposer. « Parfois, quand je regarde en arrière, je me dis : Punaise ! Qu'est-ce qu'on a *dramatisé* ! Tout était noir ou blanc. Chacun a campé sur ses positions sans jamais se laisser fléchir. Quoi qu'il arrive, Tess, ne t'enferme pas dans la raideur. La vie demande un peu de… souplesse.

— De la souplesse », répéta Tess.

Lucy prêta l'oreille. « C'est la sonnette que j'ai entendue ?

— Aucune idée.

— Si c'est ma sœur qui ose encore se pointer sans prévenir, ça va barder. » Lucy se redressa, les yeux plissés. « Surtout, ne t'amuse pas à lui proposer un thé !

— Je crois que tu as rêvé, tu sais.

— Maman ! Mamie ! »

Liam fit coulisser la moustiquaire et apparut dans l'encadrement de la baie vitrée, l'air ravi et toujours en pyjama. « Regardez qui est là ! » Puis il s'effaça et avec un geste théâtral : « Tadaaa ! »

Une superbe blonde montra le bout de son nez. Pendant un court instant, Tess fut incapable de la reconnaître. Elle ne put qu'admirer la classe éblouissante qui se dégageait de cette femme vêtue d'un gilet à grosses mailles blanc agrémenté de boutons en bois et d'une ceinture en cuir, d'une paire de jeans moulants et de bottes à talons.

« *Felicity !* » s'écria Liam.

45

« Assieds-toi avec ta mère et détends-toi, Rob, dit Lauren. Je vais chercher des brioches de Pâques et du café. Jacob, tu viens avec moi, bonhomme. »

Rachel se laissa tomber sur un canapé jonché de coussins à côté d'un poêle à bois. Confortable et moelleux à souhait. Parfait en somme, à l'image du petit cottage colonial rénové avec goût par les soins de sa belle-fille.

Ils avaient trouvé porte close devant le café que Lauren avait suggéré. « Je les ai appelés *hier* pour vérifier leurs horaires », avait-elle maugréé en découvrant la pancarte « Fermé ». Rachel l'avait regardée s'énerver d'un œil amusé mais Lauren s'était aussitôt ressaisie pour finalement proposer de se rabattre chez eux. Rachel n'avait pas trouvé d'excuse pour refuser sans paraître impolie.

Rob s'installa en face d'elle dans un fauteuil rayé rouge et blanc en bâillant. Un bâillement contagieux que Rachel tenta de réprimer en se redressant. Hors de question de piquer du nez comme une petite vieille chez sa bru.

Elle jeta un coup d'œil à sa montre. À peine huit heures. Il faudrait encore endurer de longues heures avant de voir le bout de cette journée. À cette heure-ci, vingt-huit ans plus tôt, Janie prenait son dernier petit déjeuner. Probablement une moitié de Weetabix. Elle n'avait jamais aimé petit-déjeuner.

Rachel passa la main sur le tissu du canapé. « Qu'allez-vous faire de tous ces jolis meubles quand vous partirez à New York ? » demanda-t-elle à son fils, histoire de bavarder. Le grand départ approchait. Elle pouvait en parler le jour de l'anniversaire de la mort de Janie. Pas de problème.

Les yeux rivés au sol, Rob tarda à répondre. Rachel s'apprêtait à reposer la question lorsqu'il desserra enfin les dents. « On envisage de louer la maison meublée, dit-il comme s'il éprouvait des difficultés à parler. On réfléchit encore à toutes ces questions de logistique.

— Oui, j'imagine », répondit-elle d'un ton brusque.

Ça demande de l'organisation de m'enlever mon petit-fils, hein, Rob ? poursuivit-elle *in petto* tout en enfonçant ses ongles dans l'étoffe duveteuse. Un sadique ne s'y serait pas pris pas autrement pour torturer un petit animal au pelage douillet.

« Tu rêves de Janie parfois, maman ? »

Interrompant son geste, Rachel regarda Rob. « Oui. Toi aussi ?

— En quelque sorte. Je fais un cauchemar dans lequel je me fais étrangler. Je suppose que je prends la place de Janie. C'est toujours le même. Je me réveille en suffoquant. Et c'est toujours pire à cette période de l'année. L'automne. Lauren s'est dit que peut-être, venir avec toi au parc… m'aiderait… à affronter mes angoisses. Mais je ne sais pas. Je n'ai pas vraiment aimé être là-bas. Évidemment, *aimer* n'est pas le mot. Je me doute que toi non plus, tu n'*aimes* pas ça. C'est juste que j'ai trouvé ça vraiment dur. D'imaginer ce qu'elle a traversé. La peur qu'elle a dû ressentir. Mon Dieu. »

Il leva les yeux au plafond, les traits déformés par l'ardeur qu'il déployait à refouler ses larmes. Exactement comme son père.

Ed aussi faisait des cauchemars. Ses cris répétés réveillaient Rachel : « Cours, Janie ! *Cours !* Pour l'amour du ciel, ma chérie, cours ! »

« Je suis désolée, dit Rachel. Je ne savais pas. » Mais qu'aurait-elle pu y faire, de toute façon ?

Rob reprit contenance.

« Ce ne sont que des rêves. Je peux vivre avec. Mais tu ne devrais pas en être réduite à aller au parc seule tous les ans, maman. Je suis navré de ne jamais t'avoir proposé de t'accompagner. J'aurais dû.

— Mon chéri, tu me l'as proposé. À de nombreuses reprises. Tu ne te rappelles pas ? J'ai toujours refusé. C'était mon moment à moi. Une folie, d'après ton père. Lui, il n'y a jamais mis les pieds. Il refusait même de le longer en voiture. »

Rob s'essuya le nez du revers de la main en reniflant.

« Désolé. On croirait qu'après toutes ces années… » Il s'interrompit brusquement.

De la cuisine parvenait la voix de Jacob qui chantait le générique de *Bob le Bricoleur,* accompagné par Lauren. Rob ne put s'empêcher de sourire. Un sourire plein de tendresse. L'odeur de brioche envahit le salon.

Rachel observa son visage. C'était un bon père. Bien meilleur que Ed ne l'avait été pour lui. Question d'époque, mais il fallait bien reconnaître que Rob avait toujours été un garçon sensible.

Bébé déjà, il débordait d'affection. Quand elle le prenait dans ses bras après la sieste, il se blottissait tout contre elle, plein de reconnaissance. Il était à croquer. « Ma parole ! Tu l'as dans la peau, ce gamin ! » répétait Ed en faisant mine d'être jaloux.

Quelle étrange sensation que de se remémorer les premières années de Rob ! C'était un peu comme remettre la main sur un livre qu'on a adoré mais qu'on n'a jamais relu. Trop occupée à ne rien oublier de l'enfance de Janie, elle prenait rarement la peine de penser à celle de Rob. À quoi bon ? Il avait trouvé le moyen de rester en vie, lui.

« Tu étais le plus beau bébé qui soit, raconta Rachel. Les gens m'arrêtaient dans la rue pour me le dire. Mais tu le sais, n'est-ce pas ? J'ai dû te le répéter cent fois !

— Non, maman, tu ne me l'as jamais dit.

— Vraiment ? Même à la naissance de Jacob ?

— Non, fit-il, incapable de cacher son plaisir.

— Eh bien, j'aurais dû. » Rachel soupira. « Comme beaucoup d'autres choses, j'imagine.

— Alors comme ça, poursuivit Rob en se penchant en avant, j'étais mignon ?

— Tu étais très beau, chéri. Tu l'es toujours, bien sûr.

— Oui, d'accord, maman ! » ricana-t-il.

Mais son visage rayonnait de bonheur. Rachel serra les lèvres, rongée par le regret d'avoir délaissé son fils de tant de façons.

« Qui en veut ? » lança Lauren en entrant dans le salon avec d'appétissantes brioches grillées disposées sur un joli plat qu'elle posa devant eux.

« Laissez-moi vous aider, proposa Rachel.

— Hors de question ! » Puis, tandis qu'elle retournait à la cuisine : « Vous ne me laissez jamais mettre la main à la pâte quand on est chez vous.

— Ah. »

Rachel se sentit étrangement mise à nu. Elle partait du principe que Lauren ne prêtait guère attention à ses faits et gestes, qu'elle ne la voyait pas comme une personne à part entière. Elle considérait en outre son âge comme une carapace qui la protégeait du regard des plus jeunes.

Elle voulait encore croire qu'elle ne laissait pas Lauren l'aider car c'était ce que ferait la belle-mère idéale, mais franchement, quand une femme refuse l'aide d'une autre, c'est qu'elle cherche à maintenir une distance, à faire passer un message : « Vous n'êtes pas de la famille ; je ne vous apprécie pas suffisamment pour vous faire une place dans ma cuisine. »

Lauren réapparut avec le café. Elle le servait toujours très chaud avec deux sucres – exactement comme Rachel l'aimait. N'était-elle pas parfaite, elle aussi ? Il n'en fallait pas moins pour dissimuler l'antipathie qu'elles éprouvaient l'une pour l'autre.

Mais à ce jeu-là, Lauren avait gagné. Elle venait de jouer sa meilleure carte : New York. Bravo.

« Où est Jacob ? demanda Rachel.

— En train de dessiner », répondit Lauren en s'asseyant. Elle prit sa tasse puis, décochant un regard plein d'ironie à Rob : « Avec un peu de chance, il ne fait pas ça sur les murs. »

Rob se contenta d'un sourire crispé. Témoin ponctuel de la mécanique secrète de leur vie de couple, Rachel se dit qu'ils ne s'en sortaient pas si mal.

Janie aurait-elle apprécié Lauren ? Si sa fille avait survécu, Rachel aurait-elle endossé le rôle somme toute banal de la belle-mère gentille mais trop présente ? Difficile à dire. Le monde tel qu'il était avec Lauren différait tant de celui que Rachel avait connu du vivant de Janie. Lauren n'aurait probablement pas existé si Janie n'était pas morte.

Rachel observa les mèches de cheveux qui s'échappaient de la queue-de-cheval de Lauren.

Des mèches presque aussi blondes que celles de Janie. Sa fille aurait peut-être foncé en vieillissant.

Au lendemain de la mort de Janie, elle s'était réveillée horrifiée par l'insoutenable réalité. Depuis ce jour, elle n'avait eu de cesse d'imaginer une vie parallèle, sa vraie vie, celle qu'on lui avait volée, celle où sa fille dormait au chaud dans son lit.

Mais avec le temps, inventer cette existence s'était révélé de plus en plus compliqué. Assise en face d'elle, Lauren *vivait*. Son sang circulait dans ses veines à chaque battement de son cœur. Sa poitrine se soulevait à chaque inspiration.

« Ça va, maman ? demanda Rob.

— Oui, bien. »

Rachel voulut prendre sa tasse mais elle ne trouva pas l'énergie de lever le bras.

Parfois, le chagrin lui causait une douleur primale, absolue. À d'autres moments, une colère sourde, un besoin désespéré de mordre, griffer, tuer s'emparait d'elle. Et quelquefois, comme à cet instant précis, ses sensations se résumaient à cette morosité ordinaire qui s'installait et l'étouffait peu à peu telle une brume épaisse.

Elle était tellement, tellement triste.

46

« Bonjour », dit Felicity.

Tess lui sourit. C'était plus fort qu'elle, machinal, comme lorsqu'on remercie un policier qui

nous tend une amende exorbitante pour excès de vitesse. Elle ne pouvait pas s'empêcher d'être heureuse de voir sa cousine parce qu'elle l'aimait et la trouvait incroyablement charmante. Et puis, vu les quelques jours qui venaient de s'écouler, elle en avait des choses à lui raconter !

L'instant d'après, tout lui revint en mémoire. Le choc et le sentiment de trahison furent aussi vifs qu'au moment où elle avait su. Tess lutta contre une irrésistible envie de se jeter sur Felicity, de la plaquer au sol, de griffer, de mordre, de frapper. Une femme bien comme il faut ne se comporte pas de la sorte, surtout devant un petit garçon impressionnable. Aussi, elle se contenta de passer la langue sur ses lèvres pleines de beurre tout en s'avançant sur sa chaise, réajustant au passage le haut de son pyjama.

« Qu'est-ce que tu fais ici ? demanda-t-elle.

— Je suis désolée de… » La voix de Felicity s'évanouit. Elle se racla la gorge avant de reprendre, d'une voix rauque : « … débarquer ici – sans prévenir.

— Oui, tu aurais mieux fait de passer un coup de fil avant », dit Lucy, qui s'efforçait de paraître intimidante.

Elle avait pourtant l'air plus désemparée qu'autre chose. Malgré tout ce qu'elle avait pu dire sur sa nièce, elle l'aimait beaucoup, et Tess le savait.

« Ta cheville, comment ça va ?

— Papa vient aussi ? » intervint Liam.

Tess se redressa, les yeux sur Felicity qui ne put soutenir son regard. Et voilà. Une question sur Will ? Demandez à Felicity. Elle saurait.

« Bientôt, mon grand, répondit-elle. Moi, je ne reste pas longtemps. Je suis venue pour parler de deux ou trois choses avec maman, et ensuite, je file. Je... je pars en voyage, pour tout dire.

— Tu vas où ? fit son neveu.

— En Angleterre. Je vais faire cette fabuleuse randonnée qu'on appelle le Coast to Coast Walk. Ensuite, j'irai en Espagne, en Amérique et – euh, bref, je serai partie un bon moment.

— Tu vas aller à Disneyland ? »

— Je ne comprends pas », fit Tess.

Will s'en allait-il pour vivre une aventure romantique avec elle ?

Le cou de Felicity était criblé de taches rouges. « Est-ce qu'on peut parler seule à seule ?

— Suis-moi, répondit Tess en se levant.

— Je viens aussi ! s'exclama Liam.

— Non, mon chéri.

— Tu restes ici avec moi, Liam, dit Lucy. On va manger du chocolat. »

Tess précéda Felicity dans son ancienne chambre, seule pièce de la maison qui fermait à clé. Debout près du lit, les deux femmes se jaugeaient. Le cœur battant à tout rompre, Tess se rendit compte qu'on pouvait passer toute sa vie à regarder ceux qu'on aimait sans jamais le faire en face, sans vraiment ouvrir les yeux, comme si on cherchait à rester dans le flou, si bien qu'après un événement comme celui-ci, regarder l'autre devient terrifiant.

« Que se passe-t-il ? demanda Tess.

— C'est fini.

— Fini ?

« — Eh bien, pour être exacte, ça n'a jamais vraiment commencé. Après votre départ, c'est devenu...

— Moins exaltant ?

— Je peux m'asseoir ? demanda Felicity. J'ai les jambes qui tremblent. »

Tess ne tenait pas davantage sur les siennes.

« Bien sûr. Assieds-toi », dit-elle avec un haussement d'épaules.

Dans la pièce, ni chaise ni tabouret. Felicity s'assit en tailleur à même le sol, le dos contre la commode. Tess l'imita, s'adossant au lit.

« C'est ton vieux tapis, remarqua Felicity en passant la main sur la descente de lit bleu et blanc.

— Ouais. »

Tess se mit à la détailler – ses jambes fines, ses poignets délicats – en repensant à l'énorme gamine qui s'était trouvée là si souvent pendant leur enfance, dans cette même position. Son visage arrondi qui faisait ressortir ses beaux yeux verts en amande. Tess avait toujours su qu'une princesse, prisonnière, sommeillait en elle. Peut-être même s'était-elle dit qu'il ne fallait pas la réveiller.

« Tu es resplendissante », dit-elle. Pour une raison ou pour une autre, il fallait que ça sorte.

« Arrête.

— C'était sans arrière-pensée.

— Je sais. »

Silence.

« Bon, je t'écoute, dit Tess au bout d'un moment.

— Il n'est pas amoureux de moi. Il ne l'a jamais été, je crois. C'était une passade. Toute cette affaire, vraiment, ç'a été pathétique. Je l'ai tout

384

de suite compris. À la minute où vous êtes partis toi et Liam, j'ai su qu'il ne se passerait rien.

— Mais... »

Tess leva les mains dans un geste d'impuissance. Une bouffée de honte l'envahit. Les récents événements lui semblaient tellement *stupides*.

« Pour moi, ce n'était pas juste un béguin, poursuivit Felicity sans ciller. Je l'aime. Je l'aime pour de vrai. Depuis des années.

— Ah bon ? » fit Tess avec lassitude.

Mais ce n'était pas une surprise. Pas vraiment. Elle l'avait probablement toujours su. Peut-être même que ça ne lui avait pas déplu, car Will n'en était que plus désirable, et franchement, où était le danger ? Son mari ne risquait pas d'avoir envie d'elle. Cela signifiait-il que Tess, comme tant d'autres, n'avait jamais su voir autre chose qu'une grosse fille en la personne de Felicity ?

« Mais, toutes ces années, à passer le plus clair de ton temps avec nous, ça a dû être horrible. » Tess semblait tout juste en prendre conscience. Comme si, jusque-là, elle s'était imaginé que ses kilos en trop protégeaient Felicity, qu'elle acceptait l'idée qu'aucun homme normalement constitué ne tomberait jamais amoureux d'elle. Dieu sait pourtant que quiconque aurait osé dire une chose pareille à voix haute aurait eu affaire à Tess.

« Je l'aimais, point. » Felicity froissa le tissu de son pantalon entre ses doigts. « Je savais qu'il voyait en moi une amie. Qu'il m'appréciait. Qu'il m'aimait même, comme une sœur. Ça me suffisait, de passer du temps avec lui.

— Tu aurais dû...

385

— Quoi ? T'en parler ? Comment ? Sans compter qu'à part avoir pitié de moi, je ne vois pas ce que tu aurais pu y faire. J'aurais dû m'en aller, vivre ma vie, au lieu de jouer l'éternelle bonne copine version XXL.

— Je ne t'ai jamais vue comme ça ! protesta Tess, piquée au vif.

— Je n'ai jamais dit le contraire. Moi, je me voyais comme ça. Un peu comme si mes kilos m'interdisaient d'avoir une vraie vie. Mais ensuite, j'ai minci et les hommes ont commencé à me regarder. Je sais que toute féministe qui se respecte est censée trouver ça dégradant, qu'on n'est pas des objets, mais quand ça ne t'est jamais arrivé, c'est… je ne sais pas, grisant. J'ai adoré ça. Je me suis sentie toute-puissante. Comme dans les comics, quand le super-héros découvre ses pouvoirs. Alors je me suis dit, tiens, je vais peut-être trouver le moyen d'attirer l'attention de Will maintenant – et puis, euh… »

Elle se tut. Dans son élan, elle semblait avoir oublié que Tess était probablement la dernière personne à vouloir entendre son histoire. Mais elle avait gardé pour elle ce lourd secret pendant des années. Qui mieux que Tess, frustrée de ne rien avoir partagé avec elle pendant une petite semaine, pouvait comprendre son besoin de tout déballer ?

« Et ça a marché. Tu as essayé tes super-pouvoirs sur lui, et ça a marché », termina Tess.

Pas franchement fière d'elle, Felicity haussa les épaules avec une petite moue que Tess ne lui avait jamais vue – séductrice et faussement coupable. Même ses mimiques avaient changé !

« Je crois que Will s'est senti tellement mal d'être, tu sais, ne serait-ce qu'un tout petit peu émoustillé, qu'il a préféré se convaincre qu'il m'aimait. Il s'est désintéressé de moi à la seconde où tu as passé la porte avec Liam sous le bras.

— À la seconde où j'ai passé la porte.

— Comme je te dis.

— C'est des conneries.

— Je te jure, c'est vrai.

— Je te crois pas. »

Felicity semblait vouloir absoudre Will de tout méfait, insinuer qu'il ne s'agissait que d'un bref moment d'égarement, une petite trahison, du même ordre qu'un baiser échangé avec une collègue lors d'une soirée boulot trop arrosée.

Tess repensa au visage blafard de Will lundi soir. Son mari n'était ni stupide ni futile. Ses sentiments pour Felicity lui avaient sans nul doute paru suffisamment réels pour qu'il entreprenne le démantèlement de sa vie.

Liam, songea-t-elle. À la minute où elle avait franchi le seuil avec Liam, Will avait pris la mesure de ce qu'il sacrifiait. Sans leur fils, cette conversation n'aurait même pas lieu. Il aimait Tess, sans nul doute, mais pour l'heure, il était *fou* amoureux de Felicity, et tout le monde sait de quel côté la balance penche dans pareille situation. C'était une bataille perdue d'avance. La raison de tant de séparations. D'où la nécessité de se barricader quand on tient à son mariage. On verrouille son cœur, son âme, on détourne le regard, on refuse de prendre un deuxième verre. Si on flirte, on ne va pas plus loin, un point c'est tout. Will avait trahi

Tess au moment où il s'était laissé aller à regarder Felicity avec les yeux d'un célibataire.

« Évidemment, je ne te demande pas d'être indulgente », dit Felicity.

Oh que si, pensa Tess. *Mais tu peux toujours courir.*

« Parce que j'aurais pu le faire, poursuivit-elle. Je veux que tu le saches. Quelque part, c'est très important pour moi de te le dire : j'étais très sérieuse. Je me sentais mal, mais pas au point de ne pas passer à l'acte. Ça ne m'aurait pas empêchée de me regarder dans un miroir. »

Tess semblait consternée.

« Je cherche juste à être honnête avec toi.

— Faut-il que je te remercie ? »

Felicity ne put soutenir son regard. « Quoi qu'il en soit, j'ai pensé que le mieux serait que je parte, le plus loin possible, histoire de vous laisser arranger les choses. Will voulait te parler en premier, mais je me suis dit que ça aurait plus de sens si…

— Il est où, là ? » demanda Tess d'une voix stridente. Le fait que Felicity sache où Will se trouvait la mettait hors d'elle. « À Sydney ? Vous avez pris l'avion ensemble ?

— Euh, oui, mais…

— Ça a dû être traumatisant pour vous. Vos derniers moments ensemble. Vous vous êtes donné la main pendant le vol ? »

L'ombre qui passa sur le visage de sa cousine ne laissait planer aucun doute.

« En plein dans le mille ! » fit Tess qui voyait la scène d'ici. L'agonie, pure et simple. Les amants maudits cramponnés l'un à l'autre en se demandant s'il valait mieux s'enfuir – à nous Paris ! – ou agir selon la morale, quitte à se condamner à une vie fade et sans éclat ? Fade et sans éclat. Voilà qui à leurs yeux devait définir Tess.

« Je ne veux pas de lui. » Hors de question d'être cantonnée au rôle de la gentille petite épouse, de la femme trompée. Trop sage, elle ? Pas du tout ! Et elle allait lui faire savoir. « Il est à toi ! Tu peux le garder ! Moi, je couche avec Connor Whitby. »

Felicity en resta bouche bée. « Sérieux ?

— Sérieux.

— Eh bien, Tess, c'est... comment dire ? » Ses yeux firent le tour de la pièce, comme pour trouver ses mots avant de la regarder en face. « Il y a trois jours à peine, tu as dit que tu ne laisserais pas Liam grandir avec des parents divorcés. Que tu voulais que je te rende ton mari. Tu m'as fait me sentir comme la pire des ordures et maintenant, tu m'annonces que tu fonces tête baissée dans une liaison avec un ex alors que Will et moi, on n'a même pas... *Putain !* »

Rouge de colère, Felicity abattit son poing sur le lit de Tess avec un regard assassin.

Cette tirade, totalement injuste – à moins qu'elle soit en réalité totalement justifiée –, lui coupa le souffle.

« Fais pas ton hypocrite », dit Tess en poussant Felicity pour chahuter. Pas désagréable comme sensation. Elle la bouscula de nouveau, plus fort. « Tu *es* la pire des ordures. Tu crois que j'aurais seulement *regardé* Connor si vous ne m'aviez pas lâché votre bombe l'autre soir ?

— Tu n'as pas perdu de temps en tout cas ! Hé, arrête de me brutaliser ! »

Submergée par un désir de frapper qu'elle n'avait jamais ressenti – auquel elle n'avait du moins jamais cédé –, Tess s'autorisa un dernier coup. Tout ce qui faisait d'elle une adulte socialement adaptée semblait l'avoir désertée. En l'espace d'une semaine, la femme qui partageait son temps entre son boulot et son fils s'était volatilisée. À présent, elle s'envoyait en l'air entre deux portes et cognait sa cousine. Jusqu'où irait-elle ?

Elle respira profondément, espérant faire retomber la hargne qui s'était emparée d'elle.

« Ce qui est sûr, poursuivit Felicity, c'est que Will souhaite que ça s'arrange. Quant à moi, je pars. Alors, tu n'as qu'à faire ce que tu veux.

— Merci. Du fond du cœur. Merci pour tout », dit Tess qui se sentait molle et complètement détachée après son accès de colère.

Silence.

« Il a envie d'un autre enfant, dit enfin Felicity.

— Ne me parle pas de ce qu'il veut ou non.

— Je te dis qu'il donnerait n'importe quoi pour avoir un autre enfant.

— Un cadeau que tu lui aurais volontiers fait, j'imagine.

— Oui, répondit-elle, les yeux inondés de larmes. Désolée de te le dire, mais oui.

— Pour l'amour du ciel, Felicity, qu'est-ce que tu espères ? Que je vais te plaindre ? C'est trop facile. Pourquoi a-t-il fallu que tu tombes amoureuse de *mon* mari ? Il y en a partout, des hommes mariés.

— On ne voyait pas grand monde », dit-elle en riant à moitié.

Puis elle s'essuya le nez du revers de la main. C'était vrai.

« Tu as été tellement malade quand tu étais enceinte de Liam qu'il ne se sent pas le droit de te demander de revivre ça. Mais ce sera peut-être moins difficile, chaque grossesse est différente, non ? Vous devriez le faire, ce deuxième bébé.

— Ben voyons ! On ne fait pas un bébé pour recoller les morceaux. Quand je pense qu'on parle de mon mariage, là ! Si encore j'avais eu conscience que ça n'allait pas !

— Je sais, je pensais juste que...

— Les nausées n'ont rien à voir. C'est à cause du relationnel que je ne veux pas un autre enfant.

— Du relationnel ?

— Les autres mères, les instituteurs, tous ces gens qui gravitent autour de ton gamin. Ça impose une vie sociale infernale, d'être parent. Il faut tout le temps donner le change.

— Je ne comprends pas, dit Felicity, médusée.

— J'ai un trouble de la personnalité. J'ai fait un quiz dans un magazine. » Tess s'interrompit avant de reprendre à voix basse : « Je souffre de phobie sociale.

— N'importe quoi !

— Je t'assure que si ! D'après le quiz...

— Tu t'improvises psychiatre en lisant un magazine féminin ?

— C'était dans le « Fil Santé » du *Reader's Digest*, pas dans *Cosmopolitan*. Et c'est vrai ! Je ne supporte pas de rencontrer des nouvelles personnes. Ça me rend malade. J'ai des palpitations. Je déteste les fêtes. Je...

— Tu crois que t'es la seule à détester les fêtes ? Arrête ton char. »

Tess, qui s'attendait à se faire consoler, s'en trouva toute décontenancée.

« Tu es timide, déclara Felicity. Tu n'es ni une braillarde ni une extravertie, mais les gens t'apprécient. Ils t'apprécient beaucoup. Tu n'as jamais remarqué ? Je veux dire, franchement, Tess, tu crois que tu serais sortie avec tous ces mecs si tu étais une petite chose fragile ? Tu as eu une trentaine d'histoires avant Will.

— Pas du tout », fit Tess en levant les yeux au ciel.

Comment expliquer à Felicity que son anxiété, telle une créature capricieuse, réclamait toute son attention ? Qu'à certains moments, elle pouvait se montrer docile, la mettre en sourdine mais qu'à d'autres, elle se déchaînait telle une harpie incontrôlable ? Et puis, les rencontres amoureuses, ce n'était pas pareil. Les codes étaient différents. Elle maîtrisait. Un premier rendez-vous avec un homme ne l'avait jamais effarouchée. (Du moment qu'il l'invitait, bien sûr – elle ne faisait jamais le premier pas.) Mais lorsque ce même homme proposait de lui présenter sa famille ou ses amis, son anxiété réapparaissait tel un petit démon perché sur son épaule.

« Et puis d'abord, si tu souffrais vraiment de "phobie sociale", pourquoi tu ne m'en as jamais parlé ? demanda Felicity, convaincue que Tess n'avait aucun secret pour elle.

— J'ai mis un nom dessus assez récemment. Il y a quelques mois encore, j'étais incapable de décrire ce que je ressentais. »

Et parce qu'avec toi, c'était plus facile de me faire passer pour quelqu'un d'autre. De jouer les nanas totalement détachées de l'avis des autres, de prendre des airs de supériorité. Si je t'avais avoué ce que je ressentais, j'aurais dû admettre qu'en réalité, l'avis des autres ne m'indifférait pas du tout. Bien au contraire.

« Tu sais quoi, moi, je me suis vue passer la porte d'une salle de gym engoncée dans un tee-shirt taille 50 où personne n'osait me regarder en face, rétorqua Felicity avec véhémence. J'ai vu une fille donner un coup de coude à sa copine, l'air de dire "Vise un peu ce qui arrive", et je les ai entendues rire. Il y a même un type qui a meuglé sur mon passage. Alors, ne me parle pas de phobie sociale, Tess O'Leary. »

Quelqu'un tambourina à la porte.

« Maman ! Felicity ! s'écria Liam. Pourquoi c'est fermé à clé ? Laissez-moi entrer !

— Va-t'en, Liam ! répondit sa mère.

— Non ! Ça y est ? Vous avez fait la paix ? »

Felicity esquissa un sourire que Tess ignora superbement.

La voix de Lucy se fit entendre à l'autre bout de la maison. « Liam, reviens ici ! Je t'ai dit de laisser ta mère tranquille ! » Difficile de retenir un enfant lorsqu'on a des béquilles.

Felicity se leva. « Je dois y aller. Mon vol est à quatorze heures. Mes parents m'emmènent à l'aéroport. Ma mère est dans tous ses états et mon père a visiblement décidé de ne plus m'adresser la parole.

— Tu t'en vas vraiment aujourd'hui ? » demanda Tess en la regardant.

Elle songea un instant à leur agence, à tous ces clients qu'elle avait durement gagnés, à l'équilibre fragile de leur trésorerie, au suivi quotidien que réclamait leur bébé. Était-ce la fin de TWF ? Tous ces rêves. Tout ce papier à en-tête.

« Oui, répondit Felicity. J'aurais dû le faire il y a des années. »

Tess se leva. « Je ne peux pas te pardonner.

— J'en ai conscience. Je ne me pardonne pas non plus.

— Maman ! hurla Liam.

— Minute, papillon ! » s'écria Felicity. Prenant Tess par le bras, elle lui glissa à l'oreille : « Ne dis rien à Will pour Connor. »

Elles s'étreignirent dans un geste maladroit. Puis, tournant les talons, Felicity ouvrit la porte.

47

« Il n'y a pas de beurre, déclara Isabel, postée devant le réfrigérateur. Ni de margarine. »

Elle se tourna vers sa mère comme si elle pouvait en faire apparaître par l'opération du Saint-Esprit.

« Tu es sûre ? » demanda Cecilia. Comment s'était-elle débrouillée pour oublier un produit aussi basique que le beurre ? Il ne lui manquait jamais rien. Parfois, John-Paul lui passait un coup de fil en rentrant du travail pour lui demander si elle avait besoin qu'il prenne du lait ou autre

chose sur le chemin. Elle répondait invariablement : « Euh, *non* ? »

« Mais, c'est Vendredi saint aujourd'hui, fit
Esther. D'habitude, on mange des brioches de
Pâques au petit déjeuner.

— Et c'est ce qu'on va faire », intervint John-
Paul. Il rejoignit les filles à la table de la cuisine,
effleurant au passage le dos de sa femme. « Les
brioches de votre mère sont un délice, avec ou
sans beurre. »

Cecilia le trouva pâle et fébrile, comme quelqu'un
qui se remet doucement d'une grippe. Il semblait
à fleur de peau.

Elle n'était guère plus sereine, s'attendant à
chaque instant à entendre le téléphone ou la sonnette retentir. Pourtant, rien ne vint perturber le
silence protecteur qui enveloppait la maison en
ce jour saint.

« On met toujours une tonne de beurre sur les
brioches de Pâques », renchérit Polly, les cheveux
emmêlés et les joues rouges de sommeil dans son
pyjama en pilou rose. « C'est une *tradition* dans
cette famille. Tu n'as qu'à aller acheter du beurre,
maman.

— Ne parle pas comme ça à ta mère. Elle n'est
pas à ton service », dit John-Paul.

Esther leva le nez de son livre, puis, s'adressant
à sa sœur : « Tout est fermé aujourd'hui, idiote.

— M'en fous, dit Isabel. Moi, je vais me mettre
sur Skype pour...

— Il n'en est pas question, la coupa Cecilia.
Nous allons *tous* manger du porridge et ensuite,

nous irons nous promener du côté des terrains de sport.

— À pied ? demanda Polly avec dédain.

— À pied ou à vélo. Il fait un temps magnifique. On pourrait même faire une partie de football.

— Je me mets avec papa, dit Isabel.

— En rentrant, on achètera une plaquette de beurre à la station BP et on s'empiffrera de brioches.

— Bonne idée, chérie. Très bonne idée.

— Vous saviez que certaines personnes espéraient qu'on n'abatte pas le Mur de Berlin ? fit Esther. C'est bizarre, non, de vouloir rester coincé derrière un mur ? »

« Eh bien, j'ai passé un moment très agréable, mais il est temps que je rentre », annonça Rachel en reposant sa tasse sur la table basse. Elle s'était amplement acquittée de son devoir. Elle se pencha en avant et prit une longue inspiration, craignant de ne pas pouvoir se lever seule – le canapé était incroyablement bas. Lauren se précipiterait pour l'aider à la seconde où elle s'en apercevrait. Rob réagissait toujours avec un temps de retard dans ce genre de situation.

« Qu'avez-vous prévu pour aujourd'hui ? demanda Lauren.

— Vaquer de-ci de-là », répondit Rachel. *Compter chaque minute.* Elle tendit la main à Rob. « Aide-moi, chéri, tu veux ? »

Au même moment, Jacob trotta jusqu'à elle avec un cadre photo qu'il venait de prendre sur une étagère. « C'est papa, fit-il, le doigt sur le verre.

— C'est vrai. »

Sur le cliché, pris lors d'un séjour sur la côte Sud quelques mois avant la mort de Janie, Rob prenait la pose, les doigts en V derrière la tête de sa sœur. Difficile de comprendre pourquoi les gamins font tous ce geste.

Debout près de son fils, Rob désigna Janie. « Et qui c'est, à côté de papa, mon grand ?

— Tatie Janie », répondit Jacob.

Rachel retint son souffle. Elle et Rob montraient Janie à Jacob sur les photos depuis sa plus tendre enfance, mais c'était la première fois qu'elle l'entendait prononcer ces mots.

« Gagné ! fit-elle en lui ébouriffant les cheveux. Elle t'aurait adoré, ta tante Janie. »

Quoique, pour être honnête, Janie n'avait jamais accroché avec les enfants. Gamine, elle délaissait ses poupées pour construire des villes entières avec les Lego de son frère.

Jacob la regarda d'un air sceptique, comme s'il lisait dans ses pensées, avant de s'éloigner avec le cadre. Rachel tendit la main à Rob qui l'aida à se lever.

« Je vous remercie, Lauren », dit-elle en se tournant vers sa bru. À sa grande surprise, elle la découvrit les yeux rivés au sol, l'air absente.

« Désolée, fit Lauren en esquissant un sourire. Entendre Jacob dire "Tatie Janie" comme ça, pour la première fois, ça m'a... Je ne sais pas comment vous faites pour passer cette journée, Rachel, année après année. J'aimerais tellement pouvoir faire quelque chose pour vous. »

Pour commencer, ne m'enlevez pas mon petit-fils, songea Rachel. *Restez ici, faites un autre bébé.* Mais elle se contenta d'un signe de tête. « Merci, ma chère. Je vais parfaitement bien. »

Lauren se leva. « Je regrette de ne pas l'avoir connue. J'ai toujours voulu avoir une sœur. » Une grande douceur se dégageait de son visage rosé. Rachel détourna les yeux, peu encline à lui reconnaître une quelconque forme de fragilité.

« Je suis certaine qu'elle vous aurait beaucoup appréciée », dit Rachel d'un ton si dédaigneux qu'elle-même tressaillit en s'entendant. Gênée, elle se racla la gorge. « Bon. Je me sauve. Merci de m'avoir accompagnée au parc aujourd'hui. Du fond du cœur. » Puis de conclure avec enthousiasme : « Je me fais une joie de vous voir dimanche. Chez vos parents ! »

Mais Lauren, le visage fermé, avait retrouvé toute son assurance.

« Très bien », répondit-elle froidement avant d'embrasser Rachel. « À propos, Rob m'a dit qu'il vous avait demandé d'apporter une tarte aux fruits meringuée, mais ce n'est *absolument* pas nécessaire, vous savez.

— Oh, mais ça ne me dérange pas *du tout*, Lauren », rétorqua Rachel.

En partant, elle aurait juré entendre Rob soupirer.

« Alors maintenant, c'est Will qui va pointer le bout de son nez ? » fit Lucy en s'appuyant sur Tess de tout son poids tandis qu'elles regardaient le taxi de Felicity disparaître depuis le porche.

Liam, lui, avait filé à l'intérieur. « On se croirait au théâtre. L'ignoble maîtresse sort côté jardin ; l'époux repentant entre côté cour.

— Ne sois pas si dure, répondit Tess. Elle m'a avoué qu'elle l'aimait depuis des années.

— Mon Dieu, que tu es sotte ! Faut le faire exprès pour tomber amoureuse du mari de sa cousine.

— À moins que le mari en question soit super-chouette.

— Dois-je comprendre que tu es prête à lui pardonner ?

— Difficile à dire. Je ne sais pas si j'en suis capable. De toute façon, je suis convaincue qu'il revient pour Liam, pas pour moi. Je fais partie du package. Il n'a pas vraiment le choix. »

L'idée de revoir Will la plongeait dans un grand désarroi. Qu'allait-elle faire ? Fondre en larmes ? Hurler ? Lui sauter dans les bras ? Le gifler ? Lui proposer une brioche de Pâques ? Il en raffolait. Inutile de préciser qu'il était loin de mériter ce petit plaisir. « Tu es privé de brioche, chéri ! » Le hic, avec Will, c'était que précisément, c'était Will. La situation ne souffrait ni indulgence ni légèreté. Pourtant, elle savait qu'elle aurait du mal à maintenir le cap, surtout avec Liam dans les parages. Mais, une minute ! On ne parlait pas de Will, là. Pas vraiment. Le vrai Will n'aurait jamais laissé une chose pareille arriver. Rester inflexible face à un étranger ? Pas de problème.

Consciente du regard scrutateur de sa mère, Tess espérait un conseil avisé, un mot gentil.

« J'ose croire que tu ne vas pas le recevoir dans ce pyjama informe, ma chère ? Oh, et tant que tu y es, brosse-toi les cheveux ! »

Tess leva les yeux au ciel. « C'est mon mari. Il me voit au réveil tous les matins. Et s'il s'arrête à ce genre de choses, j'aime autant qu'on se sépare.

— Oui, tu as raison, bien sûr. » Puis, l'index sur la bouche, elle ajouta : « Dis-moi, je me fais des idées ou Felicity était particulièrement jolie aujourd'hui ? »

Tess se mit à rire. Elle se sentirait peut-être plus forte si elle était habillée. « D'accord, maman. Je vais me changer et peut-être même me coiffer ! Allez, l'infirme, rentre maintenant ! Je me demande pourquoi tu as tenu à te traîner jusqu'ici.

— Pour une fois qu'il y a de l'action !

— Au fait, ils l'ont pas fait. Ils n'ont pas couché ensemble, fit Tess à voix basse en tenant sa mère par le coude.

— Tu es sérieuse ? Incroyable. De mon temps, on couchait avant d'avouer.

— Je suis prêt ! s'écria Liam en les rejoignant au pas de course.

— Prêt pour quoi ?

— Pour aller faire du cerf-volant avec le professeur de sport. Mr Whatby, ou je sais plus quoi.

— *Connor !* » s'exclama Tess qui faillit lâcher sa mère. « Merde ! Quelle heure est-il ? Je n'y pensais plus. »

Rachel venait à peine de prendre le volant que son téléphone portable sonna. Elle se rangea sur le bas-côté, persuadée qu'il s'agissait de Marla – qui d'autre l'appellerait à cette heure-ci, le jour anniversaire de la mort de Janie ? Tant mieux. Elle allait pouvoir déblatérer sur Lauren et ses délicieuses brioches de Pâques.

« Mrs Crowley ? » Une voix de femme, nasillarde et suffisante, digne de la plus snob des secrétaires médicales. « Inspecteur Strout de la brigade criminelle. Je n'ai pas eu le temps de vous contacter hier, c'est pourquoi je me permets de vous appeler ce matin. »

La vidéo, songea Rachel avec un coup au cœur. Un inspecteur qui appelle un jour férié, c'était forcément une bonne nouvelle.

« Bonjour, dit-elle d'une voix chaleureuse. Merci de vous donner cette peine.

— Bien. Je tenais à vous informer que l'inspecteur Bellach nous a fait parvenir la vidéo et que nous l'avons, euh, visionnée, commença Strout d'un ton qui se voulait professionnel. Mrs Crowley, j'ai cru comprendre que vous attendiez beaucoup de cette vidéo, que vous avez voulu y voir une découverte capitale. Hélas, je dois vous annoncer qu'à ce stade, rien ne justifie un nouvel interrogatoire de Connor Whitby.

— Mais il avait un mobile. » Rachel leva la tête. Un magnifique arbre au feuillage mordoré s'élevait dans le ciel. « Vous ne voyez donc rien ? » fit-elle, désespérée, les yeux rivés sur une feuille que le vent faisait tourbillonner.

« Je suis navrée, Mrs Crowley. Je vous le répète, à ce stade, nous ne pouvons rien faire de plus. » Une pointe de condescendance perçait dans la voix de l'enquêteuse, plus jeune qu'elle n'avait semblé de prime abord. *La mère de la victime. Une vieille dame, trop impliquée sur le plan émotionnel pour comprendre qu'il y a des procédures à respecter. Essayer de l'apaiser.*

La feuille disparut. Rachel se mit à pleurer.

« Si vous le souhaitez, je peux passer à votre domicile après le week-end de Pâques pour discuter de tout ça avec vous, proposa Strout. Y a-t-il un horaire qui vous conviendrait ?

— Ce ne sera pas nécessaire, répondit Rachel d'un ton glacial. Merci de votre appel. »

Elle jeta le téléphone au sol.

« Sale petite… incompétente, arrogante… » Sa gorge se noua. Elle remit le contact.

« Regardez, le cerf-volant, là-bas ! » s'écria Isabel.

Au sommet de la colline, Cecilia aperçut un homme avec un immense cerf-volant en forme de poisson tropical qu'il laissait rebondir derrière lui comme un ballon.

« On dirait qu'il fait faire sa promenade à son poisson », dit John-Paul d'une voix essoufflée. Penché en avant, il poussait Polly sur son vélo. La demoiselle, équipée d'un casque rose à paillettes et de lunettes de soleil de rockstar en plastique, avait décrété qu'elle ne pouvait plus avancer.

Cecilia prit une bouteille violette qu'elle avait remplie d'alcool dans son filet à provisions blanc et en but une gorgée.

« Un poisson, ça ne marche pas », rappela Esther sans lever le nez de son livre. Cette enfant avait un don pour lire tout en marchant.

402

« Tu pourrais pédaler un peu, princesse Polly, fit remarquer Cecilia.

— J'ai toujours les jambes en coton », répondit Polly d'une voix précieuse en se tenant bien droite sur sa selle.

John-Paul sourit à sa femme. « C'est bon. Ça me fait faire du sport. »

Cecilia respira profondément. Il y avait quelque chose de comique et d'irréel à la fois dans la façon dont le poisson cerf-volant nageait derrière le type sur la colline. Une odeur agréable flottait dans l'air, le soleil lui réchauffait le dos. Elle se tourna vers Isabel qui ornait la tresse de sa sœur Esther de petites fleurs de pissenlit qu'elle venait de cueillir. L'image d'une héroïne de son enfance, une fillette qui vivait à la montagne, jaillit dans sa mémoire. Heidi peut-être ?

« Belle journée ! » lança un homme qui prenait le thé sur le porche de sa maison.

Cecilia se rappelait vaguement l'avoir vu à l'église. « Magnifique ! » répondit-elle en souriant.

Le type au cerf-volant s'arrêta pour répondre au téléphone.

« Le monsieur ! Je le reconnais ! s'écria Polly. C'est Mr Whitby ! »

Rachel reprit la route en mode automatique, tâchant de faire le vide dans sa tête.

Arrêtée à un feu rouge, elle jeta un coup d'œil à l'horloge du tableau de bord. Dix heures. Au même moment, vingt-huit ans plus tôt, Janie devait être en classe tandis que sa mère repassait probablement la robe qu'elle porterait à son entretien avec Toby Murphy. Cette satanée robe que Marla l'avait convaincue d'acheter parce qu'elle mettait ses jambes en valeur.

Sept petites minutes de retard. Ça n'aurait peut-être fait aucune différence. Elle ne le saurait jamais.

« Nous ne reprendrons pas les investigations. » La voix guindée de l'inspecteur Sprout résonnait encore à ses oreilles. L'image figée de Connor Whitby lui revint à l'esprit. La lueur de culpabilité dans ses yeux.

Il l'a *fait.*

Elle poussa un cri – un cri abominable qui se répercuta dans la voiture – et abattit ses poings sur le volant, une fois. Son geste l'effraya autant qu'il la mit mal à l'aise.

Le feu passa au vert. Elle appuya sur l'accélérateur, submergée par une souffrance atroce qu'elle n'avait jamais connue auparavant. À moins que ce soit aussi dur tous les ans. Sûrement. L'être humain a une capacité déconcertante à oublier le pire. Les rigueurs de l'hiver. Les frissons de la grippe. Les douleurs de l'enfantement.

Les rayons du soleil lui léchaient le visage. C'était une journée radieuse, comme le jour de la mort de Janie. Dans les rues, personne. À quoi pouvaient bien s'occuper les gens, le Vendredi saint ?

La mère de Rachel, elle, faisait le chemin de la Croix. Janie aurait-elle gardé la foi ? Peu probable.

Ne pas penser à la femme que Janie serait devenue.

Ne penser à rien. Ne penser à rien. Ne penser à rien.

Rien. Voilà ce qui lui resterait, une fois qu'ils auraient emmené Jacob à New York. La mort. Chaque jour serait semblable à celui-ci. Cesser de songer à Jacob.

Un tourbillon de feuilles rouges, pareil à un vol de minuscules oiseaux affolés, s'offrit à son regard.

Marla lui avait confié que les arcs-en-ciel lui rappelaient invariablement Janie. « Pourquoi ? » avait-elle voulu savoir.

La route déserte se déployait devant elle sous une lumière aveuglante. Elle baissa le pare-soleil. Elle oubliait toujours ses lunettes noires.

Quelqu'un apparut dans son champ de vision. Tout le monde n'était pas resté enfermé finalement.

C'était un homme. Debout sur le trottoir, il tenait un énorme ballon de baudruche aux couleurs vives. En forme de poisson, apparemment. Oui, le même que dans *Nemo*. Jacob l'aurait trouvé super.

Il parlait au téléphone en regardant son ballon.

À bien y regarder, ça ressemblait davantage à un cerf-volant.

« Je suis désolée, dit Tess. On ne peut pas te rejoindre finalement.

— Ce n'est pas grave, répondit Connor. Une autre fois. »

Le timbre de sa voix, profond et râpeux, lui parvint aussi nettement que s'ils se trouvaient face à face. Elle colla le téléphone à son oreille comme pour mieux en apprécier toute la sensualité.

« Où es-tu ? demanda-t-elle.

— Sur un chemin avec un cerf-volant géant. »

Le cœur gros, Tess se sentit comme une petite fille qui rate une fête d'anniversaire à cause d'un cours de piano. Tout ce qu'elle voulait, c'était coucher avec lui une dernière fois. Courir au soleil sur le terrain de son ancienne école avec un cerf-volant. Tomber amoureuse. Être aimée pour ce qu'elle était, pas pour son fils. Au lieu de ça, elle serait bientôt en pleine conversation avec son mari dans la maison glaciale de sa mère, à essayer de recoller les morceaux.

« Je suis vraiment désolée.

— Il n'y a pas de quoi. » Puis, après une pause : « Que se passe-t-il ?

— Mon mari arrive.

— *Ah.*

— J'ai vu Felicity. Apparemment, ils ont mis fin à leur liaison avant même qu'elle ne commence.

— J'imagine qu'on peut en dire autant. »

Ce n'était pas une question.

Tess observait Liam qui jouait dans le jardin de devant en attendant son père. Il courait entre la haie d'un côté et la barrière de l'autre comme s'il s'entraînait pour l'épreuve de sa vie.

« Je ne sais pas ce que ça va donner. Mais tu sais, par rapport à Liam, je dois au moins essayer. » Elle ne put s'empêcher d'imaginer Will et Felicity main dans la main, stoïques, à bord de l'avion qui les amenait à Sydney. Putain de merde.

« Oui, bien sûr », répondit-il d'une voix chaleureuse. « Tu n'as pas à te justifier.

— Je n'aurais jamais dû...

— Je t'en prie, n'aie pas de regrets.

— Promis.

— Tu peux le prévenir que s'il te fait encore du mal, il aura affaire à moi.

— D'accord.

— Je ne plaisante pas, Tess. Ne le laisse plus te faire du mal.

— Entendu.

— Et si ça ne marche pas, euh, tu sais. Garde mon numéro.

— Connor, tu rencontreras forcément…

— Stop », dit-il brusquement. Puis il se radoucit : « Ne t'en fais pas, va ! Comme je te l'ai dit, il y a des tas de nanas qui se battraient pour sortir avec moi ! »

Elle rit.

« Je ferais mieux de te laisser, conclut-il. Si ton mec arrive. »

Sa voix, brusque, presque agressive, trahissait clairement sa déception à présent. Une partie de Tess voulait rester en ligne, flirter encore avec lui, comme s'il fallait terminer cette conversation sur des mots tendres et aguicheurs. Ensuite, elle raccrocherait et pourrait garder de ces quelques jours le souvenir d'une aventure amusante qui n'avait fait souffrir personne.

Mais il avait parfaitement le droit d'être abrupt. Elle s'était suffisamment servie de lui.

« D'accord. Bon, au revoir.

— Au revoir, Tess. Prends soin de toi. »

« Mr Whitby ! cria Polly.

— Oh, mon Dieu. Maman, fais-la taire ! supplia Isabel, mortifiée.

— Mr *Whitby* !

— Il est beaucoup trop loin pour t'entendre, soupira Isabel.

— Chérie, laisse-le tranquille, intervint Cecilia. Il est au téléphone.

— Mr Whitby ! C'est moi ! Ohé ! Ohé !

— Il n'est pas au travail, dit Esther. Rien ne l'oblige à te parler.

— Il me parle parce qu'il en a *envie* ! » rétorqua Polly. Elle agrippa le guidon et se mit à pédaler. Son père lâcha le vélo qui commença à prendre de la vitesse. « Mr Whitby !

— En voilà une qui a retrouvé toute son énergie ! dit John-Paul en se massant le bas du dos.

— Pauvre Mr Whitby, commenta Cecilia. Se faire aborder par une élève un jour de congé.

— Ce sont les risques du métier, s'il habite dans le coin.

— Mr Whitby ! »

Polly gagnait du terrain. Elle appuyait sur les pédales de toutes ses forces.

« Parfait, commenta John-Paul, elle se dépense.

— La honte, dit Isabel en flanquant un coup de pied dans la clôture d'un riverain. Moi, je reste ici. »

Cecilia se tourna vers elle. « Tu viens avec nous. Elle ne l'embêtera pas longtemps, tu peux me croire. Et cette clôture ne t'a rien fait.

— Pourquoi es-tu si gênée, Isabel ? demanda Esther. Tu en pinces pour Mr Whitby, toi aussi ?

— Pas du tout ! C'est dégoûtant, ce que tu racontes ! » protesta Isabel qui avait viré au rouge pivoine.

Incrédules, ses parents échangèrent un regard.

« Qu'est-ce qu'il a de si spécial, ce type ? demanda John-Paul en donnant un coup de coude à sa femme. Toi aussi, tu le trouves craquant ?

— Maman est trop vieille, dit Esther.

— Merci beaucoup, ma fille. Bon, Isabel, tu viens ? »

Puis Cecilia se tourna vers Polly au moment où Connor Whitby s'engageait sur la chaussée, son cerf-volant flottant derrière lui.

La petite prit le chemin en pente pour le rejoindre.

« Polly ! cria-t-elle.

— Arrête-toi tout de suite, Polly ! » reprit John-Paul.

48

L'homme au cerf-volant commença à traverser sous le regard désapprobateur de Rachel. *Fais attention, mon vieux ! Tu n'es pas sur un passage clouté !*

Il tourna la tête dans sa direction.

Connor Whitby.

Les yeux rivés sur elle, il ne marqua pas la moindre hésitation, comme si elle n'arrivait pas droit sur lui, comme si elle n'existait pas, comme si Monsieur pouvait l'obliger à ralentir si ça lui chantait. Le vent souleva son cerf-volant qui tournoya mollement au-dessus de lui.

Rachel leva le pied, s'apprêtant à enfoncer la pédale de frein.

Puis son pied écrasa l'accélérateur de toutes ses forces.

Tout se passa très vite.

Rien sur la route. Pas de véhicule. Puis, tout à coup, une petite voiture bleue. John-Paul dirait par la suite qu'il avait entendu un bruit de moteur derrière eux mais pour Cecilia, elle apparut comme par magie.

Pas de voiture. Pouf ! Une voiture.

Qui fonçait comme un boulet de canon. Pas tant parce qu'elle allait vite que parce qu'elle semblait décrire une trajectoire que rien ne pouvait arrêter, comme sous l'impulsion d'une force invisible.

Cecilia vit Connor Whitby bondir sur le trottoir d'en face à la manière d'un yamakasi en pleine course-poursuite.

La seconde suivante, Polly débloula juste devant la voiture et disparut sous les roues.

Pas de fracas. Un bruit sourd. Un froissement. Le long grincement des freins.

Puis le silence. Dans toute sa banalité. Suivi du pépiement d'un oiseau.

Dans l'esprit de Cecilia, une grande confusion. Que venait-il de se passer ?

Derrière elle, des pas lourds. Elle se retourna. John-Paul courait. Il la dépassa. Esther poussa un long hurlement. Un cri affreux. *Arrête, Esther*, pensa Cecilia.

Isabel lui saisit le bras. « Elle s'est fait renverser ! »

Elle sentit son cœur se déchirer.

Elle repoussa Isabel puis se précipita.

410

Une fillette. Une fillette à vélo.

Rachel resta agrippée au volant, le pied sur la pédale de frein.

Lentement, détachant chaque geste, elle actionna le frein à main, coupa le moteur, décolla le pied du plancher.

Elle regarda dans le rétroviseur. La fillette était peut-être saine et sauve.

(À ceci près qu'elle l'avait sentie. La masse sous ses roues. Comme un dos-d'âne, en plus mou. Elle savait avec certitude – une ignoble certitude – ce qu'elle venait de faire. Intentionnellement.)

Une femme qui courait, les bras le long du corps comme si seules ses jambes fonctionnaient, apparut dans son champ de vision. Cecilia Fitzpatrick.

Une fillette. Un casque rose à paillettes. Une queue-de-cheval noire. Freine. Freine. *Freine.* Son visage de profil. Polly Fitzpatrick. L'adorable petite Polly.

Rachel gémit comme un chiot. Au loin, un hurlement prolongé.

« Oui, allô ?

— Will ? »

Liam n'avait cessé de réclamer son père. Furieuse d'en être réduite à attendre, attendre que Felicity puis Will fassent leur apparition quand ça leur chantait, Tess avait fini par appeler son mari sur son portable. Elle s'était promis d'être glaciale, de rester impassible, histoire de lui donner un petit aperçu des efforts incommensurables qu'il lui faudrait déployer.

« Tess, répondit-il, étrangement distrait.

411

— Si j'en crois Felicity, tu es en route pour...

— Oui. Enfin, je l'étais. Mon taxi a dû s'arrêter. Il y a eu un accident à deux pas de chez ta mère. J'ai tout vu. On attend les secours. » Sa voix se brisa. Il reprit dans un murmure : « C'est affreux, Tess. Une petite fille à vélo. Pas plus vieille que Liam. Je crois qu'elle est morte. »

SAMEDI SAINT

49

Cecilia avait le sentiment d'avoir affaire à un prêtre ou à un politicien. Sa spécialité : la compassion. Les yeux doux et bienveillants, le docteur s'exprimait d'une voix magistrale et patiente, comme s'il expliquait une notion complexe à ses étudiants. Il tenait à ce que les Fitzpatrick comprennent bien. Cecilia était à deux doigts de se jeter à ses pieds. À ses yeux, cet homme avait les pleins pouvoirs. Cet homme était Dieu. Dieu dans la peau d'un Asiatique à lunettes vêtu d'une chemise à rayures bleues et blanches.

Au cours des dernières vingt-quatre heures, John-Paul et Cecilia avaient parlé à une foule de gens : secouristes, médecins, infirmiers urgentistes. Tous s'étaient montrés gentils, mais entre la charge de travail et la fatigue qui creusait leurs traits, aucun n'avait pris le temps de les regarder droit dans les yeux. À l'écart du bruit et des puissantes lumières blanches de l'hôpital, ils s'entretenaient maintenant avec le Dr Yue. Un calme quasi religieux régnait dans l'unité des soins intensifs où Polly reposait sur un lit haut, branchée à une multitude de machines derrière une cloison de verre. On lui avait administré une forte dose de sédatif. Son bras droit était bandé de gaze. Une infirmière lui avait dégagé le front, ramenant sa frange sur le côté à l'aide d'une barrette, si bien que la fillette ne semblait plus tout à fait elle-même.

Cecilia voyait en le Dr Yue un homme brillant. L'effet combiné des lunettes et de ses origines asiatiques probablement. *Stéréotype racial ? Et alors ?* songea-t-elle. Tout ce qu'elle espérait, c'était qu'il avait grandi auprès d'une mère exigeante et autoritaire, qu'il n'avait d'autre intérêt dans la vie que la médecine. Elle vénérait le bon docteur et le dragon qui l'avait élevé.

Mais John-Paul, bon sang ! Il n'avait pas l'air de se rendre compte qu'ils parlaient à Dieu en personne. Il ne cessait de l'interrompre. Sa brusquerie frisait l'impolitesse. Mieux valait pourtant ne pas le froisser si on voulait qu'il fasse le maximum pour Polly. Évidemment, pour le Dr Yue, Polly n'était qu'une malade de plus, et ses parents un énième couple en détresse. Comme tous ses confrères, il devait se surmener et commettre des erreurs, même minimes, qui pouvaient finir en désastre. Cecilia et John-Paul devaient absolument trouver un moyen de se distinguer des autres. Lui faire comprendre que dans le cas présent, il ne traitait pas une patiente lambda. Il s'agissait de *Polly*, sa fille adorée, sa petite dernière, aussi drôle qu'exaspérante. Sa respiration s'enraya. Pendant un instant, elle ne put inspirer.

Le Dr Yue lui tapota le bras. « C'est une situation très éprouvante pour vous, Mrs Fitzpatrick. Je sais que la nuit a été longue, vous n'avez pas dormi. »

John-Paul lança un regard de biais à sa femme, comme s'il la découvrait à ses côtés. Il lui prit la main avant de déclarer, d'un ton abrupt : « Poursuivez, s'il vous plaît. »

Cecilia adressa un sourire obséquieux au docteur. « Je vais bien. Merci. »

Voyez, nous sommes des gens fort sympathiques ! On ne demande pas grand-chose !

Il fit le point sur les blessures de Polly. Une commotion cérébrale, mais le scanner n'avait pas révélé de lésion importante. Le casque rose à paillettes avait été efficace. Une surveillance s'imposait pour dépister une éventuelle hémorragie interne. Pour l'instant, RAS. À déplorer également, de graves écorchures, une fracture du tibia et une rupture de la rate. Polly avait déjà subi une splénectomie. Des tas de gens vivaient sans cet organe, mais un risque infectieux accru nécessiterait peut-être la prise d'antibiotiques...

« Son bras, l'interrompit John-Paul. Vous craigniez principalement pour son bras droit cette nuit.

— En effet. » Le Dr Yue regarda Cecilia dans les yeux et l'incita à inspirer, expirer. « J'ai bien peur que le membre ne soit pas récupérable.

— Pardon ? fit Cecilia.

— Oh, mon Dieu, dit John-Paul.

— Excusez-moi », reprit-elle en essayant de rester aimable malgré la rage qui montait en elle. « Qu'est-ce que ça signifie, *pas récupérable* ? »

Comme si le bras de Polly reposait par mille mètres de fond.

« Elle souffre d'une double fracture et de dommages irréversibles au niveau des tissus. Le bras n'est plus irrigué. Nous souhaiterions pratiquer l'intervention cet après-midi.

— L'intervention ? répéta Cecilia. Par intervention, vous voulez dire… »

Le mot, effroyable, obscène, resta coincé dans sa gorge.

« Une amputation, termina le Dr Yue. Juste au-dessus du coude. Je sais que cette nouvelle vous paraît insurmontable ; un soutien psychologique vous est…

— Non », asséna Cecilia. Elle ne le tolérerait pas. Elle n'avait pas la moindre idée des fonctions de la rate, mais un bras, elle savait à quoi ça servait. « Elle est droitière, Dr Yue. Elle a six ans. Elle ne peut pas vivre sans *son bras* ! »

Sa voix bascula dans l'hystérie maternelle qu'elle s'était évertuée à lui épargner jusqu'alors.

Pourquoi diable John-Paul ne réagissait pas ? Lui qui ne cessait de couper le bon docteur cinq minutes plus tôt. À présent, il lui tournait le dos, les yeux rivés sur Polly.

« Elle le peut, Mrs Fitzpatrick, risqua le médecin. Je suis navré, mais elle le peut. »

Un long et large couloir précédait les lourdes portes en bois qui marquaient l'entrée de l'unité de soins intensifs où seules les familles des patients étaient admises. Tels des vitraux dans une église, une rangée de hautes fenêtres y laissaient entrer les rayons du soleil où flottaient des particules de poussière. Au-dessous, assis sur des chaises en cuir marron, des gens aux visages fatigués et tendus trompaient une attente interminable avec un livre ou leur téléphone portable. De temps à autre, des manifestations d'émotion contenue brisaient le silence qui y régnait.

Les yeux rivés sur les portes, Rachel guettait l'arrivée de Cecilia ou de John-Paul Fitzpatrick.

Que dire aux parents d'une enfant qu'on a failli tuer dans un accident de voiture ?

Je suis désolée ? Ça semblait un peu court, voire insultant. Les mots qu'on lâche lorsqu'on tamponne le caddie d'un autre client au supermarché. Il y avait forcément des paroles plus appropriées.

Je suis profondément désolée. Je suis accablée de regrets. Je ne me le pardonnerai jamais.

Quelle attitude adopter lorsque l'on connaît l'étendue de sa propre responsabilité, ô combien plus importante qu'il n'y paraissait ? La veille, sur les lieux du drame, les secouristes – tout juste sortis des jupes de leurs mères – et les policiers l'avaient traitée comme une petite vieille gâteuse impliquée malgré elle dans un accident tragique. Mais dans sa tête, les mêmes mots revenaient sans cesse : *J'ai vu Connor Whitby et j'ai appuyé sur l'accélérateur. J'ai vu le meurtrier de ma fille et j'ai voulu lui faire du mal.*

Pourtant, son instinct de conservation – quoi d'autres ? – avait dû l'empêcher de parler tout haut, sinon, elle serait déjà derrière les barreaux pour tentative de meurtre.

Tout ce qu'elle se rappelait avoir dit, c'était : « Je ne l'ai pas vue. Elle est arrivée de nulle part. Je ne l'ai pas vue.

— À quelle vitesse rouliez-vous, Mrs Crowley ? lui avait-on demandé gentiment, avec respect.

— Je ne sais pas. Je suis désolée. Je ne sais pas. »

Ce qui était vrai. Elle n'en avait pas la moindre idée. Ce dont elle était certaine en revanche, c'était qu'elle aurait largement eu le temps de freiner pour laisser passer Connor Whitby.

D'après la police, un témoin avait vu la petite fille débouler juste sous ses roues depuis la banquette arrière d'un taxi. Elle ne serait probablement pas inculpée. Ils avaient ensuite voulu savoir qui prévenir. Une deuxième ambulance était sur place mais le secouriste qui l'avait examinée n'avait pas jugé nécessaire qu'on l'emmène à l'hôpital. Rachel leur avait donné le numéro de Rob qui était arrivé très vite, trop vite, blanc comme un linge, avec Lauren et Jacob. Le garçonnet, resté dans la voiture, avait fait coucou à sa grand-mère avec un large sourire tandis que ses parents écoutaient le médecin d'un air attentif : Rachel était probablement sous le choc, elle devait se reposer, bien se couvrir et en aucun cas rester seule. Un bilan complet auprès de son généraliste s'imposait.

Ensuite, ç'avait été un cauchemar. Rob et Lauren avaient suivi les instructions à la lettre et, malgré tous ses efforts, Rachel n'avait pu se débarrasser d'eux. Tout ce qu'elle voulait, c'était mettre de l'ordre dans ses idées, mais ils lui tournaient sans cesse autour : « Une tasse de thé ? Un coussin ? » Cerise sur le gâteau, le père Joe, ce jeunot qui affichait une bonne humeur à toute épreuve, avait débarqué, chagriné de savoir qu'au sein de sa paroisse, les uns se mettaient à écraser les autres. « Vous ne devriez pas être en train de célébrer la messe ? » avait demandé Rachel avec ingratitude. « Ne vous inquiétez pas de ça, Mrs

Crowley », avait-il répondu. Et d'ajouter, en prenant sa main : « Vous avez bien conscience qu'il s'agit d'un accident, n'est-ce pas, Mrs Crowley ? Un accident comme on en voit tous les jours. Vous ne devez en aucun cas vous sentir coupable. »

Que savez-vous de la culpabilité, doux jeune homme ? songea-t-elle. *Vous êtes bien naïf. Vous n'imaginez pas ce dont vos ouailles sont capables. Vous croyez vraiment qu'on vous confie tous nos péchés, à confesse ? Nos péchés les plus vils ?*

Il avait au moins eu le mérite de la tenir régulièrement informée de l'état de santé de Polly.

Elle est toujours en vie, se répétait Rachel en boucle chaque fois qu'il lui donnait des nouvelles. *Je ne l'ai pas tuée. Ce n'est pas irréparable.*

Après le dîner, Lauren et Rob avaient ramené Jacob à la maison, laissant Rachel à une longue nuit sans sommeil. Cent fois elle s'était repassé la scène.

Le cerf-volant en forme de poisson. Connor Whitby sur la chaussée, faisant comme s'il ne la voyait pas. Son pied sur l'accélérateur. Le casque rose à paillettes. Freine. Freine. Freine.

Connor s'en était sorti. Sans la moindre égratignure.

Ce matin, le père Joe l'avait de nouveau appelée. Rien de nouveau, si ce n'était que Polly était entre de bonnes mains aux soins intensifs à l'hôpital des enfants de Westmead.

Après un bref merci, Rachel avait commandé un taxi pour se rendre à l'hôpital.

Il fallait qu'elle y aille. Se prélasser chez elle, comme si de rien n'était, lui était insupportable.

Restait à savoir si elle pourrait voir l'un ou l'autre des parents de Polly – en supposant qu'ils acceptent de lui parler.

Les portes battantes s'ouvrirent à toute volée pour laisser apparaître Cecilia qui descendit le couloir à la hâte, comme si une urgence l'appelait à l'autre bout de l'hôpital. Elle passa devant Rachel sans la voir puis, tout à coup, elle s'arrêta, regarda autour d'elle en clignant les yeux d'un air confus, telle une somnambule qui se réveille.

Rachel se leva.

« Cecilia ? »

Une vieille dame aux cheveux blancs apparut devant elle, vacillante. Par réflexe, Cecilia tendit la main vers son coude.

Soudain, elle la reconnut : « Bonjour, Rachel. » Pendant un court instant, elle ne vit que Mrs Crowley, la secrétaire de l'école, aussi efficace que gentille, quoiqu'un peu distante. Puis un souvenir monstrueux resurgit dans sa mémoire : John-Paul, Janie, le chapelet. Depuis l'accident, elle n'y avait pas pensé une seule seconde.

« Vous n'avez sûrement aucune envie de me voir, dit Rachel, mais il fallait que je vienne. »

Rachel conduisait la voiture qui avait percuté Polly. Cecilia se le rappelait vaguement. Une réalité qu'elle avait enregistrée sur les lieux de l'accident sans vraiment y accorder d'intérêt. Elle voyait derrière la petite voiture bleue un phénomène physique – un tsunami ou une avalanche. La responsabilité du conducteur n'était pas en cause.

« Je m'en veux tellement, reprit Rachel. Je suis terriblement désolée, affreusement désolée. »

Cecilia ne comprenait pas très bien ce qu'elle voulait dire. Entre la fatigue d'une nuit blanche et le choc lié à l'annonce que le Dr Yue venait de lui faire, son cerveau fonctionnait au ralenti. Elle remit ses neurones en action au prix d'un effort incommensurable.

« C'était un accident, finit-elle par dire, soulagée d'avoir trouvé la bonne expression.

— Oui, mais...

— Polly s'était lancée à la poursuite de Mr Whitby », poursuivit Cecilia. Les mots lui venaient plus facilement à présent : « Elle n'a pas regardé. » Elle essaya de chasser l'image de sa fille disparaissant sous la voiture. Puis, une autre formule toute faite : « Vous ne devez pas vous faire le moindre reproche. »

Incapable de réprimer son impatience, Rachel tira sur l'avant-bras de Cecilia. « Je vous en prie, dites-moi juste comment elle va. Ses blessures ? Est-ce que c'est grave ? »

Cecilia regarda la main noueuse et ridée de Rachel qui se cramponnait à elle. De nouveau, un flash : le joli bras tout fin de Polly. Un mur se dressa devant elle. Non. Ce n'était pas possible. Pas acceptable. Pas vrai. Pourquoi le bras de Polly ? Pourquoi pas *le sien* ? Un bras quelconque couvert de taches de rousseur délavées. S'il fallait absolument y laisser un bras, pourquoi pas le sien, nom de Dieu ?

« Ils disent que son bras est perdu, murmura-t-elle.

— Non. »

Rachel resserra son étreinte.

« Je ne peux pas supporter ça... ! Je ne peux pas.

« — Est-ce qu'elle sait ?

— Non. »

La chose, avec ses puissants tentacules qui se déroulaient et s'entremêlaient, prenait des proportions énormes, infinies. Cecilia n'avait pas réfléchi deux secondes à la façon dont elle l'annoncerait à Polly, ni même à ce que cet acte barbare signifierait pour sa fille, car pour l'heure, ce qui la consumait, c'était ce qu'il signifiait pour *elle*. Une violence criminelle et insupportable à *son* endroit. Le prix à payer pour le plaisir et la fierté que la beauté de ses filles lui offrait depuis toujours.

À quoi ressemblait-il à présent, ce bras, sous les bandages ? *Le membre n'est pas récupérable.* Le Dr Yue lui avait assuré que Polly ne souffrirait pas.

Cecilia mit quelques secondes à se rendre compte que Rachel s'écroulait, ses jambes se dérobant sous elle. Elle la rattrapa *in extremis* par les bras avant de la remettre sur ses pieds. Son corps lui parut étrangement frêle pour une femme de sa taille, comme si ses os menaçaient de se réduire en poussière. Pourtant, la maintenir debout n'était pas une mince affaire : Cecilia avait le sentiment de manipuler un paquet encombrant.

Un homme qui passait avec un bouquet d'œillets roses s'arrêta et l'aida à mettre Rachel sur une chaise.

« Vous avez besoin d'un médecin ? demanda-t-il. Je devrais pouvoir en trouver un dans le coin ! »

Rachel, pâle et tremblante, refusa d'un geste catégorique. « J'ai juste la tête qui tourne. »

Cecilia s'agenouilla près d'elle avant de sourire poliment au monsieur : « Merci beaucoup.

— Pas de problème. Je file. Ma femme vient d'accoucher de notre premier enfant. Il y a trois heures à peine. C'est une fille !

— Euh… félicitations ! »

Mais il s'éloignait déjà d'un pas guilleret. C'était le plus beau jour de sa vie.

« Vous êtes sûre que ça va, Rachel ? demanda Cecilia.

— Je suis désolée.

— Ce n'est pas votre faute », dit Cecilia malgré une pointe d'impatience.

Elle était sortie pour respirer, pour ne pas hurler, mais maintenant, elle devait y retourner. Recueillir le maximum d'informations. Mettre la main sur le Dr Yue. Poser des questions. Prendre des notes. Sans se préoccuper d'être aimable. Et qu'on ne lui parle plus de soutien psychologique.

« Vous ne comprenez pas », dit Rachel d'une voix aiguë et faible, les yeux rougis par les larmes. « En réalité, *c'est* ma faute. J'ai appuyé sur l'accélérateur. Je voulais le tuer, parce qu'il a tué Janie. »

Cecilia eut le sentiment qu'on venait de la pousser du haut d'une falaise. Ne pas tomber. Elle s'agrippa à la chaise de Rachel et se releva.

« Vous cherchiez à tuer John-Paul ?

— Quelle idée ! J'essayais de tuer Connor Whitby. L'assassin de Janie. J'ai trouvé cette vidéo, vous savez. C'était une preuve. »

La preuve accablante d'une atrocité – voilà à quoi Cecilia devait désormais faire face. Comme si quelqu'un l'avait saisie par le bras pour qu'elle se retourne et qu'elle ouvre les yeux.

Elle comprit en un instant. Sans avoir à lutter.

Ce que John-Paul avait fait.

Ce qu'elle-même avait fait.

Leur responsabilité envers leur fille. Le prix que Polly aurait à payer pour leur crime.

Une violente explosion d'éclairs blancs fit rage au plus profond de son être qui se désagrégea de l'intérieur pour ne laisser d'elle qu'une coquille vide. Pourtant, elle ne trembla pas. Elle resta solide sur ses deux jambes, parfaitement immobile.

Plus rien ne comptait vraiment. Le pire était arrivé.

Seule la vérité importait à présent. Elle ne sauverait pas Polly. Elle ne les rachèterait en aucune manière. Mais pour Cecilia, c'était une nécessité, une urgence, une obligation, une priorité absolue sur sa liste.

« Ce n'est pas Connor qui a tué Janie. » Cecilia articula ces mots telle une marionnette en bois, sans autre sensation que les mouvements de sa mâchoire.

Rachel retint son souffle. Son regard se durcit. « Que voulez-vous dire ? »

La gorge sèche, un goût aigre dans la bouche, Cecilia s'entendit prononcer l'indicible : « C'est mon mari qui a tué votre fille. »

50

Accroupie à côté de Rachel, le visage tout près du sien, Cecilia parlait d'une voix basse mais claire. Rachel avait beau percevoir chacun de ses mots, son cerveau refusait de comprendre. Le message ne rentrait pas. Il se dérobait. Consciente que quelque chose de vital lui échappait, elle se laissa envahir par une peur folle.

Attendez, pensait-elle. *Attendez, Cecilia. Qu'est-ce que vous dites ?*

« Je l'ai découvert l'autre soir, poursuivait Cecilia. Après la réunion Tupperware. »

John-Paul Fitzpatrick. Essayait-elle de lui dire que John-Paul Fitzpatrick avait assassiné Janie ? Rachel lui attrapa le bras. « Vous dites que ce n'était pas Connor. Vous en êtes certaine ? Il n'a rien à voir avec la mort de ma fille ? »

Une immense tristesse assombrit le regard de Cecilia. « J'en suis absolument certaine. Connor est innocent. C'est John-Paul, le coupable. »

John-Paul Fitzpatrick. Le fils de Virginia. Le mari de Cecilia. Un homme grand, beau, bien habillé, courtois. Un parent d'élève estimé de tous qui prenait volontiers les choses en main lorsque l'école recrutait des bénévoles pour de menus travaux. Une casquette de base-ball enfoncée sur la tête, une ceinture porte-outils autour de la taille, il maniait la règle à calcul comme personne. Rachel ne manquait jamais de le saluer chaleureusement lorsqu'elle le croisait à l'épicerie ou à St Angela. Le mois précédent, elle avait vu sa fille Isabel de retour de classe de mer se jeter dans ses bras. La joie qu'elle avait lue sur son visage tandis que son père la faisait virevolter dans les airs comme une gamine de trois ou quatre ans l'avait d'autant plus émue qu'Isabel ressemblait beaucoup à Janie. Une scène qui lui avait douloureusement rappelé que sa fille et son mari, trop préoccupés par le regard des autres, ne s'étaient jamais livrés à ce genre de manifestations d'amour en public. Quel gâchis.

« J'aurais dû vous le dire. J'aurais dû vous le dire à la minute où je l'ai su. »

John-Paul Fitzpatrick.

Il avait l'air tellement parfait. Même ses *cheveux* étaient impeccables. Connor, lui, respirait la sournoiserie avec son crâne rasé. L'un conduisait une voiture familiale rutilante quand l'autre faisait pétarader sa moto crasseuse. Ce n'était pas possible. Cecilia devait faire erreur, songeait Rachel, incapable de désarmer sa haine pour Connor. Elle le détestait depuis si longtemps. Depuis que le soupçon s'était insinué dans son cœur. Le simple fait qu'il connaisse Janie et qu'il ait été le dernier à l'avoir vue en vie avaient suffi à déclencher en elle un ressentiment inextinguible.

« Je ne comprends pas, fit Rachel. Janie connaissait John-Paul ?

— Ils se voyaient en secret. Je crois qu'on peut dire qu'ils sortaient ensemble », répondit Cecilia, toujours accroupie par terre. Son visage, d'une pâleur maladive un instant plus tôt, s'empourprait. « John-Paul était amoureux de Janie, mais elle lui a parlé d'un autre garçon qu'elle lui préférait et ensuite, il a… euh… perdu les pédales. » Sa voix s'affaiblit : « Il avait dix-sept ans. C'était un coup de folie. Dit comme ça, on pourrait croire que j'essaie de lui trouver des excuses. Mais je vous jure que ce n'est pas le cas. Ce qu'il a fait est inexcusable. *Évidemment.* Impardonnable. Je suis navrée. Il faut que je me lève. Mes genoux. J'ai mal aux genoux. »

Sous le regard médusé de Rachel, Cecilia se mit debout, repéra une autre chaise qu'elle approcha avant de s'y asseoir et de se pencher vers elle, les traits tordus par l'angoisse, telle une condamnée.

Janie avait dit à John-Paul qu'elle fréquentait un autre garçon. Connor Whitby.

Non pas un, mais deux jeunes hommes la courtisaient sans même que Rachel le sache. À quel moment était-elle devenue une si mauvaise mère qu'elle ignorait tout ou presque de la vie de sa fille ? Pourquoi étaient-elles passées à côté de ces moments de confidences que mères et filles partageaient autour d'un verre de lait et de cookies dans toutes les séries américaines ? Mais Rachel ne se mettait aux fourneaux que contrainte et forcée. Janie se contentait de crackers beurrés au goûter. Si seulement elle lui avait fait des gâteaux, songea-t-elle, assaillie par un sentiment de honte féroce. Si seulement Ed l'avait fait virevolter dans les airs. Les choses auraient peut-être été différentes.

« Cecilia ? »

Les deux femmes levèrent les yeux. C'était John-Paul.

« Cecilia. On doit signer des papiers… » Il prit conscience de la présence de Rachel. « Bonjour, Mrs Crowley.

— Bonjour », répondit-elle, incapable de bouger, comme sous l'effet d'une anesthésie.

Debout face à elle se tenait le meurtrier de sa fille. Tout ce qu'elle voyait, c'étaient ses yeux rouges et sa barbe grisonnante de quelques jours. Un père épuisé et affligé. Elle n'arrivait pas à le croire. Il n'avait rien à voir avec Janie. Il paraissait beaucoup trop vieux. Trop adulte.

Cecilia le mit au courant : « Je lui ai dit, John-Paul. »

Il recula d'un pas, comme pour esquiver.

Il ferma les yeux un court instant puis les rouvrit, fixant Rachel d'un air si repentant que plus aucun doute n'était permis.

« Mais pourquoi ? » demanda-t-elle, sidérée de s'entendre évoquer le meurtre de sa fille avec la courtoisie qui lui était coutumière au beau milieu d'un couloir où des dizaines de personnes circulaient sans vraiment les voir, loin d'imaginer la gravité de leur conversation. « Je peux savoir pourquoi vous avez fait une chose pareille ? Ce n'était qu'une gamine. »

John-Paul baissa la tête et passa les mains dans ses cheveux impeccables. Lorsqu'il releva les yeux, son visage était anéanti, brisé. « C'était un accident, Mrs Crowley. Je n'ai jamais voulu lui faire de mal, parce que, vous voyez, je l'aimais. Je l'aimais comme un fou. » Il s'essuya le nez d'un revers de la main, un geste inconvenant qui trahissait son désespoir. « Je n'étais qu'un ado stupide. Elle m'a dit qu'elle voyait quelqu'un d'autre et elle a ri. Je suis désolé. C'est la seule raison que j'ai à vous donner. Une raison qui n'en est pas une. Je l'aimais et elle a ri. »

Cecilia retenait son souffle, vaguement consciente d'un perpétuel mouvement autour d'eux. Des gens passaient en trombe, d'autres sans se presser. Des rires accompagnés de grands gestes. Des conversations animées au téléphone. Personne ne s'arrêta pour observer la dame aux cheveux blancs assise bien droite sur la chaise en cuir marron dont elle agrippait les bords en regardant l'homme qui se tenait debout devant elle, la tête baissée, le dos rond, l'air contrit. Personne ne sembla remarquer ces deux êtres figés, mutiques, enfermés dans une bulle à l'écart du reste du monde.

Cecilia bougea la main. Le contact du cuir de la chaise, frais et lisse, la sortit de sa torpeur. Elle expira longuement.

« Je dois retourner auprès de Polly », lança-t-elle en se levant si vite que la tête lui tourna.

Combien de temps s'était écoulé ? Combien de temps dans ce couloir, loin de sa fille laissée seule ? Une sensation de panique l'envahit. Elle regarda Rachel. *Je n'ai pas le temps de m'occuper de vous maintenant,* songea-t-elle.

« Il faut que je voie son médecin.

— Bien sûr », répondit Rachel.

John-Paul tendit les mains vers elle, paumes vers le haut, comme pour se laisser menotter. « Je sais que je n'ai pas le droit de vous demander ça, Rachel, euh… Mrs Crowley, je n'ai pas la moindre exigence à avoir, mais Polly a besoin de ses deux parents, là, tout de suite, j'ai juste besoin de temps pour…

— Je n'ai pas l'intention de vous éloigner de votre fille », l'interrompit Rachel d'un ton brusque, comme si elle réprimandait des adolescents impossibles. « J'ai déjà… » Elle déglutit, leva les yeux au plafond comme pour se retenir de vomir, puis : « Allez-y. Votre petite fille vous attend. Tous les deux. »

51

À la nuit tombée, Will et Tess cachaient de minuscules œufs colorés dans le jardin de Lucy.

Par le passé, ils les laissaient bien en vue ou les déposaient çà et là sur la pelouse, mais en grandissant, Liam avait réclamé une véritable chasse aux œufs. Aussi, son père avait pris l'habitude de le chronométrer tandis que sa mère fredonnait le thème de *Mission impossible*.

« J'imagine que dans les gouttières, ce n'est pas une bonne idée, fit Will en regardant vers le toit. À moins qu'on laisse une échelle dans le coin ? »

Tess se contenta du petit rire poli qu'elle réservait d'ordinaire à ses clients.

« C'est bien ce qu'il me semblait », dit-il dans un soupir. Puis il plaça un œuf bleu sur le rebord d'une fenêtre, dans l'angle, de sorte que son fils ait au moins à se mettre sur la pointe des pieds pour le récupérer.

Tess ouvrit un chocolat dont elle ne fit qu'une bouchée. Liam en avait déjà largement abusé cette semaine, songea-t-elle, les papilles en éveil. Ce qui valait également pour elle. Encore un peu, et elle finirait énorme, comme Felicity.

Cette réflexion, ô combien cruelle, lui vint si naturellement à l'esprit que Tess ne put se voiler la face plus longtemps : à ses yeux, sa cousine avait toujours été l'illustration parfaite du mot « énorme ». Au point que même aujourd'hui, alors qu'elle affichait une silhouette parfaite, Tess ne pouvait s'empêcher de l'associer à ces trois syllabes : é-nor-me.

« Je n'arrive pas à croire que tu aies envisagé qu'on vive tous sous le même toit ! » explosa-t-elle. Du coin de l'œil, elle vit Will se préparer à encaisser les coups.

Depuis l'instant où il s'était présenté chez Lucy, pâle et sensiblement amaigri, il supportait les variations d'humeur de Tess qui, incapable de se maîtriser, passait de la froideur à l'hystérie, du sarcasme au désespoir en moins d'une minute.

Il se tourna vers elle, le sachet de chocolats au creux de la main. « Je ne le pensais pas vraiment.

— Pourtant, tu l'as dit ! Lundi soir, tu l'as dit !

— C'était stupide de ma part. Je suis désolé. Je te le répète, je suis désolé. Je ne vois pas ce que je peux faire de plus.

— Tu parles comme un robot. Tu t'excuses mais tu n'en penses pas un mot. Tu espères juste que je finirai par la boucler. » Puis sur un ton monocorde : « Je suis désolé. Je suis désolé. Je suis désolé.

— Je le suis, Tess. Sincèrement, répondit Will d'un air las.

— Chut ! Tu vas les réveiller », fit-elle sans autre motif qu'un irrésistible besoin de le rabrouer.

Liam et sa mère, qui occupaient des chambres côté rue, jouissaient d'un sommeil de plomb. Rien ne les aurait réveillés, pas même des hurlements.

Ces hurlements d'ailleurs, Will les attendait toujours. Pour l'heure, il n'avait eu droit qu'à ces sorties amères et inutiles.

La veille, leurs retrouvailles s'étaient révélées à la fois surréalistes et affreusement banales. À vrai dire, ils ne s'étaient pas vraiment rencontrés, chacun restant muré dans ses propres émotions. Pour commencer, Liam était déchaîné. Il avait probablement senti qu'il avait failli perdre son père et la petite structure rassurante sur laquelle reposait sa vie. Son soulagement se manifestait par une frénésie propre à son âge : il prenait des voix idiotes, ricanait bêtement, sautait sans cesse sur son père pour jouer à la bagarre. Will, quant à lui, se repassait en boucle les images du drame dont il avait été témoin. Traumatisé, il ne cessait de répéter à Tess : « Tu aurais vu le visage de ses parents. Imagine si ç'avait été Liam. Si ç'avait été nous. »

Le récit de l'accident de Polly Fitzpatrick avait aidé Tess à relativiser. Si une chose pareille arrivait à Liam, rien d'autre n'aurait d'importance. Pourtant, le fait que ses sentiments soient relégués au second plan l'avait rendue agressive.

Aucun mot ne semblait assez fort pour décrire l'intensité de ses émotions. *Tu m'as fait du mal. Vraiment. Comment as-tu pu ?* C'était si simple dans sa tête. Mais dès qu'elle ouvrait la bouche, tout se compliquait.

« Tu voudrais être avec elle en ce moment », lança Tess. Inutile de le nier. Elle en était absolument certaine, aussi vrai qu'elle rêvait d'être dans les bras de Connor. « En plein vol pour Paris.

— Tu dis toujours Paris, fit Will. Pourquoi Paris ? » Dans sa voix, une pointe du Will qu'elle connaissait, celui qu'elle aimait, celui qui trouvait à rire de tout. « Tu as envie d'y aller ?

— Non.

— Liam serait aux anges ; lui qui adore les croissants.

— Non.

— Bien sûr, il faudrait qu'on emporte un pot de Vegemite !

— Je ne veux pas aller à Paris. »

Elle s'éloigna pour cacher un œuf près d'un poteau au fond du jardin puis se ravisa : il pourrait y avoir des araignées.

« Je tondrai la pelouse pour ta mère demain, dit Will depuis la terrasse.

— Un gamin du quartier s'en charge tous les quinze jours, répondit Tess.

— Ah.

— Je sais que c'est uniquement pour Liam que tu es revenu.

— Quoi ?

— Tu as très bien compris. »

D'autant qu'elle l'avait déjà dit la veille, au lit, puis de nouveau dans la journée, lorsqu'ils étaient partis se promener. Elle se comportait comme une harpie insensée. À croire qu'elle cherchait à lui faire regretter sa décision. Pourquoi remettre ça sur le tapis alors qu'elle-même serait en train de faire l'amour avec Connor, si ce n'était pour Liam ? Elle aurait succombé à la tentation du tout nouveau, tout beau, au lieu de s'enquiquiner à colmater la brèche dans son mariage.

« Je suis là pour Liam, dit Will. Et je suis là pour toi. Vous êtes ma famille, ce que j'ai de plus cher au monde.

— Si c'était le cas, tu ne serais pas tombé amoureux de Felicity, d'abord. »

Tess excellait dans le rôle de la victime. Elle assénait les mots accusateurs avec une délicieuse facilité.

Pas sûr qu'elle saurait garder sa verve si elle devait lui avouer ce qu'elle avait traficoté avec Connor alors que, de leur côté, Felicity et lui avaient vaillamment résisté à leur désir. La nouvelle le ferait probablement souffrir. Et elle avait assez envie de le faire souffrir. Tess voyait sa liaison comme une arme secrète cachée au fond de sa poche ; elle tâchait d'en estimer les contours et la puissance avant de décider si elle devait dégainer.

« Ne lui parle pas de Connor », lui avait chuchoté sa mère à l'oreille tandis que Liam se précipitait vers Will, tout juste descendu de taxi. Les mêmes mots que Felicity. « Ça ne fera que le contrarier. Inutile. L'honnêteté n'a pas que du bon – crois-en mon expérience. »

Son expérience ? À quoi faisait-elle allusion ? Un jour, il faudrait lui poser la question. Mais pour l'instant, elle n'avait pas spécialement envie de savoir. À vrai dire, c'était le cadet de ses soucis.

« Je ne suis pas vraiment tombé amoureux de Felicity, répondit Will.

— Oh que si », rétorqua Tess, pourtant consciente du caractère puéril, voire ridicule, de tels mots.

Tomber amoureux. N'étaient-ils pas trop vieux pour s'exprimer ainsi ? À vingt ans, on évoque ses sentiments avec tant de gravité ! Amusant, non ? Car au fond, tout cela n'est que... chimique ! Hormonal ! Une vue de l'esprit ! Elle aurait pu tomber amoureuse de Connor. Sans problème. Il n'y a rien de plus facile. C'est à la portée de tous. Le vrai défi avec l'amour, c'est de le faire durer.

Elle pouvait briser leur mariage dans la seconde si ça lui chantait. Briser la vie de Liam avec une poignée de mots. « Tu sais quoi, Will ? Je suis tombée amoureuse, moi aussi. Ça tombe à pic, hein ? Allez ! Du balai ! » Clair, net, précis. Après ça, chacun pourrait aller de son côté.

Ce qui lui restait vraiment en travers de la gorge, c'était la *pureté* révoltante de leur histoire. La puissance de leur amour, resté platonique. Elle avait quitté Melbourne pour qu'ils passent à l'acte, merde ! Pas pour se retrouver, elle, avec un secret olé olé, voire carrément cochon.

« Je crois que j'en suis incapable, dit Tess doucement.

— Incapable ? De quoi ? »

Will, qui coinçait des œufs dans le dossier d'une chaise en rotin, leva les yeux.

« Laisse tomber », répondit-elle. *De te pardonner.*

Elle disposa des chocolats à intervalles réguliers le long de la palissade latérale couverte de lierre.

« Felicity m'a dit que tu voulais un autre enfant.

— Oui, mais tu le savais déjà, Tess.

— C'est arrivé juste parce qu'elle est devenue super-belle ? Felicity ? C'est pour ça ?

— Hein ? Quoi ? » L'air paniqué de Will lui arracha un sourire. Le pauvre. Lui qui détestait les conversations sans queue ni tête ! En temps normal, il l'aurait envoyée sur les roses : « Tu ne peux pas être plus claire ? » mais il était mal placé pour se plaindre.

437

« Notre mariage marchait plutôt bien, non ? On ne se prenait pas la tête. On regardait *Dexter* en amoureux. Comment as-tu pu me quitter en plein milieu de la saison cinq ? »

Méfiant, Will se cramponna à son paquet de chocolats.

« Et côté sexe, c'était bien », poursuivit Tess. On ne pouvait plus l'arrêter. « En tout cas, c'est ce que je croyais. » Elle repensa à Connor, à sa façon de promener ses doigts lentement le long de son dos. Un violent frisson la parcourut. Will fronça les sourcils, comme si quelqu'un venait de l'attraper par l'entrejambe et serrait de plus en plus fort. Bientôt, elle l'enverrait au tapis.

« On ne se disputait pas. Ou si on se disputait, c'était pour des broutilles, que je sache. Du genre, euh… le lave-vaisselle ! Quand je mets la poêle dedans, il y a le machin qui cogne et ça t'énerve. Et puis, tu trouves qu'on passe trop de temps à Sydney. Mais tout ça, ce n'est pas grave, si ? On n'était pas heureux ? Moi, j'étais heureuse. Je croyais que tu l'étais aussi. Quelle idiote j'ai dû paraître, à tes yeux ! » Elle gesticula comme une marionnette. « Regardez qui voilà ! Tess la simplette, qui chantonne gaiement ! Tralala, tralala ! L'imbécile heureuse qui ne voit pas que son mari…

— Tess, ne fais pas ça », l'interrompit Will, les yeux brillants.

Elle se tut. Dans sa bouche, un goût salé se mêlait à présent à la douceur du chocolat. Elle essuya son visage d'un geste brusque, furieuse d'avoir cédé aux larmes sans même s'en rendre compte. Will esquissa un pas en avant mais elle

438

le repoussa d'un geste de la main. Il pouvait se le garder, son réconfort !

« Et maintenant, Felicity est partie. On n'a pas été séparées plus de deux semaines depuis… depuis qu'on est nées. C'est bizarre, hein ? Pas étonnant que tu aies fini par te dire que tu pouvais nous avoir toutes les deux. Les siamoises. »

Voilà pourquoi elle lui en voulait tant d'avoir imaginé qu'ils pouvaient vivre tous ensemble : ce n'était pas si grotesque. Pas pour eux, en tout cas. Elle *comprenait* qu'ils l'aient envisagé – ce qui rendait la situation encore plus rageante car, franchement, comment était-ce possible ?

« Finissons-en avec ces œufs à la noix, dit Tess.

— Attends. On peut s'asseoir un instant ? »

Il désigna la table où, la veille, elle avait dégusté des brioches de Pâques au soleil tout en échangeant des textos avec Connor. Un million d'années s'étaient écoulées. Tess prit une chaise puis se débarrassa de son sachet de chocolats avant de croiser les bras.

« Tu as froid ? demanda Will d'un air inquiet.

— Ce n'est pas la grosse chaleur. » Les larmes avaient laissé la place à un immense détachement. « Mais ça va. Allez. Dis ce que tu as à dire.

— Tu as raison. Notre mariage marchait plutôt bien. Je n'ai rien à te reprocher, au contraire. Si j'ai eu un sentiment d'insatisfaction, c'était plutôt lié à moi-même.

— Comment ça ? Qu'est-ce que tu veux dire ? » fit Tess, sur la défensive. Un mari insatisfait ? C'était forcément à cause de sa femme : sa cuisine, sa conversation, son corps, quelque chose.

439

« Ça va te paraître pathétique », prévint Will. Il leva les yeux au ciel et respira un grand coup. « Ce n'est pas une excuse. En *aucun* cas, tu m'entends ? Mais il y a environ six mois – après qu'on a fêté mes quarante ans – j'ai commencé à me sentir tellement... comment dire ? Abattu. Ou... sans vie, tiens, voilà le mot.

— Sans vie.

— Tu te souviens quand j'ai eu tous ces problèmes de genou ? Puis de dos ? Je me suis dit, mon Dieu, est-ce que ma vie va ressembler à ça, maintenant ? Douleurs, docteurs, médicaments. Et ces foutues compresses chauffantes. C'est déjà terminé ? Donc, ça, et puis un jour, euh... c'est gênant. »

Il se mâchonna la lèvre avant de poursuivre : « Je suis allé chez le coiffeur, et le type qui s'occupe de moi d'habitude n'était pas là. Sa collègue, va savoir pourquoi, a voulu me montrer ma coupe de dos dans le miroir. Drôle d'idée, vraiment. Bref, en voyant ma tonsure, j'ai failli tomber de ma chaise, je te jure. Je ne me suis pas reconnu. Un moine, on aurait dit. Je ne m'en étais pas rendu compte. »

Tess ne put réprimer un petit rire sarcastique. Will sourit d'un air contrit. « Je sais, dit-il. Je sais. C'est juste que j'ai commencé à me sentir tellement... vieux.

— Tu *es* vieux.

— Merci, fit-il en grimaçant. Je sais. Bref, cette sensation d'être sans vie, c'était intermittent. Je me disais : pas de quoi fouetter un chat, ça va passer. Enfin, c'est ce que j'espérais. Et puis... »

Il s'interrompit.

« Et puis Felicity, termina Tess à sa place.

— Felicity. Je l'ai toujours beaucoup appréciée. Tu sais comment on se comportait elle et moi : tout le temps en train de se taquiner, limite à flirter. Mais ce n'était qu'un jeu. Jusqu'au jour où... j'ai ressenti une sorte d'émoi chez elle. C'était après son régime. Je crois que je me suis senti flatté. Je me suis dit que ça ne comptait pas, c'était *Felicity*, pas une femme rencontrée comme ça au hasard. Il n'y avait pas de risque. Je n'avais pas le sentiment de te trahir ; elle était ton *alter ego*. Mais à un moment, les choses m'ont échappé et je me suis senti... »

De nouveau, une pause.

« Amoureux d'elle.

— Non, pas vraiment. Je ne crois pas que c'était de l'amour. Ce n'était rien. À la seconde où toi et Liam êtes partis, j'ai su que ce n'était rien. Un béguin, un stupide bé...

— Arrête », dit Tess en levant la main.

Elle ne voulait ni baratin ni pieux mensonges, mais à supposer qu'il soit de bonne foi, sa loyauté – étrangement intacte – envers Felicity lui intimait de le faire taire. Comment osait-il dire que ce n'était rien alors que Felicity, elle, l'aimait sincèrement ? Sans compter qu'il était prêt à tout sacrifier pour elle. Il avait raison : ce n'était pas une femme rencontrée comme ça au hasard. C'était Felicity.

« Pourquoi tu ne m'as jamais dit que tu te sentais abattu ? demanda-t-elle.

— Je ne sais pas. Parce que je trouvais ça stupide. Un homme qui déprime parce qu'il se

441

dégarnit. Au secours, dit-il un peu honteux. Parce que je ne voulais pas perdre ton estime. »

Tess regarda ses mains posées à plat sur la table en réfléchissant au métier de Will, passé maître dans l'art de servir aux clients des mobiles rationnels pour leurs achats irrationnels. Son mari avait-il réécrit sa « relation » avec Felicity avec sa plume de publiciste ? S'était-il demandé *Pourquoi j'ai agi comme ça ?* pour ensuite se créer une jolie petite histoire à partir d'une similivérité ?

« Puisqu'on en est aux confidences, moi, je souffre de phobie sociale, dit Tess d'un ton léger.

— Pardon ? fit Will en fronçant les sourcils, comme si elle venait de lui poser une devinette.

— Certaines activités sociales génèrent chez moi une angoisse absolue. Ce n'est pas un drame mais parfois, c'est tout simplement paralysant. »

Perplexe, voire effaré, Will porta une main à son front. « Euh, j'ai bien conscience que tu n'aimes pas trop les fêtes, mais tu sais, passer des heures debout à parler de tout et de rien, ça ne me passionne pas non plus.

— Je te parle de palpitations cardiaques, Will. Le grand quiz organisé par l'école par exemple », ajouta-t-elle en le fixant.

Elle se sentait totalement exposée. Jamais elle n'avait mis son cœur à nu de la sorte avec lui.

« Mais, on n'y va pas à cette soirée.

— C'est vrai. Maintenant, tu sais pourquoi.

— Rien ne nous oblige à y aller, fit-il, les mains au ciel. Je m'en fiche, moi, qu'on n'y aille pas. »

Tess esquissa un sourire. « Pas moi. Si ça se trouve, on rigolerait bien. Ou pas. Je n'en ai pas la moindre idée. C'est pour ça que je t'en parle, d'ailleurs. J'aimerais bien essayer de… m'ouvrir un peu.

— Je ne comprends pas. Tu n'es pas une extravertie mais tu vas à la chasse aux clients tous les jours ! Moi, j'en serais incapable !

— Je sais. Mais ça me tétanise. Je déteste cette partie du job et en même temps, j'adore ça. Je voudrais juste arrêter de me sentir au bord de l'évanouissement si souvent.

— Mais…

— J'ai lu cet article il y a quelque temps. On est des milliers à vivre avec cette petite névrose sans que personne ne s'en doute. Des P-DG qui s'adressent à des dizaines d'actionnaires sans problème, mais incapables de faire la conversation à la fête de Noël, des acteurs d'une timidité maladive, des médecins terrifiés à l'idée de soutenir un regard. J'ai pensé qu'il fallait que je le cache, mais ça n'a fait qu'empirer les choses. J'en ai parlé à Felicity hier, elle ne m'a pas prise au sérieux. Tu sais ce qu'elle m'a dit ? "Arrête ton char, Tess O'Leary !" Bizarrement, ça m'a libérée d'entendre ça. Comme si j'avais gardé une vilaine araignée emprisonnée dans une boîte depuis des années et qu'après la lui avoir montrée, elle m'avait dit : "Ça ? Ce n'est pas une araignée."

— Je ne veux pas la mettre au rancart, moi, ton araignée ! Je veux lui faire sa fête, l'écrabouiller. »

De nouveau, Tess sentit les larmes monter. « Moi non plus, je ne veux pas minimiser ton mal-être. »

Will lui tendit les mains, paumes vers le haut. Elle les regarda un moment avant d'y glisser les

443

siennes. Au contact de sa peau, familier et étrange à la fois, elle se remémora leur première rencontre, ce jour où on les avait présentés dans le hall d'accueil de son ancienne boîte, où son angoisse habituelle s'était évaporée, la laissant en proie à une irrésistible attirance pour cet homme souriant aux yeux mordorés qui la regardait sans ciller.

Ils restèrent assis en silence, les yeux dans le vague. Tess ne put s'empêcher d'imaginer Will et Felicity s'agripper l'un à l'autre à bord de l'avion qui les amenait à Sydney. Elle faillit retirer ses mains mais repensa au moment où Connor lui avait caressé les doigts, tout doucement, devant le bar. Puis, étrangement, elle songea à Cecilia Fitzpatrick dans une chambre d'hôpital au chevet de la magnifique petite Polly, puis à Liam qui rêvait d'œufs en chocolat dans son pyjama de flanelle bleue à l'étage. Elle leva les yeux. La nuit était claire, le ciel étoilé. Quelque part au-dessus de leurs têtes, Felicity volait vers une autre saison, une autre vie, en se demandant probablement comment diable ils en étaient arrivés là.

Ils avaient tellement de décisions à prendre. Comment allaient-ils négocier le virage qui se présentait, cette nouvelle étape dans leurs vies ? Resteraient-ils à Sydney ? Liam finirait-il l'année à St Angela ? Impossible. Elle croiserait Connor tous les jours. *Quid* de leur agence ? Allaient-ils remplacer Felicity ? Difficile à imaginer. À vrai dire, tout lui semblait insurmontable.

Et si en fait, le ciel destinait Will et Felicity l'un à l'autre ? Ou Connor et elle ? Peut-être que personne ne pouvait répondre à ce genre de questions.

Peut-être même que rien n'était écrit à l'avance. Il y avait la vie, tout simplement, le moment présent, l'idée qu'on fait de son mieux. Qu'on apprend à être « souple ».

La lumière automatique de la terrasse s'éteignit. Tous deux restèrent immobiles, à l'abri de l'obscurité.

« Donnons-nous jusqu'à Noël, dit Tess au bout d'un moment. Si tu penses toujours à elle d'ici là, si tu la désires toujours, alors je crois que tu devrais la rejoindre.

— Ne dis pas ça. J'ai été clair. Je ne…

— Chut. »

Elle serra ses mains plus fort et, tels des naufragés à l'avenir incertain, ils se cramponnèrent à ce qu'il restait de leur mariage pendant un long moment.

52

C'était fait.

Polly dormait, les paupières agitées de soubresauts. À son chevet, ses parents la regardaient comme s'ils cherchaient à deviner ses rêves.

Ignorant les larmes qui inondaient son visage, Cecilia se retrouva en pensée à côté de son mari, dans une autre chambre d'hôpital, à l'aube d'une autre journée d'automne, en train de compter les minuscules doigts de Polly. L'accouchement terminé (deux heures à peine – Cecilia avait donné naissance à ses trois filles avec une efficacité redoutable), tous deux n'avaient pu que s'émerveiller devant ce petit être parfait qu'ils recevaient comme un don.

À présent, leurs yeux revenaient sans cesse au vide laissé par son bras droit. Une anomalie, une singularité à laquelle Polly devrait désormais les regards insistants auxquels sa beauté l'avait habituée.

Décidée à ne jamais verser une larme devant sa fille, Cecilia pleura tout son soûl. Sans retenue. Son instinct lui dictait de se préparer à cette nouvelle vie qui allait commencer. Mère d'enfant infirme. Telle une marathonienne sur la ligne de départ, elle sentait ses muscles se contracter. Bientôt, moignons, prothèses et autres joyeusetés n'auraient plus de secrets pour elle. Cecilia obtiendrait le *nec plus ultra* pour sa fille, à coups de muffins maison et de faux compliments. Elle remuerait ciel et terre s'il le fallait. Personne n'était mieux taillé qu'elle pour cette mission.

Restait à savoir si Polly tiendrait le choc. Du haut de ses six ans, aurait-elle la force de caractère nécessaire pour vivre avec ce genre de lésion dans un monde qui attachait tant d'importance à l'apparence ? *Elle reste magnifique*, fulmina Cecilia en son for intérieur, comme si on avait osé lui dire le contraire.

« Elle est solide, dit-elle à John-Paul. Tu te souviens du jour où, à la piscine, elle voulait absolument nous montrer qu'elle pouvait nager aussi loin qu'Esther ? »

Elle ne put s'empêcher de revoir Polly fendre l'eau bleue chlorée du bassin de ses deux bras.

« Mon Dieu. *Nager* », fit John-Paul d'une voix haletante en serrant ses mains contre sa poitrine.

« Ne t'avise pas de t'effondrer », rétorqua-t-elle brusquement.

Elle se frotta les yeux, la bouche envahie par le sel de ses larmes.

« Pourquoi as-tu parlé à Rachel ? demanda John-Paul. Pourquoi maintenant ? »

Le regardant droit dans les yeux, elle chuchota : « Parce qu'elle croyait Connor Whitby coupable du meurtre de Janie. Elle essayait de l'*écraser*. »

John-Paul sembla prendre conscience de l'enchaînement des événements qui avaient mené Polly sur ce lit d'hôpital.

« Putain. » Le poing contre la bouche, il se mit à se balancer d'avant en arrière tel un enfant autiste. « Tout est ma faute. Tout ce qui est arrivé, c'est ma faute. Oh mon Dieu, Cecilia. Pourquoi je n'ai pas avoué ? J'aurais dû tout dire à Rachel Crowley.

— Arrête, siffla-t-elle. Si Polly entendait... »

Il se dirigea vers la porte, se retourna pour regarder Polly, le visage ravagé par le désespoir. Tout à coup, il se laissa tomber à genoux sur le sol, la tête baissée, les mains derrière la nuque, comme pour se protéger d'une explosion.

Cecilia resta de marbre. La veille, elle l'avait vu sangloter, éperdu de chagrin et de regrets en repensant à ce qu'il avait fait à la fille d'un autre. Cette douleur-là n'était rien comparée à celle qu'il ressentait à présent.

Elle se tourna vers Polly en songeant que la vie ne les avait pas préparés à ce drame. Car, même si l'on essaie de se mettre à la place de celui qui se noie dans les eaux glaciales de l'Atlantique ou qui vit séparé des siens à cause d'un mur, seule la tragédie qui nous frappe personnellement – pire, celle qui frappe nos enfants – nous fait vraiment souffrir.

« Lève-toi, John-Paul », dit-elle sans même le regarder.

Elle pensa à Isabel et Esther, restées à la maison avec ses parents, sa belle-mère et d'autres membres de la famille. (Cecilia et John-Paul avaient été très clairs : pas de visites à l'hôpital.) Pour l'heure, tout le monde s'occupait d'elles mais, dans ce genre de situation, les frères et sœurs finissaient toujours par se sentir abandonnés. Elle veillerait à être présente pour ses trois filles, quoi qu'il en coûte. Au diable l'association de parents d'élèves. Au diable les Tupperware.

John-Paul n'avait pas bougé.

« Lève-toi. Tu n'as pas le droit de t'écrouler. Polly a besoin de toi. Nous avons tous besoin de toi. »

Il leva la tête et regarda Cecilia, les yeux injectés de sang. « Mais je ne serai même pas à vos côtés. Rachel va tout dire à la police.

— Peut-être, oui. Peut-être qu'elle va le faire. Mais je n'y crois pas. Je ne crois pas que Rachel t'éloignera de ta famille. » Si rien ne lui permettait de l'affirmer, quelque part, elle en était convaincue. « Pas maintenant en tout cas.

— Mais…

— Il me semble qu'on a payé, dit Cecilia d'un ton acerbe en montrant Polly. Tu vois, le prix qu'on a payé ? »

53

Assise dans son salon, Rachel fixait la télévision sans vraiment la regarder, comme hypnotisée par le tressautement des images en couleurs.

Rien ni personne ne pouvait l'empêcher de décrocher son téléphone et d'envoyer John-Paul Fitzpatrick derrière les barreaux pour meurtre. Elle pouvait le faire là, tout de suite, dans une heure ou même le lendemain matin. Attendre que Polly rentre de l'hôpital ou se donner quelques mois. Six peut-être. Ou alors un an. Voilà. Lui accorder un an avec son père puis le lui enlever. Laisser suffisamment de temps passer pour que l'accident ne soit plus qu'un mauvais souvenir. Patienter jusqu'à ce que les petites Fitzpatrick décrochent leur permis de conduire et n'aient plus besoin de leur papa.

C'était comme si on lui avait donné un pistolet chargé avec la permission d'abattre le meurtrier de Janie à tout moment. Si Ed était en vie, il aurait déjà appuyé sur la détente. Il aurait appelé la police depuis longtemps.

Elle songea aux mains de John-Paul autour du cou de Janie, aussitôt submergée par la rage qui l'habitait si souvent. *Ma petite fille.*

Elle repensa à sa petite fille à lui. Le casque rose brillant. *Freine. Freine. Freine.*

Si elle révélait la confession de John-Paul à la police, que feraient-ils de la sienne ? Serait-elle arrêtée pour tentative de meurtre ? Connor ne devait la vie qu'à sa bonne étoile. Appuyer sur l'accélérateur n'était-il pas aussi criminel qu'étrangler Janie ? Mais ce qui était arrivé à Polly était un accident. Tout le monde le savait. La fillette s'était littéralement jetée sous ses roues. Elle visait Connor. Et s'il était mort ce soir ? Lui aussi avait une famille. Une famille qui aurait reçu ce coup de fil – celui qui fait que pour le restant de vos jours, vous avez des sueurs froides chaque fois que le téléphone sonne.

Mais il était en vie. Polly aussi. Seule Janie était morte.

Et si jamais John-Paul s'en prenait à quelqu'un d'autre ? Elle repensa à son visage ravagé par l'angoisse à l'idée de voir sa fille grandir avec un corps mutilé. « Elle a ri, Mrs Crowley. » Elle a *ri* ? Espèce de petit con égocentrique. Salaud. Ça t'a suffi pour la tuer ? Pour lui ôter la vie ? Pour la priver de toutes ces années qu'elle aurait pu vivre ? Sans parler de ses diplômes, ses voyages, son mari, ses enfants ? Rachel se mit à trembler de tout son corps.

Elle se leva, décrocha le téléphone puis, le pouce au-dessus du clavier, replongea des années en arrière, au jour où elle avait montré à Janie comment appeler la police en cas d'urgence. À l'époque, ils avaient toujours un vieil appareil à cadran rotatif vert. Janie avait eu le droit de composer le numéro pour de vrai – elle avait bien sûr raccroché avant que ça sonne – et préparé toute une mise en scène, obligeant Rob à s'allonger par terre dans la cuisine tandis qu'elle hurlait : « Vite ! Une ambulance ! Mon frère ne respire plus ! Arrête de respirer, Rob ! » lui avait-elle ordonné. « Rob, je te vois ! Tu respires, là. » Pauvre gamin ! Il avait failli perdre connaissance en voulant lui faire plaisir.

La petite Polly Fitzpatrick vivrait sans sa main droite. Était-elle droitière ? Probablement, comme la plupart des gens. Janie, elle, était gauchère. Une religieuse de St Angela avait essayé de la contrarier mais Ed, qui ne l'entendait pas de cette oreille, lui avait dit : « Malgré tout le respect que je vous dois, ma sœur, je vous rappelle que si Janie est gauchère, c'est par la volonté de Dieu. Alors, ne changeons rien. »

Rachel appuya sur une touche.

« Allô ?

— Lauren, bredouilla-t-elle, surprise de la rapidité avec laquelle sa bru avait répondu.

— Rachel. Rob sort juste de la douche. Est-ce que tout va bien ?

— Je sais qu'il est tard, que je ne devrais pas m'imposer comme ça, d'autant que vous m'avez consacré beaucoup de temps hier, mais je me demandais si je pouvais passer la nuit chez vous. Juste ce soir. Je ne sais pas pourquoi, mais je me sens incapable de…

— Bien *sûr*, Rachel », dit Lauren. « Rob ! » cria-t-elle. Rachel entendit son fils grommeler puis : « Va chercher ta mère. »

Le pauvre. Elle le mène par le bout du nez, aurait dit Ed.

« Non, c'est inutile, protesta Rachel. Je peux conduire.

— Hors de question. Il arrive. Il ne faisait rien de spécial. Je vais vous préparer le canapé-lit. Vous verrez, il est très confortable. Jacob sera tellement content de vous trouver ici demain matin ! Je vois sa mine réjouie d'ici !

— Merci », dit Rachel. Soudain, elle se sentit bien, au chaud, prête à se laisser aller au sommeil. « Lauren ? À tout hasard, vous reste-t-il quelques macarons ? Comme ceux que vous m'avez offerts lundi soir ? Ils étaient divins. Absolument divins. »

Lauren sembla hésiter une seconde. Puis, d'une voix tremblante : « Oui, j'en ai. On va en déguster avec une bonne tasse de thé. »

DIMANCHE DE PÂQUES

DIMANCHE DE PÂQUES

54

Une pluie battante réveilla Tess avant le lever du jour. Il devait être cinq heures, tout au plus. À côté d'elle, face au mur, Will ronflait doucement. Sa présence, sa silhouette, son odeur lui étaient si familières que les événements de la semaine passée semblaient inconcevables.

Elle aurait pu le reléguer au canapé, mais il aurait fallu gérer les questions de Liam qui n'avait que trop conscience que quelque chose clochait entre ses parents. La veille, pendant le dîner, son regard nerveux qui passait constamment de l'un à l'autre et sa façon de suivre leur conversation n'avaient pas échappé à Tess. Sa petite mine soucieuse lui avait brisé le cœur, ravivant à ce point sa colère contre Will qu'elle pouvait à peine le regarder.

En proie à un nouvel accès de rage, elle s'éloigna de lui. Consciente que ça l'aidait à se calmer, elle songea à son petit secret à elle. Inavouable mais bien commode. Il l'avait trahie. Elle aussi.

Peut-être avaient-ils l'un comme l'autre perdu la raison ? Si les meurtriers pouvaient plaider la folie passagère, pourquoi pas les couples mariés ? Car quoi de plus insensé que le mariage, où mille contrariétés menacent quotidiennement le sentiment amoureux ?

À l'heure qu'il était, Connor devait dormir, cherchant déjà à passer à autre chose, à l'oublier, pour la seconde fois. S'en voulait-il d'avoir de nouveau succombé à cette femme froide et insensible ? Et pourquoi tenait-elle à se voir telle l'héroïne sans cœur d'une chanson de musique country ? C'était probablement plus facile que de se faire l'effet d'une traînée. Ou peut-être avait-elle dans l'idée que Connor aimait la country. À moins qu'elle confonde avec un autre ? Après tout, elle le connaissait à peine.

Will, lui, détestait la country.

Elle comprenait pourquoi elle avait adoré faire l'amour avec Connor : fondamentalement, ils étaient étrangers l'un à l'autre. Il était « autre ». De ce fait, leurs corps, leurs personnalités, leurs émotions, tout prenait un relief particulier, sans équivoque. Aussi étrange que cela puisse paraître, plus on connaît quelqu'un, plus ses contours deviennent flous, comme si le temps passé ensemble effaçait ce qui le distingue de vous. N'était-il pas plus excitant de se demander si l'autre aimait ou pas la country que de le savoir ?

Elle avait dû faire l'amour avec Will, quoi, un millier de fois ? Au moins. Elle commença à faire le compte mais elle tombait de fatigue. La pluie redoubla d'intensité. Liam chercherait les œufs en chocolat avec un parapluie et des bottes en caoutchouc. Elle avait sans aucun doute vécu d'autres chasses aux œufs pluvieuses mais tous ses souvenirs, drapés de soleil et de ciel azur, lui donnaient le sentiment de vivre son premier dimanche de Pâques triste à pleurer.

Le mauvais temps n'empêcherait pas Liam de crapahuter dans le jardin, bien au contraire. Ça ferait rire ses parents qui se regarderaient avec complicité pour aussitôt détourner les yeux et penser à Felicity, dont l'absence leur paraîtrait tellement étrange. Parviendraient-ils à recoller les morceaux, au nom d'un magnifique garçonnet de six ans ?

Elle ferma les yeux et tourna le dos à Will.

Maman a peut-être raison. Ce n'est qu'une question d'ego, songea-t-elle, convaincue de toucher du doigt quelque chose d'essentiel. Ils pouvaient tomber amoureux de parfaits inconnus ou avoir le courage et l'humilité de se débarrasser d'une partie essentielle d'eux-mêmes pour se dévoiler vraiment et redevenir « autre ». Connaître les goûts musicaux de son conjoint ne suffisait pas. Pourtant, c'était tellement plus simple de faire comme s'il n'y avait rien d'autre à savoir et de vivre en bons camarades que de baisser la garde et se mettre à nu. Comment partager une véritable intimité avec son époux, lui faire part de la colère enfouie au plus profond de votre être ou de vos peurs les plus banales quand la minute précédente, il se curait les dents devant vous ? N'était-il pas trop tard pour parler de ce genre de choses une fois qu'on avait fait salle de bains commune et qu'on se disputait à propos du lave-vaisselle ? Mais après ce qui venait d'arriver, ils n'avaient pas le choix. Sinon, ils finiraient par se haïr d'avoir sacrifié, au nom de Liam, ce que la vie leur réservait s'ils s'étaient séparés.

Peut-être avaient-ils amorcé ce changement la nuit dernière en parlant l'un de sa tonsure, l'autre de la soirée quiz de l'école. Partagée entre rire et tendresse, elle imagina Will se décomposer en découvrant son crâne dégarni chez le coiffeur.

Sur la table de chevet, le compas de marine que son père lui avait offert. Elle se demanda si le mariage de ses parents aurait tenu bon s'ils avaient décidé de rester ensemble pour son bien. S'ils avaient vraiment essayé, par amour pour leur fille, auraient-ils réussi ? Probablement pas. Mais elle était persuadée qu'il n'y avait pas meilleure raison au monde pour Will et elle d'être là, en ce moment même, que le bonheur de Liam.

Les mots de Will lui revinrent à l'esprit. La vilaine araignée, il voulait lui faire sa fête. L'écrabouiller.

Il n'était peut-être pas là uniquement pour Liam. Elle non plus.

Le vent fit vibrer la fenêtre de sa chambre. La température sembla chuter, laissant Tess transie de froid. Heureusement, Liam dormait avec un pyjama chaud et une bonne couverture. Elle se tourna vers Will et se blottit tout contre lui. La délicieuse chaleur de son corps la réconforta. Glissant peu à peu dans le sommeil, elle posa les lèvres sur sa nuque, machinalement. Will se mit à bouger, lui caressant la hanche. Puis, sans un mot, ils firent l'amour dans un demi-sommeil, doucement, simplement, comme à leur habitude, en dehors des larmes qui coulaient cette fois sur leurs joues.

55

« Mamie, mamie ! »

Rachel émergea peu à peu d'un sommeil sans rêves. Pour la première fois depuis des années, elle s'était endormie aussitôt couchée et sans veilleuse malgré les lourds rideaux qui occultaient complètement la lumière dans la chambre de Jacob. À quand remontait sa dernière vraie bonne nuit ? Elle qui pensait ne plus jamais pouvoir dormir correctement ! En plus, Lauren n'avait pas menti : le clic-clac installé à côté du lit de son petit-fils était très confortable.

« Bonjour », dit-elle, devinant la silhouette de Jacob près du sofa grâce à ses yeux qui brillaient dans l'obscurité.

« Tu es *là* ! fit-il, ébahi.

— Incroyable, hein ? » répondit Rachel, n'en revenant pas elle-même.

Il fallait bien admettre que, malgré les nombreuses invitations de Lauren et Rob à passer la nuit chez eux, elle avait toujours refusé, et ce de manière catégorique. À croire que c'était contraire à sa religion.

« Il pleut », fit remarquer Jacob gravement. Elle prit conscience du bruit continu de la pluie.

Rachel parcourut la pièce des yeux. Pas de réveil. Il devait être six heures. Trop tôt pour commencer la journée. D'autant qu'elle avait promis de se joindre au repas de Pâques organisé chez les parents de Lauren, se souvint-elle, la mort dans l'âme. Elle pourrait peut-être se faire porter pâle.

De toute façon, d'ici l'heure du déjeuner, elle les aurait assez vus, et réciproquement.

« Tu grimpes avec moi ? » dit Rachel.

Séduit par l'extravagance de la proposition, Jacob s'exécuta en gloussant. Il monta sur sa grand-mère et s'abandonna lourdement contre elle, le visage enfoui dans son cou. Elle pressa ses lèvres sur sa joue toute douce.

« Je me demande si… »… les cloches sont passées, allait-elle dire. Heureusement, elle se ravisa. Il aurait sauté du lit et réveillé ses parents en courant partout dans la maison à la recherche d'œufs en chocolat. Rachel ne tenait pas à jouer le rôle de la belle-mère impossible en rappelant à Jacob que c'était Pâques.

« … on ne devrait pas essayer de se rendormir », finit-elle, consciente qu'il y avait peu de chances qu'ils y arrivent.

« Non », fit-il en se frottant le nez contre son cou.

« Sais-tu à quel point tu vas me manquer quand tu seras à New York ? » murmura-t-elle à son oreille.

Jacob, qui ne pouvait pas comprendre, se contenta de gigoter pour se caler plus confortablement. « Mamie ! »

Rachel reçut un coup de genou en plein ventre. « Aïe ! »

Tout à coup, la pluie s'intensifia. Frissonnante, Rachel remonta la couverture et se mit à chantonner en serrant Jacob plus fort. « Quand j'entends la pluie / je reste endormi / quand j'entends la pluie / je suis bien dans mon lit / mais quand le soleil / chauffe mes carreaux / j'entends le réveil / et je me lève tôt.

460

— Encore, mamie ! »

Rachel reprit.

Ce matin, la petite Polly Fitzpatrick se réveillait estropiée à jamais à cause de ce que Rachel avait fait. John-Paul et Cecilia, indignés, resteraient sous le choc pendant plusieurs mois, avant de finalement comprendre, tout comme Rachel avant eux, que l'impensable pouvait arriver et que le monde n'en continuait pas moins de tourner : embouteillages, factures d'électricité, scandales de stars, coups d'État.

Un jour, quand Polly serait de retour chez elle, Rachel demanderait à John-Paul de lui rendre visite pour lui décrire les derniers instants de Janie. Elle voyait la scène d'ici : elle découvrirait un homme aux traits tendus et apeurés sur le pas de sa porte, l'inviterait à s'asseoir dans la cuisine, lui préparerait une tasse de thé, l'écouterait parler. Elle ne lui donnerait pas l'absolution, ne lui pardonnerait pas, mais peut-être ne le dénoncerait-elle jamais. Une fois seule, assise sur son canapé, elle fredonnerait une complainte funèbre en se balançant et pleurerait toutes les larmes de son corps. Une dernière fois. Elle ne cesserait jamais complètement de pleurer Janie, mais plus comme ça.

Puis elle referait du thé et trancherait. Pour de bon. Elle déciderait si oui ou non, John-Paul avait payé.

« … j'entends le réveil / et je me lève tôt. »

Jacob s'était rendormi. Elle l'allongea à ses côtés, posant délicatement sa petite tête sur son oreiller. Mardi, elle annoncerait à Trudy qu'elle prenait sa retraite. Elle ne pouvait pas retourner à l'école et risquer de croiser Polly ou son père. C'était impossible. Il était temps de se débarrasser de sa maison, de ses souvenirs, de sa douleur.

Ses pensées se tournèrent vers Connor Whitby. Avait-il croisé son regard, ne serait-ce qu'une fraction de seconde, lorsqu'il avait traversé la route ? Avait-il deviné son intention meurtrière et couru pour lui échapper ? Ce n'était peut-être que le fruit de son imagination. Connor. Le garçon que sa fille avait préféré à John-Paul. *Mauvaise pioche, ma chérie.* Janie serait toujours de ce monde si elle avait choisi John-Paul.

Janie avait-elle vraiment aimé Connor ? Était-il censé tenir le rôle du gendre dans la vie parallèle que Rachel imaginait à mesure que sa fille aurait dû vieillir ? Rachel devait-elle, au nom de l'amour que sa fille lui portait, se montrer aimable envers lui ? L'inviter à dîner ? Elle en frémit rien que d'y penser. La haine qui l'habitait ne s'éteindrait pas d'un coup de baguette magique. Elle voyait encore le mouvement de recul de Janie face à la colère qui se lisait sur le visage de Connor. Elle comprenait que ces images ne montraient rien d'autre qu'un adolescent éperdu qui avait besoin d'une réponse claire. Pour autant, elle ne lui pardonnait pas.

Elle repensa au sourire de Connor dans le film, avant qu'il ne s'emporte. C'était le sourire d'un amoureux transi. Puis elle repensa à ce cliché dans l'album de sa fille, celui où il riait de si bon cœur en la regardant.

Un jour peut-être, elle lui en enverrait une copie. Avec un petit mot. *Je me suis dit que vous aimeriez avoir cette photo.* Une façon subtile de s'excuser de la façon dont elle l'avait traité toutes ces années. Oh, et d'avoir essayé de le tuer, bien sûr. À l'abri de la pénombre, elle ne put réprimer une grimace. Mue par un irrésistible besoin de réconfort, elle plongea le visage dans les cheveux de Jacob.

Demain, j'irai à la poste retirer un dossier pour mon passeport. J'irai les voir à New York. Pas impossible même que je fasse une croisière en Alaska. Marla et Mac pourraient venir avec moi. Le froid ne les dérange pas.

Rendors-toi, maman, dit Janie. L'espace d'un instant, Rachel se représenta très clairement la femme qui, un rien condescendante, aurait aidé sa vieille maman à remplir sa demande de passeport : sûre d'elle, consciente de sa place ici-bas, autoritaire mais aimante.

Je n'y arrive pas, répondit Rachel.

Mais si, tu vas voir.

Rachel s'endormit.

56

La démolition officielle du Mur de Berlin est aussi efficace que sa construction. Le 22 juin 1990, le fameux poste de contrôle Checkpoint-Charlie, symbole de la guerre froide, est démantelé au cours d'une cérémonie étrangement prosaïque. Une gigantesque grue soulève le cabanon en métal beige d'un seul tenant sous les yeux de nombreux ministres étrangers et autres dignitaires installés sur des rangées de chaises en plastique.

Le même jour, à l'autre bout de la planète, Cecilia Bell, de retour de son voyage en Europe avec son amie Sarah Sacks, prête à se lancer dans une vie bien rangée avec l'homme qui voudra bien l'épouser, se rend à une pendaison de crémaillère dans un appartement bondé de monde dans la banlieue, à Lane Cove.

« Hey, Cecilia, tu connais John-Paul Fitzpatrick, non ? » lance la fille qui reçoit, obligée de crier à cause de la musique.

« Salut », dit John-Paul. Cecilia lui serre la main et, croisant son regard si grave, sourit comme si elle venait d'obtenir son passeport pour la liberté.

« Maman. »

Cecilia se réveilla en suffoquant, comme quelqu'un qui réchappe à la noyade. Assoiffée, elle avait dû dormir la tête en arrière, bouche grande ouverte. John-Paul était rentré à la maison pour s'occuper des filles et lui apporter de quoi se changer. Il attendait son feu vert pour amener Isabel et Esther auprès de leur sœur.

« Polly », s'écria-t-elle, prise de panique. Elle avait rêvé du petit Spiderman. Mais dans le costume bleu et rouge, c'était Polly.

« Tâchez de surveiller votre langage corporel, lui avait conseillé l'assistante sociale la veille. On n'imagine pas tout ce que les enfants décodent. Votre voix. Vos expressions. Vos gestes. »

Oui, merci. Je sais ce que c'est, le langage corporel, avait répliqué Cecilia *in petto*, furieuse contre cette bonne femme qui osait s'adresser à elle avec d'immenses lunettes de soleil vissées sur la tête. Où se croyait-elle ? À une fête sur la plage ? On

464

était à l'hôpital, bon sang ! En plein milieu d'un affreux cauchemar.

Manque de chance, il n'y avait pas pire moment que le Vendredi saint pour être admis en traumatologie. Week-end de Pâques oblige, le personnel avait pour ainsi dire déserté. Aussi, Cecilia ne rencontrerait pas « l'équipe de réadaptation » de Polly avant plusieurs jours. Kinésithérapeute, ergothérapeute, psychologue, prothésiste... Savoir qu'il y avait autant de procédures et autres documentations que de spécialistes était à la fois réconfortant et effrayant. Tant d'autres parents étaient déjà passés par là. Pourtant, chaque fois qu'on lui exposait de manière totalement dépassionnée ce qui les attendait, Cecilia perdait le fil, hébétée par le choc. Ce qui était arrivé à Polly ne semblait surprendre qu'elle. Personne, ni infirmier ni médecin, n'avait pris Cecilia par le bras en lui disant : « C'est fou. Je n'arrive pas à y croire. » Cela dit, le contraire l'aurait déconcertée.

Écouter les dizaines de messages laissés par sa famille et ses amis sur son portable n'en était que plus apaisant – celui de sa sœur Bridget, tellement secouée qu'elle en était incohérente ; la voix chevrotante de son amie Mahalia d'ordinaire imperturbable ; les sanglots de l'adorable directrice, Trudy Applebee qui s'était excusée platement avant de raccrocher. Au dire de sa mère, pas moins de *quatorze* mamans avaient déjà frappé à sa porte avec un plat mijoté. Un juste retour des choses.

« Maman », répéta sa fille d'une voix faible. Mais elle avait les yeux fermés, comme si elle parlait dans son sommeil. Elle frissonna, agita la tête nerveusement, de peur ou de douleur. Cecilia esquissa un geste vers le bouton d'appel mais le visage de Polly se détendit.

Cecilia expira lentement. Sans s'en rendre compte, elle avait cessé de respirer. Ça lui arrivait tout le temps à présent. Elle oubliait de respirer.

Elle s'appuya contre le dossier de la chaise en se demandant comment John-Paul s'en sortait avec Isabel et Esther. Un accès de haine d'une violence inouïe l'assaillit sans prévenir. Elle le détestait. Le pied de Rachel Crowley sur l'accélérateur, c'était sa faute. Son ressentiment se répandit en elle tel un poison fulgurant. Elle voulait le tuer, à coups de pied, à coups de poing. Au secours. Elle ne supporterait plus d'être dans la même pièce que lui. Elle inspira doucement et regarda autour d'elle, à la recherche d'un objet à casser ou à cogner. *Ce n'est pas le moment*, se raisonna-t-elle. *Ça n'aidera pas Polly.*

Il s'en voulait terriblement. Ne pas l'oublier. L'idée qu'il souffrait la soulagea un peu. Sa haine se dilua progressivement pour devenir supportable. Elle reviendrait la submerger, sans l'ombre d'un doute. À chaque nouvelle étape du calvaire de Polly, Cecilia chercherait un responsable pour se dédouaner. Car la vraie raison de son inimitié n'était autre que la conscience aiguë de sa propre responsabilité. Elle avait sacrifié Rachel Crowley pour le bien de sa famille et cette décision l'avait menée droit à ce moment dans cette chambre d'hôpital.

Elle ne se faisait aucune illusion : son mariage était irréparable. Pourtant, elle savait aussi que, pour Polly, ils poursuivraient la route ensemble clopin-clopant, tels deux soldats blessés. Elle apprendrait à vivre avec ses bouffées de haine. Ce serait son secret. Son détestable secret.

Quand les bouffées passeraient, il y aurait toujours de l'amour. Un amour complètement différent de l'adoration simple et absolue qu'elle avait nourrie à l'égard de cet homme si beau, si grave, en descendant l'allée centrale de l'église dans sa robe de mariée. Elle savait qu'elle aurait beau le détester, son amour pour lui survivrait. Il était là, telle une empreinte dorée à jamais gravée dans son cœur.

Pense à autre chose. Elle prit son iPhone et commença à faire une liste. Le déjeuner de Pâques avait été annulé mais elle maintiendrait l'anniversaire de Polly. Une fête de pirates à l'hôpital, ça ne devrait pas poser de problème ! Ce serait la plus belle, la plus magique. Elle prévoirait un cache-œil pour les infirmières.

« Maman ? dit Polly en ouvrant les yeux.

— Bonjour, ma princesse », répondit Cecilia. Cette fois, elle était prête. En piste. « Devine qui a déposé une surprise pour toi hier soir ? »

Elle glissa la main sous l'oreiller de Polly et en sortit un œuf de Pâques doré avec un ruban rouge.

« Les cloches ? fit Polly en souriant.

— Encore mieux. Mr Whitby ! »

Polly voulut prendre l'œuf. Un voile de perplexité altéra son beau visage. Elle fronça les sourcils. Sa mère allait arranger ça.

Cecilia s'éclaircit la voix, sourit puis saisit fermement la main gauche de Polly.

« Ma chérie... »

Elle se lança.

Épilogue

Nos vies sont pleines de secrets pour nous-mêmes.

Rachel Crowley ne saura jamais que, le jour de la mort de Janie, son époux n'était pas, comme il l'avait prétendu, à Adélaïde avec des clients. Il suivait un stage intensif de tennis en espérant qu'il arriverait bientôt à prendre le service de ce satané Toby Murphy. Ses motivations n'étant guère honorables – la façon dont sa femme réagissait aux regards insistants de Toby ne lui avait pas échappé –, il ne s'en était pas vanté. Il avait ensuite gardé le silence, mû par une honte et une culpabilité irrationnelles. Il n'avait plus jamais touché une raquette de sa vie et avait emporté son stupide secret dans la tombe.

En parlant de tennis, Polly Fitzpatrick ne saura jamais que sa tante Bridget lui aurait offert une raquette le jour de son septième anniversaire si elle n'avait pas eu son accident. Deux semaines plus tard, elle aurait suivi son premier cours. Dans les vingt minutes, son entraîneur aurait chuchoté à l'oreille du responsable du club : « Viens voir cette gamine. » Son coup droit aurait changé sa vie aussi vite que le coup de pédales qui l'avait envoyée sous les roues de Rachel Crowley.

Polly ne saura jamais non plus qu'en ce jour fatidique du Vendredi saint, Mr Whitby l'avait bel

469

et bien entendue. Mais, bouleversé par le coup de fil de son ex-petite amie, il avait ignoré ses appels. Tout ce qu'il voulait, c'était rentrer chez lui, se débarrasser de ce ridicule cerf-volant et enterrer à jamais ses vaines espérances concernant cette maudite Tess O'Leary. Convaincu d'être responsable de l'état de Polly, Connor poursuivra sa thérapie, contribuant ainsi au financement du CM1 de la fille de sa psy, inscrite dans une école privée. Sa souffrance commencera tout juste à s'apaiser le jour où il regardera enfin la jolie propriétaire du restaurant indien où il se réfugiait après chacune de ses séances.

Tess O'Leary ne saura jamais si son mari, Will, est le père biologique de son second enfant, conçu accidentellement lors d'un étrange week-end de Pâques passé à Sydney. Ce dont elle est certaine en revanche, c'est que dans sa précipitation, elle avait oublié de prendre sa pilule ce jour-là. Elle n'évoquera jamais ses doutes. Pourtant, lorsque sa fille chérie annoncera une année à Noël qu'elle souhaite devenir professeur de sport, Lucy manquera s'étrangler avec un morceau de dinde et Felicity renversera du champagne sur le pantalon du beau Français qu'elle aura épousé.

John-Paul Fitzpatrick ne saura jamais que si Janie n'avait pas oublié son rendez-vous chez le médecin le 6 avril 1984, on lui aurait diagnostiqué un syndrome de Marfan, maladie génétique incurable due à une altération du tissu conjonctif, dont Abraham Lincoln était probablement atteint. En plus de sévères complications cardiovasculaires, on observe chez les patients une croissance excessive des

470

membres et des doigts. Ils se plaignent de fatigue, de souffle court, de palpitations cardiaques ; en raison d'une mauvaise circulation, ils ont les pieds et les mains froids – autant de symptômes dont Janie a souffert le jour de sa mort. Probablement la maladie qui a tué la tante de Rachel, Petra, à tout juste vingt ans. Le médecin, une femme brillante élevée par une mère hyperexigeante, aurait envoyé Janie à l'hôpital. Une échographie aurait confirmé ses soupçons et Janie aurait été sauvée.

John-Paul ne saura jamais que le décès de Janie était dû à un anévrisme aortique et non à une asphyxie traumatique. Que si le légiste n'avait pas souffert d'une affreuse grippe, il n'aurait pas accédé aussi facilement à la demande des Crowley qui avaient exigé une autopsie limitée. Une autopsie complète aurait sans nul doute dévoilé la véritable cause de la mort.

Si John-Paul avait attaqué n'importe quelle autre fille ce jour-là dans le parc, elle aurait vacillé, suffoqué. Dans les quelques secondes (sept à quatorze, d'après les études) qui suffisent à un homme pour étrangler une femme, il aurait pris la mesure de son geste puis desserré son étreinte. La fille aurait pris ses jambes à son cou en pleurant, indifférente aux excuses qu'il aurait criées. Elle l'aurait dénoncé et John-Paul, condamné pour coups et blessures, aurait eu une tout autre vie.

Il ne saura jamais que, si Janie avait vu son médecin cet après-midi-là, elle aurait subi une opération chirurgicale le soir même et lui aurait brisé le cœur d'un simple coup de fil pendant sa convalescence. Elle aurait épousé Connor Whitby très rapidement pour finalement le quitter dix jours après leur second anniversaire de mariage.

Dans les six mois suivants, Janie serait tombée nez à nez avec John-Paul à une pendaison de crémaillère dans la banlieue, à Lane Cove, juste avant que Cecilia Bell ne sonne à la porte.

Les mille autres chemins que nos vies auraient pu, et peut-être dû, prendre nous restent à jamais inconnus. C'est probablement pour le meilleur. Certains secrets sont faits pour demeurer secrets. Ce n'est pas Pandore qui vous dira le contraire.

Remerciements

Je remercie chaleureusement toute l'équipe de Penguin UK pour son professionnalisme. Un grand merci en particulier à Samantha Humphreys et Celine Kelly qui m'ont soutenue sans compter et m'ont prodigué de précieux conseils de rédaction. Merci également à Jonathan Lloyd, mon formidable agent, à Cate Paterson, Samantha Sainsbury et Alexandra Nahlous en Australie, à Amy Einhorn aux États-Unis et à Daniela Jarzynka en Allemagne.

Merci à mon amie Lena Spark qui m'a donné un incroyable coup de pouce dans le domaine médical en répondant à mes affreuses questions tandis que nous poussions nos enfants à la balançoire. S'il y a des erreurs, elles sont de mon fait.

Merci à Jaclyn Moriarty, Katrina Harrington, Fiona Ostric et Nicola Moriarty, mes sœurs qui sont toujours là pour moi. Merci à Adam pour les litres de thé, à George et Anna de m'avoir laissée travailler sur l'ordinateur. Merci à Anna Kuper d'avoir gentiment incité George et Anna à me laisser travailler sur l'ordinateur.

Merci à Dianne Blacklock et Ber Carroll, toutes deux auteurs australiennes, pour leur amitié et leur bonne humeur en tournée de promotion.

Merci surtout aux lecteurs qui prennent le temps de m'écrire. Leurs mails et commentaires sur Facebook et autres blogs me vont droit au cœur.

Enfin, le livre d'Anthony Read et David Fisher, *Berlin, The Biography of a City*, m'a été d'une aide inestimable tout au long de l'écriture de ce roman.

473

Petits secrets,
grands mensonges

À Margaret, avec toute mon affection

Tu me donnes un coup,
tu me dois un bisou,
un bisou dans le cou.

Chanson de cour de récréation

École publique de Pirriwee

... où nous étudions au bord de la mer !
Pirriwee est une ZONE DE NON-VIOLENCE !
On ne tape *pas.*
On ne se *laisse pas* taper.
On ne *tait pas* la violence.
Si on voit nos copains se faire frapper,
on a le *courage* de prendre leur défense,
de dire NON.

1

« Une soirée quiz entre parents d'élèves ? s'étonna Mrs Patty Ponder. On dirait plutôt une émeute. Qu'est-ce que tu en penses, ma petite chatte ? »

Aucune réaction. Marie-Antoinette somnolait sur le canapé, indifférente aux hurlements vibrants de colère qui perçaient l'air froid de la nuit calme. D'une certaine manière, Mrs Ponder, elle, les vivait comme une atteinte personnelle. Comme si toute cette rage était dirigée contre elle. (Elle avait grandi auprès d'une mère colérique.)

Son atelier de couture donnait directement sur la cour de récréation de Pirriwee Public.

« Maman, tu es folle ? Tu ne peux pas vivre aussi près d'une école primaire », avait décrété sa fille quand elle avait commencé à parler d'acheter la maison.

Mais elle adorait entendre l'incroyable brouhaha de voix enfantines à intervalles réguliers dans la journée, et comme elle ne se déplaçait plus en voiture, elle n'avait que faire des embouteillages dans la rue, causés par ces énormes véhicules que tout le monde conduisait aujourd'hui, et ces femmes affublées d'immenses lunettes de soleil qui se penchaient sur leur volant pour échanger à tue-tête des informations de la plus haute importance concernant le cours de danse de Hariette et la séance d'orthophonie de Charlie.

Comme elles prenaient leur rôle de mère au sérieux ! Il fallait les voir, avec leur petit visage affolé, leur démarche dynamique et leur air important lorsqu'elles pénétraient dans l'école, fesses moulées dans leur tenue de gym, queue-de-cheval au vent, regards rivés sur l'écran de leur téléphone portable au creux de la main telle une boussole. Voilà qui faisait beaucoup rire Mrs Ponder. Avec tendresse, bien sûr. Elles lui rappelaient ses trois filles et étaient toutes si jolies !

« Comment allez-vous, ce matin ? » s'écriait Mrs Ponder au passage des mamans, les jours où elle prenait son thé sur le porche ou arrosait son jardin.

« Débordée, Mrs Ponder ! Ça n'arrête pas ! » répondaient-elles invariablement en tirant leurs enfants par le bras sans ralentir le pas. Elles se montraient charmantes, amicales et... un rien condescendantes. C'était plus fort qu'elles. Mrs Ponder était si vieille, et elles, si occupées !

Avec les pères, de plus en plus nombreux à emmener les enfants à l'école, ce n'était pas pareil. Le plus souvent, ils prenaient leur temps, affichant en passant une désinvolture mesurée. Aucun problème. Situation sous contrôle. C'était le message. Mrs Ponder les observait eux aussi d'un air amusé. Avec tendresse, bien sûr.

Mais pour l'heure, l'attitude des parents d'élèves de Pirriwee laissait à désirer. Elle approcha de la fenêtre et écarta le rideau en dentelle. L'école avait récemment fait poser une grille de protection à ses frais après qu'une balle de cricket avait brisé une vitre et manqué d'assommer Marie-Antoinette. (Un groupe de garçons de CM2 lui avaient offert une carte d'excuses peinte à la main qu'elle gardait sur son réfrigérateur.)

De l'autre côté de la cour se trouvait une bâtisse en pierre de grès sur deux niveaux, dont le second accueillait une salle de réception qui ouvrait sur un grand balcon avec vue sur l'océan. Mrs Ponder y était entrée à plusieurs occasions : une conférence donnée par un historien de la région, un déjeuner organisé par la Société des amis de la bibliothèque. Elle ne manquait pas de cachet. Parfois, d'anciens élèves y célébraient leur mariage. C'était également là que devait avoir lieu la soirée quiz. Objectif : récolter des fonds pour acheter des tableaux numériques interactifs. Des quoi ? Peu importait. Mrs Ponder y avait, bien entendu, été invitée. Bizarrement, sa proximité avec l'école lui conférait un genre de statut honorifique, alors même qu'aucun de ses enfants ou petits-enfants n'y avait été scolarisé.

Chaque semaine, les élèves participaient à l'assemblée de l'école dans cette même salle. Aussi, le vendredi matin, Mrs Ponder s'installait dans son atelier de couture avec une tasse de thé noir English Breakfast et un gâteau sec au gingembre. Le chant des enfants qui flottait jusqu'à elle lui tirait systématiquement des larmes. Elle n'avait jamais cru en Dieu, mais lorsqu'elle entendait des enfants chanter…

Rien à voir avec le torrent de grossièretés qui lui parvenait à présent. Non qu'elle soit particulièrement prude (sa fille aînée jurait comme un charretier), mais entendre quelqu'un hurler comme ça dans un lieu d'ordinaire empli de rires et de cris d'enfants était aussi navrant que déconcertant.

Derrière sa fenêtre zébrée de gouttes de pluie, elle vit soudain des gens sortir par les portes du rez-de-chaussée, déclenchant l'éclairage automatique. La zone pavée autour de l'entrée de l'école s'illumina, tel un théâtre au lever du rideau. Un voile de brume accentuait l'effet dramatique.

Quelle étrange vision.

Les parents d'élèves de Pirriwee avaient un penchant des plus déroutants pour les soirées costumées. Organiser une simple soirée quiz ne suffisait pas, non. À en croire le carton d'invitation, un petit futé avait décidé que ce serait une « soirée Audrey & Elvis ». Ces dames devaient toutes se déguiser en Audrey Hepburn, et ces messieurs en Elvis Presley. (Voilà qui avait donné à Mrs Ponder une raison supplémentaire de ne pas participer : elle avait toujours eu les soirées costumées en horreur.) Apparemment, la version la plus populaire d'Audrey Hepburn était l'élégante Holly Golightly de *Diamants sur canapé* : longue robe noire, gants blancs et collier de perles. Les hommes quant à eux avaient massivement choisi de rendre hommage au King dans les dernières années de sa vie : combinaison blanche à paillettes, faux diamants et décolleté en V. Les pauvres, ils avaient l'air parfaitement ridicules.

Sous le regard observateur de Mrs Ponder, un clone du King décocha un coup de poing en pleine mâchoire à un autre qui, basculant en arrière, entra en collision avec une réplique d'Audrey, avant d'être éloigné sans ménagement par deux autres Elvis venus de derrière. Le visage enfoui dans les mains, une seconde Audrey se détourna de ce spectacle visiblement insoutenable. Quelqu'un cria : « Arrêtez ! »

En effet. Que penseraient vos magnifiques enfants !

« Devrais-je appeler la police ? » se demanda Mrs Ponder à haute voix, mais elle entendit bientôt le hurlement lointain d'une sirène et celui, continu, d'une femme sur le balcon.

GABRIELLE : Ce n'était pas comme si les mères avaient été entre elles, vous savez. Sans les pères, ce ne serait jamais arrivé. Ça a sans doute *commencé* à cause des mères. Nous étions les principales protagonistes, si on peut dire. Les mamans. Je déteste ce mot. Maman. Ça manque de distinction, vous ne trouvez pas ? Je préfère dire mère. Ça sonne moins rond. Je n'ai pas une bonne image de mon corps, à propos. Mais qui n'a pas de complexes, hein ?

BONNIE : Tout ça n'était qu'un terrible malentendu. Certains ont eu des mots blessants et ensuite, tout est parti en vrille. Comme toujours. Si on remonte à la source d'un conflit, il y a toujours quelqu'un à qui on a fait de la peine, vous ne croyez pas ? Divorces. Guerres mondiales. Procès.

Euh, peut-être pas tous les procès. Je peux vous offrir une infusion ?

MRS LIPMANN : Une tragédie, c'est profondément regrettable, et nous tâchons tous d'aller de l'avant. Je n'ai rien à ajouter.

CAROL : À mon avis, c'est à cause du club de lecture érotique. Mais ça n'engage que moi.

JONATHAN : Le club de lecture érotique n'avait rien d'érotique, ce n'est un secret pour personne.

JACKIE : Vous savez quoi ? Ma vision des choses, c'est que l'enjeu est féministe.

HARPER : Un enjeu féministe ? Qui a dit une chose pareille ? Enfin, quand même ! Je vais vous dire ce qui a tout déclenché. L'*incident* lors de la journée d'accueil des maternelles.

GRAEME : D'après ce que j'ai compris, tout cela tient à la bataille acharnée que se livrent les mères au foyer et celles qui font carrière. Comment ils appellent ça, déjà ? Mummy Wars. Mon épouse est restée en dehors de ça. Elle n'a pas de temps à perdre.

INSPECTEUR ADRIAN QUINLAN : Que les choses soient claires. On n'est pas au cirque, là. Il s'agit d'une enquête pour meurtre.

2

Six mois avant la soirée quiz

Quarante ans. Aujourd'hui, Madeline Martha Mackenzie fêtait ses quarante ans.

« J'ai quarante ans », dit-elle tout haut tandis qu'elle conduisait. Elle prononça les deux derniers mots comme au ralenti. « *Quaaaraaante aaans.* »

Elle croisa le regard de sa fille dans le rétroviseur. Tout sourire, Chloe imita sa mère. « J'ai cinq ans. *Ciiinq aaans.*

— Quarante ans ! » répéta Madeline comme une chanteuse d'opéra qui fait ses vocalises. « La la la la la la la !

— Cinq ans ! » reprit Chloe sur les mêmes notes.

Madeline essaya une version rap, en battant la mesure sur le volant. « J'ai quarante ans, yo, quarante…

— Ça suffit maintenant, maman, interrompit Chloe avec fermeté.

— Pardon. »

Madeline emmenait Chloe à la matinée d'accueil – « Mettons-nous gentiment en condition ! » – organisée par l'école maternelle. Non que Chloe ait le moindre besoin de se préparer à sa première rentrée scolaire au mois de janvier suivant. Elle était déjà fin prête pour intégrer Pirrewee Public. Le matin même, c'était elle qui avait pris son frère sous son aile au moment de le laisser dans sa classe. « Fred, tu as oublié de déposer ton cartable dans

489

le grand panier ! Oui. Là. C'est bien. » Le garçonnet, de deux ans son aîné, semblait souvent moins mature.

Fred s'était exécuté avant de se ruer sur Jackson pour l'étrangler par-derrière. Madeline avait fait mine de ne pas voir son geste, probablement mérité. La mère de Jackson, Renata, n'avait rien vu non plus, trop occupée à se plaindre avec Harper du stress incroyable lié à l'éducation de leurs petites dernières, toutes deux surdouées. Chaque semaine, Renata et Harper fréquentaient le même groupe d'entraide destiné aux parents d'enfants « à haut potentiel ». Madeline les imaginait sans peine, installés en cercle, se tordant les mains d'angoisse, le cœur secrètement gonflé d'orgueil.

Pendant que Chloe passerait la matinée à mener ses camarades à la baguette (son don à elle, c'était l'autoritarisme – un jour, elle dirigerait une grande entreprise), Madeline retrouverait Celeste autour d'un café et d'une pâtisserie. Les jumeaux de son amie, qui feraient également leur première rentrée l'année suivante, passeraient quant à eux leur temps à se déchaîner. (Leur don à eux : se faire entendre. Cinq minutes en leur compagnie suffisaient à lui donner la migraine.) Les cadeaux d'anniversaire de Celeste étaient toujours exquis et hors de prix. Madeline s'en réjouissait d'avance. Elle confierait ensuite Chloe à sa belle-mère pour déjeuner avec quelques amies avant de filer récupérer les enfants à l'école toutes ensemble. Il faisait un temps radieux. Elle portait ses nouvelles chaussures à talons aiguilles, une splendide paire de Dolce & Gabbana achetée sur le Net à moins trente pour cent. La journée promettait d'être absolument fabuleuse.

« Que la fête commence ! » avait dit Ed, son mari, en lui apportant le café au lit ce matin. Madeline était connue pour adorer les anniversaires et les festivités en tous genres. Pourvu qu'on sable le champagne.

Quand même. Quarante ans.

Sur le trajet familier de l'école, elle songeait à ce cap, formidable. Quarante ans. Elle n'avait pas oublié l'effet qu'un tel âge lui faisait vingt-cinq ans plus tôt. Terne. Échoué au milieu de l'existence. Rien n'aurait plus vraiment d'importance à quarante ans. Terminé, les vraies émotions, car à quarante ans, on serait bien à l'abri, anesthésié par sa « vieillitude ».

« *Une femme de quarante ans retrouvée morte.* » Oh, mon Dieu.

« *Une femme de vingt ans retrouvée morte.* » Quelle tragédie ! Quel malheur ! Trouvez l'assassin !

Lorsqu'elle apprenait aux informations le décès d'une femme de son âge, il fallait un moment à Madeline pour réaliser. Mais, attendez une minute, ça pourrait être moi ! Quel chagrin ! Si j'étais morte, un tas de gens seraient tristes. Dévastés, même. Et toc ! Voyez, rien ne sert d'être obsédé par l'âge. J'ai peut-être quarante ans, mais il y a des gens qui m'aiment.

D'un autre côté, n'était-il pas parfaitement naturel d'être plus attristé par la mort d'une toute jeune femme que par celle d'une quadra qui a profité de la vie deux fois plus longtemps ? Voilà pourquoi, face à un tireur fou, Madeline se sentirait obligée de se jeter devant une fille à qui il reste tout à vivre. Prendre une balle au nom de la jeunesse. Ce ne serait que justice.

Enfin… elle le ferait si elle pouvait s'assurer qu'il s'agissait d'une chouette gamine. Pas d'une môme insupportable comme celle qui conduisait la petite Mitsubishi bleue juste devant. En dépit du macaron « jeune conducteur » collé de travers sur sa lunette arrière, Mademoiselle ne prenait même pas la peine de se faire discrète pour utiliser son téléphone portable au volant. Elle était probablement en train d'écrire un texto ou d'actualiser son statut Facebook.

Voyez ! Elle n'aurait même pas remarqué le tueur fou ! Ni le sacrifice de Madeline, tout hypnotisée par son écran qu'elle était ! C'était rageant.

Dans la voiture, un groupe d'adolescents se serraient les uns contre les autres. Ils n'étaient pas moins de trois sur la banquette arrière, à secouer la tête et à faire de grands gestes. L'un d'eux agitait, euh… son pied ? C'était bien un pied, qu'elle venait de voir ? Mon Dieu. Un drame. Voilà ce qui se préparait. Ils devaient se concentrer, et vite ! Pas plus tard que la semaine précédente, tandis qu'elle buvait un petit café après son cours de cardio-training, Madeline avait lu un article dans le journal sur le nombre de jeunes qui se tuaient au volant parce qu'ils envoyaient des textos. *Je suis en route ! J'arrive dans deux minutes !* Leurs derniers mots, stupides, souvent mal orthographiés. Madeline n'avait pu retenir ses larmes devant le portrait d'une mère accablée de douleur, qui montrait bêtement le téléphone de sa fille au photographe en guise d'avertissement aux lecteurs.

« Bande de petits crétins », dit-elle tout haut en voyant la voiture dévier dangereusement vers la file d'à côté.

« De qui tu parles ? demanda Chloe.

— De la fille qui conduit la voiture de devant. Elle se sert de son téléphone.

— Comme toi quand on est en retard et que tu veux prévenir papa.

— Ce n'est arrivé qu'une seule fois ! protesta Madeline. J'ai été très prudente et très rapide. Et j'ai *quarante* ans !

— Aujourd'hui, oui ! Tu as quarante ans aujourd'hui.

— En effet ! Et moi, j'ai passé un coup de fil. Je n'ai pas envoyé un texto ! On ne peut pas regarder la route quand on écrit un message. C'est interdit par la loi, c'est mal, et je veux que tu me promettes de ne jamais, jamais le faire quand tu seras en âge de conduire. »

Sa voix se mit à trembler à l'idée que Chloe serait un jour une adolescente, et au volant d'une voiture.

« Mais un rapide coup de fil, ça, on a le droit, fit Chloe, histoire de vérifier.

— Non ! C'est interdit aussi.

— Ça veut dire que tu es une criminelle, dit-elle d'un air satisfait. Comme un *cambrioleur*. »

Chloe avait depuis peu développé une fascination pour les cambrioleurs. Plus tard, elle fréquenterait des voyous. Cela ne faisait aucun doute. Des voyous à moto.

« Essaie de t'en tenir aux gentils garçons, Chloe ! lâcha Madeline au bout d'un moment. Aux garçons comme papa. Les voyous ne t'apportent jamais le café au lit, tu peux me croire.

— Qu'est-ce que c'est que ces sornettes, encore ? » soupira Chloe avec lassitude. Elle avait emprunté la formule à son père, dont elle imitait le ton à la perfection. La première fois qu'elle s'y était essayée, ils avaient éclaté de rire. Grave erreur. Depuis, elle usait de la plaisanterie sans en abuser – et toujours fort à propos – de sorte qu'ils ne pouvaient pas s'empêcher de s'esclaffer.

Cette fois, Madeline parvint à garder son sérieux. En ce moment, Chloe oscillait entre l'adorable petit chou et la véritable peste dans un numéro d'équilibriste que lui avait probablement inspiré sa mère.

La petite Mitsubishi bleue s'arrêta à un feu rouge. La jeune fille regardait toujours son téléphone portable. Madeline abattit son poing sur le klaxon. La conductrice jeta un œil dans son rétroviseur tandis que ses passagers se retournaient pour voir de quoi il était question.

« Posez votre téléphone ! » s'écria Madeline en faisant mine d'écrire un message dans la paume de sa main. « C'est interdit ! Et dangereux ! »

La jeune fille lui fit un doigt d'honneur.

« Je vois ! » Madeline tira sur le frein à main et actionna ses feux de détresse.

« Qu'est-ce que tu fais ? » demanda Chloe tandis que sa mère sortait de la voiture. « Maman ! appela-t-elle, prise de panique. On doit aller à

494

la journée d'accueil ! On va être en retard ! Oh, *calamité !* »

« Oh, calamité » était une réplique tirée d'un livre pour enfants que Fred adorait quand il était petit. Toute la famille – jusqu'aux parents de Madeline – l'avait reprise à son compte. Et même plusieurs amis. Une formule hautement contagieuse, en somme.

« Ça va, dit Madeline. J'en ai pour deux secondes. Ces jeunes gens sont en danger. »

Perchée sur ses nouveaux talons aiguilles, elle s'avança d'un air digne vers la voiture bleue et tambourina à la vitre, laquelle commença à descendre.

La silhouette que Madeline distinguait mal jusque-là prit la forme d'une gamine en chair et en os : visage pâle, anneau de nez brillant, petits paquets de mascara sur les cils.

Elle regarda Madeline d'un air mi-agressif, mi-apeuré. « C'est quoi, votre problème ? fit-elle, son téléphone à la main, comme si de rien n'était.

— Lâchez ce téléphone ! Vous pourriez vous tuer, vous et vos amis ! » dit Madeline sur le ton qu'elle employait lorsque Chloe dépassait les bornes. Elle prit l'appareil et le lança à la jeune fille assise bouche bée côté passager. « Compris ? Vous arrêtez, un point c'est tout. »

Tandis qu'elle retournait à sa voiture, elle les entendit éclater de rire. Peu importait. Elle se sentait galvanisée. Une voiture s'arrêta derrière la sienne. Madeline s'excusa d'un geste de la main et pressa le pas, histoire d'être prête à démarrer au moment où le feu passerait au vert.

Sa cheville se déroba. Madeline tomba lourdement sur le côté. Oh, calamité.

C'est très certainement à ce moment précis que tout commença. Une cheville qui se dérobe bêtement.

3

Jane s'arrêta derrière un énorme 4 × 4 étincelant, feux de détresse clignotant, qu'une femme chaussée de sandales à talons hauts rejoignait à la hâte. Brune, vêtue d'une robe d'été flottante bleue, elle s'excusa d'un geste de la main tout en lui adressant un charmant sourire. Un rayon de soleil se refléta sur l'une de ses boucles d'oreilles, la parant d'un halo de lumière quasi céleste.

Une Flamboyante. Plus âgée que Jane, mais toujours flamboyante. Indéniablement. Toute sa vie, Jane avait observé ce genre de filles avec une curiosité scientifique. Peut-être une pointe d'émerveillement. Peut-être aussi une touche de jalousie. Elles n'étaient pas nécessairement les plus jolies, mais elles s'apprêtaient avec le plus grand soin, tels des sapins de Noël – pendants d'oreilles, bracelets cliquetants, foulards délicats mais inutiles – et ne cessaient de vous toucher le bras quand elles vous parlaient. Jane avait un faible pour les Flamboyantes. À l'école, sa meilleure amie en était une.

Tout à coup, la femme s'écroula, comme si un être malveillant avait retiré un tapis invisible sous ses pieds.

« Aïe ! » s'exclama Jane. Puis elle détourna les yeux, de sorte que l'honneur de la malheureuse reste intact.

« Tu t'es fait mal, maman ? » demanda Ziggy, assis à l'arrière. Il avait toujours peur qu'elle se blesse.

« Non, répondit-elle. C'est la dame là-bas qui s'est fait mal. Elle a trébuché. »

Jane attendit qu'elle se relève et remonte dans son 4 × 4, mais non. La tête en arrière, le visage tordu de douleur, elle restait au sol. Le feu passa au vert. Tout devant, une petite voiture avec un macaron « jeune conducteur » démarra en trombe dans un crissement de pneus.

Jane mit son clignotant, s'apprêtant à passer son chemin. Elle emmenait Ziggy à la matinée d'accueil organisée par sa nouvelle école. En dépit des apparences, tous deux étaient très nerveux. Elle tenait à arriver en avance.

« Elle va bien, la dame ? » demanda le petit garçon.

Jane fut prise de cette étrange sensation de flottement qui se manifestait parfois lorsqu'elle était happée par ses préoccupations ordinaires, et que quelque chose – Ziggy, le plus souvent – venait lui rappeler juste à temps la réaction qu'on attendait d'un adulte sympathique, bien élevé, normal.

Sans Ziggy, elle aurait démarré. Focalisée sur son objectif, emmener son fils à l'école maternelle, elle aurait laissé une femme se tordre de douleur dans le caniveau.

« Je vais m'en assurer », dit Jane comme s'il n'avait jamais été question d'autre chose dans son esprit. Elle mit ses feux de détresse avant d'ouvrir sa portière, consciente qu'une réticence égoïste l'habitait. *Elle a mal choisi son moment pour briller, celle-ci.*

« Est-ce que ça va ?

— Oui, ça va ! » Esquissant un sourire, la femme essaya de se redresser. Elle gémit, la main sur la cheville. « Je me suis juste tordu la cheville. Quelle imbécile je fais. Je suis descendue de ma voiture pour dire à la jeune fille devant moi d'arrêter d'envoyer des textos. Ça m'apprendra à jouer les cheftaines. »

Jane s'accroupit à côté d'elle. Pas un cheveu ne dépassait de sa coupe mi-longue impeccable. Çà et là sur son nez, des taches de rousseur d'un effet des plus charmants, comme un souvenir d'enfance ensoleillé, que venaient parfaire quelques rides encore fines autour de ses yeux et des boucles d'oreilles extravagantes.

La réticence de Jane s'évanouit complètement.

Cette femme lui plaisait. Elle avait envie de lui porter secours.

(Cela étant, fallait-il en conclure que face à une vieille bique au nez couvert de verrues et au sourire édenté, Jane aurait certes proposé son aide, mais à contrecœur ? Quelle injustice. Quelle cruauté. Elle allait se montrer plus gentille envers cette femme parce qu'elle aimait bien ses taches de rousseur.)

L'encolure de sa robe était agrémentée d'une broderie ajourée au motif floral très élaboré qui laissait transparaître sa peau bronzée tachée de son.

« Il faut tout de suite mettre de la glace », dit Jane. Elle connaissait bien les blessures de la cheville pour avoir longtemps joué au netball. Celle de la femme commençait déjà à enfler. « Et la maintenir en l'air. »

Se mordillant la lèvre, elle regarda autour d'elle dans l'espoir de trouver de l'aide. De la glace... plus facile à dire qu'à faire, se dit-elle.

« C'est mon anniversaire, annonça la femme tristement. J'ai quarante ans.

— Joyeux anniversaire. » N'était-ce pas mignon de la part d'une femme de *quarante* ans de prendre la peine de mentionner qu'elle soufflait ses bougies le jour même ?

Jane jeta un œil à ses pieds. Elle avait les ongles vernis d'un bleu turquoise éclatant ; les talons de ses sandales étaient démesurément fins et dangereusement hauts.

« Pas étonnant que vous vous soyez fait mal à la cheville, dit Jane. Personne ne pourrait marcher avec ces chaussures !

— Je sais, mais ne sont-elles pas magnifiques ? » Elle inclina le pied pour mieux les admirer. « Aïe ! Putain, ça fait mal ! Je vous demande pardon. Je suis grossière !

— Maman ! » Une fillette aux boucles brunes ornées d'un diadème étincelant se montra à la fenêtre du 4 × 4. « Qu'est-ce que tu fabriques ? Debout ! On va être en retard ! »

Telle mère, telle fille.

« Je vois que tu compatis ! Merci, ma chérie ! s'exclama la femme en souriant d'un air contrit.

Je l'emmène à la journée d'accueil de son école. Elle est surexcitée.

— À Pirriwee Public ? demanda Jane, stupéfaite. Mais, c'est là que je vais aussi. Mon fils Ziggy commence l'école en janvier. On emménage dans le coin en décembre. » Qu'elle puisse avoir quoi que ce soit en commun avec cette femme, ou que leurs vies puissent les rapprocher d'une manière ou d'une autre lui paraissait inconcevable.

« Ziggy ! Comme Ziggy Stardust ? Génial, le nom ! Moi, c'est Madeline. Madeline Martha Mackenzie. Il faut toujours que je donne mon deuxième prénom ! Ne me demandez pas pourquoi ! »

Elle tendit la main.

« Jane. Juste Jane. Enfin, Jane Chapman. »

GABRIELLE : L'école s'est retrouvée divisée en deux. C'était comme… je ne sais pas… une guerre civile. Vous étiez soit dans le camp de Madeline, soit dans celui de Renata.

BONNIE : Non, non, quelle idée affreuse. Ça n'a jamais été le cas. Il n'y a jamais eu deux *camps*. Nous formons une communauté très soudée. L'alcool coulait à flots. C'était un soir de pleine lune. Tout le monde perd un peu les pédales, les soirs de pleine lune. C'est prouvé.

SAMANTHA : La pleine lune ? Ah bon. Tout ce que je sais, c'est qu'il pleuvait à verse. J'avais les cheveux tout bouffants.

500

MRS LIPMANN : C'est ridicule et parfaitement diffamatoire. Je n'ai rien à ajouter.

CAROL : J'ai bien conscience de vous rebattre les oreilles avec le club de lecture érotique, mais je suis certaine qu'il s'est passé quelque chose à l'une ou l'autre de leurs petites « réunions » – si vous voyez ce que je veux dire...

HARPER : Je vous assure, j'ai *pleuré* quand on nous a annoncé qu'Emily était surdouée. Je me suis dit : c'est reparti ! J'étais déjà passée par là avec Sophia, alors je savais très bien ce qui m'attendait ! Renata était dans la même galère. *Deux* enfants surdoués. Personne ne peut comprendre le stress que ça engendre. Renata se faisait un sang d'encre pour Amabella. Comment s'adapterait-elle à l'école ? Est-ce qu'elle y serait suffisamment stimulée ? Ce genre de choses. Alors quand ce gamin qui porte ce nom ridicule, ce Ziggy, a fait ce qu'il a fait – sans compter que l'année scolaire n'avait même pas commencé ! – Renata a été bouleversée, et ça se comprend. C'est cet incident qui a tout déclenché.

4

Jane avait apporté un livre pour s'occuper dans la voiture en attendant que Ziggy sorte de l'école, mais en fin de compte, elle accompagna Madeline

Martha Mackenzie (un nom digne d'une fillette pleine de fougue dans un livre pour enfants) au *Blue Blues*, un snack-bar en bord de mer.

Situé sur la promenade qui longeait la plage de Pirriwee, le café, une drôle de construction biscornue, ressemblait presque à une caverne. Débarrassée de ses talons aiguilles, Madeline boitilla jusqu'à la porte en s'appuyant sur le bras de Jane de tout son poids et sans la moindre gêne, comme si elles se connaissaient de longue date. Une étreinte intime aux yeux de Jane, enivrée par le délicieux parfum aux notes d'agrumes de Madeline. Ses contacts physiques avec les adultes s'étaient résumés à peu de choses au cours des cinq dernières années.

À peine avaient-elles franchi le seuil du *Blue Blues* que le jeune homme derrière le comptoir se précipita vers elles, bras tendus. Tout de noir vêtu, il avait des boucles blondes de surfeur et un piercing dans le nez. « Madeline ! Qu'est-ce qui t'est arrivé ?

— C'est affreux, Tom ; je me suis foulé la cheville. En plus, c'est mon anniversaire.

— Oh, calamité ! » dit-il en adressant un clin d'œil à Jane.

Tom installa Madeline sur une banquette d'angle avant de lui apporter de la glace dans un torchon et de lui caler la jambe sur une chaise avec un coussin. Jane en profita pour apprécier les lieux. « Tout à fait charmant ! » aurait dit sa mère. Sur les murs irréguliers d'un bleu vif, des étagères vacillaient sous le poids de livres d'occasion. La lumière du matin donnait un éclat doré au plancher en bois

502

massif. L'atmosphère était chargée d'un mélange capiteux de café, de pâtisseries tout juste sorties du four, de vieux bouquins et d'iode. La façade du café, entièrement vitrée, et la disposition des sièges face à la plage invitaient les clients à contempler le spectacle de l'océan. Tandis qu'elle embrassait la scène du regard, Jane fut envahie par ce sentiment d'insatisfaction qu'elle éprouvait souvent lorsqu'elle découvrait un bel endroit. *Si seulement j'y étais.* Voilà les seuls mots qu'elle parvenait à mettre dessus. Ce petit café en bord de mer était si exquis qu'elle rêvait d'y être vraiment, ce qui bien sûr n'avait pas de sens puisqu'elle s'y trouvait *effectivement.*

« Jane ? Qu'est-ce qui vous ferait plaisir ? demanda Madeline. Café, gâteau, je vous invite, pour vous remercier ! » Puis, au barman qui l'avait entourée de ses soins : « Tom ! Je te présente Jane ! Ma sauveuse. »

Jane avait conduit Madeline et sa fille à l'école dans sa propre voiture, après avoir sué à grosses gouttes en garant l'énorme 4 × 4 dans une rue adjacente. Elle avait mis le rehausseur de Chloe à l'arrière de sa petite voiture à hayon, à côté de Ziggy.

Ç'avait été toute une opération. Une petite crise qu'elle avait surmontée.

Le fait que Jane trouve cet incident un rien palpitant en disait long sur la triste banalité de son existence.

Ziggy aussi s'était trouvé tout étonné, voire intimidé d'avoir à partager la banquette arrière pour la première fois de sa vie, avec la pétillante et charismatique Chloe de surcroît. La fillette avait passé le trajet à parler, non-stop, lui expliquant tout ce qu'il y avait à savoir sur l'école – les instituteurs, le lavage de mains obligatoire avant d'entrer en classe, et attention, quand on s'essuie, on n'utilise *qu'une* seule feuille de papier essuie-mains, le réfectoire, le beurre de cacahuètes, interdit dans les sandwiches, parce que quand on est allergique, on peut en *mourir*, et elle, elle avait déjà sa boîte à repas, même que dessus, il y avait Dora l'exploratrice, et lui, qu'est-ce qu'il avait comme boîte à repas ?

« Buzz l'éclair », avait répondu Ziggy poliment. Un mensonge qui lui était venu du tac au tac. Jane n'avait pas encore acheté ladite boîte, la nécessité d'en avoir une n'ayant même pas fait l'objet d'une discussion. La garderie où son fils passait trois jours par semaine jusqu'à présent fournissait les repas. Une tâche dont Jane devrait s'acquitter elle-même à la rentrée. Inédit.

Une fois devant l'école, Madeline était restée dans la voiture pendant que Jane accompagnait les enfants jusque dans la cour. À vrai dire, Chloe les avait guidés, marchant au pas, son diadème brillant de mille feux sous le soleil. À un moment, Ziggy et Jane s'étaient regardés d'un air de dire : « Mais qui sont donc ces gens fabuleux ? »

Jane, qui avait quelque peu appréhendé cette fameuse matinée d'intégration, savait qu'elle devait cacher sa nervosité à son fils, lui-même enclin à l'anxiété. Elle n'aurait pas vécu les choses autrement si elle avait commencé un nouveau travail, et de fait, elle allait devenir parent d'un enfant scolarisé. Il y aurait de la paperasse, des règles et autres procédures à apprendre.

Cependant, entrer dans l'enceinte de l'école avec Chloe lui donna l'impression d'avoir un passe-droit en main. Deux femmes les avaient aussitôt abordés. « Chloe ! Où est ta maman ? » Puis elles s'étaient présentées. Jane leur avait alors raconté la mésaventure de Madeline. La maîtresse des maternelles, miss Barnes, était apparue, tout ouïe, et avant même de s'en rendre compte, Jane s'était retrouvée au centre de l'attention, ce qui, pour être honnête, n'était pas désagréable.

Perchée en haut d'un promontoire, l'école en elle-même était un bel édifice. Le bleu de l'océan qui s'étendait à perte de vue scintillait en continu dans le champ de vision de Jane. Les salles de classe se situaient dans des bâtiments en pierre de grès longs et peu élevés ; la cour arborée semblait quant à elle receler mille recoins enchanteurs propices à l'imagination : espaces réduits entre les arbres touffus, chemins abrités, labyrinthe à hauteur de bambins.

Jane avait regardé Ziggy entrer en classe main dans la main avec Chloe, les joues rouges et l'air heureux, puis elle s'en était retournée, le teint tout aussi rose, d'humeur tout aussi gaie. C'est alors qu'elle avait aperçu Madeline qui, à l'avant de sa voiture, lui faisait un grand signe de la main, un sourire ravi accroché aux lèvres, comme si elle attendait son amie de toujours. Quelque chose dans son cœur s'était relâché, libéré.

À présent, assise aux côtés de Madeline, les yeux rivés sur l'océan, le visage offert aux rayons du soleil, elle attendait qu'on lui apporte son café.

Emménager dans le coin allait peut-être marquer le début, ou mieux encore, la fin d'une ère.

« Mon amie Celeste sera là d'un instant à l'autre, annonça Madeline. Vous l'avez peut-être vue à l'école en train de déposer ses garçons. Deux petits polissons blonds comme les blés. C'est une grande femme, blonde elle aussi, très belle, toujours un peu nerveuse.

— Je ne crois pas, non, répondit Jane. Qu'est-ce qui peut bien la rendre nerveuse si elle est grande, blonde et belle ?

— Exactement, fit-elle, comme si cela répondait à la question. Sans compter que son mari peut se vanter d'être aussi beau qu'elle. Et riche avec ça. Ils se donnent toujours la main. *Et...* il est très sympa-thique. Il me fait des cadeaux. À moi ! C'est dire. Sincèrement, je ne sais pas pourquoi je suis toujours amie avec elle. » Puis, après avoir jeté un œil à sa montre : « Ah, elle est incorrigible ! Toujours en retard ! Bon, en attendant, je veux tout savoir sur vous. » Elle s'avança, prête à accorder toute son atten-tion à Jane. « Vous venez d'arriver dans la péninsule ? Votre visage ne me dit rien du tout. Avec des enfants du même âge, on se serait forcément croisées ! Au centre d'éveil, à l'atelier contes ou autre !

— Nous emménageons ici en décembre. Pour le moment, nous habitons toujours à Newtown, mais j'ai pensé que ce serait agréable de vivre près de la plage quelque temps. J'ai décidé ça, euh, sur un coup de tête, je crois. »

La formule « sur un coup de tête » lui était venue sans réfléchir. Elle en éprouva une forme de plaisir teinté d'une pointe de honte.

Elle essaya donc de livrer une version fantaisiste de son histoire, se coulant dans la peau d'une jeune fille fantasque. Elle raconta à Madeline qu'au cours d'une excursion à la mer avec Ziggy quelques mois plus tôt, elle avait vu une pancarte À LOUER sur la façade d'un immeuble et s'était dit : « Pourquoi pas ? »

Un mensonge ? Pas vraiment.

Une simple journée à la plage, s'était-elle répété, encore et encore, sur la longue route qui descendait jusqu'à la mer. Comme pour se défendre d'avoir d'autres motivations face à quelqu'un qui aurait accès à ses pensées.

Pirriwee Beach se classait parmi les dix plus belles plages du monde. Elle l'avait lu quelque part. Son fils méritait de la voir. Son *magnifique*, son *extraordinaire* petit garçon. Le cœur serré, elle n'avait cessé de le regarder dans son rétroviseur.

Elle ne raconta pas à Madeline qu'en quittant la plage main dans la main avec Ziggy, aussi collante de sable que lui, elle n'avait pu faire taire les mots « à l'aide » qui résonnaient dans sa tête, comme si tout son être réclamait quelque chose : une solution, un remède, une remise de peine. Une remise de peine ? Mais pour quelle faute ? Un remède, une solution ? À quoi ? Elle avait senti sa respiration s'accélérer, des gouttes de transpiration se former à la naissance de ses cheveux.

Puis elle avait aperçu la pancarte. Son bail à Newport arrivait à expiration. Ce trois-pièces, situé dans un immeuble en brique rouge, affreux et sans âme, n'en était pas moins à cinq minutes à pied de la plage. « Ça te plairait, qu'on vive ici ? » avait-elle demandé à Ziggy. Le regard de son fils s'était illuminé et tout à coup, l'appartement lui avait semblé être la solution idéale à son problème, quel qu'il soit. On appelait ça un « changement de décor ». Au nom de quoi un changement de décor leur serait-il interdit ?

Jane passa également sous silence que depuis la naissance de Ziggy, elle avait loué un nouvel appartement tous les six mois, en quête d'une vie qui pourrait fonctionner. Et que peut-être, pendant tout ce temps, elle avait tourné en rond dans Sydney pour se rapprocher peu à peu de Pirriwee Beach.

Elle ne révéla pas non plus à Madeline qu'en sortant de l'agence immobilière après avoir signé le bail, elle avait enfin remarqué à quoi ressemblaient les habitants de la péninsule – peau dorée, cheveux ondulés aux reflets lumineux. Puis elle avait pensé à ses jambes affreusement pâles qu'elle dissimulait sous un jean, à ses parents qui angoisseraient chaque fois qu'ils emprunteraient cette route sinueuse – les mains crispées sur le volant, son père aurait les articulations toutes blanches – mais qui viendraient quand même, sans jamais se plaindre, et soudain, Jane avait acquis la certitude qu'elle venait de commettre une terrible erreur. Trop tard, hélas.

« Alors, me voilà, conclut-elle sans conviction.

— Vous allez vous plaire ici », dit Madeline, enthousiaste. Elle repositionna la glace sur sa cheville avec une grimace. « Aïe. Vous surfez ? Et votre mari ? Pardon ! Je devrais dire… votre compagnon ? Ou votre petit ami ? Petite ami-e, peut-être ? Je peux tout entendre.

— Pas de mari. Ni de compagnon. Juste moi et mon fils. Je suis mère célibataire.

— C'est *vrai* ? s'écria Madeline, comme si elle n'avait jamais rien entendu d'aussi audacieusement extraordinaire.

— Oui ! dit Jane en souriant bêtement.

— Eh bien, vous savez quoi ? Les gens ont tendance à l'oublier, mais moi aussi, j'ai été mère célibataire. » Elle se redressa et leva le menton, comme pour défier quiconque de la contredire. « Mon mari m'a quittée alors que ma fille aînée n'était qu'un bébé. Abigail a quatorze ans maintenant. Je n'étais pas bien vieille, comme vous. J'avais tout juste vingt-six ans. Bien sûr, je me voyais déjà sur la pente descendante. Ça a été dur. Élever un enfant seule, *c'est* dur.

— À vrai dire, j'ai ma mère et...

— Oh, oui, bien sûr. Je ne dis pas que je n'avais aucun soutien. Moi aussi, j'avais mes parents pour m'aider. Mais nom d'un chien, il y avait des nuits, quand Abigail était malade, ou quand moi j'étais malade, ou pire – quand on l'était toutes les deux, et – bref. » Madeline marqua une pause avant de sourire gaiement. « Mon ex est remarié à présent. Ils ont une petite fille du même âge ou presque que Chloe, et Nathan est devenu un super papa. La plupart des hommes prennent la balle au bond quand on leur donne une seconde chance. Abigail trouve Nathan formidable. Il n'y a plus que moi qui lui en veux. Il paraît que c'est mieux de pardonner,

mais je ne sais pas, je l'aime bien, moi, ma rancœur. J'en prends soin comme d'une plante.

— Je ne suis pas du genre à pardonner, moi
non plus. »

Madeline se fendit d'un large sourire en pointant sa petite cuillère dans la direction de Jane.
« Tant mieux. Ne jamais pardonner. Ne jamais
oublier. C'est ma devise. »

Jane se demanda jusqu'à quel point elle plaisantait.

« Et le père de Ziggy, poursuivit-elle. Il fait partie
du tableau ? »

Jane ne sourcilla même pas. En cinq ans, elle
était passée maître dans l'art de répondre à cette
question. Un grand calme l'envahit.

« Non. Nous n'étions pas vraiment ensemble. »
Une réplique parfaitement contrôlée. « Je ne
connaissais même pas son nom. C'était une… »
Laisser un temps. Détourner les yeux comme
si soutenir le regard de l'autre était impossible.
« Comme qui dirait une… liaison sans lendemain.

— Vous voulez dire un coup d'un soir ? »
dit Madeline dans la seconde, sans le moindre
reproche dans la voix.

Surprise, Jane faillit éclater de rire. La plupart
des gens, *a fortiori* ceux de l'âge de Madeline,
réagissaient avec une légère moue de dégoût qui
semblait dire : Je comprends, ça ne me pose pas
de problème, mais pour moi, vous n'appartenez
plus à la même catégorie de personnes. Jane ne
se formalisait jamais. Elle trouvait, comme eux,
que l'épisode n'était pas de très bon goût. Tout
ce qu'elle voulait, c'était qu'on laisse ce sujet de

côté, qu'on n'y revienne pas, et la majeure partie de temps, c'était ce qui se passait. Ziggy était Ziggy. Il n'y avait pas de père. Point, à la ligne.

« Pourquoi tu ne dis pas simplement que tu t'es séparée du papa ? » lui demandait sa mère au début. « Quand on ment, on s'embrouille, maman », répondait Jane. Mais sa mère n'avait aucune expérience en la matière. « Comme ça au moins, on n'en parle plus. »

« Ah, les coups d'un soir, quand j'y pense ! dit Madeline, nostalgique. Ce que j'ai pu faire dans les années quatre-vingt-dix. Seigneur. J'espère que Chloe n'en saura jamais rien. Oh, calamité. Le vôtre, c'était sympa ? »

Jane ne saisit pas la question tout de suite. Madeline lui demandait *si son coup d'un soir avait été sympa.*

L'espace d'un instant, elle se retrouva avec lui dans l'ascenseur, cette bulle de verre qui filait sans bruit vers le ciel au centre de l'hôtel. Une main sur le goulot de la bouteille de champagne, l'autre au creux de ses reins pour l'attirer vers lui. Des stries profondes autour de ses yeux. Il riait si fort. Elle aussi. Ivre de joie et de désir. Vulnérable. Des odeurs qui trahissaient le luxe.

Jane se racla la gorge. « On peut dire ça, oui.

— Désolée, dit Madeline. J'ai dérapé dans la frivolité. La faute à tous ces souvenirs de mes folles années qui reviennent tout à coup ! Ou à ma tentative désespérée d'avoir l'air cool, parce que vous êtes si jeune, et moi si vieille. Quel âge avez-vous ? Vous m'en voulez de poser la question ?

— Vingt-quatre ans.

— Vingt-quatre ans, soupira Madeline. Moi, j'ai quarante ans aujourd'hui. Mais je vous l'ai déjà dit, n'est-ce pas ? Je parie que vous n'imaginez pas une seule seconde fêter vos quarante ans.

— Euh, j'espère bien y arriver », répondit Jane.

Elle avait déjà remarqué qu'après la quarantaine, la question de l'âge devenait une obsession pour les femmes qui tantôt s'en amusaient, tantôt s'en lamentaient ; elles n'arrêtaient pas d'en parler, comme si le fait de vieillir demandait d'être résolu à la manière d'un casse-tête chinois super complexe. Jane ne comprenait pas ce qui les rendait si perplexes. Les amies de sa mère par exemple ne semblaient avoir *aucun* autre sujet de conversation – du moins, lorsqu'elles discutaient avec elle. « Oh, tu es si jeune et si belle, Jane ! » (Ce qui, incontestablement, n'était pas le cas ; à croire que pour ces dames, l'un n'allait pas sans l'autre : être jeune, c'était forcément être belle.) De même : « Oh, tu es si jeune, Jane ; tu sauras arranger ce qui ne va pas avec mon téléphone/ mon ordinateur/mon appareil photo ! » quand en réalité bon nombre d'entre elles étaient plus calées que Jane dans le domaine. « Oh, tu es si jeune, Jane, tu as tellement d'énergie ! » quand en fait, elle se sentait si lasse, si lasse.

« Mais dites-moi, comment faites-vous financièrement ? » demanda Madeline, inquiète. Un autre problème qu'elle devait résoudre dans la minute. « Vous travaillez ? »

Jane ne put s'empêcher de sourire. « Je suis comptable. En freelance. J'ai un portefeuille de clients bien développé à présent. Des petites entreprises. Je suis rapide, efficace. Ça paie le loyer.

— Vous êtes maligne, bravo ! Je subvenais à mes propres besoins moi aussi quand Abigail était petite. Sans aide ou presque. Nathan daignait m'envoyer un chèque de temps en temps. C'était dur, mais n'empêche, quelque part c'était gratifiant ; une façon de dire : merde, besoin de personne. Vous voyez de quoi je parle.

— En effet », répondit Jane, même si pour elle, sa vie de mère célibataire ne constituait pas un moyen de dire merde à qui que ce soit. Ou du moins, pas au sens où Madeline l'entendait.

« Vous serez assurément une des plus jeunes mamans de l'école maternelle », reprit celle-ci d'un air songeur. Elle but une gorgée de café et sourit d'un air malicieux. « Encore plus jeune que la délicieuse épouse de mon ex. Promettez-moi que vous ne ferez jamais amie-amie avec elle, Jane. Je vous ai rencontrée en premier.

— Je suis certaine que nous n'aurons pas l'occasion de nous rencontrer, dit Jane, déconcertée.

— Détrompez-vous, fit Madeline en grimaçant. Sa fille fait sa rentrée en même temps que Chloe. Vous imaginez ? »

Non, pas une seule seconde.

« Quand les mamans des tout-petits se réuniront autour d'un café, la femme de mon ex sera là, en face de moi, à siroter son infusion. Ne vous inquiétez pas, il n'y aura pas de bagarres. Malheureusement, nous entretenons des rapports parfaitement courtois, en adultes affreusement raisonnables. C'est d'un ennui ! Bonnie me fait même la bise pour me dire bonjour. Son truc, c'est le yoga. Les chakras et toutes ces conneries. Normalement, les gosses détestent leur belle-mère, pas vrai ? Eh bien, ma fille *adore* la sienne. Bonnie est tellement « posée », voyez. Tout le contraire de moi. Elle parle à voix basse, sur un ton doux... mélodieux... qui donne envie de se taper la tête contre les murs. »

La voix suave que Madeline emprunta à la femme de son ex amusa beaucoup Jane.

« Vous deviendrez probablement amie avec Bonnie. C'est impossible de la détester. Même moi qui ne suis pas du genre Bisounours, j'ai du mal. Il faut que j'y mette tout mon cœur. »

Elle déplaça la glace sur sa cheville une nouvelle fois.

« Quand Bonnie saura que je me suis blessé la cheville, elle m'apportera un petit plat fait maison. Elle ne rate jamais une occasion de le faire. Probablement parce qu'elle sait par Nathan que je suis très mauvaise cuisinière. Une façon pour elle de m'envoyer un message. Quoique, le pire avec Bonnie, c'est qu'elle n'a peut-être aucune arrière-pensée. Elle est juste affreusement gentille. J'aimerais bien jeter ses plats directement à la poubelle mais ils sont sacrément bons. Mon mari et mes enfants m'en voudraient à mort. »

Tout à coup, Madeline changea d'expression. Elle leva la main, rayonnante de joie. « Ah, la voilà, enfin ! Celeste ! Je suis là ! Viens voir ce qui m'arrive ! »

Suivant son regard, Jane se sentit accablée.

Ça ne devrait rien lui faire, elle le savait. Mais de fait, certaines personnes affichaient une telle beauté que c'en était inacceptable, blessant, humiliant. Voilà à quoi une femme était censée ressembler. L'incarnation de la perfection, révélant aux yeux de tous la laideur flagrante et manifeste de Jane.

Dans son oreille, le souffle chaud d'une haleine fétide et ces mots, sur un ton inflexible : « *Tu es petite, grosse et moche.* »

Elle frémit, tâchant de sourire à cette femme affreusement belle qui avançait vers elles.

THEA : J'imagine qu'à présent, vous savez que Bonnie est la femme de l'ex-mari de Madeline, Nathan. Une situation complexe, donc. Qui mérite peut-être qu'on s'y attarde. Mais loin de moi l'idée de vous dire comment faire votre boulot.

BONNIE : Ça n'a absolument *rien* à voir, *rien du tout.* Nous avions des rapports parfaitement amicaux. Pas plus tard que ce matin, j'ai déposé un plat de lasagnes végétariennes sur le pas de sa porte pour son pauvre mari.

GABRIELLE : J'étais nouvelle. Je ne connaissais personne. La directrice m'a dit, je cite : « Vous verrez, dans notre école, il y a beaucoup de bienveillance. » Foutaise ! Le premier mot qui m'est venu à l'esprit quand je suis entrée dans la cour de récréation le matin où ils accueillaient les futurs maternelles, c'est *clanique.* Clanique, clanique, clanique. Je ne suis pas surprise que ça se soit terminé par un décès. Oui, bon, je vous l'accorde, c'est exagéré. J'ai quand même été un peu surprise.

5

Celeste aperçut Madeline à la seconde où elle poussait la porte du *Blue Blues*. À ses côtés, une jeune fille petite et mince portant une jupe en jean bleue et un tee-shirt à encolure en V blanc très simple. Une inconnue. Celeste en éprouva aussitôt une immense déception. « Rien que toi et moi », avait dit Madeline.

Celeste révisa ses attentes – la matinée ne tiendrait pas ses promesses – et respira à fond. Depuis quelque temps, elle avait remarqué que lorsqu'elle se retrouvait dans un groupe, bizarrement, elle ne savait plus très bien comment se comporter. Elle s'interrogeait en permanence : je n'ai pas ri trop fort, là ? Mince, j'aurais dû rire, là, non ? Je ne viens pas de me répéter ?

Allez savoir pourquoi, quand elle se trouvait en tête à tête avec Madeline, ça allait. Elle parvenait à rester elle-même. Elles se connaissaient depuis si longtemps.

Il lui fallait peut-être un bon tonique. C'était ce que sa grand-mère lui aurait dit. Mais c'était quoi, un tonique, d'abord ?

Elle se faufila entre les tables pour rejoindre Madeline et l'inconnue qui, en grande conversation, ne l'avaient pas encore vue. Cette fille semblait beaucoup trop jeune pour avoir un enfant en âge d'aller à l'école. Probablement une nounou, ou une au pair. Oui, une au pair. Venue d'Europe peut-être ? Avec un anglais médiocre ? Ce qui expliquerait sa façon de se tenir, un peu raide et empruntée, comme s'il fallait qu'elle se concentre. À moins bien sûr qu'elle n'ait aucun lien avec l'école. Madeline naviguait aisément d'un cercle social à un autre – tous se recoupaient, à vrai dire –, se faisant au passage des amis indéfectibles et des ennemis non moins durables, probablement plus nombreux d'ailleurs. Elle s'épanouissait dans le conflit et adorait crier au scandale.

Lorsqu'elle aperçut Celeste, son visage s'illumina. Quel plaisir, de la voir se métamorphoser quand elle vous découvrait, comme si rien ne pouvait lui faire plus plaisir que votre présence !

« Coucou, reine du jour ! » s'écria Celeste.

La compagne de Madeline se retourna. Elle était coiffée façon guerrière ou policière, ses cheveux châtains tellement tirés vers l'arrière qu'on avait mal pour elle.

« Madeline, qu'est-ce qui t'est arrivé ? » demanda Celeste en voyant sa jambe sur la chaise. Elle adressa un sourire poli à la jeune fille qui sursauta, comme si Celeste l'avait regardée d'un air dédaigneux. (Oh, mon Dieu, elle avait *souri* au moins ?)

« Je te présente Jane. Elle m'a ramassée au bord de la route alors que je venais de me tordre la cheville en essayant d'éviter une mort certaine à une bande de jeunes inconscients. Jane, voici Celeste.

— Salut », fit Jane.

Celeste vit quelque chose de brut, de cru, dans son visage, comme si on l'avait frotté trop fort. Elle mâchait du chewing-gum très discrètement, remuant à peine la bouche.

« Le fils de Jane rentre à la maternelle, précisa Madeline. Elle débarque, comme toi. Il est donc de ma responsabilité de vous dire tout ce qu'il y a à savoir sur les intrigues qui font rage à Pirriwee Public. Les filles, autant que vous le sachiez, c'est un champ de mines.

— Les intrigues ? » Jane fronça les sourcils et resserra sa queue-de-cheval. « Hors de question que je m'en mêle.

— Pareil pour moi », renchérit Celeste.

Jane se souviendrait longtemps de l'imprudence avec laquelle elle avait tenté le sort ce jour-là. « Hors de question que je m'en mêle. » Le type là-haut l'avait entendue, et son attitude ne lui avait pas plu. Beaucoup trop présomptueuse. « On en reparlera, ma p'tite dame ! Ah ah ah ! »

Celeste offrit à Madeline un service de flûtes à champagne en cristal Waterford.

« Bonté divine ! J'adore ces flûtes. Elles sont absolument magnifiques. » Madeline en sortit une de la boîte très délicatement et la porta à la lumière, admirant les rangées de minuscules lunes qui composaient son motif élaboré. « Elles ont dû te coûter une petite fortune. »

Elle faillit ajouter : « Je bénis le ciel que tu sois si riche, ma belle », mais se ravisa à temps. En tête à tête avec Celeste, elle ne se serait pas gênée, mais la présence de Jane, qui ne devait pas rouler sur l'or, lui avait dicté de se taire. Sans compter qu'en société, c'était mal élevé de parler d'argent. (Je suis au courant, se défendit-elle *in petto*, comme si son mari venait de la sermonner. Ed lui rappelait systématiquement les règles de bienséance qu'elle ne cessait d'outrepasser.)

Pourquoi les gens s'évertuaient-ils à prendre de telles précautions dès qu'il s'agissait de l'argent de Celeste ? À croire que la richesse était une maladie honteuse. La beauté de son amie suscitait des réactions comparables. Les inconnus lui jetaient les mêmes coups d'œil furtifs qu'aux estropiés, et si Madeline se risquait à évoquer son physique, Celeste manifestait une forme de honte. « Chut », faisait-elle en regardant autour d'elle de crainte qu'on l'ait entendue. Tout le monde rêvait d'être riche et beau, mais ceux qui l'étaient réellement se devaient de faire comme s'ils n'avaient rien de plus que les autres. Quel drôle de monde que le nôtre !

« Donc, les intrigues de Pirriwee », dit Madeline en replaçant soigneusement le verre dans la boîte. « Commençons par le haut de la pyramide : le gang des serre-tête.

— Le gang des serre-tête, répéta Celeste en plissant les yeux, comme pour mieux se préparer à une interrogation écrite.

— Ce sont elles qui dirigent l'école. Si vous voulez faire partie de la fédération des parents d'élèves, il faut porter un serre-tête, expliqua Madeline en illustrant ses propos d'un geste de la main. Impossible d'y couper. »

519

Jane émit un petit gloussement sec, pour le plus grand plaisir de Madeline.

« Mais ces femmes, elles sont sympathiques ou faut-il les éviter ? s'inquiéta Celeste.

— Eh bien, elles sont pleines de bonnes intentions. De très bonnes intentions. Elles se comportent comme, euh... comment elles se comportent ? Comme des préfètes. Elles prennent leur rôle de parents d'élèves vraiment au sérieux. Comme si c'était leur religion. Ce sont des fondamentalistes.

— Il y en a dès la maternelle ? demanda Jane.

— Attendez que je réfléchisse... oh, oui, Harper. La serre-tête par excellence. Elle est déléguée de parents, et sa gamine, en plus d'être surdouée, est allergique aux fruits secs. Tout à fait dans l'air du temps, en somme. Quelle veinarde !

— Tu exagères, Madeline, dit Celeste. Il n'y a rien de réjouissant à avoir un gamin allergique.

— Je sais », admit Madeline, consciente que dans son empressement à faire rire Jane, elle fanfaronnait. « Je plaisante. Voyons, qui d'autre ? Il y a Carol Quigley. Une obsédée de la propreté. Elle a toujours un détergent en spray à la main.

— N'importe quoi ! dit Celeste.

— Je t'assure !

— Et les papas, dans tout ça ? » demanda Jane sans croiser le regard de Madeline.

Peut-être espérait-elle rencontrer un père célibataire ? Elle glissa un autre chewing-gum dans sa bouche comme s'il s'agissait d'un comprimé d'ecstasy. Une mâcheuse de gomme compulsive. Discrète mais compulsive.

« Mon petit doigt m'a dit que cette année, on a au moins un papa qui ne travaille pas. Sa femme a un très gros poste. Jackie quelque chose. Elle dirige une banque, je crois.

— Tu parles de Jackie Montgomery ? fit Celeste.

— C'est ça.

— Mon Dieu, murmura-t-elle.

— Nous ne la verrons probablement jamais. C'est compliqué pour les mères qui bossent à temps plein. Qui d'autre est dans ce cas ? Oh. Renata. Elle est dans la finance – dans les stock-options ou, je ne sais pas, courtière ? Ça existe, comme métier ? Ou peut-être analyste. Oui, c'est ça, il me semble. Elle analyse des trucs. Chaque fois que je lui demande de m'expliquer ce qu'elle fait, j'oublie d'écouter. Ses enfants sont aussi des génies. Évidemment.

— Alors, Renata est une serre-tête ? demanda Jane.

— Non, non. Sa carrière passe avant tout. Elle a une nounou à demeure. Je crois qu'elle vient d'en changer. Directement importée de France. Renata adore tout ce qui vient d'Europe. Elle n'a pas une minute à consacrer à l'école. Chaque fois que je lui parle, elle sort juste d'un conseil d'administration, ou elle s'y prépare. Sérieusement, ils se réunissent tous les combien ?

— À vrai dire, ça dépend de…, commença Celeste.

— C'était une question rhétorique ! interrompit Madeline. Ce que je veux dire, c'est qu'il ne se passe pas cinq minutes sans qu'elle nous parle de ses conseils d'administration, comme il ne se passe pas cinq minutes sans que Thea Cunningham nous parle de ses quatre gamins. L'un d'entre eux est à la maternelle, à propos. Quatre gamins ! Elle n'en revient toujours pas elle-même. Vous me trouvez peau de vache ?

— Oui, confirma Celeste.

— Désolée, dit Madeline qui se sentait un peu coupable. J'essayais de vous divertir. On mettra ça sur le dos de ma douleur à la cheville. Plus sérieusement, c'est une chouette école, pleine de gens on ne peut plus charmants et nous allons tous passer de très bons moments et nous faire de très bons amis. »

Réprimant son envie de rire, Jane mâchonna son chewing-gum et avala une gorgée de café.

« Mais, quand vous parlez d'enfants "surdoués", vous voulez dire qu'ils sont testés ? demanda-t-elle.

— Affirmatif. Il y a tout un processus de repérage. Et ils bénéficient de programmes spécifiques et de certaines "opportunités". On les laisse dans leur classe mais on leur donne des tâches plus complexes, j'imagine, et parfois, on les sépare des autres pour les confier à un instituteur spécialisé. Bon, ça paraît évident, personne n'a envie que son gamin s'ennuie en classe, le temps que tout le monde soit au même niveau. Je le comprends très bien. C'est juste que ça me… enfin, par exemple, l'année dernière, j'ai eu un petit conflit, façon de parler, avec Renata.

— Madeline adooooore les conflits, précisa Celeste en regardant Jane.

— Par je ne sais quel miracle, Renata a trouvé le temps, entre deux conseils d'administration, de demander à la maîtresse d'organiser une petite sortie pour les enfants surdoués. C'était pour voir une pièce de théâtre. Allez quoi, on sait tous qu'il n'y a pas besoin d'être surdoué pour apprécier une pièce de théâtre. Je suis directrice marketing au Pirriwee Peninsula Theatre. C'est comme ça que j'ai eu vent de cette histoire.

— Inutile de préciser que Madeline a eu le dessus, intervint Celeste.

— Évidemment, j'ai eu le dessus ! J'ai obtenu un tarif de groupe très intéressant pour tous les enfants, le champagne à moitié prix à l'entracte pour les adultes et nous nous sommes follement amusés.

— Oh ! En parlant de champagne ! dit Celeste. J'ai failli oublier ! Est-ce que je... » Elle fouilla dans son énorme panier avec la nervosité qui la caractérisait puis en sortit une bouteille de Bollinger. « Oui, la voilà ! Impossible d'offrir des coupes à champagne sans le breuvage qui va avec !

— Ouvrons-la ! s'exclama Madeline, prise d'une envie soudaine de bulles.

— Non, non, protesta Celeste. Tu es folle ? Il est trop tôt. On doit récupérer les enfants dans deux heures. En plus, il n'est pas frappé.

— Un *petit déjeuner* arrosé au champagne ! Tout est question d'accompagnement ! On boira aussi du jus d'orange. Un demi-verre de chaque ! On a un peu plus de deux heures. Jane ? Ça te tente ? On peut se tutoyer, n'est-ce pas ?

— On se tutoie autant que tu veux, mais pour le champagne, juste une gorgée ! Je ne tiens pas l'alcool.

« — Ça ne m'étonne pas, tu dois peser dans les dix kilos, dit Madeline. Je sens qu'on va bien s'entendre. Surtout si tu bois peu. Ça en fera plus pour moi !

— Madeline, dit Celeste, garde-la pour plus tard.

— Mais c'est mon anniversaire, répondit Madeline d'un air tristounet. En plus, je me suis fait mal. »

Celeste leva les yeux au ciel. « Donne-moi une flûte. »

THEA : Quand elle a récupéré Ziggy à l'école, Jane était pompette. Ça en dit long sur le personnage, quand même, non ? Une jeune mère célibataire qui boit de bon matin et mâche du chewing-gum en permanence. Elle ne m'a pas fait bonne impression. C'est tout ce que je dis.

BONNIE : Pour l'amour du ciel, personne n'était ivre ! Elles avaient bu une coupe de champagne au *Blue Blues* pour les quarante ans de Madeline. Elles riaient un peu bêtement, voilà tout ! Enfin, d'après ce qu'on m'en a dit, parce que ce jour-là, mon mari et moi étions en retraite spirituelle avec les enfants à Byron Bay. Ça a été une expérience incroyable. Vous voulez l'adresse de leur site ?

HARPER : Madeline, Celeste et Jane formaient un trio soudé. On l'a compris dès le premier jour. Elles sont arrivées bras dessus, bras dessous comme des gamines de douze ans. Renata et moi n'avons pas été invitées à leur petite fête – je précise qu'avec Madeline, on se connaît depuis que nos grands ont fait leur maternelle ensemble –, mais comme je l'ai dit à Renata le soir où nous nous sommes offert un menu gastronomique absolument divin chez *Remy's* – *avant* que tout le monde ne découvre ce lieu, soit dit en passant –, je m'en moquais totalement.

SAMANTHA : Moi, je travaillais. C'est Stu qui a emmené Lily à la matinée d'accueil. Quand il m'a parlé d'un groupe de mères qui avaient bu du champagne au petit déjeuner, je lui ai dit : « Super. Comment elles s'appellent ? C'est le genre de filles que j'adore. »

JONATHAN : Tout ça m'a complètement échappé. Je parlais cricket avec Stu.

MELISSA : Bon, je ne vous ai rien dit, hein, mais *apparemment*, Madeline Mackenzie avait tellement bu ce matin-là qu'elle est tombée par terre et s'est foulé la cheville.

GRAEME : Je pense que vous faites fausse route. Boire du champagne au petit déjeuner n'était certes pas très judicieux, mais de là à causer un meurtre ou une altercation...

Il n'y a pas de mal à boire du champagne, quelles que soient les circonstances. Un mantra que Madeline s'était toujours plu à répéter.

Mais par la suite, Madeline se demanda si cette fois-là, ça n'avait pas été une erreur. Non pas parce qu'elles étaient ivres. Ce n'était pas le cas. Mais parce qu'au moment où elles avaient fait leur apparition dans la cour en riant (Madeline, qui ne voulait pas rater la sortie de classe de Chloe, était entrée à cloche-pied en s'appuyant sur ses copines), toutes trois avaient laissé dans leur sillage un parfum de *fête*.

Et les gens détestent rater une fête.

6

En revenant à l'école pour récupérer Ziggy, Jane n'était pas soûle. Elle avait bu trois gorgées de champagne, tout au plus.

Pourtant, elle se sentait euphorique. Cela tenait peut-être au bruit sec du bouchon de champagne et à l'impertinence que cela dénotait, au caractère inattendu de cette matinée, à ces longues flûtes fragiles qui accrochaient magnifiquement la lumière du soleil, au barman au look surfeur qui leur avait apporté d'exquis petits gâteaux surmontés de bougies, à l'odeur de l'océan, à l'impression que peut-être, elle allait se lier d'amitié avec ces femmes si différentes de celles qu'elle avait fréquentées jusque-là : plus mûres, plus riches, plus sophistiquées.

« Tu te feras de nouvelles amies quand Ziggy rentrera à la maternelle ! » lui avait répété sa mère avec un enthousiasme des plus agaçants. Jane, qui avait passé l'âge de bouder telle une adolescente angoissée à l'idée de changer de lycée, s'efforçait alors de ne pas lever les yeux au ciel. Sa mère avait rencontré ses trois plus chères amies vingt-cinq ans plus tôt, lorsque son frère aîné, Dane, avait commencé l'école. Elles avaient pris un café ensemble le matin de la rentrée et ne s'étaient plus jamais quittées.

« Je n'ai pas besoin de nouvelles amies, avait rétorqué Jane.

— Oh que si ! Il te faut des amies qui ont des enfants. Les mères se soutiennent les unes les autres ! Elles se comprennent. »

Mais Jane, qui avait déjà fait partie d'un groupe de mamans, savait que c'était peine perdue. Elle n'arrivait tout simplement pas à se lier d'amitié avec ces femmes joviales et bavardes, à se mêler à leurs conversations pétillantes concernant des époux qui se faisaient servir, des travaux de réno-vation qui n'en finissaient pas malgré l'arrivée du bébé, oh, et puis la fois où, tenez-vous bien, c'est hilarant, entre leurs innombrables activités et la fatigue, elles avaient oublié de se maquiller ! (Jane, qui ne se maquillait jamais, ni à cette époque-là ni aujourd'hui, avait hurlé intérieurement « Qu'est-ce que ça peut foutre ? » tout en gardant un visage impassible.)

Pourtant, étrangement, elle s'était sentie proche de Madeline et Celeste et ce, alors qu'elles n'avaient strictement rien en commun – en dehors du fait que leurs enfants entraient à la maternelle. Et même s'il ne faisait guère de doute que Madeline ne sortirait jamais de chez elle sans s'être poudré le nez, Jane sentait déjà que ni elle ni Celeste (qui ne portait pas non plus de maquillage – heureusement : elle était bien assez belle, scandaleusement belle) n'auraient à s'interdire de la taquiner à ce sujet : Madeline rirait de bon cœur avant de s'amuser à son tour de leurs petits travers, comme des amies de longue date.

Jane n'était donc pas prête pour ce qui allait suivre.

Trop occupée à se familiariser avec Pirriwee Public (un monde miniature tellement mignon que la vie paraissait parfaitement gérable), à profiter du soleil et du parfum encore inhabituel de la mer, elle n'était pas sur ses gardes. L'idée que Ziggy commence l'école la remplissait de joie. Ils s'y rendraient à pied tous les jours, longeant la plage avant de grimper la colline plantée d'arbres. Pour la première fois de sa vie de mère, elle envisageait ses responsabilités avec légèreté.

Elle-même avait fréquenté une école de banlieue d'où l'on percevait une autoroute à six voies et l'odeur de poulet grillé que vendait le commerçant d'à côté. Il n'y avait ni aires de jeux décorées d'adorables mosaïques colorées représentant dauphins et baleines, ni fresques de scènes sous-marines, ni sculptures de tortues au milieu des bacs à sable.

« Cette école est tellement jolie, dit Jane en soutenant Madeline. C'est *magique*.

— N'est-ce pas ? L'année dernière, on a refait la cour grâce aux bénéfices de la soirée quiz, expliqua-t-elle. Les serre-tête n'ont pas leur pareil pour récolter de l'argent. Le thème, c'était "les célébrités décédées". Comment tu te défends, à propos, en matière de quiz ?

— Je suis super forte ! Pour ça et pour les puzzles !

— Les puzzles ? » Madeline s'assit sur un banc en bois peint en bleu qui entourait un figuier et étendit sa jambe devant elle. « Quelle horreur ! »

D'autres parents d'élèves s'attroupèrent bientôt autour d'elles, Madeline trônant telle une reine. Elle présenta Jane et Celeste aux mères qu'elle connaissait déjà puis raconta comment elle s'était tordu la cheville en voulant éviter la mort à un groupe d'adolescents.

« C'est Madeline tout craché ! » commenta une prénommée Carol en regardant Jane. Avec sa robe à fleurs aux manches bouffantes et son immense chapeau de paille, elle dégageait une grande douceur et ressemblait à un personnage de *La Petite Maison dans la prairie* en chemin pour la petite église blanche en bardeaux. (Carol ? La Carol dont Madeline avait parlé ? L'obsédée de la propreté ?)

« Madeline adore le conflit, poursuivit Carol. Elle peut s'en prendre à n'importe qui. Nos garçons jouent au football ensemble. L'année dernière, elle s'est disputée avec ce père gigantesque. Voyant venir la scène, tous les maris s'étaient planqués ! Et Madeline s'est postée devant lui sans ciller, allant jusqu'à lui enfoncer le doigt dans la poitrine ! Je me demande encore comment elle en est sortie vivante !

— Oh, lui ! "Monsieur le coordinateur des moins de sept ans." » Madeline prononça ces mots avec autant de dégoût que si elle parlait d'un tueur en série. « Je lui vouerai une haine farouche jusqu'à ma mort ! »

Pendant ce temps, Celeste, qui était restée légèrement à l'écart, discutait avec la nervosité et le manque d'assurance qui, Jane le devinait, semblaient la caractériser.

« Comment s'appelle votre fils, déjà ? demanda Carol.

— Ziggy, répondit Jane.

— Ziggy, répéta-t-elle d'un air hésitant. C'est de quelle origine ?

— Bonjour ! Renata ! » Une femme aux cheveux gris impeccables et aux yeux d'un marron intense derrière d'élégantes lunettes à monture noire apparut devant Jane, la main tendue. Une façon de se présenter digne d'une femme politique en campagne. Elle insista sur son prénom comme si elle se savait attendue.

« Bonjour ! Jane. Comment allez-vous ? » répondit-elle sur un ton qu'elle espérait aussi enthousiaste. S'agissait-il de la directrice de l'école ?

Aussitôt, une autre femme – blonde, bien habillée, méritant probablement le titre de serre-tête, selon les critères de Madeline – arriva, l'air terriblement affairé, avec une enveloppe jaune qu'elle tendit à Renata, sans même adresser un regard à Jane. « Voici le bilan pédagogique dont nous parlions au dîner...

— Juste une minute, s'il te plaît, Harper », interrompit Renata, un soupçon d'impatience dans la voix. Elle se tourna vers Jane en souriant. « Jane, c'est un plaisir de vous rencontrer. Je suis la maman d'Amabella. J'ai également un garçon, Jackson, qui est en CE1. C'est *Ama*bella, avec un *m*, pas *Anna*bella. Un prénom français. Nous ne l'avons pas inventé. »

Harper écouta Renata en hochant la tête, à la manière de ceux qui restent dans l'ombre des hommes politiques lorsqu'ils donnent des conférences de presse.

« Je voulais simplement vous présenter la nounou des enfants, qui se trouve elle aussi être française ! *Quelle coïncidence*[1] *!* Voici Juliette, donc. » Renata désigna une jeune fille menue aux cheveux roux coupés court. Elle avait un visage frappant – sa bouche notamment, incroyablement pulpeuse – et ressemblait à l'idée qu'on se fait d'une ravissante extra-terrestre.

« Enchantée », dit la nounou avec un fort accent français en tendant mollement la main. La pauvre semblait s'ennuyer à mourir.

« Moi de même, répondit Jane.

— C'est toujours sympathique de se connaître, entre nounous ! lança Renata sur un ton jovial. Un petit groupe de soutien, si on peut dire ! De quelle nationalité êtes-vous ?

— Elle n'est pas nounou, Renata, dit Madeline dans un sourire depuis son banc.

— Bon, au pair, alors ! répondit-elle, visiblement agacée.

— Renata, tu ne comprends pas, elle est maman, c'est une jeune maman. Tu sais, comme nous, il y a une éternité ! »

Renata adressa un sourire inquiet à Jane – lui ferait-on une farce ? – mais avant même que Jane

---

1. En français dans le texte.

puisse confirmer (elle était par ailleurs tentée de s'excuser), quelqu'un s'écria : « Les voilà ! » Dans un élan collectif, les parents s'avancèrent tandis que la maîtresse – une jolie blonde à fossettes qui avait tout à fait le physique de l'emploi ; à croire que le recrutement se faisait comme au cinéma – faisait sortir les enfants de la classe.

En tête, deux blondinets qui foncèrent comme des flèches droit sur Celeste. « Ouille », grommela-t-elle tandis qu'ils lui rentraient dans le ventre.

« J'aimais assez l'idée de jumeaux avant que Celeste n'ait ses petits démons ! » avait raconté Madeline au *Blue Blues* plus tôt dans la matinée. Celeste avait souri distraitement, nullement froissée.

Chloe sortit de la classe d'un pas nonchalant donnant le bras à deux gamines ravissantes – une brochette de princesses. Inquiète, Jane chercha Ziggy des yeux. Chloe l'avait-elle laissé tomber ? Ouf, le voilà. Dans les derniers, mais visiblement heureux. Jane l'interrogea d'un simple signe de la main (« Ça a été ? ») et Ziggy répondit en levant les deux pouces, le sourire jusqu'aux oreilles.

Alors un drôle de bruit se fit entendre. Tout le monde se figea pour regarder.

Sur le seuil de la classe, une petite fille aux cheveux bouclés. La dernière à sortir. Elle sanglotait, recroquevillée, les mains sur le cou.

« Oh », firent les mamans dans un murmure. La fillette était si touchante, si belle, si joliment coiffée.

Renata se précipita vers elle. L'étrange nounou lui emboîta le pas, sans toutefois se mettre à courir.

Puis toutes deux se joignirent à la jolie maîtresse, déjà penchée sur Amabella.

« Maman ! » Ziggy courut vers Jane. Elle le souleva et respira l'odeur de ses cheveux, comme si elle ne l'avait pas vu depuis une éternité, comme si chacun revenait d'un voyage dans de lointaines contrées. « Comment c'était ? Tu t'es bien amusé ? »

À peine avait-il ouvert la bouche que la maîtresse interpella l'ensemble des parents et leurs enfants. « J'aimerais que tout le monde m'écoute un instant. Nous avons passé une matinée très agréable, mais je dois vous parler de quelque chose. C'est assez sérieux, en fait. »

Ses joues frémirent, comme si elle cherchait à faire disparaître ses fossettes, peu convenables en pareilles circonstances.

Jane reposa Ziggy doucement.

« Que se passe-t-il ? demanda quelqu'un.

— Je crois qu'il est arrivé quelque chose à Amabella, fit une maman.

— Oh là là, commenta une autre à voix basse. Tous aux abris ! Renata est prête à sortir les griffes !

— Bien, quelqu'un vient de faire mal à Annabella, pardon, *Ama*bella, et je veux que le responsable vienne s'excuser car, à l'école, on ne frappe pas ses camarades, n'est-ce pas ? Et si jamais ça arrive, on demande toujours pardon, parce qu'on n'est plus des bébés maintenant. »

Silence. Les enfants fixaient la maîtresse d'un air absent ou se balançaient d'avant en arrière les yeux rivés au sol. Certains se cachaient dans les jupes de leur mère.

L'un des jumeaux de Celeste tira sur sa chemise. « J'ai faim ! »

Madeline, restée assise à l'ombre du figuier, boitilla jusqu'à Jane. « Qu'est-ce qu'on fait encore là ? » Puis, jetant un œil autour d'elle : « Je ne sais même pas où est Chloe.

— Qui c'était, Amabella ? demanda Renata. Qui t'a fait mal ? »

La petite fille bredouilla quelques mots inaudibles.

« C'était un accident, peut-être, Amabella ? dit la maîtresse, au comble du désespoir.

— Ça n'a rien d'un accident, pour l'amour du ciel ! intervint Renata d'un ton brusque, le visage rouge d'une colère toute justifiée. Un élève a essayé de l'étrangler. Elle a des marques sur le cou. Je ne serais pas étonnée qu'elle ait des bleus.

— Juste ciel », dit Madeline.

Accroupie près de la fillette, la maîtresse passa son bras autour de ses épaules et lui glissa un mot à l'oreille.

« Tu as vu ce qui s'est passé ? » demanda Jane à son fils.

Ziggy fit non de la tête sans hésiter.

La maîtresse se releva et se mit à tripoter sa boucle d'oreille en se tournant vers les parents. « Apparemment, un garçon, euh… Bon, le problème, c'est que, évidemment, les enfants ne se connaissent pas encore par leur prénom, donc Amabella n'est pas capable de dire quel garçon lui a…

— On ne va pas laisser passer ça ! interrompit Renata.

— Il n'en est pas question ! » surenchérit son amie à l'enveloppe. Harper, songea Jane, soucieuse de retenir le nom de chacune. Harper, l'ombre de Renata.

La maîtresse respira à fond. « En effet. Nous n'allons rien laisser passer. Je voudrais demander à tous les enfants, euh, non, en fait, peut-être juste aux garçons de venir par là un instant. »

Les parents les encouragèrent à approcher d'une tape dans le dos.

« Allez, Ziggy », fit Jane.

Il attrapa sa main et la regarda d'un air implorant. « Je veux rentrer à la maison maintenant.

— Tout va bien, dit Jane. Il n'y en a pas pour longtemps. »

Il rejoignit les autres en traînant les pieds et s'arrêta à côté d'un petit costaud aux boucles brunes qui faisait presque une tête de plus que lui. Un vrai petit voyou.

Les garçons formèrent une ligne tortueuse devant la maîtresse. Ils étaient une quinzaine, d'allures diverses. À l'une des extrémités se tenaient côte à côte les jumeaux de Celeste. L'un faisait rouler une petite voiture sur la tête de son frère qui le repoussait sans ménagement.

« On se croirait en pleine séance d'identification au commissariat », dit Madeline.

Quelqu'un pouffa de rire. « Arrête, Madeline.

— Qu'ils se mettent de face, puis de profil, poursuivit Madeline. Si c'est un de tes garçons, Celeste, elle sera incapable de les différencier. Il faudra faire un test ADN. Non, attends une minute, les vrais jumeaux ont le même ADN, si je ne m'abuse ?

— C'est facile pour toi de rire de tout ça, Madeline. Ton enfant ne fait pas partie des suspects, dit une autre mère.

— Le même ADN, oui, dit Celeste, mais pas les mêmes empreintes digitales.

— Dans ce cas, à nos pinceaux !

— Chut ! » fit Jane qui essayait de garder son sérieux. Elle se sentait tellement désolée pour celle dont le fils allait bientôt être humilié devant tout le monde.

Amabella se cramponna à sa mère. La nounou aux cheveux roux croisa les bras et recula d'un pas.

La fillette passa les garçons en revue.

« C'était lui, fit-elle aussitôt en montrant le petit voyou tout bouclé. Il a essayé de m'étrangler. »

Je l'aurais parié, pensa Jane.

Mais ensuite, elle vit sans rien y comprendre la maîtresse poser la main sur l'épaule de Ziggy, la fillette acquiescer et son fils nier d'un signe de la tête. « J'ai rien fait !

— Si, c'était toi », dit la petite fille.

Inspecteur Adrian Quinlan : Une autopsie est en cours afin d'établir la cause du décès, mais à ce stade, je peux d'ores et déjà affirmer que la victime a subi un écrasement du bassin et de multiples fractures au niveau du thorax, de la partie inférieure du crâne, du pied droit et des vertèbres lombaires.

7

Oh, calamité, songea Madeline.

Parfait. Elle venait de se lier d'amitié avec la mère d'une petite brute. Il lui avait semblé si mignon et si doux dans la voiture. Dieu merci, il n'avait pas essayé d'étrangler Chloe. Ç'aurait été délicat. Sans compter que sa fille l'aurait envoyé au tapis d'un crochet du droit.

« *Jamais* Ziggy ne… », commença Jane.

Son visage avait perdu toute couleur. Elle se retrouva bientôt seule, horrifiée, au centre d'un cercle qui s'élargissait à mesure que les autres parents s'éloignaient d'elle à petits pas.

« Ce n'est pas grave, dit Madeline. Ce sont des enfants ! Ils ne sont pas encore très civilisés !

— Excusez-moi », fit Jane en assumant sa position au milieu de la petite foule telle une comédienne qui fait son entrée en scène. Elle posa la main sur l'épaule de Ziggy. Madeline en fut bouleversée. Jane semblait si jeune qu'elle aurait pu être sa fille. À vrai dire, elle lui rappelait un peu Abigail : ce même caractère ombrageux, cette même timidité, cette même froideur.

« Oh là là, dit Celeste, chagrinée. C'est affreux.

— J'ai rien fait du tout, répéta Ziggy d'une voix ferme.

— Ziggy, nous voulons juste que tu présentes tes excuses à Amabella, rien de plus », dit miss Barnes.

Rebecca Barnes avait eu Fred dans sa classe l'année où elle avait commencé à enseigner. Elle avait beau être compétente, elle n'en restait pas moins très jeune et un peu trop soucieuse de plaire aux parents. Madeline ne voyait aucun inconvénient à ce que l'on satisfasse ses desiderata, mais dans le cas présent, le parent, c'était Renata Klein. Pour être honnête, n'importe quel parent exigerait des excuses si son enfant s'était fait brutaliser par un autre, mais Renata semblait prête à tout pour obtenir réparation. Évidemment, elle était d'autant plus agressive qu'elle venait de passer pour une idiote devant tout le monde en prenant Jane pour une nounou. Elle détestait passer pour une idiote. Ses enfants étaient des génies, après tout. Elle avait une réputation à maintenir. Des décisions à prendre en conseil d'administration.

Jane regarda Amabella. « Ma chérie, est-ce que tu es sûre que c'est *ce* garçon qui t'a fait mal ?

— Ziggy, peux-tu dire pardon à Amabella, s'il te plaît ? Tu lui as vraiment fait mal, s'interposa Renata sans méchanceté mais fermement. Ensuite, chacun pourra rentrer chez soi.

— Mais c'était pas moi », répondit Ziggy en la regardant droit dans les yeux.

Madeline retira ses lunettes de soleil et se mit à mordiller une des branches. Et si ce n'était pas lui ? Se pouvait-il qu'Amabella se trompe ? Non, c'était une surdouée ! Et, il fallait bien le reconnaître, une petite fille plutôt adorable. Elle était déjà venue à la maison pour jouer avec Chloe. Madeline l'avait trouvée très facile à vivre, laissant Chloe lui donner des ordres et la cantonner au second rôle quel que soit leur jeu.

« Arrête de mentir », dit Renata d'un ton brusque. Son petit numéro de courtoisie – voyez comme j'arrive à rester aimable, même avec le gamin qui vient d'étrangler ma fille – ne pouvait pas durer éternellement. « Tu n'as qu'à demander pardon. »

Ces derniers mots suscitèrent chez Jane une réaction physique immédiate, instinctive, semblable à celle d'un serpent qui se dresse. Elle se raidit, leva le menton puis : « Ziggy n'est pas un menteur.

— Eh bien, je peux vous assurer qu'Amabella dit la vérité. »

Dans l'assistance, plus un bruit. Même les enfants se turent, à l'exception des jumeaux de Celeste qui se couraient après en jouant aux ninjas.

« Bon, j'ai l'impression que nous sommes dans une impasse. » Miss Barnes ne savait manifestement pas du tout quoi faire. Elle n'avait que vingt-quatre ans, bon sang !

Chloe réapparut aux côtés de Madeline, haletante, suite aux acrobaties auxquelles elle s'était adonnée au portique d'escalade. « Je veux me baigner, annonça-t-elle.

— Chut », fit Madeline.

Chloe soupira. « Est-ce que je pourrais me baigner *s'il te plaît*, maman ?

— Chut. »

Madeline avait mal à la cheville. Sa journée d'anniversaire ne tenait pas du tout ses promesses. Ah non, vraiment ! Tu parles d'une fête ! Pfff ! Il fallait qu'elle retourne s'asseoir. D'urgence. Pourtant, elle ne trouva rien de mieux à faire que de se jeter au cœur de l'action.

« Renata, dit-elle, tu sais comment sont les enfants... »

L'intéressée lui lança un regard furieux. « Cet enfant doit assumer la responsabilité de ses actes. Il doit apprendre qu'il y a des *conséquences*. Il ne peut pas étrangler ma fille et raconter qu'il n'a rien fait ! En quoi ça te regarde, de toute façon, Madeline ? Mêle-toi de tes oignons. »

Madeline se hérissa. Elle cherchait à aider, rien de plus ! Et franchement, « Mêle-toi de tes oignons ! », c'était tellement pitoyable comme expression ! Le conflit concernant la sortie théâtre réservée aux enfants surdoués avait sans aucun doute exacerbé la susceptibilité des deux femmes, même si elles étaient soi-disant restées amies.

À vrai dire, Madeline aimait bien Renata, mais depuis le début, il y avait eu une forme de rivalité entre elles. « Sincèrement, je m'ennuierais à *mourir* si je devais être mère à plein temps », lui avait dit Renata à plusieurs reprises. Ses propos n'avaient rien d'insultant car Madeline ne comptait pas vraiment parmi les femmes au foyer – elle travaillait à temps partiel – mais quand même, ils sous-entendaient toujours que la brillante Renata avait davantage besoin d'être stimulée sur le plan intellectuel parce que Madame faisait *carrière* alors que Madeline n'avait rien de plus qu'un *emploi*.

Pour couronner le tout, le fils aîné de Renata, Jackson, avait acquis une certaine notoriété à l'école pour avoir remporté plusieurs tournois d'échecs alors que Fred, le garçon de Madeline, était entré dans les annales de Pirriwee Public pour avoir courageusement grimpé à l'immense figuier et sauté sur le toit de la salle de musique

– dangereusement éloigné – dans le but de récupérer trente-quatre balles de tennis. (On avait dû appeler les pompiers à sa rescousse. Sa cote de popularité avait atteint des sommets.)

« C'est pas grave, maman », dit Amabella en levant des yeux pleins de larmes vers sa mère. Les marques de doigts autour de son cou étaient toujours visibles.

« Si, c'est grave. » Puis, se tournant vers Jane : « Votre enfant doit s'excuser. Faites-le obéir, s'il vous plaît.

— Renata, dit Madeline.

— Reste en dehors de ça.

— Elle a raison, Madeline, dit Harper qui était toujours d'accord avec Renata. Nous n'avons pas à nous en mêler.

— Je suis désolée, mais il dit que ce n'est pas lui, je ne le forcerai pas à s'excuser, répondit Jane.

— Votre enfant ment, reprit Renata, le regard animé par la colère.

— Je ne crois pas, dit Jane en levant le menton.

— Maman, je veux juste rentrer à la maison maintenant, *s'il te plaît.* » La fillette se mit à sangloter pour de bon. La nounou, qui avait observé la scène en silence, la prit dans ses bras. Le visage blotti contre son cou, Amabella se laissa aller contre la jeune fille. Renata serra les poings. Une veine gonflée lui barrait le front.

« Ceci est totalement… inacceptable », dit-elle à la pauvre miss Barnes, qui se demandait probablement pourquoi ils n'avaient pas traité ce genre de situations en formation.

541

Renata se pencha sur Ziggy et lui souffla au visage : « Ne t'avise pas de refaire mal à ma petite fille, sinon tu auras affaire à moi.

— Hey ! » intervint Jane.

Renata l'ignora superbement puis, se tournant vers la nounou : « Allons-y, Juliette. »

Elles traversèrent la cour d'un pas décidé tandis que les autres parents faisaient mine de s'occuper de leurs enfants.

Ziggy se gratta le nez, leva les yeux vers sa mère et dit : « Je crois que je n'ai plus envie de revenir à l'école. »

SAMANTHA : Tous les parents sont convoqués au commissariat pour faire une déposition. J'attends toujours mon tour. J'en ai mal au ventre. Ils en concluront probablement que j'ai quelque chose à me reprocher. Sérieusement, il suffit que je voie une voiture de police pour avoir mauvaise conscience.

8

Cinq mois avant la soirée quiz

« Les rennes ont mangé les carottes ! »

Aux premières lueurs du jour, Madeline leva les paupières et découvrit, juste sous son nez, une carotte à moitié mangée. La veille au soir, Ed, qui ronflait maintenant doucement à côté d'elle, avait longuement et consciencieusement rongé lesdits légumes de sorte que le passage des rennes semble le plus réaliste possible. À califourchon sur le ventre confortable de sa mère, Chloe, toujours en pyjama, les cheveux emmêlés, le regard pétillant, souriait de toutes ses dents.

Madeline se frotta les yeux et regarda la pendule. Six heures. Ça aurait pu être pire, non ?

« Tu crois que le père Noël a laissé une patate pour Fred ? demanda Chloe, pleine d'espoir. Parce qu'il a pas été très sage cette année ! »

Madeline avait prévenu ses enfants que s'ils n'écoutaient rien, ils risquaient de trouver une pomme de terre enrubannée dans leur soulier, et qu'ils passeraient l'année à se demander quel merveilleux présent le père Noël avait initialement prévu pour eux. Rien n'aurait fait davantage plaisir à Chloe que de voir son frère recevoir un tel cadeau, pas même la maison de poupée qui l'attendait sous l'arbre. Madeline avait sérieusement envisagé de mettre la menace à exécution pour l'un comme pour l'autre – quelle bonne raison de se tenir à carreau pour les douze mois à venir ! « Souviens-toi de ce que tu as eu à Noël ! » pourrait-elle leur dire –, mais Ed, trop bon, n'avait pas voulu en entendre parler.

« Ton frère est déjà debout ? demanda-t-elle à Chloe.

— Je vais le réveiller ! » s'écria-t-elle, et avant même que Madeline puisse l'arrêter, elle avait

sauté du lit et courait dans le couloir, aussi discrète qu'un pachyderme.

Ed se retourna dans le lit. « Ce n'est pas déjà le
matin, rassure-moi ? Ce n'est pas possible.

— *Jingle bells, jingle bells !* chantonna Madeline.

— Mille dollars pour que tu arrêtes ça tout de
suite », fit Ed en enfonçant la tête dans son oreiller.
Pour un homme trop bon, il se montrait étonnam-
ment cruel lorsqu'elle chantait.

« Mille dollars ? Tu ne les as pas ! » répondit-elle
avant d'entonner *Douce nuit.*

Sur sa table de chevet, son téléphone portable
bipa.

Un texto d'Abigail. Cette année, elle passait le
réveillon et la matinée de Noël chez son père avec
Bonnie et sa demi-sœur. Skye, une blondinette née
trois mois après Chloe, vouait une admiration sans
bornes à son aînée qu'elle suivait partout comme
un chiot. Elle ressemblait beaucoup à Abigail
petite, ce qui rendait Madeline très mal à l'aise,
voire parfois très triste, comme si on lui avait volé
quelque chose de précieux. Abigail ne se cachait
pas de préférer Skye à Chloe et Fred qui, eux,
ne l'idolâtraient pas. Et Madeline se surprenait
souvent à penser : « Mais, Abigail, Chloe et Fred
sont tes *vrais* frère et sœur, ce sont eux que tu
devrais aimer le plus ! » – ce qui, techniquement,
était faux. Mais Madeline n'arrivait pas vraiment
à se mettre dans la tête qu'Abigail était autant la
sœur de Skye que celle de ses deux enfants.

Elle lut son message :

*Joyeux Noël, maman. Papa, Bonnie, Skye et moi
sommes au foyer pour SDF depuis cinq heures et demie !*

Ai déjà épluché quarante pommes de terre ! Magnifique expérience d'aider comme ça. Suis si heureuse. Bisous, Abigail.

« Je rêve ! Elle qui n'a jamais épluché un légume de sa vie ! » marmonna Madeline tout en répondant :

C'est merveilleux, ma chérie. Joyeux Noël à toi aussi, à très vite, bises !

Elle posa brusquement son téléphone sur la table de nuit. Se sentant soudain épuisée, elle s'efforça de retenir les larmes de colère qui lui montaient aux yeux.

Suis si heureuse… Magnifique expérience.

De la part d'une gamine de quatorze ans qui geignait quand on lui demandait de mettre le couvert ! Sa fille commençait à parler comme Bonnie.

« Au secours », dit-elle à voix haute.

La semaine précédente, Bonnie lui avait dit qu'elle prenait des dispositions pour que toute la famille donne de son temps auprès d'un foyer pour SDF le matin de Noël. « Je ne supporte pas le mercantilisme effréné qui sévit pendant les fêtes ! Pas toi ? » Les deux femmes s'étaient croisées dans un centre commercial où Madeline venait de faire ses achats de Noël. Elle avait les mains chargées de sacs en plastique. Chloe et Fred la suivaient une sucette à la bouche, les lèvres teintées de rouge. Bonnie, quant à elle, portait un minuscule bonsaï et Skye marchait à côté d'elle en mangeant une poire. (Une poire, bordel, avait dit Madeline à Celeste par la suite. Bizarrement, le plus énervant, ç'avait été la poire.)

L'ex-mari de Madeline ne se levait jamais avant huit heures dans le temps. Comment diable Bonnie avait-elle réussi à sortir Nathan du lit au petit matin pour aller travailler dans un foyer de sans-abri ? Elle lui faisait des fellations bio, ou quoi ?

« Abigail vit *une magnifique expérience* à aider les SDF avec Bonnie, annonça Madeline.

— C'est affreux, répondit Ed.

— Je ne te le fais pas dire. » Voilà pourquoi elle l'aimait.

« Du café, dit-il, compatissant. Il te faut du café.

— DES CADEAUX ! » s'écrièrent Chloe et Fred à l'autre bout du couloir.

Leurs enfants n'avaient rien contre le mercantilisme effréné qui sévissait à Noël, bien au contraire.

HARPER : Vous imaginez à quel point ça a dû lui faire bizarre à Madeline, de voir la gamine de son ex-mari dans la même classe que sa propre fille ? Je me souviens d'en avoir discuté avec Renata autour d'un brunch. On s'inquiétait de l'effet que ça aurait sur la dynamique du groupe. Évidemment, Bonnie adorait faire comme si tout se passait très bien. « Oh, nous allons déjeuner tous ensemble pour Noël. » À d'autres. Je les ai vues de mes propres yeux à la soirée quiz. Bonnie a jeté son verre à la figure de Madeline !

9

Le soleil se levait à peine lorsque Celeste ouvrit les yeux le matin de Noël. Perry ronflait doucement. Dans la chambre voisine, pas un bruit. Les jumeaux dormaient encore. La veille, entre le décalage horaire et la folie furieuse qui s'était emparée d'eux à l'idée que le père Noël puisse ne pas les trouver au Canada (chacun lui avait envoyé une lettre pour l'informer du changement d'adresse), les coucher n'avait pas été une mince affaire. Ils partageaient un lit deux places et avaient joué à la bagarre dans cet état de surexcitation qui pouvait les faire passer du rire aux larmes en un rien de temps jusqu'à ce que Perry leur crie depuis la pièce d'à côté : « Il faut dormir maintenant, les garçons ! » Puis, tout à coup, silence. Celeste, qui s'était empressée d'aller voir ce qu'ils fabriquaient, les avait découverts sur le dos, bras et jambes écartés, comme terrassés au même instant par l'épuisement.

« Viens voir », avait-elle dit à Perry. Ils les avaient regardés ensemble dormir pendant quelques minutes avant de se tourner l'un vers l'autre en souriant. Puis, s'éloignant sur la pointe des pieds, ils étaient allés se servir un verre de liqueur pour fêter le réveillon.

Celeste se glissa hors de la couette duveteuse avant de s'approcher de la fenêtre qui donnait sur le lac gelé. Elle posa sa main à plat contre la vitre. Elle était froide mais dans la pièce régnait une chaleur agréable. Au milieu du lac, un gigantesque sapin de Noël où scintillaient des loupiotes rouges et vertes. Les flocons de neige tombaient doucement. Un spectacle si beau qu'on en mangerait. Quand elle repenserait à ces vacances, elle se rappellerait leur saveur : pleine, fruitée, comme le vin chaud qu'ils avaient dégusté plus tôt.

Aujourd'hui, une fois que les enfants auraient ouvert leurs cadeaux et qu'ils auraient tous pris leur petit déjeuner (des pancakes au sirop d'érable apportés par le garçon d'étage !), ils iraient jouer dehors. Au programme, bonhomme de neige et promenade en traîneau. Perry posterait des photos de leurs joyeux ébats dans la neige sur Facebook. Avec un commentaire du style : « Les garçons profitent de leur premier Noël sous la neige ! », ce qui lui vaudrait les taquineries habituelles. Quel autre gros bonnet de la banque publie des photos de famille sur les réseaux sociaux et commente gentiment les recettes postées par les amies de sa femme ?

Celeste se tourna pour regarder son mari. Dans son sommeil, il fronçait légèrement les sourcils, arborant un air confus, comme si ses rêves le laissaient perplexe.

À la seconde où il se réveillerait, il ne penserait qu'à une chose : offrir son présent à Celeste. Il adorait faire des cadeaux. Elle avait compris qu'elle voulait l'épouser en lisant l'impatience sur son visage tandis qu'il observait sa mère en train d'ouvrir le cadeau d'anniversaire qu'il avait choisi pour elle. À peine avait-elle déchiré le papier qu'il s'était écrié : « Ça te plaît ? », et toute sa famille s'était moquée du grand enfant qu'il était resté.

Celeste n'aurait pas à feindre son plaisir. Le présent de Perry, quel qu'il soit, serait parfait. Elle qui s'était toujours enorgueillie de savoir faire le bon choix en matière de cadeaux devait bien admettre que, sur ce terrain-là, son mari la battait. De son dernier déplacement à l'étranger, il avait rapporté un bouchon de champagne en cristal d'un rose affreusement affriolant pour Madeline. « Quand je l'ai vu, j'ai tout de suite pensé à elle. » Bien sûr, Madeline l'avait adoré.

La journée serait on ne peut plus parfaite comme en témoigneraient les photos sur son mur. Quelle joie ! Quelle joie dans la vie de Celeste ! C'était un fait indéniable.

Inutile, donc, de le quitter avant que les jumeaux aient terminé le lycée.

Voilà. Ce serait le moment idéal pour le quitter. Le jour où ils passeraient leur dernier examen. « Posez vos stylos », diraient les surveillants. Celeste, elle, poserait les papiers du divorce sur la table.

Perry ouvrit les yeux.

« Joyeux Noël ! » dit Celeste en souriant.

GABRIELLE : La soirée quiz avait déjà commencé quand je suis arrivée. La faute à mon ex qui, comme d'habitude, a pris les enfants en retard. J'ai donc dû me garer à des kilomètres alors qu'il pleuvait à verse. Bref. Il se trouve que j'ai remarqué Celeste et Perry assis dans leur voiture garée à deux pas du portail de l'école. Je les ai trouvés bizarres parce qu'ils regardaient tous les deux droit devant, sans parler. Celeste était superbe, évidemment. Quand je pense que je l'ai déjà vue se gaver de sucreries comme si c'était son dernier jour sur terre ! La vie est vraiment injuste.

10

Jane fut réveillée par les cris des passants sous ses fenêtres. « Joyeux Noël », clamaient-ils à la cantonade. Se redressant dans son lit, elle tira sur son tee-shirt humide de transpiration. Les images de son rêve défilaient dans sa tête. Un véritable cauchemar : allongée sur le dos, elle suffoque. Ziggy appuie son pied sur sa gorge. Vêtu de son pyjama d'été Tortue Ninja, il la domine de toute sa hauteur, un petit sourire sur les lèvres. « Arrête, Ziggy ! Tu m'étouffes ! » Mais il n'écoute pas. Il l'observe d'un air sérieux et affable, tel un scientifique en pleine expérience.

Elle porta la main à son cou, prenant de grandes bouffées d'air.

Ce n'était qu'un rêve. Les rêves ne veulent rien dire.

Ziggy était là, tout chaud, dans son lit, dos à elle. Elle se tourna vers lui, posa un doigt sur sa peau, douce et délicate, juste au-dessus de sa pommette.

Il se couchait tous les soirs dans son propre lit et se réveillait tous les matins dans celui de Jane. Comment il se retrouvait là ? Aucun d'eux n'aurait su l'expliquer. Probablement la magie, avaient-ils décidé. « Peut-être qu'une bonne fée vient chez nous chaque nuit pour me porter dans ton lit. » Ziggy avait formulé l'hypothèse les yeux écarquillés, mais son rictus indiquait qu'il ne croyait qu'à moitié à ce genre de choses.

« Il arrêtera de lui-même quand il sera prêt, disait la mère de Jane lorsque celle-ci évoquait le problème. À quinze ans, il ne te rejoindra plus au lit ! »

Jane remarqua une nouvelle tache de rousseur sur le nez de Ziggy. Il en avait trois à présent. Elles formaient une voile.

Un jour, une femme allongée près de lui examinerait son visage endormi – sa lèvre supérieure bordée de minuscules poils noirs. Et son large torse qui naîtrait de ces épaules toutes fines de petit garçon.

Quel genre d'homme deviendrait-il ?

Doux et charmant, exactement comme Poppy, disait la mère de Jane, catégorique, comme si c'était écrit.

La mère de Jane voyait en Ziggy la réincarnation de son propre père, le bien-aimé Poppy. Ou du moins, le prétendait-elle. Personne ne savait vraiment à quel point elle croyait à ce qu'elle disait. Elle lisait un roman sur un petit garçon censé être la réincarnation d'un pilote de chasse de la Deuxième Guerre mondiale au moment où Poppy était mort, six mois avant la naissance de Ziggy. L'idée que son petit-fils puisse en réalité être son père ne l'avait plus quittée. Ce qui l'avait aidée dans son deuil.

Bien sûr, ne pas avoir de gendre ne l'avait pas incitée à revoir sa version. Quel père l'aurait écoutée raconter que son fils était en réalité le grand-père de sa femme sans en prendre ombrage ?

Jane n'encourageait pas sa mère à proprement parler, mais elle ne faisait rien pour l'arrêter. Peut-être que Ziggy était vraiment Poppy. Parfois, elle distinguait un je-ne-sais-quoi de Poppy dans le visage de son fils, en particulier lorsqu'il se concentrait. Il plissait le front de la même façon.

Sa mère avait explosé lorsque Jane lui avait raconté ce qui s'était passé à la matinée d'intégration au téléphone.

« Quel scandale ! Ziggy n'étranglerait *jamais* un autre enfant ! Il ne ferait pas de mal à une mouche. Exactement comme Poppy. Tu te souviens comme Poppy détestait écraser les mouches ? Et ta grand-mère qui trépignait à côté en hurlant : "Tue-la, Stan ! Tue cette satanée mouche !" »

Puis, plus rien. Ce qui signifiait que la mère de Jane était prise d'un fou rire. Elle gloussait toujours en silence.

Jane avait attendu que ça lui passe. Sa mère avait repris le téléphone et annoncé d'une voix chevrotante : « Ah, ça fait du bien ! Rire, c'est bon pour la digestion ! Bon, on en était où ? Ah, oui, Ziggy ! Sale gosse ! Pas Ziggy, bien sûr, la petite fille. Pourquoi accuser notre Ziggy chéri ?

— C'est vrai ! Mais le truc, tu vois, c'est qu'elle n'avait pas du tout l'air d'une sale gosse. La mère, je ne dis pas. Une vraie peau de vache. Mais sa fille m'a paru mignonne. Pas méchante. »

Dans sa voix perçait le doute, ce qui n'échappa ni à Jane ni à sa mère.

« Mais, ma douce, ne me dis pas que tu crois Ziggy capable d'étrangler une camarade ?

— Bien sûr que non. » Puis Jane avait changé de sujet.

Elle arrangea son oreiller et chercha une position plus confortable. Peut-être arriverait-elle à se rendormir. « Ziggy va te réveiller aux aurores », avait dit sa mère l'autre jour, mais Ziggy n'avait pas l'air super excité par Noël cette année, et Jane ne pouvait s'empêcher de se demander si, d'une manière ou d'une autre, elle avait manqué à ses devoirs envers lui. Elle avait souvent l'impression déconcertante que, quelque part, la vie qu'elle construisait pour lui était factice, qu'elle lui offrait un simulacre d'enfance. Elle faisait de son mieux pour instaurer des petits rituels, créer des traditions familiales à l'occasion des anniversaires ou des jours fériés. « C'est le moment d'accrocher ta chaussette de Noël ! » avait-elle proposé. Oui, mais où ? Ladite chaussette n'avait pas de place attitrée, ils avaient déménagé si souvent. Au pied de son lit ? À la porte de sa chambre ? Elle s'était empêtrée. Même sa voix, soudain plus aiguë et contrainte, l'avait trahie. Il y avait quelque chose de faux dans tout ça. Ce n'était pas comme dans les autres familles où il y avait une maman, un papa et au moins un autre enfant. Parfois elle avait l'impression que, peut-être, Ziggy jouait le jeu pour elle, qu'il voyait clair en elle, qu'il savait qu'il ne recevait pas ce qu'il était en droit d'attendre.

Elle l'observa tandis qu'il respirait doucement.

Il était si beau. Il n'avait pas pu faire mal à cette petite fille pour ensuite le nier.

Mais tous les enfants sont beaux dans leur sommeil, non ? Même ceux qui sont vraiment horribles. Comment pouvait-elle savoir avec certitude qu'il n'avait rien fait ? Connaît-on vraiment ses enfants ? Ne sont-ils pas de petits inconnus qui changent en permanence, qui disparaissent et réapparaissent sans cesse ? Ne développent-ils pas de nouveaux traits de caractère du jour au lendemain ?

Sans compter qu'il y avait aussi...

N'y pense pas. N'y pense pas.

Le souvenir voletait dans sa tête tel un papillon de nuit pris au piège.

Depuis que la petite fille avait montré Ziggy du doigt, il ne demandait qu'à sortir. Cette chose qui exerçait une pression sur sa gorge. La terreur qui montait pour envahir son esprit. Un cri coincé dans sa bouche.

Non, non, non.

Ziggy était Ziggy. C'était impossible. Jamais. Elle connaissait son fils.

Il remua. Ses paupières veinées de bleu s'agitèrent.

« Devine quel jour on est, aujourd'hui ! dit Jane.

— Noël ! » s'écria-t-il.

Il se redressa d'un coup, sa tête heurtant violemment le nez de Jane. Elle se laissa retomber sur son oreiller, les yeux ruisselant de larmes.

THEA : J'ai toujours pensé qu'il avait quelque chose qui clochait, ce gamin. Ce Ziggy. Quelque chose d'étrange dans ses yeux. Les garçons ont besoin d'un modèle paternel. Je suis désolée mais c'est un fait.

STU : Putain ! Avec toutes ces histoires autour de ce gosse, je ne savais pas quoi penser.

11

« Dis papa, tu peux voler aussi haut que cet avion ? » demanda Josh au bout de presque sept heures de vol. Ils rentraient à la maison. Jusque-là, pas de problème. Pas de dispute. Celeste et Perry avaient installé les garçons de part et d'autre de la même rangée, chacun près d'un hublot, eux-mêmes étant simplement séparés par une allée.

« Négatif ! Je te l'ai déjà dit, tu ne te rappelles pas ? Je dois rester à basse altitude pour éviter les radars.

— Ah, ouais, fit Josh en regardant de nouveau au-dehors.

— Pourquoi dois-tu éviter les radars ? » demanda Celeste.

Perry secoua la tête tout en regardant Max qui, assis près de sa mère, s'était penché pour suivre la conversation. Tous deux se fendirent d'un sourire indulgent, l'air de dire *Ah, les femmes...* « C'est évident, hein, Max ?

— C'est top secret, maman, dit celui-ci gentiment. Personne ne *sait* que papa peut voler.

— Oh, bien sûr. Désolée, je suis bête.

— Tu vois, si je me faisais repérer, on m'obligerait probablement à subir toute une batterie de tests. Histoire de savoir exactement comment j'ai développé ces super-pouvoirs. Ensuite, l'armée de l'air voudrait me recruter et il faudrait que je parte en missions secrètes.

— Oui, et ça, ce n'est pas souhaitable, dit Celeste. Papa voyage suffisamment comme ça. »

Perry la gratifia d'une caresse sur la main en guise d'excuse.

« En vrai, tu ne peux pas voler », dit Max.

Son père leva les sourcils avec un haussement d'épaules. « Ah bon ?

— Je ne crois pas », répondit-il d'un air hésitant.

Perry et Celeste se regardèrent en souriant. Cela faisait des années que Perry racontait aux jumeaux qu'il pouvait voler mais que c'était un secret, allant jusqu'à inventer mille détails : il avait découvert ses pouvoirs à quinze ans, l'âge auquel ils apprendraient probablement à voler aussi, à supposer qu'ils aient hérité de son don et mangé assez de brocolis. Les garçons ne savaient jamais s'il plaisantait ou non.

« J'ai volé, moi, hier avec mes skis quand j'ai sauté cette grosse bosse, dit Max en imitant la trajectoire d'une flèche avec la main. Zoum !

— Pour ça, tu as décollé ! fit Perry. J'ai failli avoir une crise cardiaque ! »

Max pouffa de rire.

Perry joignit les mains devant lui et s'étira le dos. « Aïe. Je suis toujours courbaturé, moi. Ça m'apprendra à essayer de vous suivre ! »

Celeste le détailla. Il était beau, bronzé et détendu après ces cinq jours de ski et de luge. Voilà le problème. Elle se sentait toujours terriblement, irrésistiblement attirée par son mari.

« Qu'y a-t-il ? demanda-t-il.

— Rien.

— Chouettes vacances, hein ?

— Oui, c'étaient de chouettes vacances, répondit Celeste, émue. Magiques.

— Quelque chose me dit que l'année qui vient va nous réussir, dit Perry en la regardant droit dans les yeux. Pas toi ? Avec les garçons qui commencent l'école, tu devrais avoir un peu plus de temps pour toi, et moi je... » Il s'interrompit, passant son pouce sur l'accoudoir comme s'il était payé pour faire un contrôle de qualité des sièges, puis : « Je vais faire tout ce qui est en mon pouvoir pour que ce soit le cas. » Il sourit d'un air gêné.

Ça lui arrivait parfois. De dire ou de faire quelque chose qui faisait revenir les sentiments qu'elle avait eus pour lui aux tout débuts de leur histoire, après qu'ils s'étaient rencontrés lors de cet assommant déjeuner de travail et que pour la première fois de sa vie, elle avait compris le sens de l'expression *aimer à en perdre la raison*.

Celeste éprouva un profond sentiment de paix. Dans l'allée, un steward proposait des cookies aux pépites de chocolat dont le délicieux parfum embaumait l'appareil. Et si l'année qui venait leur réussissait vraiment ?

Peut-être pourrait-elle rester ? C'était toujours un tel soulagement lorsqu'elle s'autorisait à l'envisager.

557

« On devrait tous aller à la plage en rentrant ! proposa Perry. On fera un château de sable. Un bonhomme de neige hier, un château de sable demain. Eh bien, on peut dire que vous avez la belle vie, les gars !

— Ouais ! » fit Josh en bâillant. Puis il s'étira voluptueusement dans son fauteuil classe affaires. « Trop la belle vie. »

MELISSA : Je me souviens d'avoir vu Celeste, Perry et les jumeaux sur la plage pendant les vacances. J'ai dit à mon mari : « Je crois que ces deux-là rentrent à la maternelle. Tu as vu un peu leur mère ? » J'ai cru que ses yeux allaient lui sortir de la tête. Celeste et Perry débordaient de tendresse, ils riaient, aidaient leurs gamins à construire un château de sable très élaboré. Pour être honnête, c'était plutôt agaçant. Comme si même leurs *châteaux de sable* étaient mieux que les nôtres.

12

INSPECTEUR ADRIAN QUINLAN : Nous étudions tous les angles, tous les mobiles possibles.

SAMANTHA : Ça veut dire que... on parle sérieusement de... *meurtre* ?

Quatre mois avant la soirée quiz

« J'aimerais bien que Ziggy vienne jouer à la maison, annonça Chloe par une douce soirée d'été au début du mois de janvier.

— D'accord », répondit Madeline sans détourner les yeux de sa fille aînée. Abigail avait mis un temps fou à couper son steak en petits carrés réguliers qu'elle poussait à présent du bout de sa fourchette comme pour composer une mosaïque compliquée. Elle n'y avait pas goûté.

« Tu devrais inviter Skye, dit Abigail en posant ses couverts. Elle est ravie d'être dans la même classe que toi.

— C'est chouette, n'est-ce pas ? » fit Madeline d'une voix contrainte et mielleuse – celle qu'elle s'entendait prendre dès qu'il s'agissait de la fille de son ex. « Super-chouette. »

Ed en recracha presque son vin, ce qui lui valut un regard noir.

« Skye est un peu comme ma sœur, hein, maman ? » demanda Chloe pour la dix millième fois. Contrairement à sa mère, elle débordait d'enthousiasme à l'idée de partager ses journées avec Skye.

« Non, Skye est la demi-sœur d'Abigail, répondit Madeline patiemment.

— Mais moi aussi, je suis la sœur d'Abigail ! Ça fait que Skye et moi, on est sœurs, pas vrai ? On pourrait être jumelles, comme Josh et Max !

— À propos, as-tu vu Celeste depuis qu'ils sont rentrés du Canada ? demanda Ed. Perry a publié des photos incroyables sur Facebook. Nous aussi, on devrait s'offrir un Noël sous la neige un jour. Quand on gagnera au loto.

— À glagla ! fit Madeline. Ils avaient l'air frigorifiés.

— Je ferais un super snowboardeur », dit Fred d'un ton rêveur.

Madeline frémit à la seule idée de l'imaginer sur les pistes. Fred, le risque-tout de la famille, complètement accro à l'adrénaline, grimpait partout où il pouvait s'agripper. Elle ne supportait plus de le regarder évoluer sur sa planche à roulettes. Du haut de ses sept ans, il tournait, vrillait, s'élevait dans les airs comme les gamins qui faisaient deux fois sa taille et son âge. Quand Madeline voyait ces types cool, relax, passer à la télévision pour parler de leur dernière aventure – saut en chute libre, varappe, tout ce qui est bon pour flirter avec la mort – elle se disait : « C'est Fred tout craché. » Même physiquement, il leur ressemblait, avec ses cheveux trop longs et en désordre typiques des surfeurs.

« Tu as besoin d'aller chez le coiffeur, dit-elle.

— Non, répliqua-t-il en fronçant son nez couvert de taches de rousseur d'un air dégoûté.

— Je vais appeler la maman de Ziggy, reprit Madeline, et on fixera un rendez-vous.

— Chérie, tu es sûre que c'est une bonne idée ? demanda Ed à voix basse. Apparemment, ce n'est pas un tendre. Il a quand même… enfin, tu sais ?

— À vrai dire, on n'est sûrs de rien.

— Tu m'as pourtant dit qu'Amabella Klein l'avait identifié parmi les autres garçons.

— Ce ne serait pas la première fois qu'on montre un innocent du doigt.

— Si ce gamin s'en prend à Chloe…

— Oh, pour l'amour du ciel, Ed, Chloe est tout à fait capable de se défendre ! » Puis, jetant un œil sur l'assiette d'Abigail : « Pourquoi tu ne manges pas ?

— On s'entend bien avec Renata et Geoff, rappela Ed. Si leur fille dit que ce gamin, ce Ziggy, l'a étranglée, je pense qu'on devrait leur apporter notre soutien. Et puis, qu'est-ce que c'est que ce prénom, Ziggy ?

— On n'apprécie pas les Klein tant que ça. Abigail, mange !

— Ah bon ? Je croyais que j'aimais bien Geoff.

— Disons que tu le supportes. On parle du type qui se passionne pour les oiseaux, Ed, pas du golfeur.

— Ah, fit-il, déçu. Tu es sûre ?

— Tu confonds avec Gareth Hajek.

— Ah bon ? » Il fronça les sourcils.

« Puisque je te le dis. Chloe, arrête de jouer avec ta fourchette. Ce n'est pas un avion. Tu as failli éborgner Fred. Abigail, tu ne te sens pas bien ? C'est pour ça que tu ne manges pas ?

— J'envisage de devenir végétalienne », annonça la demoiselle d'un ton solennel.

Comme Bonnie, évidemment.

« Plutôt mourir que de te laisser faire », répondit Madeline.

Ou tuer quelqu'un. Une mesure moins radicale – pour elle.

THEA : Saviez-vous que Madeline a une fille de quatorze ans, Abigail, d'un précédent mariage ? J'ai toujours de la peine pour ces enfants de foyers brisés. Pas vous ? Je suis tellement heureuse de pouvoir offrir un environnement stable à mes enfants. Bref. Je suis convaincue que Madeline et Bonnie se disputaient à propos d'Abigail ce soir-là.

HARPER : Je vous assure que j'ai entendu Madeline dire, je cite : « Je crois que je vais tuer quelqu'un avant la fin de la soirée. » J'en ai déduit qu'il se passait quelque chose avec Bonnie. Mais je n'accuse personne, bien sûr.

BONNIE : Oui, Abigail est ma belle-fille, et on ne peut pas nier qu'elle ait quelques, comment dire, problèmes – des problèmes tout à fait classiques pour une jeune fille de son âge – mais Madeline et moi conjuguions nos efforts pour l'aider. Vous sentez cette odeur de myrte citronné ? J'essaie ce nouvel encens réputé bénéfique pour le stress. Respirez à fond. Oui, comme ça. On dirait que vous avez besoin de vous détendre, si je peux me permettre.

13

C'était une de ces journées. Une journée comme il n'y en avait pas eu depuis longtemps. Depuis bien avant Noël. Celeste avait la bouche sèche, caverneuse. Des élancements dans la tête. Elle suivait Perry et les garçons dans la cour de récréation de l'école d'un pas raide et prudent, comme si elle était en verre, fragile et cassante.

Elle était hyper attentive à tout ce qui l'entourait : l'air chaud sur ses bras nus, les lanières de ses sandales entre ses doigts de pied, le contour des feuilles du figuier qui se détachaient clairement sur le ciel bleu. Elle ressentait les choses avec la même intensité qu'aux prémices d'un nouvel amour, d'une nouvelle grossesse, ou lorsque, seul à bord de votre nouvelle voiture, vous allumez le contact pour la première fois. Tout semblait revêtir une importance particulière.

« Vous vous disputez, Ed et toi ? » avait-elle demandé un jour à Madeline.

Et son amie de répondre gaiement : « Comme des chiffonniers ! »

Celeste devinait que Madeline ne parlait pas du tout de la même chose.

« On peut montrer le portique d'escalade à papa, d'abord ? » s'écria Max.

Il restait quinze jours avant la rentrée mais ce matin, l'école avait décidé d'ouvrir la boutique d'uniformes pendant deux heures, permettant aux parents d'acheter le nécessaire pour la nouvelle année. Perry avait pris sa journée. Après avoir récupéré les vêtements des garçons, toute la famille irait jusqu'à la pointe pour s'essayer à la plongée avec masque et tuba.

« Bien sûr », lui répondit Celeste. En le regardant filer à toutes jambes, elle se rendit compte qu'il s'agissait de Josh. Elle perdait la tête. Pour quelqu'un qui croyait avoir les sens en éveil… Comment pouvait-elle être aussi distraite ?

Perry lui caressa le bras du bout du doigt, la faisant frissonner.

« Ça va ? » demanda-t-il en relevant ses lunettes de soleil. Le blanc de ses yeux était très blanc, clair et brillant. Celeste, au contraire, se levait toujours les yeux injectés de sang au lendemain d'une dispute.

« Oui », répondit-elle en souriant.

Il lui rendit son sourire avant de l'attirer à lui. « Tu es magnifique dans cette robe », chuchota-t-il à son oreille.

Ils se comportaient toujours ainsi après : pleins de tendresse et d'émotion, comme s'ils venaient de traverser ensemble une terrible épreuve – une catastrophe naturelle par exemple –, comme s'ils venaient de réchapper à une mort certaine.

« Papa ! hurla Josh. Viens nous regarder grimper !

— J'arrive ! » répondit Perry. Il se frappa le torse à la manière d'un gorille et s'élança à la poursuite des jumeaux, les bras ballants, la tête rentrée dans les épaules, imitant le cri du grand singe. Josh et Max s'enfuirent, terrorisés et ravis de l'être.

Ce n'était qu'une vilaine dispute, songea-t-elle. Tous les couples se chamaillent.

La nuit précédente, les garçons avaient dormi chez la mère de Perry. « Profitez-en pour vous faire un dîner en amoureux, sans ces deux polissons ! » avait-elle dit.

Le déclencheur, ç'avait été l'ordinateur.

Celeste venait de revérifier les horaires d'ouverture de la boutique d'uniformes quand un message du genre « défaillance catastrophique » était apparu à l'écran. « Perry ! Il y a un souci avec l'ordinateur ! » s'écria-t-elle depuis le bureau, malgré la petite voix qui cherchait à la mettre en garde : *Non, ne dis rien. S'il ne peut pas le réparer...*

Idiote. Triple idiote. Elle aurait dû réfléchir. Trop tard. Il entra dans la pièce en souriant.

« Allez, bouge ! Je suis l'homme de la situation ! »

Après tout, il s'y connaissait mieux qu'elle en informatique et il aimait trouver des solutions à ses problèmes. S'il avait pu dépanner l'ordinateur, tout se serait bien passé.

Mais il n'avait pas réussi.

Plusieurs minutes s'écoulèrent. Celeste se doutait, à la façon dont il se tenait, que ça ne se passait pas comme il le souhaitait.

« Ce n'est pas grave, dit-elle. Laisse tomber.

— Je vais y arriver, répondit-il en faisant bouger la souris impatiemment. Je sais ce qui cloche. Il faut juste que, merde. »

Il jura de nouveau. D'abord doucement, puis plus fort. D'une voix brutale qui fit tressaillir Celeste.

Et à mesure que la colère de Perry grossissait, une rage non moins excessive s'empara d'elle, car déjà, elle savait sans l'ombre d'un doute comment la soirée allait tourner, et comment elle aurait pu tourner si elle-même n'avait pas eu une « défaillance catastrophique ».

Le plateau de fruits de mer qu'elle avait préparé resterait sur la table, intact. La tarte aux fruits meringuée irait directement à la poubelle. Quel gaspillage. De temps, d'énergie, d'argent. Elle détestait le gaspillage. Ça la rendait malade.

Alors quand elle avait dit : « Je t'en prie, Perry, laisse tomber », une pointe de frustration avait percé dans sa voix. C'était sa faute. Si elle avait parlé plus gentiment, été plus patiente, tenu sa langue, peut-être que...

Il fit pivoter sa chaise pour lui faire face. Ses yeux brillaient de colère. Trop tard. Il était parti. Terminé. La messe était dite.

Elle aurait pu battre en retraite. Mais non. Elle s'y refusa. Elle ne lâcha rien parce que c'était injuste, parce que c'était ridicule. Elle lui avait demandé de réparer l'ordinateur, bon sang ! Rien qui justifie ça, se révoltait encore une partie d'elle-même, au moment où ils commencèrent à crier, tandis que les battements de son cœur s'accéléraient, que ses muscles se contractaient sans regimber. Pas juste. Pas normal.

En l'absence des garçons, ce fut encore pire que d'habitude. Nul besoin d'étouffer leurs voix, de se siffler des horreurs entre deux portes. Quant aux voisins, la maison était trop grande pour qu'ils les entendent crier. C'était tout juste s'ils ne savouraient pas l'un comme l'autre l'occasion qui se présentait à eux de se battre sans aucune limite.

Celeste se dirigea vers le portique d'escalade situé dans un coin ombragé au fond de la cour. Il deviendrait sûrement le jeu de prédilection des garçons une fois qu'ils auraient commencé l'école.

Perry faisait des tractions, les jambes relevées, tandis que les jumeaux comptaient. Ses épaules bougeaient avec grâce. Il avait toujours été athlétique.

Y avait-il en Celeste quelque chose d'abîmé, de malsain, qui la poussait à *aimer* vivre ainsi, à vouloir ce mariage sale et dégradant ? Car c'était en ces termes qu'elle y pensait. Comme si Perry et elle se livraient à des pratiques sexuelles étranges, dégoûtantes et perverses.

Le sexe faisait d'ailleurs partie du tableau.

Ils faisaient toujours l'amour après coup. Quand tout était terminé. Vers cinq heures du matin. Des ébats farouches pleins de colère, de larmes qui se mélangeaient, d'excuses dites avec tendresse et ces mots, répétés encore et encore : *Plus jamais, je te le jure, sur ma vie, plus jamais, il faut que ça cesse, trouver un moyen d'arrêter, se faire aider, plus jamais.*

« Allez, les garçons ! Il faut se dépêcher, la boutique d'uniformes va fermer. »

Perry lâcha la barre horizontale et prit les jumeaux sous les bras. « Je vous ai eus ! »

L'aimait-elle autant qu'elle le détestait ?

« Nous devrions essayer un nouveau conseiller, avait-elle proposé plus tôt dans la matinée.

— Tu as raison, avait-il répondu, comme si c'était de l'ordre du possible. À mon retour. On en reparlera à mon retour. »

Il repartait. Dès le lendemain. Pour Vienne. Un « sommet » sponsorisé par son entreprise. Il y donnerait le discours phare sur un sujet d'intérêt mondial terriblement complexe, userait d'acronymes et de termes techniques incompréhensibles tout en promenant un point lumineux rouge sur la présentation PowerPoint préparée par son assistant.

Perry s'absentait souvent. Parfois, son mari lui faisait l'effet d'une aberration dans sa vie. D'un visiteur. Sa vie, elle la vivait pour de vrai quand il n'était pas là. Les scènes comme celle de la veille n'avaient jamais de réelle importance car il était toujours sur le départ, le lendemain ou la semaine suivante.

Deux ans plus tôt, ils avaient consulté une conseillère conjugale. Celeste y était allée le cœur léger, pleine d'espoir, mais dès qu'elle avait vu le canapé en vinyle bon marché et le visage enthousiaste et sincère de la conseillère, elle avait su que c'était une erreur. Elle observa Perry juger ladite conseillère à l'aune de sa propre intelligence, de sa propre position sociale, en tout point supérieures, et comprit que ce serait leur première et dernière visite.

Ils ne dirent pas la vérité. Perry expliqua qu'il trouvait très agaçant que Celeste ne se lève pas suffisamment tôt le matin et arrive toujours en retard. Elle raconta que, parfois, « Perry se mettait en colère ».

Comment avouer à une étrangère ce qui se passait dans leur vie conjugale ? La honte que cela représentait. La laideur de leur attitude. Ils formaient un beau couple. N'était-ce pas ce qu'on leur répétait depuis des années ? Admirés, enviés, jouissant de tous les privilèges possibles – voyages à l'étranger, demeure magnifique.

Quel manque de civilité, de gratitude !

« Arrêtez, un point c'est tout ! » leur aurait dit cette femme sympathique et empressée avec un air dégoûté et désapprobateur.

Celeste voulait qu'elle devine. *Elle voulait qu'elle pose la bonne question.* Mais elle ne l'avait pas fait.

En quittant son cabinet, tous deux étaient si euphoriques d'en avoir terminé avec leur petit numéro qu'ils s'étaient arrêtés dans le bar d'un hôtel en plein milieu de l'après-midi. Ils n'avaient cessé de flirter, de se tripoter, si bien que Perry, avant même d'avoir fini son verre, avait pris Celeste par la main pour la conduire jusqu'à la réception. Ils avaient alors pris une chambre. Ha, ha. Quoi de plus drôle et excitant ? À croire que la conseillère avait en effet tout réglé. Car après tout, combien de couples mariés faisaient ce genre de choses ? Ensuite, Celeste s'était sentie dégoûtante, dévergondée, désespérée.

« Alors, où elle se trouve, cette boutique ? » demanda Perry tandis qu'ils revenaient dans la partie centrale de la cour.

« Je l'ignore », répondit Celeste. *Comment je le saurais ? Pourquoi je le saurais ?*

« Vous cherchez la boutique d'uniformes ? C'est par là. »

Celeste se retourna. Devant elle, se tenait cette petite femme sérieuse à lunettes qu'elle avait rencontrée à la journée d'intégration. Celle dont la fille avait affirmé que Ziggy avait essayé de l'étrangler. La gamine aux cheveux bouclés l'accompagnait.

« Je suis Renata. Je vous ai déjà vue à la matinée d'accueil l'année dernière. Vous êtes amie avec Madeline Mackenzie, n'est-ce pas ? Amabella, arrête. Qu'est-ce que tu fais ? » La fillette, agrippée à la chemise blanche de sa mère, se tortillait timidement derrière elle. « Viens dire bonjour. Voilà deux de tes futurs camarades de classe. Ce sont de *vrais* jumeaux. Fascinant, non ? » Elle regarda

Perry qui avait posé les garçons au sol. « Comment diable faites-vous pour les différencier ? »

Perry tendit la main. « Perry, dit-il en souriant. On n'y arrive pas. Impossible de dire qui est qui. »

Elle lui serra la main avec enthousiasme. Perry plaisait toujours aux femmes. Et pour cause : entre son sourire Ultra Bright à la Tom Cruise et sa façon de poser son regard, il savait leur accorder son attention pleine et entière.

« Renata. Enchantée. Vous êtes ici pour les uniformes des garçons, n'est-ce pas ? C'est un petit événement ! Amabella devait venir avec sa nounou, mais finalement, ma réunion s'est terminée plus tôt que prévu. Du coup, me voilà ! »

Perry acquiesça comme si toute cette histoire le passionnait.

Renata reprit, d'une voix plus basse : « Amabella est un peu anxieuse depuis l'incident de la journée d'intégration. Votre femme vous a raconté ? Un petit garçon a essayé de l'étrangler. Elle a eu des bleus sur le cou. Un certain Ziggy. Nous avons sérieusement envisagé de le signaler à la police.

— C'est affreux, fit Perry. Mon Dieu. Pauvre enfant.

— Pa-pa, interrompit Max en tirant sur la main de son père. Tu te dépêches ?

— Mais je suis navrée, poursuivit Renata en souriant à Celeste. Je mets un peu les pieds dans le plat, non ? C'est bien vous qui avez fêté l'anni-versaire de Madeline avec la mère de ce garçon ? Jane, si je m'en souviens bien ? Une très jeune femme. Je l'ai prise pour la fille au pair. Si ça se trouve, vous êtes les meilleures amies du monde !

On m'a dit que vous aviez sablé le champagne ! De bon matin !

— Ziggy ? fit Perry, dubitatif. Personne n'a d'enfant qui s'appelle comme ça dans nos relations, si ? »

Celeste se racla la gorge. « J'ai fait la connaissance de Jane ce jour-là. Madeline s'était foulé la cheville. Jane l'a prise dans sa voiture. Elle s'est montrée… eh bien, elle m'a semblé très sympathique. »

Elle n'avait pas particulièrement envie d'être associée à la mère d'une petite brute, mais en même temps, elle avait bien aimé Jane. Sans compter que la malheureuse s'était littéralement décomposée lorsque Amabella avait montré Ziggy du doigt.

« C'est une mère aveugle, voilà tout, reprit Renata. Elle n'a pas voulu accepter l'idée que son précieux garçon puisse se montrer violent. J'ai interdit à Amabella de s'approcher de ce Ziggy. À votre place, je tiendrais le même discours à mes fils.

— C'est probablement une bonne idée. Nous ne tenons pas à ce qu'ils s'encanaillent dès le premier jour ! » dit Perry sur le ton de la plaisanterie. Mais le connaissant, il prenait sûrement les choses très au sérieux. S'agissant de harcèlement à l'école, son vécu d'élève l'avait rendu complètement paranoïaque. Il n'y avait qu'à le voir lorsqu'il surveillait les jumeaux au parc ou à l'aire de jeux : tel un agent secret, il jetait des regards méfiants autour de lui, à l'affût d'un gamin agressif, d'un chien féroce ou d'un pédophile déguisé en grand-père.

Celeste ouvrit la bouche. « Euh », fit-elle avant de s'interrompre. *Ils ont cinq ans. Ce ne serait pas un peu exagéré ?*

Cela dit, Ziggy lui faisait une drôle d'impression. Elle ne l'avait vu que brièvement à l'école, mais il y avait chez cet enfant quelque chose de déstabilisant, quelque chose qui ne lui inspirait pas confiance. (Mais c'était un magnifique petit garçon de cinq ans ! Exactement comme ses fils ! Comment pouvait-elle ressentir une chose pareille pour un gamin de cinq ans ?)

« Maman ! Tu viens ? » dit Josh en tirant sans ménagement sur son bras.

Elle porta la main à son épaule endolorie. « Aïe ! » L'espace d'un instant, elle vit trente-six chandelles.

« Est-ce que ça va ? demanda Renata.

— Celeste ? » fit Perry. Dans son regard, l'aveu honteux. Il savait exactement pourquoi elle avait eu si mal. Il rentrerait de Vienne avec un bijou somptueux. Une pièce qui viendrait compléter sa collection. Elle ne le porterait jamais. Il ne demanderait jamais pourquoi.

Celeste fut incapable de parler. Des mots en lettres capitales lui remplissaient la bouche. Des mots qu'elle se voyait déverser.

Mon mari me bat, Renata. Jamais sur le visage, bien sûr. Il est beaucoup trop classe pour ça.

Le vôtre, il vous bat ?

Si oui, et c'est la seule question qui m'intéresse vraiment, vous ripostez ?

« Ça va », répondit-elle.

572

14

« Je viens juste de parler à Jane. Je l'ai invitée avec Ziggy, pour que les enfants puissent jouer à la maison la semaine prochaine, annonça Madeline, en ligne avec Celeste. Je crois que tu devrais venir avec les garçons, toi aussi. Au cas où la conversation s'essoufflerait.

— Bien, dit Celeste. Merci beaucoup. Un après-midi de jeu avec le petit garçon qui...

— Oui, oui, le petit étrangleur. Mais, tu sais, nos enfants sont loin d'être des anges.

— À propos, j'ai rencontré la mère de la gamine hier en allant chercher les uniformes des garçons. Renata. Elle conseille à sa fille d'éviter Ziggy à tout prix et m'a suggéré de tenir le même discours à Josh et Max.

— Elle n'a aucun droit de te dire une chose pareille ! s'offusqua Madeline, la main crispée sur le combiné.

— Je crois qu'elle est simplement inquiète...

— C'est un enfant de cinq ans ! On ne peut pas le black-lister avant même son premier jour d'école !

— Eh bien, je ne sais pas, ça se comprend quand même, de son point de vue, je veux dire, si ça arrivait à Chloe, j'imagine que tu... »

Madeline tendit l'oreille à mesure que la voix de Celeste s'estompait. C'était fréquent : une minute, Celeste bavardait tout à fait normalement, la minute d'après, elle décrochait, l'esprit vagabond et lointain.

Les deux femmes devaient d'ailleurs leur rencontre à l'un de ces moments de rêverie. Chloe et les jumeaux, alors âgés de deux ou trois ans, fréquentaient le même club de natation. Ils attendaient au bord du bassin tandis qu'un autre enfant s'exerçait à faire la planche et la nage du petit chien sous l'œil attentif du maître nageur. Madeline avait déjà remarqué la superbe femme qui assistait au cours depuis les gradins mais n'avait jamais pris la peine de lui parler. D'ordinaire, elle surveillait Fred de près – à tout juste quatre ans, son fils lui donnait déjà du fil à retordre. Mais ce jour-là, il dégustait une glace avec bonheur, laissant à sa mère tout le loisir de regarder Chloe dans l'eau. Tout à coup, elle remarqua qu'il n'y avait qu'un jumeau sur le bord.

« Hé ! cria-t-elle au maître nageur. Hé ! »

Elle chercha leur magnifique mère et l'aperçut, debout, les yeux dans le vague. « Votre petit garçon ! » fit-elle. Toutes les têtes se tournèrent au ralenti. Le surveillant de baignade, lui, restait introuvable.

« Bordel de merde ! » dit Madeline. Ni une, ni deux, elle se jeta dans le bassin tout habillée – sans même avoir retiré ses talons hauts – et remonta à la surface avec le petit Max qui s'étouffait d'avoir bu la tasse.

Madeline avait incendié tous ceux qui se trouvaient à la ronde tandis que Celeste, serrant ses deux garçons tout mouillés contre elle, lui adressait des mots de remerciements entre deux sanglots. L'école de natation avait présenté les excuses les plus obséquieuses tout en restant incroyablement évasive. L'enfant ne s'était pas trouvé en danger ; ils étaient navrés que les apparences aient pu sembler différentes ; ils allaient de toute évidence réviser leurs procédures.

Elles avaient toutes deux retiré leurs enfants du club, et Celeste, en sa qualité d'ancienne avocate, leur avait adressé un courrier, exigeant un dédommagement pour les chaussures de Madeline, irrécupérables, et le nettoyage à sec de sa robe, ainsi que le remboursement de la totalité des frais d'inscription.

Elles s'étaient donc liées d'amitié. Et lorsque Celeste lui avait présenté son mari, Madeline avait compris que, pour Perry, elles s'étaient rencontrées au club de natation, point. Il n'était pas toujours utile de tout raconter à son mari.

Pour l'heure, Madeline changea de sujet.

« Perry est-il reparti ? Pour où, cette fois ?

— Vienne, répondit Celeste qui s'exprimait de nouveau distinctement. Il est parti, oui. Pour trois semaines.

— Il te manque déjà ? » demanda Madeline pour plaisanter.

Silence.

« Tu es toujours là ?

— J'aime bien manger des tartines salées au dîner, dit Celeste.

— Oh, oui ! Moi, je mange un yoghourt et des biscuits au chocolat quand Ed est en déplacement ! Mon Dieu ! Pourquoi j'ai l'air si fatiguée ? »

Assise sur le lit dans la chambre d'amis – une pièce qui servait surtout à plier le linge, passer des coups de fil et envoyer des e-mails –, Madeline venait d'apercevoir son reflet dans la porte miroir de l'armoire. Elle s'en approcha.

« Peut-être parce que tu *es* fatiguée », répondit Celeste.

Madeline passa son doigt sous son œil. « J'ai pourtant dormi comme un loir ! Tous les jours, je me dis, ouh là là, tu as l'air un peu fatiguée aujourd'hui, mais je me suis rendu compte il n'y a pas si longtemps qu'en fait, ça n'a rien à voir avec la fatigue, c'est juste la tête que j'ai *maintenant*.

— Les concombres, non ? Contre les traits bouffis, ce n'est pas ça, le remède miracle ? » dit Celeste pour donner le change. Madeline savait pertinemment que son amie ne nourrissait absolument aucun intérêt pour tout un pan de la vie de femme que Madeline, elle, adorait : vêtements, soins de la peau, parfums, bijoux, accessoires. Parfois, Madeline regardait Celeste avec ses longs cheveux blond vénitien ramassés négligemment et rêvait de *jouer* avec elle comme s'il s'agissait d'une poupée Barbie.

« Mon Dieu, où est passée ma jeunesse ? »
Celeste ricana.

« Je sais que je n'étais pas si belle que ça au départ…

— Tu es encore très belle », l'interrompit Celeste.

Jetant un dernier coup d'œil à son reflet, Madeline fit la moue. Elle ne voulait pas l'admettre car elle aurait aimé être au-dessus de ce genre de considérations, ô combien superficielles, mais le passage du temps qui marquait son visage la déprimait vraiment profondément. C'était l'état du monde, et non celui de sa peau de plus en plus fripée, qui aurait dû l'accabler. Chaque fois qu'elle voyait une nouvelle preuve du vieillissement de son corps, une honte irrationnelle s'emparait d'elle, comme pour lui signifier qu'elle pourrait faire davantage d'efforts. Pendant ce temps, Ed devenait de plus en plus sexy à mesure que les rides autour de ses yeux se creusaient et que ses cheveux grisonnaient.

Elle se rassit sur le lit et se mit à replier des vêtements.

« Bonnie est venue chercher Abigail aujourd'hui, confia-t-elle à Celeste. Sur le pas de la porte, avec son fichu à carreaux rouges et blancs noué sur la tête, elle ressemblait à, je ne sais pas, à une cueilleuse de fruits suédoise, et Abigail est sortie de la maison en courant. En courant, tu te rends compte ? Comme si sa seule envie, c'était d'échapper à la vieille sorcière qui lui sert de mère.

— Ah, fit Celeste. Je comprends mieux.

— Parfois, j'ai l'impression que je suis en train de la perdre. Je la sens qui s'éloigne et je voudrais la retenir, lui dire : Abigail, il t'a abandonnée, toi aussi. Il nous a abandonnées toutes les deux. Mais bien sûr, je dois me conduire en adulte. Le pire dans tout ça, c'est que je crois qu'elle est plus heureuse au sein de leur stupide famille à méditer et à manger des pois chiches.

— En aucun cas.

— Sûr ? Je déteste les pois chiches.

— Vraiment ? J'aime bien, moi. C'est sain. Pour toi aussi, d'ailleurs !

— Ah, tais-toi ! Bon, tu amènes les garçons pour jouer avec Chloe et Ziggy ? J'ai le sentiment que cette pauvre petite Jane va avoir besoin de soutien cette année. Soyons ses amies, prenons soin d'elle.

— Bien sûr, nous viendrons. J'apporte des pois chiches. »

MRS LIPMANN : Non. Les soirées organisées par l'école n'avaient jamais terminé en effusion de sang. Je trouve votre question insultante et provocatrice.

15

« Moi aussi, je veux vivre dans une grande maison comme ça, déclara Ziggy en remontant l'allée de Madeline avec sa mère.

— Ah oui ? » fit Jane, qui portait son sac à main au pli du coude et une boîte en plastique pleine de muffins à la banane tout juste sortis du four.

Tu veux une vie comme ça ? Moi aussi, ça me dirait bien.

« Tiens ça un instant, s'il te plaît. » Elle lui tendit la boîte avant de prendre deux chewing-gums dans son sac tout en contemplant la maison. Une construction en brique blanc cassé sur deux étages. Classique. Un peu délabrée. Sur la pelouse, qui méritait un coup de tondeuse, un vélo pour enfant. Accrochés sous l'auvent au-dessus de la voiture, deux kayaks doubles. Contre les murs, des planches de bodyboard et de surf. Des serviettes de plage séchant sur le balcon.

Elle n'avait rien de spécial, cette maison. C'était une version plus grande et moins bien entretenue de celle où Jane avait grandi. Bien sûr, comme sa famille vivait à une heure de route de la plage, il n'y avait pas tout cet équipement nautique, mais c'était la même bicoque de banlieue, basique et ordinaire.

C'était ça, l'enfance.

C'était si simple. Ziggy ne demandait pas grand-chose. Il méritait une vie de ce genre.

Si Jane n'était pas sortie ce soir-là, si elle n'avait pas bu ce troisième shooter de tequila, si elle avait dit « non merci » lorsqu'il s'était glissé sur le siège à côté d'elle, si elle avait passé la soirée à la maison, terminé sa licence de droit, trouvé un boulot, un mari, contracté un prêt, tout fait dans les règles, alors peut-être qu'un jour, elle aurait été une femme comme il faut, menant une vie comme il faut dans une maison comme il faut.

Mais dans ce cas, Ziggy n'aurait pas été Ziggy.

Et elle n'aurait peut-être jamais eu d'enfant. Elle entendait encore le médecin, arborant une mine de circonstance, la prévenir, un an avant qu'elle ne tombe enceinte. « Jane, comprenez-moi bien, ça va être très difficile, sinon impossible, pour vous de concevoir un enfant. »

« Ziggy, Ziggy, Ziggy ! » La porte d'entrée s'ouvrit brusquement. Chloe, portant une robe de fée et des bottes en caoutchouc, courut jusqu'au petit garçon et l'attrapa par la main. « Tu es venu pour jouer avec moi, d'accord ? Pas avec mon frère. »

Madeline apparut derrière elle, vêtue d'une robe années cinquante – taille cintrée, jupe ample, imprimé à pois rouges et blancs – que venait compléter une queue-de-cheval haute.

« Jane ! Bonne année ! Comment vas-tu ? Ça me fait tellement plaisir que tu sois là. Tu as vu ? Je suis tout à fait guérie ! Même si tu seras ravie d'apprendre que j'ai remisé mes talons aiguilles ! »

Prenant appui sur une jambe, Madeline fit tourner sa cheville, exhibant au passage une ballerine rouge vernie.

« On dirait les souliers rubis de Judy Garland dans le *Magicien d'Oz*, dit Jane en donnant la boîte de muffins à Madeline.

— Exactement ! Ne sont-ils pas adorables ? » Elle ouvrit le couvercle. « Mon Dieu ! Ne me dis pas que tu les as faits *toi-même* ?

— Si », fit-elle tandis que le rire de Ziggy lui parvenait de l'étage. Quelle joie de l'entendre ainsi.

« Tu arrives avec des muffins maison et c'est moi qui suis déguisée en femme au foyer modèle ! J'adore l'idée de faire des gâteaux, mais bizarrement, je n'arrive pas à m'y mettre. Il me manque toujours quelque chose. Comment tu te débrouilles pour avoir tout ce qu'il faut, farine, sucre et, euh… extrait de vanille peut-être, dans tes placards ?

— Eh bien, j'en achète. Tu sais, dans ces endroits incroyables qu'on appelle supermarchés.

— Tu dois faire des listes. Que tu n'oublies pas sur la table en partant faire tes courses. »

Jane se rendait bien compte que ses dons de pâtissière inspiraient à Madeline des sentiments similaires à ceux qu'elle-même éprouvait face à la tenue savamment accessoirisée de Madeline. Un mélange de perplexité et d'admiration devant une attitude comme qui dirait exotique.

« Celeste et les garçons sont aussi de la partie. J'en connais une qui va faire honneur à tes muffins ! Thé ou café ? On ne va quand même pas boire du champagne chaque fois qu'on se voit ! Quoique, je me laisserais volontiers convaincre ! Tu as quelque chose à fêter ? »

Madeline la précéda dans une grande pièce à vivre qui comprenait une cuisine ouverte.

« Non, répondit Jane. Un thé, ce sera parfait.

— Alors, comment s'est passé ton déménagement ? demanda Madeline en allumant la bouilloire. On n'était pas dans le coin, sinon, je t'aurais envoyé Ed. Je propose toujours son aide pour les déménagements. Il adore ça.

— Sérieusement ?

— Non, non. Il déteste. Il se met dans de ces colères quand je fais ça ! Il me dit : "Je ne suis pas un de tes appareils ménagers que tu peux prêter !" avec sa grosse voix ! Mais quand on pense qu'il paie un abonnement pour soulever des poids à la salle de gym, il n'y a pas de quoi faire toute une histoire pour quelques cartons qu'il faut bouger sans avoir à débourser un sou ! Installe-toi. Désolée pour le désordre. »

Jane s'assit autour d'une longue table en bois, jonchée d'objets abandonnés par les membres de la famille : des autocollants de danseuse, un roman posé à l'envers, un tube d'écran solaire, des clés, un jouet électronique, un avion en Lego.

« Ma famille m'a donné un coup de main, dit Jane. Ils étaient plutôt furieux contre moi à cause des marches. Il y en a pas mal. En même temps, ils ne veulent jamais que je paie un déménageur. »

(« Si tu me fais redescendre ce putain de réfrigérateur dans six mois, je te… », avait dit son frère.)

« Lait ? Sucre ? demanda Madeline en plongeant les sachets de thé dans l'eau chaude.

— Ni l'un ni l'autre. Je bois mon thé nature. Euh, j'ai croisé une de ces mères d'élèves ce matin. » Jane tenait à reparler de l'incident avec la petite Amabella tant que Ziggy n'était pas là. « À la station-service. Je crois qu'elle a fait mine de ne pas me voir. »

En réalité, elle n'avait pas le moindre doute. La femme en question avait tourné la tête si brusquement qu'on aurait dit qu'une main invisible lui avait asséné une gifle.

« Oh, vraiment ? » fit Madeline d'un ton amusé. Elle prit un muffin. « Qui c'était ? Tu te souviens de son nom ?

— Harper. J'en suis presque sûre. Celle qui suit Renata comme son ombre. Elle doit faire partie du gang des serre-tête, comme tu dis. Elle a un visage allongé qui s'affaisse, on dirait un basset. »

Madeline laissa échapper un gloussement. « La description correspond tout à fait ! Harper s'entend très bien avec Renata. Elle en tire une grande fierté. C'est bizarre. Ce n'est pas comme si elle fréquentait la reine d'Angleterre ! Elle ne peut pas s'empêcher de te faire comprendre que Renata et elle se voient en dehors de l'école. "Oh, nous avons tous passé une soirée *merveilleuse* dans un restaurant *fabuleux*." » Madeline prit une bouchée de son muffin.

« J'imagine que c'est la raison pour laquelle Harper ne souhaite pas me connaître. À cause de ce qui s'est passé...

— Jane, ce muffin est... divin ! »

L'expression de stupéfaction sur le visage de Madeline – ainsi que la miette qu'elle avait sur le nez – arracha un sourire à Jane.

« Merci. Je peux te donner la recette si tu...

— Oh, mon Dieu, je ne veux pas la recette, je veux juste en *manger* ! » Madeline but une longue gorgée de thé. « Tu sais quoi ? Où est mon téléphone ? Je vais envoyer un texto à Harper sur-le-champ, histoire de lui demander pourquoi elle a fait semblant de ne pas voir ma nouvelle copine, l'as des muffins, ce matin.

— Tu n'as pas intérêt ! » répondit Jane.

Madeline faisait vraisemblablement partie de ces gens un peu nocifs qui prennent la défense de leurs amis sans réfléchir, provoquant des remous d'une ampleur démesurée au regard de la situation initiale.

« Eh bien, sache que je ne le tolérerai pas. Si ces bonnes femmes te mènent la vie dure à cause de cet incident avec Amabella, elles vont le regretter. Ça pourrait arriver à n'importe qui.

— J'aurais demandé à Ziggy de s'excuser, tu sais », dit Jane. Elle n'était pas le genre de mère à laisser son enfant se défiler et tenait à ce que Madeline en soit consciente. « Mais je l'ai cru quand il a dit que ce n'était pas lui.

— Évidemment que tu l'as cru. Je suis certaine qu'il n'a rien à se reprocher. Il a l'air doux comme un agneau.

— J'en suis sûre à cent pour cent, ajouta Jane. Enfin, à quatre-vingt-dix-neuf pour cent. Je... »

Elle déglutit, soudain envahie par un besoin impérieux de faire part de ses doutes à Madeline. De lui révéler ce qui se cachait derrière cet infime doute – ce malheureux un pour cent. De mettre des mots dessus, tout simplement. De construire un récit, avec un début, un développement et un dénouement – une histoire qu'elle n'avait jamais partagée avec qui que ce soit.

Par une douce soirée de printemps, au beau milieu du mois d'octobre, un parfum de jasmin flottait dans l'air. J'avais un terrible rhume des foins. La gorge qui me grattait. Les yeux qui piquaient.

Raconter sans réfléchir, sans ressentir, jusqu'à la fin.

Ensuite, peut-être que Madeline esquisserait un sourire avant de décréter de sa voix ferme qui ne souffrait pas la contradiction : « Oh, tu n'as pas à t'en inquiéter, Jane. Cela n'a aucune importance. Ziggy est exactement tel que tu le vois. Tu es sa mère. Tu le connais. »

Mais si elle faisait tout l'inverse ? Si le doute qui habitait Jane à cet instant précis se reflétait, ne serait-ce qu'une fraction de seconde, dans les yeux de Madeline ? Cela reviendrait à trahir Ziggy de la plus odieuse des façons.

« Hey, Abigail, te voilà ! Viens manger un muffin avec nous ! dit Madeline. Jane, je te présente ma grande fille, Abigail. »

La voix de Madeline avait flanché. Elle posa son gâteau et se mit à jouer avec une de ses boucles d'oreilles. « Abigail ? Je te présente Jane. »

Jane se tourna pour découvrir une adolescente qui se tenait très droite, immobile, les mains jointes devant elle comme lors d'une cérémonie religieuse. « Salut, Abigail.

— Bonjour. » Puis la demoiselle se fendit d'un sourire, aussi chaleureux qu'inattendu, un sourire éclatant, celui de Madeline. En dehors de cet indice, rien ne portait à croire qu'elles étaient mère et fille. Abigail avait le teint plus mat, des traits plus durs. Ses cheveux détachés et mal peignés lui donnaient l'air d'être tout juste sortie du lit et elle portait, sur une paire de leggings noires, une robe marron informe qui ressemblait à un sac. Sur ses mains et ses avant-bras, des motifs complexes au henné. Pour seul bijou, une tête de mort argentée sur un lacet noir pendait à son cou.

« Papa vient me chercher, annonça-t-elle.

— Pardon ? Mais non, dit Madeline.

— Si, je dors chez lui ce soir parce que j'ai ce truc demain avec Louisa. On doit y être de bonne heure et papa habite plus près.

— Plus près de dix minutes, maximum, protesta Madeline.

— Mais c'est plus facile de partir de là-bas. Chez papa et Bonnie, on pourra filer plus vite. On n'aura pas à attendre je ne sais pas combien de temps dans la voiture pendant que Fred cherche ses chaussures ou que Chloe retourne dans sa chambre pour changer de poupée Barbie ou autre.

— J'imagine que Skye ne te retarde jamais en retournant dans sa chambre pour changer de poupée Barbie.

— Bonnie ne la laisserait jouer à la Barbie pour rien au monde, rétorqua Abigail en levant les yeux au ciel comme si c'était l'évidence même. Je pense vraiment que tu devrais faire pareil avec Chloe, maman. Ces poupées sont franchement antiféministes et elles lui donnent une fausse image du corps des femmes.

— Oui, eh bien, il est trop tard en ce qui concerne Chloe et les poupées Barbie », dit Madeline. Elle se tourna vers Jane en souriant d'un air chagriné.

Un coup de klaxon retentit.

« C'est lui, dit Abigail.

— Tu l'as déjà appelé ? s'étrangla Madeline, le rouge aux joues. Tu as tout arrangé sans me demander ?

— J'ai demandé à papa. » Abigail fit le tour de la table pour embrasser sa mère. « Ciao, maman. » Puis, en direction de Jane, toujours souriante : « J'ai été ravie de vous rencontrer. » Difficile de ne pas l'apprécier.

« Abigail Marie ! s'écria Madeline en se levant. Ton attitude est inacceptable. Ce n'est pas à toi de choisir où tu vas passer la nuit. »

Abigail s'arrêta dans son élan et fit face à sa mère.

« Ah non ? Et pourquoi ça ? Pourquoi ce serait à toi ou à papa de décider que c'est votre tour de m'avoir ? » L'adolescente ressemblait assez à Madeline quand elle tremblait de rage. « Comme si je vous appartenais. Je ne suis pas un objet que vous devez partager.

— Ce n'est pas ce qu'on fait, se défendit Madeline.

— Si, c'est exactement ce que vous faites. »

Un nouveau coup de klaxon.

« Que se passe-t-il ? » Un homme d'environ quarante ans entra d'un pas nonchalant dans la cuisine, exhibant, avec sa combinaison de plongée roulée jusqu'à la taille, son large torse poilu. À ses côtés, un petit garçon dans une tenue rigoureusement identique, exception faite des muscles et des poils.

« Abigail, ton père est devant la maison, annonça-t-il.

— Je suis au courant. Tu ne devrais pas te balader comme ça en public. C'est dégoûtant.

— Quoi ? Je ne devrais pas montrer mon corps d'athlète ? »

Il se frappa fièrement la poitrine tout en adressant un clin d'œil à Jane qui, mal à l'aise, esquissa un sourire.

« Répugnant, conclut Abigail. Je m'en vais.

— On en reparlera ! lança Madeline.

— C'est ça, ouais.

— Je t'interdis de me parler comme ça ! »

Pour toute réponse, la porte d'entrée claqua.

« Maman, je meurs de faim, dit le petit garçon.

— Prends un muffin », répondit Madeline sombrement. Elle se laissa retomber sur sa chaise, puis : « Jane, voici mon mari, Ed, et là, c'est Fred, mon fils. Ed, Fred. Facile à retenir.

— Parce que ça rime ! précisa Fred.

— 'jour. » Ed serra la main de Jane. « Désolé de vous imposer cette vision d'horreur. Fred et moi sommes allés surfer. »

Il s'assit à côté de Madeline et posa son bras sur ses épaules. « Abigail t'a contrariée ? »

Madeline se laissa aller contre lui. « Tu es plein de sel. On dirait un chien mouillé.

— C'est trop bon ! » s'exclama Fred la bouche pleine. Il chipa un second muffin avant même d'avoir terminé le premier sous l'œil amusé de Jane qui se promit d'en apporter davantage la prochaine fois.

« Maman ! On a besoin de toi ! cria Chloe de l'autre bout de la maison.

— Je vais faire du skate, annonça Fred en prenant un troisième gâteau.

— Ton casque, dirent Madeline et Ed à l'unisson.

— Maman ! insista Chloe.

— Je ne suis pas sourde, répondit Madeline. Ed, je te confie Jane. »

Puis elle disparut dans le couloir.

Jane, qui se préparait mentalement à alimenter la conversation, comprit en voyant Ed lui sourire, se servir un muffin et s'installer confortablement sur sa chaise que ce serait inutile. De fait, Ed se lança.

« Alors comme ça, vous êtes la maman de Ziggy. Comment avez-vous trouvé son nom ?

— C'était une idée de mon frère, répondit-elle. Il adore Bob Marley qui a lui-même appelé son fils Ziggy. » Elle repensa au miracle de son nouveau-né au creux de ses bras, à son regard si grave. « J'aimais bien l'idée que ce soit un peu extravagant. J'ai un prénom tellement ennuyeux, tellement quelconque.

— Jane. C'est un très beau prénom, indémodable », répondit Ed d'un ton catégorique.

Il n'en fallut pas davantage pour que Jane soit sous le charme.

« Pour tout dire, reprit-il, j'avais mis Jane sur ma liste quand on cherchait un prénom pour Chloe, mais on n'a pas tenu compte de mon avis. J'admets que pour Fred, j'ai gagné. »

Le regard de Jane tomba sur une photographie de mariage accrochée au mur : Madeline, assise sur les genoux d'Ed dans une robe de tulle couleur champagne, tous deux riant à gorge déployée.

« Comment vous êtes-vous rencontrés avec Madeline ? »

Le visage d'Ed s'égaya. De toute évidence, il adorait raconter cette histoire.

« J'habitais en face de chez elle quand on était gamins. Dans la maison d'à côté vivait une famille de Libanais. Une famille nombreuse : ils avaient six garçons, des grands gaillards. Ils me terrifiaient. Ils jouaient au cricket dans la rue, et parfois, Madeline se joignait à eux. Elle sortait de chez elle en sautillant, moitié moins haute que ces mastodontes, rubans dans les cheveux, bras couverts de bracelets brillants, bref, vous savez comment elle est, on ne peut pas faire plus girlie qu'elle, mais vous l'auriez vue jouer au cricket, nom d'un chien ! »

Il posa son muffin et se leva pour joindre le geste à la parole. « Mademoiselle arrive, les couettes qui se balancent, le jupon qui vole, elle s'empare de la batte, et VLAN ! » Ed frappa une balle de cricket imaginaire. « Elle les mettait à genoux, ces pauvres garçons ! Ils s'arrachaient les cheveux.

— Tu racontes encore cette histoire de cricket ? demanda Madeline en revenant de la chambre de Chloe.

— C'est là que je suis tombé amoureux d'elle, poursuivit Ed. Éperdument amoureux. En la regardant depuis la fenêtre de ma chambre.

— J'ignorais jusqu'à son existence, fit Madeline d'un ton désinvolte.

— Jusqu'à mon existence... Alors chacun grandit, quitte le nid et un beau jour, j'apprends par ma mère que Madeline a épousé un branleur.

— Chut, dit-elle en lui donnant une tape sur le bras.

— Et puis des années plus tard, je vais à ce barbecue pour les trente ans d'un ami. Dans le jardin de derrière, ça joue au cricket, et qui je vois, la batte à la main, en talons aiguilles, couverte de bijoux bling-bling ? La petite Madeline de la maison d'en face ! La même ! Exactement la même ! J'ai cru que mon cœur allait s'arrêter.

— C'est très romantique, dit Jane.

— Dire que j'ai failli ne pas aller à ce barbecue », reprit Ed, les yeux brillants d'émotion. Il l'avait pourtant racontée des dizaines de fois, cette histoire.

« Moi non plus d'ailleurs ! dit Madeline. J'ai dû annuler une pédicure, ce qui ne m'arrive *jamais*. »

Ed et Madeline se regardèrent en souriant.

Jane détourna les yeux. Elle prit sa tasse de thé, vide, et fit mine de boire une gorgée.

On sonna à la porte.

« Ça doit être Celeste », dit Madeline.

590

Super, pensa Jane tout en replongeant le nez dans son mug. Me voilà coincée entre un couple qui déborde d'amour et l'incarnation de la beauté.

Partout autour d'elle régnait la couleur, riche et éclatante. La seule chose qui en manquait dans cette maison, c'était elle.

MISS BARNES : Évidemment, les parents d'élèves se regroupent par affinités et forment d'autres cercles *en dehors* de l'école. Le conflit qui a eu lieu le soir du quiz n'est pas nécessairement lié à ce qui se passait au sein de Pirriwee Public. Je tenais simplement à le préciser.

THEA : Miss Barnes a dit ça ? Oui, eh bien, on pouvait s'y attendre, non ?

16

« Comment as-tu trouvé Jane ? » demanda Madeline à son mari ce soir-là tandis qu'elle appliquait son soin contour des yeux antirides anti-âge (juste une pointe – elle l'avait payé une fortune. À croire que ses études de commerce ne lui avaient rien appris. De l'espoir, bon sang ! Voilà ce qu'elle venait d'acheter !). « Ed, je te parle !

— Minute, je me lave les dents. » Il se rinça la bouche et tapota sa brosse contre la vasque. Tap, tap, tap. Toujours trois petits coups précis, comme s'il enfonçait un clou. Un rituel qui pouvait déclencher l'hilarité de Madeline, surtout les soirs où elle avait bu du champagne.

« J'avais l'impression d'avoir une gamine de douze ans en face de moi, finit-il par dire. Même Abigail fait plus âgée. Je n'arrive pas à me faire à l'idée qu'elle est, comme nous, parent d'élève. » Puis, pointant sa brosse à dents vers Madeline avec un sourire malicieux : « Mais ce sera notre arme secrète à la soirée quiz cette année ! Elle saura répondre à toutes les questions qu'on est trop vieux pour comprendre !

— Je parie que je suis plus calée qu'elle en culture pop. Elle n'a pas l'air d'avoir grand-chose en commun avec les gens de son âge. Elle fait presque vieux jeu par certains côtés, comme si elle appartenait plutôt à la génération de ma mère. »

Madeline examina son visage et laissa échapper un soupir en reposant son concentré d'espoir sur l'étagère.

« Tu n'as pas dit qu'elle était tombée enceinte après un coup d'un soir ? Je n'appelle pas ça vieux jeu, moi.

— Mais elle a fait avec. Elle a eu le bébé. Qui fait ça de nos jours ?

— Pour être vraiment vieux jeu, il aurait fallu laisser le bébé sous le porche d'une église. Dans un panier en osier. Et puis, qu'est-ce que c'est que cette manie avec les chewing-gums ? Elle a mastiqué toute la sainte journée.

— J'ai vu. On dirait qu'elle est complètement accro. »

Ed éteignit la lumière de la salle de bains puis chacun rejoignit son côté du lit pour allumer sa lampe de chevet et retirer le dessus-de-lit dans une mécanique parfaitement synchrone qui témoignait, selon l'humeur de Madeline, d'un mariage totalement harmonieux ou d'une routine affreusement étriquée dont il fallait s'extirper sur-le-champ : vendre la maison – adieu la banlieue ! – et filer sillonner l'Inde.

« J'aimerais bien la relooker », dit Madeline d'un air songeur au moment où Ed retrouvait sa page dans son livre – il adorait les intrigues policières de Patricia Cornwell. « Sa façon de plaquer ses cheveux en arrière comme ça. Il lui faut du volume.

— Du volume, murmura-t-il. Absolument. Elle manque de volume. C'est ce que je me disais d'ailleurs. » Il reprit sa lecture.

« Et d'un petit ami.

— Tu ferais bien de t'y atteler aussi.

— J'aimerais bien relooker Celeste aussi. Je sais, ça peut sembler étrange, vu que, de toute façon, elle est magnifique.

— Celeste ? Magnifique ? Je n'avais pas remarqué.

— Très drôle. »

Madeline prit son bouquin sans l'ouvrir. « À première vue, Jane et Celeste sont complètement différentes, mais j'ai l'impression que, quelque part, elles se ressemblent. Je ne sais pas trop en quoi. »

Ed posa son livre. « Je vais te dire, moi, en quoi elles se ressemblent.

— Ah oui ?

— Ce sont des femmes abîmées, l'une comme l'autre.

— Abîmées ? Comment ça ?

— Je ne sais pas, fit Ed. Mais je sais reconnaître une femme qui a trinqué. Avant, je ne sortais qu'avec des nanas détraquées. Je les repère à des kilomètres.

— Alors j'étais abîmée, moi aussi ? C'est ça qui t'a plu ?

— Non, répondit Ed en reprenant son livre. Pas toi.

— Mais si, j'étais abîmée, d'abord ! protesta Madeline qui ne tenait pas à être un personnage lisse et épargné par la vie. J'avais le cœur brisé quand on s'est rencontrés.

— Ce n'est pas la même chose. Tu étais triste et blessée. Tu avais peut-être le cœur brisé, mais toi, tu ne l'étais pas. Maintenant stop, parce que tu essaies de m'emmener sur un terrain où je ne souhaite pas aller.

— Mmmm, fit Madeline. En tout cas, si Jane a trinqué, comme tu dis, je ne vois pas en quoi c'est le cas de Celeste. Elle est belle, riche, heureuse en ménage et elle n'a pas d'ex-mari pour lui voler sa fille.

— Il n'essaie pas de te voler ta fille, répondit Ed, les yeux rivés sur son roman. Abigail est en pleine adolescence, ne va pas chercher plus loin. À quatorze ans, on est tous dingo, et tu le sais très bien. »

Madeline ouvrit son livre.

Elle repensa à Jane et Ziggy qu'elle avait regardés partir main dans la main cet après-midi. Ce petit garçon qui racontait une histoire avec force gestes tandis que sa mère, la tête inclinée, l'écoutait tout en ouvrant la voiture à distance. Et ces mots, que Madeline avait entendus : « Je sais ! Et si on allait manger dans ce restaurant où ils servent ces tacos fabuleux ? »

Cette scène avait fait remonter une foule de souvenirs du temps où elle était mère célibataire. Pendant cinq ans, elle avait vécu seule avec Abigail dans un petit trois-pièces au-dessus d'un restaurant italien à se nourrir principalement de pâtes livrées à domicile avec du pain à l'ail gratuit. (Madeline avait pas mal forci – plus sept kilos.) Les filles Mackenzie de l'appartement 9. Voilà comment on les appelait. Car toutes deux avaient pris le nom de jeune fille de Madeline (qui avait refusé d'en changer de nouveau quand elle avait épousé Ed ; cela aurait été ridicule). Abigail ne pouvait décemment pas garder le patronyme de son père quand celui-ci avait décidé de fêter Noël sur une plage de Bali en compagnie d'une vulgaire coiffeuse. Coiffeuse qui, soit dit en passant, n'avait même pas de beaux cheveux. Si, si, elle avait des racines et des fourches.

« J'ai toujours cru que Nathan paierait pour nous avoir abandonnées. Qu'Abigail ne l'aimerait pas comme elle m'aime. Je n'arrêtais pas de me le répéter. Sa fille ne voudra pas qu'il la conduise à l'autel. Il paiera. Mais tu sais quoi ? Il ne paie pas pour ses péchés. Aujourd'hui, il a Bonnie, qui est plus gentille, plus jeune et plus jolie que moi, une autre petite fille qui sait déjà écrire l'alphabet tout entier, et maintenant, Abigail. Il s'en est sorti en toute impunité. Sans le moindre regret. »

À son grand étonnement, sa voix se brisa. Elle croyait être en colère, tout simplement, mais à présent, elle savait qu'elle était blessée. Abigail l'avait déjà contrariée, énervée, rendue furieuse. Mais jamais encore elle ne l'avait blessée.

« C'est *moi* qu'elle devrait préférer », dit-elle d'une voix puérile, et elle essaya de rire, parce que bien sûr, elle plaisantait, mais en réalité, elle était on ne peut plus sérieuse. « Je croyais qu'elle me préférait. »

Ed se débarrassa de son roman et la prit dans ses bras. « Tu veux que je le tue, ce salaud ? Je le liquide et je fais porter le chapeau à Bonnie ?

— Oui, s'il te plaît, fit Madeline en se blottissant contre lui. Ce serait tellement chou. »

INSPECTEUR ADRIAN QUINLAN : À ce stade, nous n'avons procédé à aucune arrestation mais ce que je peux vous dire, c'est que nous sommes convaincus d'avoir déjà interrogé la ou les personnes impliquées.

STU : Je crois que personne n'a la moindre idée de qui a fait quoi. Pas même la police.

17

GABRIELLE : J'ai trouvé que la distribution des invitations aurait mérité un certain, comment dire, décorum. Ce qui s'est passé le jour de la rentrée des classes m'a paru assez inconvenant.

Trois mois avant la soirée quiz

« Allez, Ziggy, rien qu'un petit sourire ! »

Le petit garçon finit par se prêter au jeu. Au même moment, son grand-père bâilla. Jane regarda l'écran de son appareil photo numérique. Ziggy et sa mère arboraient tous deux un magnifique sourire tandis que son père plissait les yeux, la bouche grande ouverte. Il tombait de sommeil, et pour cause, il avait dû se lever aux aurores pour venir de Granville assister à la première rentrée scolaire de son petit-fils. Les parents de Jane avaient toujours été des couche-tard, lève-tard. Mais depuis que son père était parti en préretraite après une carrière dans la fonction publique – cela faisait un an –, quitter la maison avant neuf heures leur demandait un effort considérable. Ils veillaient jusqu'à trois ou quatre heures du matin pour faire leurs puzzles. « Nos parents sont en train de se transformer en vampires, avait plaisanté son frère. Des vampires amateurs de puzzles. »

« Je peux demander à mon mari de vous prendre en photo tous ensemble, proposa une voix féminine. Je l'aurais volontiers fait moi-même mais je suis fâchée avec ce genre de gadgets ! »

Levant le nez de l'écran, Jane découvrit à côté d'elle une femme vêtue d'une jupe longue à motif cachemire et d'un débardeur noir. Elle avait orné ses poignets de ce qui paraissait être de la ficelle. Ses cheveux longs étaient tressés et son épaule tatouée d'un caractère chinois. Elle détonnait quelque peu par rapport aux autres parents en tenue de plage, de gym ou de travail. Son mari, qui semblait beaucoup plus âgé qu'elle, portait quant à lui un tee-shirt et un short – la tenue standard du père de quarante-cinq ans. À ses côtés, lui tenant la main, une fillette timide avec de longs cheveux emmêlés et un uniforme qui paraissait trois fois trop grand.

Tiens, ça doit être Bonnie, pensa Jane, en se rappelant la description que Madeline avait faite de la femme de son ex-mari. Au même instant, celle-ci se présenta : « Je suis Bonnie, voici mon mari Nathan, et ma petite fille, Skye.

— Merci beaucoup », dit Jane en tendant l'appareil photo à l'ex de Madeline. Puis elle rejoignit ses parents et Ziggy.

« Ouistiti ! s'exclama Nathan en braquant l'objectif sur la famille de Jane.

— Hein ? fit Ziggy.

— Un café, réclama la mère de Jane en bâillant.

— C'est dans la boîte ! »

À peine Nathan avait-il rendu son appareil à Jane qu'une fillette aux cheveux bouclés s'approcha de Skye d'un pas décidé. Jane se sentit défaillir : c'était la gamine qui avait accusé Ziggy de l'avoir étranglée. Amabella. Jane regarda autour d'elle à la recherche de sa furie de mère.

« Comment tu t'appelles ? » demanda Amabella d'un air important, une pile d'enveloppes rose pâle entre les mains.

« Skye », chuchota l'intéressée dont l'extrême timidité faisait peine à voir.

Amabella compulsa ses enveloppes. « Skye, Skye, Skye.

— Dieu du ciel, tu sais déjà lire tous ces prénoms ? demanda la mère de Jane.

— Je sais lire depuis que j'ai trois ans, répondit la fillette poliment tout en continuant de chercher. Trouvé ! Tiens, Skye. C'est mon anniversaire, je vais avoir six ans et je t'invite à ma fête. Le thème, c'est la lettre A parce que mon prénom commence par un A.

— Ils savent lire avant même d'entrer à l'école ! s'exclama le père de Jane d'un air bonhomme en se tournant vers Nathan. Premier de la classe dès la maternelle ! On a dû leur donner des cours particuliers, vous ne croyez pas ?

— Eh bien, ce n'est pas pour me vanter, mais notre petite Skye lit déjà assez bien elle aussi. Et nous ne sommes pas des adeptes des cours particuliers, n'est-ce pas Bonnie ?

— On fait confiance à la nature pour ce qui est du développement de notre enfant, confirma-t-elle.

— La nature, hein ? » répéta le père de Jane, perplexe.

Amabella se tourna vers Ziggy. « Et toi, comment... » Elle se figea, une expression de pure panique sur le visage. Serrant sa pile d'enveloppes contre sa poitrine comme pour empêcher Ziggy de lui en voler une, elle tourna les talons sans dire un mot, et s'enfuit en courant.

« Mon Dieu, fit la mère de Jane. Qu'est-ce que ça veut dire ?

— Oh, c'est la fille qui a raconté que je lui avais fait mal, répondit Ziggy d'un ton neutre. Mais c'est pas vrai, mamie. »

Jane balaya la cour du regard. Partout, des enfants dans des uniformes neufs beaucoup trop grands.

Chacun avec une enveloppe rose pâle.

HARPER : Écoutez, à l'école, personne ne connaissait Renata aussi bien que moi, nous étions très proches, et je peux vous dire que ce jour-là, elle n'avait aucune arrière-pensée.

SAMANTHA : Oh, à d'autres ! Bien sûr qu'elle l'a fait exprès.

18

Madeline essayait de résister aux affreux symptômes physiques et émotionnels qui l'assaillaient. En vain. *Satané syndrome prémenstruel ! C'est moi qui décide de mon humeur*, dit-elle *in petto* en avalant plusieurs gélules d'huile d'onagre, comme on prendrait du Valium. Parfaitement inutile – lesdites gélules n'avaient d'effet que prises régulièrement, elle le savait ; et encore, si effet elles avaient ! – mais ne devait-elle pas tenter quelque chose ? Évidemment, il fallait que ça tombe le jour de la rentrée de Chloe ! C'était rageant. Elle aurait préféré mettre son acrimonie sur le dos d'un tiers – dans l'idéal, son ex-mari, mais difficile de le tenir pour responsable de son cycle. À coup sûr, Bonnie dansait au clair de lune pour faire face aux aléas de ses petits problèmes féminins.

Le syndrome prémenstruel restait un phénomène relativement nouveau pour Madeline. Un autre signe, ô combien agréable, de vieillissement. Avant, elle n'y croyait pas vraiment. Puis, à l'approche de la quarantaine, son corps lui avait clairement dit : OK, tu ne crois pas aux hormones qui s'affolent ? Ben, je vais te montrer, moi ! Tiens, garce, prends ça !

Depuis, un jour par mois, elle n'avait d'autre choix que de simuler. Tout simuler : son amour pour ses enfants, son amour pour Ed, jusqu'à sa plus simple humanité. Avant d'en faire l'expérience, elle avait été consternée d'apprendre que dans certaines affaires de meurtre, des femmes invoquaient le syndrome prémenstruel pour leur défense. À présent, elle comprenait. Aujourd'hui par exemple, elle truciderait volontiers quelqu'un. Elle avait même le sentiment qu'on devrait lui reconnaître une force de caractère exceptionnelle du fait qu'elle s'en abstienne.

Sur le trajet de l'école, elle effectua des exercices de respiration profonde pour apaiser sa mauvaise humeur. Heureusement, Fred et Chloe ne se chamaillaient pas à l'arrière. Ed, quant à lui, conduisait tout en fredonnant doucement – oui, l'inutile, l'infatigable gaieté de Monsieur était intolérable, mais au moins, il n'avait pas tenu à porter son polo blanc, celui qui était à la fois trop petit et taché de sauce tomate même s'il prétendait le contraire. Ed avait enfilé une chemise propre. Aujourd'hui, le syndrome prémenstruel ne gagnerait pas. Il ne gâcherait pas cette journée historique.

Ed trouva une vraie place de parking tout de suite et, comble du miracle, les enfants descendirent de voiture sans rechigner.

« Bonne année, Mrs Ponder ! » s'écria Madeline en passant devant la petite maison blanche en fibrociment à côté de l'école. La vieille dame replète s'était installée sur une chaise pliante sous son porche avec une tasse de thé et le journal.

« Bonjour ! répondit-elle avec enthousiasme.

— Ne t'arrête pas, ne t'arrête pas », siffla Madeline à l'oreille de son mari qui commençait à ralentir le pas. Il aimait bien papoter avec Mrs Ponder (elle avait servi comme infirmière à Singapour pendant la guerre). Avec tout le monde d'ailleurs, même s'il avait une préférence pour les plus de soixante-dix ans.

« Chloe fait sa première rentrée ! lança-t-il. Un grand jour !

— Ah, comme c'est mignon ! »

Ils poursuivirent leur chemin.

Pour l'heure, tel un cavalier qui mate un cheval fougueux, Madeline tenait son humeur en bride.

Dans la cour de récréation, de nombreux adultes discutaient tranquillement tandis que leur progéniture criait et courait dans tous les sens avant de revenir dans leurs jambes, telles des billes de flipper à la trajectoire immuable. On repérait les parents des élèves de petite section à leur sourire heureux et nerveux, les serre-tête à leur manie de toucher leurs cheveux et les mères des CM2 à leur façon de s'animer au sein des cercles restreints et impénétrables qu'elles formaient de-ci de-là, fortes de leur statut de reines de Pirriwee.

Ah, n'était-ce pas plaisant ? La brise du large, le visage radieux des enfants et, oh, putain de merde, son ex-mari.

Bien sûr, elle savait qu'il serait là, mais quel toupet d'avoir l'air tellement à son aise et content de lui dans *sa* cour de récréation *à elle*. Le père parfait. Pire que ça, il était en train de prendre une photo de Jane et Ziggy (*ses* connaissances *à elle* !) accompagnés d'un couple charmant – sûrement les parents de Jane bien qu'ils semblent à peine plus âgés que Madeline. En plus, il était nul comme photographe. *Ne comptez pas sur Nathan pour remplir votre album souvenir ! Ne comptez pas sur Nathan tout court.*

« Il y a le papa d'Abigail, dit Fred. J'ai vu sa voiture devant l'école. » Nathan conduisait une Lexus jaune canari. Pauvre Fred ! Il aurait bien aimé avoir un papa qui s'intéresse aux voitures. Hélas, Ed n'était pas fichu de mettre ne serait-ce qu'un nom sur le moindre modèle.

« Ma demi-sœur, là-bas ! » s'exclama Chloe en montrant la fille de Nathan et Bonnie. Avec son immense uniforme, ses grands yeux tristes et ses longs et fins cheveux blonds, Skye semblait tout droit sortie des *Misérables*. Madeline le voyait venir gros comme une maison : Chloe allait adopter Skye, qui correspondait en tous points aux gamines qu'elle-même aurait prises sous son aile quand elle allait à l'école. *Chloe inviterait Skye à la maison pour la coiffer comme une poupée.*

Pile à ce moment-là, Skye cligna des yeux plusieurs fois à cause d'une mèche de cheveux qui la gênait. Madeline manqua défaillir. Cette façon de battre des paupières, c'était Abigail tout craché. Un fragment de l'enfant de Madeline, de son passé, de son cœur. Un ex ne devrait pas avoir d'autres enfants. Ça devrait être illégal.

« Pour la dix millième fois, Chloe, siffla Madeline, Skye est la demi-sœur d'Abigail, pas la tienne !

— Respire, dit Ed. Respire profondément. »

Nathan rendit son appareil photo à Jane puis s'avança vers eux. Depuis quelque temps, il se laissait pousser les cheveux. Gris et épais, ils flottaient sur son front, façon Hugh Grant, version australienne. Madeline le soupçonnait de bouder son coiffeur pour damer le pion à Ed qui était pratiquement chauve à présent.

« Maddie ! » Nathan était la seule personne au monde à l'appeler ainsi. Ce qui autrefois lui procurait un immense plaisir l'agaçait aujourd'hui au plus haut point.

« Ed, salut, mec ! Et voici la petite… euh, c'est ton premier jour d'école, à toi aussi, non ? » Nathan ne s'était jamais donné la peine de retenir le prénom des enfants de Madeline. « Hey, tope-la, champion ! » s'exclama-t-il en tendant la main à Fred. Le garçonnet s'exécuta, trahissant sa pauvre mère.

Nathan embrassa Madeline sur la joue et serra la main d'Ed avec enthousiasme. Il en faisait toujours un peu trop quand il croisait son ex-femme et sa famille.

« Nathan ! » dit Ed en prononçant son prénom avec les inflexions qu'il lui réservait toujours : une voix plus profonde, plus traînante que d'ordinaire et une insistance particulière sur la deuxième syllabe. Nathan tiquait systématiquement, ne sachant pas très bien si Ed se moquait de lui ou pas. D'ordinaire, cela suffisait à garder Madeline dans de bonnes dispositions. Aujourd'hui, ce n'était pas le cas.

« C'est un grand jour, un grand jour ! dit Nathan. Vous êtes déjà passés par là, mais pour nous, c'est une première ! Je l'avoue sans honte : j'ai écrasé une larme en voyant Skye en uniforme. »

Madeline fut incapable de se contenir. « Skye n'est pas ton premier enfant à entrer à l'école, mon cher. »

Nathan piqua un fard. Ne pas verser dans la rancune. C'était une règle tacite entre eux. Règle qu'elle venait d'enfreindre. Mais bon sang ! Seule une sainte aurait laissé passer ça. Abigail allait à l'école depuis déjà deux mois quand Nathan s'en était rendu compte. Il avait téléphoné en plein milieu de la journée, histoire de papoter avec sa fille. « Elle est à l'école », avait dit Madeline. « À l'école ? » avait-il bafouillé. « Elle n'est pas trop petite pour aller à l'école ? »

« Puisqu'on parle d'Abigail, Maddie, serais-tu d'accord pour qu'on inverse les week-ends cette semaine ? C'est l'anniversaire de la mère de Bonnie samedi, nous dînons tous dehors. Elle aime beaucoup Abigail. »

Bonnie se matérialisa à ses côtés, un sourire béat sur les lèvres. Elle souriait toujours comme ça. Madeline la soupçonnait de consommer des substances illicites.

« Ma mère et Abigail ont des rapports tellement particuliers », confia-t-elle à Madeline, comme si ça pouvait lui faire plaisir de l'apprendre.

Honnêtement, qui apprécierait que sa fille entretienne « des rapports tellement particuliers » avec la mère de la nouvelle femme de son ex ? Seule Bonnie pouvait s'imaginer que vous aviez envie de le savoir, et pourtant, il aurait été mal venu de se plaindre, n'est-ce pas ? Ou même de penser « Ferme-la, connasse », parce que Bonnie n'en était pas une. Du coup, la seule chose que Madeline pouvait faire, c'était rester là, souriante, et acquiescer, alors que son humeur hennissante donnait des coups de sabot et tirait sur les rênes.

« Bien sûr, aucun problème.

— Papa ! » Skye s'agrippa à la chemise de Nathan qui la souleva avant de l'installer sur sa hanche sous le regard attendri de Bonnie.

« Désolé, Maddie, mais je ne suis pas fait pour ça ». Voilà ce que Nathan lui avait annoncé alors qu'Abigail, bébé grognon de trois semaines, n'avait pas dormi plus de trente-deux minutes d'affilée depuis qu'elles étaient rentrées à la maison. Madeline avait dit : « Moi non plus » en bâillant. Sans comprendre qu'il fallait le prendre au pied de la lettre. Une heure plus tard, elle l'avait regardé, aussi stupéfaite qu'incrédule, mettre ses vêtements dans son long sac de cricket rouge. Il avait posé les yeux sur la petite, brièvement, comme si elle appartenait à un autre, puis tourné les talons. Jamais, au grand jamais, elle ne pardonnerait ou n'oublierait ce micro-coup d'œil qu'il avait jeté sur son magnifique bébé, sa propre fille. Et maintenant, c'était une adolescente qui préparait son déjeuner elle-même, prenait le bus toute seule pour aller au lycée et lançait au-dessus de son épaule lorsqu'elle partait : « N'oublie pas, ce soir, je dors chez papa. »

« Bonjour Madeline », dit Jane.

Comme lors de leur dernière rencontre, Jane portait un tee-shirt à encolure en V blanc (à croire qu'elle en avait toute une collection dans sa garde-robe !), la même jupe en jean, les mêmes tongs, cette même queue-de-cheval si serrée qu'elle devait lui faire mal. Dans sa bouche, un chewing-gum qu'elle mâchait discrètement. Sa simplicité apaisa Madeline sans qu'elle comprenne vraiment pourquoi. Un réconfort comparable aux toasts tout bêtes dont on rêve après une vilaine grippe.

« Jane, dit-elle avec chaleur. Comment vas-tu ? Je vois que tu as déjà fait connaissance avec mon délicieux ex-mari et sa famille.

— Ho, ho, ho », fit Nathan à la manière du père Noël. Sans doute ne trouva-t-il pas d'autre réponse à la pique de Madeline.

Celle-ci sentit la main de son mari sur son épaule – un avertissement : elle frôlait la grossièreté.

« En effet, répondit Jane, impassible. Voici mes parents, Di et Bill.

— Bonjour ! Votre petit-fils est magnifique. » Faisant peu de cas de la mise en garde d'Ed, Madeline s'avança pour leur serrer la main. Des gens *charmants*. Ça se voyait au premier coup d'œil.

« À vrai dire, nous pensons que Ziggy est la réincarnation de mon père adoré, déclara la mère de Jane, les yeux pétillants.

— Pas du tout », dit son mari. Il sourit en regardant Chloe qui tirait sur la robe de Madeline. « Voilà votre petite dernière, on dirait ? »

Chloe tendit une enveloppe rose à sa mère. « Tu peux garder ça, maman ? C'est une invitation à la fête d'Amabella. Il faut venir déguisé en quelque chose qui commence par A. Moi, j'irai en princesse. » Puis elle fila.

« Apparemment, le pauvre petit Ziggy ne sera pas de la partie, commenta la mère de Jane à voix basse.

— Maman, dit Jane, laisse tomber.

— Quoi ? fit Madeline. Comment ose-t-elle distribuer ces enveloppes dans la cour de récréation si elle n'invite pas toute la classe ? »

Elle chercha Renata des yeux et tomba sur Celeste qui passait le portail, en retard comme à son habitude, tenant les jumeaux par la main, belle à couper le souffle. Madeline surprit un père qui venait de la voir, regarder à deux fois et manquer de trébucher sur un cartable. C'en était comique. À croire qu'il venait de voir une extra-terrestre.

Renata apparut dans son champ de vision, se dirigeant droit sur Celeste avec deux enveloppes roses.

« Je vais la tuer », dit Madeline.

MRS LIPMANN : Écoutez, je préfère ne rien dire de plus. Laissez-nous en paix, nous le méritons bien.

Un parent a trouvé la mort. Toute la communauté éducative est en deuil.

GABRIELLE : Mouais, je ne dirais pas ça. *Toute* la communauté éducative, c'est peut-être un peu exagéré.

Celeste vit un homme se prendre les pieds dans un cartable en la regardant.

Elle devrait peut-être prendre un amant. Histoire de provoquer quelque chose, précipiter son mariage du haut de la falaise – il s'en approchait inexorablement depuis tant d'années.

Mais l'idée d'aller avec tout autre homme que Perry lui donnait une sensation de lourdeur, d'apathie. Quel ennui ce serait. Les autres hommes ne l'intéressaient pas. Grâce à Perry, elle se sentait en vie. Si elle le quittait, elle vivrait dans la solitude, la chasteté et le vide. C'était injuste. Il l'avait souillée. Abîmée.

« Tu me serres trop fort, protesta Josh.

— Moi aussi, maman, renchérit Max.

— Désolée, les garçons. »

La journée avait mal commencé. D'abord, il y avait eu ce problème abyssal avec une des chaussettes de Josh. Malgré tous ses efforts, elle n'avait pas pu le résoudre. Ensuite, Max n'avait pas réussi à mettre la main sur un bonhomme Lego bien particulier qu'il lui fallait absolument sur-le-champ.

Ils avaient réclamé leur père à chaudes larmes. Ils se moquaient bien de savoir qu'il était à l'autre bout du monde. Ils le voulaient, un point c'est tout.

Celeste aussi d'ailleurs. Il aurait su arranger cette maudite chaussette, trouver ce satané bonhomme. Elle avait toujours su que préparer les enfants pour l'école représenterait pour elle une lutte quotidienne. C'était une lève-tard, les enfants aussi, et généralement, le matin, mieux valait les laisser tranquilles. Perry, lui, se levait de bonne humeur et en pleine forme. S'il avait été là aujourd'hui, ils seraient arrivés en avance pour leur premier jour d'école. Il y aurait eu des rires dans la voiture, pas ce silence entrecoupé de tremblements pathétiques provenant de la banquette arrière.

Elle avait fini par leur donner une sucette qu'ils avaient toujours dans la bouche tandis qu'elle les faisait descendre de la voiture et que la mère d'un élève de maternelle, rencontrée au cours de la matinée d'intégration, passait à côté, gratifiant les garçons d'un gentil sourire et Celeste d'un regard en coin qui signifiait « Mauvaise mère ! ».

« Chloe et Ziggy sont là ! s'exclama Josh.

— Viens ! On va les tuer ! répondit Max du tac au tac.

— Les garçons, ne parlez pas comme ça ! » Mon Dieu, songea Celeste. Quelle image cela pouvait-il renvoyer ?

« C'est pour de faux, maman, dit Josh avec douceur. Chloe et Ziggy, ils trouvent ça rigolo.

— Celeste ! Vous êtes bien Celeste, n'est-ce pas ? » Une femme se posta devant elle tandis que les jumeaux filaient en courant. « Nous nous sommes rencontrées à la boutique d'uniformes il y a quelques semaines. Votre mari était là aussi. »

Puis, posant la main sur sa poitrine : « Renata, la maman d'Amabella.

— Oui, bien sûr ! Bonjour, Renata, dit Celeste.

— Perry n'a pas pu se libérer aujourd'hui ? demanda-t-elle en regardant autour d'elle, espérant le voir apparaître.

— Il est à Vienne. Il voyage beaucoup pour son travail.

— Oui, je m'en doute, répondit-elle d'un air entendu. Je me suis dit que son visage m'était familier l'autre jour, alors j'ai tapé son nom dans Google en rentrant à la maison et là, ça a fait tilt ! Perry White ! LE Perry White ! J'ai assisté à plusieurs de ses conférences. Moi aussi je suis dans la finance ! »

Super. Une groupie de Monsieur. Celeste se demandait souvent ce qu'en penseraient toutes ces femmes si elles le voyaient à l'œuvre en dehors du monde de la banque.

« Voici des invitations à la fête d'anniversaire d'Amabella, poursuivit Renata. Perry et vous êtes bien évidemment conviés. Un moyen agréable pour les parents d'apprendre à se connaître !

— Formidable ! » Celeste rangea les deux enveloppes dans son sac.

« Bonjour, mesdames ! » dit Madeline en approchant, vêtue d'une magnifique robe de créateur qui ne faisait en rien oublier ses joues empourprées et son regard lourd de menaces. « Merci pour l'invitation à la fête d'Amabella.

— Oh là là ! Amabella les distribue ? » Renata fronça les sourcils en tapotant son sac à main.

« Elle a dû les prendre. Moi qui comptais les donner discrètement aux parents.

— Oui, parce qu'il apparaît clairement que toute la classe est invitée, à l'exception d'un petit garçon.

— Je suppose que tu parles de Ziggy, l'enfant qui a laissé des marques sur le cou de ma fille. Alors en effet, il n'a pas trouvé sa place sur la liste des invités. Quelle surprise, n'est-ce pas !

— Arrête un peu, Renata. Tu ne peux pas faire ça.

— Ah non ? Traîne-moi en justice ! » Renata jeta un regard complice à Celeste.

« Euh », commença-t-elle, gênée. Elle n'avait aucune envie d'être mêlée à tout ça.

« Je suis navrée, Renata, interrompit Madeline avec un sourire majestueux. Mais Chloe ne pourra pas venir à la fête. »

Renata marqua un temps d'arrêt.

« Quel dommage, articula-t-elle en tirant sur la bandoulière de son sac comme si elle ajustait une armure. Tu sais quoi ? Je préfère mettre fin à cette conversation avant de dire des choses que je pourrais regretter. » Puis, en direction de Celeste : « Heureuse de vous avoir revue. »

Madeline la regarda s'éloigner, l'air revigoré.

« C'est la guerre, Celeste, lança-t-elle gaiement. La guerre. C'est moi qui te le dis !

— Oh, Madeline », soupira Celeste.

HARPER : Je sais qu'on a tous tendance à mettre Celeste sur un piédestal, mais question nutrition, elle n'a pas toujours fait les meilleurs choix pour ses enfants. J'ai vu les jumeaux manger des *sucettes* de bon matin le jour de la rentrée !

SAMANTHA : Les parents sont en effet enclins à se juger les uns les autres. J'ignore pourquoi. Peut-être parce que aucun de nous ne sait vraiment ce qu'il fait. J'imagine que cela peut parfois conduire à des conflits. Quoique celui-ci soit cette fois d'une ampleur inédite.

JACKIE : Je n'ai ni le temps ni l'envie de juger les autres parents. Mes enfants ne sont pas toute ma vie.

INSPECTEUR ADRIAN QUINLAN : En parallèle de l'enquête pour meurtre, nous envisageons d'inculper plusieurs parents pour voie de fait. Nous sommes profondément choqués de constater qu'un groupe d'adultes ait pu se comporter de la sorte.

19

« Oh, Madeline », soupira Ed.

Il se gara et coupa le contact avant de se tourner vers elle. « Tu ne peux pas priver Chloe de la fête de sa petite copine sous prétexte que Ziggy n'y est pas invité. C'est de la folie. »

En sortant de l'école, la mère de Jane avait suggéré qu'ils aillent tous boire un petit café au Blue

Blues près de la plage. Elle semblait tellement y tenir que Madeline n'avait pas eu le courage de refuser, en dépit des milliers de choses qu'elle avait la prétention d'accomplir le jour de la rentrée scolaire.

« Non, pas du tout », se défendit-elle malgré le pincement au cœur qui déjà se faisait sentir. Quand Chloe apprendrait qu'elle manquerait la fête d'Amabella, elle ferait une scène monstre. L'année précédente, l'anniversaire de la gamine avait été démentiel : château gonflable, magicien et boum.

« Je suis d'une humeur massacrante aujourd'hui, lui avoua-t-elle.

— Sans blague ? Je n'avais pas remarqué.

— Les enfants me manquent. » La banquette arrière lui semblait si vide. Et ce silence. Les larmes lui montèrent aux yeux.

Ed éclata de rire. « Tu plaisantes, là, hein ?

— Mon petit bébé qui vient de commencer l'école », pleurnicha Madeline. Chloe était entrée dans la classe d'un pas décidé aux côtés de miss Barnes, comme l'aurait fait une collègue. Elle n'avait pas cessé de babiller, faisant probablement quelques propositions de changements de programme.

« Oui, fit Ed. Et il était temps. Ce sont les mots que tu as employés hier au téléphone avec ta mère, si je ne m'abuse.

— Et mon satané ex-mari avec qui j'ai dû faire la conversation poliment au beau milieu de cette cour de récréation ! » La colère reprenait le dessus.

« Ouais, *poliment* me semble légèrement exagéré.

— C'est assez difficile comme ça d'être mère célibataire.

— Euh ? Je te demande pardon ?

— Jane ! Je parle de Jane, bien sûr. Je me souviens du premier jour d'école d'Abigail. J'avais l'impression d'être une bête curieuse, entourée de tous ces petits couples parfaits qui dégoulinaient de bonheur conjugal. Je ne me suis jamais sentie aussi seule de ma vie. » Madeline repensa à Nathan qui quelques instants plus tôt regardait tranquillement autour de lui dans la cour. Il n'avait pas la moindre idée de ce qu'avait été sa vie pendant toutes ces années où elle avait élevé Abigail seule. Si elle se plantait devant lui en hurlant : « Ça a été dur ! Tellement dur ! », il n'irait pas la contredire. Oh, non ! Après un mouvement de recul, Monsieur prendrait son air le plus triste, le plus navré. Mais il aurait beau essayer de comprendre, *jamais, jamais il ne saurait ce qu'elle avait enduré.*

En proie à une rage impuissante, Madeline ne trouva rien de mieux à faire que de la diriger contre Renata. « Alors imagine un instant ce qu'a pu ressentir Jane en voyant que le seul gamin à ne pas être invité, c'était le sien. Imagine.

— Je sais, dit Ed. Mais je crois qu'après ce qui s'est passé, on peut essayer de se mettre à la place de Renata…

— Hors de question ! cria Madeline.

— Nom de Dieu. Pardon. Non. Évidemment, le point de vue de Renata ne compte pas. » Ed jeta un œil dans le rétroviseur. « Tiens, voilà ta pauvre petite copine qui se gare juste derrière. On va manger un bon gâteau avec elle. Ça ne peut que résoudre le problème. »

Il détacha sa ceinture.

« Si on ne veut pas recevoir tous les gamins de la classe, on ne distribue pas les invitations dans la cour, dit Madeline. On le sait toutes. C'est une loi sacrée, immuable.

— Je pourrais parler de ça toute la journée. Je t'assure. Aujourd'hui, il n'y a rien qui m'intéresse davantage que la fête d'anniversaire d'Amabella.

— Ferme-la.

— Je croyais que c'était interdit de dire "ferme-la" dans notre famille.

— Va te faire foutre, alors. »

Ed esquissa un sourire en lui caressant la joue. « Tu te sentiras mieux demain. Ça va toujours mieux, le lendemain.

— Je sais, oui. » Madeline respira un grand coup et ouvrit la portière. Elle aperçut alors la mère de Jane jeter son sac à main sur son épaule et foncer droit sur elle avec un sourire exalté.

« Hé ! Hé ! Madeline ! Vous voulez bien faire quelques pas sur la plage avec moi le temps que les autres commandent à boire ?

— Maman, dit Jane qui les rejoignait lentement avec son père, tu détestes marcher dans le sable ! »

Même le dernier des imbéciles aurait compris que la mère de Jane souhaitait parler seule à seule avec Madeline.

« Bien sûr, pas de problème, Di, répondit l'intéressée, se souvenant miraculeusement de son prénom.

— Attendez-moi, alors, soupira Jane.

— Non, non, protesta sa mère. Rentre et aide ton père à s'installer et à choisir pour moi.

— Oui, parce que je suis un vieux gâteux », commenta Bill en prenant une voix chevrotante. Puis, s'appuyant sur le bras de Jane : « Aide-moi, ma petite fille chérie.

— Allez ! Filez ! » conclut Di d'un ton ferme.

Jane hésita à s'imposer puis finit par capituler avec un léger haussement d'épaules. « Ne tarde pas trop, dit-elle à sa mère. Sinon, ton café sera froid.

— Ed, prends-moi un double expresso et une part de gâteau au chocolat avec de la crème », dit Madeline.

En guise de réponse, Ed leva le pouce avant de précéder Jane et son père à l'intérieur du *Blue Blues* tandis que Madeline retirait ses chaussures.

Di l'imita.

« Votre mari a pris sa journée pour la rentrée de Chloe ? demanda-t-elle en se dirigeant vers la mer. Oh, mon Dieu, cette lumière ! » Elle se protégea les yeux du soleil avec la main malgré ses lunettes noires.

« Il est journaliste pour le canard local. Il a des horaires flexibles et il écrit souvent de la maison.

— Ça doit être chouette ! À moins que… ? Il n'est pas trop dans vos pattes ? » Di marchait d'un pas mal assuré dans le sable. « Parfois, j'envoie Bill faire une course totalement inutile au supermarché juste pour respirer un peu.

— C'est une organisation qui nous convient bien. Quand je travaille au Pirriwee Peninsula Theatre, à savoir trois jours par semaine, Ed prend le relais pour aller chercher les enfants à l'école.

617

On ne gagne pas des mille et des cents, mais on aime tous les deux ce qu'on fait, alors on n'a pas à se plaindre. »

Mon Dieu, pourquoi parlait-elle d'argent ? Comme si elle cherchait à justifier leurs choix de vie. (Pour être honnête, ils n'aimaient pas tant leur job que ça.) Était-ce à cause de ce sentiment de rivalité qui l'habitait parfois par rapport aux femmes carriéristes et ambitieuses comme Renata ? Ou simplement à cause de la facture d'électricité exorbitante qu'elle avait ouverte le matin même ? S'ils n'étaient pas riches, ils étaient loin de tirer le diable par la queue, et grâce à ses astucieuses techniques de shopping en ligne, Madeline n'avait même pas à sacrifier sa garde-robe.

« Ah, oui, l'argent. On dit qu'il ne fait pas le bonheur, mais ça reste à prouver. » Di dégagea ses cheveux de devant ses yeux et regarda autour d'elle. « C'est très beau, ici. On n'est pas des adeptes de la plage, d'autant que personne n'a envie de voir *ça* en bikini ! » fit-elle en désignant son anatomie – parfaitement normale et comparable à celle de Madeline d'après ce qu'elle pouvait en voir – avec une grimace de dégoût.

« Je ne vois vraiment pas d'où vous vient cette idée », répondit Madeline qui tolérait mal cette manie typiquement féminine de vouloir créer des liens autour de l'autodépréciation.

« Mais je pense que ça va être bien pour Jane et Ziggy de vivre au bord de la mer, enfin, je suppose, et euh… vous savez, je voulais juste vous remercier, Madeline, du fond du cœur, d'avoir pris Jane sous votre aile, comme ça. » Elle retira ses lunettes de

618

soleil. Elle portait un fard à paupières rose nacré qui ne seyait pas très bien à ses yeux bleu clair, mais Madeline trouva l'effort louable.

« Oh, rien de plus normal. Ce n'est pas facile d'emménager dans un quartier où on ne connaît personne.

— C'est vrai. Et Jane a déménagé si souvent ces dernières années. Depuis qu'elle a Ziggy, elle n'arrive pas à se fixer, à se constituer un cercle d'amis et… elle me tuerait si elle m'entendait mais, c'est juste que, je ne sais pas trop ce qui ne va pas chez elle. »

Elle s'interrompit et jeta un œil en direction du café, les lèvres pincées.

« C'est difficile quand ils ne vous parlent plus, n'est-ce pas ? dit Madeline au bout d'un moment. J'ai une fille de quatorze ans. D'un premier mariage. » Un détail qu'elle se sentait toujours obligée d'ajouter même si ensuite, elle culpabilisait sans trop pouvoir se l'expliquer. C'était comme si elle faisait une distinction, comme si elle mettait Abigail dans une catégorie à part. « Je ne sais pas pourquoi j'ai été si ébranlée quand Abigail a arrêté de me raconter ses petites histoires. Tous les adolescents en font autant, non ? Mais c'était une petite fille tellement ouverte. Bien sûr, Jane n'est plus une ado. »

Di se tourna avec enthousiasme vers Madeline, se croyant manifestement autorisée à parler librement. « Je sais ! Elle a vingt-quatre ans ! C'est une adulte ! Mais quand il s'agit des vôtres, c'est difficile de l'admettre. Son père trouve que je m'inquiète pour rien. C'est vrai que Jane s'en sort à merveille avec Ziggy, et elle subvient à ses propres besoins sans jamais nous demander un sou. Je lui glisse quelques billets en douce dans les poches parfois ! Comme un pickpocket, ou l'inverse plutôt ! Mais elle n'est plus la même. Quelque chose a changé sans que je puisse mettre le doigt dessus. Et cette immense tristesse qu'elle essaie de cacher... Je ne sais pas d'où ça vient. Dépression, drogue, trouble alimentaire ou autre. Elle est devenue si maigre. Elle qui avait des formes si voluptueuses.

— Ah bon ! fit Madeline tout en songeant que si Jane souffrait d'un trouble alimentaire, sa mère en était sûrement responsable.

— Pourquoi je vous dis ça ? Vous ne voudrez plus être son amie ! Elle ne se drogue pas ! Sur les dix principaux signes qui révèlent l'usage d'une drogue, elle n'en présente que trois. Bon, allez, quatre. On ne peut pas se fier à ce qu'on lit sur le Net, de toute façon. »

Les deux femmes rirent de concert.

« Parfois, j'ai envie de lui passer la main devant les yeux et de lui dire : "Ohé ! Ohé ! Il y a quelqu'un là-dedans ?"

— Je suis presque sûre qu'elle...

— Elle n'a pas eu de petit ami depuis qu'elle s'est séparée de ce beau garçon, Zach. C'était avant la naissance de Ziggy. On l'aimait tous beaucoup, Zach, et Jane a été très affectée par cette rupture, vraiment très affectée, mais bon sang, c'était il y a quoi, six ans maintenant ? Elle a dû faire son deuil maintenant, non ? Il était beau, mais pas à ce point-là !

— Je ne sais pas, répondit Madeline en se demandant si, hélas, son double expresso n'était pas en train de refroidir.

— Et voilà qu'ensuite elle se retrouve enceinte, prétendant que Zach n'est pas le père. Bien sûr, on s'est toujours posé la question mais elle a été catégorique : Zach *n'est pas* le père. Elle l'a dit et redit. Elle a parlé d'un type, un coup d'un soir. Aucun moyen de le contacter. Bref, vous voyez le tableau. Elle n'avait pas terminé sa licence de droit, c'était loin d'être le moment idéal, mais rien n'arrive par hasard, vous ne croyez pas ?

— Tout à fait, mentit Madeline.

— Un médecin l'avait prévenue, des années plus tôt, qu'elle aurait beaucoup de mal à tomber enceinte naturellement, du coup, cette grossesse, c'était comme un don du ciel, et ensuite mon père adoré est mort, voilà pourquoi l'idée que peut-être son âme s'était réinc…

— Maaaaa-man ! Madeline ! »

Di sursauta puis se tourna en même temps que Madeline. Sur la promenade qui longeait le *Blue Blues*, Jane leur faisait de grands signes. « Le café est servi !

— On arrive ! cria Madeline.

— Je suis désolée, fit Di en rebroussant chemin. Je parle trop. Oubliez ce que je viens de vous dire, vous voulez bien ? C'est juste que lorsque j'ai vu que ce pauvre petit Ziggy n'était pas invité à cette fête, j'ai eu envie de pleurer. Je suis si émotive depuis quelque temps. Et on a dû se lever si tôt aujourd'hui que je me sens un peu hébétée. Je n'ai jamais été du genre à pleurer pour un rien.

Au contraire. Mais je me suis ramollie avec l'âge. J'ai cinquante-huit ans. Mes amies vivent la même chose. On a déjeuné ensemble l'autre jour – on s'est connues quand les enfants sont entrés à la maternelle – et on discutait justement de cette manie qu'on a de pleurer pour un oui pour un non comme des gamines de quinze ans. »

Madeline s'arrêta. « Di », fit-elle.

Celle-ci sourit nerveusement comme quelqu'un qui s'attend à des remontrances. « Oui ?

— Je garderai un œil sur Jane. Je vous le promets. »

GABRIELLE : Voyez, le fait que Madeline ait pour ainsi dire *adopté* Jane n'a pas aidé. Dans le rôle de la grande sœur protectrice, elle est devenue complètement folle. Elle aboyait comme un chien enragé sur quiconque osait critiquer Jane, même timidement.

20

Onze heures. La première journée d'école de Ziggy était bien entamée à présent.

La collation du matin avait-elle eu lieu ? Avait-il mangé sa pomme et son snack fromage-biscuits salés ? Son sachet de raisins secs ? Jane sentit son cœur se serrer en imaginant son fils ouvrir sa nouvelle boîte à repas avec mille précautions.

Où s'assiérait-il ? Avec qui parlerait-il ? Pourvu que Chloe et les jumeaux jouent avec lui, songea-t-elle. Mais ils pouvaient aussi bien l'ignorer complètement. Elle voyait mal Max ou Josh s'avancer tranquillement vers lui, main tendue, pour lui dire : « Hé, salut ! Ziggy, c'est bien ça ? On s'est rencontrés il y a quelques semaines chez Chloe. Comment vas-tu ? »

En rentrant, Jane s'était mise à travailler à la table de la salle à manger. Elle se leva et s'étira. Il s'en sortirait très bien. Tous les enfants allaient à l'école. Ils n'en mouraient pas. Ils apprenaient les lois de la vie.

Elle fit quelques pas jusqu'à la minuscule cuisine puis alluma la bouilloire. Prendre un thé, même si elle n'en avait pas spécialement envie, lui permettrait au moins de sortir le nez de la comptabilité de Pete, le pro des tuyaux. Ce cher Pete faisait peut-être un excellent plombier, mais s'agissant de classer ses papiers, il n'assurait pas. Tous les trois mois, Jane recevait une boîte à chaussures remplie d'une collection invraisemblable de factures, notes et autres reçus de carte bleue, plus ou moins froissés, tachés, imprégnés d'odeurs étranges et, pour la plupart, non recevables. Elle se le représentait très bien, en train de vider ses poches, ramasser tous les documents qui traînaient sur son tableau de bord avec sa grosse pogne, parcourir sa maison d'un pas lourd à la recherche du moindre bout de papier, et fourrer le tout dans la boîte à chaussures avec un immense soupir de soulagement. Mission accomplie.

Elle retourna dans la salle à manger et prit le reçu suivant. La femme de Pete, le pro des tuyaux, venait de dépenser 335 dollars chez l'esthéticienne où elle s'était offert un soin du visage « Classique », une « Luxe pédicure » et une épilation du maillot. La belle vie, en somme. Jane tomba ensuite sur une autorisation de sortie scolaire au zoo de Taronga datant de l'année précédente. Elle n'était même pas signée. Au dos, les mots « JE DÉTESTE TOM » griffonnés par un enfant au crayon violet.

Jane s'intéressa de plus près au recto.

Je participerai/ne participerai pas à la sortie en tant qu'accompagnateur.

La femme de Pete – qui d'autre ? – avait entouré « Ne participerai pas ». Sortie scolaire ou épilation du maillot, il faut choisir.

Jane fit une boule avec le reçu du salon de beauté et l'autorisation de sortie avant de rejoindre la cuisine.

Si l'occasion se présentait, elle se porterait volontaire pour accompagner la classe de Ziggy en sortie. Après tout, elle avait décidé de se mettre à son compte pour avoir des horaires flexibles et trouver un « équilibre entre travail et maternité ». Mais pourquoi ce discours sonnait-il bête et faux à ses propres oreilles, comme si elle n'était pas vraiment maman, comme si sa vie n'était qu'une imposture ?

Ce serait amusant de refaire l'expérience d'une sortie scolaire. Le sentiment d'excitation qu'elle ressentait enfant restait gravé dans sa mémoire. Les sucreries dans le car. Jane pourrait discrètement observer Ziggy dans ses rapports aux autres. S'assurer qu'il était normal.

Bien sûr qu'il était normal.

Elle pensa de nouveau aux enveloppes rose pâle. Ça l'avait obsédée toute la matinée. Il y en avait tellement ! Bon, il n'était pas invité ? Et après ? Il était trop petit pour avoir de la peine, et de toute façon, les gamins ne se connaissaient pas encore. Le fait même d'y penser était ridicule.

Mais la vérité, c'était qu'elle se sentait triste pour lui, et coupable aussi, comme si elle était en faute. Elle qui s'était empressée d'oublier l'incident de la matinée d'adaptation, voilà qu'à présent, ledit incident revenait au centre de ses préoccupations.

Si Ziggy avait effectivement fait mal à Amabella, s'il brutalisait un autre enfant, il ne serait jamais invité à aucune fête. Les instituteurs la convoqueraient. Il faudrait qu'il voie un pédopsychiatre.

Elle ne pourrait plus taire ses terreurs secrètes concernant son fils.

La main tremblante, elle versa l'eau chaude dans son mug.

« Si Ziggy n'est pas invité, Chloe n'y va pas, avait décrété Madeline au *Blue Blues* ce matin.

— Non, ne fais pas ça, s'il te plaît, avait protesté Jane. Ça ne fera qu'envenimer les choses. »

Mais Madeline avait haussé les épaules en ouvrant de grands yeux : « Je l'ai déjà dit à Renata. »

Super, avait songé Jane, horrifiée. Maintenant, Renata avait une raison de plus de la détester. Jane aurait une *ennemie*. La dernière fois que ça lui était arrivé, si on pouvait parler d'ennemie, c'était à l'école primaire. L'idée qu'envoyer son enfant à l'école serait comme y retourner elle-même ne lui avait jamais effleuré l'esprit.

Peut-être aurait-elle dû demander à Ziggy de dire pardon ce jour-là. S'excuser elle aussi. « Je suis navrée, Renata. Terriblement navrée. Il n'a jamais fait une chose pareille. Je vais faire en sorte que cela ne se reproduise pas. »

Mais à quoi bon ? Ziggy affirmait que ce n'était pas lui. Elle n'aurait pas pu réagir autrement.

Elle retourna à son ordinateur avec sa tasse de thé et prit un nouveau chewing-gum.

Bon. Elle proposerait son aide à l'école dès qu'ils en exprimeraient le besoin. Apparemment, l'investissement des parents favorisait la réussite des enfants (même si elle ne voyait dans ce discours que de la pure propagande institutionnelle). Elle tâcherait de sympathiser avec d'autres mamans que Celeste et Madeline, et si elle tombait sur Renata, elle se montrerait polie et agréable.

« Ça va se tasser, avait dit son père au *Blue Blues* tandis qu'ils parlaient tous de la fête d'anniversaire d'Amabella. D'ici une semaine, ce sera fini.

— À moins que ça ne s'aggrave, avait répondu Ed. Maintenant que ma femme s'en est mêlée. »

La mère de Jane s'était esclaffée comme si elle connaissait Madeline et ses petits travers depuis des années. (De quoi avaient-elles parlé pendant si longtemps sur la plage ? En son for intérieur, Jane était au supplice à l'idée que sa mère ait pu confier à Madeline toutes ses inquiétudes concernant la vie de sa grande fille : elle n'arrive pas à se trouver un petit ami ! Elle est si maigre ! Elle refuse de se faire faire une coupe de cheveux digne de ce nom !)

Madeline, qui jusque-là jouait avec un gros bracelet en argent sur son poignet, avait levé le nez. « Boum ! » s'était-elle exclamée, en mimant une explosion avec force gestes, les yeux écarquillés. Jane avait ri tout en pensant, génial, me voilà amie avec une foldingue.

Si Jane avait eu une ennemie à l'école primaire, c'était uniquement parce que la jolie et charismatique Emily Berry, affublée de barrettes en forme de coccinelle en toutes circonstances, en avait décidé ainsi. Madeline était-elle une Emily Berry, version quadra ? Champagne et rouge à lèvres carmin en guise de limonade et gloss goût fraise. Le genre de fille qui vous attire gaiement des ennuis sans que vous puissiez lui en vouloir.

Jane essaya de chasser ces pensées de son esprit. Ridicule. Elle n'avait plus dix ans, elle ne risquait pas d'échouer dans le bureau de la directrice, à côté d'Emily qui, assise bien droite sur sa chaise, s'était comportée comme si cette convocation n'était qu'une vaste plaisanterie, balançant ses jambes, mâchant son chewing-gum et lui décochant de grands sourires chaque fois que la directrice regardait ailleurs.

Bon. Concentre-toi.

Elle prit le premier document qui se présentait dans la boîte à chaussures – du bout des doigts : il était gras au toucher – et y regarda de plus près. Une facture provenant d'un grossiste en plomberie. Bravo, Pete. Un papier en rapport avec ton activité.

Allez ! C'est parti ! fit Jane *in petto*, les mains sur le clavier. Pour que la saisie des données, inhérente à son activité, reste rentable et supportable, elle devait s'en acquitter le plus vite possible. La première fois qu'un comptable lui avait confié une mission, il avait estimé qu'il lui faudrait entre six et huit heures. Jane en avait mis quatre et s'était fait payer six. Depuis, elle avait encore gagné en rapidité, cherchant contrat après contrat à atteindre un niveau supérieur, comme s'il s'agissait d'un jeu vidéo.

Ce n'était pas le boulot de ses rêves mais elle trouvait une certaine satisfaction à transformer une pile de papiers mal rangés en colonnes de chiffres soignées. Elle aimait appeler ses clients, majoritairement des petites entreprises, pour leur annoncer qu'un nouvel abattement fiscal était possible. Et surtout, elle tirait une grande fierté de subvenir à ses propres besoins depuis cinq ans sans avoir jamais eu à demander de l'argent à ses parents, même si cela avait parfois impliqué de travailler tard dans la nuit tandis que son fils dormait.

Si du haut de ses dix-sept ans elle avait aspiré à une autre carrière, l'idée qu'elle avait un jour été suffisamment naïve et audacieuse pour espérer choisir la façon dont elle vivrait lui semblait désormais fort lointaine. On ne décide pas du cours des événements !

Le cri d'une mouette se fit entendre. Un bruit qui la déconcerta un court instant.

Pourtant, c'était bien là un véritable choix de sa part. Vivre au bord de la mer, comme si elle en avait autant le droit que les autres. La possibilité de se promener sur la plage en récompense de deux heures de travail. Au beau milieu de la journée, si ça lui chantait. De retourner au *Blue Blues,* d'y commander un café à emporter, de prendre une photo de son gobelet sur le poteau d'une clôture avec l'océan en arrière-plan – pourquoi ne pas jouer les artistes ? – et de la publier sur son mur Facebook accompagnée de quelques mots : « Après l'effort, le réconfort ! Je savoure ma chance ! » Et ses amis de commenter : « Je t'envie ! »

À force d'afficher la vie idéale sur Facebook, peut-être qu'elle finirait par y croire.

Ou pourquoi ne pas écrire : « Folle de rage ! Ziggy est le seul gamin de la classe à ne pas être invité à une fête d'anniversaire ! Grrrr ! » en attendant des messages de réconfort. Exemples : « Sans déc' ? » « Ooooh, pauvre petit Ziggy ! »

Neutraliser ses peurs à coups de menues mises à jour de son statut Facebook ; les réduire à des gouttes d'eau dans le torrent d'informations des fils d'actualités de ses amis.

Alors Ziggy et elle deviendraient des gens normaux. Elle irait peut-être jusqu'à sortir avec un homme. Histoire de faire plaisir à sa mère.

Jane relut le SMS que sa copine Anna lui avait envoyé la veille.

Tu te souviens de mon cousin Greg ? Tu l'as rencontré quand on avait, genre, 15 ans ! Il vient d'emménager à Sydney. M'a demandé ton numéro pour t'inviter à boire un verre ! T'es d'accord ? T'as le droit de dire non ! (Il est plutôt beau gosse aujourd'hui. C'est de famille !! Ah ah ah !) Bise

Bon.

Elle se souvenait en effet de Greg. Timide. Petit. Rouquin sur les bords. Il avait fait une blague vaseuse que personne n'avait comprise et quand on lui avait demandé de l'expliquer, il avait dit

629

« Laissez tomber ». Un détail qu'elle n'avait pas oublié – elle s'était sentie si mal pour lui.

Pourquoi pas ?

Un verre avec Greg, c'était dans ses cordes.

Il était temps. Ziggy allait à l'école. Elle vivait au bord de la mer.

Elle répondit à Anna :

D'accord. Bise

Elle but une gorgée de thé, prête à se remettre au travail, à se concentrer sur les bondes et autres vidanges de la facture de Pete.

Mais son corps en avait décidé autrement.

Un violent haut-le-cœur la fit se plier en deux. Le front sur la table, elle plaqua sa main contre sa bouche. Elle sentit son sang quitter son cerveau. Et cette odeur. Si réelle qu'elle aurait juré que l'appartement en était imprégné.

Parfois, lorsque Ziggy changeait d'humeur d'un coup, qu'il passait de la joie à la colère sans prévenir, elle la sentait sur lui.

Elle se redressa à moitié, attrapa son téléphone et de ses doigts tremblants, envoya un message à Anna :

Ne lui donne pas ! Ai changé d'avis !

La réponse de sa copine ne se fit pas attendre.

Trop tard :)

THEA : J'ai entendu dire que Jane avait une aventure avec un des papas. Lequel ? Aucune idée. Tout ce que je sais, c'est que ce n'était pas mon mari !

BONNIE : Faux. Archifaux.

630

CAROL : Saviez-vous qu'il y avait un *homme* dans leur club de lecture érotique ? Pas mon mari, Dieu merci. En dehors de son magazine de golf, il ne lit pas.

JONATHAN : Oui, c'est moi l'homme du club de lecture soi-disant érotique. Ce n'était qu'une plaisanterie. Nous formions un club de lecture tout ce qu'il y a de plus ordinaire.

MELISSA : Jane n'entretenait-elle pas une liaison avec ce père qui ne travaille pas ?

GABRIELLE : Mais non, ce n'était pas elle. Avec son look d'évangéliste : chaussures plates, pas de bijoux, ni de maquillage. Silhouette au top, cela dit ! Pas un gramme de graisse. C'était la plus mince de toutes les mères. Oh là là, j'ai faim. Vous avez essayé le régime 5:2 ? Aujourd'hui, c'est ceinture. Je meurs d'inanition.

21

Celeste arriva en avance à l'école. Elle se languissait de ses fils, de leur petit corps compact, de ce moment bien trop fugace où ils se pendaient à son cou en une étreinte suffocante, possessive, cet instant où elle embrassait leur tête chaude qui embaumait avant qu'ils ne se libèrent. Et pourtant elle leur hurlerait probablement dessus dans les quinze minutes. Ils seraient épuisés, donc surexcités. La nuit précédente, elle n'avait pas réussi à les mettre au lit avant vingt et une heures. Beaucoup trop tard. Mauvaise mère. « Il faut dormir maintenant ! » avait-elle fini par crier. Les coucher à une heure décente relevait de la prouesse, à moins que Perry ne soit là. Lui, ils l'écoutaient.

Perry était un bon père. Un bon mari aussi. La plupart du temps.

« Tu dois instaurer un rituel du coucher », lui avait conseillé son frère en l'appelant depuis Auckland dans la journée.

« Oh, mais en voilà une idée qu'elle est bonne ! Pourquoi n'y ai-je pas pensé plus tôt ? » avait ironisé Celeste.

Son frère, comme beaucoup d'autres parents, se vautrait volontiers dans l'autosatisfaction. Si ses enfants dormaient bien, c'était grâce à sa façon de les éduquer. Une question de chance, peut-être ? Que nenni ! Ils suivaient les règles et elles fonctionnaient ; Celeste devrait en prendre de la graine. Évidemment, il ne reviendrait jamais de sa petite théorie et mourrait dans son lit, content de lui.

« Salut ! »

Celeste tressaillit. « Jane ! » fit-elle en posant la main sur sa poitrine. Plongée dans ses pensées, elle n'avait pas entendu Jane approcher. Comme d'habitude. Elle sursautait chaque fois qu'on l'abordait, ce qui l'agaçait prodigieusement. Elle devait passer pour une folle.

« Désolée, je ne voulais pas te faire peur.

— Comment s'est passée ta journée ? Tu as avancé dans ton travail ? »

Celeste savait que Jane gagnait sa vie en offrant ses services de comptable. Elle l'imaginait penchée sur un minuscule bureau dans son minuscule appartement au confort spartiate. (Elle n'y avait jamais mis les pieds mais voyait très bien à quoi ressemblait l'immeuble de briques rouges situé à deux pas de la plage sur Beaumont Street et supposait que l'intérieur, à l'image de Jane, était sans fioritures ni bibelots.) Sa vie semblait d'une simplicité saisissante. Jane et Ziggy. C'était tout. Un petit garçon brun, doux, calme – en dehors de l'étrange épisode de strangulation, bien sûr. Pas de disputes. Pas de complications. La paix.

« Un peu, répondit Jane en mâchonnant un chewing-gum telle une souris agitant son museau. J'ai pris un café avec mes parents, Madeline et Ed ce matin. Ensuite, la journée a, comme qui dirait, filé sans que je m'en aperçoive.

— Ça passe tellement vite », confirma Celeste. Sa journée lui avait pourtant paru si longue...

« Tu vas reprendre le travail maintenant que les garçons vont à l'école ? Tu faisais quoi, avant ?

— J'étais avocate », dit Celeste. Une autre femme, songea-t-elle.

« Oh. C'est ce que j'envisageais de faire. »

Dans la voix de Jane, une pointe d'ironie et de tristesse que Celeste ne sut comment interpréter.

Elles prirent l'allée herbue qui longeait une petite maison blanche en fibrociment, si près de l'école qu'elle aurait pu en faire partie.

« Ça ne me plaisait pas vraiment », reprit Celeste, tout en se demandant si c'était bien vrai. Le stress, ça, elle avait détesté. Elle arrivait en retard tous les jours. Mais n'avait-elle pas apprécié certains aspects de son métier ? Démêler une question, soigneusement, méticuleusement. Comme on résout une équation, mais avec des mots.

« Le prétoire, c'est terminé. Je ne vois pas comment je pourrais faire avec les garçons. Parfois, je me dis que je pourrais enseigner. Le droit. Mais je ne suis pas certaine que ça m'intéresse vraiment. » Elle avait perdu le cran qu'il fallait pour travailler. Comme pour skier.

Jane ne répondit pas. Elle voyait probablement Celeste comme une femme trophée pourrie gâtée.

« J'ai de la chance, poursuivit Celeste. Je n'ai pas besoin de travailler. Perry est… euh, il gère un fonds spéculatif. »

Voilà que ses propos lui donnaient l'air de frimer alors qu'elle cherchait à exprimer sa reconnaissance. Décidément, parler travail entre femmes se révélait souvent un exercice périlleux. Madeline aurait réagi du tac au tac : « Perry gagne tellement de pognon que Celeste peut se la couler douce ! » avant de faire volte-face – sa spécialité – en disant qu'élever des jumeaux n'était pas vraiment une sinécure et que Celeste travaillait sûrement plus dur que son mari.

Perry aimait beaucoup Madeline. Il l'avait rebaptisée « la fougueuse ».

« Il faut que je me mette au sport, dit Jane. Pendant que Ziggy est à l'école. Une séance quotidienne, histoire de retrouver la forme. Je m'essouffle au moindre effort. C'est affreux. Surtout qu'ici, tout le monde a l'air au top.

— Pas moi, répondit Celeste. Je n'ai aucune activité physique. Madeline me tanne pour que j'aille
à la salle de gym avec elle. Elle adore leurs cours,
mais moi je déteste ce genre d'endroits.

— Pareil, fit Jane en grimaçant. Tous ces gros
bras en sueur !

— On devrait aller marcher toutes les deux
quand les enfants sont à l'école, suggéra Celeste.
Sur la pointe. »

Surprise, Jane se fendit d'un petit sourire timide.
« Ça me plairait beaucoup. »

HARPER : Je ne vous apprends rien en disant que
Jane et Celeste passaient pour les meilleures amies
du monde, n'est-ce pas ? Eh bien, apparemment,
tout n'était pas si rose, parce que voyez-vous, j'ai
entendu des choses le soir du quiz. Par accident,
bien sûr. À peine quelques minutes avant le drame.
Quand je suis sortie sur le balcon pour prendre
un peu l'air – enfin, pour fumer une cigarette si
vous voulez tout savoir, j'étais préoccupée – bref,
Celeste disait à Jane : « Je suis vraiment, vraiment
navrée. »

Environ une heure avant la sortie des classes,
Madeline reçut un coup de téléphone de Samira,
sa supérieure, qui souhaitait discuter de la stratégie de communication à mettre en place pour
la nouvelle adaptation du *Roi Lear*. Juste avant de
raccrocher (pas trop tôt ! Le temps que Madeline
consacrait au Pirriwee Theatre les jours où elle ne

travaillait pas ne faisait l'objet d'aucune rémuné-
ration. Si sa patronne avait proposé de la payer,
elle aurait refusé, mais quand même, avoir l'occasion de décliner gracieusement ne lui aurait pas
déplu). Samira l'informa que le théâtre s'était vu
offrir quantité de places pour *Disney on Ice* – au
premier rang, s'il vous plaît ! – et qu'elle pouvait
en disposer si elle les voulait.

« C'est quand ? demanda Madeline devant son
calendrier mural.

— Attends que je regarde. Samedi 28 février à
quatorze heures. »

Dans la case correspondante sur le calendrier,
rien. Pourtant, la date lui disait quelque chose. Elle
prit l'enveloppe rose que Chloe lui avait donnée
ce matin.

Bingo ! La fête d'Amabella était fixée au samedi
28 février, quatorze heures.

Le sourire jusqu'aux oreilles, Madeline répondit : « Je prends ! »

THEA : Nous avons reçu les invitations à la fête
d'Amabella le matin. Et puis, l'après-midi même,
Madeline, telle la grande prêtresse, se met à distribuer des billets gratuits pour *Disney on Ice.*

SAMANTHA : Ces billets coûtent une fortune, et Lily
mourait d'envie d'y aller. Je ne me suis pas rendu
compte que c'était le même jour que l'anniversaire
d'Amabella, mais bon, Lily la connaissait à peine,
alors je m'en voulais, mais pas non plus à mort.

JONATHAN : Moi qui ai toujours dit que l'avantage de ne pas travailler, c'était d'être à mille lieues des intrigues de bureaux ! Eh bien, pour ma peine, je me suis retrouvé au beau milieu d'une guéguerre incroyable entre ces deux femmes dès le premier jour de l'école !

BONNIE : Nous sommes allés à la fête d'Amabella. Madeline ne nous a pas donné de billet pour *Disney on Ice.* Je suis sûre que ce n'était qu'un oubli.

INSPECTEUR ADRIAN QUINLAN : Nous évoquons la vie de l'école *dans ses moindres détails* avec les parents. Vous seriez surpris du nombre de disputes *a priori* insignifiantes qui se terminent dans un bain de sang.

22

Assis sur le canapé, Celeste et Perry dégustaient un verre de vin rouge et des boules de chocolat Lindt devant leur troisième épisode de *The Walking Dead.* Les garçons dormaient à poings fermés. Rien ne troublait le silence de la maison en dehors des craquements de pas provenant de la télévision. Le personnage principal avançait prudemment dans la forêt, poignard à la main. Tout à coup, un zombie surgit de derrière un arbre, le visage sombre, en décomposition, émettant des claquements de dents et le râle guttural caractéristique des revenants. Celeste et Perry sursautèrent en criant.

Perry tamponna son tee-shirt taché de vin. « J'ai eu une de ces peurs ! »

Le héros planta son poignard dans le crâne du zombie.

« Prends ça ! s'exclama Celeste.

— Tu mets sur pause le temps que je remplisse nos verres ? »

Elle arrêta le DVD à l'aide de la télécommande. « Cette saison est encore mieux que la précédente.

— Carrément. Même si je crois que j'en fais des cauchemars. »

Il revint avec la bouteille laissée sur le buffet.

« On va à l'anniversaire d'une petite copine des garçons demain ? demanda-t-il en resservant Celeste. J'ai croisé Mark Whittaker au Catalina's aujourd'hui et il semblait convaincu qu'on s'y retrouverait. Il a dit que la mère de la fillette lui avait glissé qu'on était invités. Renata Machin chose. Ce ne serait pas la femme que j'ai croisée le jour où je suis venu à l'école avec toi ?

— Si, c'est elle. On était invités mais on n'y va pas. »

Elle n'était pas à la conversation. C'était bien là le problème. Elle n'avait rien vu venir. Elle profitait du vin, des chocolats, de la série. Perry n'était de retour que depuis quelques jours. Il se montrait toujours très aimant, très gai, après un déplacement, surtout s'il revenait de l'étranger. D'une certaine manière, traverser les océans le purifiait de quelque chose. Son visage paraissait plus lisse, ses yeux plus brillants. Les couches de frustrations mettaient des semaines à se reformer. Les enfants s'étaient comportés comme des petits sauvageons en rentrant de l'école. « Maman se repose ce soir », leur avait dit leur père avant de s'occuper lui-même du rituel bain-brossage de dents-histoire tandis qu'elle lisait au salon en sirotant un Perry Surprise – un cocktail chocolat, crème, fraise et cannelle qu'il avait inventé des années plus tôt. Chaque fois qu'il l'avait fait goûter à une femme, elle s'était extasiée. « Je donnerais ce que j'ai de plus cher au monde pour avoir ta recette », avait même déclaré Madeline.

Perry remplit son verre. « Pourquoi on n'y va pas ?

— J'emmène les garçons voir *Disney on Ice*. Madeline a eu des places gratuites ; nous sommes tout un groupe à y aller. » Celeste reprit un chocolat. Elle avait envoyé ses excuses à Renata par texto mais n'avait pas eu de retour. La plupart du temps, c'était la nounou qui emmenait Amabella à l'école ; du coup, Celeste n'avait pas croisé Renata depuis le jour de la rentrée. Elle savait bien que décliner l'invitation revenait à se ranger du côté de Madeline et Jane, mais n'était-elle pas de leur côté ? Sans compter qu'il s'agissait d'une fête d'anniversaire. Pas de quoi en faire un drame.

« Et moi, je ne suis pas le bienvenu à ce spectacle Disney ? » demanda Perry, son verre à la main.

À ce moment-là, elle sentit quelque chose. Au creux de son estomac. Une minuscule contraction. Mais il avait posé la question d'un ton désinvolte. Enjoué. Si elle y allait doucement, elle pouvait peut-être encore sauver la soirée.

Elle posa son chocolat. « Je suis navrée, dit-elle. J'ai pensé que tu apprécierais d'avoir un peu de temps à toi. Pour aller à la salle de sport par exemple. »

Près du canapé, la bouteille toujours à la main, Perry la dominait de toute sa taille. Il sourit. « Je me suis absenté pendant trois semaines. Je repars vendredi. Pourquoi je ressentirais le besoin d'être seul ? »

Dans sa voix, dans ses yeux, pas une once de colère. Pourtant, Celeste décelait un changement dans l'atmosphère, comme une onde électrique avant une tempête. Elle sentit ses poils se dresser sur ses bras.

« Je suis désolée. Je n'ai pas réfléchi.

— Tu en as déjà marre de moi ? » Il avait l'air blessé. Il *était* blessé. Comment avait-elle pu être si maladroite ? Elle aurait dû s'en douter. Perry cherchait constamment des preuves qu'elle ne l'aimait pas vraiment. À croire que ça lui paraissait iné-vitable. Et quand les faits semblaient lui donner raison, il se mettait dans une rage folle.

Elle allait se lever mais se ravisa. Il y verrait une provocation. Parfois, si elle se comportait norma-lement, elle parvenait à les remettre sur les rails, sans heurts. Elle se contenta de le regarder. « Les garçons ne connaissent même pas cette petite fille. Et je les emmène tellement rarement voir des spectacles. Ça m'a paru la meilleure option, tout simplement.

— Eh bien, pour quelle raison tu ne les emmènes pas voir des spectacles ? Comme si on avait besoin qu'on nous offre des places ! Pourquoi tu n'as pas dit à Madeline d'en faire profiter quelqu'un qui aurait vraiment apprécié le geste ?

— Je ne sais pas. Ça n'était pas une question d'argent, à vrai dire. »

L'idée qu'elle privait une autre mère de places gratuites ne lui avait pas traversé l'esprit. Ni même que Perry serait à Sydney, qu'il voudrait passer du temps avec les jumeaux. Mais il était si souvent absent qu'elle avait pris l'habitude d'organiser leur vie sociale à sa guise.

« Je suis désolée », reprit-elle calmement. Et elle l'était vraiment, mais à quoi bon le répéter puisque de toute façon, il ne la croirait jamais. « J'aurais probablement dû choisir la fête d'anniversaire. » Elle se leva. « Je vais enlever mes lentilles de contact. J'ai les yeux qui piquent. »

À peine avait-elle fait un pas qu'il lui attrapa le bras. Ses doigts s'enfoncèrent dans sa chair.

« Hé, protesta Celeste. Tu me fais mal. »

Sa première réaction, un mélange d'indignation et de surprise, faisait partie du jeu. Comme si cela ne s'était jamais produit, comme s'il y avait une chance qu'il ait perdu la tête.

Il resserra son étreinte.

« Arrête, dit-elle. Perry. Non. »

La douleur déclencha sa colère. Cette colère qui était toujours là, tel un réservoir d'essence prêt à exploser. Sa voix résonna à ses propres oreilles : plus aiguë, hystérique. Celle d'une mégère, d'une harpie. « Perry, ce n'est pas un drame ! Cesse de tout transformer en drame. »

Parce qu'à présent, il ne s'agissait plus de la fête d'anniversaire. Il s'agissait de toutes les autres fois.

Perry serra un peu plus fort. Jusqu'où irait-il ? Il n'avait visiblement pas encore décidé.

Il la poussa, juste assez fort pour qu'elle recule d'un pas mal assuré.

Puis il s'éloigna d'un bon mètre, le menton levé, respirant longuement par le nez. Les bras le long du corps, il attendait de voir ce qu'elle allait faire.

Il y avait tant de possibilités.

Parfois elle essayait d'agir en adulte. « Ceci est inacceptable. »

Parfois elle hurlait.

Parfois elle tournait les talons.

Parfois elle se défendait. Coups de poing, coups de pied, comme lorsqu'elle se battait autrefois avec son grand frère. Il la laissait toujours faire, comme si c'était précisément ce qu'il voulait, ce qu'il lui fallait, puis, au bout de quelques instants, il la prenait par les poignets. Elle n'était pas la seule à se lever avec des bleus le lendemain. Perry aussi. Elle en avait vu sur son corps. Elle était aussi mauvaise que lui. Aussi malade. Elle avait beau jeu de dire aux enfants : « Je ne veux pas savoir qui a commencé ! »

Mais aucune de ces méthodes ne fonctionnait.

« Si tu refais ça, je te quitte », avait-elle déclaré la première fois que c'était arrivé. Elle l'avait dit très sérieusement. Le plus sérieusement du monde. Elle savait parfaitement comment on est censé réagir dans de telles circonstances. Les garçons n'avaient que huit mois. Perry avait pleuré. Elle avait pleuré. Il avait promis. Juré sur la tête de ses enfants. Il était anéanti. Il lui avait offert le premier bijou de tous ceux qu'elle ne porterait jamais.

Le deuxième épisode avait eu lieu une semaine après les deux ans des jumeaux. Ce fut pire que la première fois. Dévastée, elle pensait que c'en était fini de leur mariage. Elle allait partir. Aucun doute sur la question. Mais cette nuit-là, les garçons s'étaient tous deux réveillés en toussant comme des perdus. Diagnostic : laryngite diphtérique. Le lendemain, Josh était si mal en point que leur généraliste avait préféré appeler une ambulance. Le petit avait passé trois jours et trois nuits en soins intensifs. Si douloureux et violacés qu'ils fussent, les hématomes sur la hanche gauche de Celeste lui parurent bêtement insignifiants lorsqu'un médecin lui avait annoncé d'une voix douce qu'il fallait l'intuber.

Tout ce qu'elle voulait, c'était que son fils s'en sorte, ce qui était arrivé – assis sur son lit d'hôpital, il réclamait son disque préféré et son frère d'une voix rauque à cause de cet horrible tube qu'on lui avait finalement retiré. Elle était tellement soulagée qu'elle avait été gagnée par l'euphorie. Tout comme Perry. Ils avaient pu ramener Josh à la maison et, quelques jours plus tard, Perry s'était envolé pour Hong Kong. Il était trop tard pour prendre des mesures radicales.

Sans compter que son indécision reposait sur un fait indéniable : elle aimait son mari. Passionnément. Il la rendait heureuse, la faisait rire. Elle adorait discuter avec lui, regarder la télévision avec lui, paresser au lit avec lui le matin quand le temps était froid et pluvieux. Elle le désirait toujours.

Mais rester, c'était lui donner la permission implicite de recommencer. Elle en avait bien conscience. C'était une femme instruite, elle avait plusieurs options, des endroits où se réfugier, des amis et des parents pour la soutenir, des avocats pour la défendre. Elle pouvait reprendre le travail, subvenir à ses besoins. Elle pouvait le quitter sans craindre qu'il la tue. Sans craindre qu'il lui prenne les enfants.

À l'école, il y avait cette mère, Gabrielle, qui bavardait souvent avec Celeste dans la cour tandis que leurs enfants jouaient aux ninjas ensemble après la sonnerie. « Demain, je commence un nouveau régime, lui avait-elle raconté la veille. Je ne m'y tiendrai probablement pas et, pour finir, je n'aurai que du dégoût pour moi-même. » Puis regardant Celeste de haut en bas : « Avec ta silhouette de rêve, tu n'as pas la moindre idée de ce que je veux dire, n'est-ce pas ? »

Détrompe-toi, avait songé Celeste. Ça me parle totalement.

Debout devant Perry, Celeste se frotta doucement le bras, réprimant ses larmes. Voilà. Demain, elle ne pourrait pas porter sa jolie robe sans manche.

« Je ne sais pas pourquoi… » Elle s'interrompit. *Je ne sais pas pourquoi je reste. Qu'est-ce que j'ai fait pour mériter ça ? Pourquoi tu me fais souffrir ? Pourquoi on se fait souffrir ? Pourquoi ça se reproduit, encore et encore ?*

« Celeste », articula-t-il d'une voix éraillée. Sa violence retomba comme un soufflé. Le DVD se remit en marche. Il prit la télécommande et éteignit le téléviseur.

644

« Oh, mon Dieu. Pardon. » Sur son visage défait, le regret.

C'était terminé à présent. Il n'y aurait plus de reproches concernant la fête d'anniversaire. Bien au contraire. Il se montrerait tendre, plein de sollicitude. Pendant les quelques jours à venir – jusqu'à ce qu'il reparte – aucune femme ne serait plus choyée que Celeste. Une partie d'elle-même y prendrait plaisir : le sentiment légitime et non moins ému d'être victime d'un traitement injuste.

Elle lâcha son bras.

Les choses auraient pu tourner plus mal. Il la frappait rarement au visage. Il ne lui avait jamais cassé un membre ou infligé une plaie ouverte. Elle pouvait toujours dissimuler ses ecchymoses sous un col roulé, des manches ou un pantalon. Il ne lèverait jamais la main sur les enfants qui n'étaient d'ailleurs jamais témoins de ces épisodes. Ça pourrait être pire. Bien pire. Elle en avait lu, des articles sur la violence conjugale, la vraie. C'était terrible. Réel. Ce que Perry faisait ne comptait pas. Dérisoire. D'autant plus humiliant que c'était... vulgaire. Tellement puéril, tellement banal.

Il ne la trompait pas. Ne jouait pas. Ne buvait pas, ou peu. Il n'était pas comme son père qui avait passé sa vie à ignorer sa mère. Ce serait ça, le pire. Ne pas exister aux yeux de son mari.

La rage de Perry relevait de la maladie. La maladie mentale. Elle s'emparait de lui. C'était visible. Tout comme ses efforts pour y résister. Quand il en était la proie, il avait les yeux rouges, le regard vitreux, comme sous l'effet d'une drogue. Ses propos n'avaient aucun sens. Ce n'était pas lui. La rage n'était pas lui. Le quitterait-elle s'il était atteint d'une tumeur au cerveau qui affectait sa personnalité ? Bien sûr que non.

Ce n'était qu'un hic dans une relation par ailleurs parfaite. Toute relation connaît des difficultés. Des hauts. Des bas. À l'image de la maternité. Tous les matins, les garçons grimpaient dans son lit en quête d'un câlin ; au début, c'était merveilleux, mais ensuite, au bout d'une dizaine de minutes, ils commençaient à se chamailler et c'était horrible. Ses fils étaient d'adorables petits amours. Qui pouvaient se transformer en affreux petits animaux.

Elle ne quitterait jamais Perry. Au même titre qu'elle ne pourrait jamais abandonner les garçons.

Perry tendit les bras. « Celeste ? »

Elle tourna la tête, s'éloigna de lui, mais il n'y avait personne d'autre pour la réconforter. Seulement Perry. Le vrai Perry.

Elle s'avança vers lui et posa la tête contre son torse.

SAMANTHA : Je n'oublierai jamais l'instant où Perry et Celeste sont arrivés à la soirée quiz. Il y a eu comme une réaction en chaîne dans la salle. Tout le monde s'est tu et les a fixés.

23

« N'est-ce pas FABULEUX, Chloe ! s'écria Madeline en s'installant dans les gradins de la patinoire. On est si bien placés qu'on sent le froid ! Gla-gla-gla ! Je me demande où les princesses... »

Chloe posa délicatement sa main sur la bouche de sa mère. « Chut. »

Madeline savait qu'elle parlait trop parce qu'elle se sentait anxieuse et un rien coupable. La journée avait intérêt à être exceptionnelle, pour compenser la brouille avec Renata. À cause d'elle, pas moins de huit enfants avaient boudé la fête d'anniversaire d'Amabella pour assister à *Disney on Ice.*

Madeline jeta un œil sur Ziggy qui, de l'autre côté de Chloe, caressait une énorme peluche sur ses genoux. *Ziggy.* Voilà pourquoi ils étaient là aujourd'hui, se rappela-t-elle. Ce pauvre petit chou exclu de la fête. Déjà qu'il n'avait pas de père. Derrière l'adorable bambin se cachait peut-être un véritable petit psychopathe, mais quand même...

« C'est toi qui t'occupes de Harry le Hippo ce week-end, Ziggy ? » fit-elle gaiement. Chaque vendredi, un enfant de la classe se voyait confier Harry le Hippo, la mascotte de la classe, ainsi qu'un album dans lequel raconter une anecdote à illustrer avec des photos.

Ziggy acquiesça sans un mot. Ce n'était pas un bavard.

Fidèle à elle-même, Jane mâchait discrètement un chewing-gum. « C'est plutôt stressant d'avoir Harry avec nous, dit-elle en se penchant vers Madeline.

On a intérêt à le divertir. Le week-end dernier, il a découvert les montagnes russes – aïe ! » Jane tressaillit de douleur : son voisin, l'un des jumeaux qui se chamaillait avec son frère, venait de lui mettre un coup de coude dans la tête.

« Josh ! gronda Celeste. Max ! Arrêtez ça *tout de suite* ! »

Madeline se demanda comment allait Celeste aujourd'hui. Plus pâle que d'ordinaire, elle avait les traits fatigués et des ombres violacées sous les yeux. Évidemment, sur Celeste, on aurait pu croire à un coup de crayon savamment appliqué.

Dans la patinoire, les lumières s'estompèrent jusqu'au noir total. Chloe se cramponna au bras de sa mère. La musique commença, si forte que Madeline en sentait les vibrations. Sur la glace se déploya toute une troupe tourbillonnante de personnages Disney hauts en couleur. Madeline balaya ses invités du regard dans la rangée illuminée par les puissants projecteurs. Les enfants se tenaient bien droit, captivés par le spectacle qui se déroulait sous leurs yeux tandis que leurs parents les observaient, ravis de leur enchantement.

Tous sauf Celeste qui, tête baissée, se massait le front.

Il faut que je le quitte, se dit Celeste. Parfois, alors qu'elle pensait à tout autre chose, la réalité s'imposait à son esprit, aussi brutalement qu'une salve de coups de poing. *Mon mari me bat.*

Dieu du ciel, qu'est-ce qui clochait chez elle ? Pourquoi rationaliser ? C'était insensé ! Une difficulté ? Tu parles d'un euphémisme ! Évidemment qu'il fallait qu'elle s'en aille ! Et aujourd'hui même ! Après le spectacle, elle rentrerait chez elle et bouclerait ses valises dans la minute.

Mais les garçons seraient si fatigués, si ronchons.

« Fantastique ! répondit Jane à sa mère qui l'avait appelée pour s'enquérir de leur après-midi spectacle. Ziggy a adoré. Il dit qu'il veut apprendre à patiner.

— Ton grand-père adorait patiner ! s'exclama Di d'un ton triomphant.

— Ben voyons. » Jane se dispensa de préciser que tous les gamins sans exception avaient fait part du même souhait à leurs parents en sortant de la patinoire ; pas seulement ceux qui avaient une vie antérieure.

« Hé, continua sa mère, tu ne devineras jamais qui j'ai rencontré en faisant mes courses aujourd'hui ! poursuivit-elle. Ruth Sullivan !

— Tiens donc ! » S'agissait-il de la vraie raison de ce coup de fil ? songea aussitôt Jane. Ruth n'était autre que la mère de son ex-petit ami. « Comment va Zach ? » demanda-t-elle consciencieusement tout en déballant un nouveau chewing-gum.

« Bien. Il est, euh… il est fiancé, ma chérie.

— Vraiment ? » Elle glissa la tablette dans sa bouche, s'interrogeant sur les sentiments que cette nouvelle suscitait en elle, mais quelque chose la détourna de cet instant d'introspection. L'infime possibilité d'une infime catastrophe. Elle se mit à chercher dans le désordre de leur appartement, soulevant coussins et vêtements abandonnés.

« Je ne savais pas si je devais te le dire. Ça ne date pas d'hier mais il t'a brisé le cœur, quand même.

— Tu exagères », répondit Jane vaguement.

Zach lui avait bel et bien brisé le cœur, mais avec beaucoup de douceur, de respect et de regrets, à la manière d'un jeune homme de dix-neuf ans bien élevé lorsqu'il décide de partir à la conquête de l'Europe et de ce qu'elle compte de jolies filles.

Repenser à Zach à présent, c'était comme se rappeler un vieux copain d'école, un ami qu'elle prendrait dans ses bras avec une tendresse émue s'ils venaient à se rencontrer à la réunion des anciens élèves mais qu'elle ne chercherait pas à revoir par ailleurs.

Jane s'agenouilla pour jeter un œil sous le canapé.

« Ruth m'a demandé des nouvelles de Ziggy, reprit Di d'un ton plein de sous-entendus.

— Ah ?

— Je lui ai montré une photo de lui, celle qu'on a prise le jour de la rentrée. Elle n'a rien dit, heureusement, mais en l'observant, je voyais bien ce qu'elle pensait. Parce qu'il faut bien reconnaître que, sur cette photo, Ziggy a quand même dans sa façon de sourire un petit air de...

— Maman ! Ziggy n'a rien de Zach », répondit Jane en se relevant.

Elle détestait se prendre à déconstruire le magnifique visage de son fils, à la recherche d'un trait familier ; les lèvres, le nez, les yeux ? Parfois, elle croyait déceler une ressemblance, fugitive, du coin de l'œil, et son cœur s'arrêtait net. Alors elle s'empressait de rassembler les pièces du puzzle pour retrouver la frimousse de Ziggy.

« Oh, je sais ! Rien du tout !

— Et Zach n'est pas le père de Ziggy.

— Oh, ça aussi, je le sais, ma chérie. Juste ciel ! Je le sais. Tu me l'aurais dit, sinon.

— Oui, enfin, je l'aurais dit à *Zach*, surtout. »

Zach l'avait appelée après la naissance de Ziggy. « Jane, as-tu quelque chose à m'annoncer ? » avait-il demandé d'une voix aiguë et tendue. « Non », avait-elle répondu. Un léger soupir de soulagement était parvenu jusqu'à ses oreilles.

« Eh bien, je le sais aussi. » Di s'empressa de changer de sujet. « Dis-moi, as-tu pris des photos sympas avec la mascotte de la classe ? Ton père t'envoie un e-mail avec l'adresse de cet endroit très chouette où ils t'impriment tes photos pour – combien ça coûte, Bill ? Combien ? Non, je te parle des photos de Jane ! Tu sais, pour ce truc qu'elle doit faire pour Ziggy !

— Maman », interrompit Jane. Elle ramassa le cartable de Ziggy qui traînait sur le sol de la cuisine. Elle le retourna, le secoua. Rien. « C'est bon. Je sais où les imprimer. »

Sa mère ne fit aucun cas de ce qu'elle venait de dire. « Bill ! Écoute un peu ! Tu m'as parlé d'un site… » Sa voix s'éteignit.

Jane rejoignit Ziggy qui jouait aux Lego par terre dans sa chambre. Elle souleva ses draps.

« Il va t'envoyer les infos, reprit sa mère.

— Parfait, répondit Jane distraitement. Je dois y aller, maman. Je t'appellerai demain. »

Elle raccrocha. Le cœur battant la chamade, elle posa la main sur son front. Non. Ce n'était pas possible. Elle n'avait pas pu être aussi stupide.

Ziggy la regarda d'un air curieux.

« Je crois que nous avons un problème », déclara Jane.

Madeline décrocha. À l'autre bout du fil, pas un bruit.

« Allô ? Qui est-ce ? »

Des pleurs, quelques mots incohérents.

« Jane ? fit Madeline en reconnaissant soudain sa voix. Que se passe-t-il ? Parle-moi.

— C'est rien, dit Jane en reniflant. Rien de grave. C'est plutôt comique en fait. *Hilarant,* même, que j'en pleure.

— Que s'est-il passé ?

— C'est juste… oh, que vont-elles penser de moi, *maintenant,* toutes ces mères ? » Sa voix chevrotait.

« On s'en moque, de ce qu'elles pensent !

— Pas moi !

— Jane. Dis-moi. De quoi s'agit-il ? Que s'est-il passé ?

— On l'a perdu.

— Perdu ? Tu as perdu Ziggy ? » Madeline sentit la panique l'envahir. Elle avait une peur bleue de perdre ses propres enfants. Elle localisa mentalement chacun d'entre eux : Chloe, au lit ; Fred, en pleine lecture avec Ed ; Abigail, chez son père (encore).

« On l'a laissé sur le siège. Je me rappelle m'être dit, mon Dieu, quel désastre si on l'oubliait. Je me suis fait la remarque, dans ma tête. Mais ensuite Josh s'est mis à saigner du nez et on a toutes eu la tête à autre chose. J'ai laissé un message au service des objets trouvés mais il ne portait ni étiquette ni...

— Jane, je ne comprends rien.

— Harry le Hippo ! On a perdu Harry le Hippo ! »

THEA : C'est typique de la génération Y. Ces jeunes ne font attention à rien. Harry le Hippo servait de mascotte aux élèves de petite section depuis plus de dix ans. Elle l'a remplacé par une peluche synthétique bon marché qui avait une odeur affreuse. Fabriquée en Chine. Son hippopotame n'avait même pas une tête sympa.

HARPER : Écoutez, passe encore qu'elle ait perdu Harry le Hippo, mais comment a-t-elle osé coller des photos de leur petite virée très privée à *Disney on Ice* dans l'album de la classe ? Ils les ont tous vues, et les pauvres petits loulous qui n'étaient pas invités, forcément, ils se sont demandé pourquoi. Comme je l'ai dit à Renata, c'était franchement indélicat.

SAMANTHA : Oui, et vous savez, le plus choquant dans cette histoire, c'est que ce sont *les dernières photos de Harry le Hippo*. Harry le Hippo, patrimoine de l'école, objet de... désolée, ce n'est pas drôle. Pas drôle du tout.

GABRIELLE : Oh là là, quelle *histoire* quand cette pauvre Jane a perdu la mascotte de la classe ! Elles ont toutes voulu faire comme si ce n'était pas grave, alors qu'elles en étaient malades. Je me suis vraiment dit : au secours, elles n'ont pas de vie, ces femmes. Au fait, ça se voit que j'ai perdu trois kilos depuis la semaine dernière ?

24

Deux mois avant la soirée quiz

« Allez les Verts ! » s'écria Madeline en vaporisant de la laque verte sur les cheveux de Chloe pour le festival d'athlétisme.

L'équipe de Chloe et Fred, baptisée les Dauphins, arborait la couleur verte. Une chance pour Madeline qui la portait à merveille, comparé au jaune peu flatteur de l'équipe d'Abigail, au temps où elle fréquentait l'école primaire.

« Ce truc est super mauvais pour la couche d'ozone, fit remarquer l'adolescente.

— Ah bon ? dit Madeline en tenant la bombe à bout de bras. On n'a pas réglé le problème ?

— Maman, on ne peut pas *régler* le problème de la couche d'ozone ! » Abigail leva les yeux au ciel avec dédain tout en mangeant son muesli maison – comprendre : sans conservateurs – aux graines de lin. Depuis quelque temps, elle revenait de chez son père avec un stock de provisions, comme si elle partait en excursion en pleine nature.

« Je ne parlais pas de la couche d'ozone mais des aérosols. Des, euh... je ne sais plus, les trucs, là. » Les yeux plissés, Madeline essaya de lire la composition de l'aérosol. En vain. Les caractères étaient trop petits. Une fois, elle était sortie avec un garçon qui la considérait comme une jolie écervelée, et de fait, tout au long de leur relation, elle s'était comportée comme telle. Vivre avec sa fille de quatorze ans revenait exactement au même.

« Les chlorofluorocarbures, compléta Ed. On n'en met plus dans les aérosols.

— Tu parles, fit Abigail.

— Les jumeaux pensent que c'est leur maman qui va gagner la course, aujourd'hui, déclara Chloe tandis que Madeline commençait à lui faire une tresse africaine. Mais je leur ai dit que tu étais mille fois plus rapide. »

Madeline éclata de rire. Elle imaginait mal Celeste participer à une course. Elle filerait probablement dans la mauvaise direction ou raterait le départ. Elle était toujours si distraite.

« Bonnie a de bonnes chances de l'emporter, intervint Abigail. Elle court comme une flèche.

— *Bonnie ?* » fit Madeline.

Ed se racla la gorge.

« Quoi ? fit Abigail, prête à mordre. Tu en doutes ?

— Je croyais simplement qu'elle préférait le yoga, les activités pas très cardio, précisa Madeline en se reconcentrant sur les cheveux de Chloe.

— Elle est rapide. Je l'ai vue faire la course avec papa sur la plage. Et n'oublie pas : Bonnie est *beaucoup* plus jeune que toi, maman.

— Eh bien, dis-moi, Abigail, tu prends des risques ! » s'exclama Ed.

Madeline s'esclaffa. « Dans quinze ans, ma chérie, je te rappellerai les horreurs que tu m'as dites ces derniers mois… »

Abigail jeta sa petite cuillère, vexée que sa mère et Ed aient ri alors qu'elle ne cherchait pas à être drôle. D'ailleurs, en quoi ses propos étaient-ils amusants ? « Je te dis ça pour que tu n'en fasses pas une maladie si tu n'arrives pas première.

— Oui, oui, d'accord, je te remercie, répondit Madeline d'un ton apaisant.

— Je veux dire, je ne vois pas pourquoi tu te sens autant en rivalité avec elle, poursuivit Abigail méchamment. Ce n'est pas comme si tu voulais toujours être mariée avec papa, que je sache, alors c'est quoi, ton problème ?

— Abigail, intervint Ed. Je n'aime pas le ton que tu prends. Adresse-toi gentiment à ta mère. »

Madeline fit signe à Ed de laisser filer.

« Incroyable ! » Abigail poussa son bol de céréales et se leva, tremblant de tout son corps.

Oh, calamité, pensa Madeline. La journée commence bien. Chloe tourna la tête, empêchant sa mère de terminer sa tresse, pour regarder sa sœur.

« Je ne peux même plus parler maintenant ! Ni être moi-même ! Chez moi, où je devrais pouvoir me détendre ! »

Madeline repensa à la toute première colère d'Abigail, alors âgée de trois ans. Jusque-là, elle s'était dit que sa fille ne piquerait jamais de crise – elle était une si bonne mère. Quel choc ç'avait été de voir son petit être violemment secoué par l'émotion, tout ça parce qu'elle voulait continuer de manger sa grenouille en chocolat, tombée par terre au supermarché. Madeline aurait mieux fait de laisser la pauvre gamine la finir.

« Abigail, inutile de monter sur tes grands chevaux, dit Ed. Calme-toi, maintenant. »

Merci, chéri, ironisa Madeline *in petto*. On sait bien que ça marche à tous les coups, de dire à une femme de se calmer.

« M'man ! Je trouve pas ma deuxième chaussure ! cria Fred depuis le couloir.

— Un instant, Fred ! »

Abigail soupira lentement, visiblement sidérée par la façon scandaleuse dont elle était traitée.

« Tu sais quoi, maman ? fit-elle sans même lui accorder un regard. Je comptais te le dire plus tard, mais je n'ai plus de raison d'attendre.

— M'man ! répéta Fred.

— Maman est occupée ! hurla Chloe.

— Regarde sous ton lit ! » suggéra Ed.

Les oreilles de Madeline bourdonnaient. « Je t'écoute, Abigail.

— J'ai décidé d'aller vivre chez papa et Bonnie.

— Qu'est-ce que tu as dit ? » demanda Madeline. Mais elle avait parfaitement entendu.

Cela faisait tellement longtemps qu'elle redoutait ce qui était en train de se passer. Bien sûr, tout le monde la rassurait : « Non, non, aucun risque. Abigail ne ferait jamais une chose pareille. Elle a besoin de sa mère. » Mais Madeline savait que ça arriverait. Depuis des mois. Une irrésistible envie de hurler sur Ed l'envahit : « Pourquoi a-t-il fallu que tu lui dises de se calmer ? »

« Je pense que c'est mieux pour moi, poursuivit Abigail. Spirituellement. » À présent, elle ne tremblait plus. Elle prit son bol sur la table calmement et le posa dans l'évier. Récemment, elle s'était mise à marcher comme Bonnie, le dos bien droit comme une ballerine, les yeux dans le lointain, arborant un air méditatif.

Le visage de Chloe se décomposa. « Je ne veux pas qu'Abigail aille vivre chez son papa ! » Elle se mit à pleurer à chaudes larmes. Les éclairs que Madeline avait maquillés sur ses joues commencèrent à couler.

« M'man ! » hurla de nouveau Fred. Les voisins allaient finir par croire qu'on l'assassinait.

Ed se prit la tête dans les mains.

« Si c'est vraiment ce que tu veux », dit Madeline. Abigail se tourna vers elle et la regarda droit dans les yeux. L'espace d'un instant, il n'y eut plus qu'elles. Madeline et Abigail. Les filles Mackenzie de l'appartement 9. Comme pendant toutes ces années, au temps où la vie semblait simple et tranquille, où elles prenaient leur petit déjeuner au lit, côte à côte, le dos calé contre leur oreiller, un livre sur les genoux. *Tu te rappelles, Abigail ? Le duo que nous formions ?* songea Madeline en soutenant le regard de sa fille.

Abigail détourna les yeux. « C'est ce que je veux. »

STU : J'étais là, le jour du festival d'athlétisme. On s'est bidonnés, si je peux me permettre l'expression, pendant la course des mamans. Dans le lot, il y en avait pour qui c'était comme participer aux Jeux olympiques. Sérieusement.

SAMANTHA : Oh, n'importe quoi. N'écoutez pas mon mari. Personne n'a pris cette course au sérieux. Moi, j'ai tellement ri que j'ai eu un point de côté.

Nathan était là. Madeline n'en crut pas ses yeux lorsqu'elle se retrouva nez à nez avec lui, donnant la main à Skye, à côté du stand grillades. Pourquoi fallait-il qu'elle le croise, ce matin-là précisément ?

À moins d'être pères au foyer ou d'avoir des enfants particulièrement sportifs, peu d'hommes assistaient au festival d'athlétisme. Mais son ex-mari, lui, avait trouvé le moyen de poser un jour de congé pour enfiler la panoplie du Super-Papa – short, polo à rayures, casquette de base-ball et lunettes de soleil.

« Eh bien, c'est une grande première pour toi ! » s'exclama Madeline. Autour de son cou, un sifflet. Incroyable ! Nathan s'était porté volontaire ! Monsieur s'impliquait ! Comme si c'était son genre ! Ed, qui, lui, avait toujours donné de son temps à l'école, devait boucler un article aujourd'hui. Nathan se faisait passer pour Ed, il jouait l'homme idéal, et tout le monde mordait à l'hameçon.

« En effet ! » répondit Nathan, rayonnant. Puis son sourire se figea – l'idée que sa fille aînée avait dû participer à ce genre de manifestations sportives venait probablement de lui traverser l'esprit. Bien sûr, ces derniers temps, il répondait présent chaque fois qu'Abigail faisait quelque chose de spécial. Elle n'était pas sportive mais elle jouait du violon, et Nathan et Bonnie assistaient, ravis, à tous ses concerts sans exception, l'encourageant avec force applaudissements, comme s'ils avaient été là depuis le début, comme s'ils l'avaient emmenée à ces satanés cours à Petersham où l'on ne pouvait jamais se garer, comme s'ils s'étaient saignés pour les lui payer.

Et maintenant, elle le choisissait, lui.

« Est-ce qu'Abigail t'a dit qu'elle… ? commença Nathan en grimaçant comme s'il évoquait un problème de santé délicat.

— Qu'elle voulait vivre avec toi ? compléta Madeline. Oui. Ce matin même, figure-toi. »

Elle éprouvait une douleur physique. Comme le début d'une mauvaise grippe. Une trahison.

Il la regarda. « Est-ce que…

— Pas de problème. » Avouer ce qu'elle ressentait ? Hors de question de lui faire ce plaisir.

« Il faudra qu'on aborde la question de l'argent. »

Nathan était un homme bien à présent ; il lui versait une pension alimentaire. Au jour dit. Sans rechigner. Ils ne faisaient jamais allusion aux dix premières années de la vie d'Abigail, où, apparemment, la nourrir et l'habiller ne coûtait pas un sou.

« Tu veux dire que je vais devoir te donner une pension ? » demanda Madeline.

Nathan parut choqué. « Oh, non, ce n'est pas ce que je voulais dire...

— Mais tu as raison. C'est tout à fait normal si elle passe la majeure partie de son temps chez toi.

— Maddie, je ne te demanderai jamais le moindre sou. Comment je pourrais alors que je... alors que je n'ai pas, pas pu, pendant toutes ces années... » Il fit la moue. « Écoute, j'ai bien conscience que je n'ai pas été un bon père quand Abigail était petite. Je n'aurais jamais dû parler d'argent. On est un peu justes en ce moment, voilà tout.

— Tu devrais peut-être vendre le bolide tape-à-l'œil qui te sert de voiture.

— Oui, balbutia Nathan, rouge de honte. Bonne idée. Tu as raison. Même s'il n'a pas la valeur que tu... Bref. »

Skye regarda son père avec de grands yeux inquiets et cligna plusieurs fois comme Abigail le faisait autrefois. Nathan lui sourit de toutes ses dents en lui serrant la main. Madeline l'avait humilié. Elle l'avait humilié alors qu'il tenait sa minuscule fillette par la main.

Un ex-mari, ça devrait s'installer dans une autre banlieue. Envoyer ses enfants dans une autre école. Ce qui se passait devrait être interdit par la loi. Aucune femme ne devrait avoir à gérer un imbroglio émotionnel – trahison, souffrance, culpabilité – au festival d'athlétisme de ses enfants. De tels sentiments n'avaient pas leur place en public.

« Pourquoi a-t-il fallu que tu emménages si près, Nathan ? soupira Madeline.

— Quoi ?

— Madeline ! C'est l'heure pour les mamans de rentrer en piste ! Vous venez ? » Miss Barnes, queue-de-cheval haute, teint rayonnant, avait tous les attributs d'une pom-pom girl américaine. Fraîche et féconde, tel un fruit cueilli à point, délicieux. Même Bonnie ne lui arrivait pas à la cheville. Ses paupières ne s'affaissaient pas. Rien chez elle ne s'affaissait. Tout dans sa jeune vie lumineuse était clair, simple et gai. Nathan retira ses lunettes de soleil, visiblement réconforté rien qu'à la voir. Ed aurait réagi de la même façon.

« C'est parti, miss Barnes ! » dit Madeline.

INSPECTEUR ADRIAN QUINLAN : Nous nous intéressons de près aux rapports que la victime entretenait avec tous les parents présents à la soirée quiz.

HARPER : Oui, eh bien, il se trouve qu'en effet, j'ai un avis sur la question.

STU : Un avis sur la question ? Non. Aucun. Tout ce que je sais, c'est que je me suis levé avec une sacrée gueule de bois.

25

Les mères des tout-petits formèrent un groupe désordonné en gloussant sur la ligne de départ. La lumière éblouissante du soleil se reflétait sur leurs lunettes noires. Le ciel dessinait un immense coquillage azur. À l'horizon, la mer de saphir. Jane regarda les autres concurrentes en souriant. Elles lui rendirent son sourire. L'atmosphère était très sympathique. Très conviviale. « Je suis sûre que tu te fais des idées, lui avait dit sa mère. Tout le monde aura oublié la journée d'intégration et ce stupide malentendu. »

Jane n'avait pas ménagé ses efforts pour trouver sa place au sein de la communauté éducative. Elle prêtait main-forte au service de cantine une fois tous les quinze jours. Le lundi matin, elle secondait miss Barnes avec un autre parent en écoutant les élèves qui s'entraînaient à lire. Elle participait poliment aux conversations lorsqu'elle déposait et venait récupérer Ziggy. Elle invitait ses camarades à jouer à la maison.

Pourtant, Jane sentait que quelque chose n'allait pas. Les signes étaient là – des têtes qui se tournaient discrètement, des sourires qui ne montaient pas jusque dans les yeux, le vent du jugement, léger mais présent.

Aucune importance, se répétait Jane sans cesse.

Des broutilles. Rien qui justifie ce sentiment d'effroi. Cet univers – boîtes à sandwiches, sacs de bibliothèque, genoux écorchés, museaux tout sales – n'était en aucune manière lié à la laideur de cette chaude nuit de printemps, la lumière vive du plafonnier qui semblait la dévisager, la main qui faisait pression sur sa gorge, les mots chuchotés qui s'insinuaient tels des vers dans son cerveau. *Arrête d'y penser. Arrête d'y penser.*

Sur la ligne de départ, Jane fit coucou à Ziggy, assis sur les gradins avec ses camarades de classe sous l'œil vigilant de miss Barnes.

« Tu sais que je ne vais pas gagner, hein ? » lui avait-elle dit ce matin au petit déjeuner. Certaines mères s'entraînaient avec un coach à domicile. L'une d'entre elles *était* coach à domicile.

« À vos marques ! » s'écria Jonathan, le sympathique père au foyer qui les avait accompagnées à *Disney on Ice*.

« Quelqu'un sait combien on court ? demanda Harper.

— En tout cas, la ligne d'arrivée m'a l'air fort loin ! dit Gabrielle.

— Mais, on dirait Renata et Celeste qui tiennent le fil d'arrivée ! s'exclama Samantha. Comment ont-elles fait pour échapper à ça ?

— Je crois que Renata a dit qu'elle...

— Elle a une périostite tibiale, interrompit Harper. Apparemment, c'est très douloureux.

— On devrait faire des étirements, les filles », suggéra Bonnie, vêtue d'un tricot de peau jaune qui tombait de son épaule. Une tenue plus appropriée à un cours de yoga. Elle saisit son pied par la cheville avec langueur et ramena son talon sur sa fesse.

« Ah, au fait, Jess », commença Audrey, ou Andrea – Jane ne se souvenait jamais de son prénom – en chuchotant à son oreille, comme si elle avait un sombre secret à lui révéler. Jane ne s'en étonna pas : l'autre jour, Audrey, ou Andrea, s'était approchée d'elle et lui avait demandé sur ce ton

664

confidentiel qui semblait la caractériser : « C'est aujourd'hui le temps lecture à la bibliothèque ? »

« C'est Jane », rectifia cette dernière. (Elle était mal placée pour s'offusquer de la confusion.)

« Désolée. Dites-moi, vous êtes pour ou contre ?

— Pour ou contre quoi ?

— Mesdames ! cria Jonathan.

— Les cupcakes, pour ou contre ?

— Elle est pour, répondit Madeline. Rabat-joie.

— Madeline, laisse-la donner son avis. Elle a l'air de quelqu'un qui fait attention à sa santé. »

Madeline leva les yeux au ciel.

« Euh, eh bien, *j'aime* les cupcakes, dit Jane.

— On fait une pétition pour interdire aux parents d'apporter des cupcakes pour toute la classe à chaque anniversaire. Le problème de l'obésité est devenu critique et on donne aux enfants des gâteaux pleins de sucre tous les quatre matins.

— Ce que je ne comprends pas, c'est l'obsession qu'on a pour les *pétitions* dans cette école, commenta Madeline, agacée. Quelle hargne ! Pourquoi ne pas faire une suggestion, tout simplement ?

— Mesdames, *je vous en prie* ! répéta Jonathan en levant son pistolet de départ.

— Où est Jackie aujourd'hui, Jonathan ? » demanda Gabrielle qui, comme toutes les autres mères était un rien obnubilée par la femme de Jonathan depuis qu'elle était passée dans la chronique affaires du journal télévisé quelques jours plus tôt. Elle avait parlé OPA avec brio et ne s'était pas gênée pour remettre le journaliste à sa place. Par ailleurs, Jonathan avait un charme incroyable, façon George Clooney. Ces dames se croyaient donc obligées de mentionner son épouse à tout bout de champ, histoire de montrer qu'elles n'avaient rien remarqué, qu'elles ne flirtaient pas avec lui.

« À Melbourne, répondit Jonathan. Ça suffit maintenant ! À vos marques ! »

Les concurrentes se mirent sur la ligne de départ.

« Bonnie a l'air d'une vraie pro, commenta Samantha en la voyant se mettre en position.

— Je ne cours plus beaucoup depuis quelque temps, répondit celle-ci. C'est tellement mauvais pour les articulations. »

Jane vit Madeline jeter un coup d'œil sur Bonnie et enfoncer la pointe de son pied dans la pelouse, fin prête.

« Assez bavardé ! gronda Jonathan.

— J'adore ton numéro de mâle dominant ! s'exclama Samantha.

— Prêtes !

— Quel stress, dit Audrey ou Andrea. Comment font les gamins pour supporter ce… »

Le signal du départ se fit entendre.

THEA : C'est vrai, je me suis fait mon avis sur ce qui a pu se produire mais je préfère ne pas médire sur les morts. Comme je le répète à mes quatre enfants, « quand on ne trouve rien de gentil à dire, mieux vaut se taire ».

26

Renata exerçait une forte pression sur le fil d'arrivée. Celeste essayait d'appliquer la même intensité sur l'autre extrémité, jusqu'à ce qu'elle oublie où elle se trouvait – elle était si distraite.

« Comment va Perry ? demanda Renata. En déplacement en ce moment ? »

Chaque fois qu'elle venait à l'école, que ce soit pour récupérer sa fille ou participer à une manifestation, Renata mettait un point d'honneur à ignorer Jane et Madeline (Madeline s'en réjouissait, Jane, beaucoup moins). En revanche, elle parlait toujours à Celeste, quoique sur un ton peu amène, voire irrité, comme si elle s'adressait à une vieille amie qui lui avait fait du tort.

« Il va bien », répondit Celeste.

La veille, tout avait commencé à propos des Lego. Les garçons en avaient laissé partout. Elle aurait dû leur demander de les ranger. Perry avait raison. Simplement, c'était plus facile de le faire elle-même une fois qu'ils dormaient que d'entrer en conflit avec eux. Entendre leurs jérémiades. Supporter une de leurs scènes. La veille, elle n'en avait tout bonnement pas eu le courage. L'éducation laxiste. Elle était une mauvaise mère.

« Tu es en train d'en faire des gosses pourris gâtés, avait dit Perry.

— Ils n'ont que cinq ans. » Assise sur le canapé, Celeste pliait du linge. « Ils sont fatigués après leur journée d'école.

— Je n'ai aucune envie de vivre dans une porcherie, avait-il ajouté en poussant les Lego du pied.

— Tu n'as qu'à les ramasser », avait-elle répondu d'une voix lasse.

Là. Voilà. Elle l'avait provoqué. Comme à chaque fois.

Perry s'était contenté de la regarder. Puis, à quatre pattes sur le tapis, il avait ramassé les pièces de Lego une à une, les rangeant soigneusement dans la grande boîte verte. Elle avait continué à s'occuper du linge en l'observant. Allait-il vraiment tout ranger sans faire d'histoires ?

Il se leva et s'approcha d'elle avec la boîte. « C'est assez simple. Soit tu les fais ranger, soit tu ranges, soit tu paies une putain de femme de ménage. »

D'un geste rapide, il retourna la boîte au-dessus de sa tête, déversant violemment sur elle un bruyant torrent de Lego.

Ce fut un tel choc, une telle humiliation, qu'elle en eut le souffle coupé.

Elle prit une poignée de Lego sur ses genoux et les lui jeta au visage en se levant à son tour.

Voyez. Une fois de plus. C'était elle, la fautive. À se comporter comme une enfant. Ça frisait le ridicule. La farce. Deux adultes qui s'envoient des trucs à la figure.

Il la gifla d'un revers de la main.

Il ne lui mettait jamais de coup de poing. Trop grossier. Elle chancela en arrière et se cogna le genou contre le bord de la table basse en verre. Sitôt son équilibre retrouvé, elle se rua sur lui, toutes griffes dehors. Il la poussa, un air de dégoût sur le visage.

Après tout, pourquoi pas ? L'attitude de sa femme était répugnante.

Il était monté se coucher aussitôt. Elle avait remis les Lego en ordre et jeté leur dîner resté intact à la poubelle.

Ce matin, elle avait la lèvre abîmée et sensible au toucher, comme avant l'apparition d'un bouton de fièvre. Trop discret pour que quiconque relève. Son genou était raide et douloureux. Rien de bien méchant. Presque rien, vraiment.

Au petit déjeuner, Perry avait sifflé gaiement en préparant les œufs des garçons.

« Qu'est-ce que tu as au cou, papa ? » avait demandé Josh.

Une fine égratignure rouge descendait le long de son cou, sur le côté, là où Celeste avait dû le griffer.

« Mon cou ? » Perry avait posé la main dessus tout en jetant un regard rieur à Celeste. Le genre de regard amusé que les parents échangent à la dérobée quand leurs gamins font une remarque naïve et trop chou sur le père Noël ou le sexe. Comme si ce qui s'était passé la veille faisait partie d'une vie de couple normale.

« C'est rien, mon grand. Je marchais sans regarder où j'allais et j'ai pris une branche. »

Celeste n'arrivait pas à oublier l'expression sur le visage de Perry. Il trouvait ça drôle. Il pensait réellement que c'était drôle et sans grande importance.

Celeste passa le doigt sur sa lèvre endolorie.

Était-ce normal ?

Perry saurait quoi répondre : « Non, ce n'est pas normal. Nous ne sommes pas monsieur et madame Tout-le-monde, des gens médiocres qui vivent une relation médiocre. Nous sommes différents. Nous sommes spéciaux. Nous nous aimons plus fort. Tout est plus intense entre nous. Nous faisons l'amour comme personne. »

Le signal de départ se fit entendre, la faisant sursauter.

« Les voilà ! » fit Renata.

Quatorze femmes couraient droit sur elles comme à la poursuite d'un voleur, bras en action, poitrines et mentons en avant ; certaines riaient mais la plupart avaient l'air on ne peut plus sérieux. Les enfants les encourageaient à tue-tête. Celeste chercha ses fils des yeux, en vain.

« Je ne peux pas participer à la course finalement, leur avait-elle annoncé ce matin. Je suis tombée dans les escaliers une fois que vous vous êtes couchés hier soir.

— Oh, avait dit Max d'une voix plaintive. Mais c'était une réaction machinale, il ne semblait pas vraiment déçu.

— Tu devrais faire plus attention, maman, avait conseillé Josh doucement, sans la regarder.

— Tu as raison. » Elle devrait, en effet.

Bonnie et Madeline menaient le peloton. Elles approchaient de la ligne, au coude à coude. Allez, Madeline, songea Celeste. Allez, allez, allez – oui ! Elles touchèrent le ruban avec le buste. Madeline en tête, aucun doute.

« Bonnie, d'un cheveu ! s'écria Renata.

— Non, non, je suis certaine que Madeline a franchi la ligne en premier », protesta Bonnie qui ne s'était visiblement pas démenée. Ses joues étaient à peine plus colorées que d'ordinaire.

« Non, non, Bonnie, c'était toi », dit Madeline, à bout de souffle. Pourtant, elle avait gardé un œil sur Bonnie tout le long de la course et savait pertinemment qu'elle avait gagné. Penchée en avant, les mains sur les genoux, elle essayait de reprendre sa respiration, une sensation de brûlure sur la pommette, à cause de son collier qui lui avait fouetté le visage pendant la course.

« Je suis pratiquement sûre que Madeline était en tête, dit Celeste.

— Bonnie, sûr et certain », interrompit Renata.

Madeline faillit rire tout haut. *Alors c'est comme ça que tu règles tes comptes avec moi maintenant, Renata ? Tu me voles ma victoire !*

« Je suis sûre que c'était Madeline, répéta Bonnie.

— Et moi, que c'était Bonnie, répliqua Madeline.

— Oh, pour l'amour du ciel, déclarons-les *ex æquo* », lança la mère d'un élève de CM2, une serre-tête chargée de distribuer les prix.

Madeline se redressa. « Hors de question. Bonnie a gagné. » Elle s'empara du ruban bleu de la victoire et le déposa au creux de la main de Bonnie avant de lui fermer les doigts dessus, comme si elle remettait une pièce de deux dollars à un enfant. « Tu m'as battue, Bonnie. » Dans son regard bleu pâle, elle vit que Bonnie comprenait. « Tu m'as battue. À la loyale. »

SAMANTHA : Madeline avait gagné. On était toutes mortes de rire de voir Renata soutenir le contraire.

671

Si je crois que cette histoire a conduit à un *meurtre*? Non, pas du tout.

HARPER : Je suis arrivée troisième, au cas où ça intéresserait quelqu'un.

MELISSA : Techniquement, c'est *Juliette* qui est arrivée troisième. Vous savez, la nounou de Renata. Mais Harper n'arrêtait pas de dire qu'une nounou de vingt et un ans, ça ne comptait pas. Et depuis, bien sûr, tout le monde se plaît à faire comme si Juliette n'avait jamais existé.

27

SAMANTHA : Écoutez, il faut que vous compreniez bien la composition sociale de Pirriwee. Donc, d'abord, vous avez les ouvriers qualifiés. Il y en a *beaucoup*. Comme mon Stu. Le sel de la terre. Ou de la mer, parce qu'ils font tous du surf, évidemment. La plupart d'entre eux ont grandi dans le coin et n'en sont jamais partis. Ensuite, vous avez les adeptes des méthodes alternatives. Des babas cool un peu toqués. Et puis ces dix ou douze dernières années, tous ces cadres fortunés et ces salauds de banquiers ont envahi les hauteurs avec leurs énormes villas toutes coulées dans le même moule. Mais il n'y a qu'un seul établissement scolaire pour accueillir tous nos enfants ! Du coup, lors des manifestations organisées par l'école, plombiers, financiers et guérisseurs sont amenés à se côtoyer. C'est hilarant. Pas étonnant que la dernière se soit soldée par une émeute !

À son retour du festival d'athlétisme, Celeste trouva la voiture de ses employés de maison garée devant chez elle. Au moment où elle déverrouilla la porte d'entrée, l'aspirateur vrombissait à l'étage.

Elle se dirigea dans la cuisine où elle se prépara une tasse de thé. Pour deux cents dollars par semaine, elle s'offrait les services d'un couple de jeunes Coréens qui venaient le vendredi matin et laissaient la maison étincelante de propreté.

Quand la mère de Celeste avait su ce que sa fille dépensait en ménage, elle avait manqué de s'évanouir. « Ma chérie, je vais venir t'aider une fois par semaine. Comme ça, tu pourras garder cet argent pour autre chose. »

Elle ne saisissait pas l'ampleur de la fortune de son gendre. La première fois qu'elle avait visité l'immense maison avec vue panoramique sur la mer, elle arborait cette expression de retenue polie que prennent les touristes confrontés à un décalage culturel. Elle avait fini par admettre que la villa était très « spacieuse ». Pour elle, c'était scandaleux de consacrer deux cents dollars à quelque chose qu'on pouvait – qu'on devrait – faire soi-même. Si à cet instant précis, elle avait vu sa fille tranquillement assise dans sa cuisine tandis que d'autres nettoyaient sa maison, elle aurait été horrifiée. La mère de Celeste n'avait jamais eu le loisir de rester les bras croisés. Elle travaillait de nuit à l'hôpital et, sitôt rentrée à la maison, elle préparait un petit déjeuner complet pour son mari qui lisait le journal et ses deux enfants qui se battaient.

Bon sang ! Les bagarres qui éclataient entre Celeste et son frère ! Il la frappait. Elle rendait toujours les coups.

Qui sait ? Si elle n'avait pas grandi auprès d'un grand frère, avec cet esprit garçon manqué, cette ténacité typiquement australienne – un prêté pour un rendu –, si elle avait pleuré doucement, avec grâce, la première fois que Perry avait levé la main sur elle, alors peut-être qu'il n'y aurait pas eu de deuxième fois.

L'aspirateur se tut. Elle entendit une voix masculine, suivie d'un éclat de rire sonore. Ses employés n'avaient pas dû l'entendre rentrer. D'ordinaire, ils travaillaient dans le plus grand silence et affichaient face à elle une attitude ultraprofessionnelle. La situation présente lui causa un chagrin irrationnel, comme si elle voulait se lier d'amitié avec eux. Et si on bavardait gaiement tous ensemble pendant que vous nettoyez ma maison !

Quelques pas rapides se firent entendre au-dessus d'elle, puis un rire de jeune fille.

Arrêtez de vous amuser chez moi ! songea Celeste. Faites le ménage.

Celeste but une gorgée de thé. Le contact de la tasse sur sa lèvre réveilla la douleur.

Elle était jalouse de ses employés de maison.

Assise dans sa grande maison, Madame boudait.

Elle posa son mug, prit sa carte American Express dans son portefeuille avant d'allumer son ordinateur portable. Puis elle se connecta sur le

674

site de Vision du Monde et passa en revue les portraits d'enfants à parrainer : un choix de produits mis à la disposition de femmes blanches fortunées comme Celeste. Elle était déjà marraine de trois enfants et essayait d'y intéresser les jumeaux. Regardez ! Là, c'est Grâce qui vit au Zimbabwe. Elle doit parcourir des kilomètres et des kilomètres à pied pour rapporter de l'eau. Vous n'avez qu'à tendre le bras pour ouvrir le robinet. « Pourquoi elle ne retire pas simplement de l'argent à la banque ? » avait demandé Josh. C'était Perry qui avait répondu, expliqué, patiemment, parlé de gratitude et de soutien à ceux qui n'avaient pas autant de chance qu'eux.

Celeste parraina quatre enfants de plus.

Leur écrire des lettres et des cartes d'anniversaire à tous prendrait des heures.

Garce ingrate !

Tu prends des coups ? Bien fait. C'est tout ce que tu mérites.

Elle se pinça le haut des cuisses jusqu'à en avoir les larmes aux yeux. Demain, elle aurait de nouveaux bleus. Des bleus qu'elle ne devrait qu'à elle-même. Elle se plaisait à les regarder évoluer, devenir plus profonds, plus sombres puis disparaître lentement. C'était un hobby. Un centre d'intérêt bien à elle. C'est important d'avoir un centre d'intérêt.

Elle perdait la tête.

Elle éplucha nombre de sites d'organisations caritatives, ne laissant aucune cause de côté. Le monde avait quantité de maux et de souffrances à offrir : cancer, maladies orphelines, pauvreté, non-respect des droits de l'homme, catastrophes naturelles. Elle donna, donna, donna. En moins d'une demi-heure, elle avait délesté Perry de vingt mille dollars. Elle n'en éprouva ni satisfaction, ni fierté, ni plaisir. Ça la rendait malade. Elle donnait aux œuvres de bienfaisance pendant qu'une jeune fille récurait à quatre pattes les coins crasseux de son bac à douche.

Nettoie-le donc, ton palace ! Renvoie tes employés de maison ! Sauf que ce ne serait pas les aider. Alors, donne ! Donne encore plus aux œuvres de charité ! Donne jusqu'à en souffrir !

Elle dépensa cinq mille dollars supplémentaires.

Leurs finances s'en trouveraient-elles mises à mal ? Celeste ne le savait pas vraiment. Perry gérait leur argent. C'était son domaine d'expertise, après tout. Pour autant, il ne cherchait pas à lui cacher quoi que ce soit. Il passerait en revue la totalité de leurs comptes et portfolios d'investissements avec elle si elle le souhaitait, mais Celeste avait le vertige rien qu'à l'idée de connaître les sommes exactes.

« Quand j'ai ouvert la facture d'électricité ce matin, j'ai eu envie de pleurer », lui avait confié Madeline quelques jours plus tôt. Celeste lui aurait volontiers proposé de la payer pour elle mais Madeline n'avait pas besoin de sa charité. Sa famille disposait de revenus tout à fait confortables. Simplement, l'épithète « confortable » ne recouvrait pas la même réalité pour tout le monde. Dans le cas de Celeste, une facture d'électricité, quel qu'en soit le montant, ne pouvait pas rimer avec pleurer. De toute façon, ce n'était pas possible de donner de l'argent à ses amis comme ça. Payer la note au restaurant ou au salon de thé, oui, mais même là, il fallait agir avec délicatesse pour ne vexer personne, espacer les occasions pour ne pas avoir l'air d'étaler sa richesse, comme si cet argent faisait partie de sa personne, alors qu'en réalité il appartenait à Perry, rien à voir avec elle, rien d'autre qu'un heureux hasard, comme son physique. Elle n'avait pas décidé d'être riche et belle.

À l'université, un jour qu'elle était d'excellente humeur, elle était arrivée en travaux dirigés d'un pas léger et s'était installée à côté d'une certaine Linda.

« Salut ! » avait-elle lancé.

Sur le visage de la Linda en question, un voile de consternation des plus comiques.

« Oh, non, Celeste, avait-elle commencé sur un ton plaintif. Pas aujourd'hui. Je n'arriverai pas à te supporter. Je me sens comme une merde et toi, tu arrives comme une fleur, avec une mine, tu sais, cette mine, quoi. » Elle avait désigné le visage de Celeste d'un air dégoûté.

Les filles alentour avaient explosé de rire. À croire que le trait de Linda, aussi hilarant que subversif, leur brûlait les lèvres à toutes depuis longtemps. Elles avaient ri, ri, et Celeste d'afficher un rictus idiot, car franchement, comment réagir ? Cette réplique lui avait fait l'effet d'une gifle, mais elle ne devait pas le laisser paraître. Sois reconnaissante. N'aie jamais l'air trop heureuse, s'était-elle dit. Ça exaspère les autres.

Reconnaissante. Reconnaissante. Reconnaissante.

Le couple de Coréens s'affairait toujours à l'étage.

Pas une fois au cours de leurs nombreuses années de vie commune Perry n'avait fait le moindre commentaire sur la façon dont elle utilisait leur argent (*son* argent), sauf à lui rappeler à l'occasion, gentiment et avec humour, qu'elle pouvait dépenser plus si elle le souhaitait. « On a les moyens de t'en acheter un autre, tu sais », lui avait-il fait remarquer un jour qu'il l'avait surprise dans la buanderie en train de s'acharner sur le col d'un chemisier en soie blanc. « Celui-ci me plaît », avait-elle répondu.

(C'était une tache de sang.)

Dès lors qu'elle avait cessé de travailler, son rapport à l'argent avait changé. Elle en faisait usage avec précaution et respect, comme elle l'aurait fait d'un objet prêté. Elle savait qu'aux yeux de la loi et de la société (au moins en principe) elle contribuait au foyer en s'occupant de la maison et des enfants. Quand bien même, elle ne dépensait jamais l'argent de Perry comme elle avait dépensé le sien.

Elle n'avait en tout cas jamais dilapidé vingt-cinq mille dollars en un après-midi ! Lui ferait-il une remarque ? Se mettrait-il en colère ? Avait-elle agi dans ce but ? Parfois, les jours où elle sentait la rage couver en lui, consciente que ce n'était qu'une question de temps, elle le provoquait délibérément. Elle déclenchait l'explosion, comme ça, c'était fait.

À se demander si les dons qu'elle prodiguait aux bonnes œuvres n'étaient pas une énième pirouette dans la danse malsaine que constituait leur mariage.

Engager de telles sommes n'était pas sans précédent. Quand ils se rendaient à des bals de charité, Perry pouvait faire une enchère de vingt, trente, quarante mille dollars d'un simple signe de tête, sans sourire. Mais pour lui, il ne s'agissait pas tant de donner que de gagner. « Personne ne surenchérira sur moi, jamais », lui avait-il dit un jour.

Sa générosité ne faisait pourtant aucun doute. S'il apprenait qu'un membre de sa famille ou un ami était dans le besoin, il rédigeait un chèque discrètement ou virait directement de l'argent et changeait de sujet lorsqu'on le remerciait, visiblement gêné de pouvoir résoudre si facilement les crises financières des autres.

On sonna à la porte.

« Mrs White ? » Un homme trapu portant la barbe lui tendit un énorme bouquet.

« Merci.

— J'en connais une qui a de la chance ! » dit le livreur comme si aucune femme n'avait jamais reçu une composition florale aussi impressionnante.

« Vous avez raison ! »

Un parfum délicieux et fort vint lui chatouiller les narines. Autrefois, elle adorait recevoir des fleurs. À présent, elle ne voyait que les tâches que cela occasionnait. Trouver le bon vase. Couper les tiges. Les arranger de telle manière.

Garce ingrate !

Elle lut la minuscule carte.

Je t'aime. Pardonne-moi. Perry

Écrite de la main du fleuriste. C'était toujours si étrange de voir les mots de Perry transcrits par quelqu'un d'autre. Le fleuriste se demandait-il ce qu'il avait à se reprocher ? De quelle faute conjugale s'était-il rendu coupable la veille ? Rentré tard ?

Elle se dirigea vers la cuisine. Les fleurs tremblaient, remarqua-t-elle. Comme si elles avaient froid. Elle serra les tiges plus fort. Elle pourrait les jeter contre le mur. Pourtant, ce serait si peu satisfaisant. Elles tomberaient en vain. Laisseraient une traînée de pétales mouillés sur le tapis. Il faudrait qu'elle les ramasse à genoux sur le sol avant que ses employés de maison ne descendent.

Pour l'amour du ciel, Celeste. Tu sais ce que tu as à faire.

Elle se remémora l'année de ses vingt-cinq ans. L'année où elle était entrée au barreau, avait acheté sa première voiture et ses premières actions, participait à des tournois de squash tous les samedis. Elle avait les triceps très développés et un rire sonore.

L'année où elle avait rencontré Perry.

La maternité et le mariage l'avaient transformée en une version douce et poreuse de la fille qu'elle était autrefois.

Elle posa délicatement les fleurs sur la table de la salle à manger avant de se remettre devant son ordinateur.

Elle tapa les mots « conseiller conjugal » dans Google.

Entrée ? Elle suspendit son geste. Retour arrière, retour arrière, retour arrière. Non. Déjà tenté. Ce qui se passait n'avait rien à voir avec les tâches ménagères et la rancœur ordinaires. Il fallait qu'elle parle à quelqu'un qui savait que ce genre

680

de comportement existait, quelqu'un qui poserait les bonnes questions.

Une sensation de brûlure lui monta aux joues tandis qu'elle tapait les deux mots de la honte.

Violence. Conjugale.

28

Il y a pire dans la vie, songea Madeline en pliant un jean blanc moulant qu'elle glissa ensuite dans la valise déjà bien remplie d'Abigail.

Madeline n'avait aucun droit d'éprouver de tels sentiments. Leur ampleur la troublait. Elle les jugeait follement disproportionnés par rapport à la situation.

Soit, Abigail voulait vivre avec son père et ne semblait guère animée de scrupules. Mais à quatorze ans, on donne rarement dans l'empathie.

Madeline ne cessait de se dire que ça ne lui posait pas de problème. Qu'elle avait avalé la pilule. Elle avait à faire. D'autres choses à faire. Et puis, ça revenait la terrasser, un coup de poing en plein ventre. Elle se retrouvait alors à pratiquer la respiration du petit chien comme en plein accouchement.

Pour Abigail, cela avait pris vingt-sept heures. Nathan et la sage-femme parlaient gaiement football pendant que Madeline était en train de crever sur la table. Bon, elle avait survécu, mais elle se souvenait d'avoir pensé que sa douleur n'aurait d'autre issue que la mort, que les derniers mots qu'elle entendrait sur terre se rapporteraient aux chances de Manly United de remporter le championnat de Ligue 1.

Elle prit un petit haut appartenant à Abigail dans le panier à linge. Sa couleur pêche ne flattait pas le teint de sa fille ; pourtant, elle l'adorait. Lavage à la main uniquement. Bonnie s'en chargerait à présent. À moins que le nouveau Nathan, plus moderne, plus performant, ne s'occupe du linge. Nathan version 2.0. L'homme qui ne déserte pas sa femme. Qui donne de son temps pour les sans-abri. Qui lave du linge à la main.

Plus tard dans la journée, il viendrait récupérer le lit d'Abigail avec l'utilitaire de son frère.

La veille, Abigail avait exprimé le souhait de déménager son magnifique lit à baldaquin chez son père. Enfin, si ce n'était pas trop demander. Madeline et Ed le lui avaient offert pour ses quatorze ans. Un cadeau exorbitant mais le ravissement qui s'était peint sur le visage d'Abigail quand elle l'avait découvert valait chaque *cent* dépensé. Elle avait même dansé de joie. Se repasser ces images, c'était comme penser à une autre personne.

« Ton lit reste ici, avait dit Ed.

— C'est son lit, était intervenue Madeline. Qu'elle le prenne, ça m'est égal. » Des mots prononcés pour blesser – un prêté pour un rendu. Pour montrer qu'elle s'en moquait. Abigail pouvait s'en aller, ne venir qu'un week-end sur deux. Sa vie, sa vraie vie, sa vraie maison seraient ailleurs ? Et alors ? Mais Abigail, ravie de garder son lit, n'avait même pas tiqué.

« Coucou, dit Ed, sur le pas de la porte.

— Coucou, fit Madeline.

— Ce n'est pas à toi de faire sa valise. Abigail est assez grande, tout de même. »

Probablement, oui, mais Madeline s'occupait du linge de toute la maisonnée. Elle maîtrisait le où, quoi, comment de toute l'opération : laver, sécher, plier, ranger. Donc pour elle, c'était logique de le faire. Ed avait toujours été un peu trop exigeant avec Abigail, et ce, dès que Madeline la lui avait présentée. Combien de fois l'avait-elle entendu prononcer cette phrase ? « Abigail est assez grande, tout de même. » Il ne connaissait aucun autre enfant de son âge et Madeline avait le sentiment qu'il plaçait toujours la barre un peu trop haut. Avec Fred et Chloe, c'était différent parce qu'il avait été présent dès le début. Il les connaissait et les comprenait mieux qu'il n'avait jamais connu ou compris Abigail. Bien sûr, il l'aimait beaucoup ; c'était un beau-père obligeant, attentif, qui était immédiatement entré dans le rôle sans se plaindre (deux mois après avoir rencontré Madeline, Ed avait accompagné Abigail à la collation du matin organisée par l'école à l'occasion de la fête des Pères. À l'époque Abigail lui rendait son affection sans compter). Peut-être auraient-ils eu une super relation si Nathan, le père prodigue, n'avait pas refait surface au pire moment. Abigail avait alors onze ans. Trop vieille pour se laisser modeler. Trop jeune pour comprendre et contrôler ses émotions. Elle avait changé du jour au lendemain. Comme si dans son esprit, faire montre de courtoisie – même la plus élémentaire – envers Ed revenait à trahir son père. Avec son petit côté autoritaire vieille école, Ed réagissait mal au manque de respect et ne risquait pas de soutenir la comparaison avec Nathan, toujours prêt à rire.

« Tu crois que c'est ma faute ? » demanda Ed.

Madeline leva les yeux vers lui. « Quoi donc ?

— Si Abigail s'installe chez son père. » Il avait l'air peiné, envahi par le doute. « J'ai été trop dur avec elle ?

— Bien sûr que non », répondit Madeline qui pensait pourtant qu'il avait une part de responsabilité. Mais à quoi bon le lui dire ? « Je crois surtout qu'elle veut vivre avec Bonnie.

— Ça t'arrive de te demander si Bonnie n'a pas subi un traitement par électrochocs ? dit Ed d'un air songeur.

— Ce qui est sûr, c'est qu'elle n'est pas finie. »

Ed s'approcha et passa la main sur un des montants du lit d'Abigail. « Ça a été un enfer de monter ce lit. Tu penses que Nathan va s'en sortir ? »

Madeline ricana.

« Je devrais peut-être lui proposer mon aide. » Il était sérieux. Pour lui, quand on bricolait, il n'y avait pas de place pour l'à-peu-près.

« Je te l'interdis. Tu ne devrais pas être parti ? Je croyais que tu avais une interview ?

— Oui, c'est vrai. » Ed se pencha pour l'embrasser.

« Un sujet intéressant ?

— Le plus vieux club de lecture de Pirriwee. Ils se voient une fois par semaine depuis quarante ans.

— Je devrais peut-être lancer un club de lecture », dit Madeline.

HARPER : Madeline ? Je lui reconnais au moins ça. Elle a invité tous les parents à se joindre à son club de lecture, y compris Renata et moi. J'appartiens déjà à un club de lecture, j'ai donc décliné, ce qui n'est probablement pas plus mal. Renata et moi avons toujours apprécié la littérature de qualité, pas ces best-sellers légers sans originalité. Tellement superficiels. Mais bon, chacun son truc.

SAMANTHA : Le coup du club de lecture érotique, c'est parti d'une plaisanterie. Par ma faute, d'ailleurs. J'étais de cantine avec Madeline et je lui ai parlé d'une scène torride dans le bouquin qu'elle avait choisi. Pour être honnête, torride est un bien grand mot, je plaisantais, c'est tout, mais Madeline m'a dit, du tac au tac : « Oh, aurais-je oublié de préciser qu'il s'agissait d'un club de lecture érotique ? » Alors tout le monde s'est mis à l'appeler comme ça, et plus certaines s'offusquaient – Harper, Carol – plus Madeline insistait.

BONNIE : Je donne un cours de yoga le jeudi soir, sinon j'aurais adoré me joindre au club de lecture de Madeline.

29

« C'est demain que je dois apporter mon arbre généalogique à l'école, rappela Ziggy.

— Non, c'est la semaine prochaine », répondit Jane.

Dans la salle de bains, où Jane était assise à même le sol, le dos contre le mur, tandis que son fils barbotait, l'atmosphère était chargée de vapeur et de la senteur de fraise du bain moussant. Ziggy adorait s'abandonner dans l'eau fumante et moussante. « Plus chaud, maman, plus chaud ! » réclamait-il. Sa peau devenait si rouge que Jane avait toujours peur de l'ébouillanter. « Plus de mousse ! » Puis il jouait longuement, inventant des histoires compliquées à base de volcans en éruption, de chevaliers Jedi, de ninjas, de mères qui se fâchent.

« Il faut du papier carton spécial pour l'arbre généalogique.

— Oui, on en achètera ce week-end. » Jane sourit en découvrant la crête d'Iroquois qu'il avait modelée au sommet de son crâne avec la mousse. « Tu as l'air drôle.

— Non, j'ai l'air super cool », rétorqua Ziggy avant de retourner à son jeu. « Kapow ! Fais gaffe, Yoda ! Où est ton sabre laser ? »

Des éclaboussures d'eau et de mousse jaillirent partout.

Jane reprit la lecture du livre que Madeline avait choisi pour la première réunion de son club. « J'ai pris un roman qui foisonne de scènes olé olé :

sexe, drogue, meurtre ! La discussion promet d'être animée ! Dans l'idéal, il y aura du grabuge ! »

L'histoire se déroulait dans les années vingt. Jane, qui, étrangement, avait perdu l'habitude de lire pour le plaisir, se régalait. Entrer dans un roman, c'était comme retourner en villégiature dans un endroit qu'on avait adoré.

Elle était en plein milieu d'une scène de sexe ; elle tourna la page d'un geste impatient.

« Prends ça, Dark Vador ! Dans ta face ! s'écria Ziggy.

— Ne dis pas "dans ta face". Ce n'est pas joli. » Elle poursuivit sa lecture. Un nuage de mousse parfumée s'écrasa sur sa page. Elle le balaya du bout du doigt. Quelque chose s'éveillait en elle : un début de sensation, minime. Elle bougea légèrement le bassin sur le carrelage. Non. Quand même pas. À cause d'un livre ? De deux paragraphes bien écrits ? Mais si. C'était bien le cas. Elle était un brin excitée.

Quelle révélation, après tout ce temps, d'être encore capable de ressentir quelque chose d'aussi basique, biologique, agréable.

L'espace d'un instant, elle revit la lumière du plafonnier qui la dévisageait. Sa gorge se serra. Mais aussitôt, ses narines se contractèrent sous l'effet d'une bouffée de colère inattendue. Non, odieux souvenir, se dit-elle. Aujourd'hui, je dis non, parce que vois-tu, j'ai d'autres souvenirs de sexe. Beaucoup d'autres souvenirs. D'un petit ami normal, dans un lit normal, sans ces draps telle-ment impeccables, ce plafonnier inquisiteur, ce silence étouffé, des souvenirs de sexe ordinaire, en musique, sous la lumière naturelle, avec un homme qui me trouvait jolie, espèce d'enfoiré, il me trouvait jolie, et je l'étais, et pour qui tu te prends, pour qui tu te prends ?

« Maman ?

— Oui ? » Jane ressentait un bonheur fou, frénétique, comme si quelqu'un lui avait dit : « Même pas cap d'être heureuse ! »

« J'ai besoin de cette cuillère en forme de… tu sais, comme ça », dit-il en dessinant un demi-cercle dans les airs. Il voulait la spatule à œufs.

« Oh, Ziggy, tu n'as pas assez d'ustensiles de cuisine dans ton bain ? » fit Jane. Mais déjà elle posait son livre pour aller la lui chercher.

« Merci, maman, dit-il d'un air angélique, avec ses grands yeux verts et ses cils perlés de minuscules gouttelettes d'eau.

— Je t'aime tellement, mon grand.

— J'en ai besoin maintenant, de cette cuillère !

— J'y vais. »

À peine avait-elle tourné les talons que Ziggy reprit : « Tu crois que miss Barnes va me gronder très fort d'arriver sans mon arbre généalogique ?

— Chéri, c'est pour la semaine prochaine. » Une fois dans la cuisine, elle lut tout haut la feuille qu'elle avait accrochée sur le réfrigérateur à l'aide d'un magnet : « Tous les enfants auront l'occasion de parler de leur arbre généalogique lorsqu'ils rendront leurs travaux le vendredi 24 – oh, calamité. »

Il avait raison. Dans l'esprit de Jane, Ziggy devait rendre son arbre le jour où ils fêteraient l'anniversaire de son père en famille. Mais ensuite, le dîner avait été reporté d'une semaine car son frère avait prévu une escapade avec sa nouvelle copine. Le dîner, oui, mais pas l'arbre. Voilà, tout ça, c'était la faute de Dane.

Non. C'était sa faute à elle. Avec un seul enfant – et un agenda – ça n'aurait pas dû être si compliqué. Ils allaient devoir le faire maintenant. Sur-le-champ. Elle ne pouvait pas l'envoyer à l'école sans son travail. Il se ferait remarquer et c'était précisément ce qu'il voulait éviter. Dans la même situation, Chloe, la fille de Madeline, s'en moquerait totalement. Elle hausserait les épaules en souriant d'un air adorable. Rien ne lui plaisait davantage que d'être le centre d'attention, mais le pauvre Ziggy, lui, n'aspirait qu'à une chose : se fondre dans la masse – telle mère, tel fils. Bizarrement, il lui arrivait souvent le contraire.

« Ziggy, vide le bain ! cria-t-elle. On doit faire ton arbre généalogique tout de suite.

— Je veux la drôle de cuillère !

— On n'a pas le temps. Vide le bain, je te dis ! »

Du carton. Une grande feuille de papier carton. Où allaient-ils s'en procurer à cette heure-ci ? Dix-neuf heures passées. Tout serait fermé.

Madeline. Elle en aurait en trop. Foncer chez elle. Un aller-retour vite fait. Ziggy pourrait même rester dans la voiture en pyjama.

Elle lui envoya un texto :

Panique à bord ! Oublié arbre généalogique !!! (Cruche !) As-tu du carton en rab ? Si oui, je peux passer en récupérer ?

Elle prit la fiche de consignes sur le réfrigérateur.

L'objectif du travail sur l'arbre généalogique était de donner à l'enfant « une idée de son héritage personnel et de celui des autres, en réfléchissant aux gens qui, aujourd'hui comme hier, ont une place importante dans leur vie ». L'enfant devait dessiner un arbre, coller son portrait au milieu puis le compléter avec les photos et les noms des membres de sa famille élargie en remontant au moins deux générations en arrière, trois si possible.

Tout en bas figurait une note en gros caractères soulignés.

« Note aux parents : vos enfants auront évidemment besoin de votre aide, mais veillez à ce qu'ils soient actifs dans l'élaboration de l'arbre. Je veux voir leur travail, pas le vôtre ! :) Miss (Rebecca) Barnes. »

Ça ne devrait pas prendre si longtemps. Les photos étaient déjà prêtes. Elle s'était tellement félicitée de ne pas attendre la dernière minute. Sa mère avait fait tirer des doubles de portraits classés dans des albums de famille. Il y en avait même un de l'arrière-arrière-arrière-grand-père de Ziggy (du côté du père de Jane) pris en 1915 tout juste quelques mois avant qu'il ne tombe sur le champ de bataille en France. Ziggy n'avait plus qu'à dessiner l'arbre et écrire au moins quelques noms.

Le problème, c'était qu'il aurait déjà dû être au lit. Elle l'avait laissé jouer dans le bain beaucoup trop longtemps. Il réclamerait une histoire en bâillant et en glissant de sa chaise ; elle devrait le supplier, l'acheter, l'amadouer – toute l'opération promettait d'être un calvaire.

C'était idiot. Elle devrait le mettre au lit, point. Faire veiller un enfant de cinq ans pour un devoir d'école n'avait pas de sens.

Peut-être pourrait-elle le garder à la maison demain ? Prétendre qu'il était malade ? Mais il adorait le vendredi. Le vendredi, tout est permis, disait miss Barnes. Sans compter qu'avec Ziggy dans les pattes, elle ne pourrait pas travailler. Or elle avait trois dossiers à terminer.

À moins de s'en occuper avant de le conduire à l'école ? Ouais, super idée. Elle devait faire des pieds et des mains rien que pour qu'il se chausse, le matin. Il avait de qui tenir, cela dit.

Respirer à fond. Respirer à fond.

Qui aurait cru qu'avoir un enfant à la maternelle pouvait être si stressant ? Oh, c'était drôle ! Tellement drôle ! Simplement, elle n'arrivait pas à en rire.

Son téléphone restait désespérément silencieux. Elle jeta un œil sur l'écran. Rien. D'habitude, Madeline répondait à ses messages dans la seconde. Elle s'était probablement lassée de Jane et de ses urgences à répétition.

« Maman ! J'ai besoin de ma cuillère ! »

Dring. Elle décrocha.

« Madeline ?

— Non, mon petit, c'est Pete. » Pete, le plombier. Jane se sentit accablée. « Écoutez, mon petit…

— Je sais ! Je suis tellement désolée. Je n'ai pas encore fait les payes. Je vais le faire ce soir. »

Comment avait-elle pu oublier ? Elle établissait toujours les fiches de paye de Pete le jeudi en fin de matinée pour que ses gars partent en week-end avec leur chèque.

« Pas de soucis, répondit Pete. À plus tard, mon petit. »

Il raccrocha sans un mot de plus. Pas causant.

« Maman !

— Ziggy ! dit Jane en le rejoignant d'un pas furieux. C'est l'heure de sortir du bain ! On doit s'atteler à ton arbre généalogique. »

Elle le trouva étendu sur le dos, les mains non-chalamment croisées derrière la tête comme s'il faisait bronzette sur une plage de mousse.

« Tu as dit que ce n'était pas pour demain.

— Sauf que j'avais raison ! Tu t'es trompé ! Je veux dire, tu avais raison, je me suis trompée ! On doit le faire tout de suite ! Vite ! Va te mettre en pyjama ! »

Elle plongea la main dans l'eau chaude et tira d'un coup sec sur la bonde tout en sachant que c'était une grave erreur.

« Non ! hurla Ziggy, privé de son petit plaisir. C'est moi qui le fais.

— Je t'ai laissé tout le temps de le faire, répondit Jane de sa voix la plus sévère. Tu sors, maintenant. Et pas d'histoires. »

L'eau se mit à gronder. Ziggy aussi. « *Méchante !* C'est moi qui fais ! Pourquoi tu m'as pas laissé ? Non, non. »

Il se jeta en avant pour lui arracher la bonde des mains, la remettre en place et la retirer lui-même. Jane leva le bras pour l'en empêcher. « On n'a pas le temps pour ça ! »

Ziggy se dressa de toute sa hauteur, le corps glissant et mousseux, le visage déformé par une colère démentielle. Il s'empara de la bonde, glissa, obligeant Jane à le retenir par le bras pour éviter qu'il ne s'assomme.

« Tu me fais MAL ! » hurla-t-il.

Jane avait eu si peur qu'il tombe qu'elle était à présent furieuse contre lui.

« ARRÊTE DE CRIER ! »

Elle enveloppa Ziggy dans une serviette avant de le sortir de la baignoire tandis qu'il donnait des coups de pied en vociférant. Elle le porta jusque dans sa chambre et le posa avec le plus grand soin sur son lit, terrifiée de ne pas pouvoir résister à l'envie de le projeter contre le mur.

Il continua de s'époumoner, écumant de rage, envoyant des coups dans tous les sens. « JE TE DÉTESTE ! »

Les voisins ne devaient pas être loin d'appeler la police.

« Arrête, dit Jane en tâchant de se reprendre. Tu te comportes comme un bébé.

— Je veux changer de maman ! » Son pied s'enfonça dans son ventre, laissant Jane presque suffocante.

Elle perdit son sang-froid. « ARRÊTE ! ARRÊTE ! ARRÊTE ! » cria-t-elle comme une folle. Ça lui faisait du bien. Quel soulagement ! Mérité, avec ça !

Ziggy s'arrêta aussitôt. Levant vers elle un regard empli de terreur, il recula jusqu'à la tête de lit et se recroquevilla, le visage enfoui dans son oreiller, formant une petite boule nue sanglotant pitoyablement.

« Ziggy. » Elle posa une main sur sa colonne vertébrale noueuse. Il se déroba. Elle se sentit malade de culpabilité.

« Je suis désolée d'avoir crié comme ça. » Elle drapa son corps nu dans la serviette. *Désolée d'avoir eu envie de te jeter contre le mur.*

Il se tourna et s'accrocha à elle comme un koala, les bras autour de son cou, les jambes autour de sa taille, le museau humide et plein de morve au creux de son épaule.

« Ce n'est rien. Tout va bien. » Elle récupéra la serviette sur le lit et le couvrit. « Vite. On met le pyjama avant que tu attrapes froid.

— Il y a quelque chose qui bourdonne.

— Quoi ? »

Ziggy leva la tête, à l'écoute, curieux. « Tu entends ? »

Quelqu'un appelait à l'interphone.

Jane alla dans le salon, Ziggy dans les bras.

« C'est qui ? » demanda-t-il, tout excité. Ses joues ruisselaient de larmes, mais ses yeux étincelaient. Il était passé à autre chose comme si cet horrible incident n'avait jamais eu lieu.

« Je ne sais pas. » Quelqu'un qui voulait se plaindre du bruit ? La police ? Les services de protection de l'enfance qui venaient lui enlever Ziggy ?

Elle décrocha l'interphone. « Oui ?

— C'est moi ! Ouvre ! Il fait froid !

— Madeline ? » Elle actionna le déverrouillage de la porte de sécurité de l'immeuble puis posa Ziggy pour ouvrir à son amie.

« Chloe est là aussi ? » Sautillant comme une puce, Ziggy laissa glisser la serviette au sol.

« Chloe doit être au lit, ce qui devrait aussi être ton cas, répondit Jane en jetant un œil dans la cage d'escalier.

— Bonsoir ! » Un sourire radieux sur les lèvres, Madeline grimpait les marches bruyamment dans un cardigan couleur pastèque, un jean et des bottes pointues à talons.

« Coucou ?

— Voilà du carton ! » annonça Madeline en brandissant un rouleau de papier carton jaune.

Jane fondit en larmes.

30

« Ce n'est rien ! J'étais ravie d'avoir une excuse pour sortir, dit Madeline en essayant de couvrir les pleurs de gratitude de Jane. Maintenant, vite, vite, Ziggy ! On t'habille et on se met au travail ! On aura fini en deux coups de cuillère à pot ! »

Les problèmes des autres semblaient toujours si faciles à surmonter et leurs enfants tellement plus obéissants, songea Madeline tandis que Ziggy filait dans sa chambre. Elle profita de ce que Jane allait chercher les photos de famille pour regarder autour d'elle. L'appartement, petit mais soigné, ne manqua pas de lui rappeler le deux-pièces qu'elle occupait autrefois avec Abigail.

Madeline idéalisait cette période de sa vie, elle en avait tout à fait conscience. Elle mettait de côté les soucis d'argent permanents, la solitude de ces soirées où, après avoir couché sa fille, elle ne trouvait rien d'intéressant à la télévision.

Abigail vivait avec Nathan et Bonnie depuis maintenant deux semaines, et la situation semblait parfaitement convenir à tout le monde. Tout le monde sauf elle. Ce soir, au moment où elle avait reçu le texto de Jane, les petits étaient au lit, Ed travaillait sur un article et elle-même venait de s'installer au salon pour regarder *Top Model USA*. « Abigail ! » avait-elle appelé, la télécommande en main. Puis elle s'était rappelé la chambre vide, le lit à baldaquin remplacé par un canapé convertible pour les week-ends où Abigail viendrait. Madeline ne savait plus comment se comporter avec sa fille, elle avait l'impression d'avoir été renvoyée de son poste de mère.

D'habitude, elles regardaient *Top Model USA* ensemble en mangeant des marshmallows et en critiquant vertement les concurrentes, mais à présent, Abigail vivait heureuse dans une maison sans télé. Bonnie n'était pas une adepte du petit écran. Après le dîner, ils s'asseyaient tous ensemble pour écouter de la musique classique et discuter.

« N'importe quoi ! s'était exclamé Ed avec mépris quand elle lui en avait parlé.

— Apparemment, c'est vrai. » Évidemment, quand Abigail venait en « visite », tout ce qu'elle voulait, c'était se vautrer sur le canapé et se gaver de télévision, et comme Madeline se retrouvait dans la position du parent qui gâte, elle la laissait faire. (Si elle avait passé la semaine à écouter de la musique classique et à discuter, elle aussi rêverait de regarder la télévision.)

La vie de Bonnie, de A à Z, faisait à Madeline l'effet d'une gifle. (Pas une grosse claque, non, plutôt une petite tape, gentille, condescendante, parce que Bonnie ne ferait jamais de mal à une mouche.) Voilà pourquoi c'était si agréable de pouvoir aider Jane, d'être la personne apaisante, qui apportait réponses et solutions.

« Je ne trouve pas de colle pour les photos », dit Jane d'un ton inquiet tandis qu'elles posaient tout sur la table.

« J'ai. » Madeline sortit une trousse de son sac à main et prit un marqueur noir pour Ziggy. « Allez, Ziggy, dessine-nous un super grand arbre ! »

Tout se passait à merveille jusqu'à ce qu'il fasse remarquer : « Il faut ajouter le nom de mon père. Miss Barnes a dit que c'était pas grave si on n'avait pas de photo, qu'on n'avait qu'à écrire le nom de la personne.

— Eh bien, tu sais que tu n'as pas de papa, Ziggy », répondit Jane calmement. Elle avait toujours essayé d'être le plus honnête possible avec Ziggy sur la question, avait-elle confié à Madeline. « Mais tu as de la chance, parce que tu as tonton Dane, papi et ton grand-oncle Jimmy », reprit-elle en brandissant les portraits de trois hommes souriants comme s'il s'agissait de cartes gagnantes. « *Et...* on a même cette photo incroyable de ton arrière-arrière-arrière-grand-père qui était soldat !

— Oui, mais il faut quand même que j'écrive le nom de mon papa juste là. On trace un trait en partant de ma photo jusqu'à ma maman, et un autre jusqu'à mon papa. C'est comme ça qu'on fait. »

Il désigna l'arbre généalogique que miss Barnes avait dessiné sur la feuille de consignes, parfaite illustration d'une famille nucléaire unie, composée d'une maman, d'un papa et de deux enfants.

Franchement, miss Barnes devrait repenser cette activité, songea Madeline qui avait elle-même eu sa dose de problèmes en aidant Chloe à faire son arbre. Par exemple, la question de savoir s'il fallait relier Abigail à Ed s'était posée. Délicat, n'est-ce pas ? « Il faudra que tu ajoutes une photo du *vrai* père d'Abigail, avait suggéré Fred obligeamment en jetant un œil sur le travail de sa sœur. Avec sa voiture ?

— Absolument pas », avait répondu Madeline.

Face à Ziggy, elle reprit : « Pas besoin de faire exactement comme miss Barnes. Tout le monde aura un arbre différent. Celui-ci n'est qu'un exemple.

— Oui, mais il faut écrire le nom de sa mère *et* de son père. Comment il s'appelle, mon père ? Tu me le dis, maman ? Tu me l'épelles ? Je sais pas comment ça s'écrit. Je vais me faire gronder si j'écris pas son nom. »

Typique des enfants. Ils avaient le don de flairer les sujets sensibles et poussaient les adultes dans leurs retranchements, en véritables petits procureurs.

La pauvre Jane s'était figée.

« Trésor, commença-t-elle doucement en regardant son fils. Je t'ai déjà raconté cette histoire plein de fois. Ton papa t'aurait adoré s'il t'avait connu, mais, je suis désolée, j'ignore son nom, et je sais que ce n'est pas juste...

— Mais il faut écrire un *nom* ici ! Miss Barnes l'a dit ! » Dans sa voix, une pointe d'hystérie familière. Les enfants de cinq ans épuisés sont comme des bâtons de dynamite : à manipuler avec précaution.

« *J'ignore* son nom ! » répéta Jane, sans desserrer les dents.

Consciente que rien ni personne ne peut exaspérer un adulte autant que ses propres enfants, Madeline intervint.

« Oh, Ziggy, mon grand, tu sais, ça arrive tout le temps. » Pour l'amour du ciel. C'était sûrement vrai, non ? Jane n'était pas la seule mère célibataire dans le coin. Madeline allait avoir deux mots avec miss Barnes dès le lendemain et s'assurer qu'elle ne donne plus ce devoir ridicule aux enfants. Pourquoi vouloir à tout prix faire entrer les familles fracturées dans une petite case bien définie au XXIe siècle ?

« Voilà ce que tu vas faire ! Tu vas mettre : "Papa de Ziggy". Tu sais écrire Ziggy, n'est-ce pas ? Oui, bien sûr, c'est ça. »

À son grand soulagement, Ziggy traça une à une les lettres de son prénom, la langue aux commissures des lèvres pour mieux se concentrer.

« Comme tu écris bien ! » l'encouragea Madeline tout excitée. Elle ne voulait pas lui laisser le temps de réfléchir. « Bien mieux que ma petite Chloe ! Et voilà ! C'est fini ! Ta maman et moi, on va coller les dernières photos pendant que tu dors. Mais avant, c'est l'heure de l'histoire, non ? Et je me demandais, tu serais d'accord pour que ce soit moi qui te la lise ? J'adorerais voir ton livre préféré. »

Ziggy acquiesça en silence, visiblement submergé par le flot de paroles de Madeline. Il se leva, ses petites épaules toutes voûtées.

« Bonne nuit, Ziggy, dit Jane.

— Bonne nuit, maman. » Ils s'embrassèrent sans même un regard, tels des époux en guerre, puis, prenant la main que Madeline lui tendait, Ziggy se laissa entraîner dans sa chambre.

Madeline réapparut dans le salon moins de dix minutes plus tard. Jane, qui collait la dernière photo sur l'arbre généalogique, la regarda.

« Il s'est endormi en un clin d'œil. En plein milieu de l'histoire, comme dans les films. Je ne savais pas que c'était possible.

— Je suis tellement désolée, répondit Jane. Tu ne devrais pas avoir à venir ici pour coucher un autre enfant, mais je te suis extrêmement reconnaissante, car je ne voulais pas me lancer dans une conversation avec lui à ce sujet juste avant le coucher et...

— Chut ! interrompit Madeline en s'asseyant près d'elle, une main sur son bras. Ne me remercie pas. Je sais ce que c'est. L'école maternelle, c'est stressant. Ils sont tellement fatigués.

— Je ne l'ai jamais vu se mettre dans un tel état, dit Jane. À propos de son père. Je veux dire, j'ai toujours su qu'un jour, ça pourrait poser un problème, mais pas avant qu'il ait treize ou quatorze ans. Je pensais que j'aurais le temps de me préparer, pour savoir quoi dire exactement. Mes parents m'ont toujours dit que, le mieux, c'est encore de dire la vérité, mais tu sais, la vérité n'est pas toujours, pas toujours, euh, la vérité n'est pas toujours...

— Acceptable, proposa Madeline.

— Oui. » Jane repositionna le portrait qu'elle venait de coller puis, regardant le résultat : « Il sera le seul de sa classe à ne pas avoir de photo de son père.

— Ce n'est pas la fin du monde. » Elle toucha la photo du père de Jane qui tenait Ziggy sur ses genoux. « Il a des hommes merveilleux dans sa vie. » Elle sourit à Jane. « C'est dommage qu'il n'y ait pas d'enfants avec deux mamans ou deux papas dans la classe. Quand Abigail était à la maternelle dans les quartiers défavorisés à l'ouest de la ville, il y avait toutes sortes de familles. On est un peu trop tradi ici. On adore penser qu'il y a une grande mixité dans la péninsule, mais en réalité, la seule chose qui nous différencie les uns des autres, c'est notre porte-monnaie.

— Je *sais* comment il s'appelle, avoua Jane à voix basse.

— Tu parles du père de Ziggy ?

— Oui. Il s'appelait Saxon Banks. » Elle prononça son nom la bouche un peu de travers, comme si elle essayait de reproduire des sons appartenant à une langue étrangère. « Ça sonne bien, hein ? Respectable ? Le nom d'un citoyen comme il faut. Plutôt sexy, avec ça ! Sexy Saxon ! »

Elle frissonna.

« As-tu jamais essayé d'entrer en contact avec lui ? Pour l'informer, à propos de Ziggy ?

— En aucun cas. » Une formule plus recherchée que d'ordinaire dans la bouche de Jane.

« Et pourquoi cela ? dit Madeline en se mettant au diapason.

— Parce que Saxon Banks n'était *pas* un garçon comme il faut », répondit Jane d'une voix ridicule et snob en prenant un air de défi. Pourtant, ses yeux pétillaient. « Pas du tout, même. »

De sa voix normale, Madeline reprit : « Oh, Jane, qu'est-ce qu'il t'a fait, ce salaud ? »

31

Jane n'arrivait pas à croire qu'elle avait dit son nom tout haut à Madeline. Saxon Banks. Comme s'il s'agissait d'une personne ordinaire.

« Tu veux me raconter ? demanda Madeline. Tu n'es pas obligée. »

Elle avait visiblement envie d'entendre son histoire mais sans l'impatience dont les amies de Jane avaient fait preuve le lendemain (« Déballe, Jane, déballe ! On veut tout savoir ! »). Elle manifestait par ailleurs de la compassion sans toutefois être pesante – un écueil que sa mère, submergée par son amour pour sa fille, n'aurait pas su éviter.

« Ce n'est pas si grave que ça, non plus », précisa Jane.

S'appuyant sur le dossier de sa chaise, Madeline retira les deux bracelets peints à la main qui cliquetaient à son poignet, les posa soigneusement l'un sur l'autre devant elle puis poussa l'arbre généalogique sur le côté.

« OK. » C'était grave, très grave, elle le savait.

Jane s'éclaircit la gorge avant de prendre un chewing-gum dans le paquet qui se trouvait sur la table.

« Nous sommes sorties dans un bar. »

Zach l'avait quittée trois semaines plus tôt.

Ça lui avait fait un véritable choc. Comme un seau d'eau glacée en pleine figure. Elle qui les imaginait déjà se fiancer et contracter un prêt immobilier.

Elle avait le cœur brisé. En mille morceaux. Pourtant, elle savait qu'elle guérirait. Elle trouvait même un certain plaisir à son chagrin. Elle se vautrait avec délice dans sa tristesse, pleurait pendant des heures en regardant des photographies de Zach et elle, pour ensuite sécher ses larmes et filer s'acheter une nouvelle robe. Elle le méritait bien, elle avait le cœur brisé, après tout. La consternation et la compassion que tout le monde lui témoignait étaient tellement gratifiantes. « Vous formiez un si beau couple ! » « Il est fou ! Il s'en mordra les doigts ! »

Et puis, elle avait le sentiment qu'elle vivait un rite de passage. Une partie d'elle-même considérait déjà cette période de son existence avec le recul qu'on acquiert avec le temps. *Mon premier chagrin d'amour.* Une autre était assez curieuse de savoir ce que la suite des événements lui réservait. Sa vie semblait engagée dans une voie, et voilà qu'en un instant, en un claquement de doigts, elle partait dans une autre direction. Intéressant ! Peut-être qu'à la fin de ses études, elle prendrait une année sabbatique pour parcourir le monde, comme Zach. Peut-être qu'elle fréquenterait un mec complètement différent. Un musicien un peu cracra. Un geek. Tout un éventail de garçons attendait Jane.

« Toi, tu as besoin de *vodka* ! avait déclaré sa copine Gale. Et de danser ! »

Elles étaient allées dans un bar d'hôtel du centre-ville. Avec vue sur le port. C'était une douce soirée de printemps. Elle avait le rhume des foins. Les yeux qui piquaient. La gorge qui grattait. Mais l'air printanier apportait aussi dans son sillage ce sentiment que tout était possible, la promesse d'un été incroyable.

Assis à la table d'à côté, un groupe d'hommes plus âgés – trente-deux, trente-trois ans peut-être. Des cadres. Ils leur offrirent à boire. Des cocktails crémeux servis dans de grands verres. Pas donnés. Jane et Gale les descendirent comme du petit-lait.

Ils venaient d'un autre État et passeraient la nuit à l'hôtel. L'un d'eux s'enticha de Jane.

« Saxon Banks, dit-il en lui prenant la main.

— Mr Banks, comme le père dans *Mary Poppins* ! répondit Jane.

— Je ressemble davantage au ramoneur. » Il plongea son regard dans ses yeux et interpréta la chanson du film.

Ce n'est pas très compliqué pour un trentenaire doté d'une carte American Express Gold et d'un menton ciselé de séduire une jeune fille de dix-neuf ans, pompette de surcroît. Regard fixe. Petite chanson au creux de l'oreille. D'une voix juste. Emballé, c'est pesé.

« Fonce, chuchota Gale à son amie. Qu'est-ce qui t'en empêche ? »

Jane n'avait rien trouvé à répondre.

Pas d'alliance. Il avait probablement une petite amie à la maison mais ce n'était quand même pas à elle de mener l'enquête. D'autant qu'elle n'allait pas commencer une histoire avec cet homme. Elle s'apprêtait à vivre un coup d'un soir. Son premier coup d'un soir. Jusque-là, elle avait toujours fait preuve de réserve dans ses rapports avec l'autre sexe. Il était temps d'y instiller un brin de folie, d'embrasser sa jeunesse, sa liberté. C'était comme être en vacances et décider sur un coup de tête de sauter à l'élastique. Sans compter que ce serait un coup d'un soir super classe, dans un hôtel cinq étoiles, avec un homme cinq étoiles. Il n'y aurait pas de place pour les regrets, comme avec Zach. Qu'il le fasse donc, son stupide voyage, à tripoter des nanas à l'arrière d'un car.

Saxon s'avérait drôle et sexy. Promoteur immobilier. Prospère, avec ça. Il n'avait pas utilisé le mot, mais c'était sous-entendu. Ils riaient, riaient, tandis que l'ascenseur en verre montait vers le ciel au centre de l'hôtel. Puis, tout à coup, le silence étouffé du couloir moquetté. La clé de sa chambre glissant dans la serrure et aussitôt la minuscule lumière verte en signe d'approbation.

Trop ivre ? Non. Juste ce qu'il fallait. Euphorique. Qu'est-ce qui l'en empêchait ? se répétait-elle. Le saut à l'élastique ? Pourquoi pas ? Se jeter dans le vide ! Être une vilaine fille, pour une fois ! Histoire de rire ! De s'amuser ! De *vivre*, tout comme Zach voulait *vivre* en parcourant l'Europe à bord d'un car, en grimpant la tour Eiffel.

Ils burent un verre de champagne face au port, il lui prit la coupe des mains, la posa sur la table de chevet – une scène digne d'un film de cinéma qu'elle avait vue cent fois, mais à présent elle ne se contentait pas d'être spectatrice, même si une partie d'elle-même riait de la virtuosité prétentieuse avec laquelle il orchestrait le tout.

Il la prit par la nuque et l'attira à lui, tel un danseur de tango. Puis, posant une main au creux de ses reins pour la maintenir contre lui, il l'embrassa. Sa lotion après-rasage avait l'odeur de l'argent.

Elle était là pour une raison : coucher avec lui. À aucun moment elle ne changea d'avis. À aucun moment elle ne prononça le mot « non ». Ce ne fut en aucune manière un viol. Elle se laissa déshabiller en gloussant comme une idiote, allant jusqu'à lui prêter main-forte. Elle s'allongea sur le lit avec lui. Pendant quelques secondes, tandis que leurs corps dénudés se serraient l'un contre l'autre, elle fut frappée par l'étrangeté de son torse poilu et, tout à coup, l'agréable familiarité du corps et de l'odeur de Zach lui manqua affreusement, mais elle était prête à aller jusqu'au bout.

« Préservatif ? » murmura-t-elle d'une voix rauque parfaitement étudiée le moment venu. Elle s'attendait à ce qu'il s'occupe de ce détail avec la douceur et le tact qui l'avaient caractérisé jusque-là – imaginant qu'il utiliserait une marque de préservatif de qualité supérieure – mais à cet instant précis, il mit ses mains autour de son cou en disant : « Déjà essayé ça ? »

Ses doigts puissants lui firent l'effet d'un étau.

« C'est marrant. Ça va te plaire. Tu vas monter d'un coup. Comme avec de la coke.

— Arrête. » Aussitôt, elle porta les mains à sa gorge. L'idée de ne pas pouvoir respirer lui était insupportable. Elle qui détestait nager sous l'eau.

Il resserra son étreinte. Il la regardait droit dans les yeux, souriant, comme s'il était en train de la chatouiller, et non de l'étrangler.

Il lâcha prise.

« Je n'aime pas ça ! souffla-t-elle.

— Désolé. C'est un plaisir qui s'acquiert. Il faut juste te détendre, Jane. Ne sois pas si tendue. Allez.

706

— Je t'en supplie. »

Mais il recommença. Elle crut qu'elle allait vomir. Les sons étouffés qui sortaient de sa bouche étaient dégoûtants, honteux. Son corps était couvert d'une sueur froide.

« Toujours pas ? » demanda-t-il en levant les mains.

Il sourit. Son regard se fit dur. Mais peut-être l'était-il depuis le début.

« S'il te plaît, arrête. S'il te plaît, ne recommence pas.

— Une petite salope ennuyeuse, voilà ce que tu es, hein ? Tu veux juste te faire baiser. C'est pour ça que tu es là, hein ? »

La dominant de tout son corps, il la pénétra comme il aurait actionné une machine rudimentaire. Et tout le temps que dura son va-et-vient, la bouche contre son oreille, il lui susurra un flot ininterrompu de méchancetés gratuites qui s'insinuèrent directement dans son cerveau pour s'y lover comme un serpent.

Tu n'es qu'une grosse moche, hein ? Avec tes bijoux de pacotille et ta robe bon marché. Ton haleine empeste, en plus. Toute une éducation à refaire, question hygiène dentaire. Mon Dieu. Tu penses toujours comme tout le monde, hein ? Tu veux un tuyau ? Il faut te respecter un peu plus. Perdre tous ces kilos. Inscris-toi dans une salle, putain. Arrête de bouffer des saloperies. Tu ne seras jamais une beauté mais au moins tu ne ressembleras pas à une vache.

Elle n'opposa pas la moindre résistance. Elle fixa la lumière du plafonnier qui clignotait en la regardant tel un œil rempli de haine, un œil qui voyait tout, observait tout, approuvait tout. Quand il roula sur le côté, elle ne fit pas le moindre mouvement. Comme si son corps ne lui appartenait plus, anesthésiée.

« On regarde la télévision ? » avait-il dit ensuite en allumant le poste au pied du lit à l'aide de la télécommande. À l'écran, *Piège de cristal*. Il zappa plusieurs fois tandis qu'elle remettait la robe qu'elle avait adorée. (Elle n'avait jamais dépensé autant d'argent pour une robe.) Elle bougea lentement, avec raideur. Plusieurs jours s'écouleraient avant qu'elle ne découvre des bleus sur ses bras, ses jambes, son buste, son cou. En se rhabillant, elle ne chercha pas à dissimuler sa nudité car elle le voyait comme un chirurgien ayant pratiqué un acte médical sur elle, la débarrassant de quelque chose d'épouvantable. Pourquoi essayer de se cacher alors qu'il savait déjà à quel point son corps était abominable ?

« Tu mets les voiles, alors ? dit-il une fois qu'elle fut prête.

— Oui. Salut. » Sa voix lui fit l'effet de celle d'une demeurée de douze ans.

Elle ne comprendrait jamais pourquoi elle avait ressenti le besoin de dire au revoir. Parfois, elle avait le sentiment qu'elle se détestait surtout à cause de ça. À cause de ce « salut » simplet, bovin. Pourquoi ? Pourquoi avait-elle prononcé ce mot ? Encore un peu et elle lui aurait dit merci.

« À la prochaine ! » Il semblait se retenir de rire. Ridicule. Il la trouvait dégoûtante et ridicule. Elle était dégoûtante et ridicule.

708

Elle emprunta l'ascenseur de verre pour redescendre.

« Désirez-vous un taxi ? » demanda le portier et elle sut qu'il pouvait à peine contenir son dégoût, face à cette fille qui rentrait chez elle, échevelée, grosse, ivre. Une salope.

Après ça, plus rien n'avait vraiment été comme avant.

32

« Oh, *Jane.* »

Madeline résista à l'envie de la prendre sur ses genoux, de la bercer doucement comme elle l'aurait fait avec Chloe. Une envie aussi forte que de trouver cet homme, de le frapper, à coups de poing, à coups de pied, de lui hurler des obscénités.

« J'imagine que j'aurais dû prendre la pilule du lendemain, reprit Jane. Mais je n'y ai même pas pensé. Je souffrais d'une endométriose sévère, plus jeune, et on m'avait dit que j'aurais beaucoup de mal à concevoir. Il m'arrive encore de ne pas avoir mes règles pendant des mois. Quand j'ai compris que j'étais enceinte, c'était... »

Elle avait raconté son histoire à voix basse, obligeant Madeline à tendre l'oreille, mais elle poursuivait à présent dans un quasi-murmure, les yeux rivés sur le couloir qui menait à la chambre de Ziggy. « Beaucoup trop tard pour avorter. Ensuite, mon grand-père est mort, ce qui a été un choc terrible pour nous tous. Et puis j'ai viré un peu bizarre. Déprimée, peut-être. Je ne sais pas. J'ai arrêté la fac, je suis rentrée chez mes parents et je n'ai fait que dormir. Des heures et des heures durant. Comme sous l'effet de somnifères ou d'un énorme décalage horaire. Je ne supportais pas d'être éveillée.

— Tu étais probablement encore sous le choc. Oh, Jane. Je suis tellement navrée que tu aies vécu une chose pareille. »

Jane protesta d'un signe de tête, comme si elle ne méritait pas la sollicitude dont elle était l'objet. « Ben, ce n'est pas comme si je m'étais fait violer dans une allée. Je dois prendre mes responsabilités. Ce n'était pas si grave que ça.

— Il t'a agressée ! Il... »

Jane leva la main. « Beaucoup de femmes font de mauvaises expériences dans leur vie sexuelle. Je viens de te raconter la mienne. J'en ai tiré la leçon : ne jamais suivre un inconnu rencontré dans un bar.

— Je peux t'assurer que j'ai moi-même suivi un certain nombre d'hommes rencontrés dans des bars », dit Madeline. Un ou deux, à vrai dire, mais si un type l'avait traitée comme ça, elle lui aurait crevé les yeux. « Ne va pas t'imaginer un seul instant que tu y es pour quoi que ce soit. Ce n'est pas ta faute, Jane.

— Je sais. Mais je m'efforce de prendre du recul. Il y a des gens qui trouvent vraiment du plaisir à ce genre de pratiques érotiques. » Jane porta la main à sa gorge sans s'en rendre compte. « C'est peut-être ton cas, pour ce que j'en sais.

— Le top de l'érotisme pour Ed et moi, c'est d'être au lit sans gamin qui se tortille entre nous ! Jane, ma petite chérie, ce n'était pas une expérience sexuelle, ce que cet homme t'a fait *n'était pas...*

— N'oublie pas que c'est ma version de l'histoire que tu viens d'entendre. Si ça se trouve, il ne s'en souvient pas du tout comme ça. » Elle haussa les épaules. « Il ne s'en souvient probablement même pas.

— Et toi, n'oublie pas que c'étaient des injures. Ces choses qu'il t'a dites. » Madeline sentit sa colère remonter. Comment trouver ce sale type ? Comment le faire payer ? « Ces choses ignobles. »

Au cours de son récit, Jane n'avait pas eu à réfléchir pour se rappeler les mots exacts. Elle avait récité ses insultes sur un ton monocorde, comme un poème ou une prière.

« Oui. Une grosse moche. »

Madeline tressaillit. « Ce n'est pas vrai.

— J'avais quelques kilos en trop. Pour certains, dire que j'étais grosse ne serait pas exagéré. J'adorais manger.

— Une fine bouche.

— Rien d'aussi sophistiqué. Je me régalais de tout, et surtout de ce qui fait grossir. Gâteaux. Chocolat. *Beurre.* J'adorais le beurre. »

Une expression quelque peu stupéfaite passa sur son visage, comme si elle avait peine à croire qu'elle parlait d'elle.

« Je vais te montrer une photo, dit-elle en naviguant dans le menu de son téléphone du bout du doigt. Mon amie Em vient juste de poster ça sur Fabebook. Séquence nostalgie, comme tous les jeudis. Cette fois, c'est une photo prise le soir de ses dix-neuf ans. Tout juste quelques mois avant... avant que je tombe enceinte. »

Elle montra l'écran à Madeline. Jane, moulée dans une robe fourreau décolletée rouge, se tenait entre deux autres filles du même âge, toutes trois rayonnantes face à l'objectif. Jane semblait plus douce, désinhibée, beaucoup plus jeune. Une autre personne.

« Tu étais pulpeuse, pas grosse. Tu es magnifique sur cette photo.

— C'est plutôt intéressant quand on y pense, dit Jane en jetant un dernier coup d'œil à la photo avant de la faire disparaître de l'écran. Pourquoi je me suis sentie si *bafouée* par ces deux mots ? De tout ce qu'il m'a fait, ce sont ces deux mots qui m'ont fait le plus de mal. Grosse. Moche. »

Elle les cracha avec dégoût. Deux mots que Madeline aurait voulu qu'elle cesse de prononcer.

« Je veux dire, un homme gros et moche peut quand même être drôle, sympa et brillant. Mais on dirait que, pour une femme, être grosse et moche, c'est le summum. Il n'y a pas plus honteux.

— Mais tu n'étais pas, tu n'es pas...

— Oui, d'accord, mais quand même, imagine, dans le cas contraire ! Si j'étais *effectivement* grosse et moche ! C'est là que je veux en venir. Si j'étais un peu grassouillette et pas particulièrement jolie, en quoi ce serait un problème ? Pourquoi c'est si terrible ? Si dégoûtant ? Pourquoi faut-il que ce soit la fin du monde ? »

Madeline ne sut quoi répondre. Pour elle, être grosse et moche serait la fin du monde, sans l'ombre d'un doute.

« C'est parce que l'idée que nous, les femmes, on se fait de notre propre valeur repose entièrement sur notre physique, dit Jane. Voilà pourquoi. Nous vivons dans une société obsédée par la beauté, un monde qui considère que le plus important pour une femme, c'est de faire en sorte d'être séduisante pour les hommes. »

C'était la première fois que Madeline entendait Jane s'exprimer avec tant d'aisance et de véhémence. D'ordinaire, elle s'autodénigrait, manquait totalement d'assurance et laissait volontiers les autres penser à sa place.

« Tu crois vraiment ? » demanda Madeline qui, sans savoir pourquoi, tenait à la contredire. « Parce que je ne t'apprends rien en te disant que moi, j'ai *souvent* un sentiment d'infériorité par rapport à Renata ou à la femme de Jonathan, qui est une vraie crack dans son domaine. Il n'y a qu'à les voir ! Elles gagnent des millions et vont de conseil d'administration en conseil d'administration pendant que moi, je m'occupe gentiment de la com d'un théâtre à temps partiel !

— Oui, mais au fond de toi, tu sais que tu gagnes parce que tu es plus jolie.

— Eh bien, je n'en suis pas si sûre, fit Madeline en passant la main dans ses cheveux malgré elle.

— Voilà pourquoi, quand tu te retrouves au lit avec un homme, nue donc vulnérable, mais partant du principe qu'il te trouve un minimum attirante, s'il te dit des trucs comme ça, alors c'est... » Elle regarda Madeline d'un air ironique. « ... comme qui dirait dévastateur. » Elle s'interrompit, puis : « Et, tu sais, Madeline, ça me rend furieuse de m'être sentie dévastée. Furieuse de lui avoir donné autant de pouvoir sur moi. Je me regarde dans le miroir tous les jours, et je me dis, je ne suis plus grassouillette, mais il a raison, je suis toujours moche. D'un point de vue intellectuel, je sais que je ne suis pas moche. Je suis plus que passable. Mais je me *sens* moche, parce qu'un jour un homme l'a décrété et que je l'ai cru. C'est pathétique.

— C'était un con, dit Madeline, impuissante. Juste un sale con. » Il lui vint à l'esprit que plus Jane exposait ses réflexions sur la laideur, plus elle était belle, avec ses cheveux qui s'échappaient peu à peu de sa queue-de-cheval, ses joues roses et ses yeux brillants.

« Tu es belle, commença-t-elle.

— Non, fit Jane avec colère. Je ne suis pas belle ! Et ce n'est pas grave. On n'est pas toutes belles, au même titre qu'on n'est pas toutes douées pour la musique ou pour le dessin, et c'est très bien comme ça. Et je t'en prie, épargne-moi le couplet sur la beauté intérieure qui irradie et toutes ces conneries. »

Madeline, qui s'apprêtait à lui servir ledit couplet et toutes ces conneries, ne pipa mot.

« Je ne voulais pas perdre autant de poids, poursuivit Jane. Ça m'énerve d'avoir autant minci, comme si c'était pour lui, mais après cette nuit-là, mon rapport à la nourriture est devenu bizarre. Chaque fois que je m'apprêtais à manger, je me dédoublais en quelque sorte et je me *voyais* en

714

train de manger. Je me regardais à travers les yeux de cet homme : une fille négligée, grosse, qui se gave. Et ma gorge se… » Elle se tapota la gorge et déglutit. « Bref ! Ça a été plutôt efficace ! Comme un anneau gastrique. Le régime Saxon Banks. Tout un concept. Je devrais le commercialiser. Séance unique en chambre d'hôtel, rapide et presque sans douleur, la garantie de troubles alimentaires à vie, rentabilité maximum.

— Oh, Jane. »

Madeline repensa à la mère de Jane, au commentaire qu'elle avait fait sur la plage : « Personne n'a envie de voir *ça* en bikini. » Di avait probablement jeté les bases du rapport troublé que sa fille entretenait avec la nourriture. Les médias, et les femmes en général, si promptes à se dévaloriser, avaient ajouté leur pierre à l'édifice, et Saxon Banks avait fait le reste.

« Bref, conclut Jane. Quelle diatribe ! Désolée.

— Ne le sois pas.

— Et puis, je n'ai pas mauvaise haleine. J'en ai parlé avec mon dentiste. Des tas de fois. Mais on sortait d'une pizzéria. Je sentais l'ail. »

Voilà qui expliquait la manie des chewing-gums.

« Tu n'as pas de problème d'haleine. Crois-moi, j'ai l'odorat très développé.

— Je pense que c'est plus le choc que ça m'a fait qu'autre chose. Le changement, si brutal. Il semblait tellement sympa, et je m'étais toujours targuée de rarement me tromper sur les gens. Par la suite, j'ai eu le sentiment que je ne pouvais pas vraiment faire confiance à mes intuitions.

— Je ne suis pas surprise », dit Madeline. Aurait-elle été attirée par cet homme ? Aurait-elle succombé au numéro de la chanson de *Mary Poppins* ?

« Je ne regrette rien, dit Jane. Parce que j'ai eu Ziggy. Mon bébé miracle. Quand il est né, j'ai eu le sentiment que je me réveillais. Comme s'il n'avait *rien* à voir avec ce qui s'était passé ce soir-là. Ce magnifique et minuscule bébé. Ce n'est que lorsqu'il est devenu une vraie petite personne avec sa propre personnalité que je me suis dit qu'il avait peut-être, tu sais, peut-être hérité quelque chose de son, de son père. »

Pour la première fois sa voix se brisa.

« Chaque fois que Ziggy fait quelque chose qui ne lui ressemble pas, l'inquiétude me ronge. Comme à la journée d'adaptation, quand Amabella a affirmé qu'il l'avait étranglée. Elle aurait pu l'accuser de mille autres choses. Mais non, il a fallu qu'il l'*étrangle*. Je ne pouvais pas y croire. Et parfois j'ai l'impression que, dans ses yeux, je vois quelque chose de, de lui, et je me dis, mon Dieu, si mon magnifique Ziggy avait une tendance secrète à la cruauté ? Si mon fils fait subir ça à une fille un jour ?

— Ziggy n'a aucune tendance à la cruauté », dit Madeline. Son besoin impérieux de réconforter Jane renforçait sa confiance en la bonté de Ziggy. « C'est un petit garçon doux et adorable. Je suis sûre que ta mère a raison, c'est la réincarnation de ton grand-père. »

Jane s'esclaffa. Elle regarda l'heure sur l'écran de son téléphone. « Il est si tard ! Tu devrais rentrer chez toi, être auprès des tiens. Je t'ai retenue ici trop longtemps à raconter des bêtises sur moi, moi, moi.

— C'était tout sauf des bêtises. »

Jane se leva. Elle s'étira les bras si haut que son tee-shirt laissa apparaître un bout de son ventre si blanc, si maigre, si fragile. « Merci mille fois pour ton aide. Sans toi, je ne serais jamais venue à bout de ce satané travail.

— Tout le plaisir était pour moi », répondit Madeline en se levant à son tour. Elle regarda à l'endroit où Ziggy avait écrit « papa de Ziggy ». « Lui révéleras-tu son nom un jour ?

— Oh, mon Dieu, je ne sais pas. Quand il sera majeur peut-être, quand il sera assez vieux pour que je lui dise la vérité, toute la vérité, rien que la vérité.

— Il est peut-être mort. Avec un peu de chance, son karma l'aura rattrapé. Tu as cherché son nom sur Internet ?

— Non. »

Sur son visage, une expression complexe, difficile à interpréter. Jane venait-elle de mentir ou souffrait-elle rien qu'à l'idée de chercher son nom sur Internet ?

« Moi, je vais le faire ! Comment il s'appelait déjà ? Saxon Banks, c'est ça ? Je vais le trouver et ensuite je lancerai un contrat sur lui. Un site pour faire buter un salaud de son espèce, ça doit exister sur Internet, non ? »

Jane n'esquissa pas l'ombre d'un sourire. « Je t'en prie, Madeline, ne t'amuse pas à le chercher sur Google. Je t'en supplie. Je ne saurais dire pourquoi, mais je déteste l'idée que tu le fasses.

— Bien sûr, je ne le ferai pas si tu ne veux pas, je disais ça à la légère. C'était stupide de ma part. Ne fais pas attention à ce que je dis. »

Elle ouvrit les bras pour étreindre Jane.

À sa grande surprise, Jane, qui se contentait d'habitude de tendre la joue avec raideur, s'avança et se serra fort contre elle.

« Merci pour le carton. »

Madeline lui tapota la tête en respirant l'odeur agréable de ses cheveux. De rien, ma belle, faillit-elle dire comme s'il s'agissait de sa fille. Mais comment appeler Jane ainsi, en pareil moment ? Il y avait une telle tension, une telle lourdeur autour de l'idée de beauté. Aussi elle se ravisa. « De rien, ma mignonne », dit-elle.

33

« Y a-t-il des armes chez vous ? demanda la conseillère.

— Pardon ? dit Celeste. Vous avez dit des *armes* ? »

Son cœur battait toujours la chamade d'avoir sauté le pas, d'être là, dans cette petite pièce aux murs jaunes couverts d'affiches colorées émanant du gouvernement avec des numéros d'appel d'urgence. Sur l'appui de fenêtre, une rangée de cactus en pot. Sur le magnifique plancher ancien, du mobilier de bureau bon marché. Les locaux de l'assistance sociopsychologique se situaient dans un cottage colonial au bord de l'autoroute du Pacifique dans la banlieue nord de Sydney. Au siècle dernier, cette pièce avait probablement servi de chambre à quelqu'un qui n'aurait jamais songé qu'aujourd'hui des gens viendraient y partager leurs plus sordides secrets.

Ce matin, Celeste s'était levée convaincue qu'elle n'honorerait pas son rendez-vous. Elle avait prévu de téléphoner pour annuler sitôt les garçons à l'école. Mais, en retournant à sa voiture, elle avait comme malgré elle entré l'adresse du centre dans son GPS et emprunté la route sinueuse de la péninsule, tout en se disant qu'elle allait se ranger sur le bas-côté dans les cinq minutes pour les appeler. Elle présenterait ses plus plates excuses, prétexterait que sa voiture venait de tomber en panne, prétendrait qu'elle reprendrait rendez-vous un autre jour. Pourtant, elle avait poursuivi son chemin, comme en proie à un rêve ou une transe, la tête à mille autres choses – qu'allait-elle préparer pour le dîner ? – puis, avant même de s'en rendre compte, elle s'était retrouvée sur le parking situé à l'arrière de la maison, d'où une femme venait de sortir pour rejoindre une vieille guimbarde blanche en tirant furieusement sur une cigarette. Vêtue d'un jean et d'un tee-shirt court moulant, elle arborait des tatouages qui couraient le long de ses bras maigrelets telles d'affreuses blessures.

Elle s'était représenté le visage de Perry. Son air amusé, supérieur. « Ne me dis pas que tu es sérieuse. C'est tout simplement… c'est tellement… »

Tellement vulgaire. Oui, Perry. Sans conteste. Un cabinet de conseil en pleine banlieue. Spécialisé dans la violence conjugale. Et, d'après leur site web, la dépression, l'anxiété et les troubles alimentaires. Leur page d'accueil comptait à elle seule deux coquilles. Elle l'avait quand même choisi parce qu'il se trouvait loin de Pirriwee ; elle espérait n'y croiser personne. Sans compter qu'elle n'avait pas vraiment eu l'intention d'y aller. Elle avait tout simplement voulu fixer un rendez-vous, montrer qu'elle n'était pas une victime, prouver à un tiers imaginaire qu'elle ne restait pas les bras ballants.

« Notre attitude est vulgaire, Perry », avait-elle dit tout haut dans le silence de la voiture avant d'éteindre le moteur et de se diriger vers la porte d'entrée.

« Celeste ? » dit la conseillère pour l'encourager.

Cette femme connaissait son *prénom*. Cette femme en savait davantage sur la réalité de sa vie que quiconque, à l'exception de Perry. Pour Celeste, c'était comme être dans l'un de ces cauchemars où l'on se retrouve dans le plus simple appareil au beau milieu d'un centre commercial bondé avec pour seule option de continuer à avancer malgré tous les regards braqués sur votre nudité honteuse et choquante. Elle ne pouvait plus revenir en arrière. Elle devait aller jusqu'au bout. Alors elle lui avait raconté. Très vite, les yeux pas tout à fait dans les yeux, d'une voix neutre et profonde, comme elle aurait décrit un symptôme répugnant à un médecin. Cela faisait partie de la vie d'adulte, de la vie de femme, de la vie de mère. Dire des choses gênantes à voix haute. Pas le choix. « Je dois évacuer. » « Je suis dans une relation comme qui dirait violente. » « Comme qui dirait. » Telle une adolescente qui met à distance ses propres mots.

« Désolée. C'est bien d'armes que vous venez de parler ? » Elle croisa les jambes tout en lissant le tissu de sa robe. Elle avait délibérément choisi une robe somptueuse, rapportée de Paris par Perry. Elle ne l'avait encore jamais portée. Elle s'était également maquillée : fond de teint, poudre, fard à paupières et tout le tremblement. Elle tenait à se placer. Pas au-dessus des autres femmes, non, bien sûr que non, elle ne se sentait pas supérieure, en aucune manière. Mais sa situation n'était pas la même que celle de la femme qu'elle avait vue sur le parking. Elle n'avait pas besoin qu'on lui donne le numéro de téléphone d'un foyer. Ce qu'elle voulait, c'étaient des stratégies pour réparer son mariage, rien de plus. Des tuyaux. Les dix trucs infaillibles pour que mon mari cesse de me battre. Et que j'arrête de lui rendre ses coups.

« Oui, d'armes. Y a-t-il des armes chez vous ? » La conseillère leva le nez de ce qui devait être une check-list standard. Pour l'amour du ciel, songea Celeste. Des armes ? Que croyait-elle ? Que Celeste vivait dans le genre de maison où le mari gardait un pistolet sans permis sous le lit ?

« Pas d'armes, répondit Celeste. Mais les jumeaux ont des sabres laser. » Elle se rendit compte qu'elle venait de prendre une voix de jeune fille de bonne famille. Il fallait rectifier le tir.

Elle n'était pas une jeune fille de bonne famille. Elle avait épousé une grosse fortune.

Munie d'une écritoire à pince, la conseillère sourit poliment et griffonna quelques mots. Elle s'appelait Susi, ce qui semblait trahir un manque de jugement inquiétant. Susi ! Un prénom de gogo danseuse. Pourquoi ne pas préférer Susan ?

L'autre problème avec Susi, c'était qu'elle avait l'air d'avoir douze ou treize ans et naturellement, comme toutes les gamines de cet âge, elle était incapable de se mettre de l'eye-liner correctement. Le noir avait bavé tout autour de ses yeux. Un vrai raton laveur. Comment cette enfant pouvait-elle la conseiller sur son mariage étrange et compliqué ? N'était-ce pas plutôt à Celeste de lui faire deux ou trois recommandations question maquillage et garçons ?

« Arrive-t-il à votre partenaire de violenter ou mutiler vos animaux de compagnie ? demanda Susi platement.

— *Quoi ?* Non ! Nous n'avons pas d'animaux domestiques, mais ce n'est pas son genre ! » Celeste sentit une vague de colère monter en elle. Pourquoi s'était-elle soumise à une telle humiliation ? Aussi absurde que cela puisse paraître, elle avait envie de crier : Cette robe vient de Paris ! Mon époux conduit une Porsche ! Nous ne sommes pas ce genre de personnes !

« Perry ne ferait jamais de mal à un animal.

— Mais il vous en fait, à vous. »

Tu ne sais rien de moi, songea rageusement Celeste. Tu crois que je suis comme la fille aux tatouages mais tu te trompes, tu te trompes.

« En effet. Comme je vous l'ai dit, occasionnellement, il, *nous* devenons physiquement… violents. » Sa voix snob se faisait de nouveau entendre. « Mais je vous l'ai déjà expliqué, je dois prendre ma part de responsabilité.

— Personne ne mérite d'être maltraité, Mrs White. »

Voilà une phrase toute faite qu'on devait leur apprendre en formation.

« Oui. Bien sûr. Je le sais. Je ne pense pas que je mérite d'être maltraitée. Mais je ne suis pas une victime. Je lui rends ses coups. Je lui jette des objets à la figure. Voyez, je ne vaux pas mieux que lui. Parfois, c'est moi qui le provoque. Je veux dire, nous sommes juste dans une relation toxique. Nous avons besoin de techniques, de *stratégies* pour nous aider à… nous arrêter. C'est pour ça que je suis venue. »

Susi acquiesça lentement. « Je comprends. Pensez-vous que votre mari a peur de vous, Mrs White ?

— Non. Pas physiquement. Je pense qu'il a probablement peur que je le quitte.

— Et vous, au cours de ces "incidents", vous est-il arrivé d'avoir peur ?

— Eh bien, non. Euh, si, un peu. » Elle voyait bien où Susi voulait en venir. « Écoutez, je sais que certains hommes peuvent être d'une violence terrible, mais pour ce qui nous concerne, Perry et moi, ce n'est pas de cet ordre-là. C'est terrible ! Je sais que c'est terrible. Je ne suis pas folle. Mais, voyez, je n'ai jamais fini à l'hôpital ou quelque chose comme ça. Je n'ai pas besoin d'aller dans un foyer, ou un refuge, je ne sais pas comment vous les appelez. Je suis certaine que vous rencontrez des femmes dans des situations bien pires que la mienne. Je vais bien. Je vais parfaitement bien.

— Avez-vous déjà eu peur de mourir ?

— Absolument pas », répondit Celeste sans hésiter.

Puis elle réfléchit.

« Euh, juste une fois. J'avais la tête… il m'appuyait la tête dans le coin d'un canapé. »

Elle n'avait pas oublié la main de Perry qui pesait sur son crâne. Son visage enfoncé dans les coussins, son nez écrasé, ses narines bouchées. Elle avait lutté de toutes ses forces pour se libérer, comme un insecte coincé sous un verre. « Je ne pense pas qu'il se rendait compte de ce qu'il faisait. Mais j'ai bien cru pendant quelques secondes que j'allais étouffer.

— Vous avez dû avoir très peur, dit Susi sur le même ton neutre.

— Un peu. Je me souviens de la poussière. C'était très poussiéreux. »

Pendant un court instant, Celeste fut sur le point de pleurer. À gros sanglots morveux, de ceux qui vous secouent le corps. Une boîte de mouchoirs en papier trônait tout exprès sur la table basse qui la séparait de Susi. Son mascara coulerait. Elle aurait aussi des yeux de raton laveur, et Susi se dirait : « On n'est plus si distinguée, duchesse ! »

Celeste s'arracha au gouffre de l'avilissement qui la guettait et détourna les yeux. Elle étudia sa bague de fiançailles.

« Ce jour-là, j'ai fait ma valise. Mais ensuite… enfin, les garçons étaient si petits. Et j'étais si fatiguée.

— La plupart des victimes font en moyenne six ou sept tentatives avant de partir pour de bon. »

Susi mâchonna l'extrémité de son stylo. « Qu'en est-il de vos fils ? Votre mari a-t-il jamais…

— Non ! » s'écria Celeste. Une peur panique s'empara d'elle. Dieu du ciel. Quelle folie d'être venue ! Et s'ils la dénonçaient aux services sociaux ? Et s'ils lui prenaient les enfants ?

Elle pensa aux arbres généalogiques que les garçons avaient emportés à l'école ce matin. Aux traits soigneusement tracés qui liaient chacun d'eux à son jumeau, à elle et à Perry. Leur visage éclatant de bonheur.

« Perry n'a jamais, jamais, levé la main sur les garçons. C'est un père *merveilleux*. Si je pensais une seule seconde qu'ils étaient en danger, je partirais, je ne les laisserais jamais courir le moindre risque. » Sa voix tremblait. « C'est aussi pour ça que je ne suis pas partie, parce qu'il est tellement gentil avec eux. Tellement patient ! Plus que je ne le serai jamais. Il les adore ! »

— Comment pensez-vous… », commença Susi, mais Celeste l'interrompit. Elle tenait à lui faire comprendre ce que les garçons représentaient pour Perry.

« J'ai eu tellement de mal à tomber enceinte, ou plutôt à mener une grossesse à terme. J'ai fait quatre fausses couches d'affilée. C'était un cauchemar. »

Un cauchemar de deux ans, pareil à une traversée en haute mer à laquelle Perry et Celeste avaient résisté ensemble, contre vents et marées. Puis ils avaient rejoint la terre ferme. Des jumeaux ! Une grossesse naturelle et des jumeaux ! L'expression de l'obstétricienne lorsqu'elle avait repéré les battements d'un deuxième cœur ne lui avait pas échappé. « Impossible. » Voilà ce que Celeste avait lu dans ses yeux. Mais ils avaient tenu bon jusqu'à la trente-deuxième semaine.

« Les garçons sont nés prématurés. Alors on en a fait, des allers et retours entre la maison et l'hôpital en fin de soirée pour les biberons. On n'en revenait pas quand on a fini par les ramener à la maison. On restait là, debout dans leur chambre, à les regarder, et puis… c'est-à-dire, ensuite il y a eu ces premiers mois, horribles. Ils ne dormaient pas. Perry a pris trois mois de congé. Il a été formidable. On a traversé cette épreuve ensemble.

— Je comprends. »

Mais Celeste voyait bien que non. Susi ne se rendait pas compte que Perry et Celeste étaient liés à jamais par leur vécu, leur amour pour leurs fils. Se séparer de lui serait comme s'arracher un membre.

« D'après vous, quel impact les sévices que vous subissez ont-ils sur vos fils ? »

Celeste aurait voulu qu'elle arrête d'employer ce mot : sévices.

« Aucun, aucun impact d'aucune sorte. Ils ne se doutent de rien. Je veux dire, globalement, nous formons une famille normale, aimante, heureuse. Il peut se passer des semaines, voire des mois, sans que rien n'arrive. »

Des mois ? Voilà qui était probablement exagéré.

Elle commençait à se sentir oppressée dans cette pièce exiguë qui manquait d'air. Elle passa un doigt sur son front. Elle transpirait. Qu'attendait-elle de cette visite ? Pourquoi était-elle venue ? Elle savait qu'il n'y avait pas de réponse. Pas de stratégie. Pas de tuyau ni de technique, bon sang. Perry était Perry. La seule issue, c'était de partir et elle ne s'y résoudrait pas avant que les garçons entrent à l'université. Elle avait déjà pris cette décision.

« Qu'est-ce qui vous a poussée à venir ici aujourd'hui, Mrs White ? demanda Susi comme si elle lisait dans ses pensées. Vous avez dit que ça avait commencé quand vos enfants étaient encore bébés. Y a-t-il eu une escalade de la violence ces derniers temps ? »

Celeste essaya de se rappeler pourquoi elle avait pris rendez-vous. C'était le jour du festival d'athlétisme.

Il y avait eu l'air amusé de Perry lorsque Josh l'avait interrogé sur la marque sur son cou. Puis le sentiment de jalousie qu'elle avait ressenti à l'égard de ses employés de maison lorsqu'elle les avait entendus rire en rentrant de l'école. Suite à quoi elle avait donné vingt-cinq mille dollars à diverses œuvres de charité. « En veine de philanthropie, chérie ? » lui avait dit Perry sur un ton ironique quelques semaines plus tard lorsque le relevé de carte bleue était arrivé par la poste, mais ça n'avait pas été plus loin.

« Non, pas d'escalade. Je ne sais pas vraiment pourquoi j'ai fini par prendre rendez-vous. Perry et moi avons vu un conseiller conjugal une fois, mais ça n'a pas… eh bien, ça n'a rien donné. C'est difficile parce qu'il voyage beaucoup pour le travail. Il sera de nouveau absent la semaine prochaine.

— Il vous manque lorsqu'il n'est pas là ? » Une question qui ne figurait probablement pas sur son formulaire. Peut-être qu'elle était simplement curieuse.

« Oui, répondit Celeste. Et non.

— C'est compliqué.

— En effet. Mais tous les mariages le sont, non ?

— Oui. » Susi sourit. « Et non. » Son sourire disparut. « Avez-vous conscience qu'en Australie, une femme meurt des suites de violences conjugales chaque semaine, Mrs White ? Chaque semaine.

— Il ne va pas me *tuer*. Ce n'est pas de cet ordre-là.

— Rentrer chez vous aujourd'hui représente-t-il un danger pour vous ?

— Bien sûr que non. Je ne cours aucun risque. » Susi leva les sourcils.

« Notre relation fonctionne comme une balançoire à bascule. D'abord, l'un de nous deux a le pouvoir, puis, c'est au tour de l'autre. Chaque fois que nous nous disputons, surtout si on en vient aux mains, s'il me fait mal, je récupère le pouvoir. J'ai de nouveau le dessus. »

Elle poursuivit avec un enthousiasme grandissant. Elle avait honte de partager ces choses-là avec Susi, mais quel incroyable soulagement de se confier à quelqu'un, d'expliquer le mécanisme de son mariage, de dire ces secrets à voix haute. « Plus il me fait mal, plus mon ascendant est fort et durable. Et au fil des semaines, je sens que l'équilibre se déplace. Il se sent moins coupable, moins désolé. Les bleus – j'ai la peau qui marque –, les bleus, donc, s'estompent. Il y a des petites choses dans mon attitude qui commencent à l'agacer. Il devient irritable. J'essaie de l'apaiser. Je me mets à marcher sur des œufs mais en même temps, je suis en colère d'avoir à le faire, alors parfois j'arrête et j'y vais franco. Je l'énerve *exprès*, parce que je suis furieuse contre lui, et contre moi-même de rentrer dans son jeu. Et là, ça explose.

— Si je comprends bien, en ce moment, c'est vous qui avez le pouvoir. Parce qu'il vous a fait mal récemment.

— Oui. À vrai dire, je pourrais faire n'importe quoi en ce moment parce qu'il se sent toujours très mal par rapport à la dernière fois. Le coup des Lego. En fait, en ce moment, tout va bien. Plus que bien, même. Et c'est là où le bât blesse, d'ailleurs. Parce que tout va tellement bien que ça en vaut presque... »

Elle s'interrompit.

« La peine, termina Susi. Ça en vaut presque la peine. »

Celeste croisa le regard de raton laveur de Susi. « Oui. »

Un regard qui ne disait rien d'autre que : compris. Susi ne cherchait pas à être gentille, ou maternelle, elle ne savourait pas la délicieuse supériorité de sa propre bonté. Elle ne faisait que s'acquitter de sa mission. Tout comme la femme vive et efficace chargée de vous accueillir à la banque ou à l'agence de télécoms, elle était là pour faire son travail et trouver une solution à votre problème, ô combien épineux.

Elles gardèrent le silence un moment. De l'autre côté de la porte, des chuchotements, la sonnerie d'un téléphone ; plus loin, au-dehors, le bruit de la circulation. Un profond sentiment de paix envahit Celeste. La sensation de moiteur sur son visage s'estompa. Depuis cinq ans, depuis la toute première fois, elle traversait l'existence avec cette honte secrète drapée lourdement autour des épaules, et pendant un court instant, son fardeau cessa de lui peser, et Celeste retrouva en elle la femme qu'elle avait été autrefois. Elle n'avait toujours pas de réponse, ni de porte de sortie, mais pendant ce court instant, elle se sentit comprise.

« Il recommencera », dit Susi. De nouveau, professionnalisme et détachement. Ni pitié. Ni jugement. Ce n'était pas une question. Elle énonçait un fait pour faire avancer la conversation.

« Oui. Il y aura d'autres coups. Il me frappera. Je lui rendrai ses coups. »

Il y aura d'autres jours de pluie. D'autres jours où je me sentirai mal. Mais n'ai-je pas le droit de profiter des bons moments tant qu'il y en a ?

Mais alors, pourquoi suis-je venue ici ?

« À présent, ce que je voudrais évoquer avec vous, c'est l'idée de trouver un plan », dit Susi. Elle changea de page.

« Un plan.

— Un plan. Un plan pour la prochaine fois. »

34

« Tu as déjà été tenté par ce truc, comment ça s'appelle, l'asphyxie autoérotique ? » demanda Madeline à son mari tandis qu'ils lisaient au lit, lui son livre, elle sur l'iPad.

L'histoire que Jane lui avait racontée la veille l'avait obnubilée toute la journée.

« Oui, bien sûr ! Je suis partant. Qu'est-ce qu'on attend ? » Ed se débarrassa de ses lunettes et de son bouquin puis se tourna vers elle avec empressement.

« Quoi ? Non ! Tu plaisantes ? De toute façon, je n'ai aucune envie de faire l'amour. J'ai mangé trop de risotto ce soir.

— Ah. Je vois. Où avais-je la tête ? » Ed remit ses lunettes.

« Je te signale qu'on peut mourir accidentellement quand on a ce genre de pratiques ! Ça arrive tout le temps ! C'est très dangereux, Ed. »

Il la regarda par-dessus ses verres.

« Je n'en reviens pas d'ailleurs, tu voulais m'étrangler, continua-t-elle.

— J'essayais juste de montrer ma bonne volonté à te satisfaire. » Il jeta un œil sur l'iPad. « Tu cherches des pistes pour pimenter notre vie sexuelle ?

— Oh, mon Dieu, non », répliqua Madeline sur un ton peut-être un peu trop éloquent.

Ed émit un grognement.

Elle parcourut l'article consacré à l'asphyxie autoérotique sur Wikipédia. « Alors apparemment, quand on comprime les artères situées de part et d'autre du cou, le cerveau est privé d'oxygène brutalement, ce qui provoque des sensations de type hallucinatoire. » Elle s'arrêta pour y réfléchir, puis : « C'est peut-être pour ça que je me sens souvent d'humeur câline quand j'ai un rhume de cerveau.

— Madeline, quand tu as un rhume, je t'assure que tu n'es pas câline.

— Ah bon ? C'est peut-être juste que je ne t'en ai pas parlé. Un oubli de ma part.

— Ouais, un oubli, c'est ça. » Il fit mine de reprendre sa lecture. « J'ai eu une petite copine qui aimait bien ce genre de trucs.

— Sérieusement ? Laquelle ?

— Bon, peut-être que petite copine n'est pas le mot juste. Une fille rencontrée au hasard d'un soir, on va dire.

— Et cette fille t'a demandé de… » Les mains autour du cou, Madeline laissa pendre sa langue sur le côté en imitant des bruits de suffocation.

« T'es sexy quand tu fais ça.

— Merci. Alors, tu l'as fait ?

— Euh… sans grand enthousiasme. » Ed grimaça en se repassant les images. « J'avais un peu trop bu. Je n'arrivais pas vraiment à suivre ses instructions. Je me rappelle qu'elle n'a pas du tout été impressionnée, ce qui, j'en suis sûr, doit te paraître impossible à comprendre, mais je n'ai pas toujours été la bête de s…

— Oui, oui. » Madeline le fit taire d'un geste de la main avant de retourner à sa tablette.

« Peut-on savoir d'où vient cet intérêt soudain pour l'autoasphyxie ? »

Elle lui raconta alors l'histoire de Jane, provoquant chez lui la même réaction que lorsqu'il entendait parler d'un enfant maltraité aux informations. Ses yeux se plissèrent, les petits muscles autour de sa bouche s'agitèrent de tremblements.

« Enfoiré.

— Je ne te le fais pas dire, renchérit Madeline. Quand je pense qu'il n'a même pas été inquiété.

— Idiote, petite idiote, soupira Ed, visiblement navré. Ce genre de types s'attaquent à…

— Je t'interdis de la traiter d'idiote ! » Madeline se redressa si vivement qu'elle en fit tomber l'iPad. « On dirait que tu la tiens pour responsable ! »

Ed leva la main comme pour se protéger. « Évidemment que non. Je voulais simplement dire que…

— Tu imagines, si c'était Abigail ou Chloe ?

— *Justement,* dit Ed. Je pensais justement à Abigail et Chloe.

— Alors tu les tiendrais pour responsables, hein ? Petite idiote, tu l'as bien cherché ! C'est ça que tu leur dirais ?

— Madeline », dit Ed calmement.

Typique de leurs disputes. Plus elle s'emportait, plus il faisait preuve de sang-froid, atteignant un degré de maîtrise de soi qu'on n'observe que chez un négociateur aux prises avec un forcené qui a amorcé une bombe au milieu de ses otages. Rageant.

« Comment peux-tu rejeter la faute sur la victime ? » Madeline revoyait Jane, assise dans son petit appartement froid et nu, les émotions qui s'étaient peintes sur son visage lorsqu'elle lui avait confié sa petite histoire triste et sordide, la *honte* si prégnante qu'elle ressentait toujours après toutes ces années. « Je dois prendre mes responsabilités », avait-elle dit. « Ce n'était pas si grave que ça. » Elle repensa à la photo que Jane lui avait montrée. Le grand sourire heureux et insouciant. La robe rouge. Les couleurs vives, le décolleté. Aujourd'hui Jane couvrait son corps osseux avec l'humilité de ceux qui demandent pardon, comme si elle voulait disparaître, se rendre invisible, n'être rien. Voilà ce que cet homme lui avait fait. « Quand toi, tu t'envoies en l'air avec une fille rencontrée au hasard d'un soir, c'est cool, génial, pas de problème, mais quand une femme fait la même chose, là, c'est idiot. Avoir deux poids deux mesures, ça ne te dérange pas !

— Madeline, je ne rejetais pas la faute sur Jane. »

Sa façon de s'exprimer le maintenait dans sa position d'adulte face à une hystérique. Pourtant, une lueur de colère pointait dans ses yeux.

« Oh que si ! Et je suis estomaquée ! » Les mots jaillissaient de sa bouche. « Tu es comme ces gens qui disent : Oh, à quoi elle s'attendait ? Quand on picole dans un bar à une heure du matin, on ne s'étonne pas de se faire violer dans un coin sombre par l'équipe de football au grand complet !

— Je ne suis pas comme ça !

— Bien sûr que si ! »

Le visage d'Ed changea complètement d'expression. Ses joues s'empourprèrent. D'une voix forte, il reprit :

« Laisse-moi te dire une bonne chose, Madeline. Si un jour ma fille rentre avec un branleur qu'elle vient de rencontrer dans le bar d'un hôtel, je me réserve le droit de la traiter d'idiote ! »

Se disputer sur ce point n'avait aucun sens. Elle le savait. La part rationnelle en elle le savait. Ed n'incriminait pas véritablement Jane. D'ailleurs, son mari était quelqu'un de bien, quelqu'un de bon. Elle ne lui arrivait pas à la cheville. Et pourtant elle ne pouvait pas lui pardonner ce commentaire, *petite idiote*, ces deux mots qui représentaient une terrible injustice. En tant que femme, Madeline se devait d'être en colère contre Ed, au nom de Jane, au nom de toutes les autres petites idiotes, mais aussi en son nom propre, parce que, après tout, ça aurait pu lui arriver aussi, et ce mot, idiote, si modéré soit-il, lui faisait l'effet d'une gifle.

« Je ne peux pas rester dans la même pièce que toi, là tout de suite. » Elle sauta du lit avec l'iPad.

« Vas-y, puisque tu ne peux pas t'empêcher d'être ridicule. » Il avait beau être contrarié, Madeline savait qu'il éteindrait la lumière au bout de vingt minutes de lecture et qu'il s'endormirait aussitôt.

Elle ferma la porte aussi énergiquement que possible (elle aurait préféré la claquer mais elle ne voulait pas réveiller les enfants) et descendit les escaliers au pas de charge dans le noir.

« Attention à ta cheville ! » cria Ed depuis la chambre. Il était déjà passé à autre chose.

Elle s'installa sur le canapé avec une tasse de camomille. Elle en détestait le goût, mais elle se forçait souvent à avaler l'épouvantable décoction pour ses prétendues vertus apaisantes. Bonnie, évidemment, ne buvait que des tisanes. À en croire Abigail, Nathan aussi évitait la caféine, ce qui était totalement nouveau. Madeline aurait préféré ne pas le savoir, mais cela faisait partie des joies du divorce et de la garde alternée, n'est-ce pas, d'entendre un tas de choses sur la vie de votre ex. Par exemple, Madeline connaissait le petit nom que ce cher Nathan donnait à sa nouvelle femme. « Beauté », parce que ça commençait comme Bonnie. (Nathan avait toujours aimé jouer avec les sons : par le passé, il appelait Madeline « mademoiselle » – moins romantique, non ?) Abigail l'avait dit comme ça, un jour dans la cuisine. Ed, qui se tenait derrière elle, s'était enfoncé deux doigts dans la gorge sans un bruit, arrachant un sourire à Madeline qui se demandait néanmoins pourquoi sa fille ressentait le besoin de raconter ce genre de choses. Ed pensait qu'elle le faisait exprès, pour tourmenter sa mère, la blesser, mais Madeline ne croyait pas Abigail capable de tant de malveillance.

Depuis quelque temps, Ed voyait toujours le pire chez sa fille.

Voilà ce qui se cachait derrière son accès de colère dans la chambre. Le commentaire à propos de Jane n'était pas vraiment en cause. En réalité, elle n'avait pas décoléré contre Ed depuis qu'Abigail s'était installée chez Nathan et Bonnie car, plus le temps passait, plus l'hypothèse de sa responsabilité lui paraissait plausible. Peut-être que sa fille était à deux doigts de prendre sa décision, ou peut-être qu'elle avait retourné l'idée dans sa tête sans réellement envisager de sauter le pas, et Ed, avec son « Calme-toi, maintenant » avait précipité son choix. Sans cette petite phrase, elle serait toujours là. L'envie de partir lui aurait probablement passé. Tous les adolescents ont des phases. Ils sont lunatiques.

Ces derniers temps, le souvenir des années passées seule avec Abigail l'avait tellement habitée que Madeline ressentait parfois Ed, Fred et Chloe comme des intrus. Des inconnus qui avaient débarqué bruyamment dans leur vie avec toutes leurs affaires, à commencer par leurs jeux vidéo et leurs chamailleries, chassant au passage cette pauvre Abigail.

Elle ne put s'empêcher de rire en imaginant la réaction de Fred et Chloe s'ils savaient que leur mère osait remettre leur existence en question. Ils crieraient à l'indignation ! Surtout Chloe. « Mais j'étais *où*, moi ? » demandait-elle invariablement lorsque Madeline regardait de vieilles photos. « Et papa ? Et Fred ? »

« Vous étiez dans mes rêves », répondait Madeline. Et c'était vrai. Mais Abigail ne pouvait pas en dire autant.

Elle sentit la colère s'apaiser lentement. L'infusion ? Rien à voir.

En réalité, c'était la faute de cet homme.

Mr Banks. Saxon Banks.

Un nom peu commun.

Elle posa les doigts sur la surface lisse et froide de l'iPad.

Ne t'amuse pas à le chercher sur Internet, avait supplié Jane, et Madeline avait promis. Ce qu'elle s'apprêtait à faire était vraiment moche, mais comment résister à l'envie de voir la tête de ce salaud ? Lorsqu'elle lisait un fait divers sordide, elle s'attardait toujours sur la photographie du criminel pour voir si le mal se lisait sur son visage. (Affirmatif.) Dans le cas présent, ça semblait si simple, juste quelques lettres à taper dans ce petit rectangle. Elle hésitait encore à rompre sa promesse que déjà ses doigts pianotaient en toute autonomie, faisant apparaître les résultats à l'écran, comme si Google était un prolongement de son esprit.

Rien qu'un rapide coup d'œil ; elle se contenterait de l'effleurer des yeux avant de fermer la page et de supprimer toute référence à Saxon Banks de son historique. Jane ne le saurait jamais. Et puis ce n'était pas comme si Madeline pouvait préparer une opération punitive contre lui. (Quoique... déjà, une partie de son cerveau avait fait sécession et prenait cette direction : monter un genre d'arnaque ? Le dépouiller ? L'humilier publiquement ? Le discréditer ? Il devait bien y avoir une option satisfaisante.)

Elle double-cliqua. À l'écran apparut un de ces portraits institutionnels – plan serré, bien éclairé. Saxon Banks, promoteur immobilier basé à Melbourne. Était-ce bien lui ? Mâchoire carrée, beauté classique, petit sourire suffisant, regard direct et combatif, limite agressif.

« Sale con, dit Madeline. Tu te crois tout permis, pas vrai ? »

Qu'aurait-elle fait à la place de Jane ? Elle ne se voyait pas réagir comme son amie. Elle l'aurait giflé. Elle avait trop confiance en son physique pour se laisser ébranler par les mots « grosse et

738

moche », même à dix-neuf ans – surtout à dix-neuf. Madeline était seule juge de sa beauté.

Peut-être que cet homme choisissait tout spécialement des filles qu'il devinait sensibles à ses insultes.

Mais cette ligne de pensée ne revenait-elle pas également à incriminer la victime ? *Rien de tel ne me serait arrivé. Je me serais battue. Défendue. Je ne l'aurais pas laissé m'atteindre dans mon amour-propre.* Jane était dans une position on ne peut plus vulnérable à ce moment-là, nue, dans son lit, petite idiote.

Madeline s'entendit penser. « Petite idiote. » Exactement ce qu'Ed avait dit. Elle lui demanderait pardon à la première heure. Enfin, pas à proprement parler, mais peut-être lui préparerait-elle un œuf à la coque et il lirait entre les lignes.

Elle scruta de nouveau le visage sur son écran. Elle ne décelait aucune ressemblance avec Ziggy. Ou... peut-être que si. Un petit quelque chose au niveau des yeux. Elle lut la courte biographie à côté de la photographie. Licence de ceci, maîtrise de cela, membre de l'institut bidule, bla-bla-bla. *Pendant son temps libre Saxon aime faire de la voile, de l'escalade et passer du temps avec sa femme et ses trois filles.*

Madeline tiqua. Ziggy avait trois demi-sœurs.

Elle était désormais au courant. Au courant d'une information qu'elle était censée ignorer, qu'elle ne pouvait pas désapprendre, que Jane elle-même ne savait pas sur son propre fils. Non seulement elle avait rompu une promesse, mais en plus elle avait violé la vie privée de Jane. Ce qui faisait d'elle une vulgaire voyeuse, une fouineuse. Si la mésaventure de Jane l'avait rendue furieuse, il fallait bien avouer qu'une partie d'elle-même en avait presque savouré le récit. N'avait-elle pas éprouvé un certain *plaisir* au sentiment d'indignation suscité par l'expérience sexuelle triste et sordide que Jane avait vécue ? Sa compassion tenait à la confortable position de supériorité de celle qui jouit des véritables privilèges de la classe moyenne : époux, pavillon, emprunt. Madeline ne valait pas mieux que certaines amies de sa mère qui, au départ de Nathan, avaient débordé de compassion à son égard. Ces dames étaient tristes, scandalisées, mais leurs manières trahissaient une pointe de désapprobation qui laissait Madeline plus fragile, sur la défensive. Bien sûr, cela ne l'empêchait pas de réellement apprécier les petits plats maison qu'elles déposaient gravement sur la table de sa cuisine.

Madeline s'arrêta plus particulièrement sur le regard de Saxon Banks qui semblait la fixer d'un air entendu, comme s'il savait tout ce qu'il y avait de plus méprisable à savoir chez Madeline. Submergée par une vague de dégoût, Madeline se sentit moite et tremblante.

Un cri perçant déchira le silence qui régnait dans la maison endormie. « Maman ! Maman, maman, maman ! »

Madeline se leva d'un bond, le cœur battant la chamade, consciente pourtant qu'il n'y avait rien de grave. Juste Chloe qui faisait encore un de ses cauchemars.

« J'arrive ! J'arrive ! » fit-elle en se précipitant dans le couloir. Enfin un problème à sa portée. Un problème facile à régler. Et quel soulagement !

Car non seulement Abigail n'avait plus besoin d'elle, mais en plus, le monde comptait un certain nombre d'individus malfaisants comme Saxon Banks qui ne demandaient qu'à infliger des souffrances plus ou moins grandes à ses enfants, et elle ne pouvait strictement rien y faire, bon sang, mais là, au moins, elle allait tirer ce satané monstre de sous le lit de Chloe et le tuer de ses propres mains.

35

MISS BARNES : Après le drame de la matinée d'accueil, je m'étais préparée à passer une année difficile, mais à la rentrée, il m'a semblé qu'on prenait un bon départ. Les enfants formaient un chouette groupe, les parents n'étaient pas trop pénibles. Et puis, aux alentours de la mi-trimestre, les choses se sont gâtées.

Deux semaines avant la soirée quiz

« Un café au lait et un muffin. »

Les mains en suspens au-dessus du clavier de son ordinateur portable, Jane jeta un œil sur l'assiette tout juste posée sur sa table. Une volute de vapeur s'élevait avec langueur d'un énorme muffin odorant saupoudré de sucre glace. « Oh, merci, Tom, mais je n'ai pas commandé de…

— Je sais. Le muffin, c'est cadeau. Madeline m'a dit que tu faisais de la pâtisserie. Je voulais ton avis d'experte sur ma nouvelle recette. C'est un essai. Pêche, macadamia, citron vert. Truc de fou. Le citron vert, je veux dire.

— Je fais des gâteaux, c'est vrai, mais je n'en mange jamais.

— Tu plaisantes ? » Le visage de Tom s'allongea un peu.

Jane s'empressa d'ajouter : « Mais aujourd'hui, je ferai une exception. »

Cette semaine, les températures avaient chuté – un avant-goût de l'hiver – et Jane n'avait pas très chaud chez elle. Le gris du bout d'océan qu'elle apercevait depuis la fenêtre de son appartement ne faisait que renforcer sa sensation de froid. C'était comme un souvenir d'été qu'on ne revivra jamais. Comme si elle vivait dans un monde sombre, lugubre, post-apocalyptique. « Mon Dieu, Jane, tu dramatises. Prends ton portable sous le bras et va travailler au *Blue Blues* ! » avait suggéré Madeline. Depuis, Jane s'y installait avec ses dossiers tous les jours.

Un poêle à bois crépitait dans le café déjà baigné de soleil. Chaque fois qu'elle y entrait, Jane poussait un petit soupir d'aise, comme si elle venait d'atterrir à l'autre bout du monde, dans une autre saison, laissant loin derrière elle son appartement épouvantablement humide. Elle veillait à arriver après le pic d'activité du matin et à libérer sa table avant celui de l'après-midi ; elle commandait un déjeuner léger et consommait du café tout au long de la journée.

Tom, le serveur, était presque devenu un collègue, le type qui occupe le box d'à côté. Elle appréciait leurs discussions. Ils aimaient les mêmes émissions de télévision et question musique, leurs goûts se recoupaient. (La musique ! Elle avait oublié jusqu'à l'existence de la musique, tout comme celle des livres.)

Tom grimaça. « Je commence à ressembler à ma grand-mère, hein ? À vouloir nourrir les autres à tout prix ! Allez, juste une bouchée ! Ne te force pas à tout manger par politesse. » Jane le regarda s'éloigner et s'empressa de détourner les yeux lorsqu'elle se rendit compte qu'elle n'était pas insensible à la vue de ses larges épaules dans son tee-shirt basique noir. Elle savait par Madeline que Tom préférait les hommes et qu'il se remettait lentement d'une rupture douloureuse. Décidément, fallait-il être gay pour avoir un corps d'Apollon ? Un cliché, certes, mais souvent vérifié !

Depuis quelques semaines – à vrai dire, depuis qu'elle avait lu cette scène érotique assise sur le carrelage de sa salle de bains – elle avait le sentiment que son corps, rouillé, abandonné, se remettait en route de son propre chef ; craquant, grinçant, il renaissait à la vie. Cent fois, elle s'était surprise à laisser traîner son regard sur ses congénères. Des hommes, mais aussi des femmes – plus souvent des hommes ! – qui la stimulaient, pas tant d'un point de vue sexuel que d'un point de vue sensuel, appréciateur, esthétique.

Ce n'était pas la beauté telle que Celeste l'incarnait qui arrêtait son regard, mais l'exquise banalité des gens ordinaires, de leur corps. Un avant-bras bronzé avec un tatouage représentant le soleil qui s'avançait pour lui rendre son reçu à la station-service. La nuque d'un homme mûr qui faisait la queue au supermarché. Des mollets. Des clavicules. Une expérience des plus étranges, qui lui rappelait celle de son père. Suite à une opération des sinus, il avait retrouvé l'odorat alors qu'il n'avait pas même conscience de l'avoir perdu. Sentir les plus simples odeurs lui procurait une délicieuse extase. Il ne cessait de renifler le cou de sa femme en disant à Jane, rêveur : « J'avais oublié l'odeur de ta mère ! Je ne m'en étais même pas rendu compte ! »

Ce changement ne tenait pas qu'à la scène dans le livre.

Elle avait parlé de Saxon Banks à Madeline. Répété ses maudites paroles. Ces mots qui devaient rester secrets pour garder leur pouvoir. À présent, ils se dégonflaient, tel un ballon de baudruche qui se flétrit à mesure que l'air s'en échappe.

Saxon Banks était un sale type. Un méchant. Eh oui, ça existe, les méchants. Tous les gamins savent ça. Grâce à leurs parents qui leur apprennent à les éviter. Ne les écoute pas. Éloigne-toi. Dis : « Non. Je ne veux pas » d'une voix forte et ferme, et s'ils ne te laissent pas tranquille, va voir la maîtresse.

Mêmes ses insultes étaient du niveau de la cour de récréation. Tu pues. T'es moche.

Elle avait toujours su que cette nuit l'avait trop ébranlée, ou peut-être pas assez. Elle n'avait jamais pleuré. Jamais rien raconté à personne. Elle avait tout encaissé et, à faire mine que ce n'était rien, elle avait laissé ce rien devenir considérable.

À présent, elle avait le sentiment qu'elle voulait en parler encore et encore. Quelques jours plus tôt, au cours de leur promenade matinale, elle avait livré à Celeste une version condensée du récit qu'elle avait fait à Madeline. Celeste n'avait pas dit grand-chose, sinon qu'elle était désolée, que Madeline avait raison à cent pour cent, que Ziggy n'avait rien de commun avec son père. Le jour suivant, Celeste lui avait offert un collier dans une pochette en velours rouge. Une délicate chaîne en argent avec une pierre bleue. « C'est un lapis-lazuli, avait-elle précisé timidement. Une pierre connue pour guérir les blessures émotionnelles. Je n'y crois pas vraiment personnellement, mais il n'empêche, c'est un joli collier. »

Jane posa la main sur ledit pendentif.

De nouvelles amies ? Était-ce cela ? L'air de l'océan ?

L'exercice physique régulier l'aidait peut-être aussi. Celeste et elle étaient en meilleure forme. Elles avaient été si heureuses de constater qu'elles n'avaient plus besoin de s'arrêter pour reprendre leur souffle une fois en haut des escaliers qui jouxtaient le cimetière.

Oui, c'était sûrement l'exercice.

Tout ce qui lui avait manqué pendant ces longues années, c'était une marche rapide au grand air et une pierre aux vertus réparatrices.

Elle plongea sa fourchette dans le muffin. Ses promenades avec Celeste lui avaient rendu l'appétit. Elle devait rester vigilante, sinon, elle redeviendrait grosse. À cette pensée, sa gorge se serra. Elle reposa sa fourchette. Bon. Elle n'était pas tout à fait guérie. Son rapport à la nourriture demeurait particulier.

Mais pas question de blesser l'adorable Tom. Elle reprit sa fourchette et goûta le muffin du bout des lèvres. Il était léger, fondant, les ingrédients que Tom avait cités – pêche, macadamia, citron vert – étaient tous présents en bouche. Elle ferma les yeux, et se laissa envahir par ses sensations : la chaleur qui régnait dans la pièce, la saveur du muffin, l'odeur désormais familière de café mélangée à celle des vieux livres. Elle reprit une bouchée, plus grosse, sur laquelle elle mit un peu de la crème de son *latte*.

« Tout va comme tu veux ? » Tom tira un chiffon de la poche arrière de son pantalon et se pencha au-dessus d'une table voisine pour la nettoyer.

D'un signe de la main, Jane lui signifia qu'elle avait la bouche pleine. Tom sourit. Il ramassa un livre laissé sur la table par un client puis le rangea sur une étagère en hauteur. Son tee-shirt noir se leva, dévoilant un bref instant le bas de son dos. Une zone de son anatomie parfaitement ordinaire. Sans rien de particulièrement remarquable. Sa peau qui, avec l'hiver, avait une teinte café au lait, devait devenir chocolat chaud aux beaux jours.

« À tomber par terre ! dit Jane.

— Mmmm ? » Tom se retourna vers elle. Il n'y avait personne d'autre dans le café.

Jane désigna le muffin avec sa fourchette. « Délicieux. Tu devrais faire payer le prix fort pour cette merveille. » Son téléphone sonna. « Excuse-moi. »

Jane jeta un œil sur l'écran où s'affichait le mot « École ». Depuis la rentrée, la seule fois où l'école l'avait appelée, c'était lorsque Ziggy souffrait de la gorge.

« Miss Chapman ? Patricia Lipmann à l'appareil. »

La directrice. Jane sentit son estomac se nouer.

« Mrs Lipmann ? Est-ce que tout va bien ? » demanda Jane d'une voix apeurée qui lui fit horreur. Madeline, elle, s'adressait à la directrice d'un ton enjoué et tendrement condescendant, comme si elle avait affaire à un vieux majordome zinzin au service de la famille depuis toujours.

« Oui, tout va bien, mais je souhaiterais m'entretenir avec vous dans les plus brefs délais si c'est possible. Aujourd'hui dans l'idéal. Quatorze heures, cela vous conviendrait-il ? Juste avant de récupérer votre fils ?

— Bien sûr. Est-ce que tout va...

— Parfaitement bien. Je vous attends à quatorze heures donc. »

Jane se tourna vers Tom. « Mrs Lipmann veut me voir. »

Ayant grandi dans le coin, Tom connaissait presque tout le monde à Pirriwee Public – enfants, parents, enseignants. Il avait lui-même fréquenté l'école alors que Mrs Lipmann n'était qu'une simple institutrice de CE2.

« Je suis sûr qu'il n'y a pas de quoi t'inquiéter. Ziggy est un chouette gamin. Si ça se trouve, elle veut le mettre dans une section spéciale ou quelque chose dans ce goût-là.

— Mouais. » Jane reprit une bouchée de muffin d'un air distrait. Son fils n'était ni surdoué

747

ni précoce. Et puis, elle savait déjà au ton de Mrs Lipmann que les nouvelles n'étaient pas bonnes.

SAMANTHA : Renata a littéralement pété les plombs quand cette histoire de harcèlement lui est parvenue aux oreilles. Sa nounou ne lui en avait pas parlé, ça n'a rien arrangé. Bien sûr, on sait à présent que Juliette n'avait pas que son travail à l'esprit.

MISS BARNES : Les parents ne comprennent pas qu'un enfant peut être bourreau à un moment et victime à un autre. Ça ne leur pose aucun problème de coller une étiquette sur un gamin. Évidemment, j'ai conscience que là, c'était différent. C'était… moche.

STU : Tu reçois un coup, tu le rends, voilà ce que mon père m'a appris. Simple. Aujourd'hui, à la fin d'une compétition de football, on remet un trophée à tous les gamins ; c'est tout juste si on ne leur décerne pas un prix chaque fois qu'ils jouent au furet ! Et tout est à l'avenant. On est en train de fabriquer une génération de chochottes.

THEA : Renata s'en est *forcément* voulu. Avec ses horaires à rallonge, elle voyait à peine ses enfants. Je les plains, ces pauvres petits. Apparemment, ils ont du mal à faire face en ce moment. Beaucoup de mal. Leurs vies ne seront plus jamais comme avant, n'est-ce pas ?

JACKIE : Personne ne dit rien sur les horaires à rallonge de Geoff. Personne ne demande si *Monsieur* savait ce qu'Amabella subissait. Si j'ai bien compris, Renata avait un emploi mieux payé et plus stressant que son cher mari, mais lui, personne ne lui a reproché de consacrer tout son temps à sa carrière. Parmi ces femmes qui ont choisi de ne pas travailler, pas une ne s'est permis de dire : « Eh bien, on ne voit pas beaucoup Geoff à l'école. » Non ! Par contre, à les entendre, quand un père vient récupérer ses gosses à la sonnerie, il faudrait presque lui donner une médaille. Mon mari, par exemple. Il a toute une cour autour de lui.

JONATHAN : Une cour ? Pas du tout. Nous sommes amis. Pardonnez ma femme. Elle donne l'impression d'être agressive comme ça, mais c'est parce que sa boîte est sous le coup d'une OPA hostile en ce moment. Ce que j'en dis, moi, c'est que l'école doit assumer l'entière responsabilité de ce qui s'est passé. Où étaient les institutrices quand les uns brimaient les autres ?

36

« Renata Klein vient d'apprendre qu'un garçon harcèle sa fille, Amabella, de façon systématique depuis un mois dès que les adultes ont le dos tourné, annonça Mrs Lipmann sans préambule. Malheureusement, Amabella refuse de dire ce qui se passe exactement ou qui lui fait du mal. Sa mère est néanmoins convaincue que c'est Ziggy. »

Jane sentit sa gorge se serrer. Étrangement, elle était toute retournée par ce qu'elle venait d'entendre. Comme si une partie d'elle-même – une partie follement optimiste – avait vraiment cru que la directrice voulait mettre Ziggy dans une classe réservée aux petits surdoués.

« Quel genre de… » Sa voix l'abandonna. Elle se racla la gorge avec difficulté, envahie par l'idée qu'on lui faisait jouer un rôle pour lequel elle n'était pas taillée. Face à Mrs Lipmann, il aurait fallu ses parents. Des adultes. « Quel genre de harcèlement ? »

Mrs Lipmann fit une petite grimace. Elle ressemblait à une dame de la bonne société, une mondaine qui porte les bons vêtements et utilise les bons produits de beauté. Sa façon de s'exprimer, qui disait clairement *ne me cherchez pas*, était apparemment des plus efficaces, y compris avec les garçons de CM2, connus pour être de véritables garnements.

« Nous n'avons hélas que peu de détails. Amabella présente des bleus et des éraflures inexpliqués, ainsi qu'une marque de… morsure, elle se borne à dire que quelqu'un a été méchant avec elle. » Elle soupira, jeta un œil à ses ongles parfaitement manucurés puis se mit à tapoter le dossier en papier kraft posé sur ses genoux. « Écoutez, sans cet incident qui remonte à la journée d'accueil, je ne vous aurais pas appelée avant d'avoir des éléments plus précis. Miss Barnes a observé Ziggy de près, à cause de l'incident en question justement ;

elle dit que ça ne s'est jamais reproduit, que c'est un enfant charmant, la crème des élèves, que dans ses interactions avec ses camarades, il se montre très attentionné et chaleureux. »

Les paroles de miss Barnes ainsi rapportées émurent beaucoup Jane, tant par leur gentillesse que par leur caractère inattendu.

« Bien, vous vous doutez qu'en matière de harcèlement, nous pratiquons la tolérance zéro au sein de notre établissement. La violence n'a pas sa place ici, mais dans les rares cas où nous y sommes confrontés, sachez que nous estimons devoir nous occuper des harceleurs autant que des victimes. S'il s'avère que Ziggy a brutalisé Amabella, notre préoccupation principale ne sera pas tant de le punir que de nous assurer qu'il cesse toute brimade, sans délai évidemment, pour ensuite creuser le *pourquoi* d'une telle attitude. C'est un petit garçon de cinq ans, après tout. Certains spécialistes affirment qu'à cet âge les enfants sont incapables de harcèlement. »

Mrs Lipmann ponctua ses propos d'un sourire que Jane lui rendit timidement. Mais, attendez, Ziggy est un enfant charmant ! Il n'est pas coupable !

« En dehors de l'incident de la journée d'adaptation, y a-t-il eu des événements similaires ? À la crèche ? Au centre de loisirs ? Dans le cercle privé ?

— Non. Jamais. Et il a toujours… passons. » Jane s'apprêtait à dire que Ziggy avait toujours fermement nié s'être attaqué à Amabella, mais pourquoi risquer de souligner encore l'incident.

Mrs Lipmann pourrait en conclure qu'il avait l'habitude de mentir.

« Il n'y a donc rien de particulier dans l'histoire de votre fils, sa vie à la maison, son environnement familial, que vous jugez utile ou pertinent de nous faire savoir ? » Mrs Lipmann marqua une pause, adressant à Jane un regard bienveillant, comme pour lui signifier que rien ne pouvait la choquer. « J'ai cru comprendre que le père de Ziggy ne participe pas à son éducation. Est-ce exact ? »

Jane était toujours un peu décontenancée lorsqu'un étranger évoquait librement le père de Ziggy. Elle associait le mot « père » à l'amour et à la sécurité, si bien qu'elle pensait en premier lieu au sien – qui d'autre ? Un retour en arrière s'imposait dans sa tête – la chambre d'hôtel, le plafonnier… ah, le père de Ziggy.

Eh bien, chère Mrs Lipmann, à vous de juger si c'est pertinent ! Tout ce que je sais sur le père de Ziggy, c'est qu'il avait un penchant pour l'asphyxie autoérotique et qu'il aimait humilier les femmes. Il avait l'air charmant et sympathique. Il connaissait les chansons de Mary Poppins. Un homme « délicieux » en somme, et je suis certaine que vous en auriez dit autant. Malheureusement, il n'en avait que l'air. Je suppose qu'on pourrait le qualifier de brute. Ça vous semble pertinent ? Oh, et juste pour que le tableau soit complet, il se peut que Ziggy soit la réincarnation de mon grand-père. Et Poppy était la gentillesse même. Alors voyez, tout dépend de ce en quoi vous croyez : la violence héréditaire ou la réincarnation.

« Je ne vois rien de pertinent, dit Jane. Ziggy ne manque pas de figures masculines…

— Oh, oui, oui, je n'en doute pas. Mon Dieu ! Si vous saviez ! Certains de nos élèves ne voient jamais leur père, entre leurs horaires impossibles et leurs déplacements permanents. Je n'insinue pas que Ziggy manque de repères parce qu'il grandit dans une famille monoparentale ! J'essaie simplement d'avoir une vision globale de la situation.

— L'avez-vous interrogé ? » Le cœur de Jane se serra à l'idée que Ziggy ait subi un interrogatoire en son absence. Son bout de chou ! Il dormait avec un ours en peluche ! S'asseyait sur les genoux de sa maman et suçait son pouce quand il était fatigué ! Pour elle, c'était encore un petit miracle qu'il sache marcher, parler, s'habiller. Et voilà qu'à présent, il vivait toute une vie sans elle, une autre vie où se jouaient des drames énormes, des drames effrayants, des drames qui devraient être réservés aux grands.

« Oui, et il dément assez catégoriquement. Donc, sans une confirmation de la part d'Amabella, il s'avère particulièrement complexe de savoir quoi… »

Toc, toc, toc. La secrétaire passa la tête dans l'entrebâillement de la porte. Jetant un coup d'œil circonspect en direction de Jane, elle dit : « Euh, j'ai pensé qu'il valait mieux vous informer que Mr et Mrs Klein sont déjà là. »

La directrice blêmit. « Mais ils ont une heure d'avance !

— Mon conseil d'administration a été décalé », annonça une voix stridente par trop familière. Renata apparut derrière la secrétaire, prête à forcer le passage. « Nous nous sommes dit que

753

vous pourriez peut-être nous recevoir plus tôt... »
Ses traits se durcirent lorsqu'elle aperçut Jane.
« Oh. Je vois. »

Mrs Lipmann regarda Jane d'un air contrit.

Jane savait par Madeline que Geoff et Renata versaient régulièrement des sommes folles à l'école.
« L'année dernière, lors de la soirée quiz, nous avons dû rester docilement assis à nos places pendant que Mrs Lipmann remerciait les Klein d'avoir généreusement financé la climatisation de toute l'école », lui avait raconté son amie avant de s'égayer subitement : « Cette année, Perry et Celeste surenchériront peut-être sur eux ! On verra bien qui gagne au jeu du plus friqué ! »

« Je suppose que nous sommes tous là pour discuter de la même chose », reprit Renata.

Mrs Lipmann s'avança vers elle précipitamment.
« Mrs Klein, je pense vraiment qu'il serait préférable de...

— Ma foi ! Ça tombe très bien ! » Renata s'invita dans le bureau, suivie d'un homme trapu au teint pâle et aux cheveux roux dans son costume-cravate. Geoff, supposa Jane qui ne l'avait encore jamais croisé. Comme la plupart des pères d'ailleurs.

Jane se leva et, dans un élan d'autoprotection, croisa les bras contre sa poitrine, s'agrippant à ses vêtements comme s'ils menaçaient de les lui arracher. D'un instant à l'autre, les Klein allaient la mettre à nu, exposer ses vilains secrets honteux aux yeux de tous les parents. Ziggy n'était pas le fruit d'un amour charnel ordinaire et plaisant. Il était né de la conduite coupable d'une fille idiote, grosse et moche.

Ziggy n'était pas normal. Pas normal parce qu'elle avait laissé cet homme être son père. Jane savait que ce raisonnement ne tenait pas la route – Ziggy n'existerait pas, sans ce père – mais quelque part, ça lui semblait logique, car Ziggy resterait toujours son fils à elle, évidemment, comment pouvait-elle ne pas être sa mère ? Mais il aurait dû naître plus tard, d'un papa digne de ce nom, pour vivre une vie digne de ce nom. Si elle avait fait les choses comme il fallait, Ziggy ne serait pas entaché de cette terrible tare génétique. Il ne se comporterait pas de la sorte.

Elle replongea cinq ans en arrière, au moment où elle l'avait vu pour la première fois. Il semblait si contrarié d'être venu au monde, criant de tout son corps, agitant ses petits membres dans tous les sens comme s'il cherchait à quoi se rattraper. Sa première pensée ? *Je suis désolée, petit bébé. Tellement désolée de t'imposer ça.* La sensation délicieusement douloureuse qui l'avait envahie tenait du chagrin, quand bien même elle aurait parlé de « joie ». Elle avait espéré que le torrent impétueux de son amour pour cette drôle de créature au visage rouge laverait sa mémoire du souvenir dégoûtant de cette nuit-là. Mais il avait résisté à la crue, s'accrochant à ses synapses telle une sangsue noire et visqueuse.

Les yeux injectés de sang, brandissant un doigt menaçant, Renata se posta face à Jane. « Votre rejeton échappe à tout contrôle. Il va falloir y remédier. » Sa colère était si palpable, si justifiée au regard des doutes que Jane nourrissait.

« Renata », protesta Geoff. Il tendit la main à Jane. « Geoff Klein. Veuillez excuser Renata. Elle est bouleversée.

— Jane, répondit-elle en lui serrant la main.

— Bon, eh bien, puisque nous sommes tous ensemble, peut-être pourrions-nous avoir une discussion *constructive*, dit Mrs Lipmann d'une voix qui trahissait sa nervosité. Puis-je vous offrir du thé ou du café ? À moins que vous ne préfériez de l'eau ?

— Vous croyez que je me suis déplacée pour prendre un rafraîchissement ? » demanda Renata.

En proie à une fascination morbide face aux tremblements qui agitaient le corps de Renata, Jane détourna les yeux. Être témoin des émotions à l'état brut de cette femme, c'était comme la voir nue.

« *Renata* », répéta son mari en tendant le bras devant elle comme si sa femme s'apprêtait à se jeter sous les roues d'une voiture.

« Je vais vous dire pourquoi je me suis déplacée ! Pour m'assurer que son gamin n'approche plus jamais ma fille. »

37

Tandis qu'elle rentrait du jardin par la baie vitrée du salon, Madeline découvrit Abigail sur le canapé avec son ordinateur portable. « Hey, salut ! » Son ton faussement enjoué la fit tressaillir.

Chaque fois qu'elle s'adressait à sa fille, une pointe d'affectation perçait dans sa voix. Depuis qu'Abigail ne venait plus que le week-end, Madeline la traitait malgré elle comme une invitée de marque, lui proposant à boire, à manger, s'assurant de son bien-être. Endosser le rôle de l'hôtesse était parfaitement ridicule. Aussi, quand elle se surprenait à agir de la sorte, elle était tellement en colère qu'elle tombait dans l'excès inverse, exigeant brusquement d'Abigail qu'elle s'acquitte de telle ou telle corvée, comme étendre le linge. Le pire, c'était que sa fille se coulait parfaitement dans le rôle de l'invitée bien élevée – comme sa mère le lui avait appris – prenant la panière de linge sans autre commentaire. Résultat : Madeline se sentait complètement perdue et elle culpabilisait. Comment pouvait-elle demander à Abigail de participer à la lessive alors qu'elle n'apportait même pas son linge sale à la maison ? On ne demande pas à un invité de laver ses draps !

Du coup, Madeline courait la rejoindre dans le jardin pour lui donner un coup de main et parler avec elle d'un ton guindé tandis que les paroles qu'elle s'interdisait de prononcer à voix haute explosaient dans sa tête : *Allez, reviens à la maison, Abigail, reviens et mets fin à tout ça. Il nous a quittées toutes les deux. Il m'a quittée, moi, mais il t'a quittée, toi aussi. Te voir grandir auprès de moi, c'était ma compensation. Qu'il soit privé de toi, sa punition. Comment as-tu pu le choisir, lui ?*

« Qu'est-ce que tu fais de beau ? » demanda Madeline en se laissant tomber sur le canapé à côté d'Abigail tout en jetant un œil sur l'écran de son ordinateur. « C'est *Top Model USA* ? »

Elle ne savait plus comment se comporter avec sa fille. Un peu comme lorsqu'on essaie de faire ami-ami avec un ex. Cette désinvolture étudiée qui pèse sur la moindre interaction. La fragilité de vos sentiments, la conscience que vos petites excentricités ne sont plus si adorables, et peut-être même franchement agaçantes.

Au sein de la famille, Madeline avait toujours joué son rôle de mère loufoque avec zèle. Elle s'enthousiasmait à l'excès, s'énervait à l'excès. Lorsque les enfants n'obéissaient pas, elle pestait à l'excès. Elle inventait des chansons idiotes devant les étagères de son garde-manger : « Tomates en boîte, où êtes-vous donc ? On joue à cache-cache, mesdames ? » Les enfants et Ed adoraient se moquer d'elle à tout propos, de ses obsessions pour les célébrités à son fard à paupières à paillettes.

Mais maintenant, lorsque sa fille était de passage, Madeline avait l'impression d'être une caricature d'elle-même. Elle refusait de faire semblant d'être quelqu'un d'autre. À quarante ans, elle était trop vieille pour changer de personnalité ! Pourtant, elle ne cessait de se voir à travers les yeux d'Abigail qui devait la comparer à Bonnie – défavorablement, à n'en pas douter. Car c'était bel et bien Bonnie qu'elle avait choisie. Tout ça n'avait en fait rien à voir avec Nathan. Qui donne le ton au sein d'une famille, sinon la mère ? Toutes les craintes qui s'invitaient parfois en secret dans son esprit concernant ses défauts (elle était manifestement trop prompte à la colère et au jugement, attachait trop d'importance aux vêtements, dépensait trop d'argent en chaussures, se trouvait mignonne et drôle alors qu'elle n'était peut-être que vulgaire et agaçante) l'habitaient désormais en permanence. Grandis, se disait-elle. Ne le prends pas contre toi. Ta fille t'aime toujours. Elle a simplement choisi de vivre avec son père. Ce n'est pas un drame. Pourtant, chaque fois qu'elle était en présence d'Abigail, deux voix se livraient bataille dans sa tête : l'une l'exhortait à remettre la demoiselle à sa place – « Je suis comme je suis, ça te plaît, ça te plaît pas, je m'en fiche ! » – l'autre à changer – « Sois plus calme, Madeline, plus gentille, on peut toujours s'améliorer, voilà, *Améliore-toi.* »

« Tu as vu Eloise se faire éliminer la semaine dernière ? » demanda Madeline. Après tout, c'était ce qu'elle aurait dit normalement.

« Je ne regarde pas *Top Model USA*, soupira Abigail. Je suis sur le site d'Amnesty International. Rubrique violation des droits de l'homme.

— Oh. Eh bien, ma foi !

— Bonnie et sa maman sont toutes les deux membres d'Amnesty International, poursuivit Abigail.

— Évidemment », murmura Madeline. Voilà ce que doit ressentir Jennifer Aniston quand elle apprend qu'Angelina et Brad adoptent un ou deux orphelins de plus, songea-t-elle.

« Qu'est-ce que tu as dit ?

— C'est super. Ed aussi, il me semble. On leur fait une donation tous les ans. »

Oh, bon sang, écoute-toi maintenant ! Stop ! Ce n'est pas un concours ! Cette histoire était-elle seulement vraie ? Ed n'avait probablement pas renouvelé son adhésion.

Ed et elle faisaient de leur mieux pour être des gens bien. Ils achetaient des billets de tombola pour les bonnes œuvres, donnaient une pièce aux musiciens des rues, sponsorisaient systématiquement les casse-pieds qui parmi ses amies couraient un énième marathon en faveur de telle ou telle bonne cause (la seule vraie bonne cause étant leur forme). Madeline se disait qu'une fois les enfants sortis d'affaire, elle ferait du bénévolat ici ou là, comme sa mère. C'était largement suffisant, non, pour une mère qui travaille ? Bonnie la poussait à remettre en question chacun de ses choix. Comment osait-elle ?

D'après Abigail, Bonnie avait récemment décidé qu'elle n'aurait pas d'autre enfant (Madeline s'était abstenue de demander pourquoi même si elle mourait d'envie de le savoir). Aussi avait-elle donné toutes les affaires de bébé de Skye à un foyer pour femmes battues – landau, poussette, petit lit, table à langer, vêtements. « Ce n'est pas incroyable, ça, maman ? Les autres ont plutôt tendance à vendre ce genre de trucs », avait commenté Abigail en ponctuant sa phrase d'un soupir. De fait, quelques semaines plus tôt, Madeline avait vendu les robes de bébé de Chloe sur eBay et s'était fait une joie de mettre l'argent récupéré dans une nouvelle paire de bottes de marque à moitié prix.

« Alors qu'est-ce que tu as appris ? » Était-ce une bonne chose pour une adolescente de quatorze ans d'être au fait des atrocités qui ravageaient le monde ? C'était probablement très bien pour

760

elle. Bonnie lui donnait une conscience sociale alors que Madeline se contentait de l'encourager à détester son corps. Elle repensa à ce que cette pauvre Jane avait dit sur l'obsession de la société pour la beauté. Elle imagina Abigail suivre un inconnu dans une chambre d'hôtel et subir le même traitement que Jane. Une bouffée de rage l'envahit. Elle se retrouva bientôt en pensée en train de le tirer par les cheveux et de lui frapper la tête contre un genre de paroi en béton jusqu'à ce que son visage ne soit plus qu'une bouillie sanguinolente. Nom d'un chien. Il y avait trop de violence à la télévision.

« Abigail ? Qu'est-ce que tu as appris ? » répéta Madeline d'une voix agacée qu'elle regretta aussitôt. Le syndrome prémenstruel frappait de nouveau ? Non. Trop tôt. Elle n'avait même pas cette excuse. Depuis quelque temps, sa mauvaise humeur était tout bonnement devenue chronique.

Abigail soupira, sans même prendre la peine de lever le nez de son écran. « Qu'on marie les enfants de force et qu'on les réduit à l'esclavage sexuel.

— C'est affreux. » Elle marqua une pause, puis : « Essaie de ne pas... »

Madeline s'abstint de poursuivre. De ne pas t'en rendre malade. Voilà ce qu'elle avait sur le bout de la langue, ce qui était horrible à dire, n'est-ce pas ? Le genre de commentaire que seule une Occidentale aussi frivole que friquée pouvait sortir, une femme qui jubilait lorsqu'elle s'achetait une nouvelle paire de chaussures ou un nouveau parfum. Et cette chère Bonnie, que dirait-elle à

761

sa place ? *Méditons ensemble sur ce problème, Abigail. Ommmmm.* Voyez. Elle ne pouvait pas s'empê-cher de se moquer. Quel monstre de superficia-lité ! D'autant que méditer, ça ne faisait de mal à personne.

« Elles devraient être en train de jouer à la pou-pée, ces fillettes, dit Abigail d'une voix triste et en colère. Au lieu de ça, elles travaillent dans des bordels. »

Et *toi*, tu ne devrais pas être en train de jouer ? pensa Madeline. À te maquiller par exemple ?

Sa colère refit surface d'un coup. Une colère toute justifiée contre Nathan et Bonnie, car sa fille était bel et bien trop jeune et trop sensible pour savoir que le trafic d'êtres humains était une réa-lité. Elle était incapable de dominer ses émotions. Si, comme sa mère, elle avait tendance à démar-rer au quart de tour, elle avait le cœur bien plus tendre et pouvait déployer des trésors d'empathie (jamais envers Madeline, Ed, ou Chloe et Fred, cela va sans dire).

Madeline revit l'expression d'horreur mêlée d'incrédulité qui s'était peinte sur le visage d'Abigail le jour où elle l'avait trouvée, du haut de ses cinq ou six ans, installée à la table de la cui-sine, le journal sous les yeux. La gamine, si fière de savoir lire, venait de déchiffrer à voix haute un titre en première page. Madeline ne se souvenait pas du sujet de l'article. Meurtre, décès, catastrophe ? Non. Ça lui revenait à présent. L'histoire d'une enfant enlevée dans son lit. C'était au tout début des années quatre-vingt. Son corps n'avait jamais été retrouvé. À l'époque, Abigail croyait toujours au père Noël. « Ce n'est pas vrai », lui avait dit Madeline en lui prenant le journal d'un geste vif. « C'est inventé. » Ce jour-là, elle s'était promis de ne plus jamais le laisser à sa portée.

Nathan, qui brillait par son absence, ignorait tout de cet épisode.

Chloe et Fred étaient si différents. Des créatures tellement plus résistantes. Ses adorables petits sauvageons qui avaient déjà la fibre technologique et la fièvre acheteuse !

« Je ne vais pas rester les bras croisés, annonça Abigail en faisant dérouler la page.

— Tiens donc ? » fit Madeline. *Eh bien, si tu crois que je vais te laisser aller au Pakistan, tu te mets le doigt dans l'œil. Tu ne bougeras pas d'ici, ma petite. Regarde plutôt* Top Model USA. « À quoi tu penses ? Une requête ? » Madeline s'égaya. Elle avait un diplôme de marketing. La pro des requêtes, c'était elle, pas Bonnie. « Je pourrais t'aider à adresser une requête au député de la circonscription pour...

— Non, interrompit Abigail avec dédain. Ce genre de trucs, ça ne sert à rien. J'ai une idée.

— Mais encore ? »

Après coup, elle se poserait mille fois la question : Abigail lui aurait-elle répondu honnêtement, lui donnant une chance de mettre fin à cette folie avant même qu'elle ne commence, si on n'avait pas frappé à la porte ? Abigail avait fermé son ordinateur d'un coup sec.

« C'est papa, avait-elle dit en se levant.

— Mais il n'est que seize heures, protesta Madeline en l'imitant. Je pensais te ramener plus tard.

763

— On dîne chez la mère de Bonnie.

— La mère de Bonnie.

— Tu ne vas pas en faire un drame, maman.

— Je n'ai rien dit. Pas même que tu n'as pas vu *ma* mère depuis des semaines.

— Mamie a une vie sociale si remplie qu'elle n'a pas le temps de s'en rendre compte ! » rétorqua Abigail. Et elle n'avait pas tort.

« Il y a le papa d'Abigail qui est là ! » s'écria Fred depuis le jardin. S'il était tout excité, c'était à cause de sa voiture.

« 'jour, p'tit gars ! » entendit Madeline. Parfois, le seul son de la voix de Nathan suffisait à faire remonter en elle le souvenir viscéral de la trahison, du ressentiment, de la rage, de la confusion. *Il est parti. Il a passé le seuil de la porte et il nous a quittées, Abigail, et je n'arrivais pas à y croire, je n'arrivais tout simplement pas à y croire, et ce soir-là, tu as pleuré et pleuré, de ce braillement sans fin de nouveau-né et...*

« Bye, maman. » Abigail se pencha pour l'embrasser sur la joue, par compassion, comme on embrasse une vieille tante à qui l'on a rendu visite quand le moment de quitter cette baraque qui sent le renfermé est venu. Ouf. On rentre à la maison !

38

STU : Il y a autre chose qui me revient. Une fois, j'ai croisé Celeste White complètement par hasard. J'étais à l'autre bout de Sydney pour le boulot et j'avais besoin de récupérer des bondes neuves pour un client qui avait un problème d'écoulement, bref, je vous passe les détails, je fonce au rayon plomberie dans le magasin Harvey Norman du coin, c'était la semaine de la literie, et là, qui je vois allongée sur un lit double le regard rivé au plafond, Celeste White. Je marque un temps d'arrêt, c'est bien elle, alors je fais : « Salut, toi ! » et là, elle fait un bond de trois mètres, hyper mal à l'aise, à croire que je venais de la surprendre en train de braquer une banque. Je sais pas, j'ai trouvé ça bizarre. Que faisait-elle allongée sur un lit en promotion si loin de chez elle ? Une femme magnifique, vraiment superbe, mais toujours un peu... agitée, je dirais. C'est triste, maintenant que j'y pense. Très triste.

« Vous êtes la nouvelle locataire ? »

Celeste sursauta, manquant de faire tomber la lampe qu'elle venait d'acheter.

« Désolée, je ne voulais pas vous faire peur », dit une femme grassouillette d'environ quarante ans vêtue de sa tenue de gym. Elle sortait juste de l'appartement d'en face, accompagnée de deux fillettes, manifestement des jumelles, qui devaient avoir à peu près le même âge que Josh et Max.

« Si on veut, répondit Celeste. Enfin, oui, c'est moi. Mais je ne sais pas exactement quand nous allons emménager. Peut-être pas avant un bout de temps. »

Voilà qui ne faisait pas partie du plan. Parler à des gens. Ça rendait les choses beaucoup trop réelles, pour un projet *hypothétique* qui ne verrait probablement jamais le jour. Elle ne faisait que caresser l'idée d'une nouvelle vie. Et ce, dans le seul but d'impressionner Susi. Histoire d'arriver à son prochain rendez-vous prête à exécuter son « plan ». La plupart des femmes avaient sûrement besoin qu'on les encourage à passer à l'acte pendant des mois. Elles arrivaient certainement au rendez-vous suivant sans avoir bougé le petit doigt. Celeste, non. Elle faisait toujours ses devoirs.

« J'ai loué un appartement pour les six mois à venir », annoncerait-elle à Susi. Comme ça, sans détour. « À McMahons Point. De là-bas, on rejoint la City à pied facilement. J'ai une amie qui y travaille. Elle est associée dans un petit cabinet d'avocats. Elle m'a proposé un emploi il y a environ un an. J'ai refusé mais je suis certaine qu'elle pourrait toujours me trouver quelque chose. De toute façon, si ce n'est pas le cas, je pourrais chercher un poste dans le centre. En ferry, c'est rapide.

— Ouah, dirait Susi en arquant les sourcils. Bravo ! »

Et pour Celeste, dans la catégorie « femmes battues », félicitations du conseil de classe ! Quelle bonne petite. Obéissante comme tout.

« Je m'appelle Rose, dit la femme. Et voici Isabella et Daniella. »

Sérieusement ? Elle avait appelé ses filles Isabella et Daniella ? Les fillettes lui sourirent poliment. L'une d'elles articula même un « Bonjour ». Aucun doute : des jumelles bien mieux élevées que les garçons de Celeste.

766

« Celeste. Enchantée ! » Elle déverrouilla la porte aussi vite qu'elle put. « Je ferais mieux de…

— Vous avez des enfants ? » demanda Rose. Dans sa voix, la même note d'espoir que dans les yeux de ses filles.

« Deux garçons. » Elle ne précisa pas qu'ils étaient jumeaux, songeant que l'incroyable coïncidence allongerait la conversation d'au moins cinq minutes. Insupportable.

Elle poussa la porte d'un petit coup d'épaule.

« N'hésitez pas, si vous avez besoin de quoi que ce soit ! fit Rose.

— Merci ! À bientôt ! »

Aussitôt, Celeste entendit les jumelles se chamailler, chacune affirmant que c'était son tour d'appeler l'ascenseur. « Oh, pour l'amour du ciel, les filles, faut-il en passer par là à chaque fois ? » La voix de leur mère n'avait plus rien de la courtoisie qui la caractérisait l'instant précédent.

Celeste ferma la porte derrière elle, aussitôt coupée du bruit du couloir. Isolation acoustique irréprochable.

Dans l'entrée de l'appartement, un mur de carreaux de miroirs, probable vestige d'un ambitieux projet de décoration datant des années soixante-dix et unique fantaisie du lieu par ailleurs totalement neutre. Murs blancs, moquette grise inusable – le produit locatif par excellence. Perry en possédait un certain nombre, probablement du même acabit. Théoriquement, ils appartenaient aussi à Celeste mais elle ne savait même pas où ils se trouvaient.

Si l'investissement immobilier locatif s'était limité à *un* achat, elle aurait eu plaisir à s'en occuper.

Participer à la rénovation, choisir le carrelage, traiter avec l'agence, répondre avec empressement aux besoins du locataire : « Une réparation ? » « Mais, oui, bien sûr ! »

Elle n'aurait éprouvé aucun malaise à se situer à ce niveau de richesse. Mais l'insondable fortune de Perry lui donnait parfois la nausée.

Il y avait un je-ne-sais-quoi dans l'expression des gens lorsqu'ils visitaient leur demeure pour la première fois. Dans leur regard lorsqu'ils découvraient l'immensité de l'espace, la hauteur des plafonds, la beauté des pièces aménagées telles des vitrines de musée, témoins de l'opulence de leur vie de famille. Chaque fois, elle oscillait entre fierté et honte d'habiter dans une maison dont le moindre mètre carré criait sans bruit : NOUS SOMMES RICHES. PLUS QUE VOUS, SANS AUCUN DOUTE.

Chaque pièce, aussi belle soit-elle, était une représentation stylisée de leur vie, à l'image des photographies et autres messages que Perry postait en permanence sur Facebook. Oui, il leur arrivait parfois de s'asseoir sur ce canapé qui semblait merveilleusement confortable pour admirer le coucher du soleil avec une coupe de champagne. Véridique. Et parfois, souvent, c'était fabuleux. Mais c'était aussi dans le moelleux de ces coussins que Perry lui avait enfoncé le visage, si bien qu'elle avait cru mourir étouffée. La légende « Super sortie avec les enfants » qui accompagnait cette photo publiée sur son mur ne mentait pas, mais personne n'avait immortalisé la scène qui avait eu lieu une fois les enfants au lit. Celeste saignait trop facilement du nez. Depuis toute petite.

Elle passa dans la chambre principale. Une pièce peu spacieuse où elle installerait un lit double. Elle et Perry dormaient dans un king-size, bien sûr, mais ici, même un lit de taille classique donnerait l'impression d'être à l'étroit.

Elle posa la lampe par terre. Un modèle Art déco en forme de champignon et aux couleurs vives. Elle l'avait achetée pour deux raisons : *primo*, elle lui plaisait beaucoup, *secundo*, Perry la détesterait. Il ne l'aurait pas empêchée de se l'offrir si elle y avait tenu, non, mais il aurait grimacé chaque fois qu'il serait passé devant, tout comme Celeste grimaçait lorsqu'il lui montrait des œuvres d'art contemporain lugubres dans une galerie. En conséquence de quoi, il s'abstenait de les acheter.

Le mariage exige des compromis. « Chérie, si tu aimes vraiment ce style romantico-vieillot, laisse-moi t'offrir une pièce d'époque, aurait-il dit avec tendresse. Pas cet objet de pacotille, cette vulgaire imitation. »

Et Celeste se sentait personnellement visée par ce jugement.

Elle mettrait le temps qu'il faudrait pour remplir cet endroit d'objets de pacotille. Elle ouvrit un store pour faire entrer un peu de lumière, passa son doigt sur l'appui de fenêtre quelque peu poussiéreux. L'appartement n'était pas sale, mais la prochaine fois, elle apporterait de quoi nettoyer pour le rendre impeccable.

Jusqu'à présent, elle n'avait jamais pu quitter Perry, incapable d'imaginer où elle irait, comment ils vivraient. Sauter le pas lui paraissait impossible. Question de mentalité.

Mais avec cet appartement, elle disposerait de toute une vie clé en main qu'elle pourrait commencer à tout moment. Les lits des garçons seraient faits, le frigo approvisionné, le placard rempli de jouets et de vêtements. Elle n'aurait même pas besoin de faire une valise. Elle aurait un dossier d'inscription à l'école du quartier dûment rempli sous le coude.

Elle serait prête.

La prochaine fois que Perry la frapperait, elle ne lui rendrait pas ses coups, ne pleurerait pas, ne s'allongerait pas sur son lit. « Je m'en vais. Maintenant. » Voilà ce qu'elle dirait.

Elle observa ses mains, crispées.

À moins qu'elle ne profite d'un de ses déplacements pour partir. Ce serait peut-être mieux. Elle le lui annoncerait au téléphone. « Tu dois savoir que nous ne pouvions pas continuer ainsi. Quand tu rentreras, nous ne serons plus là. »

Elle ne parvenait pas à imaginer sa réaction.

Si elle partait vraiment.

Si elle mettait fin à la relation, la violence prendrait fin également, n'est-ce pas, car il n'aurait plus le droit de la frapper, de même qu'il n'aurait plus le droit de l'embrasser. La violence appartenait à leur intimité, au même titre que le sexe. Tout rapport de ce genre deviendrait inapproprié si elle le quittait. Elle ne serait plus sienne de la même manière. Elle retrouverait son respect. L'entente cordiale. Il serait un ex-mari courtois mais froid. Elle savait déjà que son indifférence la blesserait davantage que ses poings ne l'avaient jamais fait. Il rencontrerait une autre femme. Et rapidement.

Elle emprunta le minuscule couloir et entra dans la chambre destinée aux garçons. Il y avait tout juste assez de place pour deux lits jumeaux côte à côte. Elle leur achèterait de nouvelles housses de couette. Que ce soit joli. Elle soupira longuement, essayant d'imaginer leur mine déconcertée. Oh, mon Dieu. Pouvait-elle vraiment leur faire une chose pareille ?

D'après Susi, Perry tenterait d'obtenir la garde exclusive des enfants, mais elle ne le connaissait pas. Sa colère, tel un feu de paille, s'embrasait pour retomber aussitôt. (Contrairement à Celeste qui tempêtait, gardait rancune. Telle une harpie, elle se souvenait de tout. Enregistrait chaque scène, chaque parole.) Susi lui avait expressément demandé de commencer à consigner les « mauvais traitements subis ». Mettez tout par écrit, avait-elle dit. Prenez vos blessures en photo. Conservez les comptes rendus médicaux. Cela pourrait s'avérer primordial en cas de procès, ou de simple audience pour la garde. « D'accord », avait répondu Celeste qui n'en avait pourtant pas la moindre intention. Mettre leurs bagarres d'enfants noir sur blanc serait si humiliant. *Je l'ai giflé. Il m'a crié dessus. Je lui ai crié dessus. Il m'a poussée. Je l'ai frappé. J'ai eu un bleu. Lui, une éraflure.*

« Jamais il n'essaierait de m'enlever les enfants, avait assuré Celeste. Il voudrait ce qu'il y a de mieux pour eux.

— Il pourrait penser que le mieux pour eux est qu'ils restent avec lui, avait objecté Susi de sa voix

771

neutre et posée. Les hommes comme votre mari demandent souvent la garde. Ils ont des atouts. L'argent. Les contacts. Vous devez vous y préparer. Votre belle-famille pourrait s'en mêler. Subitement, tout le monde aura un avis sur la question. »

Sa belle-famille. Celeste eut un pincement au cœur. Elle avait toujours aimé faire partie de la tribu de Perry, si nombreuse qu'on ne pouvait pas les compter. Une collection de tantes, une horde de cousins, un trio de grands-oncles grincheux aux cheveux argentés. Elle adorait savoir que Perry n'avait pas besoin de liste lorsqu'il achetait du parfum en duty free. Il sillonnait la boutique en récitant pour lui-même : Coco Mademoiselle de Chanel pour tante Anita, Issey Miyake pour tante Evelyn… Elle adorait le voir ému aux larmes lorsqu'il étreignait un de ses cousins préférés après une longue séparation. Autant de choses qui semblaient témoigner d'une bonté indiscutable chez son mari.

La famille de Perry avait réservé un accueil chaleureux à Celeste dès le premier jour. Comme s'ils avaient senti que sa famille à elle, peu nombreuse et modeste, ne supportait pas vraiment la comparaison avec eux. Qu'ils pouvaient lui apporter quelque chose qu'elle n'avait jamais eu, en plus de l'argent. Quand Perry et les siens donnaient, c'était sans compter.

Lorsque, assise au milieu d'une longue tablée, Celeste dégustait le feuilleté aux épinards de tante Anita en regardant Perry discuter patiemment avec les trois grincheux tandis que les jumeaux se déchaînaient avec les autres enfants, elle le revoyait la frapper, et cette vision qui s'imposait à son esprit semblait appartenir au domaine de l'impossible, du fantastique, de l'absurde – même si la scène avait eu lieu la veille – et à l'incrédulité succédait la honte car, quelque part, elle se savait responsable. Parmi ces gens qui formaient une famille bienveillante et aimante, n'était-elle pas l'étrangère ? Ils seraient consternés de la voir frapper ou griffer leur bien-aimé Perry.

Aucun d'eux ne croirait jamais qu'il pouvait se montrer violent. Celeste n'avait d'ailleurs aucune envie qu'ils le sachent car le Perry qui achetait du parfum pour ses tantes et celui qui s'emportait étaient deux hommes distincts.

Susi ne connaissait pas Perry. Elle disposait d'autres exemples, d'études de cas, de statistiques, mais elle ne savait pas que les accès de colère de son mari ne constituaient qu'une partie de son être, ils ne le définissaient pas. Perry battait sa femme mais il ne se résumait pas à cela. C'était un homme qui lisait l'histoire du soir à ses enfants en faisant des voix rigolotes, quelqu'un qui s'adressait gentiment aux serveuses. Ce n'était pas un méchant. Il arrivait simplement qu'il se comporte très mal.

En pareille situation les femmes redoutaient que leur mari les retrouve et les tue si elles essayaient de partir. Celeste, elle, craignait que Perry lui manque. N'était-ce pas son plus grand plaisir que de le voir abandonner ses bagages et se mettre à genoux, les bras grands ouverts, pour accueillir les garçons qui couraient jusqu'à lui lorsqu'il rentrait de voyage, puis de l'entendre dire : « Laissez-moi embrasser maman, maintenant. »

La situation n'était pas simple. Ils vivaient juste un mariage très étrange.

Elle parcourut l'appartement en évitant la cuisine, exiguë et sombre. Préparer un petit plat là-dedans ? Autant ne pas y penser. Elle entendait déjà les enfants gémir : J'ai faim ! Moi aussi !

Dans la chambre principale, elle constata en branchant la lampe au secteur que l'électricité n'avait pas été coupée. Elle s'assit à même le sol et se perdit dans la contemplation de son champignon aux couleurs riches et éclatantes. Elle l'*adorait*.

Une fois qu'elle aurait emménagé, elle inviterait Jane et Madeline. Elle leur montrerait sa lampe et elles s'entasseraient sur le minuscule balcon pour boire le thé.

Si elle quittait Pirriwee, ses promenades matinales avec Jane lui manqueraient. La plupart du temps, elles avaient marché en silence. Comme dans une sorte de communion méditative. Si Madeline s'était jointe à elles, toutes trois auraient bavardé tout du long, mais la dynamique était différente lorsque Celeste et Jane se voyaient seules.

Récemment, elles avaient l'une comme l'autre commencé à s'ouvrir un peu. Force était de constater qu'en marchant, on pouvait confier des choses qu'on n'aurait probablement pas partagées s'il avait fallu soutenir le regard de l'autre autour d'une table. Celeste repensa au jour où Jane lui avait parlé du père biologique de Ziggy, cet homme répugnant qui l'avait plus ou moins violée. Elle frissonna.

Au moins, ses rapports sexuels avec Perry n'avaient jamais été violents, même quand ils avaient lieu après des coups, même quand ils faisaient partie de leur étrange et intense manège – se réconcilier, se pardonner, oublier. Il y avait toujours de l'amour dans leurs ébats et c'était toujours très, très agréable. Avant de rencontrer Perry, aucun homme ne lui avait inspiré une attirance aussi forte, et elle savait qu'en le quittant, elle ne connaîtrait plus jamais rien de tel. N'était-ce pas propre à leur couple ?

Faire l'amour avec Perry lui manquerait. Tout comme vivre près de la plage. Prendre le café avec Madeline. Veiller jusque tard en regardant une série avec son mari. Sa tribu, aussi.

Quand on quitte un homme, on quitte aussi sa famille, lui avait dit Madeline une fois. Elle faisait allusion à la sœur aînée de Nathan dont elle avait autrefois été proche. Aujourd'hui, elles ne se voyaient quasiment plus. Celeste n'aurait pas le choix : il faudrait renoncer à la famille de Perry comme à tout le reste.

Il y avait trop à abandonner, trop à sacrifier.

De toute façon, ceci n'était qu'un exercice.

Une simulation destinée à impressionner sa conseillère qui, soit dit en passant, n'y verrait probablement rien d'exceptionnel, car au final, ce n'était qu'une question d'argent. Celeste n'avait pas plus de courage que les autres. Elle avait simplement les moyens de louer et meubler un appartement qu'elle n'occuperait peut-être jamais, et ce avec l'argent que son mari gagnait. La plupart des femmes que Susi conseillait ne disposaient probablement d'aucune ressource, alors que Celeste pouvait retirer de grosses sommes en espèces de divers comptes sans même que Perry s'en aperçoive. Dans le cas contraire, elle pourrait facilement inventer une excuse. Lui raconter qu'une amie avait besoin de liquide. Il ne sourcillerait pas. Il avait toujours proposé plus. Il n'était pas de ces hommes qui enfermaient pratiquement leurs épouses en limitant leurs mouvements et leur accès aux comptes. Celeste était libre comme l'air.

Elle regarda autour d'elle. Dans la chambre, pas de placard intégré. Une armoire serait nécessaire. Comment avait-elle pu rater ça lors de l'état des lieux ?

La première fois que Madeline avait vu l'immense dressing de Celeste, son regard s'était illuminé, tel celui d'un mélomane qui écoute un magnifique morceau de musique. « Ceci, vois-tu, est mon rêve devenu réalité. »

C'était ça, la vie de Celeste : le rêve devenu réalité de quelqu'un d'autre.

« Personne ne mérite de vivre ainsi », avait dit Susi. Mais elle n'avait pas vu le quart de ce qu'était leur vie. Elle n'avait pas vu l'expression des garçons lorsqu'ils écoutaient les folles aventures de leur père qui grâce à ses super-pouvoirs traversait les océans à l'aube. « Tu ne voles pas pour de vrai, papa. Dis, maman, il vole, papa ? Il vole ? » Elle n'avait pas vu Perry danser le rap avec ses fils ou le slow avec Celeste, l'entraînant sur leur terrasse, face à l'océan éclairé par la lune si basse sur l'horizon qu'il leur semblait qu'elle était là juste pour eux.

Ça en vaut presque la peine, avait-elle dit à Susi.

Peut-être même que c'était *juste*. Quelques coups, ce n'était pas cher payer pour une existence qui sans cette dose de violence serait trop somptueuse, trop romantique, tristement parfaite.

Alors que diable faisait-elle ici, à organiser son évasion dans le plus grand secret, telle une prisonnière ?

39

« Ziggy », commença Jane.

Par cette fin d'après-midi du mois de mai, où le ciel était bas et lourd, Jane et Ziggy construisaient un château de sable. Le vent sifflait dans leurs oreilles. Le temps se remettrait peut-être au beau dès le lendemain mais aujourd'hui, la plage était presque déserte. Au loin, une silhouette accompagnée d'un chien et un surfeur solitaire en combinaison longue qui se dirigeait vers l'océan déchaîné, sa planche sous le bras. Les vagues venaient se briser en roulant sur la plage. L'écume bouillonnait et crachait d'impétueuses gerbes d'embruns dans les airs.

Ziggy fredonnait tout en tapotant la tour de son château à l'aide d'une pelle achetée par sa grand-mère.

« J'ai vu Mrs Lipmann hier, poursuivit Jane. Ainsi que la maman d'Amabella. »

Ziggy leva les yeux vers elle. Son bonnet gris, enfoncé sur sa tête, lui couvrait les oreilles mais ses joues étaient rougies par le froid.

« Amabella dit qu'un de ses camarades de classe lui fait des misères en cachette. Quand la maîtresse ne regarde pas. Elle se fait pincer. Et même... mordre. »

Mon Dieu. Rien que d'y penser, c'était horrible. Pas étonnant que Renata cherche un coupable. Ziggy resta silencieux. Il abandonna la pelle et prit un râteau en plastique.

« La maman d'Amabella pense que c'est toi. »

Jane faillit dire : « Ce n'est pas toi, hein ? »

À la place, elle demanda : « Est-ce que c'est toi, Ziggy ? »

Pas de réaction. Les yeux sur le sable, il continua de tracer des lignes bien droites avec son râteau.

« *Ziggy*. »

Il leva le nez. Sur son petit visage tout lisse, une expression lointaine. Ses yeux semblaient fixer un point derrière elle.

« J'ai pas envie d'en parler. »

40

SAMANTHA : Vous avez entendu parler de la pétition ? À ce moment-là, j'ai su que la situation allait partir en vrille.

HARPER : C'est moi qui ai lancé la pétition, je n'ai aucune honte à le dire. Pour l'amour du ciel ! La directrice et la maîtresse restaient les bras croisés ! Renata ne savait plus à quel saint se vouer, la pauvre ! Nous devons pouvoir envoyer nos enfants à l'école en étant sûrs qu'ils ne courent aucun danger.

MRS LIPMANN : Je proteste énergiquement. Nous ne sommes pas restées les bras croisés. Nous avions pris toutes les mesures nécessaires. Et pour que ce soit bien clair, rien ne permettait d'incriminer Ziggy.

THEA : Oui, je l'ai signée. Quand je pense à cette pauvre petite fille.

JONATHAN : Bien sûr que non. Vous imaginez ce pauvre petit gosse.

GABRIELLE : Ne le dites à personne, mais je crois que je l'ai signée *par erreur*. J'étais persuadée qu'il s'agissait de la pétition adressée au conseil municipal pour faire mettre un passage clouté sur Park Street.

Une semaine avant la soirée quiz

« Bienvenue à la réunion d'inauguration du club de lecture érotique de Pirriwee ! » s'exclama Madeline en ouvrant la porte de sa maison d'un geste théâtral. Elle s'était déjà octroyé une demi-coupe de champagne.

Quelle idée de lancer ce club ? s'était-elle reproché en se préparant pour la soirée. Une diversion au terrible désespoir dans lequel l'avait plongée le déménagement d'Abigail. Voilà de quoi il s'agissait. Soit, le mot désespoir était probablement excessif. Il n'empêche, elle avait vécu le départ de sa fille comme un grand malheur. Bizarrement, personne ne lui apportait de fleurs ; du coup, elle s'occupait l'esprit avec un club de lecture. Un club de lecture ! Pourquoi ne se contentait-elle pas de courir les boutiques ? Madame avait eu l'extravagance de convier *tous* les parents de la maternelle. Dix d'entre eux avaient répondu à l'appel. Suite à quoi, elle avait jeté son dévolu sur un roman enlevé et croustillant qu'elle était sûre d'adorer, laissant à tous plus de temps qu'il n'en fallait pour le lire, avant de se rendre compte que chaque participant choisirait un livre à son tour, la condamnant sans aucun doute à lire des œuvres aussi incontournables qu'assommantes. Oh, et puis zut ! Elle n'irait pas jusqu'au bout ! Ce ne serait pas la première fois qu'elle bâclerait ses devoirs ! Elle improviserait quand on l'interrogerait. Ou alors, elle tricherait en demandant un résumé à Celeste.

« Arrête d'ajouter "érotique" ! répondit sa première invitée, Samantha, en lui tendant une assiette de brownies. Ça commence à jaser. Carol en fait même une fixette. »

Petite et sèche, Samantha avait un physique d'athlète, version de poche, et courait le marathon – défaut que Madeline lui pardonnait pour deux raisons : un, Samantha semblait d'une franchise à toute épreuve ; et deux, elle se laissait totalement dominer par ses fous rires. Il n'était pas rare de la voir dans la cour de récréation, accrochée au bras de quelqu'un pour ne pas *littéralement* s'écrouler.

Si Madeline l'aimait beaucoup, c'était aussi parce que dès la première semaine d'école, Chloe s'était prise d'affection (le mot était faible) pour sa fille, Lily, une petite princesse aussi fougueuse qu'elle. Les craintes de Madeline concernant une éventuelle amitié entre Chloe et Skye s'étaient donc avérées infondées. Dieu merci. Après la désertion d'Abigail, recevoir la fillette de son ex-mari à la maison pour jouer avec Chloe aurait tout simplement été au-dessus de ses forces.

« Je suis la première ? demanda Samantha. Je suis partie de la maison un peu tôt, j'avais un besoin urgent de fuir les gosses ! J'ai dit à Stu : "Je te laisse, mon vieux !" »

Madeline la précéda dans le salon. « Suis-moi ! Je vais te servir un verre.

— Jane vient ce soir, n'est-ce pas ?

— Oui, pourquoi ? demanda Madeline en se retournant.

— Je me demandais juste si elle était au courant pour cette pétition qui circule.

— Quelle pétition ? » Madeline sentit la moutarde lui monter au nez.

Jane lui avait parlé des nouvelles accusations lancées contre son fils. Apparemment, Amabella ne voulait ni confirmer ni infirmer la culpabilité de Ziggy. Jane trouvait qu'il se comportait de manière étrange lorsqu'elle cherchait à en discuter avec lui. Elle ne savait pas s'il fallait y voir un aveu ou autre chose. La veille, elle était allée chez le médecin pour qu'il l'oriente vers un psychologue, ce qui lui coûterait sûrement les yeux de la tête. « J'ai juste besoin d'être sûre, avait-elle dit à Madeline. Tu sais, à cause de son... de son patrimoine génétique. »

Et Madeline de se demander si les trois filles dudit géniteur brutalisaient leurs camarades de classe, tout en rougissant de honte à l'idée qu'elle n'aurait jamais dû savoir que Ziggy avait une ribambelle de demi-sœurs.

« Pour réclamer l'exclusion temporaire de Ziggy », répondit Samantha en regardant Madeline d'un air contrit, comme si elle venait de lui écraser le doigt de pied.

« *Quoi* ? C'est ridicule ! Renata ne s'imagine tout de même pas que les gens sont suffisamment mesquins pour la signer !

— Renata n'y est pour rien. Je crois que c'est Harper qui l'a lancée. Elles s'entendent plutôt bien, non ? Je ne suis pas encore vraiment au fait de ce qui se joue au niveau des parents.

— Harper s'entend *très bien* avec Renata. Elle le crie sur tous les toits dès qu'elle en a l'occasion. Les enfants précoces, ça rapproche. » Elle prit sa flûte de champagne et la vida d'un trait.

« Bon, reprit Samantha, Amabella a l'air très mignonne et l'idée qu'un gamin la brutalise dès que les adultes ont le dos tourné, c'est affreux, mais de là à faire une pétition ? Pour se débarrasser d'un enfant de cinq ans ? C'est n'importe quoi. Je ne sais pas comment je réagirais s'il arrivait la même chose à Lily, mais Ziggy est tellement adorable avec ses grands yeux verts, et Lily dit qu'il est toujours gentil avec elle. Il l'a aidée à retrouver sa bille préférée ou quelque chose comme ça. Tu me le sers, ce verre ?

— Désolée », dit Madeline. Puis elle s'exécuta.

« Voilà qui explique l'étrange coup de fil de Thea. Elle vient de m'annoncer qu'elle se retirait. Je savais bien que c'était un peu bizarre parce que, depuis quelque temps, elle n'arrêtait pas de répéter qu'elle voulait trouver un club de lecture pour prendre du temps pour elle. Les scènes de sexe torrides du livre ne l'ont pas laissée indifférente, elle y a fait allusion plusieurs fois comme si on était les meilleures copines du monde, ce qui était plutôt... troublant. Et puis il y a tout juste dix minutes, elle appelle pour me dire qu'elle croule sous les obligations.

— Elle a quatre enfants, tu sais.

— Oui. Question logistique, ça doit être le cauchemar. »

Toutes deux éclatèrent d'un rire malicieux.

Soudain, le fils de Madeline se mit à crier depuis son lit :

« Je meurs de soif !

— Papa va t'apporter un verre d'eau ! »

Le sourire de Samantha se figea. « Tu sais ce que Lily m'a dit aujourd'hui ? Elle m'a demandé : "J'ai le droit de jouer avec Ziggy ?" Et moi : "Bien sûr." Ensuite... » Samantha s'interrompit avant de reprendre d'une voix plus légère : « Bonsoir, Chloe ! »

La fille de Madeline se tenait sur le seuil, son ours en peluche serré contre sa poitrine.

« Je croyais que tu dormais », dit Madeline sévèrement, alors même que son cœur fondait de tendresse comme chaque fois qu'elle voyait ses enfants en pyjama. Ed était censé s'occuper de Fred et Chloe pendant qu'elle recevait les parents amateurs de lecture. Il avait lu le roman mais n'avait aucune envie de participer à la réunion. L'idée même d'un club de lecture lui rappelait d'horribles souvenirs de camarades de classe prétentieux de son cours de littérature anglo-saxonne. « Si un de tes invités utilise les mots "imagerie éblouissante" ou "arc narratif", donne-lui une gifle de ma part », avait-il dit.

« Oui, mais papa ronfle ; ça m'a réveillée. »

Suite à une récente invasion de monstres dans sa chambre, la demoiselle avait pris l'habitude de demander à Madeline ou à Ed de s'allonger près d'elle le temps qu'elle trouve le sommeil. « Juste quelques minutes, s'il te plaît. » Ils s'endormaient, l'un comme l'autre, à tous les coups, et n'émergeaient de la chambre de leur fille qu'au bout d'une bonne heure, les yeux à demi fermés, complètement hébétés.

« Le papa de Lily ronfle, lui aussi, dit Samantha. On dirait un train qui entre en gare.

— Vous parliez de Ziggy ? lui demanda Chloe le plus naturellement du monde. Il pleurait aujourd'hui parce que Oliver, son papa, il lui a dit de pas s'approcher de Ziggy parce que c'est une grosse brute.

— Oh, pour l'amour du ciel, dit Madeline. C'est le père d'Oliver, la grosse brute. Il n'y a qu'à le voir aux réunions de parents d'élèves.

— Alors moi, je lui ai mis un coup de poing, poursuivit Chloe.

— *Tu as quoi ?*

— Mais pas fort. » Chloe se fendit d'un sourire angélique en resserrant son ours en peluche. « Ça lui a pas fait trop mal. »

La sonnette retentit, la voix de Fred lui faisant écho : « C'est pas pour dire, mais j'attends *toujours* mon verre d'eau ! » Sur ce, Samantha éclata de rire, s'accrochant aussitôt au bras de Madeline pour ne pas s'écrouler.

41

L'existence de la pétition parvint aux oreilles de Jane dix minutes avant l'heure où elle était censée filer à la première réunion du club de lecture de Madeline. Elle se brossait les dents quand elle entendit Ziggy répondre à son téléphone portable.

« Je vais la chercher. » Un petit bruit de pas pressés s'ensuivit puis il apparut dans la salle de bains. « C'est ma maîtresse ! » fit-il d'une voix stupéfaite en lui tendant l'appareil.

« Une petite seconde », marmonna Jane, la bouche pleine de dentifrice. Elle lui montra sa brosse à dents mais Ziggy ne voulut rien savoir : il lui fourra le téléphone dans la main et s'écarta aussitôt. « Ziggy ! » protesta-t-elle, manquant de le faire tomber. Elle cracha puis s'essuya la bouche. Que se passait-il encore ? Cet après-midi après l'école, Ziggy était resté tout seul dans son coin, absorbé dans ses pensées. Il avait quand même dit à Jane qu'Amabella était absente – il ne s'agissait donc pas de cela. Oh, mon Dieu. S'en était-il pris à un autre enfant ?

« Bonjour, Rebecca. » Jane aimait bien miss Barnes. Elle savait qu'elles étaient à peu près du même âge (l'approche de ses vingt-cinq ans avait suscité une grande excitation parmi les bambins) et bien qu'elles ne soient pas à proprement parler amies, il y avait entre elles une solidarité tacite, le genre d'affinité qui rapproche deux personnes de la même génération lorsqu'elles sont entourées de gens plus vieux ou plus jeunes.

« Bonjour Jane. Je suis désolée, j'espérais vous parler une fois Ziggy couché mais je ne voulais pas appeler trop tard non plus...

— Oh, eh bien, il allait justement au lit. » Jane fit signe à Ziggy de filer. Il s'exécuta, l'air atterré, probablement inquiet à l'idée de s'attirer les foudres de la maîtresse parce qu'il ne dormait toujours pas. (S'agissant de l'école, Ziggy ne faisait aucune entorse au règlement tant il était soucieux de faire plaisir à miss Barnes. Voilà pourquoi Jane avait toutes les peines du monde à admettre que son fils se comporte si mal, surtout s'il courait le risque de se faire prendre. C'était tout simplement impossible à concevoir. Ziggy n'était pas le genre de gamin à faire ce dont on l'accusait.)

« Qu'est-ce qui ne va pas ? demanda Jane.

— Je peux rappeler plus tard si vous voulez, proposa Rebecca.

— Non, ça va. Il est dans sa chambre. Il s'est passé quelque chose ? » La brusquerie de sa voix résonna à ses propres oreilles. Elle avait obtenu un rendez-vous chez un psychologue la semaine suivante. Une annulation. Elle pouvait s'estimer chanceuse. Elle avait dit et redit à Ziggy qu'il ne devait pas toucher un seul cheveu de la tête d'Amabella ni d'aucun autre camarade de classe, ce à quoi il s'était contenté de répondre d'un ton monocorde : « Je sais, maman. Je ne tape personne, maman », avant d'ajouter après un moment de silence : « J'ai pas envie d'en parler. » Que pouvait-elle faire de plus ? Le punir sans savoir avec certitude qu'il était coupable ?

« Je me demandais juste si vous aviez entendu parler de cette pétition qui circule parmi les parents. J'espérais vous en informer moi-même.

— Une pétition ? Quelle pétition ?

— Celle qui demande l'exclusion temporaire de Ziggy. Je suis vraiment désolée. J'ignore qui en est l'instigateur mais je tenais à ce que vous sachiez que je désapprouve totalement, et je suis certaine que ce sera également le cas de Mrs Lipmann. Cela n'aura évidemment aucune influence sur… euh… sur quoi que ce soit.

— Vous voulez dire que des gens la signent ? » Jane s'agrippa au dossier d'une chaise et regarda les articulations de sa main blanchir. « Mais, on n'est même pas sûrs…

— Comme vous dites ! On n'est même pas sûrs ! Autant que je puisse en juger, Amabella et Ziggy s'entendent bien. C'est à n'y rien comprendre. Je les surveille de près, je vous l'assure, enfin, j'essaie, mais avec vingt-huit élèves, dont deux qui souffrent de troubles déficitaires de l'attention, un qui a des difficultés d'apprentissage, deux surdoués et au moins quatre dont les parents croient qu'ils

le sont, sans parler de celle qui a de telles allergies que j'ai l'impression que je devrais avoir la
main sur l'EpiPen en permanence... » Miss Barnes,
qui s'était mise à dévider son chapelet d'une voix
aiguë, s'arrêta brusquement et se racla la gorge
avant de reprendre plus bas : « Pardon, Jane, je ne
devrais pas parler comme ça. Ce n'est pas très professionnel. C'est juste que j'ai vraiment de la peine
pour vous, et pour Ziggy.

— Ce n'est rien », dit Jane. Étrangement, la tension
que trahissait la voix de miss Barnes la réconfortait.

« J'aime beaucoup Ziggy. Et, pour être honnête,
j'ai aussi un faible pour Amabella. Ce sont deux
enfants très mignons. Ce que je veux dire, c'est
qu'avec les enfants, j'ai quand même le sentiment
de pouvoir me fier à mon instinct, du coup, toute
cette histoire me paraît... tellement étonnante, tellement bizarre.

— Oui, dit Jane. Je ne sais pas quoi faire.

— Nous allons régler ça. Je vous promets que
nous allons régler ça. »

À l'évidence, miss Barnes ne savait en revanche
pas comment.

Après avoir raccroché, Jane rejoignit Ziggy dans
sa chambre.

Assis sur son lit, jambes croisées, adossé au mur,
il pleurait.

« Plus personne n'a le droit de jouer avec moi
maintenant ? » demanda-t-il.

Thea : On vous a sûrement dit que Jane était ivre.
Ce qui, lors d'une soirée organisée par l'école, est

pour le moins inapproprié. Écoutez, je sais que ça a dû être très pénible pour elle lorsqu'il y a eu toute cette histoire avec Ziggy, mais la question qui me revenait sans cesse à l'esprit, c'était pourquoi diable ne le change-t-elle pas d'école ? Ce n'est pas comme si elle avait de la famille dans le coin. Elle aurait dû s'en retourner dans les quartiers ouest qui l'ont vue grandir. Elle s'y serait probablement, comment dire… intégrée.

GABRIELLE : Nous étions, comme l'a dit Madeline ce soir-là, « délicieusement pompettes ». Du Madeline tout craché, ce genre d'expression. La pauvre… Enfin. La faute à ces cocktails. Quand je pense qu'ils devaient bien contenir dans les mille calories.

SAMANTHA : *Tout le monde* était ivre. C'était d'ailleurs une soirée super avant que ça ne tourne en eau de boudin.

42

« Où se trouve Perry, cette fois ? » demanda Gwen en s'installant sur le canapé de Celeste avec son tricot.

Gwen servait de baby-sitter aux garçons depuis leur plus jeune âge. Grand-mère de douze petits-enfants, elle avait une autorité naturelle que nombre d'adultes lui enviaient et des pièces en chocolat dans du papier doré cachées au fond de son sac. Deux atouts qui ne seraient pas nécessaires ce soir puisque les jumeaux étaient déjà au lit.

« À Genève, répondit Celeste. À moins que ce ne soit Gênes ? Je ne m'en souviens pas. Il est toujours dans le ciel à l'heure qu'il est. Il est parti ce matin. »

Gwen lui sourit, vraisemblablement fascinée. « Il mène une vie exotique, n'est-ce pas ?

— Oui. Je crois qu'on peut dire ça. Je ne devrais pas rentrer trop tard. C'est une première réunion – un club de lecture – alors je ne sais pas à quelle heure…

— Ça dépendra du livre ! Je viens d'en lire un tout à fait intéressant grâce au club que je fréquente ! Attendez, comment ça s'appelait déjà ? Ça parlait de, attendez, de quoi ça parlait déjà ? Personne n'a vraiment adoré, pour être honnête, mais mon amie, Pip, aime bien servir un plat qui, comment dire, qui complète le livre. Elle a préparé ce curry de poisson, délicieux bien qu'assez épicé, du coup, nous étions tous un peu, vous savez… exaltés », termina-t-elle en agitant les mains devant la bouche.

L'ennui avec Gwen, c'était qu'il fallait parfois couper court. Si Perry s'en sortait avec grâce, Celeste, elle, trouvait l'exercice délicat.

« Bon, je ferais bien de filer. » Celeste ramassa son portable sur la table basse en face de Gwen.

« Quel vilain bleu ! s'exclama-t-elle. Que vous est-il arrivé ? »

Celeste tira la manche de son chemisier en soie sur son poignet.

« Blessure de tennis. On s'est jetées sur la balle en même temps avec ma partenaire de double.

— Aïe ! » Gwen la regarda droit dans les yeux. Un silence s'ensuivit.

« Bon, fit Celeste. Comme je vous l'ai dit, les garçons ne devraient pas se réveiller…

— Il serait peut-être temps de trouver un autre partenaire », interrompit Gwen sans détour. Elle usait du même ton quand les garçons se battaient, ce qui avait un effet stupéfiant.

« Eh bien, c'était aussi ma faute, dit Celeste.

— Je suis sûre que non », rétorqua Gwen soutenant son regard. Celeste se dit alors qu'en cinq ans Gwen n'avait jamais mentionné de mari. La baby-sitter paraissait si indépendante, si bavarde, si occupée entre ses amis et ses petits-enfants que l'idée même d'un homme dans sa vie semblait superflue.

« Je ferais mieux d'y aller. »

43

Ziggy était toujours en larmes quand la baby-sitter frappa à la porte. Il venait de raconter à Jane que trois ou quatre enfants (les détails demeuraient flous car il était presque incohérent) lui avaient dit qu'ils n'avaient pas le droit de jouer avec lui.

Sitôt sa mère assise près de lui, il s'était précipité sur elle, manquant de la renverser sur le lit. Le visage enfoui dans son giron, il laissait libre cours à ses sanglots. Jane sentait ses larmes se répandre sur son jean et la pression qu'exerçait son petit nez, telle une foreuse qui creuse piteusement, dans l'espoir de disparaître sous terre.

« C'est sûrement Chelsea. » Jane essaya de le soulever, tirant ses épaules maigrelettes vers l'arrière mais Ziggy ne s'arrêta même pas pour reprendre haleine.

« Ils me fuyaient. En courant super vite. Et moi, j'avais envie de jouer à la course, comme dans *Star Wars.* »

Bon, se dit Jane. Adieu le club de lecture. Elle ne pouvait décemment pas le laisser dans un état pareil. Sans compter qu'il y aurait peut-être des parents qui avaient signé la pétition. Ou qui avaient dit à leurs enfants de rester à bonne distance de Ziggy.

« Attends-moi ici », grommela-t-elle en décollant littéralement son corps mou et lourd de ses cuisses. Il leva les yeux vers elle, le visage morveux et rouge, avant de se jeter sur son oreiller.

« Je suis navrée, je dois annuler, annonça Jane à la baby-sitter. Mais je vais quand même vous payer. »

Elle n'avait pas d'autre coupure qu'un billet de cinquante dollars.

« Oh, ah, cool, merci », fit Chelsea. Comme tout adolescent qui se respecte, elle ne proposa pas de lui rendre la monnaie.

Jane ferma la porte derrière elle et appela Madeline.

« Je ne viens pas, dit-elle. Ziggy... Ziggy ne va pas bien.

— Par rapport à cette histoire avec Amabella, je parie ? » fit Madeline, vraisemblablement entourée d'autres parents, au vu des voix en bruit de fond que Jane entendait.

« Oui. Tu as entendu parler de cette pétition ? » demanda Jane d'une voix qu'elle espérait calme et posée. Madeline en avait sûrement par-dessus la tête de sa nouvelle amie, entre ses pleurnicheries à cause de Harry le Hippo et ses liaisons sordides. Elle devait maudire le jour où elle s'était tordu la cheville.

« C'est un scandale, répondit-elle. Je suis dans une rage folle. »

Jane perçut un éclat de rire à l'autre bout de la ligne. Un club de lecture ? À les entendre, on aurait dit que Madeline donnait un cocktail. La bonne humeur qui semblait régner chez elle donna à Jane le sentiment d'être ennuyeuse à mourir et abandonnée à son triste sort bien qu'elle ait fait partie des invités.

« Je ferais mieux de te laisser, dit-elle. Amusez-vous bien.

— Je t'appelle très vite. Ne t'inquiète pas. On va tout arranger. »

À peine avait-elle raccroché qu'on frappa de nouveau à la porte. La voisine du dessous, Irene, qui se trouvait être la mère de Chelsea, se tenait sur le seuil, brandissant un billet de cinquante. Grande et austère, elle avait les cheveux gris coupés court et un regard intelligent.

« Cinquante dollars, ça se gagne », annonça-t-elle en lui tendant le billet.

Jane le reprit avec gratitude. Elle avait ressenti un certain dépit après avoir payé Chelsea. Après tout, cinquante dollars, c'était une somme. « J'ai pensé, vous savez... le dérangement.

— Elle a quinze ans. Elle a eu un étage à monter. Est-ce que Ziggy va bien ?

— On a quelques soucis à l'école.

— Oh là là.

— De harcèlement », précisa Jane qui ne connaissait Irene que pour lui avoir parlé à plusieurs reprises dans la cage d'escalier.

« Un gamin harcèle ce pauvre petit chou ? fit Irene en fronçant les sourcils.

— L'inverse, si j'en crois ce qu'on raconte.

— Pfff, n'importe quoi. Faut pas les croire. J'ai enseigné en primaire pendant vingt-quatre ans. Les petits durs, je les flaire à des kilomètres. Ziggy n'est pas ce genre de gosse.

— Eh bien, je l'espère. Je veux dire, c'est ce que je pensais.

— Laissez-moi deviner ! Les parents en font toute une histoire, n'est-ce pas ? demanda Irene, la perspicacité même. Les gens font beaucoup trop attention à leurs enfants de nos jours. À mon avis, il faudrait revenir au bon vieux temps de la tendre indifférence. À votre place, j'essaierais de prendre du recul. Et rappelez-vous : petits enfants, petits soucis. Attendez de voir quand vous aurez à vous inquiéter de drogue, de sexualité et de médias sociaux. »

Jane sourit poliment puis, désignant le billet de cinquante dollars : « Euh, merci. Dites à Chelsea que je ferai appel à elle un autre soir. »

Elle ferma la porte d'un geste assuré, légèrement agacée par la formule « petits enfants, petits soucis ». Depuis le couloir, elle entendit Ziggy qui pleurait toujours. Mais ses larmes n'étaient pas celles d'un enfant sidéré de s'être fait mal ou réclamant rageusement de l'attention. Non. Sa plainte, involontaire, douce, triste, ressemblait à celle d'une grande personne.

Jane resta un moment sur le seuil de sa chambre, à le regarder allongé sur le ventre, les épaules tremblotantes, les mains crispées sur sa housse de couette Star Wars. Quelque chose gronda en elle. À ce moment précis, elle se moquait bien de savoir si Ziggy avait frappé Amabella ou non, s'il avait secrètement hérité de son père biologique une horrible tendance à la violence, et d'ailleurs, qui disait qu'il la tenait de son père, cette violence ? car si Jane était face à Renata, là, tout de suite, elle lui collerait sa main sur la figure. Avec plaisir et sans ménagement. Elle enverrait ses lunettes hors de prix valdinguer. Peut-être même qu'elle les écraserait sous son talon comme une parfaite petite brute. Et si cela faisait d'elle une mère surinvestie, elle s'en moquait comme de sa première chemise.

« Ziggy ? » Elle s'assit sur son lit et lui frotta le dos.

Il leva son visage baigné de larmes.

« On va voir papi et mamie. Je prends ton pyjama et on va dormir là-bas. »

Il renifla. Un petit frisson de chagrin lui parcourut le corps.

« Et sur la route, on va manger des chips, des chocolats et plein de douceurs. »

SAMANTHA : Je sais bien que j'ai ri, plaisanté et tout ça, mais c'est un mécanisme de défense ou un truc dans le genre. Je ne suis pas la salope sans cœur que vous imaginez sûrement. C'est vrai quoi, c'est une tragédie. Les obsèques étaient tout simplement… quand cet adorable petit garçon a déposé la lettre sur le cercueil ? Je ne peux même pas… J'ai craqué. Tout le monde a craqué.

THEA : Très pénible. Ça m'a rappelé les funérailles de Lady Diana, quand le petit Harry a laissé ce mot qui disait juste « Maman ». Mais bien sûr, on ne parle pas de la famille royale, là.

44

Celeste ne tarda pas à se rendre compte que, dans le club de Madeline, les festivités primeraient sur les lectures. Elle s'en trouva quelque peu déçue car elle avait anticipé ce moment d'échange autour du livre avec impatience, allant jusqu'à marquer plusieurs pages à l'aide de Post-it et écrire quelques commentaires piquants dans les marges, telle une bonne petite avocate. À présent, elle rougissait de son zèle.

Elle fit disparaître son exemplaire dans son sac à main avant que les autres s'en aperçoivent et se mettent à la taquiner. Ce serait fait avec tendresse et sans malice, mais Celeste n'avait plus la force de supporter la moindre remarque. Être mariée à Perry impliquait qu'elle soit toujours prête à justifier ses faits et gestes, qu'elle surveille ses moindres paroles, tout en étant furieuse d'être constamment sur ses gardes ; le contrôle mental qu'elle exerçait sur elle-même et ses émotions s'entremêlaient pour former un tas de nœuds impénétrable, si bien que parfois, comme à cet instant précis où elle se trouvait au milieu de gens normaux, tous les mots qu'elle taisait lui montaient à la gorge et, l'espace d'un instant, l'empêchaient de respirer.

Que penseraient ces gens polis, agréables, non-fumeurs, membres de clubs de lecture, adeptes de la rénovation, s'ils savaient qui était réellement cette femme assise en face d'eux en train de faire passer le plateau de sushis ? Dans ces sympathiques petits cercles sociaux, maris et femmes ne se frappaient pas.

Si personne ne parlait du livre, la pétition en faveur de l'exclusion temporaire de Ziggy retenait quant à elle l'attention de tous. Certains parents apprenaient tout juste la nouvelle, ce qui laissait aux autres le loisir de leur faire part des derniers rebondissements, ô combien choquants. Chacun participa au compte rendu.

Celeste acquiesçait discrètement tandis que la conversation allait bon train, sous la houlette d'une Madeline toute rouge, animée, presque fébrile.

« À ce qu'il paraît, Amabella n'a pas vraiment dit que c'était Ziggy. Renata ne fait que supposer que c'est lui à cause de l'incident qui remonte à la journée d'accueil.

— D'après ce que je sais, la petite portait des marques de morsures, ce qui, à cet âge, est vraiment effrayant.

— Il y avait un mordeur à la crèche de Lily. Je la récupérais couverte de bleus. Je dois avouer que l'envie me démangeait de lui tordre le cou, à ce sale môme, mais sa mère était si gentille. Elle était dans tous ses états.

— Ça ne m'étonne pas. Quoi de pire qu'avoir un enfant qui harcèle les autres ?

— Hé ! On parle d'enfants, là !

— La question que je me pose, c'est comment les instituteurs peuvent passer à côté.

— Renata ne peut-elle pas forcer Amabella à dire qui c'est ? Une gamine de cinq ans, tout de même.

— J'imagine que lorsqu'il s'agit d'un enfant surdoué…

— Oh, je ne savais pas, Ziggy est surdoué ?

— Pas Ziggy. Annabella. C'est indéniable d'ailleurs.

— C'est Amabella, pas Annabella.

— Encore un de ces prénoms inventés ?

— Non, pas du tout ! C'est français ! Renata passe son temps à le répéter.

— Eh bien cette gosse va passer sa vie à corriger les gens sur son prénom.

— Harrison joue avec Ziggy tous les jours. Il n'a jamais eu aucun problème.

— Une pétition ! C'est tout simplement ridicule ! Et mesquin. Madeline, cette quiche est un délice, à propos. C'est toi qui l'as faite ?

— Je n'ai fait que la réchauffer !

— Carrément mesquin. Comme la fois où Renata a distribué ces invitations à tous les élèves de la classe à l'exception de Ziggy ! C'était inadmissible à mon avis.

— Mais au fait, est-ce qu'une école publique peut renvoyer un élève ? Ils en ont le droit ? Je croyais qu'ils devaient prendre tous les enfants.

— Mon mari dit qu'on est tous devenus zinzins, qu'on met les gosses dans la catégorie "harceleurs" un peu trop vite et qu'on oublie que ce sont juste des enfants.

— Pas faux.

— Sauf que là, on parle de morsure et de strangulation.

— Mmmm. Si c'était ma fille…

— Tu ne lancerais pas une *pétition.*

— Euh, non.

— Renata est pleine aux as. Pourquoi elle n'inscrit pas Amabella dans le privé ? Sa fille n'aura pas à se mêler à la racaille.

— Moi, j'aime bien Ziggy. Et Jane aussi. Ça ne doit pas être évident de tout gérer toute seule.

— Y a-t-il seulement un père ? Quelqu'un sait ?

— Et si on s'intéressait à ce livre ? suggéra Madeline, se rappelant subitement le but de la rencontre.

— Pourquoi pas ?

— Qui l'a signée, en vrai, cette pétition jusqu'ici ?

— Aucune idée. Je parie que Harper ne s'est pas gênée.

— C'est elle qui l'a lancée !

— Renata ne travaille pas avec le mari de Harper ou quelque chose comme ça ? Ou attendez, je confonds, elle bosse avec ton mari, Celeste, non ? »

Tous les regards se tournèrent aussitôt vers elle. Celeste prit son verre de vin.

« Renata et Perry sont dans la même branche, dit-elle. Ils se connaissent, ça s'arrête là.

— On ne l'a jamais vu, nous, ton mari, fit Samantha. C'est un homme mystérieux.

— Il voyage beaucoup. Il est à Gênes en ce moment. »

Non, c'était Genève. Elle en était sûre à présent.

Il y avait une étrange accalmie dans la conversation. S'était-elle exprimée bizarrement ?

Elle avait l'impression que les autres attendaient qu'elle en dise davantage.

« Il sera là à cette soirée quiz », ajouta-t-elle. Contrairement à beaucoup d'hommes, Perry adorait les soirées costumées. Il n'avait pas caché son enthousiasme lorsqu'elle avait vérifié son planning et découvert qu'il serait disponible.

« Tu auras besoin d'un collier de perles, comme dans *Diamants sur canapé*. Je vais t'en rapporter un de Swiss Pearls quand j'irai à Genève.

— Non, avait-elle répondu. S'il te plaît, ne fais pas ça. »

Quand on participe à une soirée déguisée, organisée pour collecter des fonds de surcroît, on est censé porter des faux bijoux, pas une somptueuse rivière de perles dont la valeur dépasse la somme dont l'école a besoin.

Perry aimait beaucoup les bijoux. Il lui offrirait le collier parfait. Hors de prix et exquis. Quand Madeline le verrait, elle serait transportée de joie et Celeste n'aurait qu'une envie : le dégrafer pour le lui donner. Pourquoi ne pas demander à Perry d'en acheter un deuxième pour Madeline ? Il le ferait avec plaisir, mais bien sûr, Madeline n'accepterait jamais un tel cadeau. Pourtant, ça lui semblait ridicule de ne pas pouvoir se départir d'un objet qui rendrait son amie folle de bonheur.

« Vous y serez, vous aussi ? demanda-t-elle gaiement. Ça promet d'être amusant ! »

SAMANTHA : Vous avez vu des photos de la soirée quiz ? Celeste était époustouflante. Les gens ne pouvaient pas la quitter des yeux. À ce qu'il paraît, elle portait de véritables perles. Mais vous savez quoi ? Sur les photos, il y a quelque chose de triste sur son visage, une expression dans son regard, comme si elle avait vu un fantôme. Comme si elle savait que quelque chose de terrible allait se produire ce soir-là.

45

« Quelle rigolade ! Peut-être que la prochaine fois, on n'oubliera pas de parler du livre », dit Madeline.

Celeste, dernière à rester, raclait les assiettes d'un geste expert avant de les mettre au lave-vaisselle.

« Arrête ! protesta Madeline. Tu fais tout le temps ça ! »

Celeste avait un don pour faire du rangement discrètement et en silence. Chaque fois que Madeline l'invitait, elle retrouvait sa cuisine impeccable, ses plans de travail étincelants.

« Assieds-toi et prends un thé avec moi avant de filer. Tu vas voir, j'ai de délicieux muffins. La dernière recette de Jane. J'aurais pu les proposer ce soir mais j'ai préféré les garder pour moi ! »

Une lueur éclaira le regard de Celeste. Elle s'approcha d'une chaise puis hésita. « Où est Ed ? Il a peut-être envie de reprendre ses droits chez lui.

— Quoi ? Ne t'inquiète pas de lui ! Il ronfle toujours dans le lit de Chloe ! Et puis, on s'en fiche ! C'est aussi chez moi ! »

Celeste s'assit, un petit sourire sur les lèvres.

« C'est affreux ce qui arrive à cette pauvre Jane, dit-elle tandis que Madeline lui servait un muffin.

— Au moins, on sait que personne ne signera cette stupide pétition parmi les gens qui étaient là ce soir. En les écoutant, je repensais à tout ce que Jane a traversé. Elle t'a raconté l'histoire du père de Ziggy, n'est-ce pas ? »

Pure formalité que cette question – elle savait par Jane elle-même que Celeste était dans la confidence. Ce qui ne l'empêcha pas de se demander avec une pointe de culpabilité si en parler ne faisait pas d'elle une commère. Non, décida-t-elle. D'abord, il s'agissait de Celeste. Ensuite, son goût pour les potins restait dans les limites du raisonnable, à l'inverse de ces mères avides de tout savoir sur tout le monde.

« Oui, répondit Celeste avant de prendre une bouchée de muffin. Sordide.

— Je l'ai cherché sur Google », avoua Madeline. Voilà pourquoi elle avait mis la mésaventure de Jane sur le tapis. Elle avait péché par curiosité. Elle cherchait à soulager sa conscience. Ou, pire, à se délester du poids du secret sur Celeste.

« Qui ça ?

— Le père. Le père de Ziggy. Je n'aurais pas dû, je sais.

— Mais, comment ? » Celeste fronça les sourcils. « Elle t'a confié son nom ? Je ne crois pas qu'elle me l'ait dit.

— Elle a parlé d'un certain Saxon Banks. Tu sais, comme Mr Banks dans *Mary Poppins.* Jane m'a raconté qu'il lui avait chanté la bande originale du film. C'est pour ça que je me souviens de son nom. Est-ce que ça va ? Tu as avalé de travers ? »

Le visage rouge, Celeste se frappa la poitrine avec le poing et toussa.

« Je vais te chercher de l'eau.

— Saxon Banks ? J'ai bien entendu ? » dit Celeste d'une voix rauque. Elle se racla la gorge avant de répéter, plus lentement : « Saxon Banks ?

— Oui. Pourquoi ? » Tout à coup, elle comprit.
« Oh, mon Dieu. Ne me dis pas que tu le connais ?

— Perry a un cousin qui s'appelle comme ça.
Il est... » Elle s'interrompit, écarquillant les yeux.
« Promoteur immobilier. Jane a dit que ce type
était promoteur immobilier.

— C'est un nom peu commun », dit Madeline
en essayant de temporiser l'exaltation fébrile que
cette horrible coïncidence suscitait en elle. Bien
sûr, ladite coïncidence n'était pas de nature à
appeler des commentaires comme « Dieu que le
monde est petit ! ». Le fait que Perry et Saxon
Banks soient parents n'était pas excitant. C'était
épouvantable. Pourtant, Madeline y trouvait un
irrésistible plaisir – comme dans cette abominable
pétition. Un heureux moyen d'oublier l'amertume
grandissante, presque incontrôlable, que lui évoquait le départ d'Abigail.

« Il a trois filles. » Le regard perdu dans le lointain, Celeste semblait réfléchir.

« Je sais. Les demi-sœurs de Ziggy. » Madeline
alla récupérer son iPad sur le comptoir.

« C'est un homme très attaché à sa femme. Il
est adorable ! Chaleureux, drôle. Je n'arrive même
pas à l'imaginer infidèle. Alors, si... cruel. »

Madeline montra à Celeste la page web qu'elle
venait de rouvrir. « C'est lui ? »

Celeste regarda la photo. « Oui. » Elle l'agrandit.
« Ce n'est peut-être que dans mon imagination,
mais j'ai l'impression que Ziggy lui ressemble.

— Au niveau des yeux, hein ? C'est ce que je
me suis dit. »

804

Silence. Les yeux rivés sur l'écran, Celeste pianota sur la table. « Je le trouve *chouette*, moi, ce type ! » Elle regarda Madeline, le visage rouge de honte, comme si quelque part, elle se savait fautive. « Je l'ai toujours trouvé très chouette.

— Jane l'a décrit comme un homme charmant.

— Oui, mais... » Celeste s'appuya au dossier de sa chaise, éloignant l'iPad de sa vue. « Je ne sais pas quoi faire. Je veux dire, est-ce que c'est de ma responsabilité à présent ? De, je ne sais pas, *faire* quelque chose ? C'est tellement... délicat. S'il l'avait vraiment violée, je voudrais qu'il soit inculpé mais...

— Il l'a un peu violée, quand même. C'était comme un viol. Ou une agression. Je ne sais pas. Quelque chose, en tout cas.

— Oui, mais...

— Je sais. Je sais. On n'envoie pas un homme en prison parce qu'il est ignoble.

— On n'est sûres de rien, dit Celeste au bout d'un moment, regardant de nouveau la photo. Elle a peut-être mal entendu son nom, ou...

— Il y a peut-être un autre Saxon Banks. Qui n'apparaît pas sur Google. Tout le monde n'apparaît pas sur le Net.

— Exactement », fit Celeste, un rien trop enthousiaste. Elles savaient l'une comme l'autre qu'il y avait toutes les chances que ce soit lui. Il correspondait en tout point. Même nom, même âge, même métier.

« Perry est proche de lui ? demanda Madeline.

— Nous nous voyons moins qu'avant depuis qu'on a tous des enfants. On ne vit pas dans le même État. Mais enfants, ils étaient très proches, oui. Leurs mères sont jumelles.

— Voilà pourquoi tu as eu des jumeaux.

— Eh bien, c'est ce qu'on avait toujours pensé. Mais j'ai appris par la suite qu'il n'y a hérédité que dans le cas des faux jumeaux. Donc, je ne dois mes fils qu'au hasard… » Sa voix s'évanouit. « Oh, mon Dieu. Comment ça va se passer la prochaine fois que je vais voir Saxon ? Il est question d'organiser une grande réunion de famille l'année prochaine en Australie-Occidentale. Tu crois que je devrais en parler à Perry ? Mais à quoi bon ? Ça ne ferait que le blesser, non ? Sans compter qu'on ne peut rien y faire, n'est-ce pas ? Vraiment rien.

— Moi, je me connais ! Je me dirais, garde ça pour toi, et après, ça m'échapperait.

— Et si ça le mettait en colère ? fit Celeste en jetant un regard furtif, quasi enfantin, à Madeline.

— Contre son salopard de cousin ? J'espère bien.

— Je voulais dire contre moi. » Celeste tira la manche de son chemisier.

« Contre toi ? Il serait sur la défensive par rapport à son cousin ? » demanda Madeline tout en se disant : Et après ? Qu'il se mette sur la défensive si ça lui chante. « Possible.

— Et ce serait… très gênant. Par exemple, quand Perry et Jane seront amenés à se voir, aux soirées organisées par l'école, s'il est au courant…

— Oui, donc peut-être que tu devrais le garder pour toi, Celeste », répondit Madeline avec solennité. Elle savait pourtant que s'il s'agissait de son mari, elle lui hurlerait dessus sitôt rentré du travail : « Tu sais ce que ton affreux cousin a fait à mon amie ? »

« Et ne rien dire à Jane non plus ? fit Celeste en grimaçant.

— Absolument. Je crois. » Elle se mâchonna l'intérieur de la joue puis : « Tu ne crois pas ? »

Jane serait peinée, voire furieuse si elle découvrait la vérité, mais en quoi ça pouvait l'aider de savoir ? Ce n'était pas comme si elle souhaitait que Ziggy tisse des liens avec cet homme.

« Si, je crois que si. Mais bon, le fait est que... on ne sait pas avec certitude que c'est lui.

— C'est vrai. » Madeline voyait bien que Celeste tenait à rappeler cette réalité. C'était leur excuse, leur moyen de se disculper.

« Je suis nulle pour garder les secrets, avoua Madeline.

— Vraiment ? » Celeste esquissa un sourire crispé. « Moi, je suis plutôt douée de ce côté-là. »

46

En rentrant de chez Madeline, Celeste repensa à sa dernière rencontre avec Saxon et sa femme, Eleni. C'était à Adélaïde, juste avant qu'elle ne tombe enceinte des garçons, à l'occasion du mariage en grande pompe d'un des nombreux cousins de Perry.

Sur le parking de la salle de réception, Perry s'était, tout à fait par hasard, garé juste à côté de Saxon. Les deux hommes, qui ne s'étaient pas vus à l'église, s'étaient précipités l'un vers l'autre, se donnant l'accolade et autres tapes viriles dans le dos, émus aux larmes. Une véritable affection unissait les deux cousins. Frissonnantes dans leur robe de cocktail sans manches, Celeste et Eleni étaient, comme leur mari, impatientes de boire un verre après la longue cérémonie dans l'église froide et humide.

« Il paraît qu'on mange très bien ici », avait dit Saxon en se frottant les mains. Puis, tandis qu'ils remontaient l'allée pour se mettre au chaud, Eleni s'était rendu compte qu'elle avait laissé son téléphone portable sur un banc dans l'église qui se trouvait à une heure de route.

« Je vais y retourner. Toi, tu restes, dit Eleni.

Saxon s'était contenté de lever les yeux au ciel et de répondre : « Hors de question, mon amour. »

Finalement, Perry et Saxon étaient allés chercher le téléphone ensemble pendant que Celeste et Eleni sirotaient du champagne devant un feu de cheminée crépitant. « Oh là là, si tu savais comme je m'en veux ! » s'était exclamée Eleni tout en faisant signe à un serveur de remplir sa flûte.

Hors de question, mon amour.

Comment un homme qui réagissait avec tant de galanterie, teintée d'autodérision de surcroît, pouvait-il traiter une jeune fille de dix-neuf ans avec tant de cruauté ?

Mais bien sûr, c'était possible. Celeste le savait mieux que personne. (Perry aurait également fait l'aller-retour pour récupérer son téléphone.)

Perry et Saxon souffraient-ils d'un même trouble psychique génétique ? Certaines maladies mentales sont héréditaires, et les deux hommes étaient nés de vraies jumelles. Sur le plan des gènes, ils étaient plus que des cousins, ils étaient demi-frères.

À moins que, d'une certaine manière, leurs mères les aient détraqués ? Car sous des dehors d'épouses féminines et dociles – Jean et Eileen étaient douces, délicates, elles avaient la même voix enfantine, le même rire cristallin, les mêmes pommettes saillantes – elles régentaient leur monde. Une fois à la maison, leurs maris, des hommes prospères qui donnaient des ordres à longueur de journée, filaient doux.

C'était peut-être ça, le problème. Dépourvues de ce mélange de douceur et de pouvoir si particulier, Celeste et Eleni étaient trop ordinaires pour être à la hauteur du modèle maternel qu'avaient connu Perry et Saxon.

Du coup, ils avaient développé ces malheureuses… anomalies de fonctionnement.

Mais ce que Saxon avait fait subir à Jane était bien pire que tout ce que Perry avait pu faire.

Son mari avait un sale caractère. Rien de plus. Il était sanguin. Versatile. Le stress de son travail, ajouté à l'épuisement et aux perturbations causées par tous ces déplacements à l'étranger, le rendait agressif. Cela ne l'excusait pas, bien sûr. Mais on pouvait comprendre. Ce n'était pas méchant. Pas malveillant. La pauvre Eleni, elle, vivait sans le savoir avec un homme monstrueux.

Celeste se devait-elle de raconter à Eleni ce que son mari avait fait ? Avait-elle une quelconque responsabilité envers les jeunes filles éméchées et impressionnables que Saxon ramassait peut-être toujours dans les bars ?

Mais, bon sang, elles n'étaient même pas sûres que c'était lui.

Tandis qu'elle actionnait la télécommande de son garage trois places, Celeste embrassa leur somptueuse vue panoramique du regard : les lumières scintillantes des habitations autour de la baie, la présence noire du vaste océan. La porte s'ouvrit tel un rideau qui dévoile une scène éclairée. La voiture roula au pas sans que Celeste ait à manœuvrer.

Elle coupa le contact, réduisant le ronron du moteur au silence.

Il n'y avait pas de garage dans cette autre vie factice qu'elle préparait. Simplement un parking couvert, avec des places minuscules, séparées par d'énormes poteaux en béton, dans lesquelles il faudrait entrer en marche arrière. Ses feux n'y survivraient pas, elle le savait déjà. Elle était nulle pour se garer.

Relevant la manche de sa chemise, elle regarda les bleus sur son avant-bras.

Oui, Celeste, reste avec l'homme qui te laisse ces marques pour avoir un super *parking*.

Elle ouvrit sa portière.

Au moins, il n'était pas aussi mauvais que son cousin.

47

« Elle a un nom, la bonne femme de la pétition ?
demanda le père de Jane.

— Pourquoi ? Qu'est-ce qu'on va lui faire, papa ?
Lui péter les genoux ? dit Dane.

— Ça me ferait drôlement plaisir, répondit-il
en lorgnant une minuscule pièce de puzzle à la
lumière du jour. Et puis, qu'est-ce que c'est que ce
prénom, Amabella ? Ridicule. Qu'est-ce qui cloche
avec Annabella, hein ?

— Ton petit-fils s'appelle Ziggy, fit remarquer
Dane.

— Hey ! s'écria Jane en se tournant vers son
frère. C'était ton idée. »

Assise à la table de la cuisine chez ses parents,
Jane buvait un thé accompagné de biscuits tout
en participant au puzzle. Ziggy dormait dans son
ancienne chambre. Demain, il n'irait pas à l'école.
Ils pourraient passer la matinée à traîner ici. Pour
le plus grand bonheur de Renata et ses amies.

Peut-être qu'elle ne retournerait jamais à Pirriwee,
songea Jane en levant les yeux sur la cuisine
aux teintes abricot et crème typiques des années
quatre-vingt. Sa place était ici. Que lui avait-il pris
de s'installer si loin, d'abord ? Sa décision relevait
de la folie. De la pathologie, quasi. Voilà ce qui
arrive quand on cède à des motivations tordues et
farfelues : on est puni.

Ici, Jane baignait dans un univers familier : les
mugs, la vieille théière marron, la nappe, l'odeur,
celle du nid, et bien sûr, l'éternel puzzle. Aussi loin

qu'elle s'en souvienne, sa famille avait été accro aux puzzles. La table de la cuisine ne servait jamais aux repas. Uniquement au puzzle en cours. Ce soir, ils en commençaient un de deux mille pièces. Le père de Jane l'avait choisi en ligne : une peinture impressionniste pleine de volutes de couleur aux contours flous.

« Je devrais peut-être revenir dans le coin », dit Jane pour voir l'effet que lui faisaient ces mots, prononcés à voix haute. Étrangement, elle se mit à penser au *Blue Blues*, au parfum du café, au miroitement bleu saphir de la mer, au clin d'œil discret que Tom lui adressait quand il la servait, signe de leur complicité. Elle revit Madeline brandissant le rouleau de carton telle une matraque tandis qu'elle montait les marches jusqu'à chez elle ; puis Celeste, avec sa queue-de-cheval qui flottait derrière elle pendant leurs marches matinales à l'ombre des imposants pins de Norfolk.

Elle se remémora les après-midi d'été du début de l'année, où elle emmenait Ziggy à la plage directement après la classe. Sitôt sur le sable, il se débarrassait de ses chaussures et de son uniforme pour se jeter en slip dans l'écume des vagues qui se brisaient au bord de l'eau, fou de joie, tandis qu'elle lui courait après, un tube de crème solaire à la main.

Récemment, grâce à Madeline, elle avait gagné deux gros clients installés à deux pas de chez elle : *Pirriwee Perfect Meats*, une boucherie, et *Tom O'Brien's Smash Repairs*, une carrosserie. Leur paperasse n'empestait ni la fumée de cigarette, ni l'huile de friture. À vrai dire, les reçus de Tom O'Brien avaient même un léger parfum de pot-pourri.

Elle se rendit compte non sans émotion que certains des plus beaux moments de sa vie avaient bel et bien eu lieu ces derniers mois.

« Mais en fait, on se plaît là-bas, ajouta-t-elle. Ziggy adore l'école – enfin, en temps normal. »

Son pauvre Ziggy qui, quelques heures plus tôt, pleurait toutes les larmes de son corps. Elle ne pouvait pas continuer de l'envoyer dans une école où d'autres enfants lui disaient qu'ils n'avaient pas le droit de jouer avec lui.

« Si tu as envie de rester, c'est ce que tu dois faire, dit son père. Ne te laisse pas intimider par cette bonne femme. Pourquoi elle ne s'en va pas, elle ?

— Je n'arrive pas à croire que Ziggy harcèle sa fille, commenta la mère de Jane, sans quitter des yeux les pièces qu'elle prenait et reposait sur la table.

— Le problème, c'est qu'elle en est convaincue, fit Jane en essayant d'emboîter une pièce en bas à droite du puzzle. Les autres parents aussi, maintenant. Et puis, je ne sais pas, je ne suis pas certaine qu'il n'a rien à se reprocher.

— Laisse, ça ne rentre pas. Eh bien, moi, je suis certaine que Ziggy n'a rien à se reprocher. Il n'est pas comme ça, point. Jane, puisque je te dis que cette pièce ne va pas là. Elle fait partie du chapeau de la dame. Où j'en étais ? Ah, oui, Ziggy, je veux dire, mince, toi par exemple, tu n'aurais jamais embêté personne, il n'y avait pas plus timide et craintive que toi dans la classe. Et bien sûr, Poppy était d'une nature si douce...

— Maman ! Arrête avec Poppy ! Ce n'est pas la question !» s'exclama Jane en jetant la pièce du puzzle. Son irritabilité et sa colère soudaines, dirigées contre sa pauvre mère sans défense, trahissaient toute sa frustration. « Pour l'amour du ciel, Ziggy n'est pas la réincarnation de Poppy ! Poppy ne croyait même pas à la réincarnation ! Et le fait est qu'aucun de nous ne sait quels traits de caractère Ziggy a pu hériter de son père parce que son père, son père... »

Elle s'interrompit juste à temps. Idiote.

Autour de la table, tout le monde se figea. Dane, le bras tendu, une pièce du puzzle entre les doigts, suspendit son geste et leva le nez.

« Chérie, qu'est-ce que tu veux dire ? demanda Di en enlevant une miette au coin de sa bouche. Il t'a... il t'a fait du mal ? »

Son frère la dévisageait d'un air interrogateur ; son père la fixait, les yeux emplis de terreur, la mâchoire serrée ; sa mère se tapotait nerveusement la bouche du bout des doigts.

« Bien sûr que non », répondit Jane. Rien de plus facile que de raconter des mensonges, lorsque ceux que vous aimez en dépendent. « Désolée ! Mon Dieu, non ! Ce n'est pas ce que je voulais dire. Simplement, le père de Ziggy était un étranger. Il avait l'air tout ce qu'il y a de plus sympa mais, après tout, nous ne savons rien de lui, et je sais qu'il n'y a pas de quoi être fière...

— Je crois qu'à présent, nous sommes tous remis du choc que nous a causé ta conduite dépravée,

Jane », dit Dane posément. Il n'était pas dupe de son mensonge, elle le voyait bien. Il n'avait pas besoin d'y croire autant que leurs parents.

« Absolument, renchérit Di. Et peu importe la personnalité du père biologique de Ziggy, je connais mon petit-fils, il n'a rien d'une brute, et ce n'est pas près de changer.

— Voilà qui est bien dit », s'exclama son père. Ses épaules se décontractèrent. Il but une gorgée de thé et prit une autre pièce du puzzle.

« Et ce n'est pas parce que tu ne crois pas à la réincarnation, Jane, que ça n'existe pas », conclut Di.

JONATHAN : La première fois que j'ai vu la cour de Pirriwee Public, je l'ai trouvée incroyable. Avec tous ces petits recoins. Mais aujourd'hui, je vois bien que ça n'a pas que des bons côtés. Il se passait un tas de choses dans cette école et les enseignants n'y voyaient que du feu.

48

Debout au beau milieu de son salon, Madeline se demandait quoi faire.

Ed et les enfants dormaient, et grâce à Celeste, tout était nickel après la réunion du club. Elle ne se sentait pas assez fatiguée pour aller se coucher. Pourtant, la journée du lendemain promettait d'être chargée : comme tous les vendredis matin, il faudrait conduire Abigail à son cours particulier de maths dès sept heures trente, Fred à son club d'échecs et Chloe à...

Attends un peu, s'interrompit-elle *in petto*.

Déposer Abigail chez son professeur ne relevait plus de sa responsabilité. Désormais, Nathan ou Bonnie devrait s'y coller. Madeline oubliait constamment que sa fille n'avait plus besoin de ses services. Théoriquement, sa vie s'en trouvait facilitée, avec seulement deux enfants à faire sortir de la maison tous les matins, mais chaque fois qu'elle se souvenait que telle ou telle obligation relative à Abigail ne lui appartenait plus, elle éprouvait un sentiment de vide aigu.

Tout son être vibrait d'une colère qu'elle ne parvenait pas à évacuer.

Elle ramassa le sabre laser que Fred avait abandonné sur le sol – à croire qu'il souhaitait voir quelqu'un s'y prendre les pieds le lendemain – l'alluma et fendit l'air de son rayon rouge et vert tel Dark Vador, démolissant chacun de ses ennemis.

Prends ça, Nathan ! Ça t'apprendra à me voler ma fille !

Prends ça, Bonnie ! Pour le coup de main que tu lui as donné.

Prends ça, Renata ! Pour cette ignoble pétition !

Prends ça, Rebecca Barnes ! Ça t'apprendra à laisser la petite Amabella se faire embêter dans la cour.

Madeline, se sentant coupable de mettre cette pauvre miss Barnes et ses jolies fossettes dans le même sac que les autres, s'empressa de passer à la suite.

Prends ça, Saxon Banks ! Pour ce que tu as fait subir à Jane ! Sale type ! Elle balança l'épée au-dessus de sa tête avec tant d'enthousiasme qu'elle fit valser le lustre.

Elle laissa tomber son arme sur le canapé et leva les bras pour stabiliser la suspension.

Bon. Fini de jouer avec le sabre laser. Elle voyait d'ici la tête qu'aurait fait Ed si elle avait cassé le luminaire en se prenant pour Dark Vador.

Elle alla récupérer son iPad. Une petite partie de *Plantes contre zombies* s'imposait, histoire de se calmer et… de ne pas perdre la main. Elle adorait entendre Fred s'extasier « Ouah ! Maman ! » lorsqu'il découvrait en regardant par-dessus son épaule qu'elle avait changé de niveau et gagné une nouvelle arme ultrasophistiquée pour abattre les zombies.

Mais d'abord, elle allait jeter un œil aux comptes Facebook et Instagram d'Abigail. Quand sa fille vivait à la maison, Madeline se faisait un devoir de vérifier ce qu'elle fabriquait sur le Net. De temps à autre, comme toutes les mères respon-sables d'aujourd'hui. Mais à présent, elle la surveil-lait plusieurs fois par jour, c'était plus fort qu'elle. Pathétique. Elle traquait sa propre fille, en quête de bribes d'informations sur sa vie.

Abigail avait changé sa photo de profil. Un por-trait en pied, sur lequel on la voyait, face caméra, dans une posture de yoga, les mains jointes en prière, un pied ramené sur le genou opposé, les cheveux détachés retombant sur une épaule. Magnifique. Elle semblait pleine de joie. Radieuse même.

Seule la plus égoïste des mères pouvait en vouloir à Bonnie d'avoir initié sa fille à une activité qui la rendait si visiblement heureuse.

Peut-être devrait-elle se mettre au yoga pour partager quelque chose avec Abigail ? Jusqu'ici, chaque fois qu'elle s'y était essayée, une petite voix s'était élevée en elle, chantant, en guise de mantra : *Je m'ennuiiiiie.*

Elle fit défiler les commentaires laissés par les amis d'Abigail. Ils étaient tous positifs, mais celui de Freya, que Madeline n'avait jamais vraiment aimée – elle la trouvait toxique –, la fit tiquer. *C'est la photo que tu as choisie pour ton « projet » ? T'es sûre qu'elle est assez sexy/suggestive ?*

Sexy/suggestive ? Les narines de Madeline se dilatèrent. De quoi parlait cette petite sorcière ? Quel genre de « projet » réclamait que sa fille soit sexy/suggestive ? Le genre auquel il fallait mettre fin.

Les joies de la Toile, un monde glauque et obscur. À naviguer au hasard à travers le cyberespace, on tombait allègrement sur une info, puis une autre, jusqu'à ce qu'un truc douteux et moche surgisse de nulle part. Elle repensa à ce qu'elle avait ressenti en découvrant le visage de Saxon Banks sur son écran. Voilà ce qui arrivait quand on jouait les voyeuses.

Pour toute réponse au commentaire de Freya, Abigail avait écrit : *Chut ! Top secret !!!*

Dessous : « Posté il y a cinq minutes. » Madeline regarda l'heure. Presque minuit ! Elle exigeait toujours qu'Abigail se couche de bonne heure la veille de son cours de maths, sinon, il fallait la tirer du lit. Sans compter que si elle était trop fatiguée

818

pour se concentrer, cela ne valait pas la peine de lui payer des cours particuliers.

Elle lui envoya un message privé : *Hé ! Qu'est-ce que tu fais debout à cette heure-ci ? Tu as ton cours de maths demain matin. Va au lit ! Bises. Maman*

Elle appuya sur « Envoyer », le cœur battant la chamade. Comme si elle venait de violer une règle. Mais elle était sa mère après tout. Elle avait toujours le droit de lui dire d'aller se coucher.

Abigail répondit aussitôt : *Papa a annulé mon cours particulier. C'est lui qui va m'aider en maths. Va au lit toi-même ! Bise*

« Il a *quoi* ? s'étrangla Madeline. Putain de… »

Nathan avait remercié le professeur de maths. Monsieur venait de prendre une décision unilatérale concernant l'éducation d'Abigail. L'homme qui avait manqué les spectacles de fin d'année, les rendez-vous parents-professeurs, les festivals d'athlétisme, celui-là même qui était resté aux abonnés absents lorsqu'il avait fallu préparer une petite fille de cinq ans tétanisée au rituel de prise de parole du lundi matin, réaliser des pancartes pour telle ou telle activité, rendre un devoir *via* Internet pour la première fois alors que les instructions de connexion n'avaient aucun sens, s'atteler à une rédaction la veille pour le lendemain, couvrir des livres avec du film adhésif, gérer le trac lié aux examens, entendre cette maîtresse adorable avec ses incroyables bijoux dire qu'Abigail aurait probablement toujours des difficultés en maths alors *donnez-lui toute l'aide qu'il lui faut.*

Comment osait-il ?

En proie à une rage toute justifiée, elle composa le numéro de téléphone de Nathan la main tremblante, sans même y réfléchir. Impossible de différer au lendemain. Elle avait besoin de lui hurler dessus, là, tout de suite, avant que sa tête n'explose.

Il décrocha et, d'une voix aussi endormie que surprise, dit : « Allô ?

— Tu as annulé le cours de maths d'Abigail ? Tu l'as annulé sans même me consulter ? »

Silence.

« Nathan ? » fit Madeline d'un ton brusque.

À l'autre bout de la ligne, un raclement de gorge. Puis : « Maddie. » Il semblait tout à fait réveillé à présent. « Tu es sérieuse, là ? Tu m'appelles à minuit pour parler du cours de maths d'Abigail ? »

C'était nouveau, ce ton qu'il prenait, remarqua Madeline. Pendant des années, ses interactions avec Nathan lui avaient donné l'impression d'avoir affaire à un commercial mielleux et empressé, payé à la commission. Maintenant qu'il avait Abigail, il se prenait pour son égal. Il n'avait plus besoin de s'excuser. Il pouvait manifester sa colère. Se comporter comme n'importe quel ex-mari.

« On est tous au lit, poursuivit-il. Ça ne pouvait pas attendre demain matin, franchement ? Skye et Bonnie ont le sommeil lé…

— Vous n'êtes *pas* tous au lit ! l'interrompit Madeline. Ta fille aînée ne dort pas, elle surfe sur le Net. C'est la liberté totale chez vous, ou quoi ? As-tu la moindre idée de ce qu'elle fabrique à l'heure qu'il est ? »

Madeline entendit la voix douce, mélodieuse et compréhensive de Bonnie.

« Je vais aller voir, fit Nathan, plus conciliant. Je croyais qu'elle dormait. Quant aux maths, elle ne faisait aucun progrès avec ce prof. Ce n'est qu'un gamin. Je suis plus à même de l'aider. Mais tu as raison, j'aurais dû t'en parler, c'est évident. Je *voulais* t'en parler. Ça m'est juste sorti de la tête.

— Il était très bien, ce prof. »

Abigail avait essayé deux autres professeurs avant de tomber sur Sebastian. Il obtenait de si bons résultats avec ses élèves qu'il avait toute une liste d'attente. Madeline l'avait supplié de trouver un petit créneau pour Abigail.

« Non, dit Nathan. Mais je préférerais qu'on en discute quand je ne serai pas à moitié endormi.

— Fabuleux. J'ai hâte. Tu as fait d'autres changements dans l'emploi du temps d'Abigail ? Faudra que tu me tiennes au courant. Simple curiosité.

— Je raccroche, maintenant. »

Bip.

Madeline jeta son portable de toutes ses forces. Il rebondit contre le mur pour atterrir juste à ses pieds sur le tapis. Pour ta peine, l'écran est fêlé, gronda sa conscience d'adulte.

STU : Écoutez, Nathan n'est pas un mauvais gars, pauvre vieux ! Je le voyais de temps à autre devant l'école. Il y a tellement de bonnes femmes là-bas, toutes plus bavardes les unes que les autres, que c'est quasiment impossible d'en placer une. Du coup, j'ai toujours discuté avec les papas. Je me rappelle, un matin, Nathan et moi, on parlait – je saurais pas vous dire de quoi – quand Madeline a débarqué, perchée sur ses talons et, sérieux, si on pouvait tuer d'un simple regard...

GABRIELLE : Je ne pourrais pas supporter de vivre dans le même quartier que mon ex. Si nos enfants fréquentaient la même école, je finirais probablement par le tuer. Je ne sais pas comment ils ont pu s'imaginer que ça pourrait fonctionner. C'était complètement fou.

BONNIE : Pas du tout. Nous voulions être le plus près possible d'Abigail et il se trouve que nous sommes tombés sur la maison de nos rêves dans le quartier. Qu'y a-t-il de fou là-dedans ?

49

Cinq jours avant la soirée quiz

Lundi matin, peu avant le début de la classe, Jane avait laissé Ziggy s'amuser au portique d'escalade avec les jumeaux et Chloe le temps de faire un saut à la bibliothèque pour y rendre deux livres. Heureusement, Madeline et Celeste n'interdisaient pas à leurs enfants de jouer avec son fils.

Elle resterait ensuite à l'école pour faire lire les enfants, en binôme avec Stu, le père de Lily, comme tous les lundis matin.

En sortant de la bibliothèque, elle aperçut deux membres du gang des serre-tête en grande conversation devant la salle de musique. L'heure semblait être aux confidences, malgré leur manque de discrétion.

« C'est laquelle, la mère du gamin ?

— Tu sais, cette femme *très* jeune. Au début de l'année, Renata l'a prise pour une nounou. Mais bon, elle fait profil bas.

— Attends, attends ! Je vois ! Celle qui se coiffe comme ça, hein ? » Pile au moment où elle tirait ses cheveux en arrière pour se faire une queue-de-cheval très serrée, elle croisa le regard de Jane et en resta bouche bée. Elle laissa retomber ses mains telle une petite fille prise en faute.

Dos à Jane, l'autre poursuivit. « Oui ! C'est elle ! Donc, à ce qu'il paraît, son gamin, ce *Ziggy*, harcèle la pauvre petite Amabella depuis la rentrée. Il lui fait des trucs vraiment méchants. Quoi ? »

Son acolyte secoua la tête d'un air affolé.

« Qu'est-ce qui ne va pas ? » Elle se tourna puis, découvrant Jane, piqua un fard. « Bonjour ! » En temps normal, Madame se serait contentée d'un sourire distrait et poli, telle une reine face à une roturière.

« Salut », répondit Jane.

La femme, qui tenait une écritoire à pince contre sa poitrine, laissa brusquement tomber son bras, dissimulant ses documents derrière elle, exactement comme un gosse qui vient de chiper un paquet de bonbons.

La pétition, pensa Jane. Ainsi, elle circulait bien au-delà du cercle de la maternelle. Les parents de l'école élémentaire étaient invités à la signer. Des gens qui ne savaient rien de toute cette histoire. Des gens qui ne la connaissaient même pas, sans parler de Ziggy.

Jane passa devant ces dames. Tandis qu'elle s'apprêtait à pousser les portes vitrées donnant sur la cour, elle se figea, sentant s'élever en elle un rugissement comparable au vrombissement d'un avion prêt à décoller. Le ton méprisant de cette femme quand elle avait prononcé le prénom de son fils lui était intolérable. Comme celui de Saxon Banks qui avait susurré à son oreille : *Tu penses toujours comme tout le monde, hein ?*

Elle revint sur ses pas et se posta juste devant le duo de serre-tête. Les yeux comme des soucoupes, elles reculèrent à petits pas. Comme elles, Jane était mère. La différence, c'était qu'elles avaient un mari, une maison et pas le moindre doute sur leur place en ce bas monde.

« Mon fils n'a jamais fait de mal à personne », dit Jane. Et soudain, elle en acquit la certitude. Ziggy Chapman. Un être qui n'avait rien à voir avec Saxon Banks. Rien à voir avec Poppy. Ni même rien à voir avec elle. Ziggy était Ziggy, point. Elle ne savait pas tout sur lui, mais ça, elle en était certaine.

« Oh, ma chère, nous savons toutes ce que c'est. Nous compatissons. C'est une situation tout bonnement épouvantable, commença la femme avec l'écritoire à pince. Combien de temps passe-t-il devant les écrans ? J'ai découvert que réduire le temps de…

— Il n'a jamais fait de mal à personne. » Puis elle tourna les talons.

THEA : Donc, quelques jours avant la soirée quiz, Jane a interrompu une conversation personnelle entre Trish et Fiona. Elles ont dit que son attitude était on ne peut plus bizarre. Elles se sont même demandé si elle n'avait pas des… *problèmes de santé mentale.*

Jane retourna dans la cour habitée par un étrange sentiment de calme. Peut-être fallait-il commencer à suivre l'exemple de Madeline. Cesser d'éviter le conflit. S'avancer vers ses détracteurs d'un pas décidé et leur dire sans détour le fond de sa pensée, merde à la fin.

Une fillette de CP passa à côté d'elle sans se presser. « Je vais chercher un ticket de cantine, annonça-t-elle.

— Tu en as de la chance ! » répondit Jane, qui adorait cette façon dont les enfants pouvaient aborder les adultes en toute simplicité pour leur livrer ce qui leur passait par la tête.

« Ce n'était pas prévu parce que, aujourd'hui, on n'est pas vendredi, mais ce matin, mon petit frère s'est fait piquer par une abeille, et il hurlait, et ensuite ma sœur a cassé un verre, et maman a dit : "Je craque !" » La petite fille, dans un geste plus vrai que nature, se prit la tête entre les mains. « Et ensuite, elle a dit qu'exceptionnellement, je pouvais manger à la cantine, mais attention, pas de jus de fruits, et si je prends un bonhomme en pain d'épices, pas celui au chocolat, tu savais que les abeilles meurent quand elles te piquent ?

— Oui. Elles piquent et après, plus rien.

— Jane ! » Miss Barnes approcha, une panière à linge remplie de déguisements dans les bras. « Merci d'être venue aujourd'hui !

— Euh… de rien ? » répondit Jane, perplexe. Après tout, elle venait tous les lundis matin depuis le début de l'année.

« Je veux dire, compte tenu de, vous savez, ce qui se passe. » Miss Barnes fit une grimace tout en calant le panier sur sa hanche puis, s'approchant de Jane, elle dit à voix basse : « Je n'ai pas entendu reparler de cette pétition. Mrs Lipmann a prévenu les parents concernés qu'ils ne devaient pas donner suite. Elle m'a également attribué une assistante maternelle. Elle sera là exprès pour observer les enfants, en particulier Amabella et Ziggy.

— C'est super, mais je crois bien que la pétition circule toujours. »

Elle sentait les regards peser sur elle des quatre coins de la cour. Tels des *paparazzi*, les parents épiaient sa conversation avec miss Barnes.

La maîtresse soupira. « J'ai remarqué que vous avez gardé Ziggy à la maison, vendredi. J'espère que vous ne vous laissez pas intimider par ces tactiques.

— Certains parents interdisent à leurs enfants de jouer avec lui.

— Pour l'amour du ciel.

— Comme vous dites. Du coup, j'ai lancé une pétition moi aussi. Je demande l'exclusion temporaire de tous les gamins qui refusent de jouer avec mon fils. »

Pendant un court instant, miss Barnes sembla horrifiée. Puis elle éclata de rire, la tête en arrière.

HARPER : La directrice a beau dire qu'elle prend les choses au sérieux, n'empêche que le lendemain, qui voit-on rire aux éclats dans la cour avec Jane ? Miss Barnes. Franchement, j'étais hors de moi. Le jour même de l'agression. Oui, je dis bien l'agression.

SAMANTHA : *Une agression.* Rien que ça !

50

Les séances de lecture encadrées par les parents se déroulaient dehors, dans la cour de récréation. Aujourd'hui, Jane s'était installée dans l'Îlot de la Tortue, où se trouvait, comme son nom l'indiquait, une énorme tortue en béton au milieu d'une aire de jeu sablonneuse. Il y avait suffisamment de place pour qu'un adulte et un enfant s'assoient confortablement sur le cou de l'animal ; miss Barnes avait, en outre, fourni deux coussins et une couverture.

Jane prenait beaucoup de plaisir à écouter les enfants lire, à les voir froncer les sourcils lorsqu'ils déchiffraient un mot, leurs mines triomphales quand ils démêlaient les syllabes, leurs soudains éclats de rire à mesure qu'ils découvraient l'histoire, leurs remarques aussi inattendues que cocasses. Les rayons du soleil sur le visage, le sable à ses pieds, l'océan qui scintillait à l'horizon, tout lui donnait l'impression d'être en vacances. L'idée de retirer Ziggy de cette école magique, presque paradisiaque, de le priver de l'Îlot de la Tortue et de son institutrice l'emplissait de regrets et d'amertume.

« Très bien, Max ! » Jane ferma *L'Anniversaire sur-prise de monsieur Singe* tout en vérifiant qu'il s'agis-sait bien de Max. Madeline lui avait révélé que le seul moyen de différencier les jumeaux était la tache de naissance en forme de fraise que Max portait sur le front.

« Tu as fait une lecture *très* expressive », poursuivit-elle. Elle n'en était pas si sûre, mais les parents avaient eu pour consigne de trouver un compliment personnalisé pour chaque enfant.

« Ouais », fit Max nonchalamment. Il descendit de la tortue puis, assis en tailleur sur le sable, se mit à creuser un trou.

« Max », reprit Jane.

Soupirant théâtralement, le garçonnet se remit sur ses pieds d'un bond avant de rejoindre la salle de classe à toutes jambes, tel Bip Bip des Looney Tunes. Avant de connaître les jumeaux, Jane n'aurait jamais cru des enfants de cinq ans capables de courir aussi vite.

Elle cocha le nom de Max sur sa liste de classe puis, levant le nez, attendit de voir qui on lui envoyait ensuite. Amabella. Max faillit lui rentrer dedans tandis qu'elle se dirigeait vers Jane, la tête basse, son livre à la main.

« Coucou, Amabella ! » lança Jane gaiement. *Ta maman et ses copines font une pétition pour faire virer mon fils, ma grande ! Elles sont convaincues qu'il te frappe ! Que dirais-tu de me raconter ce qu'il en est ?*

Jane s'était prise d'affection pour Amabella dès le début de l'année. La fillette, d'une grande douceur, avait un air sérieux absolument craquant. Impossible de ne pas l'aimer ! Elles avaient par ailleurs eu des conversations passionnantes sur les livres qu'elles avaient lus ensemble.

Il n'était évidemment pas question d'évoquer cette histoire avec Ziggy. Ce serait déplacé. Ce serait mal.

Motus et bouche cousue.

SAMANTHA : Ne vous méprenez pas, j'aime beaucoup miss Barnes. Sans compter que tout adulte qui passe ses journées à négocier avec des gamins de cinq ans mérite une médaille. Cela dit, confier Amabella à Jane pour sa séance de lecture ce jour-là n'était peut-être pas l'idée du siècle.

MISS BARNES : J'ai eu tort mais, *errare humanum est*, ça vous dit quelque chose ? Je ne suis pas une machine. Je commets des erreurs. Qu'est-ce qu'ils s'imaginent, ces parents ? Qu'ils peuvent se faire rembourser quand un prof se trompe ? Et puis, sans vouloir critiquer Jane, je pense que ce jour-là, elle n'aurait pas dû.

Amabella lisait un passage du livre le plus difficile de la bibliothèque des grandes sections – un volume sur le système solaire. Comme d'habitude, elle lisait de façon fluide, en mettant parfaitement le ton. Jane avait le sentiment que le

seul moyen de rendre ces séances réellement pro-
fitables pour Amabella était de creuser les questions que suscitait la lecture. Mais aujourd'hui,
elle avait toutes les peines du monde à s'intéresser aux planètes. Ziggy occupait toutes ses
pensées.

« À ton avis, ce serait comment de vivre sur
Mars ? » finit-elle par demander.

Amabella leva la tête. « Ce serait impossible car
on ne pourrait pas respirer, il y a trop de dioxyde
de carbone et il fait trop froid.

— Très bien. » Jane ne manquerait pas d'aller
vérifier sur Internet. Amabella était peut-être déjà
plus intelligente qu'elle.

« Et puis, on se sentirait trop seul », reprit la
fillette au bout d'un moment.

Pourquoi une gamine aussi éveillée mentirait ? Si
c'était Ziggy, pourquoi ne pas le dénoncer ? C'était
tellement étrange. D'ordinaire, les enfants ne se
privent pas pour rapporter.

« Tu sais que je suis la maman de Ziggy, n'est-ce
pas, ma jolie ? »

Amabella acquiesça, l'air de dire : « Non, sans
blague ! »

« Est-ce que Ziggy t'a fait du mal ? Parce que si
c'est le cas, je veux le savoir, et je te promets que
je ferai en sorte que ça n'arrive plus jamais. »

Aussitôt, les yeux d'Amabella s'emplirent de
larmes. Sa lèvre inférieure se mit à trembler. Elle
baissa la tête.

« Amabella, c'était Ziggy ? »

Pour toute réponse, quelques mots inaudibles.

« Qu'est-ce que tu dis ?

— Ce n'était pas… » Amabella se décomposa et se mit à pleurer pour de bon.

« Ce n'était pas Ziggy ? » proposa Jane, pleine d'espoir. Elle mourait d'envie de la secouer, de la forcer à dire la vérité, tout simplement. « C'est ce que tu as dit ? Ce n'était pas lui ?

— Amabella ! Amabella ! Ma mignonne ! » Harper se tenait au bord du bac à sable, une cagette d'oranges dans les mains. Elle portait un foulard blanc noué si fort qu'on aurait dit qu'elle s'étranglait. Son visage allongé et mou avait viré au rouge colère, ce qui ne faisait qu'accentuer l'effet. « Que diable se passe-t-il ? »

Elle se débarrassa de la cagette à ses pieds et s'approcha d'elles.

« Amabella ! Que se passe-t-il ? »

Pour elle, Jane était transparente ou, au mieux, une autre enfant.

« Tout va bien, Harper », dit Jane froidement en posant une main sur l'épaule d'Amabella. Puis, désignant les fruits : « Vos oranges s'échappent. » L'Îlot de la Tortue se trouvait en haut d'une petite pente. La cagette était inclinée et une cascade d'oranges roulait dans la cour vers le Mur d'Étoiles de mer, où Stu faisait lire un autre élève.

Les yeux fixés sur Amabella, Harper ignora Jane si superbement que c'en était presque drôle. Bien sûr, c'était aussi incroyablement grossier.

« Viens avec moi, Amabella », dit Harper en lui tendant la main.

La gamine renifla. La morve lui coulait dans la bouche, mais elle s'en moquait.

« Vous allez arrêter de faire comme si je n'étais pas là, Harper ? » dit Jane en prenant un paquet de mouchoirs en papier dans la poche de sa veste. Comme c'était rageant ! Il aurait suffi d'une minute de plus avec Amabella pour la faire parler. Elle posa le mouchoir sur le nez de la fillette. « Souffle, Amabella. »

La fillette s'exécuta. Harper finit par regarder Jane. « Elle est manifestement bouleversée. Que lui avez-vous dit ?

— Rien ! » rétorqua Jane, furieuse. L'idée qu'elle avait eu envie de secouer Amabella suscita en elle une telle culpabilité que sa colère s'en trouva décuplée. « Pourquoi n'allez-vous pas réunir quelques signatures supplémentaires pour votre abominable pétition ?

— Oh, oui, hurla Harper. Bonne idée ! Comme ça, vous aurez le champ libre pour continuer de harceler une petite fille sans défense. Telle mère, tel fils ! »

Jane se leva et lança un coup de pied dans le sable, à deux doigts de frapper Harper. « Je vous interdis de parler de mon fils !

— Vous me frappez ! Arrêtez tout de suite !

— Je ne vous ai pas touchée ! » répondit Jane, surprise par le volume de sa voix.

« Que diable... ? » Dans son bleu de travail, Stu avait les mains pleines d'oranges. Le petit garçon qu'il avait écouté lire se tenait près de lui, un fruit dans chaque main, ouvrant de grands yeux ébahis.

Au même moment, un cri perçant se fit entendre. À peine sortie de la salle de musique armée d'un aérosol antibactérien, Carol Shepherd s'était pris les pieds dans une orange égarée et trônait dans la cour sur son séant, offrant aux quelques témoins un spectacle grotesque.

CAROL : J'ai eu un gros hématome au coccyx, en fait.

51

GABRIELLE : Ensuite, j'apprends que Harper accuse Jane de l'avoir agressée dans la cour de récréation ; plutôt improbable, non ?

STU : Harper a fait une scène ridicule. Elle n'avait pas du tout l'air de quelqu'un qui s'est fait agresser. Je ne sais pas. Je venais juste d'apprendre par téléphone qu'une canalisation d'eau avait explosé. Je n'avais pas le temps de m'intéresser à une bagarre de bac à sable entre deux mères.

THEA : C'est là que certains parents ont décidé d'en référer aux autorités éducatives.

JONATHAN : … ce qui a, vous vous en doutez, mis la directrice hors d'elle. Je crois que c'était son anniversaire en plus. La pauvre.

MRS LIPMANN : Laissez-moi vous dire une bonne chose : renvoyer Ziggy Chapman était hors de question. La seule et unique fois où il a été accusé de violence, c'était à la journée d'accueil et encore, il n'était même pas élève. Pour le reste, cette histoire de harcèlement n'est que conjecture de la part des parents. Si c'était mon anniversaire ? Je n'en sais rien. C'est hors de propos.

MISS BARNES : Ces parents, ils avaient perdu la tête. Rien ne justifiait qu'on exclue Ziggy. C'était un élève modèle. Pas le moindre problème de comportement. Je n'ai jamais eu à le mettre au coin. À vrai dire, je ne me rappelle même pas lui avoir mis une pastille rouge ! Et il n'a *jamais* eu de carton jaune.

La veille de la soirée quiz

Le vendredi, Madeline travaillait au théâtre. La plupart du temps, elle ratait donc l'assemblée des élèves. Ed veillait à y faire une apparition si l'un des enfants montait sur scène ou recevait une récompense. Mais ce jour-là, Chloe avait supplié sa mère de venir : les maternelles devaient réciter *Le Crocodile et le Dentiste* et la fillette avait un vers à dire toute seule.

La classe de Fred participait également, en jouant, pour la première fois devant public, un morceau de flûte à bec. Ils devaient interpréter *Joyeux anniversaire* pour Mrs Lipmann, expérience qui promettait d'être pénible pour tout le monde. (Le bruit courait à l'école que la directrice fêtait probablement ses soixante ans, mais personne ne pouvait confirmer.)

Madeline avait décidé de faire plaisir aux enfants. Elle rattraperait son travail en débauchant plus tard le lundi suivant, ce qui était désormais possible puisqu'elle n'avait plus à accompagner Abigail à son entraînement de basket-ball. C'était Ed qui emmenait les petits à leur cours de natation ce jour-là.

« Si ça se trouve, Abigail n'a plus besoin d'aller au basket », dit-elle à Ed en sortant de la voiture avec son gobelet de café. Ils avaient déposé les enfants avant de passer en coup de vent au *Blue Blues*, comme la plupart des parents qui ne se voyaient pas survivre à un concert de flûte sans une bonne dose de caféine – une aubaine pour Tom. « Son cher père doit l'entraîner lui-même maintenant. »

Ed sourit avec méfiance, sans doute inquiet que sa femme se lance dans une nouvelle diatribe contre Nathan par rapport au cours particulier de maths. Madeline avait un mari patient. Pourtant, elle lui avait trouvé un air absent lorsqu'elle lui avait parlé, un long moment il est vrai, des difficultés d'Abigail en algèbre, du fait que Nathan n'avait jamais été là pour aider sa fille en maths, qu'il ne pouvait donc pas savoir à quel point elle était nulle, et quand bien même il avait toujours eu un bon niveau, ça ne voulait pas dire qu'il était capable d'enseigner les maths, et patati et patata.

« Joy m'a envoyé un e-mail ce matin », annonça Ed en fermant la voiture. Joy, la rédactrice en chef du journal local. « Elle veut que j'écrive un article sur ce qui se passe à l'école.

« — C'est-à-dire ? Sur la soirée quiz ? » demanda Madeline sans vraiment s'y intéresser. Ed rédigeait souvent de courts textes sur les collectes de fonds organisées par l'école. Elle aperçut Perry et Celeste traverser la rue, main dans la main. Quel beau couple de tourtereaux. Perry marchait légèrement devant, comme pour protéger sa femme des voitures.

« Non, répondit Ed prudemment. Sur cette histoire de harcèlement. Et la pétition. Un sujet brûlant, d'après Joy.

— Tu ne peux pas faire ça ! » Madeline s'arrêta net en plein milieu de la chaussée.

« Ne reste pas sur la route, idiote, fit Ed en la prenant par le bras tandis qu'une voiture arrivait de la plage à toute allure. Un de ces jours, c'est sur la mort d'un piéton sur cette route qu'il faudra que je ponde un article.

— Ne fais pas ça. La réputation de l'école en souffrirait trop.

— Je suis toujours journaliste, tu sais. »

Trois ans plus tôt, Ed avait quitté un poste de premier choix au quotidien national *The Australian* – certes stressant et chronophage mais beaucoup mieux payé – pour que Madeline puisse recommencer à travailler. Depuis, ils partageaient équitablement les contraintes parentales et Ed ne s'était jamais plaint de son nouveau travail, en vérité assez plan-plan. Il couvrait de bonne grâce compétitions de surf, kermesses et autres célébrations – les cent ans de la doyenne de la maison de retraite par exemple (l'air marin semblait préserver ses pensionnaires). Pour la première fois, Ed laissait entendre qu'il n'était pas entièrement satisfait.

« C'est un bon sujet, dit-il.

— Un bon sujet ? N'importe quoi, et tu le sais pertinemment, lui opposa Madeline tandis qu'ils arrivaient au même niveau que Perry et Celeste.

— Qu'est-ce qui est n'importe quoi, ma chère Madeline ? demanda Perry. Salut, Ed. »

Perry portait un magnifique costume-cravate de facture italienne, taillé sur mesure, probablement plus cher que la garde-robe complète de son mari – armoire comprise –, songea Madeline. Elle effleura discrètement l'étoffe soyeuse de sa manche et respira le parfum de son baume après-rasage tandis qu'il se penchait pour l'embrasser.

Elle s'imagina un instant le plaisir que ce serait d'être mariée à un homme si élégamment vêtu. Toutes ces textures et couleurs ravissantes, la douceur de la cravate, la fraîcheur amidonnée de la chemise. Bien sûr, Celeste s'intéressait tellement peu aux vêtements qu'elle ne remarquait probablement même pas la différence entre Perry et Ed qui, tout ébouriffé et mal rasé, avait enfilé sa vieille veste en polaire vert olive imprégnée d'une odeur rance par-dessus son tee-shirt. À regarder les deux hommes discuter, elle n'en ressentit pas moins un élan d'affection pour son mari – d'autant plus inattendu qu'elle l'avait trouvé profondément agaçant la minute précédente. Ce devait être lié à l'intérêt sincère qu'il portait à Perry en l'écoutant, ou à sa barbe grisonnante de plusieurs jours qui tranchait avec la mâchoire lisse et lustrée de Perry.

Oui. À choisir, elle préférait de loin embrasser Ed. Ce qui tombait bien.

« On n'est pas en retard ? On a laissé les garçons au dépose-minute, on ne trouvait pas de place pour se garer, dit Celeste de sa voix nerveuse et inquiète. Ils sont tellement excités que leur père soit là pour cette récitation de poésie.

— Non, ça va », répondit Madeline tout en se demandant si Celeste avait dit à Perry que son cousin était peut-être bien le père de Ziggy. À sa place, elle l'aurait déjà fait.

« Tu as vu Jane ? » demanda Celeste, comme si elle venait de lire dans ses pensées.

Perry et Ed les devançaient.

« Tu lui as dit... ? fit Madeline à voix basse en désignant Perry d'un mouvement de la tête.

— Non ! souffla Celeste qui semblait presque terrifiée.

— De toute façon, Jane ne viendra pas. Tu te souviens, elle a... ce truc. »

Celeste la regarda, déconcertée.

« Tu sais, reprit Madeline tout bas. Le rendez-vous. »

Jane leur avait fait jurer de garder le secret à propos du rendez-vous pris pour Ziggy chez le psychologue. « Si les gens l'apprennent, ils en concluront qu'il a fait quelque chose de mal », avait-elle estimé.

« Oh, oui, bien sûr. Ça m'était sorti de la tête. »

Perry ralentit le pas pour attendre Celeste et Madeline.

« Ed vient de me parler de la polémique que suscite cette histoire de harcèlement, dit-il. Il s'agit bien de la petite Klein ? Je connais sa mère par le travail. Enfin, je sais qui c'est.

— Ah bon ? » dit Madeline, feignant la surprise. Celeste le lui avait déjà dit mais elle trouvait plus prudent de laisser les hommes dans le flou quant au degré d'intimité que leurs femmes partageaient.

« Est-ce que je dois signer cette pétition si Renata me le demande ? »

Madeline se dressa de toute sa hauteur, prête à défendre la cause de Jane, mais Celeste la devança. « Perry, si tu signes cette pétition, je te quitte. »

Madeline émit un petit rire surpris et gêné. Celeste plaisantait, évidemment, mais quelque chose clochait dans la façon dont elle s'était exprimée. Elle semblait tout ce qu'il y a de plus sérieuse. « Tu as ta réponse, l'ami ! s'exclama Ed.

— En effet. » Perry passa son bras autour des épaules de Celeste en souriant et l'embrassa sur le front. « C'est Madame qui commande. »

Celeste, elle, ne desserra pas les lèvres.

À l'attention de : TOUS LES PARENTS D'ÉLÈVES
De : COMITÉ DES FÊTES DE PIRRIWEE
La très attendue soirée quiz « AUDREY ET ELVIS »
commencera demain à 19 heures tapantes dans la salle
de réception de l'école ! Tenez-vous prêts à activer vos
méninges dans la joie et la bonne humeur ! Un immense
MERCI à Brett Larson, qui animera la soirée et nous
a concocté une série de questions pièges pour nous tenir
éveillés !

Croisons les doigts pour que les prévisions météo soient
fausses (90 % de chances qu'il pleuve – mais, qu'est-ce
qu'ils en savent ?!) et que nous puissions déguster

cocktails et canapés sur notre magnifique balcon avant le début de jeu.

Un GRAND MERCI aussi à tous nos généreux sponsors locaux ! Parmi les lots de la tombola, un superbe assortiment de VIANDES ET JAMBONS gentiment offert par nos amis de la boucherie Pirriwee Perfect Meats, *un délicieux PETIT DÉJEUNER pour deux au* BLUE BLUES *(tu es notre chouchou, TOM !) et un SHAMPOING-BRUSHING au salon* HAIRWAY TO HEAVEN *! Waouh !*

N'oubliez pas que l'argent récolté financera l'achat de tableaux interactifs pour nos chères petites têtes blondes !

Affectueusement,

Fiona, Grace, Edwina, Rowena, Harper, Holly et Helen, du comité des fêtes !

PS : Mrs Lipmann nous rappelle à tous que pour le confort de nos voisins, nous devrons limiter le volume sonore en quittant les lieux.

52

SAMANTHA : La veille de la soirée quiz, je regardais les tout-petits réciter un poème pendant l'assemblée et j'ai remarqué que les partisans de Renata se trouvaient tous d'un côté et ceux de Madeline de l'autre, comme à un mariage, vous savez, chaque famille de son côté. Intérieurement, ça m'a fait rire.

Question timing, les assemblées de Pirriwee Public, qui mettaient toujours une éternité à démarrer et à prendre fin, laissaient à désirer. Mais pour ce qui était du lieu, il n'y avait rien à redire. Située au deuxième étage du bâtiment et dotée de grandes baies vitrées coulissantes sur toute sa longueur, la salle de réception donnait sur un immense balcon offrant au regard une magnifique vue sur l'océan. Ce matin, les baies vitrées, grandes ouvertes, laissaient entrer l'air vif de l'automne. Heureusement, car entre les pets des enfants, les parfums des serre-tête et les eaux de Cologne luxueuses de leurs époux, l'atmosphère pouvait devenir étouffante.

Madeline regardait dehors, s'efforçant de penser à des choses heureuses. Elle se sentait d'assez mauvaise humeur, ce qui signifiait que le lendemain, les manifestations de son syndrome prémenstruel atteindraient des sommets. Mieux vaudrait que personne ne la contrarie à la soirée quiz.

« Bonjour, Madeline, lança Bonnie. Bonjour, Ed. »

Elle prit place sur la chaise côté couloir près de Madeline, amenant avec elle une odeur de patchouli qui chatouillait les narines.

Madeline sentit la main réconfortante de son mari se poser discrètement sur son genou.

« Bonjour, Bonnie », répondit-elle d'un air las en jetant un coup d'œil par-dessus son épaule. N'y avait-il aucune autre place libre dans la salle ? « Comment vas-tu ?

— Très bien. » Bonnie, en pantalon de yoga et débardeur, ramena sa tresse sur son épaule blanche, parsemée de grains de beauté foncés.

« Tu n'as pas froid ? demanda Madeline.

— Je viens de donner un cours de yoga Bikram.

— C'est celui qui fait transpirer, non ? Tu n'as pas l'air en sueur.

— J'ai pris une douche. Mais ma température interne est toujours assez élevée.

— Tu vas attraper un refroidissement.

— Non.

— Oh que si ! » insista Madeline, consciente qu'à sa gauche, Ed se retenait de rire.

Elle profita d'avoir le dernier mot pour changer de sujet. « Nathan n'est pas là ?

— Il avait du travail. Je lui ai dit qu'il ne raterait probablement pas grand-chose. Skye a tellement peur de monter sur scène qu'elle se cachera sûrement derrière les autres. » Bonnie sourit, puis : « Tout l'inverse de ta Chloe.

— Ma Chloe, en effet. »

Tu ne pourras pas me la prendre, elle, poursuivit Madeline *in petto*.

Dire que cette *étrangère* savait ce que sa fille aînée avait pris au petit déjeuner alors qu'elle-même n'en avait pas la moindre idée. Scandaleux ! Elle avait beau connaître Bonnie depuis plusieurs années – les deux femmes avaient eu mille occasions de discuter en toute courtoisie – elle n'arrivait ni à la voir comme une vraie personne, ni à l'imaginer en train de faire des choses *normales*. Bougonner. Crier. S'écrouler de rire. Trop manger. Trop boire. Réclamer du papier toilette à tue-tête. Perdre ses clés de voiture. Rien qu'à l'entendre avec sa voix chantante de professeur de yoga à vous faire dresser les poils – elle ne pouvait pas parler normalement ? – Madeline se disait que Bonnie était soit une caricature, soit une extra-terrestre.

« Je suis désolée que Nathan ne t'ait pas informée qu'il avait annulé le soutien de maths », dit-elle.

Pas ici, crétine. Toutes ces mères autour de nous ont l'ouïe fine, on lavera notre linge sale en famille.

« Comme je l'ai dit à Nathan, question communication, nous avons des progrès à faire, poursuivit-elle. Ça prend du temps.

— Bien », répondit Madeline. Ed resserra légèrement son étreinte sur sa jambe. Elle se tourna vers lui puis regarda Perry et Celeste assis à sa gauche, dans l'espoir de se mêler à leur conversation naturellement. Hélas, ils regardaient des photos sur le téléphone portable de Celeste, en riant tête contre tête tels deux adolescents qui roucoulent. Il n'y avait donc pas lieu de s'inquiéter de l'étrangeté de leur échange concernant la signature de la pétition.

Elle se tourna vers le devant de la salle, d'où provenait un tohu-bohu bruyant et mouvementé : les enfants n'étaient toujours pas assis, les enseignants s'affairaient avec la sono, les membres du gang des serre-tête se pressaient de-ci de-là, l'air important, très impliquées, comme tous les vendredis matin.

« Abigail développe une vraie conscience sociale, reprit Bonnie. C'est étonnant à voir. Elle en fait tout un secret mais elle travaille sur un genre de projet caritatif, tu savais ?

— Tant que sa conscience sociale ne l'empêche pas de faire ses devoirs, répliqua Madeline, se positionnant par là même comme l'abominable mère misanthrope. Elle veut devenir kinésithérapeute. J'en ai parlé avec Samantha, la maman de Lily. Elle dit qu'Abigail a besoin des maths.

— À vrai dire, je crois qu'elle a changé d'idée. Elle s'intéresse de plus en plus au domaine de l'action sociale. Je trouve qu'elle ferait une excellente travailleuse sociale.

— Abigail, une excellente travailleuse sociale ? N'importe quoi. Elle n'est pas assez solide. Elle se tuerait à essayer d'aider les autres, elle s'impliquerait trop dans leurs vies et… mon Dieu, ce serait un choix de métier totalement à côté de la plaque.

— Tu crois ? fit Bonnie d'un ton rêveur. Oh, bon, de toute façon, elle a tout le temps de prendre une décision. Et d'ici là, elle changera probablement d'avis dix fois. »

Madeline se surprit à faire la respiration du petit chien. Bonnie essayait de transformer Abigail en quelqu'un qu'elle n'était pas, quelqu'un qu'elle ne pouvait pas être. Une fois qu'elle en aurait terminé, il ne resterait plus rien de la vraie Abigail. Sa fille deviendrait une étrangère pour elle.

Mrs Lipmann monta avec grâce sur la scène puis se posta devant le micro, les mains jointes, un gentil sourire accroché sur les lèvres, en attendant que l'on remarque sa royale présence. Une serre-tête apparut sur scène, tripota le micro et repartit aussi vite qu'elle était venue. Au même moment, une institutrice de CM2 se mit à frapper dans ses mains – un battement rythmique et entraînant dont les pouvoirs magiques et hypnotiques eurent pour effet de faire taire les enfants instantanément. Ils se tournèrent vers elle et l'imitèrent comme un seul homme. (À la maison, ça ne fonctionnait pas ; Madeline avait déjà essayé.)

« Oh ! fit Bonnie tandis que Mrs Lipmann levait la main pour obtenir le silence. J'ai failli oublier, reprit-elle en se penchant vers Madeline qui sentit son haleine douce et mentholée. Nous aimerions vous inviter à la maison tous les quatre pour fêter les quinze ans d'Abigail mardi prochain ! Je sais qu'Abigail adorerait avoir toute sa famille autour d'elle. À moins que ce soit trop délicat ? Qu'en dis-tu ? »

Délicat ? Penses-tu, Bonnie ! Ce serait génial, parfait ! Madeline, reléguée au rang d'*invitée* au dîner d'anniversaire de sa propre fille. Nathan lui servirait à boire. Quand elle s'en irait, Abigail ne monterait pas dans la voiture avec elle, Ed, Fred et Chloe. Elle resterait là-bas, parce que maintenant, c'était chez elle.

« Quelle bonne idée ! Qu'est-ce que j'apporte ? » chuchota-t-elle en serrant le bras d'Ed de toutes ses forces. Et voilà. Parler avec Bonnie, c'était comme accoucher. La douleur pouvait toujours devenir beaucoup plus forte.

53

« Ziggy est un petit garçon adorable, dit la psychologue. Il s'exprime bien, il est plein d'assurance, gentil. » Elle sourit à Jane. « Il s'est inquiété de ma santé. C'est mon premier patient de la semaine à remarquer que je suis enrhumée. »

Elle se moucha bruyamment, comme pour confirmer ses dires. Jane la regarda, agacée. Elle n'avait que faire de son rhume. Elle n'était pas aussi sympathique que son fils.

« Alors, euh, vous pensez que c'est une petite brute psychotique ? » demanda Jane avec un petit sourire qui voulait dire « Je plaisante ! ». Il n'empêche, elle était très sérieuse. Sinon, pourquoi serait-elle là ? Pourquoi paierait-elle cette consultation hors de prix ?

Toutes deux regardèrent Ziggy qui s'amusait de l'autre côté d'une cloison vitrée, où il n'entendait vraisemblablement pas ce qui se disait dans le bureau de la psychologue. Il prit une poupée en peluche – un jouet qui n'était plus de son âge depuis longtemps. Et s'il la frappait tout à coup ? songea Jane. Voilà qui serait plutôt probant. *Sujet qui fait mine de s'inquiéter du rhume de sa thérapeute pour ensuite frapper une poupée.* Mais Ziggy se contenta de la reposer en équilibre précaire sur le coin de la table. Elle glissa au sol sans même qu'il s'en rende compte, ce qui prouvait seulement qu'il était pathologiquement désordonné.

« Non. » La psychologue se tut. Son nez se contracta convulsivement.

« Vous allez me dire ce qu'il vous a raconté, quand même ? Vous n'êtes pas sous le coup du secret médical, si ?

— Atchoum !

— À vos souhaits.

— La question du secret médical ne se pose qu'à partir de l'adolescence, précisa la thérapeute en reniflant. Pile quand les jeunes vous révèlent un tas de choses que vous partageriez volontiers avec leurs parents, si vous voyez ce que je veux dire. Rapports sexuels, drogue et j'en passe ! »

Oui, oui, petits enfants, petits soucis.

« Jane, je ne pense pas que Ziggy tyrannise ses camarades. » Elle joignit le bout de ses doigts et toucha les ailes de ses narines irritées. « J'ai évoqué l'incident de la journée d'accueil dont vous m'aviez parlé ; il a très clairement dit que ce n'était pas lui. Ça m'étonnerait beaucoup qu'il mente. Si c'est le cas, eh bien, je n'ai jamais vu d'aussi bon menteur. Et franchement, Ziggy ne présente pas les signes classiques d'une personnalité tyrannique. Il n'est pas narcissique. Il est capable d'empathie et de sensibilité. »

Jane retint les larmes de soulagement qui lui montaient aux yeux.

« À moins qu'on ait affaire à un psychopathe, bien sûr ! » conclut la psychologue joyeusement.

Quoi ?

« Auquel cas, il pourrait feindre l'empathie. Les psychopathes sont souvent tout à fait charmants. Mais... » Elle éternua de nouveau. « Oh là là. Moi qui croyais aller mieux, dit-elle en s'essuyant le nez.

— Mais quoi ? fit Jane d'une voix pressante.

— Mais je ne crois pas. Je ne crois pas que Ziggy soit psychopathe. Je souhaiterais vraiment prendre un deuxième rendez-vous. Rapidement. Je pense qu'il est très anxieux. Qu'il a encore beaucoup à raconter. Je ne serais pas du tout étonnée d'apprendre que Ziggy se fait harceler à l'école.

— Ziggy ? Harcelé ? »

Jane sentit une bouffée de chaleur monter en elle. Une force incroyable déferla dans tout son être.

« Je peux me tromper, reprit la psychologue en reniflant, mais je ne serais pas surprise. Je pense que l'agression qu'il subit est verbale. Un petit futé a peut-être mis le doigt sur son point faible. » Elle prit un mouchoir en papier dans la boîte au coin de son bureau. Le dernier. Elle tiqua. « Je dois aussi vous dire que Ziggy et moi avons parlé de son père.

— Son père ? fit Jane, abasourdie. Mais, qu'est-ce...

— C'est un sujet très anxiogène pour lui. Il s'imagine que son père pourrait être un soldat de l'Empire galactique, ou bien Jabba le Hutt, ou, dans le pire des cas – elle ne put réprimer un large sourire –, Dark Vador.

— Vous n'êtes pas sérieuse », dit Jane, mortifiée. C'était Fred, le fils de Madeline, qui avait suscité chez Ziggy cette obsession pour *Star Wars*. « Lui non plus. Il n'est pas sérieux.

— Il n'est pas rare pour les enfants d'être pris entre la réalité et la fiction. Il n'a que cinq ans. Tout est possible dans l'univers d'un enfant de cet âge-là. Il croit toujours au père Noël et à la petite souris. Pourquoi Dark Vador ne pourrait-il pas être son père ? Mais je pense que ça relève davantage de l'idée qu'il se fait de son père – un homme... effrayant et mystérieux.

— Je croyais avoir fait mieux que ça, dit Jane.

— Je lui ai demandé s'il vous parlait beaucoup de son père. Il m'a dit que oui, mais qu'il sait que ça vous contrarie. Il s'est montré très ferme avec moi. Il ne voulait pas que je vous contrarie. » Elle jeta un œil sur ses notes puis : « Il a dit : "Attention si vous parlez de mon papa avec maman, parce qu'elle fait une drôle de tête." »

Jane posa les mains sur sa poitrine.

« Ça va ? demanda la psychologue.

— Je fais une drôle de tête ?

— Un peu. J'en déduis donc que le père de Ziggy n'était pas franchement ce qu'on appelle quelqu'un de bien ?

— Pas franchement », répondit Jane.

54

Après l'assemblée de Pirriwee, Perry reconduisit Celeste à la maison.

« Tu as le temps de prendre un café ? demanda Celeste.

— Je ferais mieux de filer, répondit Perry. J'ai cette réunion à onze heures. »

Elle regarda son profil. Il avait l'air bien. Concentré sur la journée qui l'attendait. Elle savait qu'il avait pris du plaisir à assister à sa première assemblée, à compter parmi les pères présents, à porter son costume d'homme d'affaires dans un monde si éloigné de l'entreprise. Il aimait son rôle de papa, il l'adorait, même ; discuter avec Ed sur ce mode gentiment ironique c'est-fou-comme-on-s'amuse typiquement paternel.

Les garçons avaient fait rire tout le monde en allant et venant à toute vitesse sur la scène dans leur costume géant de crocodile. Max portait la tête, Josh la queue ; parfois, ils s'élançaient dans des directions opposées, donnant l'impression que le crocodile allait se déchirer en deux. Avant de quitter l'école, Perry avait pris les garçons en photo dans leur déguisement sur le balcon de la salle de réception avec l'océan en toile de fond. Ensuite il avait demandé à Ed de les photographier tous les quatre : les jumeaux qui regardaient l'appareil par-dessous le déguisement, Perry et Celeste accroupis à côté d'eux. Un portrait de famille qui devait déjà être sur Facebook. Celeste avait vu Perry jouer avec son téléphone tandis qu'ils retournaient à la voiture. Qu'avait-il écrit ? *La naissance de deux stars ! Les garçons ont fait un tabac dans la peau d'un effrayant croco !* Quelque chose dans le genre.

« On se voit à la soirée quiz ! » s'étaient-ils tous écriés en se quittant.

Oui, il était de bonne humeur. Tout devrait bien se passer. Il n'y avait pas eu de tensions depuis qu'il était rentré de son dernier voyage.

Mais elle avait vu l'éclair de rage dans ses yeux lorsqu'elle avait dit qu'elle le quitterait s'il signait la pétition en faveur de l'exclusion temporaire de

Ziggy. Sa remarque se voulait être une plaisanterie mais elle savait que ce n'était pas l'impression qu'elle avait donnée et que ça avait dû le gêner devant Madeline et Ed qu'il appréciait et estimait.

Que lui avait-il pris ? C'était sûrement à cause de l'appartement, presque complètement meublé à présent. Résultat, la possibilité de partir l'obnubilait. *Je le fais ou je le fais pas ?* La question passait en boucle dans son esprit. *Je le fais. C'est évident, indispensable. Bien sûr que non.* La veille au matin, elle y était passée pour faire les lits avec du linge de maison neuf. Elle y avait pris un plaisir étrangement apaisant, rabattant les draps juste assez pour donner envie de s'y glisser – rendre les choses réalisables. Mais la nuit dernière, elle s'était réveillée à deux ou trois heures dans son propre lit, le poids du bras de Perry sur sa taille, le ventilateur de plafond tournant lentement et, tout à coup, elle avait pensé à ces lits qui ne demandaient qu'à les accueillir, elle et les garçons, et sa conduite l'avait consternée. Comme si elle avait commis un crime. Quelle trahison envers son mari ! Elle avait loué et meublé un appartement. Un acte fou, fourbe, méchant, suffisant.

Menacer Perry de le quitter signifiait peut-être qu'elle avait besoin d'avouer ce qu'elle avait fait ; elle ne supportait pas le poids de son secret.

Bien sûr, elle l'avait également fait parce que l'idée que Perry, ou quiconque, signe cette pétition la rendait furieuse. Mais surtout Perry. Il avait une dette envers Jane. Une dette familiale. À cause de ce que son cousin avait fait. (Avait peut-être fait, ne cessait-elle de se répéter. Elles n'en étaient pas sûres. Jane avait pu mal entendre son nom. Ça aurait pu être *Stephen* Banks, pas Saxon Banks.)

Ziggy était peut-être le fils du cousin de Perry. Il se devait d'être loyal envers lui.

Jane était l'amie de Celeste, et même si ce n'était pas le cas, aucun enfant de cinq ans ne méritait d'être la cible d'une chasse aux sorcières.

Perry se gara devant la maison.

Celeste en conclut qu'il ne descendait pas.

« À ce soir, dit-elle en se penchant pour l'embrasser.

— En fait, j'ai quelque chose à récupérer sur mon bureau », répondit-il en ouvrant sa portière.

À cet instant précis, elle sut. C'était tangible, comme une odeur ou une modification de la charge électrique de l'air. Quelque chose dans la position de ses épaules, la lueur vide d'expression de son regard, la sensation de sécheresse dans sa bouche à elle.

Il lui ouvrit la porte et la laissa entrer avec un geste raffiné.

« Perry », dit-elle en se retournant rapidement, tandis qu'il refermait la porte derrière elle, mais soudain, il l'empoigna par les cheveux, les enroula autour de sa main et tira si fort, si incroyablement fort, que la douleur irradia tout son crâne, lui faisant instantanément monter les larmes aux yeux.

« Si tu me remets dans l'embarras comme ça, ne serait-ce qu'une seule fois, je te tuerai, putain, je te tuerai. » Il resserra son étreinte. « Comment oses-tu ? Comment oses-tu ? »

Il la lâcha.

« Je suis désolée, dit Celeste. Tellement désolée. »

852

Mais elle n'avait pas dû le dire comme il fallait, car il s'approcha d'elle lentement, prit son visage entre les mains comme s'il allait l'embrasser tendrement et frappa sa tête contre le mur.

« Ça suffit pas. »

La froideur et le caractère intentionnel de son geste la plongèrent dans le même état de choc que la première fois qu'il avait levé la main sur elle. C'était surréaliste. Elle éprouva une douleur profondément intime, pareille à un chagrin d'amour.

Tout tanguait autour d'elle, comme si elle était ivre.

Elle se laissa glisser par terre.

Un haut-le-cœur la secoua, puis un autre, mais elle ne vomit pas. Elle n'avait jamais que la nausée.

Elle l'entendit s'éloigner dans le couloir. Elle se recroquevilla sur le sol, les genoux près de sa poitrine, les mains entrelacées à l'arrière de sa tête qui la lançait cruellement. Elle pensa aux garçons, à leur façon de sangloter lorsqu'ils se faisaient mal : *Ça fait mal, maman, ça fait trop mal.*

« Redresse-toi, dit Perry. Chérie, redresse-toi. »

Il s'accroupit près d'elle, la fit s'asseoir et posa délicatement une poche de glace enveloppée dans un torchon à l'arrière de sa tête.

Tandis que le froid commençait à faire son œuvre, salutaire, elle posa son regard brouillé de larmes sur lui. Son visage d'une pâleur mortelle, ses yeux cernés de croissants violacés et ses traits affaissés lui donnaient l'apparence d'un homme ravagé par une maladie terrible. Il laissa échapper un unique sanglot. Un son grotesque, plein de désespoir, semblable au spasme d'un animal pris au piège.

Elle se laissa tomber sur son épaule puis, serrés l'un contre l'autre, ils se balancèrent d'avant en arrière sur leur parquet lustré en noyer foncé sous leur haut plafond cathédrale.

55

Madeline avait pour habitude de dire que vivre à Pirriwee, c'était comme vivre dans un petit village de campagne. *A fortiori* si l'on y travaillait. Ce qu'elle appréciait surtout, c'était cet esprit de communauté, excepté bien sûr lorsque son abominable syndrome prémenstruel la prenait dans son étau ; ces jours-là, elle aurait donné n'importe quoi pour traverser le centre commercial sans qu'on lui sourie ou qu'on la salue. Pourquoi diable fallait-il que les gens soient si aimables ? À Pirriwee, tout le monde connaissait tout le monde, par le biais de l'école ou du club de surf, de l'équipe de sport des enfants, de la salle de gym, du coiffeur, etc., et souvent d'ailleurs par plusieurs biais à la fois.

Cela n'allait pas sans conséquence. Par exemple, lorsqu'elle s'enfermait dans son minuscule bureau au théâtre pour passer un rapide coup de fil au journal local, histoire de dégoter à la dernière minute un quart de page publicitaire dans l'hebdomadaire à paraître (le théâtre devait de toute urgence faire le plein d'inscrits au cours des maternelles pour renflouer ses caisses), elle n'appelait pas simplement Lorraine, chef de publicité du journal. Elle appelait Lorraine, mère de deux enfants – Petra, de l'âge d'Abigail, et un garçon inscrit en CM1 à Pirriwee Public – et femme d'Alex – caviste du quartier qui, comme Ed, appartenait à l'équipe de football des plus de quarante ans.

Un rapide coup de fil ? Illusoire, car les deux femmes n'avaient pas discuté depuis un bon moment. La sonnerie se faisait déjà entendre à l'autre bout du fil quand Madeline s'en rendit compte. Elle faillit raccrocher – un e-mail ferait l'affaire, elle avait tant à faire aujourd'hui, sans compter qu'assister à l'assemblée l'avait déjà mise en retard, mais quand même, faire un petit brin de causette avec Lorraine ne serait pas désagréable, et elle voulait vraiment savoir si elle avait entendu parler de la pétition, sauf que parfois, Lorraine était intarissable, et...

« Lorraine Edgely, bonjour ! »

Trop tard. « Bonjour, Lorraine ! C'est Madeline.

— Ma belle ! fit Lorraine de cette voix théâtrale, vibrante et passionnée qui lui aurait assuré une belle carrière sur les planches.

— Comment vas-tu ?

— Oh, mon Dieu, on devrait se retrouver autour d'un café ! Il faut qu'on se voie ! Il y a tellement de choses dont on doit parler ! » Lorraine, qui travaillait dans un bureau paysager, poursuivit dans un souffle : « J'ai les tout derniers potins ! Rien que du lourd !

— Tu peux y aller. » Madeline, aux anges, se cala dans son fauteuil et mit les pieds sur son bureau. « Je suis tout ouïe !

— Puisque tu insistes ! Je te donne un indice : *Parlez-vous anglais*[1] ?

— Quoi ?

— C'est tout ce que je sais dire en français ! Bon, tu l'auras compris, ça touche à la France.

— Ça touche à la France..., répéta Madeline, confuse.

— Oui et, euh, c'est en rapport avec notre amie commune, Renata.

— C'est à propos de la pétition ? J'espère que tu ne l'as pas signée, Lorraine. Amabella n'a même jamais dit que c'est Ziggy qui la malmène et l'école fait surveiller les élèves de la classe en permanence.

— C'est vrai que j'ai trouvé qu'une pétition, c'était un peu exagéré, mais à ce qu'il paraît, la mère du gosse a fait pleurer Amabella et a envoyé un coup de pied à Harper dans le bac à sable, alors de leur point de vue... mais non, ça n'a rien à voir avec la pétition, Madeline. Je te parle d'autre chose, en rapport avec la *France*.

— La nounou ! s'exclama Madeline dans un éclair de génie. C'est ça ? Tu penses à Juliette ? Ben quoi, Juliette ? Apparemment, cette histoire de harcèlement dure depuis une éternité et cette fille n'en avait même pas...

— Oui, oui, il s'agit bien de la nounou, mais oublie un peu cette pétition ! C'est, ah, comment

_____

1. En français dans le texte.

te mettre sur la voie ? Ça concerne le mari de notre amie commune.

— Et la nounou.

— Exactement.

— Je ne comprends... *non* ! » Madeline posa les pieds par terre et se redressa. « Tu n'es pas sérieuse ? *Geoff* et la *nounou* ? » Comment ne pas jubiler de cette nouvelle, digne des gros titres de la presse à scandales ? Geoff, roi de la discipline et de la moralité, amateur d'ornithologie et de bonne chère, fricotait avec la jeune nounou française ! Quel délicieux cliché ! « Ils couchent ensemble ?

— Affirmatif ! La petite Juliette a trouvé son Roméo en la personne de Geoff Klein ! » s'exclama Lorraine qui avait vraisemblablement abandonné toute velléité d'épargner à ses collègues les détails de sa conversation téléphonique.

Madeline se sentit vaguement nauséeuse, comme si elle venait de manger quelque chose de trop sucré, de mauvais pour elle. « C'est atroce. Épouvantable. » Elle ne souhaitait pas que du bien à Renata, mais de là à se réjouir que son mari la trompe. Seule une femme infidèle mérite d'être avec un coureur de jupons. « Renata est au courant ?

— Apparemment non. Mais ce n'est pas une rumeur. Geoff l'a dit à son partenaire de squash, Andrew Faraday, qui l'a répété à Shane qui l'a répété à Alex. Les hommes ! De vraies pipelettes !

— Il faut que quelqu'un le lui dise.

— Eh bien, ce ne sera pas moi ! Tu sais le sort qu'on réserve au messager !

— Ça ne peut pas être moi. Je suis la plus mal placée pour lui annoncer ce genre de nouvelle.

— N'en parle à personne. J'ai promis à Alex que je serai muette comme une tombe.

— D'accord. » Nul doute que ce croustillant ragot se répandait déjà dans toute la péninsule, rebondissant d'ami en ami, de mari en épouse, telle une boule de flipper que Renata prendrait en pleine figure bien assez tôt. Dire que la pauvre femme croyait vivre l'épisode le plus éprouvant de sa vie avec cette histoire de harcèlement à l'école !

« On raconte que la petite Juliette veut l'emmener en France pour lui présenter ses parents, poursuivit Lorraine en prenant un accent français. *Oh là là !*

— Stop, Lorraine ! Ce n'est pas drôle. Je ne veux plus rien entendre », protesta Madeline sur un ton brusque pour le moins déplacé au vu de sa réaction initiale.

— Désolée, ma belle, dit Lorraine, nullement perturbée. Mais au fait, que puis-je faire pour toi ? »

Madeline réserva l'encart publicitaire auprès de Lorraine, toujours aussi efficace. Elle aurait dû se contenter d'un e-mail. CQFD.

« Bon, à demain soir, alors, conclut Lorraine.

— Demain soir ? Oh, bien sûr, la soirée quiz, dit Madeline d'une voix chaleureuse, histoire de se faire pardonner sa petite sortie. J'ai hâte ! Je me suis offert une nouvelle robe pour l'occasion.

— Je te reconnais bien là ! Moi, je viens en Elvis. Personne n'a précisé que seuls les hommes pouvaient jouer les rockeurs ! »

Madeline s'esclaffa, réconciliée avec Lorraine dont le rire tonitruant donnerait le ton à la soirée qui promettait d'être follement amusante.

« À demain, donc ! Hé, au fait, c'est quoi ce projet caritatif dans lequel Abigail s'est lancé ?

— Je ne sais pas trop. Elle récolte des fonds pour une action portée par Amnesty International. Une tombola peut-être. D'ailleurs, je devrais la prévenir qu'il faut une autorisation pour organiser une tombola.

— Mmmm.

— Quoi ?

— Mmmm.

— *Quoi ?* » Faisant pivoter son fauteuil, Madeline poussa malencontreusement un dossier en papier kraft d'un coup de coude. Elle le rattrapa de justesse puis : « Il se passe quelque chose ?

— Je ne sais pas. Petra a simplement fait allusion à ce projet qu'Abigail a entrepris, et j'ai eu l'impression qu'il y avait quelque chose de, je ne sais pas, de pas net. Petra riait bêtement, c'était agaçant, et elle a semblé vouloir dire que certaines filles n'approuvaient pas ce qu'Abigail faisait, mais Petra, elle, adhérait à son projet, ce qui n'est pas la panacée. Je suis désolée. C'est un peu vague, ce que je te raconte. Mais mon instinct maternel me dit que, tu sais, il y a danger. »

Madeline repensa à cet étrange commentaire qu'elle avait lu sur la page Facebook d'Abigail. Ce détail lui était complètement sorti de la tête, tant elle s'était laissé distraire par sa colère concernant le cours particulier de maths.

« Je vais creuser, dit-elle. Merci pour l'info.

— Ce n'est probablement rien. *Au revoir*[1], ma belle. » Lorraine raccrocha.

Madeline envoya aussitôt un texto à sa fille : *Appelle-moi dès que tu auras ce message. Maman.*

Abigail devait être en classe à l'heure qu'il était. Les élèves n'avaient pas le droit de consulter leur téléphone avant la fin des cours.

Patience, se dit Madeline en se remettant à son ordinateur. Bien. Et maintenant ? Ah, oui, les affiches promotionnelles pour le *Roi Lear*, au programme le mois suivant. À Pirriwee, plus personne n'avait envie de voir le roi Lear tituber sur scène comme un fou. Les gens préféraient les comédies contemporaines. N'avaient-ils pas leur dose de tragique shakespearien dans la vie réelle, avec les drames qui se jouaient dans la cour de récréation ou sur le terrain de football ? Mais la chef de Madeline avait insisté. Les billets se vendraient mal et, comme chaque année, elle lui ferait porter le chapeau.

Elle jeta un œil à son portable. Abigail la ferait probablement attendre jusqu'au soir.

« Qu'il est plus aigu que la dent d'un serpent d'avoir un enfant ingrat, Abigail », récita Madeline qui, à force d'entendre les comédiens répéter, connaissait de nombreux passages du *Roi Lear*.

Son portable sonna, la faisant sursauter. Nathan, lut-elle sur l'écran.

« Ne t'énerve pas », dit-il.

---

1. En français dans le texte.

56

Avec le temps, les relations violentes ont tendance à empirer.

Elle ne savait plus si elle l'avait lu quelque part dans toutes ces brochures sur la violence conjugale ou si c'était Susi qui le lui avait dit de sa voix calme et neutre.

Depuis son lit où elle était allongée sur le flanc, serrant son oreiller contre sa poitrine, Celeste regardait la mer. Perry lui avait ouvert les rideaux.

« On pourra rester au lit et contempler l'océan ! » s'était-il écrié la première fois qu'ils avaient visité la maison. Et l'astucieux agent immobilier de répondre : « Je vais vous laisser faire le tour tous les deux », car évidemment, pour lui, les jeux étaient faits. Ce jour-là, Perry s'était comporté comme un gosse surexcité qui court dans tous les sens, pas comme un homme sur le point de dépenser des millions dans une « propriété de prestige avec vue sur l'océan ». Son enthousiasme, trop cru, trop optimiste, avait presque effrayé Celeste. La déchéance, voilà ce qui les attendait, sans le moindre doute. Un mauvais pressentiment qui se vérifiait à présent. À l'époque, elle était enceinte de quatorze semaines. Nauséeuse, gonflée, elle avait un goût métallique dans la bouche en permanence et refusait de croire à cette grossesse – mais Perry, lui, était ivre d'espoir, comme si quelque part, la nouvelle maison était le gage du succès de cette grossesse. Parce que « Quelle vie ! Quelle vie pour des enfants ! Grandir si près de la plage ! ». C'était avant qu'il ait jamais haussé le ton contre elle, au temps où l'idée qu'il puisse la frapper était impossible, inconcevable, risible.

Elle en était encore toute chamboulée.

Ce qui arrivait était tellement... surprenant.

Elle s'était donné un mal fou pour faire comprendre à Susi l'ampleur du choc que cela représentait pour elle, mais quelque chose lui disait que tous ceux et celles qui la consultaient éprouvaient le même sentiment. (« Mais non, voyez, pour nous, c'est *vraiment* surprenant ! » avait-elle voulu ajouter.)

« Une autre tasse de thé ? » demanda Perry, depuis le seuil de leur chambre. Il ne s'était pas changé mais il avait enlevé sa cravate et retroussé les manches de sa chemise. « Je dois aller au bureau cet après-midi, mais je vais travailler d'ici ce matin pour m'assurer que tu vas bien », avait-il annoncé après l'avoir aidée à se relever dans l'entrée. Il aurait agi de la même façon si elle s'était blessée en glissant, ou si elle avait été prise d'étourdissements. Il avait ensuite appelé Madeline, de son propre chef, pour lui demander si elle voulait bien récupérer les garçons à la sortie de l'école. « Celeste n'est pas bien », lui avait-il dit. La sollicitude que Celeste avait perçue dans sa voix n'aurait pas sonné plus vraie, plus sincère, s'il l'avait trouvée terrassée par un mal aussi soudain que mystérieux.

« Non merci », répondit-elle.

Elle regarda son beau visage attentionné et n'eut qu'à cligner des yeux pour le revoir, tout près du sien, un rictus railleur sur les lèvres quand il avait dit « Ça suffit pas », avant qu'il ne lui frappe la tête contre le mur.

Tellement surprenant.

Docteur Jekyll et Mr Hyde.

Lequel des deux était le méchant ? Elle ne s'en souvenait pas. Elle ferma les yeux. La poche de glace avait certes atténué la douleur, mais celle-ci se maintenait à un certain niveau, comme si elle ne devait jamais se dissiper. Une zone sensible, qui lui causait des élancements. Lorsqu'elle y posait le bout des doigts, elle s'attendait à ce qu'ils s'y enfoncent comme dans une tomate charnue.

« OK, bon, appelle-moi si tu as besoin de quoi que ce soit. »

Elle faillit en rire.

« Je n'y manquerai pas. »

Une fois seule, elle ferma les yeux. Elle l'avait mis dans l'*embarras*. Monsieur serait-il gêné si elle le quittait ? Humilié si tout le monde savait que les actualités qu'il postait sur Facebook ne racontaient qu'une partie de la réalité ?

« Vous devez prendre des précautions. Pour une femme battue, le moment le plus dangereux, c'est après qu'elle a mis fin à la relation », lui avait dit Susi à plusieurs reprises au cours de leur dernier rendez-vous. À croire qu'elle attendait une réponse que Celeste ne lui donnait pas.

Celeste n'avait jamais pris cet avertissement au sérieux. Pour elle, l'affaire se résumait toujours à une prise de décision – rester ou s'en aller. Partir serait la fin de l'histoire.

Mais elle était en plein délire. Quelle idiote.

Si sa colère était montée un cran plus haut aujourd'hui, il aurait tapé sa tête contre le mur une seconde fois. Il aurait tapé plus fort. Il aurait pu la tuer. Alors il serait tombé à genoux, il aurait bercé son corps, chanté les lamentations funèbres, hurlé, éprouvé un réel chagrin, se serait apitoyé sur son propre sort – oui, et après ? Elle serait morte. Ce serait trop tard pour se faire pardonner. Ses fils n'auraient plus de mère. Perry avait beau être un père merveilleux, il ne leur faisait pas manger assez de fruits et il oubliait toujours de leur brosser les dents. Sans compter qu'elle voulait les voir grandir.

Elle acquit la conviction que, si elle partait, il la tuerait.

Et si elle restait, si leur couple ne changeait pas de trajectoire, un jour, sa colère serait telle qu'il la tuerait probablement aussi.

Il n'y avait pas d'échappatoire. Un appartement et des lits bien faits en guise de plan d'évasion ? Une vaste plaisanterie.

Aussi surprenant que cela puisse paraître, le bel homme inquiet qui venait de lui proposer une tasse de thé, celui-là même qui ne manquerait pas d'accourir au moindre appel alors qu'il travaillait sur son ordinateur à l'autre bout du couloir, et qui l'aimait, à sa manière, de tout son cœur, la tuerait probablement un jour.

57

« Abigail a créé un site web, dit Nathan.

— OK », répondit Madeline qui était déjà debout, prête à partir sur-le-champ. Pour l'école ? L'hôpital ? La prison ?

Que pouvait-il y avoir de si important, s'agissant d'un site Internet ?

« Pour lever des fonds en faveur d'Amnesty International. La conception est très pro. Entre le cours de Web design qu'elle prend à l'école, et les quelques conseils que je lui ai donnés... Inutile de dire que je ne... euh, oui, eh bien, je ne m'attendais pas à ça.

— Je ne comprends pas. Quel est le problème ? » demanda Madeline sèchement. Nathan n'était pas du genre à chercher des problèmes là où il n'y en avait pas. Ne pas voir ceux qui étaient juste sous son nez lui ressemblait davantage.

Il s'éclaircit la gorge. « Ce n'est pas la fin du monde, reprit-il d'une voix étranglée. Mais on ne peut pas dire que ce soit génial.

— Nathan ! » Au comble de la frustration, Madeline tapa du pied.

« Bien. Abigail vend sa virginité aux enchères dans le but de sensibiliser les gens au mariage d'enfants et à l'esclavage sexuel, annonça-t-il à toute vitesse. Elle dit, hum, je cite : "Si une enfant de sept ans peut être vendue à des fins sexuelles sans que personne ne se mobilise, alors personne ne devrait trouver à redire au fait qu'une Blanche de quatorze ans issue de milieu favorisé fasse commerce de son corps." Tout l'argent récolté ira à Amnesty International. Elle ne sait pas écrire "favorisé". »

Madeline se laissa retomber sur son siège. Oh, calamité.

« Donne-moi l'adresse, dit-elle. Le site est en ligne ? Tu es bien en train de me dire que le site est en ligne, là maintenant ?

— Oui. Je crois qu'il est actif depuis hier matin. N'y va pas. Je t'en prie, n'y va pas. Le problème, c'est qu'elle ne l'a pas paramétré pour modérer les commentaires avant publication, et naturellement, les trolls de la Toile se déchaînent.

— Donne-moi l'adresse tout de suite.

— Non.

— Nathan, tu me donnes cette putain d'adresse immédiatement », dit-elle en trépignant. Elle était au bord des larmes.

« C'est www.achètemavirginitépourluttercontre-lemariagedenfants.com.

— Fabuleux, commenta Madeline en tapant l'adresse de ses mains tremblantes. Avec ça, elle va attirer des gens super charitables. Notre fille est une imbécile. On a élevé une imbécile. Oh, attends, toi, tu n'as rien fait. J'ai élevé une imbécile. » Elle se tut. Puis : « Oh, mon Dieu.

— Tu es dessus ?

— Oui. » Le site faisait très pro en effet, ce qui rendait les choses encore pires, car plus réelles, plus officielles, comme si la possibilité pour un étranger d'acheter la virginité d'Abigail avait été homologuée. Sur la page d'accueil figurait la photo d'Abigail dans sa posture de yoga, celle que Madeline avait vue sur son compte Facebook.

Elle prenait ici un caractère sexuel sinistre – les cheveux qui tombaient sur son épaule, les membres longs et fins, les petits seins parfaits. Des hommes regardaient le portrait de sa fille sur leur écran d'ordinateur en songeant à coucher avec elle.

« Je crois que je vais vomir, dit Madeline.

— M'en parle pas. »

Madeline respira profondément et parcourut le site page à page de son œil expert en marketing et communication. Il y avait plusieurs images du site d'Amnesty International concernant le mariage d'enfants et l'esclavage sexuel. Abigail avait dû les utiliser sans autorisation. Le texte était bon. Simple. Convaincant. Émouvant, sans verser dans le pathos. En dehors de la coquille sur le mot « favorisé » et du fait que le postulat était vicié de bout en bout, le résultat était très impressionnant pour une adolescente de quatorze ans.

« Est-ce seulement légal ? demanda Madeline au bout d'un moment. La loi ne doit pas autoriser un mineur à vendre sa virginité.

— Quelqu'un qui l'achèterait serait dans l'illégalité », corrigea Nathan, les dents serrées.

Prenant conscience qu'elle parlait avec *Nathan*, et non avec Ed, Madeline eut un moment de flottement. C'était la première fois qu'elle avait à discuter d'un problème d'éducation épineux avec le père d'Abigail. D'ordinaire, Madeline fixait les règles et Nathan les suivait. Ils ne formaient pas une équipe.

Elle songea au même instant que si elle en avait parlé avec Ed, ç'aurait été différent. Ed serait horrifié à l'idée qu'un homme achète la virginité d'Abigail, bien sûr, mais il ne vivrait pas l'agonie viscérale que Nathan éprouvait en ce moment. Si c'était Chloe, oui. Mais il y avait cette subtile distance entre Abigail et lui : la distance que Madeline n'avait jamais voulu voir mais qu'Abigail avait toujours ressentie.

Elle cliqua sur « enchères et donations ». Dans cette rubrique, on pouvait laisser des commentaires et enregistrer son enchère.

Les mots lui sautèrent au visage.

Combien pour une partouze ?

Je te laisse me sucer pour 20 dollars ! Quand tu veux, où tu veux !

Hé, jolie môme, je m'occupe de ton petit vagin serré gratos.

Madeline s'écarta de son bureau, un goût de bile dans la bouche. « Comment on ferme ce site ? Maintenant. Tu sais faire ? »

Elle était heureuse de constater qu'elle n'avait pas perdu les pédales, elle parlait comme s'il s'agissait d'une crise au travail : une brochure qu'il fallait réimprimer, une erreur sur le site du théâtre. Nathan était calé dans le domaine des nouvelles technologies. Il devait savoir quoi faire. Mais elle revint à la page précédente et retomba sur la photo d'Abigail, son innocente, ridicule et si malavisée fille aînée – des hommes vils pensaient et écrivaient des choses viles sur sa *petite fille* – et sa colère s'éleva de ses entrailles et jaillit de sa bouche telle une éruption de lave.

« Mais comment c'est arrivé, putain ? Pourquoi vous ne l'avez pas surveillée, Bonnie et toi ? Tu arranges ça, Nathan. Tu arranges ça tout de suite. »

HARPER : On vous a parlé de ce qu'a fait la fille de Madeline ? Un vrai petit drame. Franchement, ça m'embête de le dire, mais ce ne serait jamais arrivé dans une école privée. Je l'ai d'ailleurs fait remarquer à Renata au moment des faits, un soir qu'elle dînait à la maison, je crois. Je ne dis pas qu'il y a un problème en soi avec les lycées publics ; simplement, je pense que dans le privé, vos enfants ont plus de chances de fréquenter, vous savez, des gens comme il faut.

SAMANTHA : Elle est tellement imbue d'elle-même, cette Harper. Ça aurait très bien pu arriver dans une école privée. Et les intentions d'Abigail étaient si nobles. C'est juste qu'à quatorze ans, on est stupide. Pauvre Madeline. Elle a tout mis sur le dos de Bonnie et Nathan, mais je ne sais pas si c'était mérité.

BONNIE : En effet, Madeline a dit que c'était notre faute. Ce que j'accepte. Abigail était sous ma responsabilité à l'époque. Mais cela n'a absolument rien à voir avec… avec le drame. Rien du tout.

58

En sortant du cabinet de la psychologue, Jane fit un crochet par le *Blue Blues* pour offrir une douceur à Ziggy avant de le ramener à l'école.

« Aujourd'hui, je propose des pancakes à la pomme et au beurre citronné, dit Tom. Je crois que vous devriez les goûter. C'est la maison qui régale.

— La maison qui régale ? répéta Ziggy en fronçant les sourcils.

— Ça veut dire que c'est gratuit », expliqua Jane. Puis, souriant à Tom : « Mais je pense qu'on devrait payer. »

Tom lui offrait toujours à manger. Ça commençait à devenir gênant. Il devait la croire fauchée.

« On verra ça plus tard », dit Tom avec un geste de la main – visiblement, c'était déjà tout vu – avant de disparaître dans la cuisine.

Jane et Ziggy se tournèrent vers l'océan. Un vent frais soufflait sur la mer rayonnante de gaieté, avec ses vaguelettes blanches qui dansaient à l'horizon. Jane respira les merveilleux parfums qui baignaient le *Blue Blues*. Une intense nostalgie s'empara d'elle, comme si la décision était déjà prise, comme s'ils allaient assurément s'en aller.

Le bail de son appartement arrivait à échéance deux semaines plus tard. Elle pouvait le renouveler ou partir, s'installer ailleurs, inscrire Ziggy dans une nouvelle école, recommencer à zéro là où leur réputation ne serait pas entachée. Si la psychologue avait vu juste, si Ziggy était effectivement victime de harcèlement, Jane aurait toutes les peines du monde à convaincre l'école d'envisager les choses sous cet angle. Ce serait perçu comme une stratégie, une contre-attaque. De toute façon, comment pouvait-elle laisser Ziggy dans une école où les parents signaient une pétition pour qu'il soit exclu ? La situation était devenue trop compliquée à présent. Pour les gens, elle était la femme qui avait agressé Harper dans le bac à sable et intimidé Amabella. D'ailleurs, n'avait-elle pas fait pleurer la fillette ? Elle s'en voulait beaucoup. Déménager s'avérait la meilleure chose à faire pour son fils comme pour elle.

N'était-il pas couru d'avance que son séjour à Pirriwee se terminerait en désastre ? Les vraies raisons de son installation ici, celles qu'elle avait tues, étaient si particulières, si confuses, si carrément bizarres qu'elle n'arrivait même pas à les formuler clairement.

Cela dit, venir ici avait peut-être constitué une étape étrange mais nécessaire, parce qu'au cours des derniers mois, quelque chose avait cicatrisé ; en dépit de son désarroi et de son inquiétude concernant Ziggy et les autres mères, son ressenti par rapport à Saxon Banks avait évolué de manière subtile. Elle avait l'impression qu'elle le voyait clairement à présent. Saxon Banks n'était pas un monstre. C'était juste un homme. Un sale type, une brute de base, comme on en trouve à la pelle. Mieux valait ne pas coucher avec eux. Mais elle l'avait fait. Point. Ziggy était là. Peut-être que seul Saxon Banks avait des spermatozoïdes assez agressifs pour dépasser ses problèmes de fertilité. Peut-être qu'il était le seul homme au monde à pouvoir lui donner un bébé, et peut-être qu'à présent, elle pouvait trouver une façon juste et mesurée de parler de lui de sorte que Ziggy cesse de s'imaginer que son père était une sorte de super-méchant de bande dessinée.

« Ziggy, dit-elle, ça te plairait qu'on te trouve une autre école où tu pourrais te faire de nouveaux amis ?

— Négatif. »

Il n'avait pas l'air angoissé pour deux sous. Quelle impertinence tout à coup ! À se demander si cette psychologue savait de quoi elle parlait. Qu'est-ce que Madeline disait tout le temps au sujet des enfants ? Ah oui, qu'ils étaient fantasques et imprévisibles.

« Oh, fit Jane. Pourquoi ? Tu étais bouleversé l'autre jour quand ces enfants t'ont dit qu'ils n'avaient pas, tu sais, pas le droit de jouer avec toi.

— Ouais, répondit-il gaiement, mais j'ai plein d'autres copains qui ont le droit, comme Chloe, et Fred, même s'il est en CE1, on est copains parce qu'on aime tous les deux *Star Wars*. Et puis j'en ai d'autres, des copains. Il y a Harrison, Amabella, Henry.

— Tu as bien dit Amabella ? » Jusqu'à présent, Ziggy n'avait jamais expressément dit qu'il jouait avec Amabella. D'où l'idée qu'il était peu probable qu'il la brutalise. Pour Jane, ils évoluaient dans deux sphères différentes, si l'on peut dire.

« Amabella adore *Star Wars* elle aussi. Elle sait plein de trucs parce qu'elle lit super bien. On joue pas vraiment en fait, mais quand j'en ai un peu

872

marre de courir, on s'assoit ensemble sous l'Arbre du Dragon de mer et on parle de *Star Wars*.

— Amabella Klein ? Amabella de l'école maternelle ?

— Oui, Amabella ! Sauf que maintenant, on n'a plus le droit de se parler. Les maîtresses nous l'ont interdit, soupira Ziggy.

— Oui, c'est parce que les parents d'Amabella pensent que tu lui as fait mal, dit Jane un rien exaspérée.

— C'est pas moi qui lui fais mal », dit Ziggy en glissant à moitié de sa chaise, une manie on ne peut plus agaçante qui était visiblement propre aux petits garçons. (Jane avait été soulagée de voir que Fred faisait exactement la même chose.)

« Redresse-toi », dit Jane d'un ton sec.

Ziggy s'exécuta tout en soupirant. « J'ai faim. Je vais avoir mes pancakes bientôt, tu crois ? » Il tendit le cou pour regarder en direction de la cuisine.

Tandis qu'elle l'observait, Jane comprit la portée de ce qu'il venait de dire. *C'est pas moi qui lui fais mal.*

« Ziggy. »

Lui avait-elle seulement posé cette question ? Quelqu'un lui avait-il posé cette question ? Ou bien s'étaient-ils tous contentés de répéter « Est-ce que c'est toi, Ziggy ? Est-ce que c'est toi ? ».

« Quoi ?

— Est-ce que tu sais qui fait mal à Amabella ? »

Son visage se ferma. En une fraction de seconde. « Je ne veux pas en parler. » Sa lèvre inférieure se mit à trembler.

« Mais, mon trésor, dis-moi au moins si tu sais.

873

— J'ai promis », répondit Ziggy doucement.

Jane se pencha vers lui. « Tu as promis quoi ?

— J'ai promis à Amabella que je le dirai jamais à personne. Elle a dit que si je le répétais, elle allait probablement se faire mouru.

— Se faire mouru, répéta Jane.

— Oui ! » dit Ziggy avec ardeur. Ses yeux se remplirent de larmes.

Jane tapota la table. Ziggy voulait le lui dire, elle le savait.

« Et si… si tu l'écrivais, le nom de cet enfant ? »

Ziggy fronça les sourcils. Il cligna des yeux et essuya ses larmes.

« Parce que si tu l'écris, tu ne romps pas ta promesse à Amabella. Ce n'est pas comme si tu me le disais. Et moi, je te promets qu'il n'arrivera rien à Amabella.

— Mmmm. » Ziggy réfléchit à la question.

Jane sortit un carnet et un stylo de son sac et les posa devant lui. « Tu sais l'écrire ? Sinon, tu n'as qu'à te lancer. »

C'était ce qu'on leur disait à l'école, lorsqu'il s'agissait d'écrire : lancez-vous !

Ziggy prit le stylo puis, distrait par le bruit de la porte qui s'ouvrait, se retourna. Un couple entra : une blonde avec serre-tête accompagnée d'un homme d'affaires quelconque. (Pour Jane, les quarantenaires grisonnants en costume se ressemblaient tous.)

« C'est la maman d'Emily J », dit Ziggy.

Harper. Jane sentit ses joues s'empourprer en repensant à l'épisode du bac à sable – horriblement gênant. Harper l'avait accusée d'« agression physique ». Le soir même, Jane avait reçu un appel tendu de Mrs Lipmann l'informant qu'un parent avait posé une main courante contre elle et suggérant qu'elle « fasse profil bas, si je puis dire, le temps qu'on règle cette affaire pour le moins complexe ».

Harper jeta un coup d'œil dans sa direction. Jane sentit son cœur accélérer, comme sous le coup d'une peur panique. Pour l'amour du ciel, elle ne va pas te tuer, se raisonna-t-elle en silence. C'était tellement étrange d'être en conflit ouvert avec quelqu'un qu'elle connaissait à peine. Jane avait passé la majeure partie de sa vie d'adulte à éviter les confrontations. Le fait que Madeline puisse *aimer* entretenir des rapports hostiles, qu'elle cherche même à les provoquer, la laissait perplexe. Pour elle, c'était aussi gênant que pénible.

Le mari de Harper tapa un bon coup sur la sonnette du comptoir pour appeler Tom qui était en cuisine. Il n'y avait guère de monde au *Blue Blues*. Une femme avec un bambin au fond à droite et deux hommes en bleu de travail plein de peinture qui mangeaient des sandwiches aux œufs et au bacon.

Jane vit Harper donner un petit coup de coude à son mari avant de lui parler à l'oreille. Il se tourna vers Jane et Ziggy.

Oh, mon Dieu. Le voilà qui arrivait.

Il avait une grosse bedaine de buveur de bière qu'il arborait aussi fièrement qu'une médaille.

« Bonjour, dit-il à Jane en lui tendant la main. Jane, c'est bien ça ? Je suis Graeme. Le papa d'Emily. »

Jane avança la main. Il la serra juste assez fort pour lui faire comprendre qu'il aurait pu la lui broyer. « Bonjour, dit-elle. Voici Ziggy.

— Salut, bonhomme. » Graeme jeta un bref coup d'œil sur Ziggy avant de planter son regard dans celui de Jane.

« Laisse tomber, s'il te plaît, Graeme », dit Harper qui l'avait rejoint. Elle ignorait superbement Jane et Ziggy, comme dans le bac à sable où elle avait tout fait pour éviter de croiser le regard de Jane – un jeu étrange.

« Écoutez-moi bien, *Jane*, reprit Graeme. Évidemment, je ne tiens pas à m'étaler devant votre fils, mais j'ai cru comprendre que vous étiez impliquée dans une sorte de conflit avec l'école, je ne suis pas au fait des tenants et des aboutissants de cette histoire, et pour être franc, cela ne m'intéresse pas plus que ça, mais laissez-moi vous dire une bonne chose, *Jane*. »

Posant les mains sur la table, il se pencha au-dessus d'elle. Un geste d'intimidation tellement calculé que c'en était presque comique. Jane leva le menton. Elle avait besoin de déglutir mais elle ne voulait pas qu'il remarque sa nervosité. Il avait de profondes rides autour des yeux. Un minuscule grain de beauté près du nez. Il semblait prêt à mordre, comme les gros bras tatoués qu'on voit parfois hurler dans les émissions de télévision trash.

« Nous avons décidé de laisser la police en dehors de ça pour cette fois, mais si j'apprends que vous vous êtes encore approchée de ma femme, j'obtiendrai une ordonnance restrictive contre vous, vite fait bien fait, *Jane*, car je ne le tolérerai pas. Je suis associé dans un cabinet d'avocats et je n'hésiterai pas à dégainer tout l'arsenal juridique contre vous...

— Je vous demande de partir maintenant. »

Tom posa l'assiette de pancakes sur la table et caressa doucement la tête de Ziggy.

« Oh, Tom, désolée, nous ne faisions que... », commença Harper en battant des cils. Accros au café de Tom, les mères de Pirriwee le traitaient avec l'affection qu'on réserve à son dealer.

Graeme se redressa et ajusta sa cravate. « Tout va bien, mec.

— Non, je ne crois pas, dit Tom, les mâchoires serrées. Je ne vais pas vous laisser harceler mes clients. Je souhaite que vous partiez sur-le-champ.

— Dites donc, vous, protesta Graeme en tapant du doigt sur la table, je ne crois pas que légalement, vous ayez le droit de...

— Je n'ai pas besoin de conseils en matière de droit. Je vous demande de partir.

— Tom, je suis vraiment désolée, dit Harper. Nous ne voulions assurément pas...

— Je vous servirai avec plaisir une prochaine fois, dit Tom en allant leur ouvrir la porte. Mais aujourd'hui, c'est impossible.

— Bien », dit Graeme. Puis, pointant un doigt menaçant juste sous le nez de Jane : « N'oubliez pas ce que je vous ai dit, jeune fille, parce que...

— Sortez avant que je vous jette dehors », interrompit Tom d'une voix dangereusement calme.

Graeme se redressa.

« Vous venez de perdre un client », dit-il en regardant Tom droit dans les yeux. Il suivit sa femme dehors.

« J'y compte bien », répondit Tom.

Il laissa la porte se refermer avant de se tourner vers ses clients. « Désolé de cet incident. » L'un des hommes en bleu de travail se mit à applaudir. « Chapeau, mec ! » La jeune mère jeta un regard curieux à Jane. Ziggy regarda Harper et Graeme s'éloigner d'un pas vif sur la promenade, haussa les épaules puis se mit à dévorer ses pancakes.

Revenant vers Jane, Tom s'accroupit près d'elle, le bras sur le dossier de sa chaise.

« Ça va ? »

Jane prit une longue respiration tremblante. Tom avait une odeur douce et agréable. Il surfait deux fois par jour et prenait une longue douche chaude après chaque session, d'où cette fraîcheur distinctive qui s'exhalait toujours de lui. Elle le savait parce qu'un jour, Tom lui avait dit qu'une fois sous l'eau chaude, il se repassait toutes les plus belles vagues qu'il avait prises. Jane songea tout à coup qu'elle aimait Tom comme elle aimait Madeline et Celeste, que quitter Pirriwee lui briserait le cœur mais que rester s'avérait impossible. Elle s'y était fait de vrais amis. De vrais ennemis aussi. Il n'y avait pas d'avenir pour elle ici.

« Ça va, répondit-elle. Merci. Merci pour ce que tu viens de faire.

— Excusez-moi ! Oh là là, je suis désolée ! » s'exclama la jeune mère dont le petit, qui venait de renverser son verre de lait par terre, pleurait.

Tom posa la main sur le bras de Jane. « Ne laisse pas Ziggy manger tous ces pancakes. » Puis, s'approchant de la femme et de son fils : « Ce n'est pas grave, petit gars, je vais t'en préparer un autre. »

Jane prit sa fourchette et enfourna une grosse bouchée de pancake. Elle ferma les yeux. « Mmmmm. » Tom ferait un heureux, un de ces jours.

« Je l'ai écrit, annonça Ziggy.

— Quoi donc ? » Jane coupa un autre bout de pancake. Elle essayait de ne plus penser au mari de Harper. À la façon dont il s'était penché au-dessus d'elle. Ses absurdes tactiques d'intimidation n'en avaient pas été moins efficaces. Elle s'était laissé impressionner. À présent, elle avait honte. Avait-elle mérité pareil traitement ? Pour un coup de pied dans le sable ? Elle n'avait même pas touché Harper ! Elle en était certaine. Cela dit, elle avait laissé sa colère prendre le dessus. Elle s'était mal conduite, Harper était rentrée chez elle bouleversée, ce qui avait énervé son mari, aimant et protecteur à l'excès.

« Le nom, dit Ziggy en poussant le carnet devant elle. Le nom de celui qui embête Amabella. »

SAMANTHA : Apparemment, le mari de Harper ne veut plus qu'elle aille au *Blue Blues*. Moi, je lui ai dit : « Harper ! On n'est plus en 1950 ! Ton mari ne peut pas t'interdire de fréquenter tel ou tel lieu », mais d'après elle, il le prendrait comme une trahison. Moi, je trahirais Stu sans hésitation pour le café de Tom. Rien à secouer ! Sérieux ! Je tuerais pour ce café ! Mais ce n'est pas moi l'assassin, au cas où vous vous poseriez la question. Et je ne crois pas que le café soit le motif, à vrai dire.

Jane posa sa fourchette et prit le calepin.

Ziggy avait griffonné quatre lettres de plus ou moins grande taille en travers de la page.

M. a. K. s.

« Maks, dit Jane. Il n'y a pas de M... » Elle s'interrompit. Oh, calamité. « Tu veux dire Max ? »

Ziggy acquiesça. « Le méchant jumeau. »

59

« Il est quatorze heures, annonça Perry. Je dois aller à ma réunion. Madeline récupère les enfants. Je serai de retour vers seize heures. En attendant, tu n'as qu'à les mettre devant la télévision. Comment tu te sens ? »

Celeste leva les yeux vers lui.

Par quelle folie pouvait-il se comporter comme s'il était totalement étranger à l'état dans lequel elle se trouvait ? Comme si elle était clouée au lit à cause d'une vilaine migraine ? Plus le temps passait, moins il semblait tourmenté. Sa culpabilité se dissolvait lentement, métabolisée par son organisme, comme l'alcool. Et Celeste qui participait à sa folie. Elle s'y soumettait, en adoptant l'attitude d'une malade, en le laissant prendre soin d'elle.

Ils étaient malades, l'un comme l'autre.

« Ça va », répondit-elle.

Il venait de lui donner un puissant analgésique. D'ordinaire, elle s'abstenait d'en prendre car elle y était hypersensible ; cette fois, les élancements dans sa tête étaient devenus intolérables. Déjà la douleur s'estompait, mais les murs de la chambre devenaient flous, ses membres s'alourdissaient, comme engourdis, et ses pensées se faisaient indolentes, comme sous l'effet du soleil par une chaude journée d'été.

« Quand tu étais petit, dit-elle.

— Oui ? » Perry s'assit à côté d'elle et lui prit la main.

« Cette année-là, poursuivit-elle. Quand ces gosses te harcelaient. »

Il sourit. « Au temps où j'étais bouboule et binoclard.

— C'était dur, n'est-ce pas ? Tu en ris, mais ça a été une année horrible pour toi. »

Il serra sa main plus fort. « Oui. C'était dur. Très dur. »

Que voulait-elle lui dire ? Elle ne trouvait pas les mots. Difficile d'évoquer la colère rentrée d'un enfant de huit ans terrorisé, et l'idée que peut-être, ceci expliquait cela. Chaque fois que Perry se sentait offensé ou humilié, Celeste subissait la violence et la rage refoulées d'un petit garçon raillé pour ses kilos en trop. À ceci près qu'il était devenu un adulte de plus d'un mètre quatre-vingts.

« C'est Saxon qui t'a aidé finalement, n'est-ce pas ? » La torpeur rattrapait aussi son élocution. Elle l'entendait.

« Il a pris le meneur dans un coin et lui a pété la dent de devant, dit Perry en ricanant. On ne m'a plus jamais embêté.

— Exact. » Saxon Banks. Le héros de Perry. Le bourreau de Jane. Le père de Ziggy.

Depuis la réunion du club de lecture, Celeste avait gardé Saxon dans un coin de sa tête. Elle avait quelque chose en commun avec Jane. Toutes deux avaient été blessées par ces beaux cousins, prospères et cruels. Celeste se sentait responsable de ce que Saxon avait fait à son amie, si jeune, si vulnérable. Elle aurait voulu être là pour la protéger. Elle avait de l'expérience, pouvait frapper et griffer si nécessaire.

Il y avait un lien, quelque chose qu'elle essayait en vain de définir. Une pensée fugitive, insaisissable, qui restait floue dans sa vision périphérique. Ça la titillait depuis un moment.

C'était quoi, l'excuse de Saxon ? Pour ce que Celeste en savait, il n'avait jamais été harcelé à l'école. Fallait-il en conclure que l'attitude de Perry n'avait aucun rapport avec cette année sombre de son enfance ? Les deux cousins auraient hérité du même trait de caractère ?

« Mais tu n'es pas aussi mauvais que lui », marmonna-t-elle. N'était-ce pas là le point essentiel ? Le seul ? Oui. C'était la clé. La clé de tout.

« Quoi ? fit Perry, perplexe.

— Tu ne ferais pas une chose pareille.

— Je ne ferais pas quoi ?

— J'ai sommeil.

— Je sais. Endors-toi maintenant, chérie. » Il remonta les draps jusqu'à son menton et dégagea ses cheveux de son visage. « Je ne tarde pas. »

882

Tandis qu'elle s'abandonnait dans les bras de Morphée, elle crut l'entendre chuchoter à son oreille « Je suis désolé », mais peut-être rêvait-elle déjà.

60

« Je ne peux pas le fermer, bon sang, dit Nathan. Qu'est-ce que tu crois ? Si j'avais pu le faire, je l'aurais fait, avant même de t'appeler, non ? C'est un site public hébergé sur un serveur externe. Il ne suffit pas d'appuyer sur un bouton. Il me faut ses informations de connexion. Son mot de passe.

— Le petit âne gris ! s'écria Madeline. C'est son mot de passe. Elle utilise le même pour tout. Va fermer ce satané site maintenant ! »

Elle avait toujours eu connaissance des codes d'accès aux divers comptes de médias sociaux d'Abigail. Elles avaient passé un accord : Madeline devait pouvoir y jeter un œil à tout moment, ce qui l'autorisait également à entrer sans prévenir dans la chambre de sa fille, à pas de loup évidemment, pour regarder l'écran de son ordinateur par-dessus son épaule. Quand Abigail se rendait enfin compte de la présence de sa mère – ce qui prenait souvent un certain temps, car Madeline, telle une cambrio-leuse, avait un talent exceptionnel pour se déplacer sans un bruit – elle faisait un bond et piquait une crise, mais Madeline s'en moquait complètement. Pour être un bon parent aujourd'hui, espionner ses enfants s'imposait. Forte de cette conviction, Madeline savait que tout cela ne serait jamais arrivé si Abigail avait été chez elle, où était sa place.

« J'ai essayé "Le petit âne gris", répondit Nathan mollement. Ce n'est pas ça.

— Tu dois mal l'écrire, c'est tout en minuscules, sans espaces. C'est toujours…

— Je lui ai dit il y a tout juste quelques jours qu'elle ne devrait pas avoir le même mot de passe pour tous ses comptes. Elle a dû suivre mon conseil.

— Bien », dit Madeline froidement. Sa colère s'était figée en un colossal bloc de glace. « Chapeau. Bon conseil. Éducation au top.

— J'ai voulu la prévenir contre l'usurpation d'identité…

— On s'en fout ! Tais-toi, laisse-moi réfléchir. » Elle se tapota les lèvres. « Tu as un stylo sous la main ?

— Ben, oui, j'ai un stylo.

— Essaie Huckleberry.

— Huckleberry ? Pourquoi ?

— C'est comme ça qu'elle avait appelé son premier animal. Une petite chienne. On l'a gardée deux semaines. Elle a fini sous les roues d'une voiture. Abigail était dévastée. Pendant ce temps-là, toi, tu étais… attends, où étais-tu ? À Bali ? Au Vanuatu ? Va savoir. Arrête de poser des questions. Contente-toi d'écouter. »

Elle lista rapidement une vingtaine de mots de passe potentiels : groupes de musique, personnages de séries télévisées, auteurs et autres propositions au hasard comme « chocolat » et « je déteste ma mère ».

« Non, pas ça », dit Nathan.

Madeline l'ignora. Le désespoir la gagnait. Ce pouvait être n'importe quoi, n'importe quelle combinaison de lettres et de chiffres.

« Tu es certain qu'il n'y a pas d'autre façon de procéder ? demanda-t-elle.

— Je me disais que je pourrais tenter de rediriger le nom du domaine. Mais j'aurai quand même besoin de me connecter à son compte. Satané mot de passe. On ne fait plus rien sans aujourd'hui. J'imagine qu'un crack en informatique pourrait pirater le site, mais ça prendrait du temps. On finira par le fermer, mais bien sûr, le moyen le plus rapide, ce serait encore qu'Abigail le fasse elle-même.

— D'accord, dit Madeline en sortant ses clés de voiture de son sac à main. Je vais la chercher au lycée.

— Tu, je veux dire, *nous*, nous devons simplement lui demander de le fermer, reprit Nathan tout en essayant les différents mots de passe. Nous sommes ses parents. Il faut lui faire comprendre qu'il y aura, euh, des conséquences si elle ne nous obéit pas. »

Des *conséquences*. Quoi de plus hilarant que d'entendre Nathan jouer les champions de l'éducation moderne ?

« Oui, et ça va être un jeu d'enfant, rétorqua Madeline. Je te rappelle qu'elle a quatorze ans, qu'elle croit qu'elle est en train de sauver le monde et qu'elle est têtue comme une mule.

— Nous la priverons de sortie ! » s'enthousiasma Nathan. Monsieur venait manifestement de se souvenir de la méthode employée par les parents dans les séries télévisées.

« Bonne idée ! Comme ça elle pourra se placer en martyre.

— Mais enfin, bon sang, elle ne peut pas être sérieuse. Elle n'a pas vraiment l'intention d'aller jusqu'au bout. Coucher avec un étranger ? Je n'arrive pas… elle n'a encore jamais eu de petit ami, n'est-ce pas ?

— D'après ce que je sais, elle n'a encore jamais embrassé un garçon. » Mais, consciente de ce qu'Abigail répondrait à cela – *Ces petites filles non plus* – Madeline eut envie de pleurer.

Elle serra les clés dans sa main. « Je ferais mieux de me dépêcher. J'ai juste le temps de passer la prendre avant de récupérer les petits. »

Elle se souvint alors que Perry lui avait demandé de s'occuper des jumeaux car Celeste était malade. Sa paupière gauche se contracta compulsivement.

« Madeline, ne lui crie pas dessus, OK ? Parce que…

— Tu plaisantes ? Bien sûr que je vais lui crier dessus ! Elle vend sa virginité sur Internet ! »

61

Après avoir fini les pancakes de Tom, Jane emmena Ziggy à l'école.

« Tu vas dire à Max d'arrêter d'embêter Amabella ? demanda-t-il tandis qu'elle se garait.

— Un adulte va lui parler, répondit-elle en coupant le contact. Probablement pas moi. Miss Barnes, peut-être. »

Jane ne savait pas comment gérer la situation. Quel était le meilleur moyen ? Foncer directement dans le bureau de la directrice, là, tout de suite ? S'entretenir avec miss Barnes, qui serait plus encline à croire que Ziggy ne cherchait pas simplement à se dédouaner en accusant un autre enfant ? Ce serait préférable. D'autant que miss Barnes savait que Celeste et Jane s'étaient liées d'amitié. Elle comprendrait que les choses pouvaient s'avérer délicates.

Malheureusement, à l'heure qu'il était, l'institutrice faisait la classe. Jane ne pouvait pas lui demander de laisser les enfants. Elle n'avait d'autre choix que de lui envoyer un courriel pour lui demander de la rappeler.

En même temps, elle avait besoin d'en parler *sur-le-champ*. Peut-être ferait-elle mieux d'aller voir Mrs Lipmann ?

Mais pourquoi tant d'empressement ? Amabella n'était pas en danger de mort. Apparemment, l'assistante maternelle ne la quittait pas des yeux. L'impatience de Jane reflétait un désir purement égocentrique : celui de rapporter. *Ce n'était pas mon fils ! C'était le sien !*

Et la pauvre Celeste dans tout ça ? Jane ne devrait-elle pas, avant toute chose, lui passer un coup de téléphone ? La prévenir ? C'était sûrement ce que ferait une amie digne de ce nom. Il y avait quelque chose de moche, de sournois, à accuser son fils dans son dos. Elle supporterait mal que cette histoire affecte leur amitié.

« Allez, maman, fit Ziggy avec impatience. On descend ! Pourquoi tu regardes dans le vide comme ça ? »

Jane défit sa ceinture puis se tourna vers Ziggy, prêt à sortir. « Tu as bien fait de tout me dire à propos de Max, mon grand.

— Je t'ai rien dit du tout ! protesta Ziggy, l'air indigné, voire horrifié, en lâchant la poignée de la portière.

— Désolée, désolée ! Non, bien sûr, tu ne m'as rien dit. Absolument rien.

— Parce que j'ai promis à Amabella de jamais, jamais le dire à personne. » Ziggy se dressa contre le siège de Jane, le visage fou d'inquiétude à deux centimètres de celui de sa mère. Il avait encore du sirop collé aux babines.

« C'est vrai. Et tu as tenu ta promesse. » Jane se lécha le doigt pour lui nettoyer la bouche.

« J'ai tenu ma promesse, confirma Ziggy en esquivant son doigt. Je suis fort pour ça.

— Bon, tu te souviens, à la matinée d'intégration, quand Amabella a dit que c'était toi qui l'avais étranglée ? Pourquoi est-ce qu'elle a fait ça ?

— Max a dit que si elle le dénonçait, il recommencerait quand les adultes ne regardent pas. Alors Amabella m'a montré du doigt. » Il haussa les épaules, visiblement lassé de la conversation. « Elle m'a demandé pardon. J'ai dit que c'était pas grave.

— Tu es un très gentil garçon, Ziggy. » Et tu n'as rien d'un psychopathe ! pensa Jane. Le psychopathe, c'est Max !

« Je sais.

— Et je t'aime.

— On peut y aller, maintenant ?

— Absolument. »

Ziggy descendit l'allée qui menait au portail en sautillant, son cartable rebondissant sur ses épaules, tel un bienheureux.

À quelques mètres derrière lui, Jane se prit à sourire. Son fils ne se faisait pas tarabuster par un autre enfant. S'il était anxieux, c'était parce qu'il avait courageusement, bêtement, gardé un secret. Même lorsque Mrs Lipmann l'avait interrogé, il n'avait pas craqué. Il avait tenu bon. Pour Amabella. Brave petit soldat. Ziggy, une brute ? Pas le moins du monde. C'était un héros.

Cela dit, il n'était pas très futé : s'imaginer que dénoncer à l'écrit, ce n'était pas rapporter ! Mais il n'avait que cinq ans. Et il cherchait désespérément une porte de sortie.

Ziggy ramassa un bâton sur le trottoir puis l'agita au-dessus de sa tête.

« Pose ce bâton, Ziggy ! » s'écria Jane.

Il s'exécuta puis, à droite toute, longea la maison de Mrs Ponder.

Jane poussa le bâton hors de l'allée d'un coup de pied avant de le suivre. Qu'avait pu dire Max pour qu'une fillette aussi intelligente qu'Amabella en vienne à penser qu'il valait mieux se taire ? L'avait-il réellement menacée de la *faire mouru* ? Amabella avait-elle sincèrement cru qu'il en était capable ?

Jane réfléchit à ce qu'elle savait de Max. En dehors de sa tache de naissance, elle n'arrivait pas à le différencier de son jumeau. Elle s'était dit qu'ils avaient aussi la même personnalité.

Elle voyait Max et Josh comme d'adorables chiots turbulents. Avec leur énergie sans fin et leur grand sourire effronté, ils lui avaient donné l'impression d'être tellement simples, le genre d'enfants qu'il fallait nourrir, baigner, faire courir – physiquement éreintants en somme. Tout le contraire de Ziggy, si souvent songeur, impassible et énigmatique que l'élever s'avérait parfois mentalement très éprouvant.

Comment Celeste réagirait-elle en apprenant ce que Max avait fait ? Jane n'en avait aucune idée. Elle imaginait parfaitement la réaction de Madeline (sonore et excessive) mais elle n'avait jamais vu Celeste vraiment en colère contre ses fils. Bien sûr, elle s'énervait, s'impatientait, mais elle ne criait jamais. Elle semblait si souvent nerveuse et préoccupée, s'étonnant comme au premier jour de l'existence de ses enfants lorsqu'ils accouraient vers elle sans prévenir.

« Bonjour, bonjour ! On a eu une panne de réveil, ce matin ? demanda Mrs Ponder qui arrosait les plantes dans son jardin.

— Nous avions un rendez-vous, répondit Jane en souriant.

— Alors, dites-moi, mon petit, vous vous déguisez en Audrey ou en Elvis demain soir ? » Mrs Ponder lui décocha un sourire malicieux plein d'entrain.

Jane ne comprit pas tout de suite de quoi elle parlait. « Audrey ou Elvis ? Oh, la soirée quiz ! » La soirée lui était complètement sortie de la tête. Madeline avait réservé une table pour leur petit groupe mais c'était avant les récents événements : la pétition, l'« agression » du bac à sable. « Je ne suis pas certaine de…

— Oh, mais je vous taquinais, mon petit ! Je me doute bien que vous irez en Audrey. Vous avez tout à fait la silhouette qu'il faut. Au fait, vous seriez ravissante avec une de ces coupes courtes. Comment ça s'appelle, déjà ? À la garçonne !

— Oh, fit Jane en passant la main sur sa queue-de-cheval. Merci.

— À propos, mon petit, poursuivit Mrs Ponder sur le ton de la confidence, Ziggy a l'air de pas mal se gratter. »

La vieille dame prononça « Ziggy » comme si c'était un surnom hilarant.

Jane regarda son fils. Il se grattait vigoureusement la tête tout en s'accroupissant pour examiner quelque chose dans l'herbe.

« En effet, dit Jane poliment. Et alors ?

— Vous avez vérifié ?

— Vérifié quoi ? demanda Jane, consciente qu'elle n'était peut-être pas très vive aujourd'hui.

— S'il a des petits habitants. Vous savez, des poux.

— Oh ! fit Jane en plaquant la main sur sa bouche. Non ! Vous croyez que… oh, non ! Je ne… Quelle horreur ! Oh ! »

Mrs Ponder se mit à glousser. « Vous n'en avez jamais eu, petite ? Ça existait déjà, de votre temps !

— Non ! Je me souviens qu'une fois, il y a eu une épidémie dans mon école, mais j'ai dû y échapper. Je déteste les bestioles. » Elle frémit. « Oh, mon Dieu !

— Eh bien moi, je les connais par cœur, ces chères bébêtes ! Pendant la guerre, nous autres infirmières, on en a toutes attrapé. Ce n'est pas du tout une question de propreté ou d'hygiène, si ça peut vous rassurer. Simplement, c'est très pénible. Ziggy, viens là, mon grand ! »

Ziggy approcha tranquillement. Mrs Ponder cassa une petite branche de rosier dont elle se servit de peigne. « Lentes et poux ! » s'exclama-t-elle d'un air satisfait pile au moment où Thea passait en courant avec une boîte à repas. « Il en est farci. »

THEA : Harriette avait oublié sa boîte à repas. Je repasse à l'école en trombe pour la lui déposer – j'avais mille choses à faire ce jour-là – et qu'est-ce que j'entends en passant le portail ? Que Ziggy est farci de poux ! Si, elle l'a ramené chez elle, mais sans Mrs Ponder, elle l'aurait laissé à l'école. Et puis, pourquoi a-t-il fallu qu'elle demande à une vieille dame de vérifier si son gamin avait des poux, d'abord ?

62

« Puisque tu le dis, fit Abigail.

— Ah, non. Tu crois vraiment que la situation se prête à ce genre de réponse ? Quand cesseras-tu d'être aussi puérile, Abigail ? C'est très sérieux. »

Madeline serrait le volant tellement fort qu'elle avait les mains moites.

Aussi incroyable que cela puisse paraître, elle n'avait pas élevé la voix. Pas encore. Elle s'était rendue au lycée et avait prétexté une « urgence familiale » pour ramener Abigail à la maison. Manifestement, le lycée n'avait toujours pas découvert le site de la demoiselle. « Abigail s'en sort très bien, avait dit sa professeur principale, tout sourire. Elle est très créative.

— Vous ne croyez pas si bien dire », avait répondu Madeline en ravalant le rire hystérique qui lui brûlait les lèvres.

En montant dans la voiture, elle avait fait un effort surhumain pour tenir sa langue. Pour ne pas hurler : « Qu'est-ce qui t'est passé par la tête ? » Elle avait attendu que sa fille parle en premier. (Stratégiquement, ça semblait primordial.) Les yeux rivés sur le tableau de bord, Abigail avait fini par demander, sur un ton méfiant : « C'est quoi, cette urgence familiale ? » Et Madeline de répondre, très calmement – Ed n'aurait pas fait mieux : « Eh bien, vois-tu, Abigail, il y a des gens qui parlent d'avoir des relations sexuelles avec ma fille de quatorze ans sur Internet. » Abigail avait tressailli et murmuré : « Je le savais. »

Madeline avait vu dans la réaction d'Abigail un bon présage. Sa fille devait déjà regretter ce qu'elle avait fait. La situation lui avait échappé. Elle cherchait une porte de sortie, n'attendait qu'une chose : que ses parents lui ordonnent de fermer son site.

« Chérie, je comprends très bien ce que tu as cherché à faire. Une campagne de publicité avec une "accroche". C'est génial. Intelligent. Mais pour le coup, ton accroche est trop racoleuse. Tu n'atteins pas le but que tu t'es fixé. Les gens qui visitent ton site ne s'intéressent pas à la violation des droits de l'homme. La seule chose qu'ils voient, c'est qu'une jeune fille de quatorze ans vend sa virginité aux enchères.

— Ça m'est égal. Je veux récolter des fonds. Réveiller les consciences. Agir. Je ne veux pas me contenter de dire que c'est affreux et rester les bras croisés.

— Oui, mais là, tu attires surtout l'attention sur toi ! "Abigail Mackenzie, l'adolescente qui a essayé de vendre sa virginité aux enchères." Voilà ce qui restera sur la Toile. Une empreinte indélébile à la disposition de tous tes futurs employeurs qui se moqueront pas mal de savoir que ta démarche était caritative. »

Ce à quoi Abigail avait bêtement répondu « Puisque tu le dis ».

Comme si ce n'était qu'une question d'opinion.

« Alors, dis-moi, Abigail. Tu prévois d'aller *jusqu'au bout* ? Tu as bien conscience que tu n'as pas atteint la majorité sexuelle, n'est-ce pas ? Tu as quatorze ans. Tu es trop jeune pour avoir des rapports sexuels. » La voix de Madeline tremblotait.

« *Idem* pour ces petites filles, maman ! »

Voilà ce que Madeline s'était efforcée d'expliquer à Bonnie ce matin : Abigail se laissait déborder par son imagination, son empathie. Dans son esprit, ces fillettes étaient on ne peut plus réelles, et bien sûr, il n'était pas question de nier leur existence, ni même de faire comme si tout allait pour le mieux dans le meilleur des mondes. En ce moment même, des êtres humains enduraient d'inimaginables souffrances auxquelles on ne pouvait pas rester complètement hermétique. Cela dit, il fallait savoir se protéger. Sinon, comment pouvait-on vivre sa vie quand par le plus grand des hasards, on était né au paradis ? Il fallait avoir conscience de l'existence du mal, faire le peu qu'on pouvait puis fermer son esprit et songer à la nouvelle paire de chaussures qu'on allait s'acheter.

« Alors nous allons agir, dit Madeline. Travailler ensemble à un genre de campagne de sensibilisation. On demandera à Ed de nous aider. Il connaît des journalistes...

— Non, répondit Abigail catégoriquement. Tu dis ça, mais ensuite tu ne feras rien de concret ; tu t'agiteras et ensuite tu zapperas.

— Je te promets... » Madeline s'interrompit. Elle savait qu'il y avait du vrai dans les propos de sa fille.

« Non, répéta Abigail.

— En fait, ce n'est pas négociable. Tu es encore une enfant. Je ferai appel à la police s'il le faut. Ce site ne restera pas en ligne, Abigail.

— Eh bien, ne compte pas sur moi pour le fermer ni pour donner mon mot de passe à papa, même sous la torture.

— Oh, pour l'amour du ciel, ne sois pas si ridicule. Tu parles comme une gamine de cinq ans maintenant. » À peine avait-elle prononcé ces mots qu'elle les regrettait déjà.

Elle entra dans la zone de dépose-minute de l'école primaire. Devant elle, la BMW noire rutilante de Renata. Impossible de dire qui était au volant à cause des vitres teintées – sans doute cette saleté de nounou. Madeline se demanda quelle tête Renata ferait si elle apprenait qu'Abigail vendait sa virginité aux enchères. Elle aurait sûrement de la compassion. Ce n'était pas une mauvaise femme. Mais elle ressentirait aussi une pointe de satisfaction, tout comme Madeline lorsqu'elle avait entendu parler de la liaison.

Madeline avait beau s'enorgueillir de se moquer de ce que les autres pensaient, elle n'aimait pas l'idée que Renata ait une piètre opinion de sa fille.

« Donc tu comptes aller jusqu'au bout ? Tu vas coucher avec un étranger ? » Madeline, qui roulait au pas, fit signe à Chloe mais la gamine, tout entière au récit animé qu'elle livrait à une Lily pas franchement passionnée, ne la vit pas. Chloe avait la jupe relevée à cause de son sac à dos si bien que toute la file de voitures pouvait voir sa culotte Minnie. En temps normal, Madeline aurait trouvé ça mignon et drôle, mais sur le moment, ça lui sembla sinistre et déplacé. Faites qu'une maîtresse s'en rende compte, se dit-elle.

« C'est mieux que de coucher avec un gars de terminale en étant soûls tous les deux », rétorqua Abigail en regardant par la fenêtre.

Madeline vit une institutrice séparer les jumeaux de Celeste, rouges de colère. Tout à coup, elle se souvint qu'elle devait les récupérer. Elle avait failli oublier, tellement elle était distraite.

La file n'avançait pas. En cause, le parent de la première voiture, en grande conversation avec un enseignant, ce qui, d'après le règlement de la zone dépose-minute, était expressément interdit. Sans doute une serre-tête. Les règles s'appliquaient à tous, sauf à elles, évidemment.

« Mais, bon sang, Abigail, tu penses à ce que ça implique dans les faits ? Sur le plan logistique ? Comment ça va se passer ? Où ? Vous allez vous retrouver à l'hôtel ? Tu vas me demander de t'y emmener ? "Hé, maman, je vais perdre ma virginité aujourd'hui, il faudrait passer à la pharmacie pour acheter des préservatifs." »

Elle regarda Abigail. La tête basse, une main sur les yeux, elle avait les lèvres qui tremblaient. Bien sûr, elle n'avait pas pensé à tout ça. Elle n'avait que quatorze ans.

« Et tu as réfléchi à ce que ça voulait dire, de coucher avec un inconnu ? D'avoir les mains d'un type horrible sur ton corps ? »

Abigail se tourna vers elle. « Arrête, maman ! cria-t-elle.

— Tu vis dans le monde des Bisounours, Abigail. Si tu crois qu'un Apollon genre George Clooney va t'emmener dans sa villa et te faire tendrement l'amour avant de te signer un généreux chèque pour Amnesty International, tu te trompes. Ça va être abominable, douloureux…

— Pas plus que pour ces petites filles ! répondit Abigail, les joues ruisselant de larmes.

— Sauf que je ne suis pas leur mère ! » cria Madeline en rentrant dans la BMW de Renata.

HARPER : Écoutez, je ne veux pas être mauvaise langue, mais la veille de la soirée quiz, Madeline a fait exprès d'emboutir la voiture de Renata.

63

« Je compte sur vous pour ne pas diffuser l'info ! » glissa la fille de Mrs Ponder à l'oreille de Jane dans le salon empli du bruit assourdissant des sèche-cheveux. « Sinon, je vais avoir tout un défilé de bourgeoises qui vont me demander d'épouiller leurs précieux bambins. »

Au début, Mrs Ponder avait conseillé à Jane d'aller à la pharmacie pour acheter un traitement antipoux. « C'est facile. Il faut simplement passer le peigne et déloger ces petits suceurs de sang. » Puis, voyant la mine de Jane : « Vous savez quoi, je vais appeler Lucy pour voir si elle peut vous caser dans la journée. »

Lucy, la fille de Mrs Ponder, gérait *Hairway to Heaven*, le très prisé salon de coiffure de Pirriwee, situé entre la maison de la presse et la boucherie. Jane n'y était jamais allée mais apparemment, Lucy et son équipe coiffaient toutes les serre-tête de la péninsule.

Tandis que Lucy nouait une cape autour du cou de Ziggy, Jane jeta un œil discret dans le salon. Elle ne reconnut personne.

« J'en profite pour le rafraîchir ? demanda Lucy.
— Oui, merci, répondit Jane.

— Maman veut que je m'occupe aussi de vous. Elle a suggéré une coupe à la garçonne.

— Je ne me prends pas trop la tête avec mes cheveux, dit Jane en resserrant sa queue-de-cheval.

— Laissez-moi au moins vérifier que vous n'avez rien. Il faudra peut-être vous traiter. Les poux ne volent pas, mais ils sont balèzes en trapèze ! » Ziggy apprécia la rime.

« Oh, mon Dieu », fit Jane, aussitôt prise de démangeaisons.

Lucy l'observa attentivement. Elle plissa les yeux. « Vous avez déjà vu *Pile et face,* avec Gwyneth Paltrow ? Ce film où elle se fait couper les cheveux très court et ça lui va divinement bien ?

— Oui. Toutes les filles adorent cette scène !

— Imaginez les coiffeuses ! On en rêve toutes. » Son regard s'attarda sur le visage de Jane quelques secondes puis elle se tourna vers Ziggy. Les mains sur ses épaules, elle lui sourit dans le miroir. « Tu ne vas pas reconnaître ta maman une fois que j'en aurai fini avec elle ! »

SAMANTHA : Je n'ai pas reconnu Jane quand je l'ai vue à la soirée quiz. Elle avait cette nouvelle coupe de cheveux, incroyable, et elle portait un panta-court noir, une chemise blanche avec le col relevé et une paire de ballerines. Oh là là. Pauvre petite Jane. Elle avait l'air tellement heureuse au début de la soirée.

64

Celeste avait vraiment l'air malade, songea Madeline en faisant entrer les jumeaux dans leur maison. Elle portait un tee-shirt blanc pour homme et un pantalon de pyjama à carreaux. Son visage était d'une pâleur à faire peur.

« Mon Dieu, c'est un genre de virus, tu crois ? Ça t'est tombé dessus si vite ! Tu avais l'air en pleine forme ce matin à l'assemblée ! »

Celeste émit un étrange petit rire tout en passant la main sur l'arrière de son crâne. « Oui, c'est sorti de nulle part.

— Et si je prenais les garçons chez moi un moment ? Perry passera les récupérer en rentrant du bureau », proposa Madeline en jetant un œil sur sa voiture garée dans l'allée. Le phare qu'elle venait de casser et qu'il faudrait remplacer à grands frais la fixait d'un air réprobateur. Elle devrait aussi gérer Abigail, en larmes côté passager, et Chloe et Fred qui se chamaillaient. Pour couronner le tout, elle avait surpris celui-ci en train de se gratter la tête sans ménagement, signe affreusement familier qu'il était sans aucun doute infesté de poux. Alors, au point où elle en était...

« Non, non, c'est très gentil de ta part, mais ça va, répondit Celeste. Ils ont le droit de rester devant la télévision aussi longtemps que ça leur chante le vendredi après-midi. Ils feront comme si je n'étais pas là de toute façon. Merci mille fois de les avoir ramenés.

— Tu crois que tu seras d'attaque pour la soirée quiz de demain ?

— Oh, oui, je suis sûre que ça ira. Perry attend cette soirée avec impatience.

— Tant mieux. Bon, je ferais mieux d'y aller. J'ai embouti la voiture de Renata au dépose-minute.

— Non ! s'exclama Celeste en portant la main à son visage.

— Si. J'étais en train de me disputer avec Abigail parce que mademoiselle a décidé de vendre sa virginité aux enchères sur Internet pour lutter contre le mariage des enfants, lâcha Madeline qui avait un besoin urgent de se confier à quelqu'un.

— Elle *quoi* ?

— C'est pour une bonne cause, poursuivit Madeline d'un ton faussement nonchalant. Je n'y vois aucun inconvénient, tu t'en doutes.

— Oh, Madeline. » Celeste lui posa la main sur le bras.

« Tu devrais jeter un œil sur son site, dit Madeline, prête à fondre en larmes. L'adresse, c'est achètemavirginitépourluttercontrelemariage-denfants.com. Abigail refuse de le fermer malgré les commentaires épouvantables qui sont postés sur son compte. »

Celeste grimaça. « Au moins, elle ne se prostitue pas pour financer sa consommation de drogue.

— C'est le bon côté des choses.

— C'est un acte noble et symbolique pour elle, commenta Celeste d'un air songeur. Comme cette Américaine qui a traversé le détroit de Béring à la nage pendant la guerre froide.

— Mais de quoi tu parles ?

— C'était dans les années quatre-vingt, j'étais encore à l'école à l'époque. Je me souviens d'avoir pensé que c'était stupide et complètement inutile de nager dans des eaux glaciales, mais apparemment, ça a eu un effet non négligeable.

— Donc tu penses que je devrais la laisser mettre son plan à exécution ? Ce virus te fait délirer ou quoi ? »

Celeste cligna des yeux. Elle semblait osciller un peu sur ses jambes. Elle posa une main sur le mur pour garder son équilibre. « Non. Bien sûr que non. » Elle sourit. « Je pense simplement que tu devrais être fière d'elle.

— Mmmm, fit Madeline. Eh bien moi, je pense que tu devrais aller t'allonger. » Elle lui fit la bise. « Tu as les joues froides. J'espère que tu vas vite te remettre. Et quand ce sera le cas, tu serais bien inspirée de t'assurer que les garçons n'ont pas de poux. »

65

Huit heures avant la soirée quiz

Il avait plu sans interruption toute la matinée. Au volant de sa voiture, Jane avait dû monter le volume de la radio à fond et faire fonctionner les essuie-glaces à grande vitesse.

Elle avait déposé Ziggy chez ses parents où il passerait la nuit pour qu'elle puisse participer à la soirée quiz, ce dont ils étaient convenus deux ou trois mois plus tôt, au moment où les invitations avaient été lancées. Madeline avait aussitôt manifesté un enthousiasme débordant à l'idée de concevoir les costumes et de réunir une tablée dotée de connaissances aussi larges que variées.

Elle tenait beaucoup à battre son ex-mari, connu pour être un joueur de haut niveau. (« Faut dire que Nathan a passé pas mal de temps dans les pubs. ») « Et bien sûr, ce serait chouette de battre aussi Renata ! Ou tout autre parent d'enfant précoce, parce que je suis certaine qu'ils pensent tous en secret qu'ils ont transmis leur propre génie à leurs rejetons. »

Madeline avait ajouté qu'elle-même était nulle en quiz et que son cher époux ne serait d'aucune aide pour tout ce qui avait eu lieu après 1989. « Mon boulot consistera à vous apporter à boire et à vous masser les épaules. »

Suite aux événements de la semaine passée, ô combien regrettables, Jane avait annoncé à ses parents qu'elle n'irait pas à la soirée. À quoi bon s'imposer une telle épreuve ? De plus, elle rendrait service à tout le monde en restant chez elle. Les mères qui avaient initié la pétition profiteraient de son absence pour rassembler davantage de signatures. Si elle participait, un malheureux parent risquait de lui soumettre la pétition en faveur de l'exclusion de son propre fils, une situation fort embarrassante.

Pourtant, ce matin, après une excellente nuit de sommeil, elle s'était réveillée étrangement optimiste. La pluie, peut-être.

Rien n'était résolu, mais ce n'était qu'une question de temps.

Miss Barnes avait répondu à son e-mail, lui donnant rendez-vous le lundi suivant avant la classe. La veille, en sortant de chez le coiffeur, Jane avait envoyé un texto à Celeste pour lui proposer de se retrouver autour d'un café, mais son amie avait décliné : elle était alitée. Jane hésitait encore à lui parler de Max avant lundi. (La pauvre, elle était malade. Elle n'avait pas besoin d'apprendre une mauvaise nouvelle.) Ce n'était peut-être pas nécessaire. Celeste était la gentillesse faite femme ; elle ne laisserait pas cette histoire affecter leur amitié. Tout irait bien. La pétition disparaîtrait discrètement. Certains parents iraient peut-être jusqu'à lui présenter leurs excuses quand l'information circulerait. (Elle se montrerait clémente.) Un tel scénario relevait du domaine du possible, non ? Elle ne voulait pas céder son titre de « mauvaise mère » à la pauvre Celeste mais les parents ne réagiraient pas de la même façon en apprenant que la terreur des bacs à sable n'était autre que Max. Il n'y aurait pas de pétition visant à l'exclure. On ne s'en prend pas aux gens riches et beaux. Ce serait pénible pour Celeste et Perry mais Max aurait toute l'aide dont il avait besoin. Ça se calmerait. Une tempête dans un verre d'eau.

Elle pourrait rester à Pirriwee, continuer à travailler au *Blue Blues* tout en sirotant le café de Tom.

Elle se savait sujette à ces accès d'optimisme effréné. Par exemple, lorsqu'elle décrochait le téléphone et qu'une voix inconnue lui disait

« Mademoiselle Chapman ? », sa première pensée était toujours saugrenue à souhait. « Si ça se trouve, j'ai gagné une voiture ! » (Quand bien même elle ne participait jamais au moindre jeu-concours.) Elle avait toujours bien aimé cet aspect de sa personnalité, cette petite excentricité, même si son optimisme insensé s'avérait systématiquement infondé.

« Je crois que je vais aller à la soirée quiz finalement, avait-elle annoncé à sa mère au téléphone.

— Tant mieux ! La tête haute, ma chérie ! »

(Di avait crié de joie quand Jane lui avait rapporté les révélations de Ziggy. « Je savais depuis le début que ce n'était pas lui ! » Mais son exubérance ne faisait que trahir les doutes qui avaient dû l'habiter secrètement.)

Les parents de Jane avaient prévu de passer l'après-midi sur un tout nouveau puzzle, à l'effigie de *Star Wars*, espérant enfin transmettre leur passion à Ziggy. Le lendemain matin, Dane emmènerait son neveu dans une salle d'escalade. Ils rentreraient dimanche après-midi.

« Prends du temps pour toi ! avait lancé sa mère. Relâche la pression. Tu le mérites. »

Jane voulait profiter de l'absence de Ziggy pour nettoyer sa chambre à fond – il avait le chic pour déranger à mesure qu'elle rangeait –, mettre le linge à jour, payer ses factures en ligne, mais en approchant du littoral, elle décida de s'arrêter au *Blue Blues*. Elle y trouverait confort et chaleur grâce au petit poêle à bois que Tom aurait allumé. Elle se rendit compte que le *Blue Blues* était devenu pour elle un second foyer.

Elle se gara sur un emplacement gratuit en bas de la côte non loin de la promenade. Il n'y avait aucun autre véhicule alentour. Les sportifs du samedi matin avaient dû annuler leur séance pour rester à l'abri. Jane jeta un œil sur le plancher, côté passager, où elle laissait généralement un parapluie. Pas cette fois. La pluie inondait son pare-brise. À croire que quelqu'un y versait des seaux d'eau. De l'intérieur de la voiture, ça ressemblait au Déluge. Celui qui glace, qui détrempe, qui coupe le souffle.

Elle se prit la tête entre les mains, pesant le pour et le contre. Au moins, elle n'avait plus ses longs cheveux qui mettraient un temps infini à sécher. Voilà qui expliquait également sa bonne humeur. Sa nouvelle coupe.

Elle baissa le rétroviseur pour regarder son visage.

« J'adore, avait-elle déclaré à la fille de Mrs Ponder la veille. J'adore carrément.

— Vous n'oublierez pas de dire que c'est moi qui vous ai fait cette coupe », avait répondu Lucy.

Les cheveux courts la changeaient incroyablement : ses pommettes étaient saillantes, ses yeux plus grands. Sa nouvelle couleur, plus foncée, flattait son teint.

Pour la première fois depuis cette horrible nuit d'hôtel, depuis que ces mots malveillants s'étaient insinués dans son cerveau, son reflet lui évoquait un plaisir simple. En fait, elle ne pouvait pas *détacher* les yeux du miroir, tournant la tête de droite à gauche, un sourire penaud sur les lèvres.

Elle rougissait presque de la dose de pur bonheur qu'elle éprouvait à quelque chose d'aussi superficiel. Mais peut-être était-ce naturel ? Normal, même ? Peut-être qu'il n'y avait rien de mal à aimer son apparence. Qu'elle n'avait pas besoin de pousser l'analyse plus loin, de penser à Saxon Banks, de réfléchir à l'obsession de la société pour la beauté, la jeunesse, la minceur, à ces photos de mannequins retouchées qui créaient des attentes irréalistes chez les femmes, de se répéter que la confiance en soi ne devrait pas reposer sur le physique, que ce qui comptait, c'était d'être belle à l'intérieur, et patati et patata. Assez ! Sa nouvelle coupe de cheveux lui allait à merveille et aujourd'hui, ça la rendait heureuse.

« Oh ! » s'était exclamée sa mère en la voyant sur le pas de la porte. La main plaquée sur la bouche, elle semblait à deux doigts de pleurer. « Tu n'aimes pas ? » avait demandé Jane en posant la main sur ses cheveux d'un air gauche, soudain prise de doutes. Et sa mère de rétorquer : « Jane, faut-il que tu sois idiote, tu es *splendide* ! »

La clé était toujours sur le contact. Démarrer. Rentrer à la maison. N'était-il pas ridicule de sortir sous cette pluie ?

Mais elle avait une irrésistible envie de se retrouver au *Blue Blues*, de s'imprégner de tout ce qui caractérisait les lieux : l'odeur, la chaleur, le café. Elle voulait aussi que Tom voie sa nouvelle coupe. Les homos ne manquaient pas ce genre de détails.

Elle respira un grand coup, ouvrit la portière et se lança au-dehors.

66

Celeste dormit tard. À son réveil, elle entendit la pluie et un filet de musique classique. Dans la maison, une odeur de bacon et d'œufs. Une seule explication : Perry se trouvait dans la cuisine avec les garçons, tous deux assis sur l'îlot central dans leurs pyjamas, les jambes ballantes, un sourire d'ange sur les lèvres. Max et Josh adoraient cuisiner avec leur père.

Un jour, elle avait lu un article sur l'idée que chaque relation a un « compte amour ». Se rendre agréable pour son conjoint revenait à y faire un versement. Une remarque négative équivalait à un retrait. Le truc, c'était de ne jamais être à découvert. Cogner la tête de sa femme contre un mur : retrait. Gros retrait. Se lever de bonne heure avec les enfants et préparer le petit déjeuner : dépôt.

Elle se redressa et se toucha l'arrière du crâne. Sensible mais supportable. Les processus de guérison et de l'oubli s'étaient remis en marche à une vitesse incroyable. Un cycle sans fin.

Ce soir, ils apparaîtraient à l'école sous les traits d'Audrey et d'Elvis. Perry avait commandé son costume sur Internet, chez un spécialiste du déguisement de qualité supérieure basé à Londres. Le genre de boutique où le prince Harry se fournirait probablement s'il devait aller à un bal masqué. Les autres sosies du King porteraient du polyester et des accessoires achetés chez Tout à deux dollars.

Dimanche, Perry s'envolerait pour Hawaï. Un voyage aux frais de la princesse, avait-il avoué. Quelques mois plus tôt, il lui avait demandé si elle souhaitait l'accompagner et, pendant un moment, elle l'avait sérieusement envisagé, comme si ça pouvait être une réponse à leur problème. Un séjour sous les tropiques ! Cocktails, soins de thalassothérapie. Loin du stress de la vie quotidienne. Ça ne pouvait pas mal tourner, n'est-ce pas ? (Oh que si. Un jour, il l'avait frappée dans un hôtel cinq étoiles parce qu'elle l'avait taquiné lorsqu'il avait mal prononcé le mot « hypnose ». Elle n'oublierait jamais l'expression d'horreur et de honte qui s'était peinte sur son visage quand il avait compris qu'il l'avait mal dit toute sa vie.)

Une fois son mari à Hawaï, elle emménagerait dans l'appartement de McMahons Point avec les garçons. Elle prendrait rendez-vous avec un avocat spécialisé en droit de la famille. Rien de plus facile : le monde juridique ne lui faisait pas peur et elle connaissait des tas de gens. Tout se passerait bien. Bon, évidemment, ce serait affreux, mais elle ne risquait rien. Il n'allait pas la *tuer*. Comment le type qui faisait cuire des œufs dans sa cuisine avec ses enfants pouvait-il se transformer en tueur ? Il fallait toujours qu'elle dramatise après une dispute.

Il y aurait une période terrible mais ensuite, tout s'arrangerait. Les garçons pourraient toujours préparer le petit déjeuner avec leur père quand ils passeraient le week-end avec lui.

Il ne la battrait plus jamais. Terminé.

« Maman, on t'a préparé le petit déjeuner ! » Les garçons entrèrent en courant et grimpèrent sur le lit à côté d'elle tels deux chatons impatients.

Perry apparut sur le seuil, un plateau en équilibre sur sa main à hauteur d'épaule, tel un serveur dans un restaurant gastronomique.

« Miam », fit Celeste.

67

« Je sais quoi faire, annonça Ed.

— Tu n'en sais rien du tout », rétorqua Madeline.

Assis à la table du salon, la mine sombre, ils écoutaient la pluie en mangeant les muffins de Jane. (Elle les donnait systématiquement à Madeline. C'était pénible, à la fin. À croire qu'elle s'était fixé pour mission d'élargir le tour de taille de Madeline.)

Abigail s'était réfugiée dans sa chambre. Allongée en position fœtale sur le canapé convertible qui remplaçait son magnifique lit à baldaquin, elle écoutait la musique au casque.

Le site n'était toujours pas fermé. La virginité d'Abigail restait disponible à la vente aux quatre coins du monde.

Madeline se sentait sale et exposée, comme si la planète braquait ses yeux sur ses fenêtres, comme si des inconnus avançaient à pas de loup dans son allée pour lorgner sa fille et se moquer d'elle.

La veille au soir, Nathan et Madeline avaient passé deux longues heures avec Abigail, à la supplier, la raisonner, l'amadouer, la réprimander. Pour finir, Nathan s'était mis à pleurer de frustration. Sa fille avait eu l'air choquée mais pas assez pour changer d'avis. Cette enfant était ridicule ! Donner ses codes ? Non. Fermer le site ? Hors de question. Si elle comptait aller jusqu'au bout ? Peut-être, peut-être pas, mais ce n'était pas la vraie question. Il fallait qu'ils arrêtent d'être obsédés par « l'aspect sexuel ».

Elle voulait sensibiliser les gens au problème, « ces petites filles n'ont pas d'autre porte-parole ».

Quel égocentrisme ! Comme si les organisations caritatives internationales restaient là à se tourner les pouces pendant que la jeune Abigail Mackenzie de la péninsule de Pirriwee agissait seule. Abigail avait déclaré qu'elle se moquait complètement des commentaires obscènes laissés sur son site. Ces gens n'étaient rien pour elle. Et puis, écrire des méchancetés sur Internet, ce n'était pas nouveau.

« Si tu songes à appeler la police, reprit Madeline, je ne crois pas que…

— On n'a qu'à contacter la branche australienne d'Amnesty International. Ils n'ont à mon avis aucune envie que leur nom soit associé à ce genre d'action. Si l'association qui défend les droits de ces enfants lui demande de fermer son site, elle le fera.

— Bonne idée, répondit Madeline. Ça pourrait vraiment marcher. »

Ils entendirent un drôle de fracas en provenance du couloir. Rester enfermés à la maison à cause de la pluie ne réussissait pas très bien à Chloe et Fred.

911

« Rends-la-moi ! hurla Chloe.

— Non ! » cria son frère.

Tous deux entrèrent dans le salon au trot, se disputant une feuille de papier brouillon.

« Non, ne me dites pas que vous vous battez pour cette feuille, dit Ed.

— Il veut pas partager ! cria Chloe. Partager, c'est aimer.

— Il faut savoir se contenter de ce qu'on a ! » répondit Fred.

D'ordinaire, Madeline aurait trouvé ça très drôle.

« C'est mon avion en papier, précisa Fred.

— C'est moi qui ai dessiné les passagers !

— Menteuse !

— Bon, vous allez pouvoir vous détendre. »

Madeline se retourna. Abigail était appuyée contre le chambranle de la porte.

« Qu'est-ce que tu as dit ? » demanda Madeline.

Abigail eut beau répéter, sa mère ne l'entendit pas plus à cause des hurlements que poussaient Fred et Chloe.

« Merde à la fin ! » Elle arracha la feuille des mains de Fred, la déchira en deux et donna la moitié à chacun. « Sortez d'ici, maintenant ! »

Les petits décampèrent.

« J'ai fermé le site, dit Abigail dans un soupir, comme si le monde ne lui inspirait que du dégoût.

— Ah bon ? Pour quelle raison ? » Madeline résista à l'envie de courir en rond les bras en l'air comme le faisait Fred lorsqu'il marquait un but.

Abigail lui tendit un e-mail qu'elle avait imprimé. « J'ai reçu ça. »

Ed et Madeline le lurent ensemble.

À : *Abigail Mackenzie*
De : *Larry Fitzgerald*
Objet : *Enchère*

Chère mademoiselle Mackenzie,

Je m'appelle Larry Fitzgerald et c'est un plaisir de faire votre connaissance. Vous ne devez pas communiquer avec beaucoup d'hommes de quatre-vingt-trois ans vivant à l'autre bout du monde, à Sioux Falls dans le Dakota du Sud pour être exact. Ma tendre épouse et moi-même avons visité l'Australie il y a de nombreuses années, en 1987, vous n'étiez pas née. Nous avons eu le privilège de visiter l'opéra de Sydney. (Je suis architecte, à la retraite depuis, et c'était un de mes rêves de découvrir ce bâtiment.) Les Australiens se sont montrés gentils et chaleureux. Malheureusement, ma jolie femme est décédée l'année dernière. Je pense à elle chaque jour qui passe. Mademoiselle Mackenzie, lorsque je suis tombé sur votre site, j'ai été ému par votre caractère passionné et votre volonté d'attirer l'attention sur le triste sort de ces enfants. Je ne souhaite pas acheter votre virginité. En revanche, j'aimerais faire une enchère. Voilà ce que je vous propose. Si vous clôturez l'enchère sans attendre, je ferai une donation de cent mille dollars à Amnesty International dans les plus brefs délais. (Je vous enverrai bien évidemment un reçu.) J'ai milité pour le respect des droits de l'homme pendant de nombreuses années et j'ai une profonde admiration pour ce que vous essayez d'accomplir, mais vous n'êtes qu'une enfant, vous aussi, et je ne peux, en conscience, vous laisser réaliser ce projet. En espérant que ma proposition trouvera une conclusion favorable,

Sincères salutations,
Larry Fitzgerald

Ed et Madeline se regardèrent, puis levèrent les yeux vers Abigail qui avait ouvert la porte du réfrigérateur.

« Je me suis dit qu'une donation de cent mille dollars, c'était pas mal, annonça-t-elle tout en regardant le contenu de diverses boîtes en plastique. Et qu'Amnesty International pourrait sûrement en faire quelque chose de bien.

— Je suis sûr que oui, répondit Ed d'un ton neutre.

— J'ai répondu et je lui ai dit que j'avais fermé le site. S'il n'envoie pas le reçu, je le remets en ligne.

— Oh, naturellement, murmura Ed. Il faut qu'il fasse ce qu'il a dit. »

Madeline sourit à Ed puis à Abigail. Difficile de ne pas voir que tout son être respirait le soulagement. Jusqu'à ses pieds qui dansaient la gigue devant le réfrigérateur. Abigail s'était mise dans une situation difficile et le merveilleux Larry Fitzgerald du Dakota du Sud lui avait offert une porte de sortie.

« Ce sont des spaghettis à la bolognaise ? demanda-t-elle en montrant un Tupperware. Je meurs de faim.

— Je croyais que tu étais végétalienne, maintenant, fit remarquer Madeline.

— Pas quand je suis ici, répondit Abigail en mettant la boîte au micro-ondes. C'est trop dur chez vous.

— Alors, dis-moi, c'était quoi, ton mot de passe ?

— Tu ne devineras jamais.

— Je sais. Avec ton père, on a tout essayé.

— Non. C'est ça, mon mot de passe. Tunedevinerasjamais.

— Futé.

— Merci », fit-elle tout sourire.

Ding ! Elle sortit le Tupperware du micro-ondes.

« Tu sais qu'il va y avoir, euh, des conséquences à tout ça, prévint Madeline. Quand ton père et moi, nous te demandons expressément quelque chose, tu ne peux pas simplement faire comme si tu n'avais rien entendu.

— Ouais, fit Abigail gaiement. Fais ce que tu as à faire, maman. »

Ed se racla la gorge mais Madeline lui fit non de la tête.

« Je peux manger ça devant la télé ?

— Bien sûr », répondit Madeline.

Abigail tourna les talons et s'éloigna presque en sautillant.

Ed s'appuya sur le dossier de sa chaise, les mains croisées derrière la tête. « On a évité la crise.

— Tout ça grâce à Mr Larry Fitzgerald. » Madeline prit l'e-mail imprimé. « On peut dire qu'on a de la chance, tu ne... »

Elle s'interrompit et se tapota les lèvres du bout des doigts. De la chance, vraiment ?

68

En arrivant devant le *Blue Blues,* Jane trouva un écriteau « Fermé ». Elle posa les mains sur la porte vitrée, complètement démunie. C'était bien la première fois qu'elle trouvait porte close ici.

Elle venait de se faire tremper – et jusqu'aux os – pour rien.

Laissant retomber ses bras, elle jura. Bon, ben, elle n'avait plus qu'à rentrer chez elle pour prendre une douche.

Elle tourna les talons.

« Jane ! »

La porte s'ouvrit.

En tee-shirt blanc à manches longues et en jean, Tom était au sec. Il dégageait une sensation de chaleur délicieuse. (Elle associait systématiquement Tom à du bon café et de la bonne cuisine ; elle salivait rien qu'à le voir.)

« Tu es fermé, dit Jane d'un air malheureux. Tu n'es jamais fermé. »

Posant la main sur son bras, Tom la fit entrer. « Pour toi, je suis ouvert. »

Jane baissa les yeux. Ses chaussures étaient trempées. À chacun de ses pas, elle faisait « splotch, splotch ». L'eau ruisselait sur son visage comme des larmes.

« Je suis désolée. Je n'avais pas de parapluie et je me suis dit que si je courais vraiment vite…

— Ne t'en fais pas. Ça arrive tout le temps. Les gens bravent les éléments pour mon café ! On va passer derrière, je vais te trouver des vêtements

916

secs. Avec ce temps, je me suis dit autant fermer et regarder la télé. Je n'ai pas eu un seul client depuis des heures. Où est ton p'tit gars ?

— Mes parents le gardent pour que je puisse aller à la soirée quiz. Ça va être la java.

— Sûrement. Les parents de l'école ne sont pas les derniers quand il s'agit de picoler ! J'y vais aussi, tu savais ? Madeline m'a enrôlé dans votre équipe. »

Laissant sur le plancher ses empreintes mouillées, Jane suivit Tom jusqu'à la porte où figurait la mention « privé ». Elle savait qu'il vivait à l'arrière du café mais n'était encore jamais entrée chez lui.

« Oh oh ! s'exclama-t-elle tandis que Tom lui tenait la porte. Quelle aventure !

— Je ne te le fais pas dire ! Tu es une privilégiée ! »

Jane regarda autour d'elle. Le studio de Tom n'était autre qu'un prolongement du café – même parquet poli, mêmes murs irréguliers peints en blanc, mêmes étagères remplies de livres d'occasion – à ceci près qu'on y trouvait également une planche de surf et une guitare contre le mur, une pile de CD et une chaîne stéréo.

« J'y crois pas ! fit Jane.

— Quoi ? demanda Tom.

— Tu fais des puzzles », murmura-t-elle en désignant un puzzle à moitié rassemblé sur la table. Sur la boîte, une photo en noir et blanc de Paris pendant la guerre. Nombre de pièces : deux mille. Corsé, aurait dit Dane.

« On est dingues de puzzles dans ma famille. Obsédés, même.

— J'en ai toujours un en cours, dit Tom. Je trouve que ça incite à la méditation.

— Exactement.

— Tu sais quoi ? Je vais te trouver des fringues, te servir de la soupe au potiron et puis tu vas m'aider avec mon puzzle. »

Il sortit un pantalon de survêtement et un sweat-shirt à capuche d'un tiroir et lui indiqua la salle de bains. Jane laissa ses vêtements – jusqu'à ses dessous – dans le lavabo et enfila la tenue imprégnée de l'odeur de Tom et du *Blue Blues.*

« Je ressemble à Charlie Chaplin. » Jane réapparut, les manches trop longues, la taille du survêtement trop haute.

« Attends », fit Tom en lui retroussant soigneusement les manches. Jane se laissa faire comme une enfant. Un bonheur inexplicable l'envahit. Comme c'était bon d'être choyée !

Tom apporta deux bols de soupe au potiron, servie avec une volute de crème fermentée et une tartine de pain au levain beurrée.

« J'ai l'impression que tu es toujours en train de me nourrir, dit Jane.

— Tu en as besoin. Mange. »

Elle goûta la soupe douce et épicée.

« Je sais ce qui a changé ! s'exclama Tom tout à coup. Tu t'es fait couper les cheveux ! Ça te va super bien ! »

Jane se mit à rire. « Je me disais en venant tout à l'heure qu'un homo remarquerait tout de suite que j'avais changé de coiffure. » Elle plaça une pièce sur le puzzle, submergée par la sensation d'être en ces lieux comme à la maison. « Désolée, je sais que c'est un énorme cliché.

— Mmm.

— Quoi ? demanda Jane en le regardant. Regarde, ça va là. C'est l'angle du char d'assaut. Cette soupe est divine. Pourquoi tu ne la mets pas à la carte ?

— Je ne suis pas homo.

— Et moi, je suis la reine d'Angleterre ! répondit Jane gaiement à ce qu'elle prenait pour une blague.

— Je t'assure.

— Quoi ?

— Je fais des puzzles et des soupes à tomber par terre, d'accord, mais, je suis hétéro, vraiment.

— Oh ! Je suis navrée, dit Jane, le feu aux joues. Je croyais… non, je ne croyais pas, je *savais* ! Quelqu'un me l'a dit. Attends un peu… C'est Madeline qui m'en a parlé, il y a très longtemps. Mais je m'en souviens. Elle m'a raconté toute l'histoire à propos de ta rupture avec ton copain, que tu l'avais très mal vécue, que tu avais passé des heures à pleurer et à te réfugier dans le surf… »

Tom lui décocha un grand sourire. « L'autre Tom O'Brien. Elle parlait de l'autre.

— Le carrossier ? » Grand et baraqué, Tom le carrossier portait une épaisse barbe noire à la Ned Kelly. Jusqu'à présent, le fait qu'il avait le même patronyme que Tom le barman n'avait pas fait tilt dans l'esprit de Jane. Ils étaient si différents.

« Je comprends parfaitement, poursuivit Tom. Un barman gay, ça semble plus probable qu'un tôlier géant gay. Tom, soit dit en passant, a retrouvé l'amour, il est parfaitement heureux à présent.

— Ah. » Jane réfléchit un instant, puis : « Maintenant que j'y pense, ses factures avaient une odeur très agréable. »

Tom eut un petit rire.

« J'espère que je ne t'ai pas, euh, vexé. »

Jane se rappela soudain qu'elle avait laissé la porte de la salle de bains entrouverte lorsqu'elle s'était changée. Comme elle l'aurait fait avec une copine, histoire de pouvoir poursuivre leur conversation. Dire qu'elle était en tenue d'Ève... Et puis, elle lui avait toujours parlé si *librement*. Si elle avait su qu'il était hétéro, elle se serait davantage préservée, elle aurait lutté contre son attirance pour lui, au lieu de se dire que ça ne comptait pas sous prétexte qu'il préférait les hommes.

« Non, pas du tout », répondit-il.

Leurs regards se croisèrent. Le visage de Tom, qui après tous ces mois lui était si cher, si familier, lui parut tout à coup étrange. Il rougissait. Elle aussi d'ailleurs. Au creux de son estomac, une sensation vertigineuse, comme si elle se trouvait en haut des montagnes russes. Oh, calamité.

« Je crois que cette pièce va dans l'angle, là », dit Tom.

Jane emboîta ladite pièce à l'emplacement indiqué en espérant que le tremblement de ses doigts pouvait passer pour de la gaucherie.

« En effet », répondit-elle.

CAROL : Lors de la soirée quiz, j'ai remarqué que Jane avait une conversation très... comment dire... *intime* avec un papa. Leurs visages se frôlaient, et je suis presque sûre qu'il avait la main sur son genou. Ça m'a un peu choquée, pour être honnête.

GABRIELLE : Un papa ? Mais non ! Ce n'était que Tom. Le barman. Et il est gay !

69

Une demi-heure avant la soirée quiz

« Tu es trop belle, maman. »

Josh se tenait sur le seuil de la chambre parentale, les yeux remplis d'admiration. Vêtue d'une robe noire sans manches, de longs gants blancs et du collier de perles que Perry lui avait rapporté de Suisse, Celeste avait même réussi à se faire un chignon banane qu'elle avait agrémenté d'un peigne en strass vintage. Pas mal du tout. Madeline serait fière d'elle.

« Merci, mon grand », dit Celeste, si émue par le compliment qu'elle s'assit au bout du lit. « Viens me faire un câlin. »

Il s'élança vers elle et se blottit dans ses bras. Celeste veillait toujours à prendre tout le temps nécessaire quand Josh avait besoin de se faire dorloter car il avait toujours été moins demandeur que Max. Elle posa les lèvres sur sa tête. Elle avait pris d'autres analgésiques, peut-être inutilement, et se sentait détachée, embrumée.

« Maman ?

— Mmmm ?

— J'ai un secret à te dire.

— Mmmm. Je t'écoute. » Elle ferma les yeux et le serra plus fort.

« Sauf que j'ai pas envie.

— Rien ne t'y oblige, fit Celeste d'un ton rêveur.

— Mais ça me rend triste.

— Qu'est-ce qui te rend triste ? » Celeste se redressa et se força à être attentive.

« OK. Alors Max, tu sais, il embête plus Amabella. Mais hier il a encore poussé Skye dans les escaliers près de la bibliothèque, et je lui ai dit que c'était pas bien, que j'allais le dire, alors on s'est battus. »

Max a poussé Skye.

Skye. La petite fille toute fluette et anxieuse de Nathan et Bonnie. Max avait *encore* poussé Skye dans les escaliers. À la simple pensée que son fils brutalise cette enfant si fragile, Celeste se sentit nauséeuse.

« Mais pourquoi ? Pourquoi ferait-il une chose pareille ? » L'arrière de son crâne recommença à la lancer.

« Sais pas. Il le fait, c'est tout.

— Attends un instant. » Le téléphone portable de Celeste sonnait quelque part au rez-de-chaussée. Elle se toucha le front du bout des doigts. Elle avait les idées confuses. « Tu as bien dit : "Max n'embête plus Amabella" ? De quoi tu parles ? Qu'est-ce que tu veux dire ?

— Je réponds », cria Perry.

Josh s'impatienta. « Non, non, maman. Écoute-moi ! Il s'approche plus d'Amabella maintenant.

C'est *Skye*. Il est méchant avec Skye. Quand personne regarde, sauf moi.

— Maman ! » Max entra dans la chambre en courant, le visage irradiant de bonheur. « Je crois que j'ai une dent qui bouge ! » annonça-t-il en mettant un doigt dans la bouche. Il était si mignon. Si doux et innocent. Il avait toujours ses joues de bébé. Obnubilé par la petite souris, il voulait à tout prix perdre une dent.

Pour leurs trois ans, Josh avait demandé une pelleteuse, Max un poupon. Il l'avait bercé, lui avait chanté des berceuses sous l'œil amusé de ses parents. Celeste avait vraiment apprécié que l'attitude de Max, si peu masculine, ne dérange pas du tout Perry. Bien sûr, le petit avait vite délaissé les poupées au profit des sabres laser, mais il demeurait le plus tendre, le plus affectueux des deux.

Et voilà qu'à présent, il guettait les petites filles discrètes de la classe pour les agresser. Son fils était une brute. « Quel impact ces sévices ont-ils sur vos enfants ? » avait demandé Susi. Et Celeste de répondre : « Aucun. »

« Oh, Max, dit-elle.

— Touche ! J'invente pas ! Elle va tomber ! » Il leva les yeux vers son père qui entrait dans la pièce, le portable de Celeste dans la main. « T'es rigolo, comme ça, papa ! Hey, papa, regarde ma dent ! Regarde ! Regarde ! »

C'était à peine si on reconnaissait Perry avec sa perruque noire lustrée parfaitement ajustée, ses lunettes sport dorées et, bien sûr, l'emblématique combinaison blanche décorée de strass.

« Ouah ! Elle bouge pour de vrai cette fois ? Fais-moi voir ! »

Il posa le téléphone sur le lit puis, s'agenouillant devant Max, baissa ses lunettes sur son nez.

« J'ai un message pour toi, dit-il en jetant un œil sur Celeste. De la part de Mindy. Montre-moi, bonhomme.

— Mindy ? Je ne connais pas de Mindy. » Celeste pensait à Jane et à Ziggy, à la pétition qui aurait dû porter le nom de Max. Il fallait qu'elle en informe l'école. Ne devrait-elle pas appeler miss Barnes tout de suite ? Et Jane ?

« Ton syndic. »

Celeste sentit son estomac se nouer. Elle laissa Josh se dégager de son étreinte.

« Je parie que t'as même pas la dent qui bouge ! lança-t-il à son frère.

— Peut-être un peu », dit Perry en ébouriffant les cheveux de Max. Il remonta ses lunettes.

« Ils installent de nouveaux détecteurs de fumée dans ton appartement. Ils veulent savoir si tu peux leur ouvrir lundi matin. À neuf heures si ça te convient, suggérait Mindy. » Il souleva les jumeaux par la taille et les posa sur ses hanches où ils se calèrent comme deux petits singes joyeux. Perry regarda Celeste avec un grand sourire. Un sourire Ultra Bright digne du King. « Ça te convient, mon amour ? »

La sonnette retentit.

70

La soirée quiz

STU : À peine arrivé, on vous donnait un de ces cocktails pétillants roses dont les femmes raffolent.

SAMANTHA : Ils étaient *divins*. Le seul problème, c'est que les instits de CM2 ont mal dosé l'alcool. Du coup, boire un verre revenait à en boire trois. On parle des gens qui enseignent les maths à nos gosses, au passage.

GABRIELLE : Je mourais de faim parce que j'avais réservé mon quota de calories pour la soirée. J'ai bu la moitié d'un cocktail et… youhou !

JACKIE : J'ai souvent des soirées d'entreprise où ça boit pas mal, surtout les jeunes loups aux dents longues, mais laissez-moi vous dire une bonne chose, avant cette soirée quiz, je n'avais jamais vu un groupe d'adultes se mettre dans un état pareil en si peu de temps.

THEA : Le traiteur est arrivé en retard, les gens avaient faim et ils buvaient ces boissons très alcoolisées. Je me souviens de m'être dit, ma foi, tous les ingrédients sont réunis pour conduire à un *désastre*.

MISS BARNES : Un enseignant qui se soûle à une soirée organisée par l'école, ce n'est pas du meilleur effet. Je me contente toujours d'un seul verre. Mais ce cocktail ! C'était… franchement, je ne suis même pas sûre que je savais ce que je racontais.

MRS LIPMANN : Nous sommes en train de réviser la réglementation relative à la consommation d'alcool lors des soirées qui se tiennent à l'école.

« Un cocktail ? » proposa une version blonde d'Audrey Hepburn, un plateau à la main.

Jane prit la boisson rose qu'on lui offrait et regarda autour d'elle. Les serre-tête avaient dû se réunir au grand complet pour convenir d'une tenue commune, à savoir petite robe noire agrémentée d'un collier de perles et cheveux relevés. La fille de Mrs Ponder leur avait peut-être fait un prix de groupe.

« Vous êtes nouvelle à l'école ? Votre visage ne m'est pas familier.

— J'ai un enfant à la maternelle, répondit Jane. Je suis là depuis le début de l'année. Punaise, qu'est-ce que c'est bon, ce cocktail !

— Oui, concocté tout spécialement par les institutrices de CM2. Elles l'ont baptisé "Pas au travail" ou quelque chose comme ça. » Elle regarda Jane plus attentivement. « Oh, mais si ! Je vous connais ! Vous vous êtes fait couper les cheveux. C'est, euh, Jane, n'est-ce pas ? »

Eh oui. C'est moi. La mère de la petite brute. Sauf qu'en fait, ce n'est pas lui.

« Amusez-vous bien ! » poursuivit la blonde, impatiente de se débarrasser de Jane. Puis, avec un geste vague et dédaigneux : « Il y a un plan de table là-bas ! »

Jane s'enfonça dans la foule excitée et rieuse de parents déguisés qui avalaient des cocktails roses d'un seul trait. Elle chercha Tom du regard, certaine qu'il se joindrait volontiers à elle pour deviner les ingrédients de la délicieuse boisson.

Tom est hétéro. Elle n'y pensait plus et, tout à coup, l'idée rejaillissait dans son esprit tel un diable à ressort. Boïng ! Tom n'est pas gay ! Boïng ! Tom n'est pas gay !

Hilarant, merveilleux, terrifiant.

Elle tomba nez à nez avec Madeline, une apparition tout en rose – robe, sac à main, boisson.

« Jane ! » La robe en soie rose vif de Madeline était émaillée de diamants fantaisie verts ; autour de sa taille, un énorme nœud de satin rose. Presque toutes les autres femmes portaient du noir, mais Madeline, bien sûr, savait parfaitement comment se faire remarquer au milieu d'une foule.

« Tu es superbe, dit Jane. Tu as piqué son diadème à Chloe ? »

Madeline toucha sa parure rehaussée de pierreries roses en plastique. « Oui, elle me l'a loué à un prix exorbitant. Mais regarde-toi ! Tu es splendide ! » Elle la fit tourner sur elle-même lentement. « Tes cheveux ! Je ne savais pas que tu voulais les faire couper ! Ça te va comme un gant ! C'est Lucy Ponder qui s'est occupée de toi ? Et ta tenue ! Super mignon ! Et, mon Dieu, Jane, tu portes du rouge à lèvres ! Ça me fait tellement, tellement... » Elle déglutit, la gorge serrée par l'émotion. « ... plaisir que tu portes du rouge à lèvres !

— Tu as descendu combien de verres de ce joli cocktail rose, ma belle ? demanda Jane en buvant une longue gorgée.

— C'est mon deuxième. Je suis en plein syndrome prémenstruel, c'est affreux. Je crois que je pourrais tuer quelqu'un avant la fin de la soirée. Mais… tout est bien qui finit bien ! Abigail a fermé son site. Oh, mais tu n'es même pas au courant, n'est-ce pas ? Il s'est passé tellement de choses ! Que des trucs calamiteux, tu t'en doutes ! Hé, au fait, comment s'est passé le rendez-vous avec la… tu sais qui, hier ? »

— Le site d'Abigail ? De quoi tu parles ? » Jane tira longuement sur sa paille. Terminé. Le cocktail lui monta droit à la tête. Elle se sentait parfaitement, merveilleusement heureuse. « Le rendez-vous avec la psy s'est très bien passé. » Puis, baissant la voix : « Ziggy est innocent. Il n'a rien fait à Amabella.

— C'était évident.

— Je crois que j'ai déjà fini mon verre !

— Au goût, on croirait qu'il n'y a même pas d'alcool dedans ! C'est pétillant et rigolo. Le goût de l'enfance, d'un bel après-midi d'été, d'un premier baiser, d'un…

— Ziggy a des poux, interrompit Jane.

— Chloe et Fred aussi, répondit Madeline, d'un air sombre.

— Oh, et moi aussi, j'ai un tas de trucs à te raconter. Hier, au *Blue Blues*, le mari de Harper m'a joué un remake du *Parrain*. Il m'a dit que si je m'approchais encore de sa femme, il n'hésiterait pas à dégainer tout l'arsenal juridique contre moi. Monsieur est associé dans un cabinet d'avo-cats, apparemment.

— *Graeme* ? Tu parles, il est notaire !

— Tom les a jetés dehors.

— T'es sérieuse ? demanda Madeline, tout excitée.

— À mains nues ! »

Pivotant sur elle-même, Jane se retrouva face à face avec Tom. Vêtu d'un jean et d'une chemise à motif écossais et col boutonné, il avait lui aussi un verre de ce breuvage rose omniprésent.

« *Tom !* » s'extasia Jane. Un soldat de retour du front n'aurait pas été mieux accueilli. Dans son élan, elle s'approcha de lui jusqu'à frôler son bras et recula aussitôt.

« Vous êtes très en beauté, mesdames. » Mais il n'avait d'yeux que pour Jane.

« Tu n'as rien du King, en revanche, dit Madeline sur un ton réprobateur.

— Je ne me déguise pas, dit-il en tirant timide-ment sur sa chemise fraîchement repassée. Désolé. »

Les tee-shirts noirs qu'il portait au *Blue Blues* le flattaient davantage mais, l'imaginant torse nu, le fer à la main, dans son petit appartement, Jane fut assaillie par une vague de tendresse mêlée de désir.

« Hé, Jane, tu ne trouves pas qu'il y a un petit goût de menthe ?

— C'est ça ! Donc, ça se résume à de la purée de fraise, du champagne...

— Et de la vodka, non ? » Tom reprit une gor-gée. « Une sacrée dose de vodka, même.

— Tu crois ? » Jane fixait ses lèvres. Elle avait toujours trouvé Tom beau garçon mais sans s'expliquer ce qui l'attirait. Probablement ses lèvres. Belles, presque féminines. Quelle triste journée pour la communauté gay !

« Ah ah ! fit Madeline. *Ah ah !*

— Qu'est-ce qu'il y a ? demanda Tom.

— Salut, Tom, content de te voir, mon pote. » Ed s'approcha tranquillement de sa femme et lui passa le bras autour de la taille. Il portait un costume d'Elvis noir et or avec des manches amples et un col immense. L'effet global était on ne peut plus comique.

« Comment se fait-il que Tom soit dispensé de s'habiller comme un blaireau ? » Ed sourit à Jane. « Arrête de rire, Jane. Au fait, super look ! Tu as fait quelque chose à tes cheveux ? »

Madeline regardait bêtement Jane, puis Tom, puis Jane comme si elle assistait à un match de tennis.

« Tu as vu, chéri ? *Tooom* et *Jaaane.*

— Oui, répondit Ed. Je les vois. On vient de se saluer.

— Ça saute tellement aux yeux ! s'exclama-t-elle, les yeux pétillants, une main sur le cœur. Je n'arrive pas à croire que je n'ai jamais... »

Au grand soulagement de Jane, elle se tut, le regard braqué au-dessus de leurs épaules. « Visez un peu qui voilà. Le roi et la reine du bal. »

71

Dans la voiture, Perry ne desserra pas les lèvres. Celeste avait du mal à y croire, mais ils allaient quand même à la soirée quiz. Évidemment, ils n'annulaient jamais. Parfois, il fallait qu'elle change de tenue, d'autres fois, qu'elle ait une excuse toute prête mais quoi qu'il arrive, il fallait entrer en piste.

Perry avait déjà posté une photo d'eux déguisés sur Facebook. L'image même d'un couple jovial, amusant, qui ne se prend pas trop au sérieux et qui se soucie de son école et de sa communauté. Le parfait complément à d'autres clichés plus glamour – voyages à l'étranger et autres sorties culturelles onéreuses. Une soirée quiz, voilà qui collait parfaitement à leur style.

Celeste suivait le mouvement rapide des essuie-glaces, droit devant elle. Dans son esprit, la même alternance sans fin que sur le pare-brise : trouble, net, trouble, net, trouble, net.

Du coin de l'œil, elle regarda les mains de Perry, posées sur le volant. Des mains habiles, tendres, brutales. Qui était-il ? Juste un homme déguisé en Elvis Presley qui l'emmenait à une soirée quiz.

Un homme qui venait de découvrir que sa femme prenait ses dispositions pour le quitter. Un homme blessé. Un homme trahi. Un homme en colère. Néanmoins un homme.

Trouble. Net. Trouble. Net.

Quand Gwen était arrivée pour garder les garçons, Perry lui avait fait un véritable numéro de charme – il semblait vital qu'il se réconcilie avec lui-même. La baby-sitter lui avait d'abord opposé une certaine froideur, mais étant fan d'Elvis, elle s'était ensuite lancée dans un récit interminable sur sa participation en tant qu'hôtesse à la tournée de la fameuse Cadillac Gold du King en Australie. Perry avait dû l'interrompre gentiment, tel un gentleman qui vole sa cavalière à un autre homme pendant le bal.

La pluie se calma lorsqu'ils tournèrent dans la rue de l'école, encombrée de voitures en stationnement. Une place attendait pourtant Perry juste à côté du portail. À croire qu'il l'avait réservée. De toute façon, il trouvait toujours à se garer. Les feux passaient toujours au vert quand il arrivait. Le cours du dollar fluctuait toujours à son avantage. Voilà qui expliquait peut-être pourquoi il se mettait tellement en colère lorsque les choses ne fonctionnaient pas comme il voulait.

Il coupa le moteur.

Tous deux restèrent immobiles et silencieux. Une femme passa à côté de la voiture, abritée sous un parapluie d'enfant à pois. Sa longue robe l'obligeait à courir à petits pas. Celeste reconnut Gabrielle. La femme qui parlait tout le temps de son poids.

Celeste se tourna vers Perry.

« Max brutalise Amabella. La petite fille de Renata.

— Comment le sais-tu ? demanda Perry sans même la regarder.

— Josh me l'a dit. Juste avant de partir de la maison. Ziggy est accusé à tort depuis le début. »

Ziggy. Le fils de ton cousin.

« Ziggy. L'enfant qui risque d'être exclu à cause de cette pétition. » Celeste revit Perry lui taper la tête contre le mur. Elle ferma les yeux un bref instant, puis : « C'est le nom de Max qu'il devrait y avoir dessus. Pas celui de Ziggy. »

Perry se tourna vers elle. Sa perruque noire soulignait le bleu étincelant de ses yeux mais il avait l'air d'un étranger.

« Nous allons en parler avec les enseignants.

— *Je* vais leur en parler, rectifia Celeste. Tu ne seras pas là, tu te rappelles ?

— C'est vrai. Mais je discuterai avec Max demain, avant d'aller à l'aéroport.

— Pour lui dire quoi ?

— Je ne sais pas. »

Un gros bloc de douleur pesait sur la poitrine de Celeste. Une crise cardiaque ? Un accès de fureur ? Un cœur brisé ? Le poids de sa culpabilité ?

« Que ce n'est pas comme ça qu'on traite une femme ? » risqua Celeste, comme on saute d'une falaise. Pas un mot. Jamais. Pas de cette façon. C'était une règle sacrée. Pourquoi l'enfreindre ? Parce que face au King, la situation prenait des airs de mascarade ? Ou parce qu'elle n'avait jamais été aussi réelle, maintenant que l'appartement n'était plus un secret pour son mari ?

Les traits de Perry se craquelèrent. « Les garçons n'ont jamais…

— C'est *faux*, cria Celeste, incapable, après tout ce temps, de continuer à faire comme s'ils étaient seuls face à la vérité. La veille de leur anniversaire l'année dernière, Max s'était levé, il se tenait là, sur le seuil de la porte...

— Oui, oui.

— Et cette fois où, dans la cuisine, tu as, et j'ai... »

Il leva la main. « OK, OK. »

Elle se tut.

Puis, après un silence : « Alors tu as loué un appartement ?

— Oui.

— Tu pars quand ?

— La semaine prochaine. Je crois.

— Avec les garçons ? »

Susi lui avait pourtant dit d'avoir peur. D'avancer avec précaution. Scénarios. Plans. Échappatoires. Celeste y allait trop fort, mais pendant toutes ces années, elle avait joué la carte de la prudence et cela n'avait jamais fait la moindre différence, n'est-ce pas ?

« Bien sûr, avec les garçons. »

Il retint sa respiration comme sous le coup d'une douleur soudaine. Le visage enfoui dans les mains, il s'effondra sur le volant, le corps secoué de tremblements.

Celeste le regarda fixement sans comprendre ce qu'il faisait. Était-il souffrant ? En train de rire ? Son estomac se noua. Elle posa la main sur la poignée de la portière mais il leva la tête et se tourna vers elle.

Ses joues étaient sillonnées de larmes, sa perruque de travers. Il avait l'air d'un fou.

« Je vais me faire aider, dit-il. Je te le promets, je vais me faire aider.

— Je ne te crois pas », répondit-elle doucement. La pluie faiblissait. Des couples blottis sous des parapluies se pressaient dans la rue. Celeste les entendait crier et rire.

« Je te le promets », répéta Perry. Tout à coup, son regard s'alluma. « L'année dernière, le docteur Hunter m'a fait une lettre pour que je voie un psychiatre. » Dans sa voix, une note de triomphe.

« Tu lui as parlé de... nous ? » Leur généraliste était un vieillard doux et élégant.

« Je lui ai dit que je pensais souffrir d'anxiété. »

L'expression qui passa sur le visage de Celeste le mit sur la défensive. « Hunter nous connaît ! Je t'assure que j'avais l'intention de consulter un psychiatre. De tout lui raconter. C'est juste que je n'ai jamais trouvé le temps de le faire, et ensuite, je n'ai pas cessé de me dire que je pouvais m'en sortir tout seul. »

Celeste était bien placée pour savoir que l'esprit humain pouvait tourner vainement en rond. Aussi, les propos de son mari ne suscitèrent chez elle aucun mépris.

« Je crois que son courrier n'est plus valable. Mais je vais lui en demander un autre. C'est juste que je me mets tellement... quand je me mets en colère... je ne sais pas ce qui m'arrive. Un genre de folie s'empare de moi. Quelque chose que je n'arrive pas à arrêter... et je ne décide pas sciemment de, jamais... ça arrive, c'est tout, et chaque fois, je n'en reviens pas, et je me dis, plus jamais, je ne laisse-rai plus jamais ce truc se produire, et puis hier... Celeste, ce qui s'est passé hier, ça me rend malade. »

Les vitres de la voiture étaient couvertes de buée. D'un geste de la main, Celeste désembua la sienne pour regarder dehors. Perry semblait croire le plus sincèrement du monde que c'était la première fois qu'il tenait ce discours.

« On ne peut pas élever les garçons comme ça. »

La rue, emplie chaque matin des cris joyeux des enfants affublés de leur chapeau bleu, était sombre et humide.

Celeste s'émut à l'idée que sans la révélation de Josh concernant l'attitude de Max, elle n'aurait peut-être toujours pas pris la décision de partir. Elle se serait convaincue qu'elle avait dramatisé, que l'incident de la veille n'était pas si grave, que n'importe quel homme aurait été furieux d'être humilié comme elle avait humilié Perry devant Madeline et Ed.

Jusqu'à présent, ses fils avaient été sa seule raison de rester. Mais pour la première fois aujourd'hui, ils étaient sa raison de partir. Elle avait laissé la violence devenir quelque chose de normal dans leur vie. Ces cinq dernières années, Celeste elle-même avait développé une forme d'insensibilité à la violence, une forme d'acceptation de la violence qui l'autorisait à rendre les coups et parfois à frapper en premier. Elle griffait, giflait, mordait. Comme si c'était banal. Elle détestait ça mais elle le faisait malgré tout. Si elle restait, ses garçons hériteraient de cette violence.

Elle regarda Perry. « C'est terminé, lui dit-elle. Tu dois le savoir, c'est terminé. »

Il tressaillit. L'instant suivant, elle devina en l'observant qu'il se préparait à se battre. Élaborer une stratégie. Gagner. Perry n'était pas homme à perdre.

« Je vais annuler mon déplacement, annonça-t-il. Démissionner. Passer les six prochains mois à travailler sur nous, non, pas sur nous, sur *moi*. M'y consacrer entièrement... bordel de merde ! »

Il fit un bond en arrière. Suivant son regard, Celeste se retourna et crut défaillir. Derrière sa vitre, un visage déformé, telle une gargouille.

Perry baissa la glace. Le sourire jusqu'aux oreilles, Renata passa la tête à l'intérieur, retenant d'une main un châle vaporeux autour de ses épaules. À ses côtés, son mari la protégeait du crachin grâce à un immense parapluie noir.

« Désolée ! Je ne voulais pas vous faire peur ! Vous avez besoin qu'on vous abrite ? Vous êtes *fabuleux* ! »

72

On croirait assister à la montée des marches au festival de Cannes, pensa Madeline en voyant Perry et Celeste faire leur entrée dans la salle de réception. Il y avait quelque chose de factice dans leur façon de se tenir, de marcher, de sourire. Ils avaient choisi la même tenue que bon nombre d'invités, pourtant ils n'avaient pas l'air déguisés. Comme s'il s'agissait *vraiment* du King et d'Audrey Hepburn. Toutes les Holly Golightly de l'assistance portèrent une main à leur collier de perles bon marché. Tous les rockeurs en combinaison blanche rentrèrent leur ventre. Les verres se vidèrent.

« Ouah. Celeste est incroyablement belle. »

Madeline se tourna vers Bonnie, debout à côté d'elle.

À l'instar de Tom, elle n'était pas déguisée. Évidemment. Comme d'habitude, elle ne portait pas de maquillage. Ses vêtements lui donnaient l'air d'une SDF en goguette : haut à manches longues taillé dans un tissu fin aux couleurs passées qui dévoilait l'épaule sur laquelle reposaient ses cheveux tressés (rien n'agaçait davantage Madeline qui rêvait de tout remettre à sa place), jupe longue informe, vieux ceinturon en cuir, bijoux de bohémienne en veux-tu en voilà – enfin, si on pouvait parler de bijoux ! Les têtes de mort étaient du plus étrange effet.

Madeline imaginait très bien Abigail regarder tour à tour sa mère et sa belle-mère puis s'extasier sur la tenue de Bonnie, se déclarant prête à l'adopter. Ce qui en soi n'était pas un problème : aucune adolescente n'a envie de ressembler à sa mère. Mais pourquoi fallait-il que sa fille ne jure que par Bonnie ? Et pas par une célébrité déjantée ?

« Bonnie, comment vas-tu ? » dit Madeline.

Elle regarda Tom et Jane s'éloigner. Quelqu'un demanda à ce pauvre Tom un café au lait de soja, provoquant les rires de la foule alentour mais, n'ayant d'yeux que pour Jane, celui-ci ne sembla pas s'offusquer. Face à leur désir manifeste, Madeline avait eu le sentiment d'être témoin de quelque chose de beau, d'extraordinaire et de pourtant si courant, comme l'éclosion d'un oisillon. Mais à présent, elle faisait la conversation avec la femme de son ex-mari, et en dépit de l'engourdissement

lié à l'alcool, elle sentait son syndrome prémenstruel gronder.

« Qui s'occupe de Skye ce soir ? » Puis, portant
la main à son front : « Je suis navrée ! J'aurais
dû vous proposer de la faire dormir à la maison.
Abigail nous garde Chloe et Fred. Elle aurait pu
se charger aussi de la vôtre. Abigail et sa fratrie
au grand complet ! »

Bonnie esquissa un sourire méfiant. « Skye est
avec ma mère.

— Abigail aurait pu leur montrer comment on
fait un site Internet ! »

Le sourire de Bonnie disparut. « Madeline, je
voulais te dire à propos…

— Oh, Skye est avec ta mère ! Super ! Abigail
a des "rapports tellement particuliers" avec elle,
n'est-ce pas ? »

Madeline se comportait comme une garce. Une
garce moche et méchante. Il fallait absolument
qu'elle trouve quelqu'un qui écouterait toutes les
horreurs qui lui venaient à l'esprit sans pour autant
la juger ou songer à les répéter. Celeste ! Où était
Celeste ? Elle était douée pour ça. Bonnie vida son
verre d'un trait. Une serre-tête passa avec un plateau plein de cocktails roses. Madeline en prit deux
de plus : un pour elle, un pour Bonnie.

« Quand le jeu va-t-il commencer ? lui demanda-
t-elle. Tout le monde va bientôt être trop ivre pour
se concentrer. »

Sans surprise, la serre-tête prit un air soucieux.
« Je sais ! On est très en retard sur le programme.
On devrait avoir terminé les canapés à l'heure
qu'il est, mais le traiteur est coincé dans un

embouteillage monstre sur Pirriwee Road. » Elle souffla sur une mèche de cheveux qui tombait sur ses yeux. « Idem pour Brett Larson, censé animer la soirée.

— Ed peut le remplacer ! proposa Madeline allègrement. Il est génial comme animateur ! » Cherchant son mari des yeux, elle le vit aborder celui de Renata en lui donnant une tape dans le dos, tout sourire. *Hyper-judicieux, comme choix, mon amour ! Dois-je te rappeler que j'ai embouti la voiture de sa femme hier et qu'ensuite on a manqué de s'étriper en public ?* À tous les coups, Ed avait encore pris Geoff, amateur d'ornithologie, pour Gareth, passionné de golf.

« Merci Madeline, mais Brett a les questions avec lui. Il y travaille depuis des mois. Il a préparé une présentation interactive ou je ne sais quoi. Patience, donc ! Patience ! lança-t-elle en s'éloignant.

— Ces cocktails me montent à la tête », dit Bonnie.

Madeline n'écoutait que d'une oreille, trop occupée à observer Renata qui, après avoir salué Ed froidement, s'empressa de se tourner vers quelqu'un d'autre. Elle repensa alors aux révélations que Lorraine lui avait faites la veille. La liaison que Geoff entretenait avec la nounou lui était complètement sortie de la tête quand elle avait découvert l'existence du site d'Abigail. À présent, elle s'en voulait beaucoup d'avoir hurlé sur Renata quand celle-ci lui avait fait une scène à propos de son pare-chocs.

« Je bois très peu en ce moment, poursuivit Bonnie qui tanguait un peu sur ses jambes. Je ne tiens pas beaucoup l'alcool…

940

— Excuse-moi, Bonnie. Je vais récupérer mon cher et tendre. Il est en grande conversation avec un homme infidèle, je ne voudrais pas que ça lui donne des idées. »

Bonnie jeta un coup d'œil derrière elle, curieuse de savoir de qui elle parlait.

« Ne t'inquiète pas, reprit Madeline. Il ne s'agit pas de ton mari ! Nathan est totalement mono-game. Enfin, jusqu'à ce qu'il décide d'aller à l'autre bout du monde, abandonnant femme et enfant ! Oh, mais attends une minute, il est resté avec toi, après la naissance de ta fille ! Ce n'est que moi, qu'il a abandonnée ! »

Au diable, la gentillesse ! De toute façon, c'était surfait ! Le lendemain, Madeline regretterait chaque pique lancée à cette pauvre Bonnie mais là, tout de suite, être débarrassée de toutes ces foutues inhibitions la rendait euphorique. Laisser les mots sortir de sa bouche en toute liberté, c'était jubilatoire !

« Où se trouve mon délicieux ex-mari, à propos ? Je ne l'ai pas encore vu ce soir. Je suis tellement ravie à l'idée de tomber sur Nathan quand je vais à la soirée quiz de l'école ! »

Bonnie tripotait l'extrémité de sa tresse, les yeux légèrement dans le vague. « Nathan t'a quittée il y a quinze ans. » Dans sa voix, une rudesse que Madeline ne lui connaissait pas. Une aspérité sur une surface d'ordinaire si lisse. Intéressant ! Oh, oui, s'il te plaît, Bonnie, montre-moi la face cachée de ta personnalité !

« Il a très mal agi, reprit Bonnie. Il ne se le par-donnera jamais. Mais il serait peut-être temps que tu songes à le pardonner, Madeline. Les bénéfices du pardon sur la santé sont assez extraordinaires. »

Pfff ! fit Madeline *in petto*. À moins que… Se pouvait-il qu'elle ait lâché cette marque de mépris à voix haute ? L'espace d'un instant, elle avait espéré voir la vraie Bonnie, mais non ! Elle lui servait le même ramassis d'inepties que d'habitude.

Bonnie la regarda d'un air sérieux. « Moi-même j'ai connu des moments… »

Tout à coup, le petit groupe derrière Bonnie explosa de joie. Quelqu'un s'écria : « Je suis tellement contente pour toi ! » Une femme recula, bousculant Bonnie qui renversa son cocktail sur la robe rose de Madeline.

GABRIELLE : C'était un accident. Davina s'est jetée dans les bras de Rowena qui venait de lui annoncer une bonne nouvelle. À propos de son objectif de poids, je crois.

JACKIE : Rowena venait juste d'annoncer qu'elle s'était offert un Thermonix. Ou un Vitamix. Je n'en sais rien. J'ai une vie, moi, vous savez. Alors du coup, Davina l'a prise dans ses bras. Non, vous ne rêvez pas ! Elle l'a prise dans ses bras parce qu'elle venait de s'acheter un appareil électroménager.

MELISSA : Non, pas du tout, on parlait de la dernière épidémie de poux, et Rowena a demandé à Davina si elle avait vérifié sa propre chevelure,

942

après quoi un homme a dit qu'il en voyait sur sa tête. Elle a paniqué et a foncé dans Bonnie.

HARPER : Quoi ? Non ! Bonnie lui a jeté son verre à la figure. J'ai tout vu !

73

La soirée avait commencé depuis plus d'une heure sans que la moindre nourriture ne soit servie ni la moindre question posée. Jane avait une légère sensation de tangage, comme sur un bateau. Dans la salle, où l'on avait allumé le chauffage trop fort, il commençait à faire chaud. Les visages s'empourpraient. La pluie, qui avait repris de plus belle, s'abattait bruyamment sur le toit, obligeant tout le monde à parler plus fort. Les éclats de rire fusaient. Le bruit courut que quelqu'un avait commandé des pizzas. Des femmes prévoyantes commençaient à sortir des en-cas de leur sac à main.

Un grand costaud proposa de faire un don de cinq cents dollars à l'école en échange du paquet de chips au sel et au vinaigre de Samantha.

« Pas de problème », dit cette dernière, mais son mari, Stu, lui enleva le paquet des mains avant que le marché soit conclu. « Désolé, mon pote, mais nos gosses ont moins besoin de tableaux interactifs que moi de ces chips ! »

Et Ed de demander des comptes à Madeline :
« Pourquoi tu n'as pas de casse-croûte dans ton
sac ? Quel genre de femme j'ai épousé ?

— Le genre qui aime les pochettes », rétorqua-
t-elle en brandissant son minuscule sac pailleté.
Puis elle repoussa Bonnie, qui la suivait en tapotant
sa robe avec une poignée de serviettes en papier :
« Bon maintenant, Bonnie, tu arrêtes ! Ça va ! »

Deux mères et un père se disputaient avec passion au sujet des tests standardisés.

« Rien ne permet d'affirmer que…

— Ils laissent le programme de côté et ne
bossent que les compétences de ces foutus tests.
J'en suis *certain* ! »

Les serre-tête couraient de-ci de-là, leur téléphone portable collé à l'oreille. « Le traiteur arrive
dans cinq minutes ! » gronda l'une d'entre elles en
voyant Stu manger ses chips.

« Désolé. Vous en voulez une ? proposa-t-il en
lui tendant le paquet.

— Bon, d'accord. » Elle se servit et tourna les
talons.

« Quand je pense qu'elle se prend pour la reine
de l'organisation ! C'est la reine des culs serrés,
oui ! commenta Stu.

— Chut ! siffla Samantha.

— Les soirées quiz sont toujours aussi… euh… »
Tom ne trouvait visiblement pas le mot.

« Je ne sais pas », répondit Jane.

Ils se regardèrent avec malice. Ils se souriaient
beaucoup, ce soir. À croire qu'ils préparaient un
gag.

Mon Dieu, faites que je ne sois pas en train d'imaginer des trucs.

« Tom ! Un grand crème, s'il te plaît ! »

Tom jeta un regard impuissant à Jane tandis que quelqu'un l'entraînait dans une autre conversation.

« Jane ! Je vous cherchais ! Comment allez-vous ? » Juchée sur de très hauts talons, miss Barnes s'approcha d'un pas chancelant. Elle portait un immense chapeau, un boa rose et une ombrelle. Quel est le lien avec Audrey Hepburn, s'interrogea Jane. L'institutrice articulait chaque syllabe dis-tinc-te-ment, espérant que personne ne se rendrait compte qu'elle était pompette. « Vous tenez le coup ? » demanda-t-elle, comme si Jane venait de perdre un être cher.

Après un moment de flottement, Jane percuta. Mais oui, bien sûr ! La pétition ! Toute l'école pensait que son fils était une petite brute. Oui, bon, et après ? *(Tom n'est pas gay !)*

« On se voit lundi matin avant la classe, c'est bien ça ? Je suppose que ça concerne notre... affaire ? demanda miss Barnes en ponctuant le mot de guillemets imaginaires.

— En effet. J'ai quelque chose à vous dire. Mais pas maintenant. » Elle avait aperçu Celeste accompagnée de son mari à plusieurs reprises à l'autre bout de la salle mais n'avait pas encore eu l'occasion de les saluer.

« Moi, j'ai préféré l'héroïne de *My Fair Lady*, au cas où vous n'auriez pas reconnu, précisa miss Barnes, un rien amère. Audrey Hepburn n'a pas joué que dans *Diamants sur canapé*, quand même.

— Je le savais parfaitement.

945

— Bref, cette histoire de harcèlement prend des proportions démesurées, poursuivit-elle sans plus se préoccuper de sa façon de parler. Il ne se passe pas *un* jour sans que je reçoive des e-mails de parents qui se disent fous d'inquiétude à l'idée que leurs enfants se fassent molester. Je crois qu'ils ont établi un planning : tel parent, tel jour. C'est incessant. "Nous devons être absolument certains que nos enfants évoluent dans un environnement sécurisant." D'autres, l'air de rien, sont même un peu agressifs : "Je sais que vous ne disposez pas des ressources nécessaires, miss Barnes. En conséquence, avez-vous besoin de davantage de parents pour vous aider ? Je suis disponible le mercredi à partir de treize heures." Si j'ai le malheur de ne pas répondre dans l'heure : "Miss Barnes, vous n'avez pas répondu à ma proposition." Et évidemment, bordel de merde, ils mettent tous Mrs Lipmann en copie. »

Miss Barnes tira sur sa paille mais son verre était vide. « Pardonnez mon langage. Une maîtresse d'école, ça ne devrait pas jurer. Je ne jure jamais devant les enfants. Au cas où vous auriez l'idée de vous plaindre auprès de ma hiérarchie.

— Vous n'êtes pas au travail, dit Jane. Vous pouvez dire ce que vous voulez. » Gênée par le chapeau de miss Barnes qui ne cessait de lui cogner la tête, elle fit un petit pas en arrière et chercha Tom des yeux. Il se tenait à quelques mètres, entouré d'un essaim de mamans en adoration devant lui.

« Pas au travail ? continua l'institutrice. Mais je ne peux jamais décrocher ! L'année dernière, je suis allée à Hawaï avec mon ex. On entre dans le hall de l'hôtel et là, j'entends cette adorable petite voix qui appelle : Miss Barnes ! Miss Barnes ! Je me retourne et qui je vois ? Le gosse qui m'en a fait voir de toutes les couleurs pendant des mois. Mon cœur s'est arrêté net. D'autant que j'ai dû faire mine d'être ravie de le voir et de jouer avec lui dans cette satanée piscine pendant que ses parents se prélassaient sur leurs chaises longues en me souriant, persuadés que rien ne pouvait me faire plus plaisir ! Mon couple n'a pas survécu à ces vacances à cause de ce gamin. Ne répétez à personne que j'ai dit ça. Ses parents sont ici ce soir. Oh, mon Dieu, promettez-moi que vous n'en parlerez jamais à personne !

— Promis, juré, craché, dit Jane.

— Bref, qu'est-ce que je disais ? Ah, oui, les e-mails. Mais ce n'est pas tout. Ils *viennent* ! Les parents ! Ils viennent sans prévenir ! Renata a pris un congé exceptionnel pour venir voir Amabella à l'improviste, alors que l'assistante maternelle ne fait rien d'autre que surveiller la petite. Bon, d'accord, je n'ai pas vu ce qui se passait et je m'en veux beaucoup. Mais il n'y a pas que Renata ! Parfois, je suis en plein milieu d'une activité avec les enfants et tout à coup, je lève le nez, et je trouve un parent sur le pas de la porte en train de m'observer. Ça me donne la chair de poule. J'ai l'impression qu'on me suit.

— Ça ressemble à du harcèlement, ce que vous décrivez, dit Jane. Oups, attention ! Là, voilà. » Elle repoussa le chapeau de miss Barnes délicatement. « Vous voulez un autre verre ? Mon petit doigt me dit que vous vous laisseriez volontiers tenter !

— Le week-end dernier, je suis à la pharmacie, à cause d'une infection urinaire carabinée – j'ai un nouveau petit ami, bref, désolée, je parle trop –, donc, j'attends au comptoir et soudain, Thea Cunningham se tient à côté de moi, et franchement, je ne l'ai même pas entendue dire bonjour qu'elle se met à me raconter que, l'autre jour, Violet est rentrée de l'école malheureuse comme tout parce que Chloe lui avait dit que ses barrettes n'étaient pas assorties. Et vous savez quoi ? C'était vrai ! Elles n'étaient pas assorties. Je veux dire, merde à la fin, on ne peut pas parler de brimades, là ! Ce sont juste des gosses ! Mais, non, hein ! Violet a été profondément blessée, alors est-ce que je pourrais demander aux enfants de se parler gentiment et – je suis désolée, je viens d'apercevoir Mrs Lipmann qui m'a lancé un regard noir. Excusez-moi. Je crois que je vais me passer de l'eau froide sur le front. »

Miss Barnes se retourna aussi sec, balayant au passage le visage de Jane avec son boa rose.

Jetant un œil derrière elle, Jane vit Tom approcher.

« Tends ta paume, dit-il. Vite. »

Elle s'exécuta. Tom y déposa une poignée de bretzels.

« Le grand balèze qui fait peur là-bas en a trouvé un paquet dans la cuisine. » Puis, lui effleurant la joue, il enleva quelque chose dans ses cheveux. « Une plume rose.

— Merci.

— Jane ? »

948

Sentant une main fraîche sur son bras, elle leva le nez. Celeste. « Hé, salut, toi ! » Un regard sur son amie, très en beauté ce soir, suffit à la combler de joie. Étrange, ce que lui inspiraient systématiquement les gens beaux. Ils n'avaient rien demandé après tout, mais ils faisaient tellement plaisir à voir, et Tom qui venait de lui apporter des bretzels, qui avait rougi en lui ôtant la plume des cheveux, Tom qui n'était pas gay, et ces cocktails pétillants et roses, merveilleux, et les soirées quiz, si drôles, si sympa.

« Je peux te parler une minute ? » demanda Celeste.

74

« On sort sur le balcon, histoire de s'aérer un peu ? suggéra Celeste.

— Avec plaisir », dit Jane.

Jane semblait si jeune, si insouciante, ce soir, songea Celeste. Comme une ado. Dans la grande salle, surchauffée, l'atmosphère était oppressante. Des gouttes de sueur coulaient le long de son dos. Une de ses chaussures lui mordait la peau à l'arrière du talon, lui infligeant une petite plaie sanguinolente, comme une escarre. Cette soirée n'en finirait jamais. Elle s'imaginait coincée ici pour toujours, assaillie par des bribes de conversations agressives.

« Alors j'ai répondu, c'est inacceptable... »

« Totalement incompétents, ils ont une responsabilité morale envers… »

« Ses gosses sont pourris gâtés. Ils ne mangent rien d'autre que des cochonneries, alors… »

« Je lui ai dit : si vous êtes incapable de contrôler votre fils, vous… »

Celeste avait laissé Perry et Ed parler golf. Perry se montrait charmant, usant de son sourire irrésistible, mais il buvait plus que d'ordinaire et elle sentait son humeur dévier lentement, tel un paquebot qui change de cap sur l'océan. Elle le voyait à sa mâchoire qui se crispait, à son regard qui devenait vitreux.

À l'heure où ils rentreraient chez eux, l'homme qui sanglotait éperdument dans la voiture ne serait plus le même. Elle savait exactement quel cours ses pensées, telle une source d'eau vive, allaient suivre. En principe, après une vilaine « dispute » comme celle de la veille, Perry ne la touchait pas pendant des semaines et des semaines. Mais en découvrant l'appartement, il s'était senti trahi. Déconsidéré. Humilié. Elle lui avait caché quelque chose. D'ici la fin de la soirée, rien d'autre n'aurait d'importance à ses yeux que la duplicité de sa femme. Comme si la situation se résumait à un coup bas de la part d'une épouse par ailleurs parfaitement heureuse en ménage. Elle avait tout prévu dans les moindres détails pour le quitter, et ce, sans même lui en parler. Quoi de plus étrange et incompréhensible ? Quoi qu'il arrive, ce serait bien fait pour elle.

Le balcon qui s'étirait sur toute la longueur de la pièce était désert. Malgré l'auvent, une légère bruine ramenée par le vent laissait le carrelage humide et glissant.

« Ce n'est peut-être pas une très bonne idée, dit Celeste.

— Non, ça va, répondit Jane. Ça devenait trop bruyant à l'intérieur. Santé ! »

Elles firent tinter leurs verres et burent une gorgée.

« Ces cocktails sont à tomber par terre ! commenta Jane.

— À tomber ! » Celeste en était à son troisième verre. Une agréable torpeur enveloppait ses émotions. Même sa peur écrasante semblait se lover dans du coton.

Jane prit une longue inspiration. « On dirait qu'il s'arrête enfin de pleuvoir. Ça sent bon. Ce parfum iodé, c'est vivifiant. » Elle posa la main sur la balustrade, plongeant son regard dans la nuit, visiblement euphorique.

Celeste renifla, les narines envahies par une désagréable odeur de fraîchin.

« J'ai quelque chose à te dire, commença-t-elle.

— Je t'écoute. »

Jane, qui portait du rouge à lèvres carmin, sourit. Madeline serait ravie, songea Celeste.

« Juste avant de partir ce soir, Josh est venu me voir. Il m'a dit que c'était Max qui bousculait Amabella, pas Ziggy. J'étais horrifiée. Je suis navrée. Tellement, tellement navrée. » Levant les yeux, elle vit Harper qui sortait tout en fouillant dans son sac. Apercevant Celeste et Jane, elle s'exila à l'autre bout du balcon puis alluma une cigarette.

« Je sais, dit Jane.

— Tu es au courant ? » Celeste faillit glisser en reculant.

« Ziggy me l'a dit hier. Apparemment, Amabella lui a demandé de ne le dire à personne. Ne t'inquiète pas. Ce n'est pas grave.

— Si, c'est grave ! Tu as dû supporter cette horrible pétition, et des gens comme l'autre, là-bas… » Celeste fit un geste en direction de Harper. « Et le pauvre petit Ziggy, avec tous ces parents qui ne voulaient pas que leurs gosses jouent avec lui. Je vais tout dire à Renata dès ce soir. Et informer miss Barnes et Mrs Lipmann, bien sûr. Tout le monde. J'envisage de faire une annonce officielle. *Vous vous êtes trompé de gamin.*

— Tu n'es pas obligée. Il n'y a pas de drame. Tout va s'arranger.

— Je suis vraiment, affreusement désolée », répéta Celeste d'une voix tremblante. À présent, elle pensait à Saxon Banks.

« Hé ! s'exclama Jane en lui posant la main sur le bras. Ce n'est pas ta faute.

— Je sais, mais quelque part, si, c'est ma faute.

— En aucune manière, répondit Jane d'un ton ferme.

— On peut se joindre à vous ? »

Nathan, accompagné de Bonnie, venait d'ouvrir la baie vitrée en grand. Elle n'était pas déguisée. Lui, en revanche, portait une version bon marché du costume de Perry, à ceci près qu'il s'était débarrassé de sa perruque noire qu'il faisait tournoyer sur son index comme un ballon de basket-ball.

Celeste savait que par loyauté envers Madeline, elle n'était pas censée apprécier ces deux-là, mais parfois, c'était difficile. Pas méchants pour deux sous, ils ne demandaient qu'à rendre service et Skye était une fillette si mignonne.

Oh, mon Dieu.

Elle avait oublié. À en croire Josh, Max avait « encore » poussé Skye dans les escaliers. Il avait changé de victime. Elle ne pouvait pas se taire.

« J'ai découvert ce soir que mon fils Max s'est montré violent avec plusieurs filles de sa classe. Il n'est pas impossible qu'il ait bousculé votre fille dans les escaliers, euh, à plusieurs reprises, annonça-t-elle, les joues en feu. Je suis désolée. Je viens juste de…

— Ce n'est pas grave, répondit Bonnie calmement. Skye me l'a dit. Nous avons mis au point des stratégies au cas où ce genre de choses se reproduirait. »

Des *stratégies*, se dit Celeste sombrement. Le mot qu'utilisait Susi. Comme si Skye était victime de violence conjugale. Celeste observa Harper éteindre sa cigarette contre la balustrade mouillée puis mettre son mégot dans un mouchoir en papier avant de retourner à l'intérieur sans même un regard dans leur direction.

« Nous en avons quand même informé miss Barnes par e-mail aujourd'hui, précisa Nathan. J'espère que ça ne vous ennuie pas trop, mais Skye est affreusement timide, elle a du mal à s'affirmer, donc nous tenions à ce que miss Barnes soit vigilante. Et bien sûr, nous nous en remettons à elle et à l'école pour régler le problème. Nous ne nous serions jamais permis de venir vous voir pour ça.

— Oh ! Eh bien, merci. Une fois de plus, je suis vraiment navrée…

— Inutile d'en faire toute une histoire ! fit Nathan. Sincèrement ! Ce sont des gosses ! Ils doivent apprendre ces choses-là. Ne pas taper. Se défendre. Grandir.

— Grandir, répéta Celeste d'une voix mal assurée.

— Moi, j'apprends encore ! plaisanta Nathan.

— Ça fait partie de leur développement émotionnel et spirituel, ajouta Bonnie.

— Il existe un livre à ce sujet, non ? fit Jane. L'idée, je crois, c'est qu'on apprend l'essentiel dès la maternelle : ne pas être méchant, jouer avec les autres, partager ses jouets.

— Partager, c'est aimer ! » récita Nathan. Un clin d'œil qui amusa beaucoup ces dames.

INSPECTEUR ADRIAN QUINLAN : En dehors de la victime, sept personnes se trouvaient sur le balcon au moment de l'incident. Nous les avons identifiées. Elles se reconnaîtront. Elles savent ce qu'elles ont vu. Les témoins doivent dire la vérité, c'est primordial.

75

Madeline aurait été heureuse d'échapper au récit passionné de ce couple de parents sur la rénovation de leur salle de bains. Mais elle les appréciait beaucoup, et elle savait que la conversation qu'elle venait d'avoir avec Madame sur les robes portefeuilles – quels modèles choisir pour une ligne flatteuse ? – n'avait pas franchement enthousiasmé Monsieur. Aussi, elle se sentait obligée de l'écouter.

Le hic, c'était qu'elle n'avait strictement rien à dire sur le sujet. Oui, bien sûr, ça avait dû être terrible d'être à court de carreaux de faïence alors qu'il leur en aurait fallu trois de plus pour terminer, mais ils avaient forcément fini par régler le problème. Oh, et n'était-ce pas Celeste et Jane sur le balcon en train de rire avec Bonnie et Nathan ? Inacceptable. C'étaient ses amies *à elle.*

N'y tenant plus, elle regarda autour d'elle, espérant trouver quelqu'un qui pourrait prendre la relève. Samantha. Son mari était plombier. Elle ne pouvait que s'intéresser à cette histoire de travaux. « Il faut que tu écoutes ça ! s'exclama-t-elle. Tu te rends compte ? Ils sont venus à manquer de carreaux !

— Oh, non ! Il m'est arrivé exactement la même chose ! » répondit Samantha.

Dans le mille ! Samantha se joignit à eux, l'air absorbée, impatiente de raconter ses propres mésaventures de plomberie et de carrelage. Madeline en profita pour tourner les talons, incapable de comprendre comment on pouvait préférer parler travaux que chiffons.

En se frayant un passage dans la foule, elle passa à côté d'un groupe de quatre serre-tête collées les unes aux autres qui, manifestement, partageaient un vilain ragot. Elle laissa traîner une oreille.

« La nounou française ! Cette fille un peu bizarre.

— Renata ne l'a pas renvoyée ?

— Si, à cause de cette histoire de harcèlement qui lui a complètement échappé.

— Où en est-on avec la pétition, à propos ?

— Nous allons la soumettre à Mrs Lipmann lundi.

— Vous avez vu la mère du gamin, ce soir ? Elle s'est fait couper les cheveux. Elle papillonne de-ci de-là comme si tout allait pour le mieux dans le meilleur des mondes. Si c'était mon fils, je n'oserais plus me montrer, c'est moi qui vous le dis. Je resterais à la maison à m'occuper de lui. Il en a besoin, ça crève les yeux.

— Une bonne correction, voilà ce dont il a besoin.

— Il paraît qu'hier, elle allait le mettre à l'école alors qu'il était farci de poux.

— Quand même, ça me sidère que l'école n'ait pas réagi plus vite par rapport à la violence de ce gosse. On parle tellement de harcèlement à l'école aujourd'hui…

— Oui, bon, je disais donc, la nounou de Renata a une liaison avec Geoff.

— Quand même, avec *Geoff* ?

— Je le sais *de source sûre.* »

Madeline bouillait de colère, pour Jane, comme pour Renata, même si cette dernière avait probablement signé la pétition.

« Vous êtes d'affreuses mégères », dit-elle tout haut. Les quatre pies en restèrent comme deux ronds de flan. « Vraiment, d'affreuses mégères. »

Elle passa son chemin sans leur laisser le temps de réagir. Tandis qu'elle ouvrait la baie vitrée pour sortir sur le balcon, elle trouva Renata derrière elle.

« Je vais respirer un peu d'air frais, dit Renata. Ça devient étouffant là-dedans.

— Oui, répondit Madeline. Et on dirait qu'il ne pleut plus. J'ai appelé mon assurance, au fait. Pour la voiture. »

Renata grimaça. « Je suis désolée d'avoir fait un tel cirque hier.

— Eh bien, je suis désolée de t'avoir percutée. Je me disputais avec Abigail, je n'ai pas fait attention.

— J'ai eu peur. Et quand j'ai peur, je deviens hystérique. C'est un gros défaut. »

Toutes deux s'approchèrent du petit groupe réuni près de la balustrade.

« Ah bon ? fit Madeline. Je te plains. Moi, je garde mon calme en toutes circonstances. »

Renata pouffa de rire.

« Maddie ! s'exclama Nathan. On se croise enfin ! Comment vas-tu ? Il paraît que ma femme a renversé son verre sur ta robe. »

Tiens, il doit avoir un coup dans le nez lui aussi, se dit Madeline. Sinon, il n'aurait pas dit « ma femme » devant Bonnie.

« Par chance, le cocktail était de la même couleur que ma robe.

— Je fête l'heureux dénouement de la tragique aventure de notre fille. À l'honorable Larry Fitzgerald, du Dakota du Sud ! » Il leva son verre.

« Mouais. » Madeline regarda Celeste. « J'ai comme l'impression que l'honorable Larry Fitzgerald pourrait bien se trouver à deux pas d'ici.

— Hein ? fit Nathan. Qu'est-ce que tu veux dire ?

— Vous parlez du site d'Abigail ? demanda Celeste. Elle l'a fermé ? »

Voilà qui est étrangement direct, pensa Madeline. La plupart du temps, Celeste se montrait évasive, fuyante, comme si elle avait quelque chose à cacher. Mais là, elle semblait parfaitement calme et posée, n'hésitant pas à soutenir le regard de Madeline, signe incontestable qu'elle mentait.

« Larry Fitzgerald du Dakota du Sud, c'est toi, n'est-ce pas ? lui demanda-t-elle. Je le savais ! Enfin, je n'en étais pas certaine, mais quand même, je trouvais que c'était un peu gros.

— Je ne vois pas du tout de quoi tu parles », répondit Celeste d'une voix égale.

Nathan se tourna vers elle. « Tu as donné cent mille dollars à Amnesty ? Pour nous aider ? Mon Dieu.

— Tu n'aurais pas dû, vraiment. On ne pourra jamais assez te remercier.

— Mais enfin ! interrompit Renata. De quoi parlez-vous ?

— Je n'y comprends rien non plus, commenta Celeste. Cela dit, Madeline, n'oublie pas que tu as sauvé la vie de Max à la piscine. Je t'en serai éternellement redevable. »

Des éclats de voix leur parvinrent de l'intérieur.

« Que se passe-t-il ? demanda Nathan.

— Oh, il se peut que j'aie lâché deux ou trois bombes ! dit Renata avec un petit sourire. Mon mari n'est pas le seul à se croire éperdument amoureux de la nounou. Juliette a trouvé fort à faire à Pirriwee. C'est une grande... comment dit-on en français ? *Séductrice.* Toujours en quête d'aventures amoureuses. Ou, devrais-je dire, de comptes en banque bien garnis !

— Renata, dit Celeste. J'ai découvert ce soir que...

— Arrête, Celeste, fit Jane.

— C'est mon fils Max qui a violenté Amabella.

— Votre fils ? Vous êtes sûre ? Parce que ma fille a clairement montré Ziggy après la matinée d'accueil.

— Tout à fait sûre. Elle a désigné Ziggy parce qu'elle avait peur de Max.

— Mais... » Renata avait du mal à se faire à l'idée. « Vous êtes vraiment certaine ?

— Absolument, confirma Celeste. Et je suis désolée. »

Renata plaqua une main sur sa bouche. « Voilà pourquoi elle ne voulait pas que j'invite les jumeaux à son anniversaire. Elle en a fait toute une histoire. Je ne l'ai même pas écoutée. Je croyais qu'elle essayait de se rendre intéressante. »

Elle se tourna vers Jane qui la regardait sans ciller. Et sans mâchonner son habituel chewing-gum ! constata Madeline en prenant tout juste conscience que Jane, décidément très en beauté ce soir, avait abandonné cette affreuse manie depuis déjà plusieurs semaines.

« Je vous dois des excuses, dit Renata.

— En effet, répondit Jane.

— À vous et à votre fils, également. Je suis vraiment désolée. Je vais… euh, je ne sais pas ce que je vais faire, mais…

— Excuses acceptées », répondit Jane en levant son verre.

Ed et Perry apparurent derrière la baie vitrée.

« Ça commence à déraper là-dedans, annonça Ed. Vous ne voulez pas vous asseoir ? » Il sortit des tabourets de bar empilés à l'intérieur. « Bonsoir, Renata. Ma femme a eu le pied lourd sur l'accélérateur hier, j'en suis confus. »

Perry apporta d'autres tabourets.

« Quel plaisir de vous voir parmi nous, Perry », lança Renata d'un ton un peu brusque. Elle n'allait tout de même pas continuer à lui faire des ronds de jambe alors qu'un de ses fils brutalisait Amabella.

« Merci, Renata. Le plaisir est partagé.

— Perry, c'est bien ça ? fit Nathan en lui tendant la main. On ne se connaît pas, je crois. Je suis Nathan. Et si j'ai bien compris, on vous doit une fière chandelle.

— Ah bon ? Comment ça ? »

Oh, pour l'amour du ciel, Nathan, boucle-la ! gronda silencieusement Madeline. Je parie qu'il n'est pas au courant.

« Perry, interrompit Celeste, je te présente Bonnie, et Jane, la mère de Ziggy. »

Le fils de ton cousin. Au même moment, elle croisa le regard de Madeline qui pensait exactement la

960

même chose. Le secret planait au-dessus de leurs têtes, tel un nuage informe et diabolique.

« Enchanté. » Perry leur serra la main puis invita ces dames à s'asseoir d'un geste chevaleresque.

« Apparemment, vous et votre femme avez fait un don de cent mille dollars à Amnesty International pour aider notre fille à se sortir d'un mauvais pas », poursuivit Nathan, par trop volubile, en faisant tournoyer sa perruque. Tout à coup, elle lui échappa et tomba par-dessus la balustrade. « Oh, merde ! Le loueur de costumes ne me rendra jamais ma caution ! »

Perry ôta sa perruque. « C'est vrai qu'au bout d'un moment, ça gratte. » Il ébouriffa ses cheveux du bout des doigts, ce qui lui donna l'allure d'un petit garnement décoiffé, puis choisit un tabouret face à la salle. Sans même s'en rendre compte, les autres formèrent un arc de cercle autour de lui. Dans son dos, le ciel se dégageait, laissant apparaître derrière les nuages une lune pleine, pareille à un disque d'or enchanteur. Un décor à la mesure de son charisme.

« Qu'est-ce que c'est que cette histoire de don à Amnesty International ? demanda-t-il. Encore un secret de ma femme ? On ne dirait pas comme ça, mais elle adore les cachotteries. Regardez un peu son mystérieux sourire, on dirait la Joconde. »

Madeline regarda Celeste. Perchée sur son tabouret, les mains sur ses longues jambes croisées, elle restait complètement immobile, comme sculptée dans la pierre. Une statue qui ignorait son mari. Respirait-elle seulement ? Madeline sentit son pouls s'accélérer. La lumière se faisait. Les pièces du puzzle commençaient à former un tableau. Les questions qu'elle n'avait pas conscience de se poser trouvaient des réponses.

Le mariage parfait. La vie idéale. Oui, mais. Il y avait Celeste, toujours si nerveuse. Agitée. À cran.

« Elle semble aussi penser que nos ressources financières sont sans limites, ajouta Perry. Elle ne gagne pas le moindre *cent*, mais elle ne manque pas d'imagination pour en dépenser.

— Hé, suffit, intervint Renata comme si elle admonestait un enfant.

— Je crois que nous nous sommes déjà rencontrés », dit Jane en regardant Perry.

Personne ne sembla l'entendre, à l'exception de Madeline. Elle était restée debout, minuscule au milieu des autres. Le menton levé, les yeux écarquillés, elle ressemblait à une écolière qui demande l'autorisation de parler.

Elle se racla la gorge, puis : « Je crois que nous nous sommes déjà rencontrés. »

Perry lui jeta un regard. « Ah bon ? Vous êtes sûre ? » Il lui décocha son plus beau sourire. « Navré. Je ne me rappelle pas.

— J'en suis certaine. Mais la dernière fois, vous aviez dit vous appeler Saxon Banks. »

76

Au départ, il affichait un visage parfaitement neutre : cordial, poli, indifférent. Il ne la remettait pas. La voix enjouée de sa mère s'invita dans l'esprit de Jane : *Je ne la connais ni d'Ève ni d'Adam !* Comme si c'était le moment.

Mais lorsqu'elle avait prononcé le nom de son cousin, une lueur avait éclairé son regard. Parce qu'il l'avait reconnue ? Pensez donc ! Il ignorait toujours qui elle était et ne semblait même pas tenté de faire un début d'effort pour dénicher le bon souvenir dans sa mémoire. Mais il avait compris ce qu'elle représentait. Identifié la catégorie à laquelle elle appartenait. Une parmi tant d'autres.

Il avait menti sur son nom. Une possibilité qu'elle n'avait jamais envisagée. Comme si c'était quelque chose que l'on ne pouvait pas fabriquer. Sa personnalité, son désir, oui, mais pas son nom.

« Je me disais bien qu'un jour je finirais par vous recroiser.

— Perry ? » dit Celeste.

Perry se tourna vers Celeste.

Face à elle, le même visage que dans la voiture. Nu. Sans voile ni masque. Depuis que Madeline lui avait parlé de Saxon Banks, après la réunion du club de lecture, quelque chose la tracassait, un souvenir lointain, antérieur à la naissance des enfants, au premier coup.

À présent, il était on ne peut plus clair. Intact. Comme si pendant tout ce temps, il n'avait attendu qu'une chose : qu'elle vienne le repêcher.

C'était au mariage d'un cousin de Perry. Celui où il avait fallu que les hommes retournent à l'église pour récupérer le téléphone portable d'Eleni. Une table ronde couverte d'une nappe blanche amidonnée. Des chaises ornées de nœuds

963

énormes. La lumière qui se reflétait sur les verres à vin. Saxon et Perry se remémoraient des souvenirs d'enfance. Le kart en bois qu'ils avaient fabriqué pour dévaler les pentes de leur banlieue pavillonnaire. L'année où Saxon avait protégé Perry des petits caïds qui sévissaient dans la cour de récréation. La fois où Perry avait dérobé un esquimau parfum banane à la barbe de l'imposant Grec qui tenait la friterie locale ; ledit Grec l'avait attrapé par la peau du cou et exigé qu'il lui donne son nom. Et Perry de répondre : « Saxon Banks. »

Le commerçant avait aussitôt appelé la mère de Saxon. « Votre fils vient de me voler une glace. » « Mon fils est avec moi », avait-elle rétorqué avant de raccrocher.

Tellement drôle. Tellement culotté. Qu'est-ce qu'ils avaient ri tout en sirotant leur champagne.

« Ça ne voulait rien dire pour moi », répondit Perry à sa femme.

Dans ses oreilles, une sensation creuse, assourdissante, comme si elle était dans les profondeurs de l'océan.

Perry se détourna de Jane pour faire face à sa femme, ne lui accordant pas une seconde supplémentaire, ne daignant même pas faire l'effort de se souvenir d'elle. À ses yeux, elle n'avait jamais vraiment existé. Elle était insignifiante. Seule sa magnifique épouse comptait. Jane relevait de la pornographie. Elle appartenait aux films pour adultes qui ne figuraient pas sur sa note d'hôtel. Aux vidéos classées X de la Toile où chaque fantasme peut être assouvi. Envie d'humilier des petites grosses ? Entrez votre numéro de carte bleue, puis cliquez ici.

« C'est pour ça que j'ai emménagé à Pirriwee, poursuivit Jane. Au cas où vous habiteriez dans le coin. »

L'ascenseur aux parois vitrées. La chambre d'hôtel silencieuse, faiblement éclairée.

Elle se revoyait regarder autour d'elle – un moment de plaisir désinvolte – en quête de nouveaux indices sur cet homme, son compte en banque, son train de vie ; en quête d'autres signes qu'elle s'apprêtait à vivre une aventure sans lendemain délicieusement somptueuse. Il n'y avait pas grand-chose à voir. Une petite valise qui tenait debout soigneusement rangée dans un coin. Un ordinateur portable fermé. À côté, une brochure immobilière. *À vendre.* Dessous, une photographie représentant une vue sur l'océan. *Maison familiale haut de gamme avec vue sur l'incroyable péninsule de Pirriwee.*

« Tu achètes cette maison ?

— Il y a des chances, avait-il répondu tout en lui servant du champagne.

— Tu as des enfants ? avait-elle demandé imprudemment, bêtement. Ça m'a l'air d'une chouette maison pour des gosses. » Elle s'était abstenue de toute question sur une éventuelle épouse. Il ne portait pas d'alliance.

« Non, pas d'enfants. Un jour, ça me plairait. »

Sur son visage, un voile de tristesse, comme un désir désespéré, et elle s'était dit, dans toute sa naïveté imbécile, qu'elle savait exactement ce que son expression signifiait. Il venait de se séparer. Ça sautait aux yeux. Comme elle, il soignait un cœur brisé. Il donnerait n'importe quoi pour trouver la femme idéale, celle avec qui fonder une famille, et tandis qu'il lui tendait sa coupe, affichant un sourire au charme ravageur, elle avait peut-être même été assez stupide pour penser que, cette femme, ça pourrait être *elle*. On a vu des choses plus étranges se produire.

Ensuite, des choses plus étranges s'étaient produites.

Les années suivantes, lorsqu'elle entendait ou lisait les mots « péninsule de Pirriwee », elle changeait de sujet, tournait la page. C'était viscéral.

Puis un jour, subitement, elle avait fait tout le contraire. Elle avait annoncé à Ziggy qu'elle l'emmenait à la plage. Pendant tout le trajet, elle avait essayé de faire comme si elle ne se souvenait même pas de cette brochure immobilière. Mais elle ne pensait qu'à ça.

Tandis qu'ils jouaient sur le sable, elle jetait de brefs coups d'œil par-dessus l'épaule de Ziggy, espérant apercevoir un homme au sourire Ultra Brite sortir des vagues, tendait l'oreille, au cas où elle entendrait une femme appeler le nom de son mari : « Saxon ! »

Que voulait-elle ?

Se venger ? Sortir de l'ombre ? Lui montrer qu'à présent elle était maigre ? Le frapper, le faire souffrir, le dénoncer ? Lâcher tout ce qu'elle aurait dû dire au lieu de son « Salut » bovin. Lui faire savoir, d'une manière ou d'une autre, qu'il ne s'en était pas sorti impunément, même si bien sûr c'était faux.

Elle voulait qu'il voie Ziggy.

Qu'il s'émerveille devant son petit garçon, ce petit être beau, grave, passionné.

Cela n'avait aucun sens. Un désir si idiot, si étrange, si déplacé, qu'elle refusait de le reconnaître vraiment, allant parfois jusqu'à le nier farouchement.

Parce que franchement, comment le voyait-elle, ce moment d'émerveillement paternel magique ? « Hé, salut ! Tu te souviens de moi ? J'ai eu un fils. Le voilà ! Qu'on se mette ensemble ? Non, non, bien sûr que non ! Ce que je veux, c'est juste que tu prennes un moment et que tu admires ton fils. Il aime la citrouille. Il a toujours adoré ça ! Incroyable, non ? Quel autre gosse aime la citrouille ? Il est timide, courageux, il a un très bon équilibre. Alors voilà. Tu es un enfoiré de première, un vrai connard et je te déteste, mais regarde cet enfant, ton fils, parce que, même si c'est à peine croyable, dix minutes de dépravation ont abouti à cette perfection. »

Sa version des faits, celle qu'elle se racontait, c'était qu'elle avait emmené Ziggy à Pirriwee pour la journée, vu un appartement à louer et décidé de le prendre, « sur un coup de tête ». Une version qu'elle se répétait avec tant d'ardeur qu'elle avait presque fini par y croire. Une version qui, à mesure que les mois passaient, rendant la présence de Saxon Banks dans les parages de moins en moins probable, avait pris force de vérité. Elle avait cessé de le chercher.

Quand elle avait raconté la nuit d'hôtel avec Saxon à Madeline, elle n'avait même pas songé à lui dire qu'il n'était pas étranger à sa décision d'emménager à Pirriwee. C'était ridicule et gênant. « Tu *voulais* le croiser ? » aurait dit son amie, faisant de son mieux pour comprendre. « Tu *voulais* voir cet homme ? » Comment Jane pouvait-elle expliquer que son désir de le voir était aussi fort que son désir de ne pas le voir ? De toute façon, elle avait complètement oublié cette brochure immobilière ! Elle s'était *effectivement* installée à Pirriwee « sur un coup de tête ».

Sans compter que, manifestement, Saxon n'y vivait pas.

Enfin, maintenant, elle savait que si. Le mari de Celeste. Ils étaient probablement déjà mariés à l'époque de cette nuit d'hôtel.

« On a eu un mal fou à avoir les garçons », lui avait confié Celeste au cours d'une de leurs promenades. Voilà pourquoi il semblait triste lorsqu'elle avait parlé d'enfants.

Dans l'air frais de la nuit, Jane sentit son visage rougir de honte.

« Ça ne voulait rien dire pour moi, répéta Perry.

— Mais pour *elle*, ça voulait dire quelque chose », répondit Celeste.

L'élément déclencheur fut son haussement d'épaules. Le haussement d'épaules, presque imperceptible, qui signifiait « On s'en fiche, d'elle ». Il se figurait que c'était un problème d'*infidélité*. Que ce qu'on lui reprochait n'était autre qu'une banale aventure, de celles que vivent les cadres en voyage d'affaires. Que ça n'avait rien à voir avec Jane.

« Je te prenais pour un... »

Les mots restèrent coincés dans la gorge de Celeste.

Elle le prenait pour un gentil. Un homme bon qui avait des accès de colère. Elle croyait que sa violence était une affaire privée, intime, entre eux. Qu'il était incapable de cruauté ordinaire. Il s'adressait toujours si gentiment aux serveuses, même quand elles faisaient mal leur boulot. Elle croyait le connaître.

« On en parlera à la maison, dit Perry. Inutile de se donner en spectacle.

— Pas un regard, murmura Celeste. Tu n'as même pas eu un regard pour elle. »

Elle lui jeta ce qu'il restait de son cocktail à la figure.

Son visage dégoulinait de champagne.

D'un geste rapide, instinctif, élégant, il leva la main droite, tel un joueur de base-ball qui se prépare à réceptionner une balle.

Il frappa sa femme du revers de la main, la paume habilement creusée en un arc parfait, brutal.

La tête de Celeste partit en arrière, son corps fut propulsé en l'air avant de s'écraser lourdement au sol.

Madeline en eut le souffle coupé.

Ed se leva d'un bond, renversant son tabouret. « Ho ! Doucement, là ! »

Madeline se précipita aux côtés de Celeste, n'hésitant pas à s'agenouiller. « Mon Dieu, mon Dieu, tu es…

— Je n'ai rien », dit Celeste en se touchant le visage. Puis se redressant à moitié : « Rien du tout. »

Madeline jeta un œil derrière elle. Au milieu du petit groupe qui se trouvait sur le balcon, Ed se dressait de toute sa hauteur, les bras écartés, une main dissuasive en direction de Perry, l'autre protectrice devant Celeste.

Sous le choc, Jane laissa échapper son verre qui se brisa à ses pieds.

Renata, elle, fouillait dans son sac. « J'appelle la police. J'appelle la police tout de suite. Voie de fait. Contre votre femme. Je suis témoin. »

En proie à une colère incendiaire qui semblait jaillir du plus profond de son être, Bonnie repoussa Nathan qui avait posé une main apaisante sur son coude. « Vous n'en êtes pas à votre coup d'essai », lança-t-elle à Perry.

Il n'y prêta aucune attention. Les yeux rivés sur Renata, qui avait le téléphone collé à l'oreille, il dit : « Ça va, ne nous emballons pas.

— C'est pour ça que votre fils s'en prend aux petites filles », poursuivit Bonnie.

Dans sa voix, Madeline reconnut l'âpreté qui l'avait tant étonnée plus tôt dans la soirée, en plus prononcée. Une façon de s'exprimer digne d'une femme née du mauvais côté de la ville, pour reprendre une expression chère à sa mère.

On aurait dit une alcoolique, une grosse fumeuse, une boxeuse, une vraie personne. C'était étrangement grisant d'entendre cette voix furieuse, gutturale, sortir de la bouche de Bonnie.

970

« Parce qu'il vous a vu à l'œuvre. Votre petit garçon vous a vu à l'œuvre, hein ? »

Perry soupira. « Écoutez, je ne comprends rien à vos insinuations. Mes enfants n'ont rien vu du tout.

— Vos enfants ont vu ! hurla Bonnie, le visage déformé par la colère. On voit ! On voit, bordel ! »

Elle le poussa. De ses deux petites mains sur son torse.

Il tomba à la renverse.

77

Si Perry avait mesuré quelques centimètres de moins.

Si la balustrade du balcon avait été un peu plus haute.

Si le tabouret avait eu une position légèrement différente.

Si le temps avait été plus clément.

S'il n'avait pas bu.

Par la suite, Madeline n'avait cessé de penser aux mille détails qui auraient peut-être donné lieu à un dénouement différent.

Celeste connaissait bien l'expression qui s'était dessinée sur le visage de Perry à l'instant où Bonnie s'était mise à lui crier dessus. Il arborait le même air légèrement amusé lorsqu'elle s'emportait contre lui. Ça lui plaisait de voir une femme s'énerver, réagir. Il trouvait ça charmant.

Elle le vit essayer de s'agripper à la balustrade. En vain.

Il culbuta en arrière, les jambes en l'air, comme lorsqu'il chahutait sur le lit avec les garçons.

La seconde suivante, il avait disparu sans un bruit.

À sa place, un vide.

Choquée, Jane comprit ce qui s'était passé avec un temps de retard. Au même instant, elle prit conscience du vacarme qui avait éclaté à l'intérieur : cris, claquements, bruits sourds.

« Nom de Dieu ! » Les mains serrées sur la balustrade, Ed se pencha par-dessus, scrutant l'obscurité en contrebas. Sa cape dorée se déployait derrière lui telles des ailes ridicules.

Recroquevillée sur elle-même au ras du sol, les mains crispées sur la nuque, Bonnie semblait attendre une explosion.

Dans tous ses états, Nathan faisait une petite danse autour de sa femme. « Non, non, non, non. » Il se baissait pour lui toucher le dos, puis se redressait, enserrant ses tempes de ses deux mains.

Ed se retourna. « Je vais voir s'il est…

— Ed ! » Les bras le long du corps, Renata n'essayait plus de téléphoner. L'éclairage du balcon se reflétait sur ses lunettes.

« Appelez une ambulance ! aboya Ed.

— Oui, répondit-elle. Je le fais. Je vais le faire. Mais, euh… je n'ai pas vu ce qui s'est passé. Je ne l'ai pas vu tomber.

— *Quoi ?* » s'étrangla Ed.

Toujours à genoux près de Celeste, Madeline leva les yeux vers son ex-mari comme si Ed était invisible. Les cheveux collés sur le front, Nathan lui lança un regard affolé, implorant. Elle se retourna vers Celeste, qui fixait d'un air catatonique l'endroit laissé vide par son mari.

« Je crois que je n'ai pas vu non plus.

— Madeline », dit Ed. Il tira violemment sur son déguisement, maculant ses mains de paillettes. « Ne fais pas…

— J'étais dos au balcon », répondit Madeline, d'une voix plus forte. Elle se mit sur ses jambes, tenant sa minuscule pochette devant elle, le dos droit, le menton levé, telle une dame qui fait son entrée au bal. « Je regardais à l'intérieur. Je n'ai pas vu la scène. »

Jane se racla la gorge.

Elle repensa à la phrase de Saxon. Perry, plutôt. « Ça ne voulait rien dire pour moi. » Elle regarda Bonnie, tapie près d'un tabouret renversé. Sa colère, telle de la lave en fusion, commença à se figer en un bloc dur et puissant.

« Moi non plus, dit-elle. Je n'ai rien vu.

— Vous arrêtez ! dit Ed en lançant un regard à Jane puis à sa femme. Toutes autant que vous êtes, vous arrêtez. »

S'appuyant sur Madeline, Celeste se releva avec grâce. Elle lissa sa robe, posa la main sur son visage à l'endroit où Perry l'avait frappée. Elle regarda un moment la boule que formait Bonnie sur le sol.

« Je n'ai rien vu », dit-elle, presque comme si elle parlait de la pluie et du beau temps.

« Celeste. » Ed se décomposa, l'image même de l'épouvante. Il se prit la tête entre les mains avant de les laisser retomber, laissant son front couvert de paillettes d'or.

Celeste fit quelques pas, s'appuya sur la balustrade puis, se tournant vers Renata : « Appelez l'ambulance, maintenant. »

Elle se mit à crier.

Après toutes ces années passées à simuler, ce ne fut pas compliqué. Celeste jouait la comédie comme personne.

Mais ensuite, elle pensa à ses enfants. Faire semblant ne fut plus nécessaire.

STU : À ce stade de la soirée, tout le monde était déchaîné. Deux types se battaient à propos d'une petite Française, et puis sans prévenir, l'autre avorton me rentre dans le lard parce que j'avais dit que sa femme était la reine des culs serrés. J'avais offensé Madame, une histoire d'honneur, un truc dans ce goût-là. Franchement, ça va, j'ai dit ça pour rire.

THEA : C'est vrai que la discussion sur les tests de niveau s'est un peu échauffée. Mais moi, j'ai quatre enfants, alors je sais de quoi je parle.

HARPER : Thea criait comme un putois.

JONATHAN : J'étais avec des parents dont les enfants sont en CM1. On parlait de cette satanée pétition. Est-ce que c'était une démarche légale, et même morale ? Le ton est monté. Et on s'est peut-être un peu bousculés. Ce dont je ne suis pas très fier, vous pouvez me croire.

JACKIE : Moi, mon rayon, c'est le rachat de sociétés. Et je ne fais pas dans la dentelle. Pour le reste...

GABRIELLE : À ce moment-là, je n'excluais plus totalement l'anthropophagie. Carol me semblait délicieuse.

CAROL : Je nettoyais la cuisine quand j'ai entendu un cri épouvantable, à vous glacer le sang.

SAMANTHA : Ed a foncé vers les escaliers en hurlant que Perry White était tombé par-dessus le balcon. J'ai regardé en direction de la baie vitrée, et là, j'ai vu deux pères au corps à corps s'écraser sur le sol du balcon.

« Il y a eu un accident. » Renata parlait au téléphone, un doigt enfoncé dans l'oreille. Celeste ne cessait de hurler. « Un homme est tombé. D'un balcon. »

Madeline tira Jane à elle. « C'était lui ? demanda-t-elle. C'était *Perry*, l'homme... »

Les yeux rivés au rouge à lèvres rose qui soulignait parfaitement l'arc de Cupidon de Madeline, Jane demanda : « Tu crois qu'il est... »

Jane ne termina jamais sa phrase : deux clones du King en combinaison blanche satinée qui s'étreignaient dans un corps à corps passionné leur

975

foncèrent violemment dessus, envoyant les malheureuses dans le décor.

Jane tendit le bras, tentant vainement d'amortir sa chute. Quelque chose claqua avec un bruit sinistre du côté de son épaule lorsqu'elle s'écrasa lourdement sur le flan.

Sous sa joue, le carrelage mouillé. Dans sa bouche, le goût métallique du sang. Les hurlements des sirènes se mêlèrent bientôt à ceux de Celeste et aux sanglots étouffés de Bonnie. Jane ferma les yeux.

BONNIE : La bagarre s'est déplacée jusque sur le balcon, c'est à ce moment-là que Madeline et Jane ont été si gravement blessées, les pauvres. Je n'ai pas vu Perry White tomber. Je... Excusez-moi un instant, Sarah. Euh, c'est bien Sarah, pas Susan, n'est-ce pas ? J'ai eu un trou. Désolée, Sarah. Sarah. Un bien joli prénom. Ça signifie « princesse », je crois. Écoutez, Sarah, je dois vraiment aller chercher ma fille maintenant.

78

Au lendemain de la soirée quiz

INSPECTEUR ADRIAN QUINLAN : Nous visionnons toutes les séquences de télésurveillance disponibles, les photos ou vidéos des téléphones portables.

Nous attendons le rapport médico-légal que nous ne manquerons pas d'étudier avec la plus grande attention. Pour l'heure, nous procédons à l'interrogatoire des cent trente-deux parents présents à la soirée. Soyez certains que nous ferons toute la lumière sur ce qui s'est passé la nuit dernière ; je les inculperai tous s'il le faut.

« Je crois que j'en suis incapable », chuchota Ed en regardant nerveusement par-dessus son épaule quand bien même Madeline bénéficiait d'une chambre d'hôpital particulière. À le voir, on aurait dit qu'il avait le mal de mer.

« Je ne te demande rien, répondit Madeline. Si tu veux le dire, ne te gêne pas.

— Le *dire*. Nom d'un chien, fit Ed en levant les yeux au ciel. On ne parle pas de rapporter à la maîtresse, là. On parle d'enfreindre la loi. De mentir sous... Ça va ? Tu as mal ? »

Madeline ferma les yeux, grimaçant de douleur. La malheureuse souffrait d'une fracture de la cheville, bilan d'autant plus désastreux de la collision avec les deux pères qu'il s'agissait de sa bonne cheville. Elle n'avait rien vu venir, et puis tout à coup, une de ses jambes avait glissé au ralenti derrière l'autre, comme si elle esquissait un pas de danse sophistiqué. Elle avait dû rester allongée sur le balcon à souffrir comme une damnée pendant ce qui lui avait semblé une éternité, avec Celeste qui poussait cet abominable hurlement sans fin, Bonnie qui sanglotait, Nathan qui jurait, Jane qui gisait sur le sol le visage couvert de sang et

Renata qui réprimandait vertement les deux lutteurs. « Grandissez, nom de Dieu ! »

Madeline devait passer sur la table d'opération dans l'après-midi. Elle porterait un plâtre pendant quatre à six semaines, puis rééducation. On ne la verrait pas de sitôt perchée sur des talons aiguilles.

Elle n'était pas la seule à avoir échoué à l'hôpital. D'après ce qu'elle avait compris, on dénombrait ce matin trois fractures – une cheville (Madeline), une clavicule (Jane), un nez (Geoff, qui ne payait pas cher sa liaison avec la nounou) –, trois côtes fêlées (Graeme, qui avait également couché avec la demoiselle), trois coquards, deux vilaines entailles qui avaient nécessité des points de suture, quatre-vingt-quatorze maux de tête et...

Un mort.

Les images de la veille tournoyèrent en une cavalcade impétueuse dans la tête de Madeline. Jane, avec son rouge à lèvres carmin, se tenant devant Perry : « Vous aviez dit vous appeler Saxon Banks. » Madeline s'était d'abord dit qu'elle confondait les deux hommes – ils devaient se ressembler. Mais la phrase de Perry, « Ça ne voulait rien dire pour moi », n'avait laissé aucune place à l'ambiguïté. L'expression sur le visage de Celeste après que son mari l'avait frappée. Pas la moindre surprise. De la honte, point.

Comment une chose pareille avait-elle pu lui échapper ? Il fallait être une amie particulièrement sotte et égocentrique. Le fait que Celeste n'exhibe ni coquard ni lèvre fendue n'excluait pas l'existence de signes. Encore aurait-il fallu qu'elle veuille bien les voir. Son amie avait-elle seulement essayé

978

de s'en ouvrir à elle ? Si c'était le cas, Madeline ne lui en avait probablement pas laissé l'occasion, à parler sans arrêt de crème antirides et autres frivolités. Elle lui avait peut-être même coupé la parole ! Une manie qui lui valait les remontrances permanentes de son mari. « Tu permets que je finisse ? » disait-il en levant la main. Juste trois petits mots – *Perry me bat* – qui nécessitaient trois petites secondes. Mais Madeline ne les avait jamais accordées à Celeste. Elle avait tant à dire sur tout : de l'attitude du coordinateur de football des moins de sept ans auquel elle vouait une haine farouche jusqu'au désarroi dans lequel les relations qu'Abigail entretenait avec son père la plongeaient.

« Elle nous a apporté des lasagnes végétariennes aujourd'hui, annonça Ed.

— Qui ? demanda Madeline que le regret rendait nauséeuse.

— Bonnie, bon sang ! Bonnie ! La femme qu'apparemment nous protégeons. Bizarrement, elle était tout à fait normale, comme si rien ne s'était passé. Elle est complètement cinglée. Elle a déjà parlé avec une "journaliste très agréable qui s'appelle Sarah" ce matin, Dieu seul sait ce qu'elle lui a raconté.

— C'était un accident. »

Madeline revit le visage de Bonnie déformé par la colère tandis qu'elle hurlait après Perry. Cette voix étrangement gutturale. *On voit. On voit, bordel.*

« Je sais que c'était un accident. Alors pourquoi ne pas dire la vérité, tout simplement ? Raconter ce qui s'est vraiment passé à la police ? Je ne comprends pas. Tu n'apprécies même pas cette fille.

— Hors de propos.

— C'est Renata qui a amorcé le truc et ensuite, tout le monde a suivi. Je n'ai rien vu. Je n'ai rien vu. Moi non plus. On ne savait même pas s'il était mort qu'on cherchait déjà à déguiser les faits ! Je veux dire, nom de Dieu, Renata connaît-elle seulement Bonnie ? »

Pour Madeline, la réaction de Renata s'expliquait aisément. Perry avait trompé Celeste, tout comme Geoff l'avait trompée, elle. L'expression qui était passée sur son visage lorsque Perry avait dit « Ça ne voulait rien dire pour moi » n'avait pas échappé à Madeline. À ce moment-là, Renata l'aurait volontiers poussé elle-même par-dessus le balcon mais Bonnie avait été plus rapide.

Sans Renata, Madeline n'aurait peut-être même pas songé aux conséquences que la situation impliquait pour Bonnie. Mais quand elle avait entendu « Je ne l'ai pas vu tomber », elle avait aussitôt pensé à Skye. À sa façon de battre des cils, de se cacher dans les jupes de sa mère. Cette enfant avait tellement besoin de sa maman.

« Bonnie a une petite fille, dit Madeline.

— Perry avait deux petits garçons. Je ne vois pas le rapport. » Les yeux rivés sur un point au-dessus du lit de sa femme, Ed avait la mine défaite sous la lumière crue de la chambre d'hôpital. Une vision qui préfigurait le vieillard qu'il deviendrait un jour. « Je ne sais pas si je peux vivre avec ça, Madeline. »

Ed avait été le premier à descendre voir Perry. À découvrir le corps brisé, difforme d'un homme avec qui il parlait gaiement de golf quelques

980

instants plus tôt. C'était trop lui demander. Elle en avait conscience.

« Perry n'était pas quelqu'un de bien. C'est lui qui a fait ces choses horribles à Jane. Tu l'avais compris ? C'est le père de Ziggy.

— Et ça, c'est pas hors de propos, peut-être ?

— À toi de voir. » Ed avait raison. Bien sûr qu'il avait raison, comme toujours, mais parfois, mal agir se justifiait.

« Tu crois qu'elle l'a tué intentionnellement ?

— Non, mais je ne vois pas le rapport. Je ne suis ni juge ni juré. Ce n'est pas mon boulot de…

— Tu la crois capable de recommencer ? Tu crois qu'elle représente un danger pour la société ?

— Non, mais là encore, je ne vois pas le rapport. » Son regard suintait l'angoisse. « Je ne crois pas être capable de mentir sciemment dans le cadre d'une enquête de police.

— Tu ne l'as pas déjà fait ? » D'après ce qu'elle avait compris, Ed s'était brièvement entretenu avec un inspecteur la veille, avant de la rejoindre à l'hôpital où elle-même avait été transportée en ambulance.

« Il n'y a rien d'officiel. Un policier a noté deux ou trois trucs, j'ai dit – nom d'un chien, je ne sais plus vraiment ce que j'ai dit, j'étais ivre. Je n'ai pas parlé de Bonnie, ça, j'en suis sûr, mais j'ai accepté d'aller au commissariat à treize heures aujourd'hui pour déposer. Officiellement, cette fois. Ils vont tout enregistrer, Madeline. Ils vont me faire signer. Je serai entre quatre murs face à deux policiers qui ne me quitteront pas des yeux pendant que je mentirai sciemment. Ça fera de moi un complice par…

981

— Salut. »

Ed sursauta. « Putain, Nathan, tu m'as fait une de ces peurs.

— Désolé, mec. Comment vas-tu, Maddie ? » Les mains chargées d'un énorme bouquet de fleurs, Nathan lui sourit de toutes ses dents, tel un gourou du développement personnel prêt à galvaniser son auditoire.

« Je vais bien. » Clouée au lit sous le regard de son mari et de son ex, Madeline n'était pourtant pas très à l'aise. La situation était même carrément bizarre. Si seulement ils pouvaient s'en aller, l'un comme l'autre.

« Pour toi ! » Nathan déposa les fleurs sur ses genoux. « Pauvre biche ! Il paraît que tu vas marcher avec des béquilles pendant un bon moment.

— Oui, eh bien…

— Abigail a décidé de revenir chez toi pour t'aider.

— Oh. Oh. » Elle caressa les pétales roses. « Eh bien, j'en discuterai avec elle plus tard. Je m'en sortirai très bien. Elle n'est pas obligée de s'occuper de moi.

— Non, mais je crois qu'elle a envie de rentrer à la maison. Elle cherche un bon prétexte. »

Madeline interrogea Ed du regard. Il haussa les épaules.

« Je savais que l'attrait de la nouveauté ne durerait pas. Sa maman lui manque. Bonnie, Skye et moi, on n'est pas sa vraie vie.

— OK.

— Bon, fit Ed, faut que j'y aille.

— Tu peux rester un instant, s'il te plaît ? » *Exit,* le grand sourire du gourou. Nathan ressemblait à présent au conducteur qui vient de provoquer un carambolage. « Je voudrais vous parler à tous les deux, si c'est possible, à propos de, euh, de ce qui s'est passé hier soir. »

Ed esquissa une grimace puis, comme malgré lui, approcha une chaise pour Nathan.

« Oh, merci, *merci,* mec. » Nathan s'assit à côté de lui, le visage empreint d'une gratitude pitoyable.

Un long silence.

Ed se racla la gorge.

« Le père de Bonnie était violent, dit Nathan sans préambule. Très violent. Pas avec Bonnie. Avec sa mère. Je ne suis pas au courant de tout ce qu'il a fait. Je crois que je n'en sais pas la moitié, mais Bonnie et sa petite sœur, elles, ont tout vu. Elles ont eu une enfance très difficile.

— Je ne suis pas certain que je devrais…

— Je ne l'ai jamais rencontré. Il est mort d'une crise cardiaque avant qu'on se rencontre, Bonnie et moi. Bref, Bonnie est… euh, elle souffre d'un trouble avéré de stress post-traumatique. La plupart du temps, elle va bien, mais elle fait des cauchemars horribles et a d'autres… euh, difficultés parfois. »

Les yeux dans le vague, Nathan songeait à tous les secrets d'un mariage plus compliqué qu'il n'y paraissait jusqu'à présent aux yeux de Madeline.

« Rien ne t'oblige à nous raconter tout ça, dit-elle.

— C'est une femme bien, Maddie, une femme bien. » À présent, il la regardait droit dans les yeux. C'était impensable, mais il lui demandait une faveur.

Au nom de leur histoire, de leurs souvenirs, de leur amour passé. Il l'avait abandonnée, certes, mais elle devait oublier tout ça et se rappeler le temps où ils étaient obsédés l'un par l'autre, le temps où ils se souriaient bêtement en se réveillant côte à côte. Et cette faveur, c'était à la jeune femme de vingt ans qu'il avait aimée qu'il la demandait.

« Et une mère extraordinaire. La meilleure des mères. Et je te le promets, elle n'a jamais, jamais voulu faire tomber Perry ; je crois que c'est juste que, quand elle l'a vu frapper Celeste, comme ça…

— Quelque chose a craqué », termina Madeline en revoyant l'arc habile avec lequel la main de Perry était venue s'abattre sur le visage de sa femme en un geste élégant. Tandis que la voix gutturale de Bonnie résonnait encore à ses oreilles, elle comprit que le mal sévit à divers degrés ici-bas. Les petits préjudices que l'on cause lorsque l'on médit, comme Madeline. Ou lorsque l'on n'invite pas un enfant à une fête d'anniversaire. Ceux, plus graves, que l'on inflige quand on abandonne sa femme avec un nouveau-né, ou que l'on couche avec la nounou de sa propre fille. Et puis le genre de mal absolu dont Madeline n'avait jamais fait l'expérience : des sévices dans des chambres d'hôtel, des coups dans des maisons de luxe, des fillettes vendues tels des biens de consommation et autant de cœurs innocents anéantis.

« Je sais que tu ne me dois rien, poursuivit Nathan. Ce que je t'ai fait après la naissance d'Abigail est totalement impardonnable, bien sûr, et…

— Nathan. » C'était fou, insensé, parce qu'elle ne lui pardonnait pas, ne lui pardonnerait jamais ;

il la rendrait dingue jusqu'à la fin de sa vie, la ferait grincer des dents le jour où il conduirait Abigail à l'autel, mais malgré tout, il faisait partie de la famille. Si elle devait fabriquer son arbre généalogique, Nathan y aurait toujours sa place.

Comment expliquer à Ed qu'elle n'aimait pas particulièrement Bonnie, qu'elle ne la comprenait pas, mais qu'elle était prête à mentir pour elle comme elle le ferait sans réfléchir pour lui, pour ses enfants, pour sa sœur. Car aussi étrange et improbable que cela puisse paraître, Bonnie faisait également partie de la famille.

« Nous ne dirons rien à la police. Nous n'avons pas vu ce qui s'est passé. Nous n'avons rien vu. »

Ed se leva d'un coup en faisant crisser sa chaise derrière lui et quitta la pièce sans se retourner.

INSPECTEUR ADRIAN QUINLAN : Il y a quelqu'un qui ment à propos de ce qui s'est passé sur ce balcon.

79

Le policier avait tout du jeune papa poule sympathique, mais on lisait la perspicacité et le recul dans ses yeux verts fatigués. Muni d'un bloc-notes jaune et d'un stylo, il était assis au chevet de Jane.

« Si je comprends bien, vous vous trouviez sur le balcon mais vous regardiez à l'intérieur ?

— Oui. Parce qu'il y avait beaucoup de bruit. Des objets qui volaient.

— Et ensuite, vous avez entendu Celeste White crier ?

— Je crois, oui. Je ne sais plus bien. Tout est si confus. La faute à ces satanés cocktails au champagne.

— Je vois, soupira le policier. Les fameux cocktails au champagne.

— Tout le monde était ivre.

— Où vous teniez-vous par rapport à Perry White ?

— Euh, un peu sur le côté, je dirais. » Jane jeta un œil sur la porte de sa chambre d'hôpital, priant pour que quelqu'un – l'infirmière qui l'avait prévenue qu'on viendrait bientôt la chercher pour l'emmener au service de radiologie, ses parents qui étaient en chemin avec Ziggy, n'importe qui – vienne la délivrer de cette conversation.

« Et quel genre de rapports entreteniez-vous avec Perry ? Étiez-vous amis ? »

Jane repensa au moment où, après s'être débarrassé de sa perruque, il avait pris les traits de Saxon Banks. Elle n'avait pas eu le temps de lui révéler qu'il avait un fils prénommé Ziggy qui adorait la citrouille. Elle n'avait pas obtenu d'excuses. N'était-ce pas pour le voir se repentir qu'elle était venue à Pirriwee ? Pensait-elle vraiment qu'il aurait des remords ?

Elle ferma les yeux. « C'était la première fois qu'on se rencontrait hier soir. On venait de nous présenter.

— Je crois que vous mentez », martela le policier d'une voix si implacable, puissante, violente que Jane tressaillit. Il posa le bloc-notes, puis : « Je me trompe ? »

80

« Celeste, il y a quelqu'un qui voudrait te voir », annonça sa mère.

Celeste leva le nez. Installée sur le canapé entre ses deux fils qui regardaient un dessin animé, elle n'avait aucune envie de bouger. Les garçons qui se laissaient aller contre son corps lui apportaient réconfort et chaleur.

Elle ne savait pas ce qu'ils avaient compris. Quand elle leur avait parlé de leur père, ils avaient pleuré mais peut-être était-ce parce que ce matin, ils n'iraient pas à la pêche dans la piscine naturelle laissée par la marée contrairement à ce que Perry leur avait promis.

« Pourquoi il a pas volé, papa ? avait chuchoté Josh. Quand il est tombé du balcon ? Pourquoi il a pas volé ?

— Je savais, moi, qu'il savait pas voler, avait commenté Max avec amertume. Je savais que c'était même pas vrai. »

Elle se doutait que pour le moment, ils étaient sous le choc comme elle et que seules les couleurs vives et dansantes des personnages de leur dessin animé leur semblaient réelles.

« Pas un autre journaliste, hein ?

— Une certaine Bonnie. Elle dit que sa fille est à l'école avec les garçons et qu'elle voudrait juste te parler un instant. Apparemment c'est important. Elle a apporté ça. Des lasagnes végétariennes. Drôle de façon de faire des lasagnes, si tu veux mon avis. »

Celeste se redressa, soulevant doucement les garçons avant de les laisser retomber sur le canapé. Ils émirent des petits murmures de protestation sans pour autant quitter l'écran des yeux.

Bonnie l'attendait dans le salon, immobile face à l'océan, sa longue tresse blonde qui descendait au milieu de son dos très droit. Celeste l'observa un moment depuis le seuil de la porte. La femme responsable de la mort de son mari.

Bonnie se retourna et sourit tristement.

Teint lumineux, visage placide. Impossible de se la représenter en train de crier. Encore moins de jurer. *On voit ! On voit, bordel !*

« Celeste.

— Merci pour les lasagnes », répondit-elle, le plus sincèrement du monde. La maison serait bientôt pleine d'oncles, tantes et autres cousins en deuil.

« Eh bien, c'est le moins que je… » Le sourire de Bonnie disparut. « Le mot "désolée" est loin de suffire après ce que j'ai fait, mais j'avais besoin de venir ici pour le dire.

— C'était un accident, répondit Celeste dans un souffle. Vous n'aviez pas l'intention de le faire tomber.

— Vos petits garçons… comment prennent-ils…

— Je crois qu'ils ne saisissent pas vraiment pour l'instant.

988

— Non. C'est normal. » Bonnie expira longuement. « On m'attend au commissariat. Je vais faire ma déposition, leur raconter exactement comment ça s'est passé. Vous n'avez pas à mentir pour moi.

— Je leur ai déjà dit hier soir que je n'ai pas vu...

— Quand ils reviendront vers vous pour prendre votre déposition officielle, dites-leur simplement la vérité », interrompit Bonnie en levant la main. Elle prit une longue inspiration, puis : « Je comptais mentir. J'ai beaucoup d'expérience en la matière, à vrai dire. Je suis une bonne menteuse. Quand j'étais gosse, je mentais tout le temps. À la police. Aux services sociaux. J'avais de gros secrets à cacher. J'ai même laissé une journaliste m'interviewer ce matin, et ça allait, mais ensuite, je ne sais pas. Je suis allée chez ma mère pour récupérer ma petite fille, et au moment de franchir le pas de la porte, je me suis rappelé la dernière fois où j'ai vu mon père frapper ma mère. J'avais vingt ans. Une adulte. J'étais chez eux en visite. Ça a commencé comme d'habitude. Maman a fait quelque chose qui ne lui plaisait pas. Je n'arrive pas à me souvenir quoi. Elle ne lui avait pas servi assez de sauce ? N'avait pas ri de la bonne façon ? Bref, vous voyez.

— En effet », répondit Celeste d'une voix rauque. Elle posa la main sur le canapé où Perry lui avait enfoncé la tête voilà quelque temps.

« Et vous savez ce que j'ai fait ? J'ai couru dans ma chambre de môme et je me suis réfugiée sous le lit. » Bonnie laissa échapper un petit rire d'incrédulité teinté d'amertume. « Parce que ma sœur et moi, c'est ce qu'on faisait toujours. Je n'ai même pas réfléchi. J'ai couru, point. Je suis restée allongée sur le ventre, le nez sur cette vieille moquette verte à poils longs, le cœur battant, en attendant que ça s'arrête, et puis d'un coup, je me suis dit : *Mon Dieu, qu'est-ce que je suis en train de faire ? Je suis une adulte et je me planque sous le lit.* Alors je suis sortie et j'ai appelé la police. »

Elle ramena sa longue tresse sur son épaule et resserra son élastique. « Je ne me cache plus sous les lits aujourd'hui. Je ne garde plus de secrets, et je ne veux pas qu'on en garde pour moi. »

Elle esquissa un sourire en faisant glisser sa natte dans son dos. « De toute façon, la vérité se saura forcément. Madeline et Renata arriveront à mentir à la police, mais Ed, certainement pas. Même chose pour Jane. Et probablement même pour mon pauvre mari. Si ça se trouve, il sera encore plus mauvais que les autres.

— J'aurais menti pour vous. J'ai l'habitude.

— Je n'en doute pas. Je parie même que vous mentez comme personne, vous aussi. » Elle s'approcha de Celeste et posa la main sur son bras. « Mais maintenant, ce n'est plus la peine. »

81

Bonnie ne mentira pas.
Un texto de Celeste.
Madeline composa le numéro de son mari les mains tremblantes. Il fallait absolument qu'elle lui

parle avant que la police ne l'interroge. Tout à coup, l'avenir de son mariage semblait dépendre de ce coup de téléphone.

Dring, dring, dring. Trop tard ?

« Quoi ?

— Où es-tu ? demanda-t-elle, soulagée.

— Je viens juste de me garer. Je m'apprête à entrer au commissariat.

— Bonnie avoue. Tu n'as pas à mentir pour elle. » Silence.

« Ed ? Tu as entendu ? Tu peux leur raconter exactement ce que tu as vu. Tu peux leur dire la vérité. »

À l'autre bout du fil, Ed semblait pleurer. Lui qui ne versait jamais la moindre larme.

« Tu n'aurais pas dû me demander une chose pareille. Tu as dépassé les bornes. Pour *lui*, en plus. Pour ton putain d'ex-mari.

— Je sais, répondit Madeline dans un sanglot. Je suis désolée. Désolée.

— J'allais le faire. »

Non, chéri, je ne crois pas, pensa-t-elle en s'essuyant les joues d'un revers de la main.

Cher Ziggy,

Je ne sais pas si tu t'en souviens, mais l'année dernière à la journée d'accueil de la maternelle, je n'ai pas été très gentille avec toi. Je croyais que tu avais fait mal à ma petite fille et je sais à présent que ce n'était pas le cas. J'espère que ta maman et toi me pardonnerez. J'ai très mal agi envers vous et j'en suis désolée.

Amabella invite tous ses copains à la maison avant notre départ pour Londres et nous serions ravis que tu

viennes. Tu seras notre invité d'honneur. Le thème :
Star Wars ! Amabella insiste pour que tu apportes ton
sabre laser.

Bien à toi,
Renata Klein
(maman d'Amabella)

82

Quatre semaines après la soirée quiz

« Elle a essayé de te parler ? demanda Jane. Cette journaliste qui interviewe tout le monde ? »

Tom et Jane se tenaient sur la promenade devant le *Blue Blues*. C'était une belle matinée d'hiver. Installée à une table près de la paroi vitrée, munie d'un unique écouteur, une femme transcrivait sur son ordinateur portable les enregistrements de son dictaphone. Elle semblait très concentrée.

« Sarah ? Ouais. Je me contente de lui offrir des muffins et de lui répéter que je n'ai rien à dire. J'espère qu'elle parlera de mes pâtisseries dans son papier !

— Elle recueille des témoignages depuis le lendemain de la soirée quiz. Ed pense qu'elle cherche à signer avec un éditeur. Apparemment, même Bonnie lui a parlé avant d'être inculpée. Elle doit en avoir des tartines, pour pouvoir faire un livre. »

Tom salua la journaliste d'un geste de la main. Elle leva sa tasse de café dans sa direction en hochant la tête.

« On y va, Jane ? »

Ils se dirigèrent vers le promontoire où ils avaient prévu de déjeuner avant le service de midi. Jane, qui n'avait plus le bras en écharpe depuis la veille, était autorisée à reprendre une activité physique douce.

« Tu es sûr que Maggie peut s'occuper du bar toute seule ? » La Maggie en question, qui travaillait à temps partiel au *Blue Blues*, était l'unique employée de Tom.

« Oui. Son café est meilleur que le mien.

— Mais non, le tien est inégalable ! »

Ils montèrent les marches où Jane et Celeste avaient l'habitude de se retrouver pour leurs promenades quotidiennes. Jane revit son amie la rejoindre à la hâte, tellement préoccupée d'être de nouveau en retard qu'elle ne s'était pas rendu compte qu'un joggeur d'environ cinquante ans avait manqué de rentrer dans un arbre en essayant de la regarder de plus près.

Elle avait à peine vu Celeste depuis les obsèques.

Les obsèques. Le pire, ç'avait été de voir ces deux blondinets dans leur chemise de soirée blanche et leur pantalon noir, la raie sur le côté, la mine grave. Et le moment où Max avait posé la lettre qu'il avait écrite à son père sur le cercueil. « Papa » griffonné d'une main maladroite avec un dessin représentant deux bonshommes.

Les parents de la classe de petite section, qui hésitaient à laisser leurs enfants assister à l'enterrement, avaient reçu le soutien de l'école grâce à un e-mail contenant des liens utiles vers des articles écrits par des spécialistes.

Ceux qui avaient choisi de mettre leurs chers petits à l'abri d'une telle expérience tablaient sur le fait que les enfants qui n'auraient pas cette chance feraient des cauchemars et seraient traumatisés à vie – suffisamment en tout cas pour que leurs résultats d'examen au lycée s'en ressentent. Les autres espéraient que cette expérience serait une leçon précieuse pour leurs bambins, une leçon sur le cycle de la vie, l'importance d'épauler leurs amis dans la détresse. Elle les rendrait plus « résistants », plus à même de se tenir à l'écart des conduites à risque à l'adolescence.

Jane avait laissé Ziggy venir, non seulement parce qu'il en avait émis le souhait, mais aussi parce qu'on enterrait son père – ce qu'il ignorait – et que ce genre d'occasion ne se présente qu'une fois.

Lui avouerait-elle un jour ? *Tu te souviens de ton premier enterrement, quand tu étais petit ?* Mais il essaierait d'en faire un événement signifiant. Il chercherait quelque chose qui n'existait pas. Jane le comprenait enfin. Elle venait de passer les cinq dernières années à chercher en vain du sens à un acte d'infidélité brutal au cours d'une nuit d'ivresse quand en réalité il n'y en avait pas.

Dans l'église, la famille de Perry au grand complet, accablée de douleur. Sa sœur (la tante de Ziggy, avait songé Jane en s'asseyant au fond avec les parents pour qui Perry demeurait un étranger) avait monté un petit film commémoratif.

Grâce au montage, digne d'un professionnel, l'existence de Perry semblait plus gaie, plus riche, plus importante que celle des gens réunis en son honneur, même s'ils étaient encore en vie. Des photographies haute résolution montrèrent Perry à tous les âges : le bébé potelé aux cheveux blonds, l'écolier grassouillet, l'adolescent devenu beau d'un coup de baguette magique, le superbe marié embrassant sa magnifique épouse, le jeune père portant fièrement ses deux fils dans les bras. Puis des vidéos : Perry qui danse le rap avec les jumeaux, qui souffle des bougies, qui skie avec Max et Josh entre les jambes.

La bande sonore était magnifique, parfaitement synchronisée, si bien qu'à la fin de la projection, même ceux qui connaissaient à peine Perry étaient émus aux larmes. Un homme avait même applaudi malgré lui.

Depuis, Jane ne cessait de repenser à ce film, preuve irréfutable que Perry était quelqu'un de bien. Un bon mari et un bon père. Les souvenirs qu'elle gardait de lui dans la chambre d'hôtel et sur le balcon – la violence désinvolte avec laquelle il avait traité Celeste – ne semblaient ni vraisemblables ni convaincants. L'homme qui tenait les deux garçons sur ses genoux en riant sur les images au ralenti ne pouvait pas s'être conduit comme ça.

Se forcer à se rappeler ce qu'elle savait vraiment sur Perry paraissait dénué de sens, futile, presque malveillant. N'était-ce pas plus convenable de se souvenir de ce film ?

Pendant les obsèques, Celeste n'avait pas pleuré. Elle avait les yeux gonflés et injectés de sang mais

Jane avait l'impression qu'elle serrait les dents en attendant qu'une douleur épouvantable passe. Le seul moment où elle avait failli craquer, c'était devant l'église alors qu'elle réconfortait un homme séduisant et grand qui tenait à peine debout tellement son chagrin le minait.

Jane avait cru entendre Celeste l'appeler Saxon en lui prenant le bras, mais peut-être que son imagination lui jouait des tours.

« Et *toi*, tu vas lui parler ? demanda Tom en arrivant en haut de l'escalier.

— À Celeste ? » fit Jane. Les deux femmes n'avaient pas pu échanger, ou du moins, pas vraiment. Celeste avait sa mère à la maison pour s'occuper des garçons et sa belle-famille lui demandait beaucoup de temps. Jane avait le sentiment qu'elles n'arriveraient jamais à parler de Perry. D'un côté, il y avait beaucoup trop à dire, de l'autre, rien du tout. D'après Madeline, Celeste allait emménager dans un appartement à McMahons Point. La magnifique demeure de Pirriwee cherchait acquéreur.

« Mais non, enfin. À cette journaliste.

— Oh, mon Dieu, non. J'ai réussi à l'éviter jusque-là, et je compte bien continuer ainsi. Ed m'a conseillé de faire comme avec les démarcheurs téléphoniques quand elle appelle : refuser poliment, fermement et vite raccrocher. Il dit que bizarrement, les gens ont tendance à croire qu'ils sont obligés de répondre aux journalistes, alors qu'en fait, pas du tout. Ce n'est pas comme avec la police. »

Elle n'avait aucune envie de s'entretenir avec cette Sarah. Trop de secrets. Rien que de repenser à son entrevue avec l'inspecteur dans sa chambre d'hôpital l'oppressait affreusement. Heureusement que Bonnie avait décidé d'avouer.

« Jane, ça va ? » Tom s'arrêta et posa la main sur son bras. « Je ne marche pas trop vite ?

— Ça va ! Mais j'ai été en meilleure condition physique que ça.

— On va y remédier ! Tu seras bientôt prête pour les Jeux olympiques.

— Moque-toi ! » fit-elle en lui envoyant un petit coup de coude.

Caché derrière ses lunettes noires, Tom lui sourit.

Jane avait franchement du mal à définir leurs rapports. Leur belle amitié s'approchait-elle davantage d'une relation frère-sœur ? Ou se contentaient-ils de se faire du charme tout en sachant qu'ils n'iraient jamais plus loin ? Telle une parfaite fleur à peine éclose, l'attirance qu'ils avaient ressentie à la soirée quiz avait besoin de soins et de tendresse, ou au moins d'un premier baiser enivré contre un mur sur le parking de l'école. Mais les événements en avaient décidé autrement. Leur jeune fleur avait été piétinée par un énorme brodequin noir. Coup sur coup, un mort, du sang, des os brisés, la police et une histoire, celle du père de Ziggy, qui demeurait secrète. Ils n'arrivaient manifestement pas à retrouver le fil. Ils n'avaient plus le rythme.

La semaine précédente, ils étaient allés au cinéma avant de dîner au restaurant. Un rendez-vous galant, en somme. La soirée avait été très agréable. Ils s'entendaient déjà si bien, à force de papoter lorsqu'elle venait travailler au *Blue Blues*. Mais il ne s'était rien passé. Rien de rien.

À croire qu'ils étaient faits pour être amis. Ce n'était pas dramatique, mais quand même un peu décevant. Jane se consolait en se disant qu'on pouvait être amis pour la vie. Les statistiques concernant les relations amoureuses étaient loin d'être aussi optimistes.

Ce matin, elle avait reçu un nouveau texto de l'ami de sa cousine. Il demandait si elle était finalement partante pour boire un verre. Elle avait accepté.

Tom et Jane s'assirent sur le banc décoré d'une plaque dédiée à un certain Victor Berg, inconditionnel des promenades sur ce promontoire. *Ceux que nous chérissons ne meurent jamais, ils nous accompagnent chaque jour.* Jane pensait systématiquement à Poppy, né la même année que ce Victor.

« Comment va Ziggy ? demanda Tom en déballant leurs sandwiches.

— Bien, répondit Jane, contemplant le bleu de l'océan qui s'étendait devant eux. Très bien. »

Ziggy s'était fait un nouveau copain à l'école, le petit Lucas qui venait de rentrer en Australie après un séjour de deux ans à Singapour. Ils étaient devenus inséparables en un rien de temps. Les parents du garçon, âgés d'une quarantaine d'années, avaient invité Jane à dîner et voulaient lui présenter l'oncle de Lucas.

Tout à coup, Tom posa la main sur le bras de Jane. « Oh là là !

— Quoi ? » Il regardait droit devant lui, comme s'il avait aperçu quelque chose.

« Je crois que je reçois un message. » Un doigt sur la tempe, il poursuivit : « Oui ! C'est bien ça ! Un message de Victor !

— Victor ?

— Ben, Victor, enfin ! Victor Berg, inconditionnel des promenades sur ce promontoire ! Vic, mon pote, je t'écoute !

— Pfff, idiot, va ! »

Tom se tourna vers elle. « Vic dit que si je n'embrasse pas cette fille sur-le-champ, je suis le dernier des imbéciles.

— Oh ! » Jane sentit naître au creux de son ventre une immense joie. Victoire ! Ses poils se dressèrent sur ses avant-bras. Elle avait essayé de se consoler à coups de petits mensonges. Évidemment qu'elle avait été déçue qu'il ne se passe rien. Tellement, tellement déçue. « Ah bon ? C'est ce qu'il te... »

Mais déjà Tom l'embrassait, une main caressant sa joue, l'autre la débarrassant de son sandwich. Il s'avérait qu'en fin de compte leur petite fleur avait tenu bon et qu'un premier baiser pouvait se passer d'alcool et de recoin obscur. Un premier baiser pouvait avoir lieu au grand air, avec les rayons du soleil qui vous lèchent le visage malgré la fraîcheur matinale, et le sentiment d'être dans une bulle où tout est sincère et réel. Heureusement, elle n'avait pas de chewing-gum dans la bouche. Elle l'aurait avalé vite fait bien fait mais elle ne se serait peut-être pas rendu compte que Tom avait exactement le goût qu'elle avait toujours imaginé : un mélange de cannelle, de café et d'océan.

« Je croyais que nous étions faits pour être amis », dit Jane.

Tom écarta une mèche de cheveux de son front et la coinça derrière son oreille.

« J'ai assez d'amis comme ça. »

83

SAMANTHA : Bon alors, c'est terminé ? Vous avez tout ce qu'il vous faut ? Sacrée aventure, hein ? La vie a repris son cours comme avant, si ce n'est qu'à présent, on est tous extrêmement sympa les uns avec les autres. C'est assez hilarant.

GABRIELLE : Le bal du printemps a été annulé. On va s'en tenir à des stands de pâtisseries. Franchement, je n'avais pas besoin de ça. J'ai pris cinq kilos, moi, avec toutes ces histoires. Quel stress !

THEA : Renata part s'installer à Londres. Leur mariage est mort. À sa place, j'aurais fait davantage d'efforts pour arranger les choses, mais c'est tout moi, ça. Je pense toujours en priorité à mes enfants.

HARPER : Naturellement, nous irons à Londres pour rendre visite à Renata l'année prochaine.

Une fois qu'elle sera installée, bien sûr ! D'après ce qu'elle dit, ça risque de prendre du temps. Mon mari ? Oui, je lui donne une deuxième chance. Ce n'est pas une nounou à la noix qui va détruire mon mariage. Mais, ne vous inquiétez pas ! Il paye. Et je ne parle pas que de ses côtes fêlées. Ce soir par exemple, il nous accompagne au théâtre. On va voir *Le Roi lion*.

STU : Le vrai mystère dans tout ça, c'est pourquoi la p'tite Française n'a rien tenté avec moi !

JONATHAN : À vrai dire, elle m'a un peu tourné autour. Mais ça reste entre nous.

MISS BARNES : La pétition ? Je ne sais pas du tout ce qu'il en est. Personne n'en a reparlé après la soirée quiz. Nous attendons tous le début du prochain trimestre avec impatience, histoire de repartir sur de bonnes bases. J'ai pensé que travailler sur la résolution des conflits avec les enfants serait une bonne idée.

JACKIE : J'espère qu'on va enfin lâcher ces gosses. Qu'ils puissent apprendre à lire et à écrire.

MRS LIPMANN : Je crois que nous avons tous appris à être un peu plus gentils les uns avec les autres. Et à signaler le moindre incident. Même insignifiant.

CAROL : Alors apparemment, le club de lecture de Madeline n'avait absolument rien d'érotique !

C'était une vaste plaisanterie ! Quelle bande de prudes, au final ! Mais curieusement, pas plus tard qu'hier, une amie de la paroisse m'a dit qu'elle appartenait à un groupe de fidèles qui lit effectivement de la littérature érotique. J'ai attaqué notre premier livre et, inutile de m'en cacher, j'ai trouvé les trois premiers chapitres assez drôles et plutôt, euh, eh bien, comment dire ? *croustillants !*

INSPECTEUR ADRIAN QUINLAN : Honnêtement, j'étais convaincu que c'était la femme. D'instinct. J'en aurais mis ma main au feu. Comme quoi, on ne peut pas toujours se fier à son instinct. Alors voilà. C'est fini. Vous devez avoir tout ce qu'il vous faut, à présent, non ? Vous éteignez votre dictaphone ? Parce que je me demandais, je ne voudrais pas être incorrect, mais je me demandais si vous accepteriez de boire...

84

Un an après la soirée quiz

Assise derrière une longue table couverte d'une nappe blanche, le cœur battant, la bouche sèche, Celeste attendait qu'on l'appelle. Elle avança une main tremblante vers le verre d'eau disposé devant elle avant de se raviser. Elle n'arriverait probablement pas à boire sans en renverser.

Elle s'était exprimée devant la cour à plusieurs reprises ces derniers temps, mais là, c'était différent. Elle ne voulait pas pleurer, même si Susi lui avait dit qu'il n'y avait pas de mal, que c'était compréhensible, voire même inévitable.

« Vous allez parler de choses très personnelles et douloureuses, avait dit la conseillère. Ce n'est pas rien, ce que je vous demande. »

Celeste regarda l'auditoire. Des hommes en costume-cravate, des femmes en tailleur, visages impassibles et professionnels, pas franchement passionnés pour certains.

« Je repère toujours quelqu'un dans l'assistance, lui avait confié Perry un jour qu'ils évoquaient ses talents d'orateur. Un visage amical quelque part au milieu de la foule. Et quand je me lève, c'est à cette personne que je m'adresse, comme si nous étions seuls. »

Celeste se souvenait avoir été surprise d'entendre que Perry avait des trucs. Il paraissait toujours si sûr de lui, si décontracté, lorsqu'il s'exprimait en public. Aussi à l'aise qu'une star de cinéma ultracharismatique dans un talk-show. Perry, quoi. Avec le recul, il semblait que son mari avait plutôt passé sa vie en proie à un sentiment de peur imperceptible mais permanent : peur de l'humiliation, peur de perdre sa femme, peur de ne pas être aimé.

L'espace d'un instant, elle se prit à regretter qu'il ne soit pas là pour l'écouter. Elle ne pouvait pas s'empêcher de penser qu'il serait fier d'elle, en dépit du sujet. Le vrai Perry serait fier d'elle.

Représentation délirante ? Probablement, oui. Elle était passée maître dans l'art de déraisonner ces temps-ci. À moins que ce ne soit pas récent.

Au cours des douze derniers mois, rien n'avait été plus dur à vivre pour elle que de douter après coup de chacune de ses pensées, de chacune de ses émotions. Chaque fois qu'elle pleurait la mort de Perry, elle avait le sentiment de trahir Jane. C'était ridicule, malavisé, *immoral*, de regretter un homme qui s'était rendu coupable de tant de violence. Comment pouvait-elle se désoler de voir ses fils sangloter sachant qu'un autre enfant vivait sans même savoir que Perry était son père ? Haine, fureur, repentir, voilà ce qu'elle devrait ressentir. Et quand c'était le cas, ce qui arrivait souvent, elle était heureuse car c'étaient les seuls sentiments acceptables, raisonnables, mais ensuite, elle se surprenait à souffrir de son absence, à attendre son retour de voyage avec impatience, et elle se sentait de nouveau stupide, s'obligeait à se rappeler que Perry l'avait trompée, et probablement plus d'une fois.

Dans ses rêves, elle lui hurlait dessus. « Comment oses-tu ? Comment oses-tu ? » Elle le frappait, encore et encore. Elle se réveillait le visage baigné de larmes.

« Je l'aime toujours, avait-elle dit à Susi comme s'il s'agissait d'une faute inavouable.

— C'est légitime.

— Je deviens folle.

— Vous allez vous en sortir. » Susi écoutait patiemment Celeste évoquer dans les moindres détails tous les écarts de conduite pour lesquels

Perry l'avait punie – *Je sais que j'aurais dû demander aux garçons de ranger les Lego ce jour-là, mais j'étais fatiguée ; j'aurais dû… ; je n'aurais pas dû…* Bizarrement, elle avait besoin de décortiquer continuellement chaque détail de chaque événement qui avait eu lieu les cinq dernières années pour que tout soit bien clair dans son esprit.

« Ce n'était pas juste, n'est-ce pas ? » demandait-elle systématiquement à Susi, comme si elle était là pour arbitrer, comme si Perry pouvait l'entendre.

« Qu'est-ce que vous en pensez, *vous* ? Vous pensez que vous méritiez ça ? »

Celeste regarda l'homme assis à sa droite prendre son verre d'eau. Sa main tremblait encore plus que la sienne, faisant tinter les glaçons et déborder l'eau. Il persévéra.

Grand, charmant, le visage fin, il avait la trentaine bien tassée et portait une cravate sous un pull-over rouge peu seyant. Probablement un conseiller, comme Susi, mais visiblement atteint d'une peur de parler en public pathologique. Celeste aurait volontiers posé une main réconfortante sur son bras, mais elle craignait de le mettre mal à l'aise, d'autant qu'ici, le professionnel, c'était lui.

Baissant les yeux, elle remarqua qu'il portait des socquettes marron clair dans ses chaussures de ville noires impeccablement cirées. Le genre de faute de goût qui mettrait Madeline dans tous ses états. Celeste avait laissé Madeline l'aider à acheter un chemisier en soie blanche, une jupe crayon et des escarpins noirs pour aujourd'hui. « Pas de sandales », lui avait dit son amie lorsqu'elle en avait présenté une paire avec sa nouvelle tenue. « On ne montre pas ses orteils pour ce genre d'occasions. »

Celeste s'était rangée à son avis. Elle l'avait laissée faire beaucoup de choses pour elle pendant l'année qui venait de s'écouler. « J'aurais dû m'en rendre compte, répétait Madeline. J'aurais dû voir ce que tu endurais. » Et même si Celeste lui avait dit mille fois qu'elle avait justement tout fait pour le cacher, son amie était toujours aux prises avec un réel sentiment de culpabilité. Aussi, Celeste la laissait être présente.

Son regard se posa sur une femme d'environ cinquante ans au visage d'oiseau et aux yeux brillants d'intelligence qui hochait la tête d'une manière encourageante en écoutant l'introduction de Susi.

Elle lui rappelait un peu la nouvelle institutrice des garçons qui allaient désormais à l'école à deux pas de l'appartement. Celeste avait pris rendez-vous avec elle avant leur premier jour. « Ils idolâtraient leur père, et depuis qu'il est mort, ils ont des problèmes de comportement, lui avait-elle annoncé.

— Cela n'a rien d'étonnant, avait répondu Mrs Hooper. Je vous propose de faire le point une fois par semaine pour ne pas laisser les choses nous dépasser. »

Celeste s'était retenue de se jeter dans ses bras et d'inonder son chemisier de larmes.

Les jumeaux avaient eu bien du mal à se faire à la situation. Ils étaient tellement habitués aux longues absences de Perry qu'ils avaient mis beaucoup de temps à comprendre qu'il ne reviendrait jamais. Lorsque quelque chose n'allait pas, ils réagissaient comme leur père : rageusement, violemment. Il ne se passait pas un jour sans qu'ils essaient de s'étriper ; pourtant, le soir venu, ils s'endormaient dans le même lit, tête contre tête sur leur oreiller.

Être témoin de leur chagrin, c'était comme une punition pour Celeste, mais une punition pour quoi ? Pour être restée avec leur père ? Pour avoir voulu sa mort ?

Bonnie n'avait pas eu à subir la prison. Elle avait été reconnue coupable d'homicide involontaire suite à un acte illégal et dangereux et condamnée à deux cents heures de travaux d'intérêt général. En rendant sa décision, le juge avait précisé que le degré de culpabilité morale de l'accusée était peu élevé sur l'échelle établie pour ce type de délits. Il avait tenu compte de plusieurs éléments : Bonnie avait un casier judiciaire vierge, faisait clairement preuve de remords et n'avait pas eu l'intention de faire tomber la victime, même si on aurait pu le prévoir.

Il avait également pris en considération les témoignages d'experts qui avaient démontré que la balustrade du balcon n'était pas à la hauteur réglementaire du code de la construction en vigueur, que les tabourets de bar n'étaient pas adaptés au balcon. La pluie qui avait rendu la balustrade glissante et l'état d'ébriété de l'accusée comme de la victime avaient également contribué à l'issue fatale de la soirée.

D'après Madeline, Bonnie avait accompli son travail d'intérêt général avec beaucoup de plaisir. Avec Abigail à ses côtés, d'ailleurs.

Compagnies d'assurances et avocats continuaient d'échanger des courriers, mais Celeste ne se sentait pas concernée. Elle avait prévenu qu'elle ne voulait pas toucher le moindre dollar de l'école, qu'elle reverserait les dédommagements perçus pour couvrir l'augmentation des primes d'assurance consécutive à l'accident.

La maison et les autres propriétés avaient été vendues. Celeste avait emménagé dans le petit appartement de McMahons Point avec les garçons et travaillait désormais trois jours par semaine dans un cabinet d'avocats familial. Elle appréciait de ne penser à rien d'autre pendant plusieurs heures.

Max et Josh détenaient des fonds en fidéicommis mais cet argent ne les définirait pas. Elle veillerait à ce qu'ils prennent un boulot d'été à partir de seize ans.

Elle avait institué un fidéicommis équivalent à l'intention de Ziggy.

« Tu n'as pas à faire ça », avait dit Jane, consternée, voire écœurée, lorsque Celeste le lui avait annoncé au cours d'un déjeuner du côté de McMahons Point. « On ne veut pas de son argent. Euh, ton argent.

— C'est celui de Ziggy. Si Perry avait su que Ziggy était son fils, il aurait souhaité qu'il soit traité de la même manière que Max et Josh. Perry était... »

Mais les mots étaient restés coincés dans sa gorge, car comment pouvait-elle dire à *Jane* que Perry était généreux à l'excès et scrupuleusement juste ? Sauf lorsqu'il se transformait en monstre.

Mais Jane lui avait pris la main en disant : «Je sais qu'il l'était », comme si elle comprenait vraiment la personnalité de Perry.

Susi se tenait derrière le pupitre. Elle était ravissante aujourd'hui. Heureusement, elle avait opté pour un maquillage plus discret.

« Souvent, les victimes de violence conjugale ne ressemblent pas du tout à ce que l'on imagine. Leurs histoires ne sont pas toujours aussi simples qu'on s'y attendrait. »

Celeste se recentra sur le visage sympathique qu'elle avait choisi parmi ces médecins urgentistes, ces infirmiers de triage, ces généralistes et autres conseillers.

« Voilà pourquoi j'ai demandé à ces deux charmantes personnes de venir aujourd'hui. Elles ont accepté de donner de leur temps pour partager leur vécu avec vous. » Susi montra Celeste et son voisin qui, la main sur la cuisse, essayait d'arrêter les tremblements nerveux de sa jambe.

Mon Dieu, songea Celeste, en refoulant ses larmes. Ce n'est pas un conseiller. C'est une victime, comme moi.

Elle se tourna vers lui. Il esquissa un sourire, en jetant des coups d'œil furtifs autour de lui.

« Celeste ? » fit Susi.

Elle se leva, regarda l'homme au pull-over, puis Susi qui, en guise d'encouragement, lui fit un petit sourire. Elle s'avança jusqu'au pupitre en bois.

Elle repéra la femme au visage sympathique. Là, souriante, attentive.

Celeste inspira.

Elle avait accepté de venir aujourd'hui pour rendre service à Susi, mais aussi parce qu'elle voulait faire sa part, s'assurer que les professionnels de la santé sachent quand il fallait poser davantage de questions, insister. Elle avait prévu de s'en tenir aux faits, sans se répandre. Sans perdre sa dignité. Sans se dévoiler complètement.

Mais à présent, elle éprouvait un désir irrépressible de tout partager, de dire l'horrible vérité, toute crue, de ne rien cacher. Au diable la dignité.

Elle voulait donner à cet homme terrifié dans son pull-over ringard l'assurance dont il aurait besoin pour livrer sa vérité à lui. Elle voulait qu'il sache qu'au moins une personne dans cette salle aujourd'hui comprenait toutes les erreurs qu'il avait commises en chemin : les jours où il avait rendu les coups, ceux où il était resté alors qu'il aurait dû partir, les fois où il lui avait donné une autre chance, celles où il l'avait contrariée exprès, les moments où il n'avait pas su protéger ses enfants de certaines scènes. Elle voulait lui dire qu'elle connaissait tous les parfaits petits mensonges qu'il s'était racontés pendant toutes ces années, parce qu'elle s'était raconté les mêmes. Elle voulait prendre ses mains entre les siennes et lui dire : « Je comprends. »

Les mains accrochées au pupitre, elle se pencha sur le micro. Les choses étaient si simples et pourtant si compliquées. Il fallait qu'ils entendent.

« Cela peut arriver… »

Elle s'interrompit, s'éloigna un peu du micro, se racla la gorge. À côté d'elle, Susi retenait son souffle, les mains un peu en l'air, prête à

1010

se précipiter pour la mettre hors de danger telle une mère qui voit son enfant sur scène pour la première fois.

Celeste se rapprocha du micro. Quand elle se mit à parler, sa voix était claire et nette.

« Cela peut arriver à n'importe qui. »

Remerciements

Comme toujours, je remercie chaleureusement les gens aussi merveilleux que talentueux de chez Pan Macmillan, en particulier Cate Paterson, Samantha Sainsbury et Charlotte Ree.

Merci également à mon agent, Fiona Inglis, et à mes autres éditeurs aux quatre coins du monde, notamment Amy Einhorn, Celine Kelly et Maxine Hitchcock.

Ma gratitude va aussi à Cherie Penney, Marisa Vella, Maree Atkins, Ingrid Brown et Mark Davidson qui m'ont accordé du temps pour m'éclairer sur leurs domaines d'expertise respectifs.

J'ai la terrible habitude de m'inspirer des conversations que je peux avoir avec les gens, alors merci à Mary Hassall, Emily Crocker et Liz Frizell qui m'ont autorisée à emprunter des petits bouts de leurs vies pour ce livre. Je tiens à présent à préciser que les parents de la charmante école que mes enfants fréquentent ne ressemblent en rien aux parents de Pirriwee Public. Malheureusement, ils se tiennent toujours très bien aux soirées organisées par l'école !

Merci à ma mère, mon père, Jaci, Kati, Fiona, Sean et Nicola. Merci également à ma sœur et brillante auteure Jaclyn Moriarty qui a toujours été et restera ma première lectrice.

Merci à Anna Kuper qui rend ma vie plus simple de mille façons.

Merci à mes amies auteures Ber Carroll et Dianne Blacklock qui transforment toujours les tournées de promotion en formidables week-ends de filles. (Ber arrive même à rendre le shopping amusant.) Nous écrivons ensemble une newsletter intitulée « Book Chat ». Pour vous y inscrire, vous pouvez visiter mon site à l'adresse suivante : www.liane-moriarty.com

Merci à Adam, George et Anna sans qui il me manquerait quelque chose. La folie notamment.

Pour finir, je dédie ce roman sur l'amitié à Margaret Palisi avec qui je partage trente-cinq ans de souvenirs.

Références :

Les livres suivants m'ont été utiles pour écrire ce roman : *Not to People Like Us: Hidden Abuse in Upscale Marriages* de Susan Weitzman (2000) et *Surviving Domestic Violence* d'Elaine Weiss (2004).

*Composition et mise en pages
Nord Compo à Villeneuve-d'Ascq*

Achevé d'imprimer par Druckerei C.H.Beck
à Nördlingen (Allemagne)
en août 2017
pour le compte de France Loisirs,
Paris

N° d'éditeur : 89852
Dépôt légal : août 2017

Imprimé en Allemagne